카산드라의 거울

❷

카산드라의 거울

❷

베르나르 베르베르 장편소설

임호경 옮김 | 홍작가 그림

LE MIROIR DE CASSANDRE
by BERNARD WERBER

Copyright © Editions Albin Michel – Paris 2009
Korean Translation Copyright © The Open Books Co., 2010

이 책은 실로 꿰매는 정통적인 사철 방식으로 만들어졌습니다.
사철 방식으로 만든 책은 오랫동안 보관해도 손상되지 않습니다.

제2권

현재의 이야기 (계속)

IL EST UNE FOIS

117.

셍도미니크 가(街).

보초나 수위 몇 명이 입구를 지키고 있는 대부분의 정부 기관 건물들과는 달리, 미래 전망부의 출입을 통제하고 있는 것은 한산한 시장 광장 쪽으로 나 있는 투명한 유리문 하나가 전부다. 이곳이 어딘지를 표시하는 석판도, 번쩍이는 황동으로 된 공식 현판도 없다. 그저 굵은 글씨로 〈미래 전망부〉라고 쓰인 백지 한 장이 문 유리에 스카치테이프 두 조각으로 달랑 붙어 있을 뿐이다.

그 밑에 붙어 있는 또 다른 종이에는 〈개청 및 폐청 시간은 담당자들과의 협의하에 변경될 수 있음〉이라는 글귀가 적혀 있다.

두 젊은이는 살그머니 건물 안으로 들어간다. 곳곳에 감시 카메라가 설치되어 있는 것이 보이지만, 벽에 딱 붙어 걸으면서 카메라의 시야에서 벗어나는 데 성공한다.

이층으로 올라가니 한 방에서 시끄러운 소리가 나고 있다. 김은 큼직한 열쇠 구멍을 통해 안을 들여다본다. 넥타이까지 맨 엄격한 정장 차림의 젊은 남녀 20여 명이 화이트보드에다 곡선을 긋고 있는 한 청년을 둘러싸고 앉아 있는 게 보인다.

「노년층의 인구와 경제력은 향후 10년간 크게 증가하고, 2036년에는 정점에 달한다고 전망할 수 있습니다. 이해는 노년층이 프랑스 인구의 절반을 넘어설 해이기도 하죠…….」

김은 카산드라에게 정중히 열쇠 구멍을 내주고, 자신은 목재 문에 귀를 대는 것으로 만족한다.

「……따라서 성능 좋은 인공 심장의 개발로 수명이 연장될 사람들은 정상적이었다면 사망했을 노인들입니다. 이러한 상황은 사회 보장 연금 결손액의 증가로 이어질 것입니다. 제가 이 계획의 동결을 제안하는 것은 바로 이런 이유에서입니다. 의학 영역에서의 어떤 과학적 발견들은 자연 상태에서라면 끝에 다다라 있어야 할 생명들을 — 대개 삶의 질 측면에서는 열악한 상태로 — 연장해 줄 뿐입니다. 물론 어떤 이들은 이의를 제기하겠죠. 노인들 역시 유권자이고 소비자라고 말이죠. 하지만 그들은 항상 가장 고루한 입후보자들에게 표를 던지고, 소비는 거의 하지 않는 사람들이라는 게 저의 대답입니다. 따라서 저는 건강하고 역동적인 사회를 위해 다음의 세 단계의 계획을 제안…….」

「자, 공식적으로 말하자면, 저들이 바로 우리나라의 미래를 내다보고 있다고 간주되는 사람들이야. 아마 국립 행정 학교 출신들이겠지.」 김이 속삭인다.

「그걸 어떻게 알지?」

「그 학교 출신들은 항상 계획을 3단계로 세우거든. 저들 중에 네 오빠가 있는지 알아볼 수 있겠어?」

카산드라는 자세히 살펴본다. 인구의 노령화 문제에 대해 말한 후에, 젊은이들은 밀려드는 이민자 문제와 도시 근교 지역의 치안 불안 문제를 언급한다. 또 산업체의 지방 분산, 금융 위기, 실업자 증가, 인플레, 부동산 가격에 대해 토론하고, 빈곤층 증가, 노숙자 관리, 대도시의 공해, 남부 지방으로 이어지는 도로들의 정체 문제 등도 빼놓지 않는다.

세미나실의 화이트보드에는 각종 숫자, 퍼센티지, 도식, 그래프 등이 줄줄이 제시된다.

시각이 편협하고 일방적인 기술 관료들이야. 넓고도 깊은 시야라고는 전혀 없고, 다만 기술 관료를 양성하는 학교에서 주입받은 지식들, 그리고 기자들이 온종일 떠들어 대는 말들을 그대로 반복하고 있을 뿐이지. 이것은 다람쥐 쳇바퀴와도 같은 닫힌 시스템이야. 과감하고 새로운 시도라곤 전혀 없지. 이런 식으로는 기존의 영역, 기존의 노선들을 결코 벗어날 수 없어. 항상 똑같은 세계 인식 속에 갇혀 있을 뿐.

모임은 마침내 끝에 다다른다. 엄격하면서도 세련된 제복의 젊은 남녀들은 자리에서 일어나, 옆문을 통해 삼삼오오 방을 빠져나간다. 방에는 세미나를 주재하던 사람만이 남는다. 코르덴 재킷을 걸친 예순 살가량의 남자다. 흰 셔츠에 나비넥타이를 매었고 바지는 멜빵으로 추켜올렸으며, 반달 형태의 조그만 안경을 쓰고 두꺼운 밑창의 신발을 신고 있다. 남자의 이런 모습은 소녀에게 한 미국 배우를 떠올리게 한다.

「소일렌트 그린」에 나오는 에드워드 G. 로빈슨······.

남자는 문득 느껴지는 역겨운 냄새에 얼굴을 찡그린다. 그는 주위를 둘러보며 악취의 근원을 찾는다. 어느 방열기 밑에 죽은 생쥐라도 있는가 보려고 두리번거린다. 그러고는 방을 나서다가 문 뒤에 숨어 있던 두 남녀와 딱 마주친다. 그는 겁에 질려 다시 방으로 뛰어 들어가 전화를 집어 들고는 황급히 말하기 시작한다.

「경비죠? 빨리 와주세요! 여기에 누가······.」

하지만 벌써 김이 전화선을 뽑아 놓은 뒤이다.

「사람 살……」

카산드라는 손바닥으로 그의 입을 덮는다.

「당신에게 해를 끼치려는 게 아니에요. 나는 자크 카첸버 그 장관의 딸이에요. 수학자 다니엘 카첸버그의 동생이기도 하고요.」

에드워드 G. 로빈슨은 잠시 머뭇거리며 그녀의 얼굴을 살피더니만, 마침내 조금 긴장을 푼다.

「그러고 보니 많이 닮았네요. 아가씨의 부친은 아가씨에 대해 한 번도 말씀하신 적이 없지만, 아가씨 오빠에게서는 여러 번 얘기를 들었지요. 그래, 무슨 일로 여기 오셨는지요?」

「바로 우리 오빠를 찾고 있어요.」

「그는 여기 없어요.」

「이 미래 전망부라는 곳이 대체 뭐죠? 난 이런 곳이 있다는 말을 들어 본 적이 없는데.」김이 묻는다.

「아, 모르고 있었어요? 이 부처를 창설한 사람이 바로 아가 씨 부친인데요. 하기야, 아주 비밀스러운 분이셨으니까…… 국립 행정 학교를 우수한 성적으로 졸업하신 부친께서는 통치한다는 것은 예측하는 거라는 사실을 그 누구보다도 먼저 이해하고 계셨어요. 여기서 예측한다는 것은 진정으로 앞날을 내다보는 것을 말하죠. 그래서 이 부처를 창설하시게 되었답니다. 이렇게 최소한의 규모로 축소된 기관을 부처라고 하기엔 조금 민망스럽지만요.」

남자는 두 사람을 한 층 위에 있는 자기 사무실로 초대한다. 방은 색색의 선들이 그어져 있는 둥그런 점성술 천궁도들로 장식되어 있다. 이 그림들 옆에는 허블 우주 망원경이 포착한 실제 별자리들의 사진들이 나란히 붙어 있다.

「통치한다는 것은 예측하는 거예요. 그래서 대부분의 국가 원수들이 저마다 점쟁이를 하나씩 두고 있기도 하죠. 하지만 미래에 대한 지식을 정부 차원에서 공식화한 시도들은 모두가 대재앙으로 끝났어요. 러시아에서 5개년 계획 담당 부처가 가져온 것은 기아와 파행뿐이었어요. 이런 일은 쿠바와 중국, 그리고 그들의 미래를 일방적으로 결정할 수 있다고 믿은 모든 나라들에서도 일어났죠.」

「일반적으로 전체주의 국가들이지.」 김이 부연한다.

「정치에 있어서 미래는 별로 환영받지 못했고, 언제나 뒷전이었어요. 이 점을 잘 알고 있었기 때문에 아가씨의 부친이 처음에 만든 것은 경제부에 소속된 조그만 자문 기구였죠. 이 기구의 공식적인 목적은 금융 위기를 예측하는 거였고요. 얼마 지나지 않아 작년에 벌어진 것 같은 대경제 위기가 닥쳤죠. 우리는 아무것도 예측하지 못했어요. 그들의 마음에 들지 않았죠. 결국 경제부는 우리를 쫓아냈어요. 그다음에 이 조그만 조직은 환경부에 부속되었어요. 우리의 업무는 도시 공해 증가 수준과 해양 오염 정도를 예측하는 걸로 되어 있었죠. 하지만 환경주의자들은 관점이 다른 우리를 탐탁하게 여기지 않았어요. 그래서 우리는 다시 가족 계획부로 옮겨 와 앞으로 태어날 아이들의 수와 사회 보장 제도에 짐을 지우게 될 노년층의 수를 연구하는 일을 맡게 되었죠. 그런데 여기서도 우리는 별로 유쾌하지 않은 어떤 진실들을 말했고, 결국 그들은 짜증 내기 시작했어요. 그래서 우리는 하나의 독립적인 부를 이루어 떨어져 나왔답니다. 그런데 부서의 명목상 위상이 올라갈수록 조직은 줄어들더군요. 처음에는 일곱 명이었는데, 다섯 명으로 줄었어요. 끝 무렵에 가서는 단 세 명만 남았죠. 아가씨의 부친, 나, 그리고 여비서 한 명…… 우리는 쥐꼬리만 한 예산으로 운영되는 가장 작은 부처였어요. 그 빈약하다는 인권부 예산의 10분의 1 수준이니 말 다 했죠. 아가씨의 부친께서는 영향력을 키우기 위해 〈미래의 복권(復權)을 위하여〉라는 정치 운동을 출범시켰어요. 이것도 어떤 이들을 짜증 나게 만들었죠. 그래서 그 눈곱만 한 예산을 늘려 주기는커녕, 오히려 더 축소시켜 버렸답니다.」

반달 형태의 안경을 쓴 남자는 경계하는 눈으로 흘끗 창밖을 내다본다.

「그렇다면 조금 전 그 전문가들의 모임은요?」 김이 묻는다.

「국립 행정 학교 학생들이에요. 각자의 정치 분석을 발표하고 또 토론하기 위해 오는 거죠. 미래 전망은 선택 과목의 하나로서, 졸업 시험의 합격선인 140점에 포함될 수 있는 보너스 2점을 얻게 해줘요. 학생들은 다양한 부전공 워크숍 중에서 하나를 선택할 수 있지요. 예를 들면 관광, 영업세, 공증 문서, 토지 대장, 시위 관리, 공무원 제복 연구…… 혹은 미래 같은 것이죠.」

「학생들은 열의가 있나요?」 김이 묻는다.

「글쎄요…… 하지만 수료증에다 이 사람은 미래를 성찰하는 워크숍에 참여했다고 적어 놓으면 뭔가 멋있어 보이지 않겠어요? 바로 이것이 우리의 마지막 존재 이유가 되고 있어요. 학생들을 데리고 공부시키는 일이죠.」

그는 한숨을 푹 내쉰다.

「명색이 이 나라의 미래를 위한 부처인데 서글픈 결말이 아닐 수 없죠. 하기야 미래학은 이 나라에서 환영을 받은 적이 한 번도 없어요. 이와 관련된 설문 조사의 결과를 봤나요?」

카산드라는 오를랑도에게서 들은 내용을 기억해 낸다.

「〈프랑스 국민 중 75%는 미래를 두려워한다〉 그리고 〈62%는 생각조차 하기 싫어한다〉.」

「그런데 당신은 누구시죠?」 김이 묻는다.

「카첸버그 씨가 이 부를 창설했을 때, 웃지 마세요, 난 한 유력 주간지 점성술 필자였어요. 개인의 미래만을 다루긴 했지만, 미래는 내 직업이었던 거죠. 나는 아가씨의 부친을 한 인터넷 미래학 사이트에서 만났어요. 그는 참가자 중에서 내가 가장 생산적이고, 또 미래를 꿰뚫어 보는 눈도 있다고 생각하고는, 자기 팀에 합류할 것을 자연스레 제의했어요. 자크는 그런 사람이었죠. 그는 사람을 학위가 아닌, 실제로 이룬 일과 열정으로 판단했어요. 그 이후 지금까지 난 줄곧 그분 편에 서왔죠.」

「이 건물에는 당신 혼자만 계신가요?」

「그래요. 내가 최후의 모히칸인 셈이죠. 재정부는 우리의 예산을 끊어 버렸어요. 뭐, 우리가 〈몽상가〉들이라나요? 특히 국립 행정 학교나 일류 대학 출신이 아닌 나는 더욱 그렇게 보고 있죠. 바로 그 때문에 나는 요즘 수업에 온 힘을 쏟고 있어요. 학생들 가운데 누군가가 권좌에 오르게 되면, 이 위험에 처한 부처를 기억하고 되살려 주리라는 은근한 희망을 품고 있는 거죠.」

사내는 자조하듯 조그맣게 킥킥거린다.

「지금 이 학생들은 아무런 실제적인 의무가 없어요. 그래서 〈몽상가들의 부처〉의 일원이 될 수 있는 거죠. 하지만 나중에는 신중하고 심각해져서 가까운 미래만을 관리할 뿐, 3년 이상 되는 미래의 전망에 대해서는 무관심해지죠. 심지어는 언젠가 여기에 왔다는 사실조차 잊어버려요. 미래에 대해 성찰했다는 사실 자체가 부끄러운 듯이 말이에요!」

「그럼 여기서 하는 일이 그것뿐인가요? 국립 행정 학교 학생들을 위한 워크숍 운영?」 한국 소년이 묻는다.

「우리는 미래의 경향에 관한 연례 보고서도 출간하고 있어요. 물론 읽는 사람은 한 명도 없지만요. 솔직히 말하자면, 우리는 이 나라의 빛나는 미래를 그려 보는 일보다는, 우리의 기울어 가는 재정을 꾸려 나가는 일에 더 많은 시간을 보내고 있는 실정이지요. 아, 하나의 정부 부처가 이렇게까지 비참해질 수 있다는 건 아무도 상상 못 하겠죠! 그 증거로, 두 사람은 이 건물에 들어오는 데 아무런 어려움도 겪지 않았을 거예요. 우리 부는 너무도 가난해서 입구에 경비원 한 명 세워 놓을 돈이 없답니다. 개나 소나 제집처럼 드나들고 있지요. 아…… 〈미래는 더 이상 과거의 미래가 아니어라〉!」

「오, 이 문장, 마음에 드는데!」 김은 이렇게 중얼대면서, 벌써부터 이걸로 티셔츠 한 장 만들 것을 생각하고 있다.

「그럼 우리 오빠는요?」

「그는 이 부처의 마지막 직원이었어요. 부친께서 작고하셨지만, 그렇다고 해서 그를 해고할 수는 없었지요. 물론, 지금은 종말로 이어지게 될 일종의 과도기에 불과하겠지만요. 또 우리의 역설이기도 하죠. 지금 사람들은 이 미래부를 두 마지막 공룡, 즉 나와 당신의 오빠가 유령처럼 어슬렁거리고 있는 어느 과거의 세계로 여기고 있답니다.」

그가 이렇게 말하고 서글픈 미소를 지으니, 「소일렌트 그린」 마지막 장면의 에드워드 G. 로빈슨과 더욱 비슷해 보인다.

「자, 날 따라와요. 두 사람에게 이 미니 부의 다른 방들을 구경시켜 주겠어요.」

그는 두 사람을 옆방으로 안내한다.

「여기는 부친께서 만든 도서관이에요.」

그는 철제 캐비닛들을 하나씩 열어서 그 안에 쌓여 있는 고서들을 보여 준다.

「동서고금을 막론하고, 인간은 항상 자신의 미래를 알아내려고 시도해 왔지요. 대부분의 위대한 예지자들의 역사가 여기에 모여 있답니다.」

그는 먼지에 덮인 서적 무더기 속에서 표지 가장자리가 온통 잔금으로 갈라져 있는 책 한 권을 뽑아낸다. 제목은 『델포이』다.

「고대 그리스 시대에 델포이의 〈피티아〉는 거의 공식적인 성격을 지닌 하나의 제도였어요. 델포이 시 전체가 점술에 헌신하고 있었죠. 거기에는 온갖 종류의 예언가들이 있었어요. 신전으로 이르는 길에서 마주치는 소녀들에서부터, 새된 소리를 내며 미래를 계시하는 반쯤 미친 뚱뚱한 여인 피티아 자신에 이르기까지. 알렉산드로스 대왕에게 그가 장차 세계를 지배하게 되리라고 예언한 이가 바로 이 피티아였죠. 로마 시대에는 날아가는 새들을 관찰해 미래를 예측했다고 해요.」

그래서 〈전조(前兆)〉를 의미하는 〈오귀르 _augure_〉란 말의 원래 뜻은 〈새들의 관찰〉이었지.

「우리 프랑스에는 노스트라다무스, 칼리오스트로, 생제르맹이 있었어요. 하지만 내 생각으로는 이 모든 예언가들 중에서 가장 위대한 이는 바로 나 자신의 조상인 장 드 베즐레였어요.」

반달 모양 안경의 사내는 양피지에 쓰인 글의 한 부분을 자랑스럽게 보여 준다.

「상상이 가요? 서기 1066년에 그는 벌써 모든 것을 내다봤답니다! 서기 2000년에 있을 일들을 그 시대의 어휘로 예고했어요. 공해(물과 공기는 오염되리라), 테러리즘(그들은 신의 이름으로 남녀노소를 무차별 학살하리라), 인터넷(지구의 한쪽 끝에서 다른 쪽 끝까지 즉각 교신할 수 있으리라), 그리고 에이즈(섹스를 하는 자는 죽을 위험에 처하리라), 이 정도면 상당하지 않나요? 난 그분의 먼 후손이란 사실이 너무도 자랑스럽답니다……. 아 참, 아직 나를 소개하지 않았군요. 내 이름은 샤를이에요. 샤를 드 베즐레.」

「만나게 되어 반갑습니다.」 한국 청년이 미소를 짓는다. 「전 김예빈입니다.」

두 남자는 악수를 나눈다. 카산드라는 책들을 살펴보다가

『다니엘의 예언』이라는 제목의 책 앞에서 손이 딱 멈춘다.

「아, 그 책을 찾아냈군요……. 맞아요, 그건 우연이 아니에요. 자크, 그러니까 아가씨의 부친은 과거의 이 위대한 예지자를 염두에 두고 아가씨 오빠의 이름을 지었던 거예요.」

두 젊은이의 얼굴에 놀라는 표정이 떠오르자, 점성술 전문가는 다시 말을 잇는다.

「다니엘, 예언자 다니엘 말이에요. 이 사람을 잘 모르나요? 아주 옛날 사람이죠. 기원전 587년에 메소포타미아, 더 정확히는 바빌로니아에서 살던 사람이에요. 어느 날 밤, 나부코도노소르 왕은 이상한 꿈을 꾸고는, 사제들에게 자기가 무슨 꿈을 꾸었는지 맞히고, 그것을 해석해 내라고 명해요.」

나부코도노소르? ……내가 좋아하는 베르디 오페라 속 인물이잖아! 「나부코」 말이야.

「그런데 사제들 중 누구도 꿈을 해몽해 내지 못하자 황제는 그들을 모두 죽여 버려요. 이에 한 장관이 알려 줘요. 이나라에 잡혀 온 포로 가운데 꿈 해몽을 아주 잘하는 히브리 귀족이 있다고요. 왕이 사람을 보내자 히브리 청년은 말하기를, 나부코도노소르는 머리는 황금, 몸은 은, 다리는 쇠, 발은 흙으로 된 거인의 꿈을 꿨다고 했어요.」

「두 발이 흙으로 된 이 거인 이야기는 나도 어디선가 들은 것 같은데?」 김이 중얼거린다.

「나부코도노소르는 과연 그것이 자신이 꾼 꿈임을 인정하고는, 이번에는 그 꿈을 해몽해 달라고 부탁해요. 다니엘은 설명하기를, 지금 그들은 황금 머리의 시대, 즉 찬란한 바빌론 제국의 시대를 살고 있다고 말해요(살아남기 위해 약간의 아첨을 섞은 거죠). 이어 예고하기를, 이 제국 다음에는 또 다른 제국인 은의 제국이 이어지고, 그다음에는 세 번째 제국인 쇠의 제국이 온다고 말하죠. 그리고 이 모든 것들은 네 번째 왕국인

흙의 제국이 도래하면 다 무너져 버릴 것이라고 예언해요.」

「그 말의 의미는 뭔가요?」

「후세인들은 이 다니엘의 해몽을 다시 이렇게 해석했지요. 은의 제국은 바빌론을 침공한 그리스 제국일 것이다. 그리고 쇠의 제국은 그리스를 침공한 로마 제국일 것이다.」

「그리고 흙의 제국은…….」

「다니엘은 해몽할 때 이렇게 덧붙였어요. 〈나의 히브리 형제 하나가 와서 아주 강력한 메시지를 전파할 것이다. 전쟁이 아닌 평화를 설파하는 이 메시지는 전사(戰士)들의 왕국들을 모두 무너뜨릴 것이다.〉」

「그 말은 예수 그리스도를 통해 실현되었죠.」 카산드라가 대신 끝을 맺는다. 「따라서 다니엘은 진정한 예지력이 있는 예언자였다고 할 수 있겠네요.」

「하지만 난 이 모든 역사를 만든 것은 다름 아닌 다니엘이라고 생각해요. 그가 내놓은 흙발 거인의 이야기는 즉각 지중해 세계에 퍼져 엄청난 성공을 거뒀죠. 이 이야기는 그곳의 모든 종교들과 모든 지역 신앙들에 크나큰 영향을 준 거예요.」

「야, 정말 놀라운 사실이네!」 이 이야기의 함의들을 이해하기 시작한 김이 자신도 모르게 탄성을 발한다.

「그래서…….」

「그래서 사람들은 매우 인기 있는 이 예언이 실현될 수 있게끔 제각기 알아서 협력했다는 거겠죠.」

그러고 보니 집시 점성술사 그라지엘라가 했던 말이 다시 생각난다. 〈예언을 들은 사람들이 모든 것을 해내지. 예언이 실제로 실현되기를 바라기 때문이야.〉

그것이 바로 멋진 이야기들의 힘이지.

미래 전망부의 마지막 책임자는 말을 잇는다.

「예수가 살던 시대에, 자신이 다니엘이 예언한 메시아라고 주장하는 사람이 유대 지방에만도 1천2백여 명을 헤아렸다는군요. 메시아 후보자가 1천2백여 명이나 됐던 거예요! 예수가 죽고 나서 한참 지나고 나서야, 일명 〈성 바울로〉라고도 하는 다르소의 사울이 예수 그리스도야말로 예언자 다니엘이 언급한 그 흙의 왕국의 창건자라고 선포하게 되죠.」

「그렇다면 다니엘이 2천 년의 역사를 프로그래밍한 셈이군요.」

샤를 드 베즐레는 고개를 끄덕인다.

「정말 재미있는 얘기 아닌가요?」

카산드라의 얼굴에 깊은 동요의 빛이 떠오른다.

「그 말은 즉…… 오늘 우리가 하는 예언들은 미래의 세계를 창조하게 된다는 뜻인가요?」

「맞아요. 그 예언을 믿는 사람의 수가 많기만 하면 되는 일이죠.」

「따라서 우리가 끔찍한 미래를 상상하면 실제로 그런 미래가 실현되고, 또 우리가 기막히게 좋은 미래를 상상하면 그런 미래도 도래한다는 말도 되겠네요.」

「바로 그거예요. 오늘 우리가 꾼 꿈들이 내일의 현실들을 창조하게 되는 거죠. 사실, 지금 우리가 누리고 있는 모든 것들은 우리의 조상들이 상상해 낸 것들이지요. 그렇지 않은가요?」

두 젊은이는 이 놀라운 진실의 의미를 묵묵히 곱씹어 본다.

「하지만…… 난 정확한 모습으로 나타난 진짜 미래를 보았다고요.」 카산드라가 반박해 본다. 「그건 내가 꾸며 낸 게 아니었어요. 난 그 일이 일어나기 전에 극히 세밀한 부분들까지 분명히 보았다고요!」

샤를 드 베즐레의 얼굴에는 믿기 어렵다는 표정이 떠오르지만, 『다니엘의 예언서』의 표지를 살피고 있는 소녀의 주장을 굳이 반박하려 들지는 않는다.

「지금 다니엘은 어디 있죠?」

「죽어서 바빌론에 묻혔죠. 현재의 이라크에 해당하는 지역에.」

「아뇨. 우리 오빠 다니엘을 말하는 거예요. 그는 어디에 있죠?」

「원래대로라면 오늘 학생들의 모임에 참석했어야 해요. 왜 오지 않았는지 모르겠군요. 아가씨의 오빠는…… 뭐랄까…… 〈예측이 거의 불가능한〉 사람이죠.」

그는 자신이 선택한 이 표현이 매우 마음에 드는 기색이다.

「오빠 집 주소를 알고 계시나요?」

118.

미래학자 장관과 아동 정신의학 연구자의 결탁.

그들이 결합한 목적은 자폐증 아동들을 대상으로 실험을 행하는 데 있었어.

심지어 그들은 자신의 아이들까지 실험 대상으로 삼았지. 그리고 이 모든 것의 목적은 미래를 알기 위함이었다고…….

세상에, 이렇게 어처구니없는 일이!

나 자신이 희생자가 아니었다면, 그저 웃고 싶을 뿐이야.

119.

센 강이 감싸고 흐르는 시뉴 섬에는 자유의 횃불을 높이 치켜든 한 여인상이 마치 뱃머리처럼 우뚝 서 있다. 대서양 건너 뉴욕 항에 당당히 서 있는 거대한 조각상의 축소 복제품인 것이다.[1] 하지만 비둘기들이 끊임없이 날아들어 이 인간적 오만

---

1 뉴욕에 있는 자유의 여신상은 1886년 미국 독립 기념일에 맞추어 프랑스가 선물한 것이다. 이에 대한 보답으로 3년 후인 1889년, 프랑스 혁명 1백 주년을 기념하여 미국에 정착한 프랑스인들이 축소 복제한 자유의 여신상을 선사했다.

의 상징을 계속 더럽히고 있다. 바로 맞은편 강 너머의 프롱드 센 구역에는, 하늘을 찢어 버릴 듯 한없이 치솟고 있는 주거용 고층 건물들이 보인다.

다니엘 카첸버그의 아파트는 이 고층 건물들 중 하나에 위치해 있다. 바로 라디오 프랑스 빌딩 앞에 서 있는 오리종 타워이다.

김과 카산드라는 건물에 들어가는 사람의 뒤를 따라 들어가 첫 번째 갑실을 통과한다. 그렇게 홀에 이르러 입주자의 이름이 죽 적혀 있는 인터폰 버튼 앞에 선다. 다행히도 인터폰 카메라는 깨져 있다. 그들은 〈다니엘 카첸버그〉 버튼을 눌러 보지만 아무도 응답하지 않는다.

김은 다른 아무 버튼이나 눌러 본다.

「누구요?」 남자 목소리가 묻는다.

「우체부요.」 김이 대답한다.

「무슨 일이죠?」

「에…… 등기 소포요.」

잠시 침묵이 흐른다. 남자가 망설이는 게 느껴지지만, 결국 문을 열어 주지 않는다.

김예빈은 다음 버튼을 눌러 본다.

「누구요?」 이번에는 어떤 나이 든 부인의 목소리가 묻는다.

「소방관입니다.」 김이 목소리를 낮게 깔고 대답한다.

다시금 상대방의 의혹이 만져질 듯 감지되고, 결국은 열어 주지 않는다. 세 번째 버튼을 시도한다.

「누구요.」

「경찰입니다. 영장이 있으니 들어가게 해줘요.」

결과가 없기는 이번에도 마찬가지다. 결국 소녀가 직접 해보기로 한다. 그녀도 아무 버튼이나 눌러 본다.

「누구요?」 굵직한 바리톤의 음성이 묻는다.

「나야.」그녀의 대답이다.

문이 열린다. 김은 감탄에 찬 눈으로 소녀를 바라본다.

〈나야〉는 각 사람으로 하여금 자기가 기다리고 있는 사람을 생각하게 만들지. 따라서 〈우체부〉나 〈경찰관〉, 혹은 〈소방관〉보다는 의심을 훨씬 덜 일으키는 대답이야.

6층에 올라온 두 사람은 〈다니엘 카첸버그〉의 머리글자인 〈D. K.〉가 붙어 있는 문을 찾아낸다. 초인종을 눌러 보기도 하고 노크를 해보기도 하지만 응답이 없다. 김은 다시 스위스 만능 칼을 꺼내 도어록을 만지기 시작한다. 잠김쇠는 별로 어렵지 않게 딸깍하고 들어간다.

아파트 안으로 들어간 카산드라는 전에 오빠의 방과 사무실에서 본 바 있는 난장판을 또다시 발견한다. 하지만 여기에는 재미나고 신기하기는 하나 쓸모는 별로 없어 보이는 잡동사니들이 잔뜩 추가되어 있다. 입구의 맞은편 벽에는 커다란 포스터 한 장이 붙어 있어 있는데, 달에 세워진 어떤 마을을 묘사한 몽타주 사진이다. 보행자들이 바글거리는 그 달 마을을 덮은 투명한 돔 주위로는 수많은 비행기구들이 선회하고 있다. 그 옆에는 심해에 건설된, 역시 돔으로 덮인 해저 도시를 묘사한 또 다른 몽타주 사진이 붙어 있다.

「여기서 그를 기다리기로 해. 오래지 않아서 들어올 거야.」그녀가 제안한다.

카산드라는 오른쪽에 있는 살롱으로 들어가 다양한 형태의 플라스틱 우주선이며 외계인 인형들을 만지작거려 본다. 역대의 예언들과 대(大)예언가들, 미래를 예측하는 방법에 대한 책들이 사방에 널려 있다. 다니엘의 예언에 대한 저서도 여러 권 눈에 띈다.

오빠도 나처럼 자신의 유명한 고대의 동명이인의 이야기를 알고 싶었던 모양이야.

SF 책과 영화도 빠졌을 리 없다.

김은 주방으로 들어가 쓰레기통의 내용물을 싱크대 아래에 쏟아붓는다.

「넌 남의 집에 가면 우선 쓰레기부터 검사하는 모양이지?」

「그건 화장으로 가릴 수 없는 거니까……. 이 방법으로 벌써 한 번 성공하지 않았어? 자, 이것 봐. 네 오빠는 무지하게 예민하고 불안한 사람이야.」

「그걸 어떻게 알지?」

「이 조각조각 뜯어낸 손톱들 좀 보라고.」

그는 다시 분석 작업에 들어간다.

「그에겐 미신적인 성향이 있어.」

그는 〈오늘의 별자리 운세〉의 양자리에다 밑줄을 그어 놓은 신문을 보여 준다.

카산드라는, 이러한 김의 방식은 사냥감들의 배설물을 살피고 냄새를 맡아, 그들에 대한 정보를 추론해 내는 아마존 밀림의 사냥꾼들의 그것과 다를 바 없다는 생각을 한다.

그래. 우리가 버린 폐기물은 우리의 비밀을 드러내 주지.

그들은 다시 응접실에 앉아서 다니엘이 돌아오기만을 기다린다.

「공주, 넌 별자리 운세를 믿어?」 김이 묻는다.

「후작, 넌?」

오랜만에 서로의 귀족 칭호를 다시 부르니 왠지 모를 즐거움이 느껴진다.

「물론 안 믿지. 근데 넌 별자리가 뭐야?」

「전갈. 너는?」

「난 처녀.」

「그럴 줄 알았어. 하여간 처녀들이란! 걔들은 별자리 운세를 안 믿어.」

김은 이 농담의 의미를 금방 이해하지 못하고 있다가, 마침내 깨닫고는 낄낄댄다. 그러고는 그의 입에 밴 문장 중의 하나를 내뱉는다.

「어쨌든, 미신은 믿으면 재수 없는 일이 생기는 법.」

카산드라는 냉장고를 열어 본다. 그 안에는 게맛살이 수십 봉지 쌓여 있고, 과카몰리[2] 병들과 피클 병들도 보인다. 음식물이라곤 단지 그것뿐이다.

참! 오빠도 식성이 지독하게 까다롭네.

「내가 평소에 꿈꾸는 게 뭔지 알아?」 그녀가 묻는다.

「내가 알아맞혀 보지. 임박한 테러?」

「아니. 뜨거운 물에 목욕하는 것. 지난번에 어떤 빈 집에서 목욕을 했는데, 물이 얼음처럼 찼거든.」

소녀는 욕실로 향한다. 그녀는 거품을 내는 캡슐들을 욕조에다 넣고 온수를 가득 채운 다음, 그 안에 몸을 담근다. 그러고는 눈을 사르르 감는다.

청결하다는 것은 얼마나 좋은 것인지! 사람들은 매일 몸을 씻을 수 있다는 사실이 얼마나 큰 행복인지를 모르고 있어.

그녀가 다시 눈을 떠보니, 김도 어느새 욕조 안에 들어와서는 신나게 몸을 뒤틀고 있다. 두꺼운 거품 층이 둘의 벗은 몸을 가려 주어 그나마 다행이다.

순간, 본능적으로 도망가고 싶은 마음이 치민다. 하지만 몸을 일으키는 즉시 저 녀석이 내 나신을 볼 수 있으리라. 생각만 해도 끔찍한 일이다. 다행히도 초현대식 욕조는 충분히 넓어서 둘의 몸 사이에 아무런 접촉도 일어나지 않는다.

내 보호막을 침범하지 않는 게 현명할 거야.

청년은 버튼 하나를 발견하고는 눌러 본다. 그 즉시 펌프가

---

2 멕시코 요리의 일종.

작동하면서 물거품을 발생시키기 시작한다. 거품 층이 점차로 높아진다. 또 다른 버튼을 누르니, 욕조 안에서 다이오드 등들이 일제히 밝혀진다. 다시 세 번째의 버튼을 눌러 본다. 이번에는 클래식 음악을 전문으로 하는 한 라디오 방송이 몸과 마음을 이완시켜 주는 곡으로 이 미니 풀장의 공간을 부드럽게 채워 주기 시작한다. 비발디의 「사계」 가운데 〈봄〉 부분이다.

「공주, 우리가 했던 명상, 〈오감의 열림〉이나 한번 해볼까? 저번에 같이 했을 때 아주 좋지 않았어?」

그녀가 눈을 감자, 김이 중얼대기 시작한다.

「비발디의 음악이 들려. 펌프의 모터 소리, 그리고 물거품이 솟아 나오는 소리가 들려. 네 숨소리도 들려. 거품 비누의 냄새가 느껴져. 너의 땀 냄새가 느껴져. 따뜻한 물의 감촉이, 나를 간질이는 물거품들이 느껴져. 그리고…….」

뭐야, 내 보호막을 넘어온 거야?

「후작, 발가락 치워! 내 몸을 건드리는 걸 허락하지 않았어!」

「원, 참! 내 피부에 닿는 거품들이 느껴진다고!」

그녀는 눈을 뜨고 김을 노려본다.

「난 거기 앉아서 좋아 죽겠다는 얼굴을 하고 있는 네 낯짝이 보여!」 그녀가 쏘아붙인다.

영락없는 성룡이야. 부글거리는 냄비 속에서 첨벙대고 있는 파란 머리 가닥의 성룡.

「아, 이 순간이 너무도 좋다!」 성룡이 외친다. 「정말로 오랜만에 목욕하네! 목욕이 이렇게 좋은 거라는 사실마저 잊고 있었어……. 야, 여기 정말 끝내주는데!」

그런데 카산드라의 얼굴이 왠지 어둡다.

「공주, 뭐가 문제야? 네 소원대로 뜨뜻한 목욕물에 몸을 담그고 있잖아. 또 조사를 계속해 나가면 미래학에 대해 뭔가 새로운 것도 발견해 낼 거고. 자, 이 정도면 괜찮잖아?」

「나의 부모는 오빠가 히브리 예언자처럼 행동하도록 〈다니엘〉이라는 이름을 붙여 주었고, 오빠는 실제로 그렇게 행동했어. 또 그들은 나를 고대의 카산드라처럼 만들려고 〈카산드라〉란 이름을 붙였고, 그 결과 난 앞으로 일어나게 될 재앙들을 보고 있어. 그들은 우리에게 의견을 묻지 않고, 강제로 서커스 동물들로 만들어 버렸어.」

김은 머리를 더 깊게 담가 수면 위로 두 눈만 내놓는다.

「무슨 뜻인지 모르겠어?」 카산드라는 말을 잇는다. 「사람은 미래를 볼 수 없어. 점성술사들의 예언은 모두가 속임수야. 심지어는 우리 오빠조차 아무것도 보지 못해. 그는 단지 확률을 계산해 낼 뿐이야. 하지만 나는…… 난 진짜 미래를 자세하게 보았어. 다시 말해서 나 혼자만이 미래를 보고 있는 거야. 내 뇌 안의 무언가가 바뀌어져 있는 거라고. 오빠는 몰라도, 적어도 나는 이상하게 만들어 놓은 거라고. 약속해 줘. 만일 내가 정말로 미친 것같이 보이면 주저하지 않고 날 죽여 주겠다고.」

「아니, 난 그렇게 하지 않을 거야.」

「그럴 줄 알았어. 넌 나의 진정한 친구가 아냐. 왜, 셋푸쿠 하는 게 꺼려져? 그렇다면 복잡한 의식일랑 포기해 버릴게. 원한다면, 그냥 네 쌍절곤으로 목을 졸라 죽여도 돼.」

「이것 봐, 가만히 생각해 보면 말이야, 좀 바보같이 노는 것도 그렇게 나쁜 것 같지는 같아. 내가 네게 해줄 수 있는 최대한의 것이 뭔지 알아? 네가 혼잣말을 하는 걸 보게 된다면, 그땐 그냥 네 앞에 서 있어 주겠어. 그렇게 하면 혼잣말을 하지 않아도 되잖아.」

이때 입구 도어록에서 열쇠 돌아가는 소리가 들린다. 누군가가 들어오고 있는 것이다. 벌써 카산드라는 목욕 가운 하나를 움켜쥐고는, 쳐다보는 김의 시선도 아랑곳 않고 욕조의 거품 밖으로 뛰쳐나간다.

복도 끝, 입구 바로 앞에 누군가의 실루엣이 어른거린다.

그들은 서로를 쳐다본다.

다니엘!

키만 껑충한 애처럼, 구부정하니 뭔가 어설퍼 보이는 어른이 무슨 형태인지 알 수 없는 옷들을 걸치고 흐느적거리듯 서 있다. 헝클어진 장발의 더벅머리는 그녀가 구해 주려 했던 요크셔테리어의 털을 연상시킨다.

「다니엘!」

그는 그녀를 보고는 깜짝 놀라 얼어붙는다. 그러고는 잠시 머뭇거리더니, 엘리베이터 쪽으로 후다닥 달아난다. 카산드라는 맨발의 목욕 가운 차림으로 그의 뒤를 쫓는다. 엘리베이터 문은 그녀가 도착하기 직전에 닫힌다.

그녀는 옆쪽의 엘리베이터를 타고 내려간다. 1층에 이르니 멀리서 그가 달려가고 있는 게 보인다. 그녀는 부리나케 뒤쫓는다. 그는 센 강과 평행하게 뻗어 있는 갓길에 주차해 놓은 조그만 스마트 승용차에 올라탄다. 곧이어 차는 급히 발진한다.

카산드라는 차가 빨간불에 걸리기를 기대하면서 쫓아 달려 보지만, 다니엘은 신호등을 무시해 버리고 강변로를 질주한다.

그녀는 낙담하여 꼼짝하지 못한다. 바로 이때 어떤 목소리가 뒤에서 소리친다.

「거기서 꾸물대지 말고 어서 올라타!」

맑고 커다란 회색 눈의 소녀가 뒤를 돌아보니, 역시 목욕 가운 차림의 김이 방금 훔친 삼륜 스쿠터 베스파 MP3 위에 앉아 있다. 그녀는 지체 없이 뒷좌석에 올라타고, 그는 발진한다. 두 사람은 맹렬한 속도에 실려 강변로 위를 날아간다.

120.

그는 나를 알아봤어!

그런데 왜 날 보려 하지 않는 걸까? 그의 행동에는 뭔가 정상적이지 않은 면이 있어.

〈정신증 환자〉라 그런 걸까?

아냐. 그는 뭔가를 알고 있어. 내가 알아선 안 되는 것들을. 아니, 그러니까 내가 알아선 안 된다고 그가 생각하는 것들을 말이야.

121.

카산드라는 한기를 느끼고 김의 등에 몸을 꼭 붙인다.

작은 전기 자동차 스마트는 엔진의 힘은 약하지만 자동차들 사이를 요리조리 빠져 잘도 달린다. 김은 거리를 떨어뜨리지 않으려고 안간힘을 쓴다. 두 사람을 태운 스쿠터는 보행자 한 사람, 트럭 한 대, 승용차 한 대, 버스 한 대, 오토바이 한 대를 간신히 피하고, 일방통행 도로 하나를 역주행한다. 또 보도 위를 질주하고, 가로등 하나, 자전거 한 대, 배달 물품을 내리는 소형 트럭 한 대, 서로 악다구니를 쓰고 있는 부부를 태운 택시 한 대, 그리고 더 이상 움직이지 않는 어떤 이를 실으러 온 구급차 한 대를 아슬아슬하게 스쳐 간다.

이제 스마트는 저 멀리에 보이는 콩알만 한 불빛이 되어 한참 뒤에서 따라오는 그들을 비웃듯 달리고 있다.

앵발리드에 이르자 자동차는 방향을 틀더니, 교통 흐름이 원활한 도로 위를 질주한다. 곧 그들 앞에 몽파르나스 타워가 우뚝 나타난다.

두 젊은이는 다니엘 카첸버그가 데파르 가, 타워 빌딩 엘리베이터 입구 부근에다 차를 세워 놓고 빌딩 안으로 뛰어 들어가는 모습을 발견한다. 그들은 스쿠터를 팽개치고 쫓아 달려가, 꼭대기 층으로 직행하는 엘리베이터에 들어가는 그의 모습을 포착한다.

달랑 목욕 가운만 걸치고 맨발로 뛰어가는 두 남녀의 모습에 사람들은 입이 딱 벌어지고 눈이 둥그레진다. 하지만 두 사람은 개의치 않고 사람들을 밀치며 가장 가까운 곳에 있는 엘리베이터에 들어간다. 그 안에는 이런 안내문이 붙어 있다.

〈이 엘리베이터는 자동으로 작동하니 버튼을 누르지 마시오.〉

하지만 아무 일도 일어나지 않는다.

어떤 SF 소설에서 읽은 한 문장이 그녀의 뇌리를 스친다.

〈이것은 원칙적으로는 자동이다. 하지만 이것이 작동하기를 진정으로 원한다면, 그냥 버튼을 누르는 편이 낫다.〉

행동 없이 손가락만 빨고 있는 것을 세상에서 제일 싫어하는 그녀는 버튼들을 보이는 대로 다 누른다. 마침내 엘리베이터는 덜컹 하더니 불과 수십 초 만에 꼭대기 층에 이른다. 엘리베이터에서 나오니 관광객들을 위한 스낵바며 그림엽서 상점 등이 모여 있는 스카이라운지이다. 지금은 텅 비어 있어 있다. 화살표 하나가 옥상 전망대로 통하는 층계를 가리키고 있다.

다니엘은 저 위에 있어!

퍼뜩 떠오른 직관에 이끌린 소녀는 모험의 동반자를 데리고 층계를 뛰어 오른다. 파랗게 칠한 층계 바닥에는 지표에서의 높이가 흰 글씨로 표시되고 있다. 197미터. 200미터. 210미터. 그들은 금속제 문을 밀고 나와, 파노라마 전망대보다는 한 칸 낮은 곳, 즉 옥상 언저리를 따라 이어지는 관리자용 통로에 이른다. 아찔한 고도여서 공기는 얼음장 같고 바람은 거세게 윙윙댄다.

자살 기도자들이 옥상의 끝 부분으로 접근하는 것을 막으려고 2.5미터 높이의 철망 울타리가 쳐져 있고, 그것도 모자라서 안쪽으로 꼬부려진 꼬챙이들이 촘촘히 박혀 있다. 〈위험〉이라고 쓰인 빨간 표지판 하나가 사슬에 걸려 있다. 그 밑에는 〈통과 금지〉라는 경고문도 있다.

좀 더 가니 〈소방관 전용 접근로〉라는 표지가 보인다.

그 철책 문을 기어올라 넘어서니, 건물 유리 청소용 곤돌라를 이동시키는 데 사용하는 레일이 뻗어 있다. 네모난 작은 배같이 생긴 곤돌라는 두 줄을 팔처럼 길게 뻗어 도르래에 매달려 있다.

레일 너머, 옥상의 가두리는 짙은 색의 금속 턱으로 둘려 있다. 바람은 한층 거세진다. 그들은 이리 뛰고 저리 뛰며 찾아보지만, 다니엘의 자취는 어디에도 보이지 않는다. 카산드라는 까마득한 아래를 내려다본다.

설마 뛰어내리지는 않았겠지. 두 번이나 그럴 리는 없잖아.

「여기서 뛰어내렸다면 누군가를 빈대떡으로 만들어 놓지 않았겠어?」김이 안심시키려고 말한다. 「아까 아래서 사람들이 얼마나 많이 다니는지 봤지? 제아무리 비대한 사람이라도 이런 높이에서 떨어지는 사람을 완충해 줄 수는 없는 법이지. 따라서 두 명은 저 밑에 죽어 있어야 옳아. 인터넷에서 본 건데 말이야, 체코의 프라하에도 자살 사고가 빈번한 다리가 하나 있는데, 바로 그 밑에 주택가가 있었대. 하늘에서 떨어져 내리는 자살자들이 얼마나 많았는지 집값이 떨어질 정도였다는군.」

그녀는 대꾸하지 않는다. 대신 사방에 감시 카메라들이 작동하고 있는 것을 보고는 손목시계를 들여다본다. 〈5초 후 사망 확률: 41%〉.

이 금속 턱에 발을 올려놓으면 위험 수위인 50%가 넘어가겠지.

「이쪽이야! 여기에 지나간 흔적들이 있어.」김이 외친다.

그들은 또 다른 철책을 넘어, 관리용 통로에 찍힌 자국들을 따라가 어느 문 앞에 이른다. 문에는 〈관리자 외 출입 금지〉라는 표지판이 붙어 있다.

문은 닫혀 있지 않다. 먼지투성이의 어두운 복도 속으로 깊숙이 들어가자, 그 끝에 또 다른 문이 나온다. 〈5초 후 사망 확률: 18%〉.

위험하지 않아. 들어가도 되겠어.

하지만 문은 그게 끝이 아니었다. 거기서 다시 문 두 개를 더 통과하니 비로소 불 밝혀진 방이 나타난다. 한눈에도 실험실같이 보이는 그 방 안에, 흰 가운을 걸친 한 남자가 동물 우리 같은 것 위로 몸을 굽히고 서 있다. 남자는 그들을 보고는 몸을 홱 돌린다.

122.

다니엘이 아니었어.

123.

샤를 드 베즐레는 난데없이 맨발에 목욕 가운 바람으로 뛰어 들어온 두 사람을 보고는 눈이 뚱그레지더니, 이내 당황한 기색을 감추려고 애쓴다.

「우리 오빠 어디 있죠?」 카산드라가 묻는다.

「아니, 여긴 웬일이죠?」

「그를 따라왔어요. 그런데 이 문이 열려 있더군요.」

점성술 전문가는 뭔가 생각하는 눈으로 그들을 잠시 바라보더니, 이윽고 어깨를 으쓱한다.

「음…… 무슨 상황인지 알 것 같아요. 그는 일부러 그랬어요.」

「예?」

「다니엘은 두 사람을 여기로 데려오고 싶었던 거예요.」

「왜죠?」

「바로 이 장소에서 나와 얘기를 좀 더 나누라고요. 내가 당신들에게 더 많은 사실들을 밝혀 줄 수 있게끔요.」

「오빠는 어디 있죠?」

「아, 그는 벌써 떠났어요.」

그는 실험실 반대편에 관리용 통로 쪽으로 나 있는 출구를 가리킨다.

「따라가 봤자 헛수고예요. 벌써 멀리 가 있을 테니까요. 그는 대신 이걸 두고 갔어요. 당신들이 들어오고 나니, 이게 당신들에게 남긴 거라는 걸 알겠군요. 나는 그가 어떤 사람인지 익히 알고 있거든요.」

그는 봉인이 된 봉투 하나를 내민다. 카산드라는 봉투를 찢어, 네 쪽으로 접은 종이를 꺼내어 읽는다.

〈그리하여 그녀는 도착하여, 샤를 드 베즐레가 거기 있는 것을 보고는 크게 놀랐다. 오빠가 어디 있느냐고 묻자, 이미 떠났다고 남자는 알려주었다. 다시 《어디로요?》라고 묻자, 《저기로요》라고 대답했다. 그리고 비밀 문을 하나를 가리키면서 《그를 따라갈 필요는 없어요. 그가 간 곳은 절대 찾아낼 수 없을 테니까요》라고 덧붙였다. 그러자 카산드라는 실험실을 둘러보고는 이 상황을 이해하기 위해 베즐레와 좀 더 얘기해 보기로 마음먹었다.〉

맑고 커다란 회색 눈의 소녀는 편지를 다시 접는다.

「그 편지에다가 뭐라고 써놨나요?」

그녀는 대답하지 않는다. 샤를 드 베즐레는 어깨를 으쓱한다.

「그런 짓을 아주 좋아하죠. 그렇게 눈에 띄는 종이마다 미래를 휘갈겨 놓고는 아무데나 던져 놓아요. 하지만 욕할 것도 없죠. 그걸 가르쳐 준 장본인이 바로 나 자신이니까요. 그가 처음 미래 전망부에 들어왔을 때 가르쳐 줬어요.」

카산드라는 자신이 들어온 장소를 둘러본다. 〈피라니아〉라는 라벨이 붙어 있는 수족관이 보인다. 바로 옆의 벽에는 곡선 그래프 하나가 붙어 있고, 그 아래에는 〈체중이 X킬로그램이 넘는 남자가 Y분이 넘는 시간 동안 이 수족관에 빠져 있을 때 사망하게 될 확률은 Z이다〉라고 적혀 있다. 그리고 다시 그 옆에는 밑줄까지 그어진 수학 공식 하나가 피라니아에 의해 사람이 완전히 해체될 확률의 방정식을 제시하고 있다.

좀 더 멀리에는 〈뉴기니의 타란툴라 거미〉라는 라벨이 붙은 수족관이 보이는데, 두툼하게 깔아 놓은 잎사귀들 위에 어른 주먹만큼이나 커다란 거미들이 우글대고 있다. 그 옆에는 극히 정밀하게 표시된 그래프 하나가 있고, 그 밑에는 타란툴라 거미들과 함께 갇혔을 때 사망할 확률을 구하는 방정식이 적혀 있다.

그 옆에 있는 우리 속에서는 쥐들이 불안스럽게 찍찍대고 있다.

「다니엘은 모든 종류의 위험을 예측하는 일들에 강박적으로 매달리고 있어요.」 샤를 드 베즐레가 설명해 준다. 「한번은 너무도 화가 나는 듯 내게 이렇게 말하더군요. 〈어떻게 내가 고속도로 비상 주차대에서의 평균 생존 시간을 20분이라고 계산했는지 모르겠어요!〉」

카산드라는 벽들을 온통 뒤덮고 있는 자료들을 자세히 살펴본다.

「여기는 벼락에 대한 그의 연구예요.」

이렇게 말하면서 샤를 드 베즐레는 사진 하나를 가리키는데, 그 옆에는 그럴싸한 제목이 붙은 방정식들로 꽉 채워진 칠판이 하나 걸려 있다. 〈어떤 사람에게 벼락이 떨어질 확률〉.

⟨내란이 일어날 확률⟩. ⟨지하수 층이 오염될 확률⟩. ⟨비로 인해 홍수가 일어날 확률⟩.

「다니엘은 가정에서 사고가 발생할 수 있는 확률뿐 아니라, 군사 독재와 핵 발전소 폭발의 위험성에 대해서도 연구하고 있어요. 단기, 중기, 장기를 막론한 모든 미래의 수식화를 시도하고 있지요. 모든 것이 확률로 환원될 수 있다는 게 그의 주장이에요. 이렇게 아가씨의 부친까지 포함해서 우리 셋은 미래의 이해에 이르는 세 개의 상호 보완적인 길을 이루고 있었지요. 부친께서는 경제적 정치적 주기들을 관찰함으로써 미래를 분석했어요. 다니엘은 수학적 방정식들로 미래를 모델화했고요.」

「당신은요?」

「난 점성술을 사용했어요. 난 이 3인조에서 비합리적인 노선을 대표했죠.」

그렇다면 나의 예지몽은 네 번째 길인 걸까?

김은 오색의 다이오드 등들이 깜빡거리고 있는 거대한 가구 같은 것을 가리킨다.

「저건 뭐죠?」

「프로바빌리스예요. ⟨가입자⟩들의 생존 확률을 산정하는 초대형 전자계산기죠.」

샤를 드 베즐레는 자신의 손목을 보여 준다.

「나도 아가씨 것과 똑같은 시계가 있어요. 하지만 개인적으로 난 이것을 별로 신뢰하지 않아요……. 아세요? 미래학에 있어서도 믿음은 중요한 한 부분을 이룬답니다. 미래학이란 우리가 그것을 믿을 때에만 굴러갈 수 있지요. 비행기가 그렇듯이요.」

「비행기요? 아니, 비행기가 믿음하고 무슨 관계가 있나요?」 김이 놀라 묻는다.

「난 개인적으로 비행기를 탈 때마다 몹시 불안해요. 그 거대한 고철 덩어리를 구름 위로 떠받치고 있는 것은…… 승객들의 믿음이라고 확신하거든요. 승객 중 한 사람이 〈사람들과 트렁크들로 가득 찬 이 무거운 양철 원통이 공기 위를 날아간다는 것은…… 정상이 아니야〉라고 생각하기만 해도, 비행기는 추락하는 거죠.」

샤를 드 베즐레는 자신의 시계를 만지작거린다.

「이 확률 시계도 마찬가지예요. 즉 믿음에 달려 있는 거죠. 다니엘이 온갖 방정식들을 잔뜩 늘어놓기는 하지만, 난 믿지 않아요. 내 생각으로는, 미래란 수학 공식들로 파악되는 게 아니니까요. 그 공식들이 아무리 복잡하고 수가 많다 하더라도.」

이어 그는 이렇게 덧붙인다.

「하지만 이걸 차고 있으면 어쩐지 안심이 된다는 사실도 고백해야 하겠죠. 나도 인간인지라, 〈이게 진짜 들어맞는다면 정말로 좋겠다!〉라는 생각이 드는 걸 어쩔 수 없지요. 또 문자판의 숫자가 시시각각 변하는 것을 보고 있노라면, 하느님이 우릴 내려다보면서 우리에게 위험을 경고해 주고 있다는 느낌마저 들어요. 결국 내 생각으로는, 이건 순전히 신비주의적인 물건이라 할 수 있어요. 부적이나 성자의 메달이나 다를 바 없는.」

「당신은 뭘 믿으시죠, 점성가 선생님?」 김이 묻는다.

샤를 드 베즐레의 눈이 갑자기 환하게 밝아진다.

「별들을 믿죠! 점성술은 달라요. 이건 하나의 과학이죠.」

「설마 타고난 별자리에 따라 사람들의 미래를 추론해 낸다는 말은 아니겠죠?」 김이 빈정거린다. 「우리는 성좌들이 주관적이란 사실을 잘 알고 있잖아요? 하나의 성좌, 즉 별자리는 서로 다른 거리에 위치한 별들과 행성들과 은하들의 혼합체에 불과해요. 우리가 지구에서 어떤 각도로 이 별들을 관측할 때, 이들이 한데 모여 어떤 별자리 형태를 이루게 되는 것은

38

순전한 우연이라고요.」

샤를 드 베즐레는 어깨를 으쓱하더니, 셀레스트론 휴대용 천체 망원경을 집어 들고는 같이 밖으로 나가자고 청한다. 그들은 관리자용 통로보다도 한 칸 높은 곳, 다시 말해서 몽파르나스 빌딩에서 가장 높은 곳인 파노라마 전망대로 올라간다. 늦은 밤 시간이라 전망대 플랫폼에는 아무도 없다.

코르덴 양복의 남자는 천체 망원경의 다리를 펼친다. 무선 전화 안테나들 위에 앉아 있던 비둘기 몇 마리가 푸드득 날아간다. 저 밑에서 차들이 다니는 소리가 아련한 메아리처럼 느껴진다.

「자, 그럼 우리 똑똑하신 젊은 선생께 설명해 드리죠. 옛날에는 점성술이 하나의 공식적인 과학이었어요. 아르키메데스, 코페르니쿠스, 뉴턴, 갈릴레이, 이븐 루슈드, 스피노자, 기타 수많은 학자들이 인간의 운명을 이해하기 위해 하늘의 별들에 관심을 가졌지요. 그래, 지금 당신이 생각하는 게 뭐예요? 나는 아직도 여러 신문과 잡지에 별자리 운세를 연재하고 있는데, 그 모든 것들이 눈감고 아무거나 찍듯이 대충 예측하는 거라고 생각하나요?」

「물론이죠!」 김이 잘라 말한다.

「천만에요! 난 당신으로서는 상상도 할 수 없는 양심과 엄격함으로 각 별자리에 대한 예측 기사를 쓰고 있다고요! 또 아가씨 부친께서 왜 나를 스카우트했는지 알아요? 그건 바로 내게서 마야 점성술에 대한 얘기를 듣고서였어요.」

「마야 점성학요?」

「그래요. 우리 어머니는 멕시코 사람이죠. 유카탄 반도에서 태어나셨고, 아마 그 지역의 백성, 즉 마야인의 후예일 거예요. 그래서 난 그들의 문화를 깊이 연구하게 되었어요. 마야인들은 그들이 하나의 공식적 과학으로 여긴, 그들 고유의 점성술을 개발했지요.」

흥미를 느낀 두 젊은이는 입을 다물고 듣기만 한다.

「마야인들은 기원전 2000년경에 출현했어요.」

히브리의 다니엘이나 트로이의 카산드라보다도 훨씬 이전이었군.

「그들은 당시의 세계 그 어떤 민족들보다 훨씬 앞선 건축과 의학과 기술을 발전시켰어요. 그들의 어떤 점들은 지금의 우리보다도 앞서 있을 정도죠……. 매일같이 이 사라진 문명에 대한 새로운 발견들이 쏟아져 나오고 있어요. 그런데 이렇게 뛰어난 이들의 시스템 가운데서도 가장 놀라운 것 중의 하나는 의심의 여지 없이 나중에 〈마야 노래〉들이라고 불리게 된 것이지요.」

그는 이 용어를 언급하는 것만으로도 너무도 감격스러운 듯 침을 꿀꺽 삼킨다.

「사실은 그게 내 전공이죠. 마야인들은 점성술, 즉 미래 예측을 그들의 삶 전체를 관리하는 하나의 과학으로 변형했어요. 한 사람이 태어나면 공식적인 전문가들, 다시 말해서 국가 공무원들은 탄생 시의 하늘의 별들을 관찰하고 아이의 점성학적 테마를 만들어요. 그리고 그것을 기반으로 해서 아이가 살아가게 될 인생, 즉 한 사람의 개인적 미래를 이끌어 내는 거예요. 마야인들에게 있어서 미래를 점치는 기술은 단지 옳은 것으로 인정되었을 뿐만 아니라, 이 민족의 경제적, 정치적, 사회적 활동 전체를 결정하는 거였죠.」

「하나의 공민적 의무로서의 미신이라!」 김이 피식 웃는다.

「점성술사들은 부유하고 강력해서, 아무도 감히 그들을 비웃는다거나 그들의 예언에 대해 의혹을 제기하려 들지 못했어요. 당시에는 미래 전망부가 가장 중요한 부처였던 거죠. 거기에서 근무하는 사람도 엄청 많았다고 장담할 수 있어요.」

두 10대는 주의 깊게 듣고 있다. 고소에 부는 칼바람 속에 목욕 가운만 걸치고 있어 몸이 바들바들 떨리지만, 호기심이 추위를 이겨 내고 있다. 샤를 드 베즐레는 말을 잇는다.

「자, 그렇게 점성술사들은 아이가 태어난 날의 별을 관측한 결과를 토대로, 매우 상세한 내용을 담은 노래를 한 곡 지어 내요. 그 가사는, 예를 들면, 그 사람이 장차 어떤 직업을 갖게 될 것인지, 언제 사랑하는 사람을 만나게 될 것인지, 아이는 몇이나 갖게 될 것인지 등을 말하고 있죠.」

「진로 상담사나 결혼 소개소 같은 데는 안 찾아가도 되겠군.」 김이 다시 토를 단다.

「그리고 그의 미래의 아내, 즉 남자의 노래 내용에 일치하는 노래를 가진 여자는 그 친구를 만나려고 점성술사들이 애기한 날과 장소에 무슨 수를 써서라도 찾아와요.」

「오호, 그거 괜찮네!」

「그리고 그들은 노래가 예견한 수만큼 아이들을 낳지요. 심지어 점성술사들은 이런 모든 노래들의 끝에다가 아이가 몇 살에, 그리고 어떤 상황에서 죽게 될 것인지도 명시해 놓죠. 만일 그가 어떤 장소에서 수레에 깔려 죽는다고 적혀 있으면, 그는 어떻게 해서든지 그곳으로 찾아가죠.」

「정말 멍청하기 짝이 없네!」 김이 외친다.

「아니죠, 그게 바로 사람을 안심시켜 주는 거예요. 그들은 정말로 미래를 알고 있었어요. 그리고 모든 사람이 점성술사들의 예언들을 따르기 위해 최선을 다했기 때문에, 그 예언들은 실제로 이루어졌고요.」

「따라서 알지 못함으로 인한 불안감이 없었겠죠.」 카산드라가 베즐레를 대신하여 덧붙인다.

「그렇겠지. 하지만 이미 모든 것이 적혀 있다면, 더 이상 야심도 없고, 위험을 감수하는 모험도 없었겠지.」

「아, 절대 그렇지 않아요! 야심과 모험 역시 쓰여 있었죠. 덕분에 겁쟁이들도 행동할 수가 있었고요.」샤를 드 베즐레가 반박한다.

그들의 발아래 펼쳐져 있는 파리에서는, 아스팔트 위에 우글거리는 파란만장한 운명들에 대한 증언인 양 무수한 불빛들이 깜빡거리고 있다. 가물대는 작은 불똥과도 같은 이 빛들은 샤를 드 베즐레의 두 눈에 비쳐 별빛들에 섞여 든다.

「부모들은 매일 저녁 잠자리에 들기 전에 이 노래를 들려주어, 이것이 아이의 정신 속에 깊이 스며들게 만들었죠. 아이도 노래를 따라 불러 장차의 생 가운데 일어나게 될 모든 일들을 정확히 알고 있었고요.」

「그건 영화를 보기 전에 줄거리를 말해 주는 거나 마찬가지라고.」김이 또 입을 삐죽한다. 「난 그런 얘기 들으면 김이 팍 새버려. 영화에 서스펜스가 사라지잖아.」

「점성술사들의 예언이 어긋난 경우에는 어떻게 되었죠?」카산드라는 호기심에 찬 눈으로 묻는다.

「〈마야 노래〉에서 예언된 것들이 실현되게끔 모든 사람이 항상 노력했어요. 언제나, 그리고 어디에서나 만인이 이를 위해 움직였죠. 미래는 항상 예언대로 진행되었답니다.」

카산드라는 자신도 모르게 오빠 다니엘을 생각하게 된다.

그렇게 마야인들, 마야의 공식 점성술사들은 다만 그들의 말로써 미래를 만들어 갔던 거야. 그렇게 한 사회 전체가 몇 세기 동안을 자신의 운명을 통제하면서 살아갔던 거지. 그리고 이런 식으로 하나의 운명을 죽어라 따라간 이유는 오직 하나, 그 운명이 가능하다고 결정했기 때문이었어.

소녀는 한층 복잡한 생각 속으로 빠져든다.

이것은 마술과도 같아. 마술의 비밀을 아는 사람은 극적인 결말 앞에서도 별로 놀라지 않지. 왜냐면 공연은 전부 사전에 설정된 시나리오를 그대로 따르고 있을 뿐이라는 사실을 아니까. 마술에서 이것은 〈강요된 선택〉이라고 불리지. 사람들은 자신이 자유롭게 선택한다고 믿지만, 사실은 마술사들이 미리 정해 놓은 선택을, 다시 말해서 사전에 설정된 최후의 결말로 이어질 선택을 정확히 이행하는 것에 지나지 않아.

「자, 계속해 주세요.」

카산드라는 점점 더 강한 흥미를 느끼며 부탁한다.

별안간 샤를 드 베즐레의 오른손이 스스로 제어할 수 없을 정도로 심하게 떨린다. 그는 이내 몸을 추스르더니, 얘기를 계속할 마음이 별로 없는 듯 다만 여러 개의 성좌들을 언급하며 천체 망원경을 통해 한번 감상해 보라고 권한다.

나는 이 마야인들의 이야기와 미래를 보는 내 능력 사이에 어떤 관계가 있는지 알고 싶어. 타인들에 의해 특별한 운명을 살아가게끔 프로그래밍된 아이들의 이야기……. 당연히 내 문제와 연결될 수 있어.

「제발 얘기 좀 계속해 주세요…….」 소녀의 부탁은 애원에 가깝다.

남자는 대물렌즈에서 눈을 떼지만, 여전히 시선은 저 멀리 별들에 고정되어 있다. 그는 어쩔 수 없다는 듯 입을 삐죽 내민다.

「마야인들은 개인에 관계된 예언들뿐 아니라, 집단에 관계된 예언들도 했어요. 예를 들어 자신들의 사회가 서기 1510년에 해당하는 시대에 사라질 것이라고 예측했죠. 그러고는 그들 스스로가 모든 걸 없애 버렸어요.」

「마야 문명이 공식 점성술사들의 예언에 맞춰 자살했단 말이죠? 와, 정말로 멍청하네!」 김이 외친다.

「아니죠. 그렇게 멍청한 게 아닐지도 몰라요. 왜냐면 이 일은 콘키스타도레스들이 마야 땅에 도래하기 직전인 1520년에 일어났으니까요. 즉, 그들은 자신들의 세계가 이 스페인 침략자들에 의해 약탈되는 것을 보고 싶지 않았던 거예요. 결과적으로 그들은 아즈텍 민족이나 잉카 민족이 겪은 그 참혹한 일들을 당하지 않을 수 있었고요.」

두 젊은이는 할 말을 잊는다.

「어떤 친구가 살해당하기 전에 스스로 목숨을 끊은 거나 마찬가지잖아.」 김이 다시 낄낄댄다.

「그 자살한 문명에서 무엇이 남았나요?」 카산드라가 묻는다. 「아무리 그래도 모두 다 죽지는 않았을 것 아녜요?」

샤를 드 베즐레는 다시 눈을 천체 망원경의 대물렌즈에 붙이고는 어느 별에 대고 초점을 맞춘다. 그런 자세를 유지한 채 다시 입을 연다.

「〈드레스덴 코덱스〉라는 이름의 마야 문서가 있어요. 이 책 중에서 사람들이 번역해 낸 부분들은 모든 행성이 한 줄로 정렬되는 2012년 12월 21일에 인류가 멸망한다고 예고하고 있지요.」

「세계의 종말이 2012년에 온다고요?」 김이 흠칫하더니, 다시금 빈정댄다. 「그러면 난 2012년 12월 22일에 당신을 생각하며 파티를 열어야겠네요.」

「그렇다면 마야 민족은요? 예언대로 그들은 다 죽었나요?」 카산드라가 묻는다.

「라칸돈 부족이 아직 남아 있어요. 이들은 과거 마야의 영토였던 멕시코의 유카탄 반도에 살고 있는 특별한 종족인데, 자신들이 마야의 후손이라고 주장하면서 의미가 잊힌 노래들을 부르고 있지요. 아마도 누군가의 개인적 운명을 얘기했던 노래들이겠죠. 우리 어머니도 이 라칸돈 부족 출신이에요.」

「어떤 특별한 삶을 살게끔 한 아이를 프로그래밍할 수 있다고 하셨죠. 그렇다면 어떤 특별한 재능을 갖게끔 프로그래밍하는 것도 가능한가요?」 카산드라가 다시 묻는다.

「무슨 말인지 모르겠어요.」

「그럼 그리는 재능, 노래하는 재능, 춤추는 재능을 예정할 수 있느냐는 말이에요. 마야인들은 한 아이가 어떤 굉장하고도 놀라운 일들을 하게끔 사전에 결정할 수 있었나요?」

「대체 무슨 말을 하려는 거죠?」

「공식적인 점성술사들이 있다고 그러셨어요. 그렇다면 한 아이를 공식 점성술사가 되게끔 프로그래밍할 수 있었냐고요.」

마술이 마술사에게도 적용될 수 있느냐는 말이라고요.

남자는 망원경에서 눈을 떼고는 그녀를 뚫어지게 응시하더니 이윽고 어색한 미소를 짓는다.

「아가씨 부친도 내게 똑같은 질문을 했지요. 하지만 거기에 대해서는 난 아는 바가 없어요.」

「왜 다니엘은 그토록 미래에 집착하는 거죠?」 이번에는 김이 묻는다.

「사람들은 때로는 과거를 보지 않으려고 미래를 보기도 하죠. 아니면 현재를 피하고 싶든지……. 어쨌든 당신의 오빠가 천재인 건 사실이지만, 너무 멀리 나갔어요. 지금 그는 극도의 지성과 광기 사이를 오락가락하고 있죠.」

두 10대는 가슴이 철렁 내려앉는다.

「그는 아무도 말릴 수 없는 사람이에요. 시계가 어떻게 예측하는지 확인하려고 여기서 뛰어내려서 세 사람이나 죽게 만들었죠. 하지만 자기가 무슨 짓을 했는지조차 모르고 있어요. 아주 위험한 사람이죠.」

「그가 두려운가요?」

「물론이죠. 하지만 난 그를 끝까지 따를 거예요. 대단한 사람이니까요.」

「난 그를 찾고 싶어요. 그와 할 얘기가 있다고요.」 소녀가 강하게 말한다.

샤를 드 베즐레는 재미있다는 듯 입술을 쭉 내밀더니, 호주머니에서 봉인된 다른 봉투 하나를 꺼낸다. 봉투에는 이렇게 쓰여 있다. 〈그녀가 《그와 할 얘기가 있다고요》라고 말하면 그녀에게 전해 줄 것.〉

카산드라는 봉투를 뜯고 편지를 꺼내어 읽는다.

〈카산드라는 자신은 그를 찾고 싶으며, 그와 할 얘기가 있다고 말했다. 하지만 천장의 감시 카메라들을 통해 그녀의 위치를 파악한 경찰이 들이닥치고 있었다. 그녀는 마지막 순간에 이 메시지를 읽은 덕에 그 사실을 알게 되어 경찰이 도착하기 전에 도망갈 수 있었다. 이 모든 것은 불과 몇 초 사이에 일어난 일이었다.〉

경찰이 엘리베이터를 타고 올라오고 있을 때, 목욕 가운 차림의 두 젊은이는 그 옆의 엘리베이터에 번개처럼 뛰어 들어간다. 1층에 내려와서는 MP3 스쿠터가 있는 쪽으로 달려간다. 김은 전선을 이어 시동을 건 다음, 가속 핸들을 돌린다. 카산드라가 그의 등에 딱 달라붙자 스쿠터는 로켓처럼 튀어 나간다.

124.

마야의 점성술…… 이런 것이 오늘날에 무슨 의미를 가질 수 있을까?

그것은 미래를 두려워하는 사람들이 합의에 의해 일종의 예측 가능한 공동의 미래를 정해 놓는 시스템이라고 할 수 있어.

하지만 여기에는 문제가 있지.

모든 사람이 저마다 아주 괜찮은 미래만을 선택하려 들 테니까.

모든 사람이 항상 부유하고, 멋진 외모를 간직하고, 완벽하게 건강하고, 최고의 파트너와 함께 있고, 최고로 예쁜 아이들을 갖고, 무병장수하기만을 바랄 테니까.

이런 시스템이어서는 도저히 굴러갈 수가 없어.

그렇다면 점성술사들은 어떻게 결정해야 할까……?

자, 그들 입장에서 한번 생각해 보자.

모든 사람에게 완벽한 인생을 주지 않으려면 그들은 어쩔 수 없이…… 주사위를 던져 좋은 때와 나쁜 때를 사람들에게 적절히 분배해야겠지.

맞아, 이게 바로 해결책이야!

마야인들도 똑같은 선택을 했을 거야. 단지 주사위를 던지는 대신 별들을 관찰했다는 게 다를 뿐이지. 그렇게 해서 별들이 배열되는 방식들과 어떤 특정한 사건들 간의 상응 관계의 코드를 설정해 놓은 거야. 물론 이 상응 관계는 제비를 뽑듯 무작위로 결정될 수도 있었지만, 그것은 아무런 문제도 되지 않았어.

중요한 것은 오직 하나, 모든 사람이 똑같이 동일한 미래를 믿고 있다는 점이니까.

모든 사람들이 총의에 의해 이 가능한 미래들이 확실하다는 사실을 받아들이고 있었어.

정말로 놀라운 일이야. 한 사회 전체가 하나의 예견된 미래를 받아들이는 게임을 하고 있었던 거야. 그것은 미래의 완벽한 제어를 위해 치른 대가였지.

어떤 의미에서 이것은 주사위를 던져 각자의 장점들과 결점들을 얻게 되는 역할 게임과도 같다고 할 수 있어. 물론 마야인들의 게임은 한층 더 나아갔지. 단지 장점과 결점뿐 아니라, 장차 일어나게 될 사건, 질병, 배신, 혹은 우연한 만남까지 미리 정해 놓는 게임이었으니까.

그렇게 해서 한 사람의 생에는 좋은 때도 있고 나쁜 때도

있게 되지만, 최소한 예측 못 했던 것이 불쑥 튀어나오리라는 불안감은 없었던 거야!

이런 시스템을 오늘날에 다시 만들어 보는 것도 가능하겠지…… 물론 그러기 위해서는 67억에 달하는 사람들 모두가 똑같은 미신을 받아들이기로 동의해야겠지만!

그렇게 된다면 미래는 단지 우리가 단순히 아는 정도가 아니라, 확실한 것이 되겠지.

놀라운 일이야. 정말로 놀라운 일이야.

결국 베즐레의 이론으로 귀결되는군. 그 거대한 금속판 덩어리를 모든 논리를 초월하여 구름 위에 떠 있게 해주는 것은 오직 하나…… 승객들의 믿음이라는 이론 말이야.

125.

목욕 가운 외에는 걸친 게 없는 카산드라 카첸버그는 몸이 얼어붙는 것만 같다. 그녀는 킴의 등에 꼭 달라붙는다.

「난 그보다 더 잘할 거야!」 그녀는 요란한 모터 소리 위로 목이 터져라 소리 지른다.

「뭐?」

「내가 다니엘 오빠보다 더 잘할 거라고! 그들의 미래 전망부보다 잘할 거야! 확률 시계보다 잘할 거야! 마야인들보다 잘할 거야! 난 진정으로 미래를 볼 수 있는 관측소를 만들어 낼 거야!」

스쿠터는 요란한 폭발음을 터뜨리며 대로를 질주한다.

「필리프 파파다키스가 말하기를, 나는 가장 멀리 나간 궁극의 실험이라고 했어. 다니엘은 실험 23인데도 이미 엄청난 능력을 가지고 있어. 그런데 난 실험 24이야. 그에게는 없는 어떤 가능성이 추가되어 있다는 뜻이지. 더욱이 내게는 최고의 지원군이 있어.」

「지금 농담해? 그에게는 정부가 있고, 샤를 드 베즐레가 있고, 미래 보험이라는 대기업이 있는데?」

「하지만 내겐 여성적 직관과 나의 군대가 있지.」

「너의 군대?」

「당신들. 대속의 시민들.」

카산드라는 그의 등에 몸을 더욱 밀착시킨다. 그녀의 검은 머리칼은 바람에 물결치듯 휘날리고, 그녀의 맑고 커다란 회색 눈은 내면의 빛을 숨기고 있는 듯 반짝거린다.

126.

난 내가 생각했던 것보다 훨씬 큰 능력을 갖고 있을 거야.

며칠 앞서 테러를 예감했지만, 그건 사실 별게 아니었어. 그건 내 안에 숨어 있는 진정한 재능을 암시하는 아주 사소한 징후에 불과했을 뿐이야.

나 자신이 막강한 병기(兵器)야. 나 혼자서 이 세계를 올바른 방향으로 변화시킬 수 있어.

모든 장애물들을 무너뜨리고.

127.

「어림없는 소리!」

에스메랄다 피콜리니는 1면에 〈부르봉-파름 백작 부인과 뤽상부르 대공, 파경에 이르다〉라고 적혀 있는 신문을 아래로 세차게 내린다. 그녀는 신문을 구겨 버리고는 살기등등하게 일어선다.

「내 눈에 흙이 들어가기 전에는 저 망할 년은 여기에 발을 들여놓을 수 없어! 절대로, 절대로! 죽든지, 돼지든지, 숨이 넘어가든지 맘대로 하라고 해! 감옥에 가든, 정신 병원에 가든, 수녀원에 들어가든, 모르몬교도들한테 가든 어디를 가든 상관없지만, 여기는 절대로 안 돼! 나가! 우리에게 문제만 잔뜩 몰고 오면서 베르나데트 수비루스 흉내를 내는 년은 여기서 나가 달란 말이야! 아무 말도 듣고 싶지 않아. 더 이상 보고 싶지 않고, 이제 눈에 띄면 죽여 버리겠어. 누가 제발 나 좀 말려 줘! 아니면 저 년을 당장에 죽여 버릴 거야! 자, 어서! 꺼져, 이 더러운 년아!」

카산드라 카첸버그는 꿈쩍도 하지 않는다.

「아, 세상에 이럴 수가 있나! 저건 완전히 걸어 다니는 저주야, 저주! 아이고, 우리가 무슨 죄를 지었기에 이런 벌을 받나!」

「사실 나도 슬슬 저 계집애가 무서워지기 시작해.」 페트나와데도 고개를 끄덕인다.

「너희 둘 다 말이야, 다음에 떠날 때는 미리 얘기 좀 하고 가라고!」 화톳불 가까이에 개의 주검들을 쌓아올리는 오를랑도 반 드 퓌트의 얼굴도 그렇게 상냥하지만은 않다.

「남작, 저 애를 여기 데려온 사람이 당신이니까, 당신 말은 듣겠지. 그러니 꺼지라고 말해.」 페트나가 말한다. 「자, 뭐해? 어서 쫓아내지 않고?」

「뭐지, 그 말투는? 〈좀 쫓아내 주지 않겠어?〉 이렇게 말하면 입에 덧나나?」

「야, 이 멍청아! 빨리 저 신데렐라 좀 쫓아내라고! 이 모든 게 당신 잘못이잖아!」 에스메랄다가 참지 못하고 소리친다.

오를랑도는 대답 대신 일련의 방귀를 연달아 터뜨린다. 보통은 분위기를 누그러뜨리든지, 아니면 사람들을 중독시켜 아우성치게 만드는 효력이 있는 행위이건만, 지금은 너무도 긴장된 분위기여서 신경 쓰는 사람이 아무도 없다.

「아, 남자들의 비겁함이란! 어이, 나가! 자, 네 집에 돌아가라고! 당장 떠나지 않으면 죽여 버릴 거야! 이게 정말 끈적대는 게 파리 끈끈이보다도 더하네? 아, 시발, 여기선 모든 걸 제 손으로 해야 하니……!」

벌써 적갈색 쪽머리의 여인은 면도칼을 꺼내어 한번 휘둘러 본다. 카산드라는 그들을 쳐다보면서 잠시 망설이다가, 결국 몸을 돌린다.

「좋아요. 그럼 잘 있어요.」

김예빈도 묵묵히 몸을 돌려 그녀 뒤를 따른다.

「아, 후작 자넨 남으라고! 저 조그만 마녀한테 꺼지라고 했지, 자네까지 가라는 건 아냐.」 페트나가 부른다.

「우리 둘 다 있지 못하면 아무도 안 남아.」 김이 또박또박 선언한다.

「오호, 후작 선생께서 작은 마녀한테 단단히 홀리셨구먼.」

「누가 어린 수탉 아니랄까 봐. 계집애 앞에서 폼 좀 잡으려는 거지. 호르몬이 넘치는 모양이군.」 에스메랄다가 비꼰다.

그녀는 김에게 다가가더니 코를 대고 요란하게 킁킁거린다.

「게다가 이것들이 냄새도 좋아졌네? 그동안 우리 하치장의 냄새를 포기하셨어? 어라? 심지어는 라벤더 향의 비누 냄새까지 나네? 이거 둘 다…… 목욕까지 하셨잖아?」

그녀는 역겨운 듯 얼굴을 찌푸린다.

「후작, 아직도 이해 못 했어? 저건 재수 없는 년이야. 저주받았다고.」

왜 내가 이렇게까지 저들의 마음을 얻으려고 애를 쓰는 걸까?

아마도…… 저들이 최소한 위선자는 아니기 때문이겠지.

그리고 저 〈스컹크〉들이야말로 이 성소의 수호자들이니까.

파리들이 웽웽대며 공중을 맴돌고 있다. 사람들은 차례로 몸을 긁는다.

「공작 부인 말이 맞아. 공주…… 아니, 저 꼬마는 우리를 엉뚱한 곳으로 끌고 가서 돈을 잃게 하고, 경찰들의 눈에 띄게 했어. 내 말뜻을 이해할랑가 모르겠지만.」

「하지만 공주가 있으면 사람들의 생명을 구할 수 있잖아?」 오를랑도가 상기시킨다.

「그래서 우리에게 돌아오는 게 뭔데? 조그만 훈장 하나, 심지어는 고맙다는 말 한마디 없어. 신문에 기사 한 쪽 안 실렸다고!」

「아냐, 기사가 하나 있긴 해!」 에스메랄다는 신문 한 장을 보여 주면서 킬킬댄다. 「자, 읽어 볼게. 〈심하게 메스꺼운 일단의 노숙자들이 야기한 부적절한 경보 발령 사건 이후 지하철 이용자들의 민원이 쇄도하고 있다. RATP 관계자들은 비공민적인 행동을 보이는 무례한 이용자들에 대한 감시를 더욱 강화할 것을 약속했다.〉 보라고! 목숨을 구해 줬는데도 이렇게 배은망덕한 게 부르주아들이야. 자, 우리를 충분히 엿먹인 엿 같은 애는 이제 그만 사라져 줘.」

아무도 움직이지 않는다. 김이 다시 잘라 말한다.

「얘와 나, 둘 다 남든지, 둘 다 사라지든지 하겠어.」

내가 제대로 들은 걸까? 태어나서 처음으로 내 편이 되어 주는 사람을 만났어. 어떻게 이런 일이 일어날 수 있을까?

에스메랄다는 한심하다는 듯 그에게 입을 쭉 내민다.

「그럼 너도 꺼져 버려. 나가라고, 이 천치야!」

이때 오를랑도가 끼어든다.

「잠깐, 공작 부인! 우리에겐 아직도 후작이 필요하다는 걸 당신도 잘 알잖아. 우리의 전기며 통신 시설을 설치해 준 게 바로 재야. 또 버려진 컴퓨터에서 재가 찾아내는 금속들이 우리의 주요 수입원이고.」

「좋아. 그럼 투표로 결정해. 자작, 당신은 어떻게 생각해?」

「뭐, 둘 다 남아야지 어쩌겠어. 당신과 오를랑도하고만 같이 있는다는 건 좀 그래. 아무것도 아닌 일들을 가지고 노상 입씨름을 벌이는 당신들하고만 있으면 머리가 돌아 버릴걸!」

에스메랄다는 어깨를 으쓱한다.

「좋아, 내가 양보하는 수밖에. 자, 이제 당신들은 이 빌어먹을 공주가 또 어떤 문제들을 몰고 오게 될지 똑똑히 보게 될 거야. 암, 내가 장담하지!」

그녀는 땅에다 침을 탁 뱉는다.

긴 침묵이 뒤를 잇는다. 김은 카산드라에게 에스메랄다를 신경 쓰지 말라고 손짓한다. 카산드라는 포테이토칩 한 상자를 주워 들고는, 못마땅한 눈으로 쳐다보는 페트나 옆에 앉아 눅눅한 과자를 씹는다.

김은 사람들의 기분 전환을 시켜 줄 양으로 텔레비전을 켠다. 곧바로 스피커에서 흘러나오는 목소리가 방금 들어온 따끈따끈한 뉴스들을 전해 준다.

1. 스포츠입니다. 참변이 아닐 수 없습니다. 프랑스 축구 대표팀이 덴마크 팀에게 패배했습니다. 국회는 프랑스 선수들의 동기 부여에 대한 토론을 시작했습니다. 이들 모두는 스위스에 거주하는 억만장자들로서, 공의 궤적보다는 자신들의 명성 위에 세워진 기업들을 관리하는 일에 더 관심이 많은 것으로 알려지고 있습니다.

2. 국제 정치입니다. 이란이 또다시 장거리 탄도 미사일을 발사했습니다. 유럽은 유럽 의회 의장의 입을 통해 만일 이 나라가 대량 살상 무기 개발을 계속한다면 경제 제재가 표결에 부쳐질 수 있음을 천명했습니다. 이에 이란 정부 대변인은, 그들은 군중 한가운데서 자기 몸을 폭파할 수 있는 자살 특공대로 특별히 교육된 5만 명의 아동을 보유하고 있다고 답변했습니다. 이 대변인은 또, 만일 유럽이 위협을 실행에 옮길

경우, 이란 또한 주저 없이 이 아동들을 세계의 주요 수도들에 파견할 것이라고 덧붙였습니다.

3. 증권가 소식입니다. 또다시 산업 지표가 급락하고 있습니다. 원유 가격은 상승 중입니다.

4. 국내 정치입니다. 경제 위기와 국가의 전반적인 빈곤화에 대처하기 위해 정부는 각종 경비를 축소할 것과, 특히 국가의 원만한 관리를 위해 필수 불가결하지 않은 정부 부처의 수를 줄일 것을 약속했습니다. 이에 따라 인권 보호부, 미래 전망부, 지속 발전부, 프랑코포니부[3]가 폐쇄될 예정입니다.

5. 날씨입니다. 봄철 소나기가 갈수록 변덕스러워지고 있습니다. 따라서 화창한 날씨와 비가 번갈아 이어질 전망입니다.

6. 로토입니다. 당첨 번호는 12, 15, 3, 9, 6이고, 보너스 번호는 22번입니다.

페트나는 침을 뱉고 로토 용지를 찢어 버리면서 투덜댄다.

「또 꽝이야!」

「로토로 거의 확실하게 돈을 버는 방법이 있어요.」 카산드라가 무심코 말한다.

「호호, 얘는 상당히 과묵한데, 한번 입을 열었다 하면 언제나 흥미로운 게 튀어나온단 말이야.」 페트나가 빈정댄다. 「그래, 점쟁이 아가씨, 그 방법이 대체 뭐유?」

「우리 오빠가 수학적 계산을 통해 밝혀 낸 거예요. 9천 유로를 걸면 돼요. 확률상 그게 분기점이죠. 그렇게 하면 돈을 딸 확률이 75%래요. 다시 말해서 9천 유로만 쓰면, 건 돈보다 많은 액수의 돈을 따게 될 것이 거의 확실하다는 얘기죠.」

모두의 얼굴에 비웃음이 떠오른다.

「따라서 부자가 되기 위해서는…… 돈을 많이 쓰기만 하면

---

3 〈프랑코포니〉란 프랑스어를 공용어로 사용하는 국가들을 말한다.

된단 말이지? 따라서 내가 제대로 이해했다면, 부자가 되기 위해서는 이미 부자이기만 하면 된다는 말이지?」페트나가 노골적으로 빈정댄다.

물론이죠! 부자들이 점점 더 부자가 되는 것은 결코 우연이 아니라고요. 그들은 많은 돈을 걸기 때문에 돈을 따는 거예요.

로토는 가난한 사람들의 게임이죠. 가난한 사람들이 돈을 내어 부자들을 살찌워 주는 게임.

그녀는 어깨를 으쓱한다.

하지만 우리는 어느 순간 불평과 신세 한탄을 중단하고, 자신의 운명을 직접 책임지기로 결심하고, 진정한 모험들을 해야 해요. 우리는 자본가들처럼 행동할 때만이 그들의 돈을 훔쳐 올 수 있어요. 항상 그들을 시샘하며 분통만 터뜨리고 있지 말고, 그들의 영역으로 뛰어 들어가 피 터지게 싸워야 하는 거라고요!

그녀는 빈 병 하나를 있는 힘껏 걷어차고, 그것은 멀리 날아가 박살이 나버린다.

맥이 빠진 카산드라는 자기 움막에 들어가 문을 걸어 잠근다. 그녀는 자기가 없는 사이에 에스메랄다가 자기 물건들을 쓰레기봉투들 속에 종류별로 집어넣기 시작했다는 사실을 발견한다. 그녀가 수집한 인형들은 한쪽 구석에 피라미드 꼴로 쌓여 있다.

소녀는 이불 속에 파고들어 가, 긴 속눈썹이 달린 눈꺼풀을 커튼처럼 다시 내려 버린다.

이가 딱딱 맞부딪친다. 그녀는 너무도 춥다.

128.

카산드라 카첸버그는 꿈을 꾼다. 꿈속에서 그녀는 수증기가 가득한 하얀 방 안에 있다. 그녀는 알몸에 실내 가운만 걸친 채 누워 있다. 흰 장갑을 낀 두 명의 과학자가 그녀의 몸을 들어 올려, 쿠션을 댄 석관 안에 살며시 내려놓는다. 그러고는 투명한 석관 뚜껑을 덮는다. 석관 벽에 박아 넣은 온도계는 기온이 낮음을 보여 준다. 점점 더 추워진다.

과학자들은 떠나간다. 문 위의 기다란 전광판은 이곳이 〈극저온 보존 센터〉임을 알려 주고 있다.

카산드라는 자신의 모습이 어렸을 때 읽은 동화에 나오는 잠자는 숲속의 미녀와 흡사하다고 생각한다.

맞은편 벽에는 벽시계가 하나 걸려 있는데, 거기에는 분과 시간뿐 아니라, 달과 연도와 세기와 천 년까지 표시되고 있다. 벽시계는 처음에는 우리 시대를 가리키고 있다. 그러고는 숫자가 무서운 속도로 바뀌면서 시간이 미친 듯이 흘러간다.

분은 눈 깜짝할 사이에 시간이 되고, 시간은 금방 날이 되고, 달이 되고, 해가 된다. 숫자들은 점점 더 빠른 속도로 지나간다. 2052, 2075, 2091, 2112, 2222, 2350, 2403, 2503, 2609, 2815, 2828, 2904, 2999.

곧 문자판에 이런 내용이 표시된다. 〈3000년 4월 월요일 15시 15분 00초〉

음식이 다 데워졌을 때 전자레인지에서 나는 것 같은 땡 소리가 관에서 울리더니, 다시금 모든 것에 불이 들어온다. 수증기들이 치익 하면서 길게 뿜어져 나온다. 온도계의 온도는 천천히 올라가 섭씨 37.2도에 이른다. 그러자 슈욱 하는 소리와 함께 석관의 투명 뚜껑이 천천히 올라간다.

꿈속에서 그녀는 주위의 배경이 변해 있는 것을 본다. 실험실 안은 정확히 꼬집어 말할 수는 없지만 무언가 많이 바뀌어 있다. 그녀는 이렇게 생각한다. 지금은 서기 3000년이니까 사람들은 모든 질병을 치료하게 되었을 거야. 몸 안에는 각종 컴퓨터 칩을 내장했을 거고, 더욱 빠르고 더욱 가벼워진 교통 수단을 소유하게 되었을 거야. 자기 집 발코니에서 일인용 비행기를 타고 날아오르는 사람들도 보게 되겠지.

그녀는 자신이 옛적의 모든 문제들을 해결해 버린 더욱 진화되고 더욱 아름다워진 세계를 발견하게 되리라고 생각한다.

몸을 일으킨 카산드라는 바깥에서 자신을 기다리고 있는 군중들을 본다.

그녀는 자신을 위해 준비된 옷을 입은 다음, 자신을 기다리고 있는 사람들을 만나러 방을 나선다. 기자들이 달려들어 이전의 세계에 대해 질문을 퍼붓는데, 너무도 흥분되어 있어서 대답할 시간조차 주지 않는다. 그녀는 스타가 된 듯한 기분이 든다. 한 네안데르탈인이 발견되어 동굴 속 일상생활을 이야기해 주었다면 이와 같았으리라. 그런데 갑자기 미래 분위기가 물씬 풍기는 제복을 입은 두 경찰관이 나타나더니 다짜고짜 그녀를 체포한다. 그녀는 도무지 이유를 알 수 없다. 그들은 난폭하게 그녀의 두 손을 뒤로 꺾고는 수갑을 채운다.

카산드라는 떠밀려 경찰 호송차에 실린다. 주위를 둘러보니 사람들이 손 팻말을 흔들고 있는데, 팻말에는 자기 얼굴 사진이 붙어 있고 사진 위에 다시 〈사형시켜라!〉라는 글씨가 얼굴을 죽 그어 버린 줄처럼 쓰여 있다. 어디론가 달리고 있는 차창 밖을 내다보니 잿빛 하늘과 사방에 쌓여 있는 쓰레기 무더기, 검은 비, 지핀 불이 활활 타오르고 있는 화로들, 짐짝처럼 포개져 땅바닥에 뒹굴며 자는 사람들의 모습이 눈에 들어온다.

경찰 호송차의 철망 쳐진 차창을 통해 밖을 내다보면 볼수록, 거리마다 사람들로 꽉꽉 차 있다는 사실이 갈수록 분명해진다. 그 많은 군중들은 A지점에서 B지점으로 가지 않고 정처 없이 배회하고 있다. 공원마다 수십, 수백, 아니 수천 명씩 떼 지어 잠들어 있는 몸뚱이들이 보인다. 좀 더 멀리에서는 부랑자들이 고래고래 소리 지르며 시위를 벌이고 있다. 경찰관들은 기관총 한 대를 설치해 놓고 바리케이드를 넘어 돌진하는 그 남루하고 가련한 사람들에게 발포하고 있다.

그녀는 길을 가는 내내, 검은 연기가 피어오르는 폐허들과, 죽은 것인지 잠든 것인지 모르겠으나 땅바닥에 뒹굴고 있는 실루엣들을 무수히 목격한다. 거리와 도로의 갈라진 아스팔트 틈으로는 엉겅퀴와 가시덤불이 무성하게 자라 있다. 쓰레기 무더기는 거의 어디에나 쌓여 있다. 수도관에서는 청록색의 물이 고름처럼 뚝뚝 떨어져 내리고, 아이들과 개들은 상한 음식을 차지하려 무리 지어 악착스런 싸움을 벌이고 있다.

벌겋게 녹슨 트럭들은 온갖 동물과 인간들의 거처가 된 지 오래다.

경찰 호송차는 서기 3000년의 파리를 가로질러 센 강 한복판에 위치한 시테 섬에 이른다. 호송차는 지면이 반쯤은 꺼져버린 오를로주 강변로를 따라가다가, 최고 재판소의 북쪽 입구에서 멈춘다. 건물의 벽들은 여기저기 허물어져 있다. 금이 간 지붕과 깨진 유리창들로 인해 이 장소는 더욱 황량하고 을씨년스럽게 느껴진다. 아마도 그녀를 기다리고 있었던 듯이 보이는 한 작은 무리 위로 〈사형시켜라!〉라는 현수막들이 펄럭인다.

카산드라는 쩍쩍 금이 간 나무 문들을 여러 개 지나는데, 그때마다 경비하는 경찰관들은 그녀를 불손하게 훑어본다. 마침내 그녀는 어떤 커다란 홀 안에 들어선다. 대충 줄을 맞추어 홀을 채우고 있는 긴 의자들에 앉아 있던 사람들은 그녀가 들어오는 것을 보고는 귀엣말을 나눈다. 그녀는 피고석으로 끌려간다. 행여 그녀가 달아날까 겁이라도 나는 듯, 두 고릴라 같은 사내가 그녀의 양쪽에 바짝 붙어 있다.

배심원석에는 어른의 옷차림을 한 아기들이 줄지어 앉아 있다. 정면에 보이는 판사는 긴 회색 법복을 걸치고 영국의 법관들이 착용하는 것 같은 하얀 가발을 쓰고 있는 노인이다. 그 늙은 판사의 좌석 위쪽으로는, 저울은 들었으나 두 눈은 깨져 버린 정의의 여신의 조각상이 보인다. 판사의 오른쪽에는 역시 긴 가발을 쓰고 있는 변호사와 검사가 앉아 있다.

조급한 방청객들은 재판을 빨리 시작할 것을 소란스레 요구하고 있다.

「좋아요, 다들 모였으니 시작할 수 있겠군. 자, 개정을 선언합니다! 카첸버그 양, 이제 보고하시오!」 판사는 앞에 놓인 서류를 검토하면서 말한다. 「현재의 세대들과 미래의 세대들을 대표하고 있는 이 아이들에게 보고해야 하오!」

「난 죄가 없어요. 난 아무 짓도 안 했다고요.」 그녀가 항변한다.

「아무것도 안 했다고? 그게 바로 문제요. 자, 판결은 이후의 세대들이 내릴 거요.」 그러면서 판사는 젖병과 젖꼭지를 나눠 받고 있는 배심원들을 향해 몸을 돌린다.

우는 아기는 하나도 없고, 모두가 매우 주의 깊게 지켜보고 있다.

「자, 심리를 시작하도록 하겠소. 검사는 발언해 주시오!」

검은 법복을 입은 사내가 일어선다.

「감사합니다, 재판장님. 저는 이 재판의 중요성에 대해 배심원 여러분의 주의를 환기하고 싶습니다. 과거에서 온 이 사람을 통해서 오늘 우리는 한 세대 전체를 심판할 것입니다. 바로 서기 2000년의 세대, 훗날 〈이기주의자들의 세대〉라고 불리게 된 세대죠. 그들은 자신들의 즉각적인 쾌락을 위해, 자기 아이들에게 물려줄 행성의 상태에 대해서는 전혀 신경 쓰지 않은 채 지구의 자원을 마구 낭비해 버렸습니다.」

재판정 여기저기서 야유가 터진다. 판사는 의사봉을 두드려 침묵을 요구한다. 배심원 가운데 어떤 아기들은 울음을 터뜨리고, 또 어떤 아기들은 젖꼭지를 요란하게 빨아 대며 극도의 불안감을 표현한다.

「난 몰랐어요.」 카산드라가 기어드는 목소리로 말한다.

「핑계는 잘도 대는군! 아니요, 당신은 알고 있었소. 심지어는 너무도 잘 알고 있었지. 당신들의 라디오, 텔레비전, 그리고 슈퍼마켓을 비롯하여 어디서나 살 수 있는 잡지들은 당신들에게 충분한 정보를 제공하고 있었소. 당신들이 무얼 하고 있는지, 당신들이 무얼 할 수 있는지를 분명하게 알려 주고 있었소. 여러분, 나는 카첸버그 양을 고발합니다. 세계를 변화시켜야 한다는 걸 충분히 이해하고 있었고, 세계를 변화시킬 능력도 있었지만, 아직 모든 것이 가능하던 그 시기에 아무것도 하지 않은 죄로 고발합니다.」

「난 할 수 없었어요.」

「아니요, 당신은 할 수 있었소! 단 한 사람이라도 역사의 흐름을 바꿔 놓을 수 있소. 하지만 이를 위해서는 그것을 원해야 하겠지. 혹은 최소한 시도라도 해야 하겠지. 나는 〈위험에 처한 인류를 방치한 죄〉로 당신을 고발하는 바요!」

「하지만······.」

「배심원 여러분, 여러분은 미래의 세대들입니다. 난 이 사람에게 가장 엄격한 판결을 내릴 것을 여러분께 요청합니다. 난 최악의 형벌을 제안합니다. 난 그녀가 지금보다도 형편없는 미래에서 다시 태어나게끔 한 번 더 극저온 냉동형에 처할 것을 요청합니다. 자신의······ 〈행동하지 않음〉이 시간 속에서 가져오게 될 그 파괴적이고도 기하급수적인 결과를 그녀가 똑똑히 의식할 수 있게끔 말입니다.」

이번에는 동조의 함성이 재판정 안을 울린다. 판사는 또다시 의사봉을 두드린다.

「자, 이제 변호인이 발언하시오.」

여자 변호사가 몸을 일으킨다.

「저는 제 의뢰인에 대한 관대한 판결을 요청합니다. 그녀는 그녀 세대의 지도자들이 범한 잘못들에 책임이 없습니다. 그녀는 단지 의식 없는 사람들 가운데 섞여 살았을 뿐입니다. 그들은 자기들이 자신들의 행성을 살해하고 있다는 사실을 전혀 의식하지 못하고 있었던 것입니다.」

「그렇다면 변호사님께 질문 드리겠습니다. 왜 그들은 의식하지 못했을까요?」 검사가 날카롭게 쑤시고 들어온다.

「모르겠어요. 아마도 그들이 단기적인 쾌락들을 강박적으로 추구하고 있었기 때문이겠지요.」

「재판장님, 이의 있습니다! 지금 변호인이 〈단기적인 쾌락들〉이라고 부른 것은 우리가 잘 알게 되었다시피 장기적으로는 파괴적인 결과를 가져온 이기적인 욕구 충족들이었습니다. 그렇다면 이 〈단기적인 쾌락들〉이 어떤 것들이었는지 한번 열거해 보겠습니다. 그들은 자동차로 매연을 내뿜음으로써 공기를 오염시켰습니다. 쓸데없는 물건들을 잔뜩 쌓아 놓은 다음 아무 곳에나 갖다 버려 물을 중독시켰습니다. 산아 제한 없이 아이들을 마구 낳아 인구 과잉과 각종 전염병, 기아를 초래했습니다. 충분히 할 수 있었음에도 근본주의 이념들을 저지하지 않음으로써 파괴적인 대전(大戰)들과 그 밖에 숱한 참혹한 일들이 일어나게 했습니다. 모든 야생의 종들을 일말의 동정심도 느끼지 않고 멸종시켰습니다. 또 그들은 관광 산업과 소비 사회와 그들이 〈경제 성장〉이라고 부르던 것의 이름으로 손 닿는 모든 것을 더럽혔습니다. 으으윽…… 정말이지 듣기만 해도 토할 것 같은 단어들입니다! 구역질이 나는군요!」

성난 웅성거림이 재판정 전체를 훑고 지나간다.

「그들의 정치가들 가운데 단 한 명도 산아 조절 정책을 내놓은 적이 없습니다. 심지어는 그 시대의 환경주의자들조차 아무 일도 하지 않았습니다. 그들이 한 일이라곤 고작해야 쓰레기 분리수거를 제안한 것뿐입니다.」

장내에 웃음이 터진다.

「아니면 핵 발전소 폐쇄 정도였죠.」

사람들은 다시 푸훗 하고 웃음을 터뜨린다.

「……아니면 유전자 변형 식품 생산 중단 정도였죠! 50년 사이에 인구가 두 배로 뛰고 있는 판국에 유전자 변형 식품과 핵 발전소 따위가 뭐가 그리 중요하단 말입니까? 마치 화재로 온통 불바다가 됐는데 전열기 온도를 낮추려고 하는 꼴이죠.」

「이기주의자를 사형시켜라! 낭비쟁이를 사형시켜라!」 방청객 중에서 몇몇 이들이 소리 지른다.

검사는 최후의 일격을 가한다.

「네, 바로 그겁니다! 그들은 이기주의자들이었습니다! 비겁한 자들이었습니다. 미래에 대한 전망이나 의무감 따위는 눈곱만큼도 없는 사람들이었습니다! 그들은 수십 억의 인간을 낳으면 필연적으로 지구가 거덜 날 거라는 사실을 마치 모르는 듯이 행동했습니다. 하지만 동물들은 모두 자신의 새끼 수를 스스로 조절할 줄 압니다. 심지어는 토끼나 생쥐나 거미조차도 자기들이 먹여 키울 수 있는 능력 이상으로 새끼를 낳지 않습니다. 카산드라 세대의 사람들은 아무 생각 없이 아기들을 만들었습니다. 아니면 나름의 중요한 이유들을 내세웠지요. 그 〈중요한〉 이유들이란 게 뭔지 아십니까? 은퇴 후 생활 보장을 위해, 심심해서, 혹은…… 이건 가장 웃기는 거니

64

잘 들어 보세요, 사회 보장 가족 수당을 타내기 위해서였습니다. 그런데 존경하는 재판장님, 왜 그들의 정부는 더 많은 아이들이 생겨나기를 바랐던 걸까요? 그것은 바로 더욱더 소비하기 위함이었습니다! 소비하는 사람이 더 많아지면, 경제가 더욱 번창하리라고 믿었기 때문입니다!」

다시 장내에 웃음이 터진다.

「종교인들은 신에 대한 사랑이란 이름으로 피임 기구 사용을 금지했습니다! 근본주의자들은 다음번의 성전(聖戰)에 써먹을 병사들을 생산하기 위해 출산을 장려했습니다. 하지만 아이들이 태어나고 나면, 당신네 행성의 부모 대부분은 그들을 돌보지 않고 내팽개쳐 버렸죠.」

방청석에 야유가 인다.

「그들을 교육하지도 않았습니다. 길거리를 쏘다니면서 마약을 빨거나 노인들을 공격하거나, 혹은 조폭 같은 갱단을 이루도록 방치했습니다.」

야유의 휘파람 소리가 한층 거세진다.

「그들은 자식들을 사랑하지 않았습니다. 아기들이 태어난 목적은 오직 하나, 성장 정책의 논리를 강화해 주거나, 부모들에게 가족 수당을 가져다주어 일할 생각은 전혀 없는 기생충을 양산하는 것이었습니다.」

방청객의 일부가 일어서서 주먹을 휘두른다.

「네, 바로 그렇습니다! 그들은 마치…… 오줌을 내갈기듯 아이들을 만들어 냈던 것입니다!」

방청객의 분노는 극에 달한다. 판사는 재판정의 정숙을 회복하고자 맹렬히 의사봉을 내리친다. 와글거리는 방청석에서 다시금 〈2000년의 여자를 사형시켜라!〉라는 구호가 터져 나온다.

「검사는 언어 사용을 좀 절제해 주시기 바라오!」

「저는 결론을 대신하여 다음의 격언을 상기시켜 드리고 싶

습니다. 〈지구는 우리의 부모들이 물려준 것이 아니다. 지구는 우리의 아이들이 빌려 준 것이다!〉」

박수 소리가 한층 커진다. 판사는 의사봉을 두드린다.

「자, 이제 다시 변호인이 발언하시오!」

「제 의뢰인은 열 명의 아이를 낳지 않았습니다. 다섯 명도, 두 명도, 아니 한 명도 낳지 않았습니다. 그녀는 아이를 낳은 적이 없습니다. 따라서 그녀는 동족들이 저지른 어리석은 짓에 책임이 없습니다. 그녀가 대체 무얼 할 수 있었을까요? 이웃들을 설득해야 했나요? 그들에게 더 이상 섹스를 하지 말라고 말해야 했나요? 제가 여러분께 상기시켜 드리고 싶은 점은, 이 아이들이 태어나게 된 또 하나의 이유는 그들의 부모들이 마구 성교를 해댔기 때문이라는 사실입니다. 그렇다면 여러분이 원하는 게 무엇입니까? 내 의뢰인이 밤마다 이웃들의 침실로 쳐들어가서, 복잡하게 얽혀 있는 두 사람 앞에 불쑥 나타나 〈지금 당신들이 무슨 짓을 하고 있는지 아세요?〉라고 따졌어야 한다는 말입니까?」

이번에는 웃음소리들이 화답하며 변호인에게 힘을 실어 준다.

「하지만 당신의 의뢰인은 특별한 사람이었습니다.」 검사가 반박한다. 「그녀는 알고 있었다고요!」

그는 검지를 쭉 뻗어 그녀를 가리킨다.

「다른 사람들, 즉 그녀의 동족들은 깨닫지 못하고 있었습니다. 그들은 자신들이 살고 있는 세계에 대한 의식이 없었습니다. 하지만 그녀, 카산드라 카첸버그는 미래를 보지 않았습니까? 하지만 그녀는 아무것도 하지 않았습니다.」

이번에는 재판장이 피고에게 몸을 돌린다.

「카산드라 카첸버그 양! 방금 검사 측에서 중대한 주장이 제기되었소. 피고는 미래를 보았는데도, 아무것도 하지 않은 것이 사실이오?」

배심원단을 구성하는 아기들 모두가 울음을 그치고, 젖꼭지 빠는 것도 멈춘다. 그러고는 그녀를 뚫어지게 응시하며 답변을 기다린다.

「대답하시오! 용기가 있다면 앞으로 올 세대들을 똑바로 보고 그들에게 진실을 말하시오! 피고는 미래를 보았소?」

「간헐적으로 보았어요. 그냥 순간적으로 떠오르는 환상들에 불과했어요. 게다가 제가 본 것은 테러 사건들뿐이에요.」

「무엇을 보았다고?」

「다른 사람들을 죽이려고 어딘가에 폭탄을 놓는 사람들요. 대개는 정치적, 혹은 종교적인 이유에서 그런 짓을 하죠.」

장내에는 엄청난 웃음이 폭발한다.

「본 것이 그것뿐이라고? 테러 사건들?」 판사는 믿을 수 없다는 듯한 표정으로 묻는다.

「어…… 예, 그래요.」 카산드라는 더듬거린다.

「다시 말해서, 당신의 뇌는 미래를 볼 수 있는 가능성과 특권과 어마어마한 능력을 지니고 있었는데, 그래, 그 뇌가 고작 그 테러 행위들에 집중되어 있었다는 말인가?」

다시 터진 웃음소리는……

129.

……전통적인 수탉의 아침 꼬끼오를 대신하여 울려 퍼지고 있는 여우의 긴 울음소리로 바뀐다. 지난밤 불운하게도 누군가에게 잡아먹힌 가금의 유령이 여우 음양이로 하여금 자기 대신 그의 책무를 계속해 나가게끔 영감을 불어넣어 주고 있는 건지도 모른다.

카산드라 카첸버그는 몸을 벌떡 일으킨다. 등은 축축이 젖어 있고, 이마에는 땀에 흥건하고, 몸에는 열이 있다. 그녀는 수첩과 볼펜이 있는 곳으로 달려가 방금 꾼 꿈을 상세히 적는다. 그리고 미래의 재판 이야기에 대한 결론으로 다음의 질문을 쓴다. 〈아기들에게 위험을 경고해 줄 수 있을까?〉

그녀는 그 위에 줄을 그어 버리고, 대신 이렇게 적는다. 〈아기들을 구할 수 있을까?〉

다시 줄을 긋고 이렇게 적는다. 〈인류를 구할 수 있을까?〉

또다시 줄을 긋고 이렇게 적는다. 〈지구를 구할 수 있을까?〉

그녀는 이 질문이 제기됨에 따라 떠오르는 몇 가지 생각을 재빨리 적어 본다. 그리고 그 생각들을 따져 보고, 평가해 본다. 〈인구 과잉 문제는?〉, 〈공해 문제는?〉, 〈전쟁 문제는?〉, 〈자원 낭비 문제는?〉, 〈종교 문제는?〉

결국 모두 다 북북 지워 버린 그녀의 머릿속에는 꿈속의 경찰 호송차에서 본 이미지들이 떠오른다. 사방에 비참한 사람들뿐이었다. 어딜 가나 더러운 공기와 오염된 물 뿐이었다. 집도, 살아갈 아무런 수단도 없이 그저 땅바닥에 뒹굴고만 있는 사람들만이 도처에 널려 있었다.

미래에는 세계 전체가 이 대속과 같은 쓰레기 하치장으로 변할 거야.

만일 우리가 아무것도 하지 않는다면, 미래에는 모든 사람이 노숙자가 될 거야.

내가 여기 온 것은 어쩌면 이 사실을 이해하기 위한 건지도 몰라. 우리의 후손들에게 일어나게 될 일을 알고, 또 내 몸으로 직접 느껴 보기 위한 건지도 몰라.

갑자기 어디선가 터져 나온 노랫소리가 음양이의 울음소리를 덮어 버린다. 카산드라가 아는 노래이다. 사람들이 생일 파티 때마다 부르는 노래니까. 문 밖으로 머리를 내밀어 보니, 에스메랄다가 60여 개의 작은 양초들이 꽂힌 커다란 케이크 하나를 흔들어 보이고 있다.

대속의 시민들이 〈생일 축하합니다, 자작님〉을 큰 소리로 합창하고 있다.

카산드라는 갑자기 마음이 환해지는 걸 느끼며 그들 곁으로 다가간다. 케이크는 너무도 감동받은 표정을 짓고 있는 페트나 와데 앞에 놓인다. 그리고 한 사람씩 저마다의 선물을 건네자, 그는 서둘러 풀어 본다.

에스메랄다 피콜리니는 좌변기 하나를 선사하면서, 물약을 제조할 때 대야로 사용하면 좋을 거라고 설명한다. 페트나는 고마워 어찌할 바를 모르며 감사의 말을 정신없이 쏟아 낸다.

오를랑도 반 드 퓌트는 자신이 정성껏 갈아 놓은 거대한 단검을 선사한다. 하치장 내에서 점점 더 많이 발견되는 덩치 큰 동물들을 죽이고 뼈를 발라내는 데 도움이 될 거란다. 특히 최근에 나타나기 시작한 멧돼지들을 잡는 데 유용할 거란다.

김예빈은 당근 주스를 만들고, 수프 재료들을 혼합할 수 있는 다용도 자동 믹서를 내려놓는다.

카산드라는 부근에서 무어라도 주워 오려고 재빨리 뛰어나간다. 그리고는 잠시 후 돌아와 그에게 매우 유용하리라 생각되는 것을 선사한다. 바로 거울이다.

페트나 와데는 너무도 감격하여 할 말을 잊는다.

「내 친구들! 여러분은 오늘이 내 생일이라는 걸 기억해 주셨소. 사실은 나부터도 내 생일을 잊어 먹고 있었는데 말이야. 그래요. 사람들이 내 생일을 축하해 준 게 하도 오래된 일이라서, 생일날이 언제인지조차 잊어버리고 말았지.」

「생일 축하해요, 자작.」 김이 말한다. 「그런데 말이지, 내가 여기 와서 1년을 보내고 나서 한 가지 사실을 깨달았어. 노숙자의 가장 큰 특징은 자기 생일을 기억하지 못하고, 결국에는 자기 나이마저 잊어버린다는 사실이야.」

「맞아……」 다른 이들도 고개를 끄덕인다. 「맞아, 그런 건 전혀 생각 않고 지내지.」

「유감스러운 일이야. 왜냐하면 1년 중에 이렇게 함께 기념할 수 있는 고정된 날들을 만든다는 것은 중요한 일이거든. 기준점들을 갖게 해주니까.」

〈기준점 re-père〉의 어원학적 의미는 뭘까? 우리의 아버지 père들이 우리에게 해준 말씀을 상기시켜 rappeler 주는 점들? 혹은 우리의 아버지 père들을 대체하는 remplacer 점들?

「우리가 자신의 생일을 기념하는 한, 우리는 저마다의 시간의 흐름을 제어하는 존재로 남게 되지.」

「제일 힘들었던 건 당신 생일이 언제인지 알아내는 거였어. 그 일은 김이 맡았지.」 오를랑도가 설명한다.

「그래, 쉽지 않았어. 당신네 월로프족은 인구가 5백만이나 되는데, 호적에 등록해 놓는 습관은 최근에야, 그러니까 불과 몇십 년 전부터서야 시작되었더군. 하지만 운 좋게도 당신의 그 유명한 뎀벨레 사부 덕분으로 당신 마을을 찾아낼 수 있었지. 그래서 당신이 쿠사나르에서 출생했고, 생일은 오늘이란 걸 알게 되었어.」

「그 사실을 언제 알게 되었나, 후작?」

「약 두 달 되었을 거야. 날짜를 내 컴퓨터에다 입력해 놓았는데, 어젯밤에 알람이 오늘이 그날이라고 일깨워 주었지. 그래서 부랴부랴 다른 사람들에게도 알렸어.」

「난 개인적으론 생일을 좋아하지 않아. 뭐, 오늘 일이야 그렇긴 하지만…… 사실 내가 싫어하는 게 세 가지 있어. 생일, 결혼, 그리고 세례식.」 에스메랄다가 솔직하게 말한다.

「결혼 싫어하는 건 나도 이해해.」 김이 말한다. 「영화감독 클로드 를루슈는 이렇게 말했지. 〈우리가 축하해야 할 것은 체포의 날이 아니라, 탈출의 날이다.〉 내 생각으로는 이혼을 기념하고 축하해 줘야 해.」

「흠, 괜찮은 말이네!」에스메랄다가 맞장구친다. 「또 이런 점도 있지. 이혼할 때 우리는 상대방을 완전히 알 수 있게 된다는 점. 반면, 결혼할 때는 우리는 자신이 아닌 다른 모습을 보여 주려고 하지.」

「맞아. 결혼은 경험에 대한 희망의 승리야.」김이 고개를 끄덕인다.

「야, 이 멍청한 후작아, 그 통조림 같은 생각들을 꺼내 먹는 게 지겹지도 않냐?」오를랑도가 버럭 소리를 지른다. 「자, 나는 말이야, 이혼보다는 결혼이 좋아. 왜냐고? 첫째, 난 너희들과는 달리 벌써 결혼을 해봤기 때문에. 둘째, 난 사람들이 자신의 실망스러운 진실을 드러내는 때보다는, 오히려 자신보다 나은 모습을 보이려고 노력하는 때가 더 좋으니까.」

에스메랄다는 플라스틱 접시를 하나씩 나눠 주고, 김은 뭔가 굉장한 점심 식사를 준비하려는 듯 물을 끓인다. 이어 빨간 쪽머리의 여자가 초에 불을 붙이자, 세네갈 주술사는 이 홈메이드 케이크를 장식한 예순한 개의 촛불을 훅 불어 끈다.

「이건 내가 직접 만들었어.」에스메랄다는 케이크 조각을 나눠 주며 설명한다. 「돼지기름, 자당(蔗糖), 그리고 녹여서 다시 만든 초콜릿을 사용했지. 기름진 맛이 덜한 것 같으면 쇠기름 마가린을 첨가해도 돼. 그것도 있으니까.」

페트나는 선물에 대해 모두에게 일일이 감사를 하고, 마지막에는 카산드라에게까지 인사를 한다. 카산드라는 그가 점점 더 모건 프리먼과 닮아 간다는 느낌을 받는다.

「친구들, 당신들은 나의 유일한 가족이야. 내가 존재하는 것은 다만 당신들 덕분이고, 또 나는 오직 당신들만을 위해 존재해.」

「사실 자기를 사랑해 주는 사람을 셋이나 가지고 있다는 게 아무에게나 주어지는 행운은 아니지.」오를랑도는 땅에다 침을 뱉으며 말한다. 「어…… 이 꼬마까지 치면 넷이구먼.」

「잠깐, 그래도 내 생일인데 커피 한 잔으로 끝낼 수는 없잖아. 뭔가 더 우아한 게 필요하지 않겠어? 내 말뜻을 이해할랑가 모르겠지만.」

오를랑도는 가서 맥주를 가져오고, 그들은 거품이 올라오는 캔들을 부딪친다.

휴, 이렇게 해서 난 위기를 넘겼어. 관심 분산의 원리가 작용한 거지. 아마 오늘은 페트나의 생일과는 아무 관계도 없을 거야. 다 김이 꾸민 일이겠지. 내게로 집중된 사람들의 관심을 일단 딴 데로 돌려놓고서, 그다음에 천천히 문제를 풀어가려는 심산이었어. 그런데 자작은 정말로 자기 생일을 오래전에 잊어버린 모양이야. 이들 모두는 끝없이 계속되는 현재 속에 사는 걸 선택했던 거야. 그것이 좋은 것이든 나쁜 것이든, 모든 종류의 놀람이 추방된 몽롱한 현재 속에서.

맑고 커다란 회색 눈의 소녀는 김의 옆에 와서 앉는다.

「브라보!」 그녀는 속삭인다. 「괜찮았어, 후작.」

그는 그녀가 자신의 의도를 이해했음을 알아챈다.

「페트나의 생일과 오를랑도의 생일 사이에서 망설였지. 하지만 오를랑도는 자기 생일을 기억하고 있을 위험이 있었거든.」 청년이 미소 짓는다.

카산드라는 자신의 컵에 차를 따라 든 다음, 그 괴상한 케이크 주위에 둘러앉아 더없이 만족한 표정을 짓고 있는 대속의 주민들을 바라본다.

「간밤에 이상한 꿈을 꿨어.」

「아이고, 또야? 좋아, 이번엔 어디 있는데? 네 폭탄 말이야.」

「이번에는 폭탄이 아니었어. 그보다 훨씬 먼 미래였지.」

「다음 주? 아니면 다음 달?」

「다음 새 천 년.」

흥미를 느낀 청년은 파란 머리 가닥을 쓸어 올리고는 그녀를 쳐다본다.

「나는 극저온으로 냉동 보존되었어. 어떤 이상적인 미래에서 다시 깨어나리라 생각했지. 그런데 웬걸, 형편없이 망가진 세계였어. 인류는 누더기를 걸친 노숙자 떼거리들에 불과했고, 도시들은 모두 쓰레기 하치장으로 변해 있었어.」

「흠, 괜찮은걸? 맘에 들어.」

「생존자들은 나를 심판했어. 내가 할 수 있었는데도 행동하지 않았다고.」

김예빈은 자기 접시에 커다란 케이크 조각 하나를 올려놓고, 캔 맥주를 쭉쭉 빨아 가며 아구아구 먹어 댄다. 카산드라도 맛보려고 한입 넣어 보지만, 곧바로 자신도 모르게 얼굴을 찌푸린다. 버터 대신 사용한 돼지기름의 뒷맛이 너무도 역겹다. 입안에 넣은 것이니 삼키기는 해야 하는데 쉽지가 않다. 갑자기 샤를로트의 케이크들에 대한 향수가 밀려온다. 너무도 섬세하고, 너무도 아름다운 그 케이크들.

「아으, 끔찍해!」 그녀는 몸을 부르르 떤다.

그러고는 자신도 모르게 손목시계를 들여다보는데, 거기에 13%가 표시된 것을 보고는 비로소 안심을 한다.

「그건 지난 며칠 동안 우리가 경험한 것들일 뿐이야.」 청년이 설명한다. 「우리가 막은 테러. 너의 오빠. 별자리 전문가라는 그 양반. 네가 다녔다는 자폐증 영재 아동들을 위한 그 학교. 여기에다 어제 저녁에 들은 뉴스의 내용들……. 난 꿈이란 우리의 머릿속에 들어오는 모든 정보들이 잡탕으로 버무려진 것이라고 생각해.」

카산드라는 검은 머리채를 강하게 흔든다.

「아냐. 난 그렇게 생각 안 해. 그건 어떤 경고 같은 거였어. 그런 끔찍한 일들이 일어나기 전에 내가 알 수 있게끔 해주는 것 같았다고.」

저쪽에서는 페트나가 죽은 개 한 마리를 집어 들어 가죽을 벗긴 다음, 점심 식사용으로 꼬치에 꿰어 놓는다.

「나는 간밤에 뭐 했는지 알아? 네가 준 책을 읽었어.」 김이 말한다.

카산드라는 무슨 말인지 잘 모르겠다는 듯 눈썹을 찡긋한다.

「저자의 이름이 떨어져 나간 『가능성의 나무』 말이야. 한번 훑어보고 나니까 글쓴이에 대한 궁금증이 일더군. 그래서 인터넷을 뒤져 알아보았더니, 그 양반이 만든 사이트가 있더군. 네티즌들이 갖고 있는 미래에 대한 비전들을 마치 정보은행처럼 축적해 놓고 있었어. 하지만 큰 호응이 없었던지 지금은 사이트가 거의 버려진 상태야.」

「당연하지. 지금 이 나라에서 미래는 별로 인기가 없으니까.」

「맞아. 그리고 말이야, 어제저녁에 너도 들었겠지만, 미래 전망부가 폐쇄되었어. 예산 감축 때문이지.」

「샤를 드 베즐레는 다시 주간지 별자리 운세나 써야 하는 신세가 되었어.」

한국 청년의 두 눈이 반짝반짝 빛난다.

「어쨌든 그곳이 폐쇄된 일, 최근의 일들, 그리고 어제 읽은 책…… 이 모든 것들은 나로 하여금 어떤 생각을 하게 했어. 어쩌면 우리는 뭔가를 해볼 수 있을 것 같아. 지금, 그리고 여기서…… 카산드라, 나를 도와주겠어?」

이어 그는 소녀에게 자신의 미친 계획을 설명하기 시작한다.

130.

난 이 애를 정말로 과소평가했던 것 같아. 아니면 얘 자신이 변한 거든지. 난 사람들이 변할 수 없다고 생각했는데. 어쩌면 최근에 우리가 같이 한 모험 때문이겠지. 우리가 발견하게 된 놀라운 사실들이 얘를 뒤흔들어 놓은 거야.

김이 말하는 이 계획…….

이것은 한갓 게임에 불과할 수도 있어…….

하지만 지금 오빠는 어떤 게임을 하고 있지?

나의 부모는 어떤 게임을 했지?

지금 인류는 어떤 게임을 하고 있지?

……우리는 과연 이길 수 있을까?

131.

까마귀 한 마리가 터진 깡통 안에 부리를 밀어 넣어 공황 상태에 빠져 허둥대는 지렁이를 잡으려 하고 있다. 이때 여우 음양이가 펄쩍 뛰어 날짐승을 덮친 다음, 녀석이 날아오르기 전에 강력한 아가리로 물어 꼼짝 못하게 한다. 그러고는 검은 새를 자기 굴로 물고 간다.

카산드라와 김은 청년의 움막에 틀어박혀 설계도며 도식 같은 것들을 그리고 있다. 다른 사람들은 호기심 어린 눈을 하고 어깨 너머로 구경한다.

「거기다 뭘 만들려는 건데? 빌라? 레스토랑? 당구장?」

김은 여자 친구의 습관을 채택하기로 마음먹었는지 아무 대답도 하지 않는다.

「그래, 좀 도와줄까?」 마침내 페트냐가 제의한다.

「벽 올리는 일만 도와주면 돼. 그다음엔 우리끼리 조용히 일하게끔 해줘야 할 거야.」 한국 청년이 대답한다.

지난번과 마찬가지로, 그들은 대형 미제 자동차 — 이번에는 뷰익이다 — 네 대를 박아 보강 기둥을 세운다. 그리고 냉장고를 쌓아 네 벽을 만든다. 창문들을 내고 양철 지붕을 얹은 다음, 이 전체를 가정용품 폐기물들로 덮는다. 청년은 카산드라와 둘이서만 작업할 수 있게끔 모두들 나가 달라고 부탁한다.

오후 6시, 마침내 모든 준비가 끝났다고 생각한 두 사람은 다른 셋을 공식 개관식에 초대한다.

「자아.」 김예빈은 문을 활짝 열면서 설명을 시작한다. 「공식적인 미래 전망부가 예산 부족으로 문을 닫았기 때문에, 우리가 그 뒤를 잇기로 했어. 다시 말해서 여기, 이 하치장에 비공식적인 미래 전망부를 세워 카산드라의 아버지의 위대한 프로젝트를 계승하기로 결정했지.」

그러나 세 사람은 시큰둥하다.

「후작, 그건 또 무슨 헛소리야?」 에스메랄다가 못마땅한 얼굴로 내뱉는다.

「지금 미래를 보려고 하는 사람은 아무도 없어. 정치가들은 어찌 되든 상관없다는 식이고, 철학자들과 종교인들도 마찬가지야. 심지어는 경제인들조차 장기적인 차원의 예측은 꺼리지. 그렇다면 SF 소설 작가들이 남는데, 이들은 무시받고 있어서 자신의 의견을 밝힐 기회가 전혀 없는 형편이야. 따라서 우리가 이 일을 이어받아야 해. 의지만 있으면 되는 일이지.」

에스메랄다는 잔뜩 찌푸린 얼굴 위로 흘러내린 머리 가닥을 손등으로 확 넘긴다.

「이봐 후작, 이제 우리 따위는 안중에도 없다는 거야? 아니면 우리 공주님한테 또 홀려 버리신 건가?」

카산드라가 김을 대신하여 대답한다.

「지금 인류는 눈먼 짐승 떼가 되어 버렸어요. 우리가 어디로 가고 있는지 알기 위해 척후병이 되려는 사람은 아무도 없어요. 자, 그래서 척후대의 선봉 자리는 다 비어 있지요. 누구든지 원하기만 하면 그 자리에 설 수 있어요. 심지어는 우리도 설 수 있다고요.」

페트나는 가래침을 탁 뱉는다.

「누 떼는 어디로 가라고 누가 가르쳐 주지 않아도 이주를 잘만 하더구먼!」

「그럴지도 모르지. 하지만 문제는 인간 떼가 잘못된 방향으로 이주하고 있다는 점이야.」 김이 대꾸한다. 「만일 지금 행동하기로 결심하는 사람이 아무도 없다면, 우리는 누 떼가 아니라 레밍 떼가 되어 버린다는 얘기지. 여러분도 아시겠지만, 아무런 이유 없이 줄을 지어 낭떠러지로 달려가 우르르 떨어져 내려 몰사한다는 조그만 나그네쥐들 말이야.」

이 강렬한 이미지에 대속 주민들은 조금 충격을 받는 것 같다. 페트나는 이렇게 말한다.

「그런데 자네들은 정말 믿는 거야? 이 쓰레기 하치장 한구석에 처박힌 이 움막에서, 우리 같은 인간들이 다른 사람들이 모두 포기한 그 일을 해낼 수 있다고 정말로 믿는 거냐고?」

김은 대답 대신 오늘의 문장이 적혀 있는 자신의 티셔츠를 보여 준다.

〈그들은 그것이 불가능하다는 걸 몰랐다. 그래서 그것을 할 수 있었다.〉

「……혹은 그 반대일 수도 있지.」 오를랑도가 한숨을 내쉰다.

에스메랄다가 또다시 나선다.

「그런데 명색이 미래 전망부라는 곳인데, 갖춰진 것이라곤 달랑 노트북 한 대가 놓인 이 탁자뿐이야? 그런 거야?」

「한 가지 중요한 점을 빠뜨렸어. 이 컴퓨터에는 하나의 생각이 들어 있어. 내가 어느 SF 책에서 가져온 오래된 생각이지. 즉 단기, 중기, 장기적으로 일어날 수 있는 일들을 알기 위해, 인류의 모든 가능성들이 게시되어 있는 나무를 하나 만든다는 거지.」

오를랑도는 시가에 불을 붙인다. 그가 깊은 숙고를 시작하고 있다는 신호이다.

「흠…… 체스 게임에서 말 하나가 움직일 때, 그다음에 이어질 수 있는 논리적인 응수들을 테스트해 보는 프로그램처럼 말이지…….」

「바로 그거야, 남작.」

「그렇다면 질문이 있어. 그 나무의 잎사귀들은 누가 만들지?」

젊은 한국인은 조금도 당황하지 않는다.

「처음에는 우리야. 우리 다섯이서 인류에게 일어날 수 있는 모든 일을 상상하는 거야. 그런 다음 우리의 비공식 미래 전망부를 만인에게 개방할 것을 여러분께 제의하고 싶어.」

「어떻게?」

「그 나무를 인터넷에 띄우는 거야. 그렇게 하면 우리의 프로젝트에 기여하기를 원하는 모든 이들의 의견을 수용할 수 있을 테니까.」

이제 세 노숙자는 더 이상 반박할 거리를 찾지 못한다.

「뭐, 사실 이 대속에 처박혀 있으면 좀 심심한 것도 사실이니까. 재미 삼아서 미래를 상상해 보며 즐겁게 놀아 보는 것도 괜찮지 않겠어?」 언제나 긍정적인 오를랑도가 시원하게 결론을 내린다.

혹시 〈즐겁게 놀다s'amuser〉의 어원학적 의미는 〈자신의 영혼을 아낌없이 써먹다s'user l'âme〉가 아닐까?

「우리가 미래 세대들을 위한 해결책들을 지금부터 상상해 놔야지만, 나중에 가서 그것들이 실제로 적용될 수 있어.」 김이 힘주어 말한다. 「민주주의, 기술, 교육 같은, 지금 우리가 누리고 있는 모든 좋은 것들은 과거의 어느 날 우리 선조들 중의 하나가 상상해 낸 거야. 역으로, 우리가 오늘 상상하는 것은 훗날 우리의 후손들을 구할 수 있지.」

「번드르르한 말들, 공허한 문장들, 모두가 쓸데없는 잡담일 뿐이야!」 빨간 머리 여자는 커다란 가슴을 벅벅 긁어 대며 불만스레 웅얼댄다.

「아니, 생각들이지. 모든 멋진 대기업의 시작에는 언제나 하나의 조그만 생각이 있었을 뿐이야.」

에스메랄다는 가래침을 탁 뱉는다.

「다 헛짓거리야! 뭐, 미래를 예측해? 그보다는 현재 일이나 제대로 하라고. 지금 당신들의 손길을 절실히 필요로 하고 있는 일들이 널려 있으니까. 게을러빠진 인간들 같으니! 당신들이 어떻게 나올지는 안 봐도 비디오야. 청소나 사냥, 음식 준비 같은 귀찮은 일이 닥치면 이렇게 둘러대겠지. ⟨미안해, 공작 부인. 방금 가능한 미래에 대한 생각이 하나 떠올라서 말이야, 그걸 올려놓으러 미래 전망부에 좀 가야겠어. 지금 맘이 너무 급해. 빨리 안 적어 놓으면 잊어버릴 것 같거든.⟩ 지금 날 저능아 취급하는 거야? 그래, 내 이마에 ⟨멍청한 년⟩이라고 써져 있기라도 한 거야? 난 당신네 수컷들 속셈을 뻔히 알고 있다고!」

페트나가 그녀의 팔을 붙잡는다.

「아니야, 공작 부인. 미래를 보는 것이 반드시 현재를 회피하는 것은 아니잖아.」

「헛소리 마! 지금 날 무시하는 거야? 그래, 어쩌면 폐경이 왔는지 모르지만, 그래도 지금까지 품위를 지켜 왔고, 또 앞으로도 그렇게 남아 있으려 하는 여자도 좀 존중해 줄 수는 없는 거야?」

「알았어, 알았어!」 오를랑도가 손을 내젓는다. 「그럼 인류를 구하기 위해 하루에 딱 한 시간만 일하기로 하지. 밤 10시부터 11시까지. 다시 말해서 사냥을 하고, 저녁 식사를 끝내고, 설거지까지 마치고 나서.」

「먼지 제거는?」

「그것도 하지.」

「거미줄은?」

「마찬가지야.」

「식수도 길어다 놔야 해.」

「문제없어.」

「맹세할 수 있어?」

「공작 부인, 우린 맹세는 하지 않아. 하지만 인류를 구하기 위해 하루 한 시간을 내는 건 최소한의 의무라고 생각해. 그리고 이것은 페트나의 생일을 탄생시키는 멋진 계획일 수도 있잖아.[4] 이로써 이날은 우리 대속 주민들의 진정한 〈국경일 *Fête nationale*〉이 될 수도 있다고. 이를테면 〈미래의 날〉 같은 게 되는 거지.」

김예빈은 당장에 일을 시작하자고 제안한다. 그는 노트북을 켜고 문서 작성 파일을 하나 연다.

「곧바로 공작 부인부터 시작하지. 자, 질문하겠어. 당신은 인류의 미래를 어떻게 보지?」

파리 몇 마리가 맴돌면서, 그 욱신거리는 통증 같은 왱왱대는 소리로 방 안의 정적을 채우고 있다.

「아니, 난 아직 준비가 안 됐어. 너무 어려운 질문이야.」

다른 이들은 고개를 숙인다.

이들은 미래를 생각하는 걸 두려워하고 있어. 감히 해볼 엄두도 못 내지. 이들도 세상 사람들과 다를 바 없어.

「우리에게 시간을 좀 줘.」 오를랑도가 말한다. 「간신히 하루하루를 살아가는 사람들에게 인류의 미래를 생각하라고 요구하는 것은 아무래도 무리 아니겠어?」

4 페트나Fetnat라는 이름의 내력은 앞에서 설명된 바 있듯이 달력에 국경일을 뜻하는 약자 〈Fet. Nat.〉가 표시되어 있는 날 태어난 데서 비롯되었다.

이들은 이기주의와 이 삐딱한 회의주의에서 벗어날 필요가 있어.

페트나가 일어나더니 다른 사람들에게 자기를 따라오라고 청한다. 그는 자기 움막에 가서 높이가 10센티미터 남짓 되는 화분을 들고 나온다. 거기에는 작은 잎 하나가 달린 관목이 심겨져 있다. 그는 이 화분을 신(新)미래 전망부 움막의 지붕 꼭대기에 올려놓는다.

「공주, 우린 네 프로젝트를 해나갈 거야. 하지만 우선 씨를 뿌려야지. 컴퓨터도 좋지만, 계획은 가상적인 상태로만 남아 있으면 안 되니까. 여기에는 어떤 물질적인 시각화가 필요해. 자, 이 관목은 자두나무야. 파란 열매들이 맺히지. 이것은 하나의 상징이 될 거야. 우리의…….」

가능성의 나무?

「……작업장의 상징이. 이것이 자라나듯, 우리도 자라날 거야. 이것이 열매를 맺으면, 우린 그걸 수확할 거고.」

카산드라는 안도 속에 숨을 깊이 들이마시면서 다시 눈꺼풀을 내린다.

132.

내 꿈이 실현되고 있어.

그리고 앞으로 내 꿈은 현실의 사건들이 특정한 방향으로 나아가게끔 영향을 미칠 수도 있을 거야.

이 프로젝트에 다니엘 오빠를 끌어들일 수만 있다면, 정말로 기가 막힐 텐데!

오빠가 잎사귀 각각의 확률적 가능성을 계산해 줄 수 있을 테니까.

그리되면 이 가능성의 나무에는 정보 기술적 가치까지 덧

붙여지는 셈이지. 내가 꿈속의 파란 나무 속을 돌아다녔듯, 우린 정보화된 나무 안을 거침없이 돌아다닐 수 있게 되는 거야.

133.

그녀는 이렇게 오빠를 생각하면서 무의식적으로 손목시계를 내려다본다. 48%.

48%!

어떤 위험이 가까이에 있어!

급히 밖으로 달려 나간 카산드라는, 그들 모두가 미래 전망부 움막 안에 있을 때 누군가가 대속의 경계선 내로 침입했었다는 사실을 발견한다.

「안 돼!」 그녀는 얼굴이 흙빛이 되며 중얼거린다.

광장 한가운데 각목으로 만든 십자가가 서 있고, 그 위에 산 채로 가죽이 벗겨진 여우 한 마리가 매달려 있다. 그 아래에는 이런 글이 적혀 있다.

〈송곳니에는 송곳니, 주둥이에는 주둥이. 우리는 아틸라에 대한 대가로 계집애까지 원한다. 24시간 이내로 그년을 우리에게 넘기지 않으면, 이 판자촌을 싹 밀어 버리겠다.〉

「음양이야! 놈들이 음양이를 죽였어!」 에스메랄다가 외친다.

그들은 십자가에 철조망 줄로 묶어 놓은, 피범벅이 된 여우의 주검을 풀어 준다.

「좋아, 전쟁이다!」 오를랑도가 으르렁댄다.

그는 강철 화살 세 개를 한꺼번에 발사할 수 있는 커다란 석궁을 꺼내 와서는, 한 손으로 들고 휘두른다.

「남작, 뭐하겠다는 거야? 그 장난감을 가지고서 칼라슈니코프 소총으로 무장한 알바니아 애들을 죽여 보겠다고?」 에스메랄다가 묻는다.

「당신도 잘 알다시피, 난 화기(火器)를 포기한 사람이야. 대신 조용하고도 정확한 이 작은 물건을 어떻게 사용하는지는 잘 알고 있지. 그래, 이것도 이 세상 부패물의 일부를 청소할 수 있는 한 가지 방법이 될 수 있어. 그리고 저기에 붙잡혀 있어야 할 이유가 없는 순진한 처녀들도 해방시켜 줄 거고.」

「내게 더 좋은 생각이 있어요.」카산드라가 입을 연다.

「뭔데?」

「내가 그들에게 가겠어요. 결국 문제를 일으킨 건 나니까요. 나 대신 여러분이 대가를 치러야 할 필요는 없어요.」

「이번만큼은 얘 말이 맞는 것 같아.」에스메랄다가 힘주어 말한다.

「그동안 여기 있게 해줘서 고마웠어요!」맑고 커다란 회색 눈의 소녀는 하치장의 동쪽으로 발걸음을 옮긴다.

「안 돼!」김이 뒤따라 달려가 그녀의 팔을 잡는다.「이제는 우리가 함께 하는 프로젝트가 있잖아. 공연히 시비를 걸어 오는 깡패들 때문에 이 모든 것을 공중으로 날려 버릴 수는 없다고!」

「그렇다면 후작, 좋은 생각이라도 있어?」오를랑도가 묻는다.

그들은 기계적으로 몸을 긁으며 열심히 생각해본다.

「아, 생각났어!」마침내 페트나가 입을 연다.「내가 알아서 해결하지.」

녹색과 노란색이 섞인 부부 통옷을 걸치고 빨간 가죽 바부슈를 신은 꺽다리 세네갈인은 동쪽의 쓰레기 산들이 있는 방향으로 총총히 떠나간다.

소녀는 땅바닥에 놓인 여우의 벌건 시체에서 좀처럼 눈을 떼지 못한다. 오를랑도는 담요 한 장을 가져와 자신들의 마스코트였던 동물의 주검을 덮어 준다.

134.

인형의 산에 파묻힌 내가 비닐봉지 수의 속에서 질식해 가고 있을 때 이 여우가 구해 줬어. 왜 나를 도와주는 존재는 항상 이렇게 벌을 받아야만 하는 걸까? 천치들에게 안도감을 주는 이 끊임없는 폭력을 중단시킬 수 있는 방법은 과연 없는 걸까?

135.

그들은 초조하게 기다린다. 한 시간이 지나 페트나 와데가 무표정한 얼굴로 돌아온다.

「그래, 자작, 어떻게 됐어?」

「놈들의 두목을 만났지.」

「이스미르?」

「바로 그자를 만났지. 우린 치열한 협상을 벌였어. 그가 한 말을 그대로 옮겨 볼게. 〈내가 살아 있는 한, 그 계집애를 넘겨주지 않으면 당신들은 조용히 살 수 없을 거야.〉 그리고 이렇게 덧붙이더군. 〈투견 대회용 개 한 마리에 계집애 하나 바꾸는 건데, 비싼 건 아니라고.〉」

「그래서 뭐라고 대답했는데?」

「카산드라를 넘기겠다고 대답했지.」

김예빈이 발끈한다.

「아니, 치열한 협상을 벌였다더니 아무것도 한 게 없잖아?」

「아니야, 난 시간을 벌어 왔고, 그게 제일 중요한 거야. 내 생각으로는 지금 우리에게 무기가 될 수 있는 건 바로 시간이거든.」 그는 자두나무가 심긴 화분을 가리키며 말한다.

「왜 알바니아 애들이 당신에게 시간을 줄 거라고 생각하는데?」

「사람들과 얘기하려면 그들의 언어를 사용해야 해. 난 그들이 이해할 수 있는 표현들을 사용했지.」

「그게 뭔데?」

「난 이렇게 말했어. 지금은 김과 오를랑도가 방 안에서 계집애를 벌거벗겨 묶어 놓고 재미를 보고 있다.」

「그래서?」

「이스미르는 이해한다는 듯 내게 한 눈을 찡긋하더니 기다려 주겠다고 말했어. 단지 당신들에게 이 말만은 전해 달라고 부탁하더군. 〈계집애를 너무 망가뜨리지는 마. 나중에 쉽게 감출 수 없는 자국이나 흉터는 남기지 말아 달라고.〉 그러면서 덧붙이기를, 여자들이란 자동차와 같은 것이라서, 팔아먹기 위해 그럴듯하게 화장을 시켜 놓을 수는 있지만, 한번 망가지면 교체할 수 없는 부품들도 있다고 하더군.」

카산드라는 자기 귀를 의심한다. 김은 머리를 절레절레 흔든다.

「그래서 시간을 얼마나 벌었는데?」

「한 달. 한 달 후에는 계집애를 넘겨주어 그의 부하들이 모두 덮칠 수 있게끔 해주겠다고 약속했어.」

카산드라는 침을 꿀꺽 삼킨다.

「그거야? 당신의 기똥찬 계획이란 게?」 오를랑도는 약간 의심쩍은 눈으로 그를 보면서 묻는다.

「아니. 난 빈손으로 돌아오지는 않았어.」

페트나 와데는 부부 통옷의 깊고 깊은 주머니에서 검정색의 조그만 천 조각을 꺼낸다.

「협상을 끝내고 작별의 포옹을 할 때 그의 재킷에서 이걸 살짝 잘라 왔지. 자, 다들 날 따라와 봐!」

잠시 후 모두가 세네갈 주술사의 움막에 다시 집합해 있다.

「이스미르는 자기가 살아 있는 한 계집애를 포기하지 않겠다고 말하지 않았어? 자, 그래서 난 이걸 준비할 거야!」

그는 동물 우리들 속을 살펴보다가 마침내 검고 노란 비늘로 덮인 파충류 한 마리가 꿈틀대고 있는 우리를 골라낸다.

「요게 바로 그 유명한 살모사란 놈인데, 한번 물리면 즉사하지. 나는 요 녀석이 백인 노예 거래의 황제님의 체취에 흥미를 느끼게끔 만들어 놓을 참이야.」

세네갈인은 솥단지에 물을 가득 채워 불 위에 올려놓는다. 물이 끓어오르자 긴 집게로 뱀을 집어 비닐봉지 안에 넣고는, 이스미르의 재킷 조각도 함께 넣는다. 그런 다음 뱀과 천 조각이 든 비닐봉지를 닫아 끓는 물의 위쪽에다 올려놓는다.

「뱀이란 본디 냉혈 동물이라서 추우면 잠들고 더우면 깨어나지. 하지만 그들에게 있어서 높은 열기는 참을 수 없는 형벌이야.」

뱀은 비닐봉지 안에서 몸부림을 치기 시작하는데, 꼬리를 얼마나 세차게 흔들어 대는지 금방이라도 비닐을 찢어 버릴 기세다.

「녀석이 몹시 화가 나 있어.」 페트나가 설명해 준다. 「그러면서 이 끔찍한 고통의 순간을 이스미르의 재킷 냄새와 연결시키지. 이제 녀석이 세상에서 가장 증오하게 될 것은 바로 이 특별한 땀 냄새야. 녀석은 이스미르를 죽이게끔 조건 지어진 거지. 그리고 그렇게 하게 될 거야.」

나한테 행해진 게 바로 이거였어. 강박적으로 미래에 집착하게끔 나를 조건 지워 놓은 거야. 알바니아인 두목의 땀 냄새에 강박적으로 집착하도록 이 뱀을 조건 지워 놓듯이.

나처럼 이 뱀도 정상적으로 생각하지 못해. 녀석의 삶 전체는 하나의 특정한 목적에 온통 집중되는 거지.

「자, 이렇게 내 자동 추적 미사일의 무장이 완료됐어.」

아프리카 주술사는 이렇게 말하고는 비닐봉지를 연다. 동물은 아가리를 딱 벌리고 콧구멍을 파르르 떨면서 그 빌어먹을 냄새를 찾는다. 그러더니 동쪽을 향해 전속력으로 기어간다.

「지금 이스미르는 꿈에도 모르고 있을 거야. 이렇게 해서 자신의 미래가 쓰였다는 사실을. 지금 이 순간부터, 그는 이미 죽은 목숨이야.」

136.

이날 밤 카산드라는 서기 3000년으로 돌아가는 꿈을 꾼다.

세상은 여전히 황폐하다. 세상은 오물과 쓰레기들로 뒤덮여 있고, 멍한 시선에 난폭하고 굶주려 뼈만 남은 인간들이 우글거리는 폐허에 불과하다. 소녀는 여전히 재판정에 있다. 재판정의 벽들은 공판이 진행되는 중에도 계속 부서져 내린다.

카산드라의 여자 변호사는 다시 일어나 한 중요한 증인을 증인대에 세운다. 고대의 카산드라다.

하얀 토가 차림의 증인은 자신을 소개한 다음 설명을 시작한다.

「우리 예지자들은 세상을 위협하는 위험을 보긴 하지만, 우리 시대에서는 아무것도 할 수 없습니다. 아무도 우리 말에 귀를 기울이지 않기 때문이죠.」

두 아기 배심원이 잉잉대며 울기 시작한다. 재판장은 의사봉을 두드려 정숙을 요구한다. 한 배석 판사가 그들을 달래려고 젖꼭지를 가져다준다.

「이것은 미래에 대하여 말하는 모든 사람이 겪게 되는 문제입니다. 우리는 광인이나 마녀로 간주되지요. 우리가 무슨 말을 하든, 사람들은 우리의 예언이 틀렸을 때만을 기억할 뿐, 맞았을 때는 전혀 기억하지 않습니다. 마치 현재를 말하는 사

람들은 대충 말해도 상관없지만, 우리 예지자들은 전적인 정확성을 보여 주지 않으면 안 된다는 듯이 말입니다.」

웅성대는 소리가 재판정 전체에 파도처럼 일어난다. 그러자 변호사는 다른 증인들을 호출할 것을 요청한다. 구식 양복을 입은 한 남자가 증인대로 걸어 나온다. 그는 에드거 케이시라고 자기 이름을 밝힌다. 그는 어떻게 기업체 사장들이 자신에게 접촉해 와 유망한 투자처를 알려 달라고 졸라 댔는지를 이야기한다. 사람들의 그런 행태가 너무도 역겨워 차라리 점술 활동을 중단해 버리는 편을 택했단다.

이어 더 옛날식으로 보이는 옷차림의 또 다른 남자가 증인대에 오른다. 노스트라다무스다. 그는 종교 재판이 자신을 어떻게 박해했는지를 증언한 다음, 자신이 목숨을 부지할 수 있었던 것은 다행히도 미신을 믿었던 카트린 드 메디시스의 보호 덕이었다고 회상한다.

칼리오스트로가 그 뒤를 잇는다. 그는 자신이 체포되고 고문받고 사형에 처해진 이야기들을 죽 들려준다. 이어 증인대에는 생제르맹 백작, 장 드 베즐레, 선지자 엘리야, 에녹, 복음서 기자(記者) 성 요한, 그리고 10여 명의 알려지지 않은 사람들이 차례로 선다. 그들은 이해받지 못한 예언자로서 동시대인들의 불신과 적의 속에서 살아가야 했던 힘든 운명을 들려준다.

변호사는 변론을 펼친다.

「장님들의 나라에서 애꾸는 왕이 아닐 뿐만 아니라, 일반적으로 사람들은 그를 다른 사람들처럼 만들려고 남은 한 눈마저 멀게 해버립니다. 사람들은 보는 자, 아는 자를 좋아하지 않기 때문이죠. 나의 의뢰인은 무엇을 했다 해도 배척받았을 것입니다. 그녀 혼자서 그 세대 전체의 어리석음을 막아낼 수는 없는 노릇이었고, 따라서 그녀를 단죄할 수는 없는 것입니다.」

「이의 있습니다, 재판장님! 원하기만 한다면, 시도만 한다면, 단 한 사람의 힘으로도 역사의 흐름을 변화시킬 수 있습니다. 우리가 카산드라 카첸버그에게 비난하는 것은, 바로 시도해 보지 않았다는 점입니다.」

「시도해 보지 않았다고요? 설마 농담이시겠죠? 그녀는 생명의 위험을 무릅쓰고 테러를 저지한 사람입니다.」

「하찮은 거였죠! 인류의 운명을 결정할 수 있는 훨씬 더 중요한 일들이 많았습니다.」

「그녀는 인류의 가능한 미래들을 저장하고 또 널리 알리기 위해 친구들과 함께 인터넷 사이트를 만들었습니다.」

「쓰레기로 가득 찬 하치장에서 말이죠? 도와주는 사람은 노숙자들이고?」

「그래서요? 그곳도 세상의 한 장소입니다. 노숙자들 역시 인간이고요.」

「재판장님, 우리 좀 진지해져야 하지 않겠습니까? 여하튼 이 문제를 어느 각도로 검토해 봐도, 카산드라 카첸버그는 지구를 날려 먹은 인간 중의 하나인 것은 분명합니다. 그리고 그녀의 죄가 한층 무거운 이유는, 당시 진행되고 있던 상황을 진정으로 의식하고 있던 몇 안 되는 사람 중의 하나였기 때문입니다.」

이에 군중은 〈카산드라에게 사형을! 카산드라에게 사형을!〉이라고 거세게 연호한다. 몇몇 경찰이 적의에 찬 방청객들을 형식적으로 저지하려고 시도하지만, 곧 감당할 수 없게 된다. 그러자 고대의 카산드라가 펄쩍 뛰어나와 새로운 카산드라의 팔을 잡아끌고, 두 여자는 재판정을 빠져나와 내닫는데 그 뒤로는 누더기 차림의 군중이 미친 사냥개들처럼 쫓아온다. 그뿐이 아니다. 거리마다, 대로마다 좀비 같은 사람들이 여기저기서 구름처럼 몰려나와 두 여자를 움켜쥐려 달려든다.

「이거야 원! 미래가 우릴 붙잡으려 하고 있잖아!」 여사제의 샌들을 신고 죽어라 달리면서 고대의 카산드라가 혀를 찬다.

결국 두 여자는 어떤 철책 앞에 이르는데, 그 너머에는 수천 명의 성난 아기들이 첩첩이 밀집해 있다.

「저건 또 뭔가요?」

「우리 바로 뒤의 세대들이야. 누구보다도 고약한 녀석들이지.」

두 여자는 서기 3000년의 주민들과 그들 뒤에 올 세대들 사이에 갇히게 된다. 분장을 했는지 얼굴이 노인처럼 쭈글쭈글한 아기들은 젖병과 젖꼭지가 그려진 깃발들을 흔들고 있다. 어떤 녀석들은 날카로운 고음으로 고래고래 외친다.

「복수하자! 우리에게 오염된 지구를 남겨 준 자들에게 죽음을!」

「저 다음 세대들에게는 사정을 설명하기가 좀 어렵겠는걸?」 고대의 카산드라가 질린 얼굴로 말한다.

결국 철책은 불길한 소리와 함께 우지끈 무너져 내린다. 아기들의 무리는 두 여자를 뒤쫓는 누더기 무리에 합류한다.

「날 따라와!」 여사제가 외친다.

그녀는 소녀를 어떤 언덕으로 데리고 가는데, 그 정상에는 거대한 시간의 푸른 나무가 서 있다. 그들은 나무둥치에서 조그만 구멍을 찾아내고 간발의 차로 그 안에 뛰어든다.

「휴, 여기는 안전해. 시간을 가장 잘 피할 수 있는 곳은 바로 시간의 나무 안이지.」

다시 짙은 푸른색 복도들이 이어지는 미로가 나타난다. 아래쪽은 과거이고, 위쪽은 미래이다.

그들은 가지들이 있는 쪽으로 올라간다. 고대의 예언가는 잎사귀 하나를 가리킨다.

「싫어요! 난 더 이상 이런 걸 맡고 싶지 않아요.」소녀가 신음하듯 말한다.

「넌 선택권이 없어. 넌 보지 않을 수가 없다고.」

젊은 카산드라는 손으로 자신의 눈을 가려 버린다.

「내가 보지 않는 한, 아무도 내가 행동하지 않았다고 비난할 수 없을 거예요.」

「아니, 넌 봐야 해!」

「싫어요! 그 어떤 참혹한 일들이 벌어진다 해도 난 상관없어요. 어차피 이기주의자로 단죄받을 테니까, 정말로 그렇게 되겠다고요. 내가 무슨 짓을 하든, 사람들은 내가 더 하지 않았다고 비난하겠죠.」

「일단 이 잎사귀를 보고 나서, 그다음에 어떻게 행동할 건지 마음대로 결정해. 행동하고 안 하고의 선택은 네 자유야. 하지만 넌 반드시 봐야 해. 자, 봐!」

여사제는 카산드라의 손을 옆으로 잡아당겨 그녀의 시각을 열어 버린다.

맑고 커다란 회색 눈의 소녀는 소리를 지르며 잠에서 깨어나, 무어라고 정신없이 말하기 시작한다. 대속의 다른 주민들이 그녀의 머리맡으로 달려온다. 그녀는 고물들로 대충 만든 침대 위에 앉아 사지를 벌벌 떤다. 두 눈을 부릅뜬 채로.

「보여요. 보여요……」

네 노숙자는 조용히 그녀 주위로 다가선다. 이제는 더 이상 놀라지도 않고, 다만 그녀의 입만을 뚫어지게 바라본다.

「보여요…… 보여요…… 푸른 나무예요. 굵은 가지가 하나 있고, 유난히 큰 잎사귀 하나가 파르르 떨리며 나를 불러요. 그 잎사귀 위에 사람들이 보여요. 많은 사람들이에요. 그런데 모두들 돌처럼 굳어 있네요. 사람들이 꼼짝 않고 있는 어떤 장소에서, 내일 오전 11시 25분에 일어나요.」

「공동묘지?」 오를랑도가 추측해 본다. 「어느 공동묘지에다가 폭탄을 장치해 놓을 건가?」

아무도 말을 받지 않는다.

김예빈은 무덤 주위에 길게 늘어서서 묵념을 올리고 있는 사람들을 상상해 본다. 갑자기 관이 폭발하고, 사람들은 갓 파놓은 구덩이 속으로 직통으로 떨어져 내리고, 무덤 파는 인부들이 달려온다.

「밀랍 인형 박물관인가?」 에스메랄다도 의견을 내본다.

모두의 머릿속에는 관람객들이 의상을 입은 굳은 인형들을 구경하고 있는 박물관이 떠오른다. 나폴레옹 인형 앞에 수많은 사람이 모여 있는데, 갑자기 인형이 폭발한다. 사방에 파편이 널려 있는 극도의 혼란 속에서, 플라스틱 팔다리들이 피와 살로 이루어진 사지들과 뒤섞인다.

「사람들은 움직이지 않아요. 침묵의 장소예요. 옛날 분위기가 나는 장소. 스테인드글라스가 있고, 기둥이 늘어선 회랑 같은 것들도…….」 카산드라가 묘사를 계속한다.

「사원 같은 덴가? 교회당?」

소녀는 눈꺼풀을 깜짝깜짝한다. 무언가 강렬한 빛과 마주한 듯한 모습이다.

「아녜요. 사람들은 앉아 있어요. 많은 사람이 안경을 끼고 있어요. 그들은 책을 읽고 있어요.」

「도서관?」

「그래요…… 아주 큰 도서관이에요. 천장은 아주 높은데, 오목한 돔 형태를 이루고 있어요.」

「이런…… 리슐리외 가의 국립 도서관이야!」 김이 결론을 내린다.

137.

이 모든 것은 언제 멈추게 될까?

138.

하늘이 갠다. 티셔츠 차림의 젊은 학생들이 왕래하고 있고, 공원의 잔디밭에 앉아 소풍을 즐기고 있는 사람들도 보인다. 비둘기들은 구구대면서, 행인들의 머리에 닿을 듯 낮게 날면서 서로를 쫓는다.

긴 외투, 낡아 빠진 군화, 푹 눌러쓴 캡 차림의 노숙자 한 무리가 리슐리외 가를 걸어간다. 그들은 발목에까지 내려오는 긴 외투 자락을 펄럭이며 한 줄로 전진한다.

이윽고 그들은 어느 오래된 건물 앞에서 걸음을 멈춘다. 그리고 한동안 꼼짝 않고 서서 곁눈을 굴려 주위를 살핀다.

「네 예감이 정확하다면, 그 여자는 여기로 오기로 되어 있어.」오를랑도가 말한다.

「어차피 입구는 하나뿐이야.」에스메랄다가 덧붙인다.

「난 도서관이 싫어. 속담들로 꽉 차 있는 곳이지.」오를랑도가 내뱉는다.

아무도 대꾸하지 않는다.

광택이 자르르한 검은 메르세데스 한 대가 입구 앞에 주차한다. 약간 뚱뚱한 몸매에 검은 드레스, 선글라스, 검은 스카프, 검은 장갑 차림의 여자 하나가 차에서 내린다. 손가방 하나를 품에 꼭 껴안은 그녀는 단호한 걸음걸이로 도서관 안으로 들어간다.

「저 여자예요!」카산드라가 알린다.

「젠장! 저 녹색과 주황색의 차 번호판 좀 봐! 저건 외교관

차야. 아마 어떤 대사관 차겠지.」 오를랑도가 탄식한다.

「그게 무슨 뜻이죠?」 카산드라가 묻는다.

「그게 무슨 뜻이냐면, 저런 차에 탄 자들은 경찰이 체포하고 싶어도 그럴 권리가 없다는 뜻이지.」 김예빈이 대신 대답해 준다. 「저런 차를 가지고 있는 자들은 자기가 하고 싶은 대로 할 권리가 있어. 고속도로에서 역주행을 해도 되고, 사람을 치어 죽여도 돼. 외교관 면책 특권이 저들을 보호해 주지. 기껏해야 자기네 나라로 돌아가라고 명할 수 있을 뿐이야.」

「난 대사관이 싫어.」 페트나 와데가 말한다.

그들은 자동차를 쳐다본다. 주차는 했지만 운전사는 시동을 끄지 않고 기다리고 있다.

경찰도 어쩔 수 없다고? 그렇다면 행동할 수 있는 사람은 우리뿐이라는 얘기군.

그들은 입구 쪽으로 향한다. 입구 문턱에 있던 경비원이 그들을 막아선다.

「죄송합니다. 그런 차림으로는 여기 들어올 수 없습니다.」

「책을 열람하려고 왔어요.」 카산드라가 무리 앞으로 나서며 말한다.

「그런 수작은 나한테 안 통해요! 당신들은 거지들이고, 아마 글을 읽을 줄도 모를 거요. 그저 길고 푹신한 긴 가죽 의자를 침대 삼아 낮잠이나 자려고 왔겠지. 아무튼 공부하는 분들 방해나 할 테니 절대 못 들어가요. 그리고 미안한데⋯⋯ 내게서 좀 떨어져 줘요. 당신들 냄새가 너무 많이 나요. 사람을⋯⋯ 좀 불편하게 만드네.」

「뭐야?」 왕년의 외인부대원이 발끈한다.

「아, 그리고 젠장, 당신 입 냄새! 원 세상에, 이건 입 냄새가 아니라 테러 무기야, 테러 무기! 여보쇼 친구들, 오늘 점심으로 뭘 드셨수? 뒈진 생쥐?」

「아니…… 완전히 죽은 생쥐는 아니었어.」오를랑도가 목소리를 낮게 깔면서 으스스하게 대답한다.

카산드라는 오를랑도가 소동을 벌이려 한다는 걸 알아챈다. 저지하려고 했지만 이미 늦었다. 왕년의 외인부대원은 외투 아래에서 커다란 석궁을 꺼내 들고는, 그 뾰족한 화살촉을 경비원의 오른쪽 콧구멍에 들이댄다.

「하나! 우린 네 〈친구들〉이 아니야. 둘! 우린 책을 좋아해. 셋! 우린 제복을 입은 펭귄한테, 단지 그 펭귄이 〈경비〉 모자를 쓰고 있다는 이유 하나만으로 방해받을 생각은 추호도 없어.」

남자는 두 손을 번쩍 쳐든다.

「이 구역은 내가 잠잠하게 해놓고 있을 테니까, 모두들 가서 폭탄 가방을 찾아오라고.」외인부대원은 이렇게 말하고는, 유유히 시가 한 대를 피워 문 다음, 경비원에게는 주위의 이목을 끌지 않게끔 손을 내리라고 명한다.

그렇게 그가 석궁의 방아쇠에 손가락을 걸고 있을 때, 카산드라는 꿈에서 본 이미지들에 의지하여 페트나와 에스메랄다와 김을 인도하여 계속 이어지는 복도들을 달린다.

「빨리!」줄 달린 회중시계를 가지고 있는 에스메랄다가 외친다. 「벌써 15분이야. 10분밖에 남지 않았어.」

숨이 턱에 닿도록 달린 끝에, 그들은 국립 도서관의 둥그런 중앙 홀 내부에 이른다. 철조와 유리로 이루어진 거대한 돔형 천장이 성당 같은 분위기를 자아내는 곳이다. 방을 빙 둘러 늘어선 섬세한 석주들은 정교한 아치들을 떠받치고 있고, 다시 그 아치들은 천장 중앙에 열린 커다란 빛의 우물로 귀결되고 있다. 황동판으로 덮인 탁자들 위에는 조그만 청동 램프가 부드러운 빛을 발하고 있다. 텅 비어 있는 어떤 서가들은, 전에는 여기 꽂혀 있었지만 지금은 절도와 문화재 훼손 행위를 피하여 안전한 곳으로 옮겨진 책들을 상기시킨다. 다시 그 위로는 여름 하늘을 배경으로 우거진 푸른 수풀을 묘사한 그림들이 붙어 있다.

「꿈속에서 본 것이 이랬어?」 에스메랄다는 장소의 장엄함에 압도된 표정으로 묻는다.

카산드라는 고개를 끄덕인다. 그들은 늘어선 탁자들 사이를 돌아다니며 단단한 체격에 검은 스카프를 했던 여자를 찾는다. 마침내 홀 한쪽 구석에서 그녀를 발견했는데, 커다란 책 뒤에 얼굴을 숨기고 주의 깊게 읽고 있는 척하고 있다. 그러더니 책을 탁 덮고는, 손가방을 탁자 아래 둔 채로 떠나 버린다.

소녀는 있는 힘을 다해 달려가 그 가방을 집어 든다.

그녀의 손목시계는 〈5초 후 사망 확률: 15%〉를 가리키고 있다. 그녀는 프로바빌리스에게는 이 가방 안에 얼마나 큰 위험이 도사리고 있는지 알 수 있는 탐지 수단이 없다는 사실을 깨닫는다. 시스템은 기껏해야 그녀의 맥박이 빨라지는 것만을 고려하고 있을 뿐이다.

이것이 바로 오빠와 과학과 확률의 한계야. 그리고 여기서부터 꿈과 직관을 통한 나의 작업이 시작되는 거지.

하지만 바로 이때 누군가의 손이 카산드라의 손목을 움켜잡는다.

「난 당신이 하는 짓을 봤어요! 이 가방을 훔치려고 하죠?」 트위드 재킷을 입은 한 금발 남자가 말한다.

어떻게 한다? 이 천치에게 이건 폭탄이고, 나는 그의 생명을 구하고 있는 중이라고 설명해? 내 말을 절대 믿지 않겠지. 이게 바로 문제야. 진실은 그럴듯해 보이지 않는다는 점……. 게다가 시간이 없어.

그녀는 자유로운 손으로 손가방을 옮겨 들어 페트나에게로 냅다 집어던진다. 세네갈인은 받아 든 가방을 마치 럭비공처럼 옆구리에 끼고는 출구 쪽으로 내달린다. 하지만 금발 남자는 쉽게 포기하려 들지 않는다. 그는 꽥 소리친다.

「도둑이야! 저 사람 잡아요!」

벌써 몇 사람이 움직이기 시작한다. 그리하여 순수한 공민 정신에 의해 가방을 되찾으려는 사람들과, 더욱 공민적인 정신에 의해 그것을 지키려는 노숙자들 사이에 쫓고 쫓기는 한 바탕의 경주가 벌어진다.

이렇게 도서관 안에서 큰 소동이 벌어지고 있을 때, 바깥에 있는 오를랑도는 선글라스에 검은 장갑을 낀 뚱뚱한 여자가 어느새 빠져나와 외교관용 번호판이 달린 메르세데스 안으로 쏙 들어가는 것을 본다.

추격전은 책을 읽고 있는 열람객들 사이에서 계속되고, 그들이 발하는 〈쉿!〉 소리는 점점 더 커져 간다.

금발의 꺽다리는 누군가가 딴죽을 걸어 페트나를 넘어뜨려 주자, 그의 손에서 가방을 낚아챈다. 그러고는 몸을 돌리는데, 에스메랄다가 날린 주먹이 그의 얼굴 한가운데 꽂힌다. 이어 페트나가 후춧가루 한 줄기를 뿜어내자, 재채기를 하고 정신없이 눈을 비빈다. 그 통에 가방이 그의 발치에 떨어진다. 하지만 벌써 다른 사람들이 그를 도우려 달려온다. 페트나 와데는 활석 분말을 구름같이 퍼뜨린다.

사방에서 사람들이 두 팔을 휘저으며 허우적댄다. 그들은 〈도둑이야! 저것들을 잡아라!〉라고 외친다.

마라부는 특별히도 진하게 느껴지는 장내(腸內) 가스를 추가로 방출해 준다.

정말이지, 분말과 증기와 연기의 진정한 제왕이야!

그 즉시 열람객들이 소란을 일으킨 장본인들에게 항의하며 일제히 일어선다. 공민 정신에 불타는 또 다른 시민들이 그들을 붙잡으려 달려온다. 김은 중앙 조명 레버를 내려 혼란을 가중시킨다. 이제 폭탄이 담긴 가방을 든 사람은 다시 카산드라로, 그녀는 화재 경보가 왱왱대는 소리를 들으며 출구 쪽으로 뛰어간다.

쫓아온 금발의 껑다리의 손이 그녀를 잡으려 하는 순간, 또다시 에스메랄다가 그를 세차게 떠밀어 신문과 잡지로 가득한 입식 서가들 쪽으로 날려 버린다. 하지만 껑다리가 끝이 아니다. 10여 명의 또 다른 자원자들이 도서관에서 가방을 훔치는 이 끔찍한 노숙자들을 잡으려 몰려온다.

카산드라는 그들이 분노의 대상을 잘못 골랐다고 설명해 주고 싶지만, 무익한 짓임을 알고 있다.

해명하려 들지 말 것. 다만 행동할 것.

에스메랄다는 11시 23분을 가리키고 있는 자신의 회중시계를 보여 준다.

2분밖에 남지 않았어!

그녀가 입구에 이르자, 오를랑도가 도우러 달려와서는 석궁을 겨누어 모든 사람을 물러서게 한다. 그러고 있는 그의 모습은 「석양의 갱들」속 로드 스타이거와 한층 비슷해 보인다. 카산드라는 정신없이 돌아가는 상황에 약간 멍해져서는, 폭탄으로부터 구해 준답시고 사람들을 죽인다면 너무도 어처구니없는 일일 거라고 생각한다. 에스메랄다는 그녀의 팔을 잡아끌고, 다시 두 여자는 도서관 밖으로 내닫는다. 페트나는 그들 뒤를 바짝 쫓는다. 그들의 긴 외투 자락이 허벅지 주위에서 나방의 날개처럼 퍼덕인다.

바로 이때 뒤쪽에서 경찰 사이렌이 울린다. 그들은 더욱 빨리 달린다. 오를랑도는 커다란 석궁을 내던져 두 손을 자유롭게 한다. 그러고는 얼굴을 잔뜩 찡그리며 가방 안을 들여다본다.

「아, 정말이지 난 폭탄이 싫어!」그는 가래침을 탁 뱉으며 말한다.

그러면서도 기폭 메커니즘을 찾아내고, 계속 달리면서도 C-4폭약 반죽에 깊이 박힌 뇌관을 뽑아낸다.

그는 가방을 쓰레기통에 던지고 뇌관은 호주머니에 집어넣는다. 이렇게 뒤도 돌아보지 않고 계속 달린 끝에 다섯 노숙자는 마침내 어느 지하철역 입구에 이른다. 지체 없이 계단을 뛰어 내려가 개찰구를 펄쩍 뛰어넘은 다음, 이어지는 통로들을 달린다.

통로들이 모여드는 환승 광장에 이른 그들은 한 무리의 경찰들과 마주친다. 경찰들은 멀리서 그들을 알아보고는 곧바로 쫓아오기 시작한다. 다행히도 환승 광장은 이용객들로 콩나물시루여서 추격자들은 그들이 함부로 밀쳐 버릴 수 없는 군중 속에 꼼짝없이 갇혀 버린다.

맨 앞에서 달리던 오를랑도는 문이 막 닫히고 있는 한 열차에 뛰어오른다. 다른 대속의 주민들도 철커덩 맞물리고 있는 두 문짝 사이를 모두가 간발의 차로 통과한다.

정확히 말하자면 〈거의 모두〉이다.

미처 올라타시 못하고 홀로 플랫폼에 남게 된 소녀 주위를 치안 병력이 재빨리 에워싼다.

139.

피해망상증 환자처럼 말하고 싶지는 않지만, 확실히 운은 내 편이 아니야.

140.

경찰차에서 경찰서 입구까지의 길에는 몇몇 기자들이 지키고 서 있다. 그들은 전 미래 전망부 장관의 딸이 지나가는 것을

현재의 이야기   **103**

보자 득달같이 달려들어 마이크를 들이밀고 사진을 찍어 대면서, 여러 가지 질문들을 동시에 퍼부어 귀를 멍멍하게 한다.

「카첸버그 양! 카첸버그 양! 당신이 노숙자들에게 유괴되어, 그들의 강요에 의해 도서관에서 손가방을 훔쳤다는데 그게 사실인가요?」

「당신을 학대했나요?」

「당신을 성적으로 유린했나요?」

「당신에게 에이즈를 옮긴 게 맞나요?」

세 번째 기자가 소리친다.

「왜 대답하지 않죠? 어차피 우린 무슨 일이 있었는지 다 아니까, 당신이 원하든 원치 않든 그대로 쓸 거예요.」

「아니, 지가 뭔데 저렇게 도도해?」 그 옆의 기자 하나가 조그만 소리로 덧붙인다. 「그 거만한 시선 보셨죠? 지가 장관 딸이면 딸이지 우릴 그렇게 멸시할 수 있는 거예요?」

마침내 경찰서 안에 들어서자 벌 떼처럼 달라붙던 기자들도 어느덧 사라진다. 그녀는 피에르-마리 펠리시에 형사의 사무실로 인도되고, 그녀가 들어서자 형사는 정중한 태도로 일어선다.

「아, 카산드라 양! 다시 보게 되어 반가워요! 자, 앉아요. 그리고 긴장을 풀어요.」

그녀는 그의 말대로 한다.

「우선 믿기 어려운 소식을 하나 들려줄게요. 내 잃어버린 암고양이를 다시 찾았답니다. 리버티 벨, 기억나요? 바짝 말랐고 털은 온통 헝클어졌지만 어쨌든 살아 있었어요. 집에 돌아오기 전에 많은 모험을 했던 모양이죠. 아들 녀석이 얼마나 좋아하는지 당신은 상상도 못할 거예요.」

이 경찰관은 그래도 보통 사람보다는 똑똑한 사람이야. 이 사람에게 진실을 들을 수 있는 귀가 있을까? ……그래. 그걸

알아낼 수 있는 유일한 방법은 시도해 보는 거야.

「날 보내 주셔야 해요.」그녀는 선언한다. 「해야 할 중요한 일이 있어요.」

그는 껌이 든 상자를 내밀고, 그녀는 거절한다. 그는 껌 하나를 집어 입속에 밀어 넣고는 질겅질겅 씹기 시작한다. 방의 벽들은 사진들로 뒤덮여 있는데, 사진마다 실종된 아이들의 얼굴이 있고, 그 밑에는 이름이 적혀 있다. 어떤 사진들 옆에는 첫 번째 사진을 컴퓨터로 처리하여 좀 더 나이 든 모습을 예상한 두 번째 사진이 붙어 있다. 그들을 애타게 찾고 있는 사람들의 전화번호며 연락처 같은 것들도 보인다.

「물론이죠, 카첸버그 양. 우리의 바람은 오직 하나, 당신을 만족시켜 주는 거예요. 하지만 단순한 호기심에서 한 가지 묻겠는데, 아가씨가 해야 할 그 중요한 일이란 대체 뭐죠? 내가 생각하기에 지금 가장 중요한 일은 일단 푹 쉬면서 마음을 안정시키는 일일 텐데 말이죠.」

그녀는 머뭇거린다.

「난 어떤 재앙들이 일어나는 것을 막아야 해요.」

「좀 더 정확하게 말해 줄 수 있나요?」

「이건 내가 지닌 특별한 재능과 관계된 일이에요.」

「어떤 재능?」

그녀는 최대한 정확하게 표현해 보려 애쓴다.

「난…… 미래를…… 봐요…… 언뜻언뜻…… 그리고 단편적으로요.」

그는 이해심 어린 표정으로 미소를 짓는다.

「아, 알겠어요. 일종의 유전이군요. 아버지는 미래 전망부 장관이셨고, 아들은 확률학자, 그리고 딸은…… 예지자군요.」

경찰관은 서랍을 뒤지더니 레몬 비스킷을 꺼낸다.

「자, 껌보다는 이게 나을까?」

아니, 사양하겠어요. 샤를로트를 만난 이후로 내가 좋아하는 건 수제 페이스트리뿐이라고요……. 아, 지금 잘 구워진 케이크 한 조각만 있으면 얼마나 좋을까! 크림이 듬뿍 든 것. 샤를로트 말이 맞는지도 몰라. 질 높은 케이크를 먹는 것은 우리 몸에 가장 큰 기쁨을 주는 일이지. 사람들은 정말 실망스러울 뿐이야. 즉각적이고도 환멸이 따르지 않는 진정한 즐거움을 주는 것은 페이스트리뿐이야.

경찰관은 이 소녀의 머릿속에 대체 어떤 생각이 들어 있는지 궁금하기만 하다.

「날 풀어 주셔야 해요. 아주 빨리요. 이건 죽느냐 사느냐의 문제예요.」

그녀는 경찰관의 이름이 아무런 꾸밈이 없는 똑바른 글씨체로 새겨져 있는 명판을 본다. 〈피에르-마리 펠리시에 수사관〉.

이중으로 된 이름들은 어떤 특별한 의미를 담고 있어. 부모 두 사람이 아이를 저마다 다른 방향으로 이끌기를 원했던 거야. 그는 피에르야. 또 마리이기도 하지. 하지만 결국 그는 피에르도, 마리도 아닌 존재가 되고 말았어. 돌의 견고함이라는 성향과 마리아의 성스러움이라는 성향 사이에 놓인 어중간한 잡종에 불과해.[5] 그는 둘 중 하나를 선택하여 고정된 모습을 갖출 필요가 있어. 내가 느끼기에 그는 피에르보다는 오히려 마리에 가깝지만.

「〈죽느냐 사느냐〉? 농담은 아니고?」

그녀는 대답하지 않고 그를 똑바로 쳐다본다. 그는 고개를 끄덕인다.

「그래요. 물론 난 당신을 이해해요. 하지만 다른 사람들도 당신을 이해할까요? 특히 나는 상관들에게 보고를 올려야 해

5 〈피에르〉는 〈돌〉이라는 의미가 있으며, 〈마리〉는 〈마리아〉의 프랑스식 이름이다.

요. 보고해야 할 상관들이 아주 많아요. 그들에게 뭐라고 말해야 하죠? 〈아시겠지만, 장관님의 따님이 학교에서 도망쳐 나가서 제가 붙잡아 왔습니다. 그런데 그녀가 자신에겐 특별한 재능이 있으며 재앙들을 막아야 한다고 설명한 고로, 결국 저는 그녀가 도시의 뒷골목을 헤매고 다닐 수 있게끔 다시 풀어 주었습니다.〉 이렇게요?」

그는 데스크 위, 그의 아들과 아내 사진 옆에 놓인 액자 속의 고양이 사진을 쳐다본다.

「그래요. 난 현대적인 사람이에요. 하지만 그들, 내 위에 있는 사람들은 아주 구식이죠.」

피에르-마리 펠리시에는 고개를 설레설레 흔든다.

「내가 미래를 본다고 말할 때, 당신은 내 말을 믿지 않나요?」 그녀는 억양 없는 어조로 묻는다.

「아니, 물론 난 당신 말을 믿어요. 문제는 아무도 미래를 알고 싶어 하지 않는다는 사실이죠. 반면, 모든 사람들이 보고 싶어 하는 것은 아직 열일곱 살 미성년인데 노숙자들과 지내면서 그들의 요구로 도서관에서 손가방을 훔쳐야만 하는 소녀들이라는 사실이고요.」

그녀의 표정에는 조금의 변화도 없다.

「난 테러를 막을 수 있어요. 난 그것들이 언제, 어디서 일어나게 될지 알아요.」

「테러리스트들을 붙잡겠다는 말인가요? 흠, 참 엉뚱한 생각이군요. 하지만 그런 것을 원하는 사람이 과연 있을까요?」

그는 두 번째의 껌을 입속 깊이 집어넣는다.

「이 문제에 대해서는 마침 내가 좀 알고 있어요. 전에 나는 파리 대테러 특경대에서 근무했거든요. 그런데 지금은 보다시피 이렇게 실종된 아이들을 찾는 일을 하고 있지요. 왜 그렇다고 생각해요? 왜냐면 테러리스트들을 체포하는 것은 정말로 아무짝에도 쓸모없는 일이기 때문이에요. 내가 잡아 처 넣은 자들은 모두가 며칠, 아니 몇 시간 후에 풀려났어요. 내 말이 믿어지지 않나요? 좋아요, 그렇다면 기본적인 지정학적 여건을 설명해 주죠. 첫째, 만일 우리가 테러리스트들을 감옥 에 처넣으면, 다른 곳에서 다른 테러리스트들이 기자들이나 인도주의 단체의 자원봉사자들을 납치해서, 자기네 동료들과 맞바꾸자고 나와요. 그럼 혼란이 걷잡을 수 없게 되지요. 둘 째, 많은 경우 테러리스트들은 우리의 동맹국이라고 알려진 나라들을 위해 비공식적으로 일하고 있는 친구들이에요.」

카산드라는 눈썹을 찌푸린다.

「아직도 잘 이해 못 하겠어요? 지금 우리의 민주주의를 흔 들어 놓으려 하는 자들은 많은 경우 우리의 원유 공급자들이 란 얘기예요. 우리는 약간의 테러는 참아 낼 수 있지만, 휘발 유 없이 지낼 수는 없는 형편이에요. 더욱이 그들은 우리의 돈 많은 고객이기도 하고요. 때로 그들은 우리에게 사용할 무기 들을…… 바로 우리에게서 구입하기도 한답니다. 네, 그래요! 이게 바로 아무도 듣고 싶어 하지 않는 진실이에요. 테러리스 트들이 우리의 민간인들을 죽이기 위해 사용하는 폭약은…… 다름 아닌 프랑스의 화약 공장에서 제조된 것들이란 말이죠. 뭐, 장사는 장사니까요.」

그는 잠시 봉투 칼을 장난치듯 만지작거리다가 다시 껌 통 옆에 내려놓는다.

「심지어 우리는 그들에게 핵 발전소까지 팔려고 하고 있 죠. 그들이 우리 얼굴에다 대고 원자 폭탄을 터뜨릴 수 있게 끔 말이에요. 여기에 딱 맞는 표현이 하나 있었는데, 뭐였더 라? 아, 그래, 〈자기를 목매달아 죽이라고 끈을 판다〉. 이게 바로 시장의 법칙이죠. 만일 당신이 테러리스트들을 무장시 키는 것을 막으려 한다면, 사업가들은 이렇게 대꾸할 거예요.

⟨그들이 원하는 것을 우리가 팔지 않으면, 어차피 우리의 경쟁자들이 팔 거요. 따라서 닥치고 돈이나 버는 편이 낫소.⟩」

말도 안 돼! 설마 우리가 그렇게까지 되었을까?

경찰관은 유유히 설명을 계속해 간다.

「테러리즘이란 극히 한정된 수의 개인들에게만 불편을 끼치는 매우 국지적인 부수 현상일 뿐이에요. 그리고 우리의 시스템은 이것에 잘 적응하고 있죠. 문제를 제기하는 것은 몇몇 살아남은 희생자들이에요. 그들은 항상 불평하죠. 보상금을 요구하고, 국가에 죄책감을 심어 주려고 애써요. 또 안보상의 허점이 있다고 지적하려 하고요. 하지만 징징대는 사람들을 좋아하는 사람은 아무도 없죠.」

나의 부모님이 바로 테러의 희생자들이었어. 아버지는 장관이었고, 어머니는 인정받는 과학자였지. 이것이 국지적인 현상이야? 그리고 그분들은 한 번도 불평하지 않았어. 그럴 기회 자체가 없었으니까.

경찰관은 짐짓 시선을 딴 곳으로 돌린다.

「희생자들에게 난 이렇게 말해 주고 싶어요. ⟨유감입니다. 운이 없으셨어요. 당신들은 단지 나쁜 장소, 나쁜 시각에 있었을 뿐이에요. 거기 있지 말았어야 했어요.⟩ 우리 솔직히 말해 보자고요. 테러로 죽는 사람보다는 교통사고로 죽는 사람이 훨씬 많잖아요? 그렇다면 그들은 단지 로토의 나쁜 번호를 뽑았을 뿐이에요. 당신 오빠의 말마따나 이건 확률의 문제죠.」

소녀의 표정을 본 경찰관은, 지금 자신이 제시하고 있는 현실이 너무도 냉혹한 것임을 의식한다.

「이런 말 해서 미안하지만, 대중들이 정말로 불안감을 느끼기에는, 이런 테러들로 죽은 사람 수가 아직은 너무도 적어요.」

그는 몸을 일으켜 창밖의 먼 곳을 바라본다.

「신문들은 얼마 동안은 시끄럽게 떠들죠. 대중의 감정에 호소하면 장사가 되니까요. 그러고 나서 사람들은 잊어버려요. 테러 사건들이 잊히는 속도도 갈수록 빨라져 가는데, 그 속도는 정말 놀라울 정도죠. 왜냐면 모두가 잊기를 원하기 때문이에요. 심지어는 2001년에 일어난 세계 무역 센터 테러에 대해서도, 지금은 말하는 사람이 아무도 없어요. 그건 지진과도 같은 거죠. 그냥 지나가 버려요. 자연재해의 일부일 뿐이에요. 혹은 개미집에 발길질 한 번 한 거나 마찬가지죠. 벌레들은 처음에는 난리를 치다가, 곧 죽은 놈들을 치우고 다시집을 짓죠. 때로는 이전보다 더 잘 지어 놔요.」

카산드라는 의자에 앉은 채로 몸을 잔뜩 웅크린다.

「작년에 이런 일이 있었어요. 내가 거래하는 은행 직원이 나더러 증권에 투자하라고 권하더군요. 나는 아직 엄청난 테러 사건이 몇 건 더 일어날 수 있고, 그리되면 증시가 붕괴될수 있다고 대답했죠. 따라서 난 투자하지 않겠다고요. 난 당시 대테러 업무에 종사하고 있었기 때문에 이것의 위험성을 정확히 파악할 수 있는 위치에 있었거든요. 그러자 은행 직원이 한 가지 놀라운 사실을 알려 주었어요. 테러의 위험은 이미 주식 가격에 반영되어 있다는 거였죠. 또 이를 위한 특별한 보험들도 있다고요. 따라서 테러가 발생하든 하지 않든, 증권시장은 끄떡도 하지 않는다고요.」

그녀는 받아들이는 정보를 담담하게 소화하고 있는 척하지만, 그것은 너무도 엄청나고, 너무도 감당하기 힘든 진실들이다.

「대외 정책에 있어서 우리의 태도를 변화시키기 위해서는 끔찍한 대학살이 있어야 할 거예요. 일테면 어떤 큰 수도에 원자 폭탄을 터뜨리는 규모의 테러가 있어야 하겠죠. 하지만, 심지어 그런 일이 일어난다 해도 실제적인 반응은 없으리라고 난 생각해요. 마드리드에서 어떤 일이 일어났는지 봤죠?

또 런던에서도 봤잖아요. 군중은 사흘 동안 시위를 했고, 미디어는 대문짝만 한 기사들을 쏟아 냈어요. 그러고는 지나가 버렸죠. 그런 일에 진정으로 신경을 쓰기에는 우리 삶이 너무나 안락하고 평온한 거예요.」

형사 또한 평온하게 말을 이어 간다.

「사실 우리는 이런 질문을 해봐야 해요. 당신에게 가장 걱정되는 것은 무엇인가? 테러인가(다치는 사람은 기껏해야 수십 명, 많아야 수백 명이고, 그 가운데 당신이 포함될 위험성은 거의 없는), 아니면 (모든 사람을 힘들게 하는) 휘발유 값 인상인가? 당신에게 있어서 가장 중요한 것은 무엇인가? 당신의 안전인가, 아니면 당신의 전천후 사륜구동 차를 타고 신나게 부릉부릉하는 것인가?」

피에르-마리 펠리시에는 다시 자리에 앉아 몸을 앞으로 숙인다.

「그리고 현실을 솔직하게 인정합시다. 테러리즘에 맞서기 위해 투자되는 액수가 이 테러리즘을 유지하기 위해 산유국 지도자들이 투자하는 액수의 1천분의 1이라도 되는 일은 결코 없을 거예요. 자, 그렇다면 저울이 어느 쪽으로 기울게 될까요?」

그는 어깨를 으쓱한다.

「젊었을 때 난 이렇게 생각했어요. 테러리즘이란 부자 나라들에 대해 정당하게 반발하는 가난한 나라들이 벌이는 행동이다. 하지만 지금은 현실은 정반대라는 걸 알고 있지요. 테러리즘의 장본인, 그것은 엄청나게 돈이 많은 산유국들이고, 그 나라들을 이끄는 왕족들, 페라리를 굴리고, 코카인을 들이마시고, 아침부터 밤까지 창녀들을 끼고 놀고, 캐비아를 국자로 퍼먹고, 황금 덩어리로 만든 휴대 전화를 들고 다니고, 그러면서 아무 일도 하지 않고, 건설적인 것이라곤 아무것도 만들어 내지 않는 그 왕족들이죠……. 그래요. 바로 이들이 그 냥 재미 삼아서 자유세계에 대해 전쟁을 벌이고 있는 거예요. 자신들의 호화로운 삶이 너무 따분해서, 혹은 우리를 파괴하는 데서 기쁨을 느끼기 때문이죠. 혹은 종교적 광신 때문에 그러기도 하죠. 자, 그래서 테러리즘과 맞서 투쟁하는 것은 아무 소용이 없다는 거예요. 소용없을 뿐만 아니라, 잘못하면 그들을 화나게 만들어 훨씬 큰 피해를 입을 수도 일이죠.」

그는 숙명주의자 같은 표정으로 어깨를 으쓱한다.

「최소한, 그들은 사람들을 죽이고 나면 잠시 동안이나마 얌전해지지요. 피가 그들을 진정시켜 주는 듯이 말이에요. 사망자가 많을수록 그들의 팽팽했던 신경이 풀어지는 모양이죠. 그리고 당신도 느꼈을지 모르겠지만, 몇 해 전부터 테러리스트들에게 호감을 느끼는 사람들이 점점 더 많아지고 있어요. 사람들은 그들에게 변명거리들을 찾아 주고, 그들의 의로운 투쟁을 이해해 주고, 그들의 이른바 〈항거〉를 동정하고 있어요. 우리가 알다시피, 이란에서는 수많은 아이들이 천국행 티켓을 쥔 순교자들이 될 수밖에 없는 환경 속에서 자라나고 있지요. 〈대학에서 무슨 공부를 하셨나요? 아, 전공은 순교학이고, 부전공은 시한폭탄학이었다고요?〉 ……재미있지 않은가요?」

아이들의 영혼이 증오와 좌절감으로 가득 찬 늙은이들의 정책에 의해 완전히 파괴되고 있지.

피에르-마리 펠리시에 형사는 소녀의 눈을 똑바로 쳐다본다. 그는 국립 도서관의 비디오 시스템이 촬영한 사진들을 봉투에서 꺼낸다.

「반면, 우리에게 진짜 문제가 되는 것은 바로 당신의 친구들인 이 노숙자들이에요. 이들은 결코 받아들여지지 않을 거예요. 심지어는 최악의 독재 체제에서도 받아들여질 수 없어요. 이들이야말로 제거해 버려야 할 진정한 해충들이죠. 그리고 그들을 지지하거나 용서하는 사람은 아무도 없을 거예요.」

카산드라는 입을 열어 한 자 한 자 또박또박 말한다.

「당신이 어떤 사람인지 아세요? 한 마리 타조예요. 당신은 당신을 죽이려 달려드는 하이에나들을 보지 않으려고 모래 속에 머리를 처박고 있어요. 하지만 그렇다고 해서 놈들의 공격을 피할 수 있는 건 아니라고요.」

「그럴지도 모르죠. 하지만 내가 만일 타조라면, 난 인류의 대다수를 이루는 타조들의 일원이고, 그게 바로 중요한 거예요.」

김의 티셔츠에서 이런 문장을 본 것 같아. 〈숫자가 많다고 해서 틀린 것이 옳은 것은 아니다.〉

「내가 생각하기에, 테러리즘의 확산을 늦출 수 있는 유일한 길은 태양열, 메탄가스, 풍력 같은 대체 에너지들이에요. 하지만 이것들이 완전히 개발되지는 못했죠. 그리고 이것들이 효력이 없는 한, 즉 우리가 자동차에 쓸 석유를 계속 필요로 하는 한, 원유 공급 국가들 쪽에서 오는 이런 사소한 〈불쾌함〉쯤은 이를 꽉 물고 참아야 해요.」

경찰관은 카산드라 쪽으로 몸을 기울인다.

「그리고 아까 나를 타조라고 했죠? 그렇다면 내가 당신을 어떻게 생각하고 있는지는 알고 싶나요?」

카산드라는 눈도 들지 않는다.

「당신은 어린 소녀예요. 그 어떤 신문에도 나오지 않는 진실을 오늘 듣게 된 아주 조그만 소녀일 뿐이죠. 이 작은 소녀는 이제 이 진실에 맞서 싸우려 하기보다는 그것을 받아들이려고 노력해야 해요. 카산드라 양, 당신이 이 세상을 바꿔 놓을 가능성은 조금도 없어요. 고대의 그 위대한 카산드라(그녀의 모험담은 읽어 봤겠죠?)도 그녀 시대의 사고방식을 변화시키는 데 실패했어요. 그러니 당신도 이 세상을 있는 그대로

받아들이도록 해요. 그리고 만일 이 세상이 만족스럽지 않다면, 이게 있어요.」

그는 또 다른 서랍을 뒤져 조그만 상자 하나를 꺼낸다.

「정신 안정제예요. 프랑스는 정신 안정제, 수면제, 항우울제 등을 세계에서 가장 많이 소비하는 국가죠. 이건…… 아까 뭐라고 했더라…… 아, 그래, 타조가 되게끔 도와주죠. 현실이 껄끄럽게 느껴지지 않게끔 도와주는 알약이에요.」

그는 손가락 끝으로 알약 상자를 내민 채로 잠시 서 있는다. 그녀의 눈에 상자에 쓰여 있는 〈프로작〉이라는 이름이 들어온다. 그녀는 상자를 받으려는 척하다가, 갑자기 그의 손을 붙잡고 세차게 물어뜯는다.

그는 놀란 비명을 지르며 뒤로 물러선다. 그 틈을 타 카산드라는 방을 뛰쳐나가 경찰서 복도를 미친 듯이 내닫는다.

그녀에게 접근하려던 한 여직원은 복부에 발길질을 당하고, 그녀 앞을 막아섰던 한 순경은 미처 방어할 틈도 없이 손톱에 할퀴어 얼굴에 빨간 줄들이 파인다. 결국 한 경찰관이 권총을 겨누고 그녀 앞을 가로막는다.

감시 카메라 하나가 그녀 쪽으로 향해 있다.

그녀는 본능적으로 손목시계를 들여다본다. 〈5초 후 사망 확률: 54%〉.

「조심해요! 완전히 미쳐 버린 편집증 환자예요! 위험한 여자예요!」

그녀는 두 손을 들어 올린다. 주사기 하나가 다시금 그녀의 어깨에 꽂힌다. 세상이 어두워지기 전에 마지막 생각이 떠오른다.

이런 순간을 수없이 겪었던 듯한 느낌이야. 그리고 이 생이 아닌 다른 생들에서도…….

141.

  그녀는 꿈을 꾼다. 꿈속에서 다시 『카산드라 카첸버그의 모험』이라는 책을 든 흰 토가 차림의 동명이인을 본다. 하늘은 시커멓게 오염되어 있고, 사방에 연기가 어지러이 피어오르는 천지에 태양은 스며 들어오지 못하고 있다.

  「싫어요! 더 이상 당신을 보고 싶지 않아요!」 소녀는 꿈속에서 외친다. 「나를 가만히 놔둬요! 당신은 내게 말해 주지 않았지만, 우린 아무것도 할 수 없어요. 아무것도! 시스템 전체가 썩어 있어요. 미래의 세대들을 구할 가능성은 전혀 없어요. 테러리스트들에게 폭탄을 팔고, 석유를 수입하기 위해 그들을 밀어 주는 게 바로 〈우리〉라고요!」

  「카산드라, 진정해.」

  「그 경찰관 말이 맞아요. 아무도 자기 자동차를 포기하지 않을 거예요. 인명을 구하기 위해 투자되는 액수가 죄 없는 사람들을 죽이기 위해 투자되는 액수만큼 되는 날은 결코 오지 않아요. 광신도들로 이루어진 한 세대 전체가 몰려오고 있어요. 유유히 문명을 파괴하고, 자유를 억압하기 위해서. 과거에 야만족들이 그랬듯이. 게다가 그들의 작업을 도와주기 위해 사람들은 가치를 전도시켜서 그들을 호감 가는 〈자본주의의 적〉으로 소개하고 있어요! 지식인들은 열심히 그들에게 변명거리를 찾아 주고 있어요. 그들의 살인 행위는 처벌받지 않을 뿐 아니라, 모든 사람이 믿고 있는 삐딱한 논리에 의해 정당화되고 있어요. 아무도 그들을 막을 수 없을 거예요. 그들은 밀 부대에 박혀 들어가는 칼날과도 같아요. 그들은 뾰족하고도 단단한데, 우리는 물렁물렁하고 약하죠. 그들은 원초적인 논리를 사용하는데, 우리는 복잡하고도 모호한 논리들로 맞서려 하고 있죠. 그들이 반드시 이길 수밖에 없는 싸움이에요. 아니, 그들은 벌써 이겼어요.」

「그런 말 하지 마, 카산드라!」

「아뇨. 인류 전체는 미쳤고, 홀린 듯이 스스로를 파괴하고 있어요. 인류는 스스로를 파괴하는 독을 만들고 있고, 자신이 죽어 가는 모습을 감탄하며 구경하고 있어요. 심지어는 스스로의 단말마를 매일 저녁 뉴스에서 〈빛과 음향 공연〉이라도 되는 듯 소개하고 있지요.」

「그만해. 지금의 네 행동은 어린애 같은 행동이야. 자, 날 따라와.」 위대한 여사제가 명한다.

「날 재판정으로 데려가나요? 미래의 세대들 앞에서 나의 무능에 대해 보고하라고요?」

「아니.」

「그럼 나를 시간의 푸른 나무로 데려가는 건가요? 어느 누구도 신경 쓰지 않는, 그리고 난 어차피 아무것도 할 수 없게 된 테러를 또 한 건 보여 주려고요?」

「아니, 그냥 날 따라와. 네게 보여 줄 것이 있어.」

오염된 어두운 하늘이 조금씩 밝아진다. 두 여자는 트로이 시의 중앙 언덕 꼭대기에 있는 아폴론 신전을 향해 오른다. 거기에 한 부부가 그들을 기다리고 있다. 카산드라는 그들이 자신의 부모임을 알아본다. 그들의 방에서 사진으로 보았던 모습과 비슷한, 진짜 얼굴들이다.

소녀는 그들의 품에 뛰어 들어가, 그들을 부둥켜안는다.

「엄마! 아빠!」

「카산드라. 사랑하는 나의 카산드라!」

「잠깐. 여기엔 이분들만 있는 게 아니야……」 토가 차림의 여인이 말한다.

그래서 새로운 카산드라는 부모님과 함께 커다란 방으로 들어간다. 원형으로 이루어진 그 커다란 방은 빛의 우물을 중심으로 빛이 사방으로 퍼지는 듯한 돔형 천장 구조 등이 국립 도서관의 홀과 아주 흡사하다.

그 안에는 다양한 시대의 옷을 걸친 수백 쌍의 남녀들이 보인다.

「저들이 누구죠?」

「너의 탄생에 이르기 위해 사랑을 나누었던 모든 분들이야. 여기는 너의 부모, 저쪽은 네 조부모, 증조부모, 고조부모……」

소녀는 대부분은 손을 잡고 나란히 나아오는 커플들을 바라본다. 그녀는 이 커플들의 대열을 거치며 시간을 거슬러 오른다. 결국 그녀는 무수한 선사 시대 커플들 앞에 이르게 된다. 그들 뒤에는 영장류들이 있고, 또 그 뒤에는 도마뱀들과 어항 속의 물고기들도 보인다.

「이들이 네 선조들이야. 이들 모두가. 이들의 유전자가 너를 만들었고, 이들의 역사가 네 혈관 속에 흐르고 있어. 너는 미래의 세대들을 봤지? 자, 이제는 과거의 세대들을 보아야 할 때가 되었어. 네 과거의 세대들을.」

카산드라는 경이로움에 입을 다물지 못하고 둥근 홀의 한 가운데 선다.

「이들이 나를 도울 수 있나요?」 그녀가 놀란 목소리로 묻는다.

「언제나 너를 돕고 있단다. 이들은 네 안에 들어 있어. 네가 달릴 때, 네가 싸울 때, 네가 꿈꿀 때, 네가 곰곰이 생각할 때, 넌 너의 세포들의 기억 깊은 곳에 묻혀 있는 이들 삶의 모든 경험들을 이용하고 있는 거란다. 넌 이 모든 존재들의 사랑과 삶의 체험의 결과물이야. 하지만 그게 다가 아니야.」

여사제는 손뼉을 친다. 그러자 수백 명으로 이루어진 또 다른 그룹이 두 사람 앞에 나타난다.

「한 인간 존재가 처음 시작될 때는 25%의 유전과 25%의 전생의 업보, 즉 카르마와 50%의 자유 의지로 이루어진단다. 아까 본 존재들은 너의 유전이었지. 자, 그리고 여기, 너의 카르마를 이루는 사람들이야. 이를테면 너의 두 번째 가족인 셈이지.」

〈가족〉이라는 표현에 소녀의 얼굴이 환해지는 것 같다.

젊은 카산드라는 조용히 무언가를 기다리고 있는 듯이 보이는 이 말 없는 무리를 물끄러미 바라본다.

「이 모든 사람들이 네 안에 들어 있어. 모두가 네가 태어났을 때부터 널 도와 왔고, 앞으로도 결코 널 혼자 내버려두지 않을 거야.」

카산드라는 가슴을 펴고 크게 숨을 쉰다.

「이 굉장한 연합군들이 있는데, 지금 네가 겪고 있는 그 조그만 시련들이 대체 뭐가 문제야? 이들이 있는데 대체 뭐가 무섭냐고? 넌 두려움 없이 미래와 맞설 수 있어. 왜냐하면 네 과거가 널 응원할 테니까.」

그러자 카산드라는 꿈속에서 깨닫는다.

자신은 자신이 생각했던 것보다 훨씬 더 강력한 존재, 훨씬 더 넓은 의식을 지닌 존재라는 사실을 깨닫는다. 세계를 위해 발휘할 수 있는 잠재력 중 지금까지 작은 부분만을 사용하고 있었다는 사실을 깨닫는다.

그녀는 자신이 성공할 수 있음을 깨닫는다.

과거의 이야기

IL ÉTAIT UNE FOIS

142.

우리는 미래를 볼 수 있는가?

143.

결국, 이것은 올바른 질문이 아닐 수도 있어.

144.

카산드라의 눈꺼풀이 열린다. 그녀는 창문도 없이 희기만 한 어떤 방의 침대에 누워 있다. 역시 흰색인 탁자가 하나 보이고, 그 위에는 공책 한 권과 볼펜 한 개가 놓여 있다. 그 위에는 대형 텔레비전이 걸려 있고, 흰 의자도 하나 보인다. 천장에 달린 네온등 하나가 창백한 빛으로 방을 비추고 있다.

한 남자가 의자에 앉더니 이렇게 말한다.

「〈무슨 일이 일어날까요?〉, 〈당신은 누구인가요?〉 자, 이제는 세 번째 질문이에요. 〈당신의 그 특별한 재능을 어떻게 사용해야 할까요?〉」

아, 싫어! 또 저 사람이야!

필리프 파파다키스는 자신의 피보호자를 다시 보게 되어 너무도 기쁜 모양이다.

「결국 우리의 관계는 모든 이방인들 간의 만남의 논리를 그대로 따르고 있군요. 처음에는 결맹을 제의하죠. 하지만 카첸버그 양은 날 물어뜯었어요. 그다음에는, 서로를 파괴해 버리려고 하죠. 하지만 양은 도망쳐 버렸어요. 그렇다면 세 번째의 길이 남아 있어요. 서로 결맹할 수도, 서로를 파괴할 수도 없어지면, 사람들은 각자의 이익을 위해 서로를 최대한으로 이용하려고 애쓰죠.」

필리프 파파다키스는 잉크가 얼룩져 있는 긴 손가락들을 깍지 꼈다 풀었다를 반복한다.

서로를 이용한다…… 그렇다면 내 삶에 있어서 저 사람은 어떤 쓸모가 있을까? 저 사람이 이렇듯 간헐적으로 내 앞에 자꾸만 나타난다는 것은, 저 사람이 나의 개인적 진화를 위해 뭔가 기여할 게 있다는 뜻이야. 다시 말해서 나의 개인적 진화를 위해 모종의 방식으로 사용되어야 한다는 얘기지. 하지만 어떻게? 지금 저 사람은 내게서 뭔가를 기대하고 있는 것 같아. 하지만 난 저 사람에게 대체 뭘 기대해야 하는 걸까?

그는 몸을 앞으로 기울인다.

「카산드라 양, 양은 뛰어난 능력을 가진 자폐아예요. 그래서 양은 양의 오빠처럼 극도로 민감하며, 편집증과 정신증이 있죠. 양은 조련을 시작하지 않아서 아직 야성의 상태로 남아 있는 순혈마와 같아요. 좀 지나치게 야성적이죠.」

저런 식으로 얘기하고 있으니까, 페데리코 펠리니 감독의 「카사노바」에 나오는 도널드 서덜랜드하고 영락없이 똑같아.

「하지만 난 그런 점이 마음에 들어요.」 파파다키스는 말을

124

잇는다. 「난 고분고분하게 말 잘 듣기 때문에 사육하는, 성깔이라고는 조금도 없는 일 말이나 서커스 말 따위는 질색이에요. 나는 자유분방하고 독립적인 말들이 좋아요.」

그는 다가와서는 마치 말의 갈기를 쓰다듬듯 손가락으로 그녀의 머리칼을 스친다. 그녀가 곧바로 일어나 달려들려 하자, 그는 그녀의 앙가슴에 어떤 물체를 겨눈다. 곧 그녀는 그것이 전기 봉임을 알아챈다.

「똑똑함이란 같은 실수를 두 번 범하지 않는 것이죠. 난 지난번에 양의 공격 능력을 과소평가했음을 인정해요. 이번엔 날 물어뜯기가 쉽지 않을 거예요.」

그녀는 싸움을 포기하고, 다시 침대 위에 웅크리고 앉는다.

「카산드라, 난 양에게서 많은 것을 기대하고 있어요. 엄청난 기대를 갖고 있죠. 굉장한 사람들에게는 굉장한 봉사를 요구할 수 있는 법이에요. 그리고 양은 굉장한 사람이죠. 맞아요. 이 사실을 아는 사람은 아마 나 혼자뿐이겠지만, 정말이지 난 이 사실을 확실하게 알고 있답니다.」

「내 부모님은 어떤 방법으로 나를 자폐아로 만들었죠? 실험 24란 뭐죠?」

「아, 드디어 입을 여는군요! 혹시 벙어리가 되지 않았나 생각하던 참인데.」

그의 입가에서는 부드러운 미소가 사라지고, 대신 섬뜩한 미소로 일그러진다.

「좋아요, 그러면 서로 주고받기로 하죠. 난 양에게 양이 요구하는 걸 주겠어요, 그럼 양도 내가 원하는 것을 주어야 해요.」

그녀는 하얀 잠옷을 입고 있다. 아직 그녀의 손목에 채워져 있는 시계는 〈5초 후 사망 확률: 29%〉를 가리키고 있다.

어정쩡한 숫자야. 평상시의 13%보다는 위지만, 심각한 위험이 시작되는 50%보다는 아래지. 프로바빌리스는 단지 뭔

가가 잘못되고 있다는 사실을 인식하고 있을 뿐이야.

「실험 24? 양의 부모는…… 양의 부모는…… 특히 양의 어머니라고 해야 하겠죠. 이걸 어떻게 설명해줘야 할까? 양이 이『귀 멍멍한 침묵』을 아직 읽지 못한 것은 유감이에요. 읽었다면 금방 이해했을 텐데요.」

그는 호주머니에서 책을 꺼내며 미소를 짓는다.

「사실은 나도 미래를 예측해 봤답니다. 그래서 이걸 가져올 생각을 했죠.」

그는 그녀가 이미 알고 있는 한 구절을 소리 내어 읽는다.

「〈태어나기 직전, 천사는 손가락으로 아기의 입술을 누르고서 이렇게 속삭인다. 《너의 전생들을 모두 잊어버리렴. 그래야 그 기억이 이 생에서 너를 번거롭게 하지 않는단다.》 갓난아이의 입술 위에 인중이 찍혀 있는 것은 이 때문이다.〉」

이어 그는 그녀가 알고 있는 또 한 구절을 읽어 준다.

「〈아기의 애도. 신생아는 태어나서 아홉 달이 될 때까지 자신의 안과 자신의 바깥을 구별하지 못한다. 아기는 세계와 한 덩어리로 녹아 있다. 자신이 곧 세계다. 거울을 볼 때, 아기는 거기 보이는 이미지가 자신의 반영이라는 사실을 이해하지 못한다. 왜냐하면 아기는 하나의 몸으로 한정되지 않고, 모든 것이기 때문이다.〉」

그는 몇 페이지를 건너뛰어 세 번째의 문단을 고른다.

「잘 들어요, 카산드라 양. 왜냐면 바로 여기에 열쇠가 있기 때문이에요. 이건 성경에 나오는 내용이죠. 〈그리고 하느님이 아담에게 이르시기를, 내게 네게 모든 동물들을 이끌어 오리니, 넌 그들에게……〉」

그는 여기서 말을 딱 멈춘다.

「아냐, 이건 너무 쉽지. 이렇게 하면 안 돼. 우리 서로 주고받기를 하겠다고 내가 말했지? 자, 카산드라, 난 네 질문에 대한 답을 주겠어. 그럼 넌 그 대가로 뭘 줄 건데?」

다시 반말을 하고 있어.

그는 팔을 쭉 펼쳐 방을 가리킨다.

「자, 내가 널 이렇게 가둬 놓고 있고 ─ 그렇단다, 작은 꿀벌아, 넌 지금 내 포로가 되어 있단다 ─ 이렇게 전기 봉을 들고 있는 것은, 물론 네게 뭔가 부탁할 게 있어서지. 하지만 네가 그 부탁을 받아 줄지가 확실하지 않기 때문에, 난 네 어린 시절에 대한 질문의 대답을 협상의 저울에다 올려놓겠다는 거야.」

그녀의 돌 같은 표정에는 조금의 변화도 없다. 그러자 그가 다시 말한다.

「흠, 좋아…… 그렇다면 우선 너를 위해 간단한 교육적 실험을 하나 해 보여야겠군.」

그가 천을 들어 올리자 우리 하나가 드러난다. 하얀 생쥐 한 마리가 우리의 철망 바닥에 놓여 있고, 녀석 옆에는 전기 장치가 하나 보인다.

그 장치를 작동시킨다.

「지난번에는 꿀벌 얘기를 했으니, 이번에는 생쥐 얘기를 들려주지. 난 동물의 예를 사용하는 교육법을 좋아해. 자, 이것도 뇌 조건화 시스템의 하나야. 개인적인 욕심 같아서는, 이것을 이 학교 학생들에게 사용해 보고 싶지만, 어떤 종류의 〈전위적인 교육 방법들〉의 사용은 법적으로 제한되어 있어서 말이야.」

필리프 파파다키스는 스위치를 켠다. 생쥐의 정면에 설치된 액정 화면에 〈2+2=?〉라는 덧셈 수식이 나타난다.

이어 아홉 개의 숫자가 달린 자판이 생쥐 앞에 놓인다. 녀석이 7을 누르자 곧바로 전류가 흐르고, 녀석은 털을 곤두세우면서 찢어지게 울어 댄다. 그와 동시에 빨간 불 하나가 반짝 켜진다.

「틀렸어. 다시 해보렴, 작은 생쥐야.」

생쥐는 5를 누르고, 아까보다 한층 강한 전류를 받게 된다. 다시 1을 눌러 세 번째로 전류 세례를 당한 녀석은 마침내 4를 선택한다. 녹색 불 하나가 켜지면서 녀석은 음식물을 받게 되고, 그것을 탐욕스레 먹어 치운다.

「자, 한 개체의 교육 과정 전체가 이 하나의 실험으로 요약되고 있어요. 난 카산드라 양이 어원학을 좋아하는 걸로 알고 있어요. 그렇다면 〈학생〉의 뜻은 뭘까요? 자라는 사람, 그러니까 향상되는 사람을 의미해요. 키워지는 존재죠. 난 요 생쥐를 교육해서 덧셈을 할 줄 알게 해줄 작정이에요.[6] 녀석은 2라는 상징 옆에 2라는 상징이 나타나면 4라는 상징을 눌러야 한다는 사실을 알게 될 거예요. 모든 건 시간문제예요. 1년 후, 2년 후, 아니면 5년 후에 녀석은 모든 숫자들로 계산할 수 있게 될 거예요. 어차피 녀석에겐 선택권이 없으니까요. 먹으려면 반드시 배워야만 하죠. 배우지 않으면 고통받게 될 테니까요.」

그는 생쥐를 물끄러미 들여다보더니 그녀에게로 천천히 고개를 돌린다.

「양은 착한 꿀벌은 아니었지만…… 착한 생쥐가 될 순 있겠지요? 우리 카산드라 양?」

「제가 계산은 좀 하죠.」 그녀는 대답한다. 「그런데 사료는 좋아하지 않아서.」

「오호, 이제 보니 말을 할 뿐만 아니라 유머 감각까지 있군요. 참으로 반가운 일이군요! 아니에요. 내가 양에게 바라는 건 덧셈이 아니에요. 하지만 숫자와 관계된 것이긴 하죠.」

6 원문에서 〈학생〉은 *élève*이고 〈자라는〉, 〈키워지는〉, 〈교육해서〉 등의 표현이 모두 *élever* 동사의 변형으로 표현되고 있다. 이 동사에는 〈들어 올리다〉, 〈교육하다〉, 〈양육하다〉의 뜻도 있지만 가축을 〈사육하다〉라는 뜻도 있다.

다시 존댓말로 돌아왔어. 저럴 때 더 고약해지는 사람인데.

「그 첫날 저녁부터 난 생각했어요. 당신의 재능은 같은 방 친구들 잠을 깨우는 일보다 훨씬 긍정적인 결과들을 가져올 수 있겠다고요. 그래서 결정했죠. 미래의 테러들이 아니라, 경마에서 승리하는 말들의 번호들을 보게끔 양을 조건 짓기로요.」

필리프 파파다키스는 텔레비전 화면을 가리킨다.

「그래서 이 방과 이런 장치들을 마련한 거예요. 이것은 일종의 커다란 우리라고 할 수 있는데, 양에게는 그렇게 고약하게 굴지는 않겠어요. 틀린 답이 나와도 전류를 흘리지는 않을 거예요. 처벌이 없다는 얘기죠. 다만 올바른 답에 대한 보상만이 있을 뿐이에요.」

그가 리모컨으로 화면을 켠다. 카산드라가 보니 텔레비전은 두꺼운 유리판 뒤에 놓여, 끄거나 프로그램을 바꿀 수도 없게 되어 있다. 채널은 오직 경마 경기만을 보도록 고정되어 있다.

「그래요. 지금 카산드라 양은 경마에 대해서 아무것도 모르죠. 하지만 하루에 최소한 여덟 시간 동안 이 채널을 보고 있으면, 양은 일주일도 안 돼서 전문가가 될 수 있다고 생각해요. 어차피 이것 외에는 볼 게 아무것도 없으니까요. 이 흰 벽들을 보든지, 아니면 경마를 봐야 하죠. 난 양이 곧 이것에 큰 흥미를 느끼게 되리라 확신해요. 그리고 양에게 주어질 보상은…… 아녜요, 그건 사료가 아니에요. 책들이에요. 말 이외의 것을 생각하게 해줄 수 있는 바로 그것이죠. 그것도 보통 책이 아니에요. 놀라운 생각들, 장소들, 인물들로 가득한 책들이죠. 바로 양이 어렸을 때 읽었던 SF 소설이에요. 양의 영혼의 양식이 되어 줄 수 있는 것들이지요. 하지만 그에 앞서…… 경마의 결과들을 예측해 내야 할 거예요. 우승마를 한 번 알아낼 때마다, 또는 돈이 되는 조합을 한 번 맞힐 때마다 10여 페이지가 주어질 거예요. 답을 찾아내면, 저 위에 있는 카메라를 향해 신호를 하면 되고요.」

카산드라는 다시금 그에게 달려들고 싶은 충동을 느낀다. 하지만 그는 눈치 빠르게 물러서서 전기 봉을 쭉 내민다. 그러고는 생쥐 우리를 집어 들고는 뒷걸음쳐서 방을 나간다. 문을 닫기 전에는 이렇게 알려 준다.

「소리쳐 봐야 소용없어요. 여긴 방음 장치가 된 지하실이니까요. 자, 이제 양은 많은 사람들이 꿈꾸는 것을 갖게 될 거예요. 즉 그 누구의 방해도 받지 않고 자기가 좋아하는 것에 푹 빠질 수 있는 무궁무진한 시간…….」

145.

정말로 불행한 사람이야. 인생에서 관심의 대상이 돈과 말, 그리고…… 나밖에 없다니.

146.

작달막한 사람들이 분주히 움직이고 있다. 대부분이 안짱다리들로 높다란 부츠를 신고 있다. 그들이 걸친 것은 나이트클럽에 가는 여자들처럼 화려하기 그지없는 실크 셔츠들이다. 물방울무늬 셔츠, 알록달록한 바둑판무늬 셔츠, 줄무늬 셔츠. 머리에는 어울리지 않게 커다란 챙이 달린 둥근 헬멧을 쓰고 있다. 그들 가까이에는 말들이 축축한 콧구멍을 통해 신경질적으로 김을 폭폭 뿜어 대고 있다.

텔레비전 스피커의 볼륨은 거의 최대로 높여져 있다. 흥분한 해설자는 카산드라가 이해할 수 없는 말들로 그녀가 이해하지 못하는 것들을 설명하고 있다. 해설자는 기수들에 대하여, 경기장의 질척거리는 상태에 대해, 몇 대 일의 배당률에 대해, 마구간들에 대해, 조교사들에 대해 침을 튀기며 떠들어 댄다.

똑같은 곳을 뱅뱅 돌며 달리게끔 프로그래밍된 동물들을 둘러싸고서 고래고래 소리 지르고 있는 사람들……. 어떻게 저런 것에 관심을 갖고, 어떻게 저런 것에 시간을 허비할 수 있는 걸까? 동물들이 태어난 것은 자유롭게 살고, 사랑하고, 제 새끼들을 교육하고, 들판에서 뛰놀기 위함이지, 저렇게 다른 종의 흥밋거리로 경주를 하기 위해서가 아니야.

관점을 바꿔 생각해 보자고. 만일 필리프 파파다키스에게 다른 종을 위해 경주마 노릇을 하라고 한다면 어떻게 될까?

그래, 그 장면이 생생하게 그려진다. 프록코트에 실크해트 차림을 한 말들이 번호가 적힌 완장을 찬 인간들의 경주를 구경하러 올 거야. 출발 칸 안에 갇힌 인간들은 눈은 희번덕거리고 콧구멍에서는 김을 푹푹 뿜어 대며 제자리 뛰기를 하고 있겠지. 말들은 저들끼리 이렇게 얘기할 거야.

「넌 어느 인간한테 걸었어?」

「오, 저 첫 번째 칸에 있는 파파다키스한테.」 이렇게 다른 말이 대답하시겠지. 「녀석은 요즘 컨디션이 최상인 데다가, 조교사 말로는 발목도 다 나았대.」

「게다가 녀석은 암컷 마리아와 그 유명한 종마 조르주 필리프 파파다키스를 교배시켜 얻은 놈이라지?」

「그런데 전번처럼 추월을 당해 버리면 어떡하지? 바로 결승선에서 열일곱 살짜리 암컷 애송이에게 막판 추월을 당했잖아?」

「뭐, 안됐지만 할 수 없는 일이지. 경주에서 패배한 모든 인간의 운명을 따르는 수밖에. 대가리에 총알 한 발 박아서 정육점에 보내는 거지 뭐.」

「아, 난 개인적으로 그 고기 좋아하지 않아. 내 딸애도 안 좋아하지. 내가 인간 고기 먹는 얘기를 하면, 그 애는 토하려고 해.」

「하지만 인간의 살은 지방질은 없는 대신에 철분은 아주 풍부하다고 하던데? 스포츠를 즐기는 아이들에게 아주 좋은 식품이야.」

카산드라는 미소를 짓는다. 이렇게 확장된 의식을 사용하여 전혀 다른 처지가 되어 보니 기분이 풀린다.

필리프……

〈말들을 사랑하는 사람〉.

거꾸로 말하자면, 말들에게서 사랑을 받을 수도 있는 사람.

물론 여기서는 〈사랑〉의 개념을 다시 규정해 볼 필요가 있겠지만.

이 경우 말굽과 꼬리가 달린 경마광들을 뭐라고 불러야 할까?

필랑트로프.[7]

〈필로〉는 〈사랑하는〉이라는 뜻이고, 〈안트로포스〉는 〈인간들〉이라는 뜻이니까.

카산드라는 텔레비전 화면을 응시한다. 출발선 뒤에 일렬로 서서 뛰쳐나갈 준비를 하고 있는 말들이 보인다. 총성이 울리자 일제히 달려 나간다. 말들에게는 더 빨리 달리라고 사정없이 채찍질이 가해진다. 부츠 끝을 등자에 끼우고, 안장 위에 몸을 활처럼 구부리고 있는 기수들은 단속적으로 고삐를 당겨 댄다.

갑자기 섬뜩한 생각이 든다. 이런 광경을 정말로 아침부터 저녁까지 일주일 내내 보고 있어야 한다면, 분명 미쳐 버리리라.

더불어 스테판 츠바이크의 『체스』라는 책에서 읽은 남자의 이야기도 생각난다. 뇌의 양분이 될 만한 정보원이라고는 전혀 없는 방에 갇힌 그 남자는 그때까지 전혀 몰랐던 이 놀이

---

7 *philanthrope*. 인간을 두루 사랑하는 박애주의자, 자선가.

에 관심을 가짐으로써 광기에 빠지지 않을 수 있었다고 한다.

말들에 관심을 가지라고? 아냐. 그런 단순한 걸로는 난 미쳐 버리고 말아. 나의 뇌는 더 풍부한 자극을 주는 다른 것으로 활동하게 해야 해. 나의 정신에 끝없이 양분을 공급해 줄 수 있는 무언가에 관심을 가져야 해.

나의 과거.

그래, 내 과거를 기억해야 해.

카산드라는 찢은 천 조각으로 두 귓구멍을 막아 버린다. 몸을 돌려 화면을 등져 버리고, 두 눈을 감는다.

〈오감의 열림〉과 정반대의 것을 해보는 거야. 〈오감의 닫힘.〉

그녀는 청각 기관의 스위치를 누르는 자신의 모습을 이미지로 떠올려, 귓속에 흘러 들어오는 음향을 차단한다.

마찬가지로 시신경의 전기를 끊음으로써 영상의 유입을 멈추게 한다.

냄새와 맛과 촉감도 정지시킨다.

마침내 그녀는 자기 자신과 마주하게 된다.

그녀는 지금까지 자신이 만났던 것은 꿈속의 카산드라와 테러리스트들과 미래 세대들의 재판정과 그녀의 두려움들과 욕망들이었을 뿐, 자기 자신은 아니었다는 사실을 깨닫는다.

자, 이게 바로 한 개인의 진정한 힘의 근원이야. 자기 안에 하나의 내적 세계를 숨기고 있는 것……. 그렇기 때문에 언제 어디서고 자기 자신과 무한한 대화를 나눌 수 있는 것……. 젊은이들이 침묵과 무위를 견뎌 내지 못하는 것은 그들에게 자신의 내적 세계를 가꾸는 법을 가르쳐 주지 않았기 때문이야. 그래서 혼자 있을 때 그들은 자신에게 할 말이 하나도 없지. 하지만 난 나와 이야기할 수 있어.

지난번 꿈에 난 내 선조들을 보았어. 그들 모두를 보았지. 자, 이제 그들이 날 도와주어야 해.

이렇게 카산드라는 미치지 않으려고 무수한 선조의 얼굴들을 다시 솟아나게 한다. 그녀의 부모. 조부모. 그리고 증조부모. 그녀는 자신의 근원들을 향해 시간을 거슬러 간다.

그렇게 깊은 심연으로 내려갔지만, 시간은 여전히 많다. 더 멀리 가볼 수 있다. 그녀는 선사 시대 인간들, 영장류들, 도마뱀들, 물고기들, 해초들, 그리고 단세포 동물들을 본다.

나의 근원은 세균이기도 해. 아니, 세균은 가장 오랜 시간 동안 지구를 지배했던 종이지. 따라서 나의 선조 중 가장 많은 것은 바로 이 세균들이야.

카산드라는 시간 속으로 계속 침잠해 간다. 세균이 되기 전, 그녀는 원초적인 걸쭉한 액체 속에 존재했던 화학적 혼합체였다. 그녀는 증기였고, 웅덩이의 물이었고, 분자였고, 탄소였다.

더 이전에는 수소 구름이었다.

그보다 더 이전에는 빛이었다.

그녀는 빅뱅이었다. 그녀는 순수한 에너지였다.

모든 것의 근원에 돌아온 그녀는 다시 모든 것이 되었고, 무한하게 되었다.

아홉 달이 되기 전의 아기들처럼. 한계 지어지지 않은 채 살아 있는 실체들.

이렇게 유전적인 길을 통해 근원에까지 내려와 본 그녀는, 다시 위로 올라갈 때는 카르마의 경로를 거쳐 보고 싶은 생각이 든다.

나의 두 번째 가족.

빅뱅, 별, 세균, 물고기, 도마뱀.

갑자기, 그녀가 거쳤던 포유류의 삶 중 하나가 기억에 떠오른다. 그녀는 여우였었다! 바로 그 때문에 그녀는 음양이와 특별한 관계를 맺을 수 있었던 거고, 녀석이 십자가에 달려 죽었을 때 그토록 가슴 아팠던 거였다. 그녀는 덩굴풀처럼 유연한 척추를 물결치듯 흔들며 달리던 감각을 기억한다. 이슬 머금은 축축한 풀잎들이 턱을 때리는 것을 느끼며 힘차게 들판을 뛰어다니던 것을 기억한다.

가족과 함께 겨울잠을 자던 굴속도 떠오른다. 새끼들의 복슬복슬한 꼬리들은 부모의 꼬리들에 다정하게 얽혀 있었다.

어떻게 인간인 내가 여우의 겨울잠이 어땠는지를 알 수 있는 거지?

여우의 정신에 접속되어 공감하는 건가?

아니, 이것만으로는 완전히 설명되지 않아.

그녀의 눈에는 겨우내 굴속에서 웅크리고 지내던 여우의 삶이 다시 보인다. 봄에 겨울잠을 끝내고 방귀를 터뜨리면서 보금자리를 기어 나오던 자신의 모습을 다시 본다. 가족 모두가 방귀를 뀌고 있다. 겨울에는 체온을 보존하는 게 중요하고, 이를 위해 창자 끝에 말라붙은 마개 같은 것이 형성되어 체열의 유실을 막고 있었다. 하지만 봄이 되면 창자 속에서 발효된 가스는 모두 배출되어야 한다.

대속 사람들이 내게 이걸 요구한다면 이제는 얼마든지 할 수 있을 것 같아. 예의 없는 짓같이 보이는 이 행위가 동물의 삶을 살 때에는 생존이 걸려 있는 문제였어.

여우들이 동면 후에 방귀를 뀐다는 사실을 내가 어떻게 알 수 있는 거지? 도대체 이 엉뚱한 기억은 어디에 새겨져 있는 걸까? 이러한 생각은 그녀를 미소 짓게 만든다. 그녀는 동면 후에 자신이 얼마나 굶주렸는지를 상기한다. 3개월을 아무것도 먹지 않고 보냈다. 그녀는 사냥감을 찾아내지 못해 자신의 암컷과 새끼 여우들을 먹이지 못하는 데서 오는 극도의 불안감을 기억한다.

노숙자가 되고 나서도, 먹지 못할까 봐 이렇게까지 두렵지는 않았어.

이것이 바로 자신의 전생들을 다시 방문하는 것의 흥미로운 점이야. 우리의 카르마를 통해 얻은 경험과 모든 해결책들을 이용할 수 있게 되지.

옛날의 고통까지 고스란히 다시 느껴야 하지만.

그녀는 들쥐를 뒤쫓고, 새알에 주둥이를 적시고, 두더지를 찾아내려고 땅을 파헤치고 있는 자신의 모습을 다시 본다.

나의 모든 지난 삶들을 영화처럼 생생하게 탐험해 볼 수 있어…….

그녀는 이렇게 자신의 카르마들을 발견해 간다. 여우 다음에 그녀는 돌고래였다. 물결치는 듯한 유동적인 삶이었다. 그녀는 고양이였다. 녀석들의 사뿐한 걸음걸이처럼 우아한 삶이었다. 그녀는 다음 단계로 넘어간다. 그녀는 동굴 생활을 하는 원시인이었다.

그런 삶은 수백 번이나 반복되었다.

그녀는 동물의 몸으로 죽은 뒤에, 동물들의 털가죽 위에서 다시 태어났다. 그녀는 남자이기도 했고, 여자이기도 했다. 남자일 때는 사냥을 하면서, 그리고 여자일 때는 열매를 따거나 아이들을 기르면서 한평생을 보냈다.

그녀는 현대 사회의 기반 자체를 이해하게 된다. 옛적에는 남자들이 여자들을 임신시켜 놓고는 그녀를 까맣게 잊어버릴 뿐만 아니라, 아이들을 자신의 씨로 인정하고 양육의 책임을 나누는 것을 거부했다. 이로 인해 여자들이 느끼던 불안감은 결혼의 발명으로 해소되었다.

김예빈의 티셔츠에 쓰여 있던 문장 하나가 생각난다.

〈절개 깊은 여자란 한 남자만 물고 늘어지는 여자다.〉

그녀는 미소 짓는다. 양성 간의 전쟁은 오래된 것이며, 합리적인 이유가 있는 것이었다.

카산드라는 또 밤이면 어둠을 틈타 공격해 왔던 포식자들에 대한 공포감을 다시 느낀다. 늑대, 곰, 그리고 하이에나 떼. 잊고 있었던 이 오래된 불안감은 쥐 떼가 우글거리는 컨테이너에 갇혔을 때 다시 깨어난 바가 있었다.

그것은 포식자들의 물어뜯는 이빨과 살을 찢는 발톱에 대한 공포였어.

그녀는 자신이 마치 집과 같다고 느낀다. 마룻바닥을 뜯어내니 그 아래에 숨어 있던 깊은 지하실들을 발견하게 된다. 바로 그녀의 개인적인 시간의 나무의 뿌리들이다.

인류가 시작됐을 때부터 우리의 역사책들은 우리에게 폭력의 역사만을 가르쳐 왔어. 하지만 그것의 깊은 이유들을 가르치는 것은 잊었지. 난 지금 내 안에서 그것들을 발견해 가고 있어.

그녀는 눈을 뜨고 몇 초 동안 현실에 발을 딛고 있다가, 눈을 감고 다시 과거로 내려간다. 이번에는 고대의 삶들이 수면에 떠오른다. 그녀는 페니키아 티루스의 어느 시장에서 야채와 과일을 팔던 장사꾼 여자였다. 또 그녀로서는 그 존재조차 모르고 있던 민족인 파르티아의 군대에 속한 궁수이기도 했다.

또 그녀는 쇼군에게 충성을 바치는 사무라이였다. 그녀는 이 쇼군을 위해 사람들을 죽였다. 그것은 어떤 의미에서는 평정한 삶이었다. 아무것도 스스로 선택할 필요가 없었으니까. 단지 권위에 무조건 복종하는 사무라이의 삶을 따라가기만 하면 되었으니까. 하지만 그녀는 이 삶을 통해 우두머리들에 대한 생리적인 혐오감을 얻게 되었고, 자신에게 어떤 행위들을 강제로 부과하는 사람들을 참아 내지 못하게 되었다.

전생의 삶들에 대한 그녀의 탐험은 속도가 점차로 빨라진다. 평범해 보이는 삶들은 ─ 그녀는 농부, 구두장이, 하녀, 이름 없는 승려, 혹은 계급도 없는 병사이기도 했다 ─ 그냥 뛰어

넘어 버린다. 마침내 그녀는 바로 이전의 삶에 다다르게 된다.

그녀의 어렴풋한 기억으로는, 카산드라로 태어나기 바로 전에 그녀는 1800년경 러시아의 상트페테르부르크에 살던 의사였다. 그녀는 수술하기 전에 손을 세심하게 씻어야 한다는 생각을 처음으로 내놓은 선각자였다. 동료들은 그녀를 비웃었다. 손을 씻는 행위는 우스꽝스러운 미신으로 여겨졌던 탓이다. 그녀가 의사 생활을 끝낼 무렵이 되어서야 이 생각은 널리 퍼지게 되었지만, 그녀는 벌써 병든 노인이 되어 있었다. 그래서 동료들의 인정과 존경을 진정으로 누릴 수 없었다.

수술을 하거나 출산을 돕기 전에 손의 위생을 유지해야 한다는 그녀의 생각 덕분에 유아 사망률은 급격하게 감소했다. 하지만 오늘날 인류가 인구 과잉이라는 문제를 떠안게 된 것도 부분적으로는 바로 이 때문이었다. 전에는 높은 유아 사망률이 인구의 균형을 맞춰 주었던 것이다.

이 모든 문제들은…… 결국 어딘가에 숨어 있는 나의 잘못 때문이었어.

그녀가 인류에 기여한 것은 사실이었다. 위생에 대한 새로운 개념으로 귀한 생명들을 살렸으니까. 하지만 지금은 절제도 통제도 없이 마구 번식하는 것이 모든 인간이 누려야 할 기본권 중의 하나라는 인식이 팽배해 있다. 사람들은 나르시시즘을 위해 자신이 더 작은 자신으로 복제되어 나오는 것을 보고 싶어 한다. 혹은 민족주의에 사로잡혀 다양한 색깔의 국기들을 수호하는 병사들을 생산해 내려 한다. 혹은 신비주의에 사로잡혀 〈생육하고 번성하라〉를 외치는 신부를 즐겁게 해주려 하고, 혹은 이른바 〈성전(聖戰)〉에서 목숨을 바칠 미래의 순교자들을 낳으려 한다. 혹은 노후를 보장하기 위해 아이를 갖는 중국에서처럼 금전적인 계산이 작용하기도 한다. 사람들은 아이가 많을수록 나중에 고독과 가난 속에서 죽을 위험이 적다고 상상하는 것이다.

난 산아 제한의 중요성에 대해서도 사람들에게 설명해 줘야 했어. 난 일을 반밖에 하지 않은 셈이야.

라블레는 이렇게 말했지. 〈의식이 없는 과학은 영혼의 폐허에 불과하다.〉 자, 이거야말로 그 어떤 반대 속담도 허용되지 않는 완벽한 속담이야. 오를랑도는 뭐라고 말할지 모르겠지만.

카산드라 카첸버그는 자신이 특별한 재능을 가지고 태어난 것은 이전에 범한 과오를 씻기 위함이라는 사실을 깨닫는다. 더 정확히 말하자면, 너무 이르게 온 과학적 진보를 바로잡기 위함이었다.

처음에는 좋은 일을 하다가, 나중에는 악을 낳게 된 진보였어.

이제는 미래를 보아야 한다는 생각이 든다. 시간은 얼마든지 있고, 다른 할 일은 전혀 없으니 마침 잘됐지 않은가.

산속의 움막에 은거하여 속세의 번잡함에서 벗어나 있는 티베트 승려들이 지금의 나와 같겠지.

이제 카산드라는 꿈을 통해 미래를 수동적으로 받는 게 아니라, 그것을 능동적으로 재장조하고 싶어진다. 인류의 가능한 미래들을 모두 펼쳐 봄으로써, 우리 앞에 놓인 좋은 길들과 나쁜 길들을 구별해 내고 싶어진다.

147.

아무 문제 없어.

잠시 쉬었다 가는 시간일 뿐이야.

사실 그동안 난 너무 번잡하기만 했잖아.

그래. 내게 일어나는 모든 일들은 의식의 상승을 도와주는 거야.

148.

이틀 전부터 카산드라는 잠들어 있는 것처럼 보인다. 음식에는 거의 손대지 않았다. 필리프 파파다키스가 방에 들어온다. 그녀의 손목을 잡고 진맥을 해본다. 그녀는 한 눈을 가늘게 뜬다.

「맥이 아주 약하군.」 그가 말한다.

텔레비전 스피커에서는 경마 해설자가 맹렬한 속도로 지껄이고 있다.

「……회 〈개선문 경주〉의 우승 후보 〈안개 낀 새벽〉은 카타르 아미르의 마지막 순혈마로서, 그 가격만 해도 한 아프리카 소국의 국립 은행을 통째로 살 수 있는 액수이며…….」

「나는 말이 싫어.」 그녀는 텁텁해진 입으로 간신히 몇 마디를 뱉어 낸다.

교장은 물 한 컵을 내밀고, 그녀는 받아서 힘겹게 마신다.

「선 하나만 넘으면 돼요. 그다음에는 역겹게 느껴지던 것이 도리어 매력적으로 보이게 되죠. 역겨움이 더 심할수록 그 뒤에 오는 매력도 더 강해지는 법이에요.」

꺼져.

「좀 먹어야 해요.」 그는 손도 대지 않은 접시를 가리키며 말한다.

난 순수한 정신이 되고 있어. 먹는 것은 날 피곤하게 하고 무겁게 만들 뿐이야. 그리고 내 기억 안에 들어 있는 여우의 동면 능력 덕분에 난 모든 신체 조직의 대사 활동을 낮출 수 있어.

교장은 걱정이 되는 듯 얼굴을 찌푸린다.

「단지 내게 복종하고 싶지 않기 때문에 이렇게 죽어 가겠다는 건가요? 그래요, 단식을 하면 마조히즘적 쾌감을 느낄 수는 있죠. 하지만 당분이 없으면 뇌 역시 기능하지 못한다는 사실을 알아야 해요. 그런 식으로 계속하면 양은 더 이상 생각도 할 수 없게 된다고요.」

카산드라는 그에게 달려들려고 해보지만 동작이 너무 느리다. 그녀가 물려고 하자 그는 한 걸음 물러선다. 할퀴려고 하자 또 한 걸음을 물러선다.

그녀는 다시 드러눕는다. 그는 그녀의 물결치는 듯한 길고 검은 머리칼을 쓰다듬는다.

「아직 약간이나마 힘이 남아 있는 걸 보니 기쁘군요. 좋아요, 고통이 쾌감으로 바뀌는 그 선에 이를 때까지 조금 더 기다리기로 하죠. 아마 내일쯤이면 카첸버그 양의 뇌는 경주 결과들을 알아맞히기 시작하게 될 거예요. 시간 나무의 가지들에서 말들이 달려가는 모습을 보게 될 거고, 그중에서 어떤 녀석이 1등으로 도착하는가를 알게 될 거예요. 양은 그걸 내게 얘기해 줄 거고, 그다음에는 모든 것이 잘되어 갈 거예요.」

카산드라는 손목시계를 들여다보고, 거기에 〈34%〉가 나타난 것을 본다.

여전히 어정쩡한 숫자. 치명적인 위험이 있다는 것도 아니고, 안심할 수 있다는 것도 아닌. 그저 뭔가가 잘못되고 있는 것 같은데, 별문제는 없다는 뜻이야. 아마 내 심장 박동이 떨어진 것을 보고 이렇게 판단한 모양이지.

그녀의 입가에는 쏩쓸한 미소가 떠오른다.

시대를 막론하고 사람들이 예지자들에게 요구한 것은…… 사실은 별로 중요하지도 않은 것들을 알아내라는 것이었어. 사람들이 요구한 것은 미래의 전쟁의 결과였고, 앞으로 오게 될 사랑이었고, 로토의 추첨 결과였고, 의학적 진단이었지. 그리고 이 사람이 지금 내게 요구하고 있는 것은…….

그녀는 새어 나오는 실소를 삼키고는 자신도 모르게 중얼거린다.

「……경마 결과라니! 이건…… 이건…… 우스울 뿐이야.」

그녀는 다시 드러누워 눈을 감고는 그에게 말한다.

「지난 사흘 동안 내가 무슨 생각을 하고 지냈는지 당신이 안다면…….」

그녀는 잠시 멈췄다가 다시 말을 잇는다.

「……이제 내가 모든 것을 완전히 이해하기 위해서는 한 가지 정보만 더 있으면 돼요. 내 부모가 내 뇌를 다르게 만들기 위해 어떤 일을 했는가죠. 그것이 내게 부족한 유일한 퍼즐 조각이에요. 열세 살 때 제로에서 출발한 내 삶의 비밀 말이에요. 만일 그걸 내게 말해 주겠다면, 그건 흥미가 있어요…… 하지만 그게 아니라면…….」

그녀는 여기서 말을 중단하고 잠시 침묵을 지키다가 그냥 입을 다물어 버린다. 필리프 파파다키스는 얼굴이 굳어지면서 리모컨을 꺼내 든다.

「우려했던 대로군. 조건화 작업의 강도가 충분치 않았던 모양이야.」

교장은 텔레비전의 볼륨을 귀가 멍멍해질 정도로까지 높인다. 그녀는 얼굴을 찡그리면서 두 귀를 틀어막는다.

「이렇게 하면 경마에 집중하기가 한결 쉬울 거예요. 어느 선까지는 이것이 고통으로 느껴지겠지만, 그 선만 넘으면 받아들일 수 있게 돼요. 자, 이제 양은 알게 될 거예요. 경마가 얼마나 신나는…….」

그는 문장을 다 끝내지 못한다. 눈을 부릅뜨고 잠시 꼼짝 않고 있던 그는, 이윽고 앞으로 허물어져 내린다.

149.

도대체 이 삶은 왜 이렇지?

모든 사람이 내 삶을 끊임없이 복잡하게만 만들고 있어.

생각지도 못했던 사건이 갑자기 벌어져서는 나를 위기에 빠뜨렸다가 마지막 순간에 구해 준 다음, 다시 새로운 고통 속에 빠뜨리기를 반복하고 있어.

이제는 너무 피곤해.

그저 쉬고 싶을 뿐이고, 그 누구와도 얘기하고 싶지 않아.

사람들이 내게 더 이상 아무것도 바라지 않았으면 좋겠어.

세상이 나 없이 계속 돌아가 주었으면 좋겠어.

나 좀 내리고 싶으니까 누가 이 지구를 멈춰 달라고!

난 다만 사람들에게서 떨어지고 싶을 뿐이야. 이 모든 사람들은 극도로 예민한 나의 감지 능력이 견뎌 내기에는 너무도 부산하고, 너무도 불안스러워.

사람들의 관심사는 내가 보기엔 너무도 유치한 것들이야. 그들 행동의 동기는 오직 하나, 두려움을 줄이는 거지. 그들에겐 그 어떤 고귀한 야심도 없어.

그들에게 있어서 성공한다는 것은 돈과 사람들에 대한 영향력과 동물들과 물건들을 소유하는 거야. 그들은 특권과 명예를 원하지. 그들은 눌러 댈 수 있는 버튼들이 달려 있는 기계들을 원해.

그들은 필요하지도 않는 재산을 축적하고 있어. 다른 사람들보다 더 많이 소유하겠다는 단 하나의 목적을 위해!

이들이 어떻게 되든 말든 신경을 꺼버리면 안 될까?

이들 모두가 뒈지도록 놔둬 버리면 안 될까?

난 그냥 자고 싶어.

결국 잔다는 것도 하나의 괜찮은 삶의 목표라고 할 수 있

지 않을까? 나는 꿈꾸는 게 좋아. 잘 때는 고대의 카산드라와 내 조상들과 내 카르마들과 과거의 나였던 흥미로운 사람들을 다시 만날 수 있으니까.

잘 때는 내가 나온 우주를 되찾을 수 있으니까.

자고 싶어! 아, 그래! 오래오래 자고 싶어!

150.

누군가가 그녀의 어깨를 세차게 흔든다.

「자, 지금은 쉬고 있을 때가 아니야! 도망가야 해!」

아니, 난 자고 싶어. 몸에 너무 힘이 없어. 난 자는 게 더 좋아.

「안 돼, 공주! 눈을 떠! 어서 일어나!」

잘래.

「네 남친이라고. 나야, 후작!」

김이네? 여기서 무얼 하고 있지? 그런데, 넌 내 남친이 아니잖아. 넌 그냥 내 친구copain일 뿐이야. 어원학적으로 말해서 빵pain을 함께 나누는 사람…… 그러고 보니 대속에서도 빵을 만드는 게 좋겠어. 돌아가게 되면, 그렇게 하자고 제안해야지. 원시 사회처럼 살고 있으니까, 빵 굽는 화덕을 만드는 게 좋겠어. 화덕이 있으면 우리는 매일 신선한 음식을 먹을 수 있어. 그리고 언젠가는 케이크를 만들 수도 있겠지. 그래. 빵과 케이크를 먹는 거야. 친구들co-pains과 함께.

그녀는 누군가가 자신의 팔을 잡아당겨 강제로 몸을 일으키는 것을 느낀다. 그는 심지어 뺨까지 때린다.

「어서, 공주! 일어나!」

아니, 지금은 자게 내버려 둬. 난 더 이상 세상을 구하고 싶지 않아. 다만 쉬고 싶을 뿐이야.

「공주! 어이, 공주!」

난 공주가 아니야. 난 단지 꿈의 세계로 미끄러져 들어가고 있는 하나의 순수한 정신일 뿐이야. 자, 고대의 카산드라님, 빨리 와주세요. 난 당신과 있을 때만 마음이 편해요.

「빨리! 몸 좀 움직여!」

카산드라는 눈을 가늘게 뜨고 자신의 확률 시계를 들여다보려고 해본다. 몸이 한층 세차게 흔들리자, 그녀는 눈꺼풀을 깜빡거려 간신히 눈을 떠서 주위를 둘러본다. 땅에 쓰러져 있는 필리프 파파다키스와 또다시 쌍절곤을 흔들고 있는 한국 청년의 모습이 보인다.

「후작?」 그녀가 더듬듯 힘없이 말한다.

「늦어서 미안해, 공주. 쓰레기통에 네 물건들이 섞여 있어서 여기 있는지는 알았지만, 아무리 뒤져도 찾을 수가 없었어. 이 지하실은 집 아래에 아주 잘 은폐되어 있어서 말이야. 다행히도 이 바보가 텔레비전 소리를 키우는 덕분에 위치를 알아낼 수 있었지.」

그는 카산드라가 체력이 너무 약해져서 걸을 수 없다는 걸 알아채고는, 소녀를 부축하여 방을 나가는 것을 돕는다. 그런 다음, 텔레비전이 달리는 말들의 이름을 계속 쩌렁쩌렁 외쳐대고 있는 방에다 교장을 가둬 놓는다. 카산드라는 교장 집의 주방에 자리 잡고 나서야 무얼 좀 먹겠다고 한다. 거기엔 포테이토칩과 뉴텔라 크림이 없기 때문에 빵과 버터를 조금 삼킨다. 칼로리는 그녀의 몸에 힘을 불어넣는다. 삼키는 음식물 한 덩이는 몸속에 갈아 넣는 새 건전지 하나와 마찬가지다.

「왜 이렇게 늦었어?」 그녀는 입안에 음식을 가득 채운 채로 말한다. 「네가 과연 올까, 하는 생각까지 들기 시작했었어.」

「자, 공주, 여길 빨리 뜨자.」

「아니. 아직 여기서 해야 할 일이 있어.」

그녀는 벽장 속에 걸려 있는 남성용 의복을 재빨리 걸친 후

김에게 가야 할 방향을 알려 준다. 학교의 남관(南館)이다.

두 젊은이는 자폐아들이 지내는 기숙사에 들어간다. 아이들은 자고 있다. 기숙사는 괴괴한 정적에 잠겨 있다.

그녀는 다짜고짜 등을 모두 켠 다음, 소스라치며 깨어나는 아이들에게 말한다.

「자, 모두들 일어나. 너희에게 말할 것이 있어. 지금부터 너희는 아주 중요한 일을 하나 해야 해.」

그녀는 아이들을 잠에서 완전히 끌어내려고 짝짝짝 손뼉을 친다. 팔꿈치를 짚어 몸을 반쯤 일으킨 아이들은 투덜대면서 그녀 쪽으로 고개를 돌린다.

「자, 내 말 잘 들어! 난 너희들과 같은 사람이야. 한때는 나도 이곳의 기숙생이었다고. 지금까지 너희들이 이 세상에서 아는 건 뭐였지? 오직 너희들의 부모, 그리고 이 학교뿐이었지? 너희도 나처럼 두 개의 인위적인 환경 속에서만 살아 왔던 거야. 실험실과 동물원밖에 모르는 동물들처럼 말이야. 하지만 밖에는 진짜 세계가 있어. 사람들과 자연이 있는 세계. 밖으로 나가면 너희들은 너희를 치료하기 위해서가 아니라 너희와 정보를 교환하기 위해서 말을 거는 낯선 사람들과 접촉하게 될 거야. 그 접촉을 통해서만 너희는 스스로를 발견할 수 있어. 두고 보면 알겠지만, 그것이 너희가 성장할 수 있는 최고의 방법이야. 자…… 이제 너희는 자유야! 어서 떠나! 여기서 나가라고!」

어떤 아이들은 그녀를 더 잘 관찰하기 위해 몸을 약간 일으켜 본다. 그냥 다시 누워 버리는 아이들도 있다. 하지만 완전히 일어나는 아이는 한 명도 없다.

이들은 바깥세상을 너무도 두려워하기 때문에 해방시켜 줄 수 없는 동물원의 동물과도 같아.

카산드라는 대속에서 꼬치구이가 된 고양이 잔을 떠올린

다. 갇혀 살다가 자유를 체험해 보고 싶어 집을 나왔지만, 결국 좋지 못한 결말에 이르게 된 동물이었다.

「맞아, 밖에는 여러 가지 위험도 있어.」 그녀는 목소리를 높인다. 「하지만 삶이란 그 위험들을 감수하는 거야. 삶은 모험이고, 실패하고 죽을 수 있는 가능성이야. 모험을 하고, 위험을 감수하지 않으면 너희는 좀비로 머물게 돼. 자기 삶을 스스로 책임지지 않으면 너희는 영원히 노예로 남아 있을 수밖에 없단 말이야!」

아이들은 하나둘씩 다시 드러눕는다. 그리고 이 귀찮은 빛과 목소리로부터 자신을 보호하기 위해 베개나 이불 밑에 머리를 쑤셔 넣는다.

「여기다 불을 지르자.」 카산드라는 미약하지만 결연한 목소리로 말한다.

어떤 동물들은 그들에게 적합하지 않은 장소에서 살고 있으면서도, 자신에겐 그곳을 떠날 능력이 없다고 느끼지. 그런 동물에게 필요한 것은 바로 이것뿐이야.

「그건 별로 좋은 생각이 아닌 것 같은데?」 그녀의 극단적인 해결책에 당황한 김이 끼어든다.

「저 애들에게 가장 나쁜 게 뭔지 알아? 그건 재주 부리는 원숭이들을 다루듯 짐짓 부드럽게 말하면서 저들을 식물인간으로 만들고 있는 심리 치료사들의 손아귀에 남아 있는 거야.」

「심리 치료사들 가운데는 괜찮은 사람들도 있을 거야. 특히 너의 어머니는 굉장한 분이었고.」

「맞아, 괜찮은 사람들이 분명히 있겠지. 하지만 여기 이롱델 학교에는 없어. 최소한 필리프 파파다키스는 아니야. 그건 확실한 사실이지.」

카산드라와 김은 라이터를 켜 커튼에 불을 붙인다.

결국 아이들은 슬로 모션처럼 느릿느릿 움직이기 시작한

다. 게으른 몸을 침대에서 억지로 빼내어 옷을 입은 다음, 그 외중에도 대충 줄을 맞춰 기숙사를 빠져나온다. 침대가 하나 둘 불타오르기 시작한다.

하지만 카산드라는 거기에서 멈추지 않는다. 피로감은 말끔히 사라졌고, 대신 전류 같은 흥분이 온몸에 느껴진다. 그녀는 한 작업대 밑에서 찾아낸 휘발유를 마룻바닥에 뿌린다. 그리고 김에게는 북관에 가서도 마찬가지로 해야 한다고 설명한다.

때마침 거센 바람이 불고 있어 불길은 금방 번진다. 시시각각으로 맹렬해지는 화재는 오래된 건물을 마룻바닥과 거대한 들보들과 함께 삽시간에 삼켜 버린다.

어린 기숙생들은 처음에는 마냥 놀라기만 하다가, 이제는 그 무시무시하면서도 황홀한 화염의 광경을 꼼짝 않고 바라본다.

이제 사방에 가득한 비명 소리와 사이렌 소리 속에서 서로를 밀치며 허둥대는 사람들 사이로 기숙 학교의 사감들이 뛰어나오고 있다.

어떤 숨 가쁜 행동에 몰입해 있을 때 자주 그러듯이, 그녀는 지금 외부의 소리는 차단해 버리고 오직 보이는 이미지들과 자신의 심장의 고동 소리에만 온 정신을 집중하고 있다. 처음에는 머뭇거렸던 김도 이제는 그녀를 따르면서 그녀의 지시에 복종하고 있다.

고대 카산드라의 복수를 하고 있는 거야. 트로이는 화염에 휩싸였지. 그리고 오늘은 그리스인의 마을이 불타는 거야.

누군가의 팔이 불쑥 튀어나와 카산드라의 목덜미를 잡는다. 비올렌 뒤파르크다. 잠옷 차림에 머리는 온통 산발을 한 그녀는 맹렬한 분노에 얼굴을 일그러뜨리며 카산드라를 움켜쥔다.

150

또다시 두 소녀는 땅바닥을 뒹군다. 화염이 벌건 벽처럼 둘을 둘러싸 사람들의 시선을 가린다. 최근의 일들로 극도로 쇠약해져 있는 카산드라는 열세에 처하지만, 가장 깊은 곳에 있는 힘을 끌어 모아 비올렌의 앙가슴에 일격을 날린다. 비올렌은 컥컥대며 비틀대다가 쓰러져 버린다.

맑고 커다란 회색 눈의 소녀는 그녀 위에 몸을 굽혀 귀에 대고 속삭인다.

「널 가두고 있는 이름의 프로그램을 풀어야 할 필요가 있어. 비올렌, 즉 강간-증오는 너무 거친 단어들이야. 이제 네게 〈천사 같은〉이라는 뜻의 앙젤리크라는 이름을 붙여 줄게. 앞으로는 사람들에게 그렇게 불러 달라고 해. 네 삶이 완전히 달라질 테니까.」

이어 그녀는 비올렌을 불길에서 끌어내어, 구조대의 눈에 띄게끔 정문 근처에다 던져 놓는다.

이롱델 학교는 활활 타오른다. 불길은 바람을 타고 교장의 사택에도 옮겨 붙고, 그 집 역시 금세 화염에 휩싸인다.

「파파다키스를 꺼내야 해.」 카산드라가 말한다.

「농담이야? 너한테 무슨 짓을 했는지 잊었어?」

「그를 위해서가 아니라 나 자신을 위해서 하는 거야. 이 장소는 존재 자체가 잘못이기 때문에 파괴되어야 해. 하지만 여기서 일하는 사람들은 책임이 없어.」

그들은 함께 온 길을 되돌아간다. 불붙은 들보들이 그들 위로 벌건 비처럼 떨어져 내린다. 놀랍게도 67%를 가리키던 확률 시계는 갑자기 22%로 변했다가 58%로 변했다가 한다. 카산드라는 지금 프로바빌리스가 위성 추적 장치를 통해 그들이 화재 한복판에 있음을 인식했지만, 무언가 서로 모순되는 정보들을 동시에 수신하고 있는 것이라고 판단한다.

두 젊은이는 이미 불길이 번져 있는 지하실에 도착하여, 파파다키스를 감옥에서 풀어 준다. 그들 뒤에서는 경마 전문 기자의 해설이 승리의 노래가 되어 꽝꽝 울리고 있다. 〈……우리 모두가 더 자주 보고 싶은 대단한 경주였습니다! 오늘 말들은 모두가 극도로 흥분된 듯이 보였고, 도전자는 뱃속에 있는 것을 남김없이 쏟아부어 경쟁자들을 이겨 내고야 말았습니다……!〉

필리프 파파다키스는 반쯤 질식해 있지만, 심장은 뛰고 있다. 두 사람은 그를 보도에까지 메고 와 내려놓는다. 벌써 소방차 몇 대가 화재 장소에 도착하고 있다. 카산드라와 김은 최대한 빠른 걸음으로 그곳을 벗어난다.

갑자기 낡은 르노 트윙고 한 대가 그들 바로 옆에서 급제동을 한다. 앞쪽 차창이 스르르 내려간다.

「빨리 올라타요!」 운전사가 소리친다.

어둑한 차 속에 낯익은 얼굴이 비친다. 샤를 드 베즐레이다. 그녀가 주저하자, 그는 종이쪽지 하나를 내민다.

〈……카산드라는 망설이지만, 오빠의 편지를 보고 제안을 받아들이기로 마음먹고 차에 올라탄다. 오빠가 기다리고 있다는 것이다…….〉

이 기묘한 메시지는 그들의 결정을 돕기에 충분하다. 그들이 뒷좌석에 올라앉음과 동시에 샤를 드 베즐레는 가속 페달을 밟는다. 그렇게 그들이 소동의 현장을 벗어나고 있을 때, 자욱한 연기 속에서는 자동차들이 이 불타는 건물의 기묘한 불빛에 이끌린 나방들처럼 몰려들고 있다.

카산드라 카첸버그는 몸을 돌려, 멀어지고 있는 불난 건물을 물끄러미 바라본다. 그것은 점차로 작아져 화로같이 되었다가, 마침내는 밤의 어둠 속에 가물대는 노란 점으로 보인다. 눈을 감자 주황색의 밝은 점이 그녀의 망막에 어른거린다.

151.

불타는 학교…… 결코 좋은 것은 아니야.

그러나 〈목적은 수단을 정당화하지〉.

음…… 그렇긴 하지만……

여기서도 뒤집은 속담이 더 맞는 건지도 몰라. 〈목적은 수단을 정당화하지 못한다.〉

그래, 이게 더 옳은 말이야.

난 그러지 말았어야 했……

하지만 과거를 끝없이 반복하지 않고 싶기 때문에 강력한 방법을 사용하지 않을 수 없는 때도 있는 법이야.

불가피한 선택은 아니었지만, 더 이상 참을 수가 없었어.

아이들을 말로 설득하고 있을 겨를도 없었어. 너무나 중요한 일이었기 때문에.

그리고 좀 더 솔직히 말하자면, 이 과도한 행동에는 나의 개인적 청산이라는 의미도 있었지.

더 이상 비올렌을 보고 싶지 않아.

더 이상 필리프를 보고 싶지 않아.

더 이상 아이들에게 과학 실험을 자행하는 실험실을 보고 싶지 않단 말이야!

이제 우리 속의 동물들은 해방되었어. 나는 확신해. 그들은 이 실험실-감옥 밖에서 새로운 삶을 만들어 나가는 방법을 충분히 찾아낼 수 있을 거야.

그들은 영리하니까 길을 찾아낼 수 있어.

생각하면 할수록 나의 어머니는 해로운 사람이었다는 생각이 들어.

(나쁜…… 년?)

아냐! 내가 이런 생각을 하다니……

(아니, 맞아······ 〈나쁜 년〉이야!)

어머니라고 불릴 자격이 없는 어머니.

어떻게 아이들에게 실험을 할 수 있는 거지? 그것도 자기 아이들에게.

또 아버지는 공범이었어.

나의 부모는 끔찍한 이기주의자들이야. 박사 학위가 있으면 뭘 해? 명예가 있으면 뭘 하고, 유식한 말들로 고상한 선언들을 늘어놓으면 뭘 하냐고! 그들은 자신이 타인들에게 안겨 주게 될 고통에는 전혀 무감각한, 피도 눈물도 없는 존재들이었을 뿐이야.

그리고 아무도 이에 대해 그들을 비난하지 않겠지. 왜냐면 진실을 아는 사람은 아무도 없을 테니까.

나만이 알고 있어. 그리고 나의 오빠도.

오를랑도가 뭐라고 말했지? 〈자신의 부모를 반드시 사랑해야 할 필요는 없다. 또 그들 역시 우리를 반드시 사랑해야 할 필요는 없다.〉 정말이지 이 거지 철학자는 모든 걸 이해했어.

혈육의 정이라는 것은 마케팅을 위한 발명품에 지나지 않아. 성탄절 장난감을 팔기 위한, 아버지날에 와이셔츠를 팔기 위한, 그리고 어머니날에는 주방용 로봇을 팔기 위한 발명품.

이 모든 것들은 환상이요 허울 좋은 선언일 뿐이야. 현실과는 조금도 일치하지 않지.

나의 경우를 보자면, 내 부모는 날 사랑하지 않았어.

지금 나는 그 사실을 알고 있어.

따라서 난 그들을 심판할 수 있는 거야.

당신들은 나와 다니엘에게 그런 짓을 할 권리가 없었어요.

아빠, 그리고 엄마! 당신들은 〈나에게〉 그런 짓을 할 권리가 없었다고요!

자, 이제 이롱델 학교는 불타고 있어요.

나는 이렇게 가출해서 도망 다니고 있고요. 그리고 다니엘은? 오빠는 지금 어떻게 됐죠?

이 모든 건 당신들 잘못이에요!

그런데 난 당신들을 직접 만나 따질 수도 없고, 따귀를 갈겨 버릴 수도 없다니요!

152.

타이어가 아스팔트 위에서 날카로운 마찰음을 연발한다. 그들은 파리 외곽 순환 도로를 달리고 있다. 샤를 드 베즐레는 숨을 크게 몰아쉬고 있고, 차 안은 그의 땀 냄새로 가득하다.

「우리를 어떻게 찾아냈죠?」 김이 묻는다.

「아가씨 시계에는 위성 추적 장치가 달려 있고, 그것은 프로바빌리스에 연결되어 있어요. 그런데 어느 순간 신호가 사라지더군요…….」

지하실에 있었으니 당연하지. 전파가 *빠져나가지* 못하니까…….

「……그런데 신호가 다시 돌아와서 위치를 파악할 수 있었죠」

「왜 우리를 도우려 하죠?」 이번에는 카산드라가 묻는다.

사내는 입을 삐죽 내미는데, 이내 지친 듯한 미소로 바뀐다.

「우리 모두에게는 씻어야 할 얼룩이 한 가지씩 있지요.」 그는 체념 어린 어조로 말한다.

갑자기 장대비가 퍼붓기 시작한다. 와이퍼가 작동하여 차 앞 유리에 홍수처럼 쏟아지는 빗물을 닦아 낸다.

「전에도 말했지만, 나는 마야 문명에 큰 관심을 갖고 있었어요. 나와 아가씨의 부친, 그리고 후에는 아가씨의 오빠가 속했던 그룹의 사람들과 함께, 우리는 우리의 〈마야 노래〉들을 만들기로 합의했지요. 그래서 우리는 점성술의 방식을 본

떠서, 모르모트가 될 것을 받아들인 열 사람에게 〈의무적인 미래〉를 설정했어요. 모두에게는 이것을 충실히 이행해야 할 의무가 있었죠. 만일 이것이 잘되면, 이 의무적인 미래를 백 사람에게, 그다음에는 천 사람에게 정해 주겠다는 게 우리의 생각이었죠. 미리 쓰여 있는 삶의 시나리오를 준수하겠다는 사람이 많아질수록, 그것이 성공할 가능성이 높아질 테니까요. 이런 식으로 해가면 이 세상에 예상 밖의 일들은 점차 사라져 가리라…… 이것이 바로 내 계획이었어요.」

「기똥차네요! 결국에는 67억 편의 의무적인 운명의 시나리오가 써지고, 예상 밖의 일은 전혀 없겠네요!」 김이 빈정거린다.

「바로 그거예요. 각 사람에게 저마다의 성공과 실패, 사건과 결혼, 아이들, 이혼 같은 것들을 모두 미리 써주는 거죠. 이거야말로 미래를 철저하게 길들이는 획기적인 방법이죠. 어떤 의미에서는 점성술의 절정이라고 할 수 있어요.」

「그게 성공했나요?」 김이 묻는다.

빗발이 한층 더 거세진다. 주위의 자동차들은 속도를 늦추고, 베즐레 차의 타이어들은 사방에 물벼락을 뿌려 댄다.

「열 사람 중에서 한 사람은 자살했고 두 사람은 우울증에 걸렸어요. 미래를 바꿀 가능성이 전혀 없는 레일 위에 갇혀 있다는 사실이 그들에게 심각한 혼란을 안겨 준 거지요. 나로서는 전혀 예측하지 못했던 반응이었어요.」

오토바이 한 대가 경적을 울리며 그들을 추월한다.

「그래서 지금도 신문에 실을 별자리 운세를 쓸 때면, 그 글이 지나치게 예민한 사람들에게 미칠 수 있는 영향까지 고려하게 된답니다.」

실개천처럼 줄줄 흘러내리는 빗물로 앞 유리가 흐려진다.

「그런데 지금 우리는 어디로 가고 있죠?」 카산드라가 묻는다.

「음, 좋은 질문이네요.」 샤를 드 베즐레는 우울하게 고개를 끄덕인다. 「쪽지를 읽었잖아요. 아가씨의 오빠가 기다리고 있어요. 당신이 처음부터 바라던 일 아닌가요? 그를 만나고 싶어 하지 않았나요? 그래서 우리는 그에게로 가고 있어요.」

다니엘이 날 기다리고 있어.

카산드라는 눈을 내려 자신의 손목시계를 들여다본다. 〈5초 후 사망 확률: 68%〉.

「스톱!」 그녀는 생각할 겨를도 없이 무작정 소리 지른다.

그녀의 목소리가 차 안을 가득 채운다. 샤를 드 베즐레는 즉시 브레이크를 힘껏 밟고, 차는 순환 도로 한가운데에서 급정거를 한다. 하지만 송아지들을 싣고 그들 뒤를 따라오던 대형 트럭 한 대는 이 급작스런 변화를 미처 예측하지 못했다. 트럭은 진로를 변경할 시간이 없었고, 타이어들이 비에 젖은 노면 위를 그대로 미끄러진다. 트럭은 조그만 트윙고의 좌측 뒷부분을 거세게 들이받는다. 소형차는 붕 떠서 우측으로 튕겨져 나간다. 차는 가드레일을 들이받고 핑글핑글 돌아 길 밖으로 떨어진 다음, 마치 집어던진 돌멩이처럼 떼굴떼굴 굴러 내려가 마침내는 수령이 150년 된 플라타너스에 그대로 처박힌다.

153.

세상에, 이렇게 괴상한 아이러니라니!

자, 이게 바로 미래를 아는 것의 위험이야. 이 사고가 일어난 것은 내가 어떤 사고가 일어날 거라고 예상했기 때문이었어!

이게 바로 시공간적 역설의 하나인 거야. 내 확률 시계가 없었더라면, 우리는 브레이크를 밟지도 않았을 거고, 트럭에 받히지도 않았을 거야.

하지만, 손목시계의 예측대로 5초 후에 치명적일 수도 있는 사건이 일어난 것 역시 부인할 수 없는 사실이야.

따라서 프로바빌리스가 맞았다는 얘기야.

지금 이렇게 온몸이 쑤셔 오지만 않는다면 그저 웃고 싶을 뿐이네.

그런데 내가 지금 어떤 상태에 있는지조차 모르겠어.

하지만 감히 눈을 뜰 수가 없어. 손가락 하나 까딱할 수가 없어.

미래에 대한 공포가 어떤 실제의 위험을 초래하게 될지도 모르기 때문에.

사람들이 미래를 생각하려 하지 않는 것은 바로 이런 이유 때문인지도 몰라. 까딱하면 미래가 바뀌어 버릴 수도 있으니까.

난 아직 살아 있기는 한 것 같아.

그러니 움직이지 말자. 아직은 꼼짝하지 말고 있자.

……세상에 참, 이러고 있는 내 꼴이라니!

맞아. 사고를 야기한 건 우리야. 하지만 그때 제동하지 않았더라면 좀 더 멀리 가서 더 큰 사고가 일어났을 수도 있는 일이었잖아. 그나마 차를 멈춘 덕에 대형 참사를 피할 수 있었던 거라고.

미래는 가능성의 가지들이 너무도 복잡하게 얽혀 있는 나무야. 가지 하나가 바뀌면 전체가 바뀌어 버리지.

아, 모든 것을 얽어매고 있는 이 시간의 지배에서 벗어날 수만 있다면!

다니엘이 날 기다리고 있는데…….

154.

마침내 카산드라는 눈을 뜰 힘과 용기를 찾아낸다. 그녀의 머리는 왼 손목 바로 맞은편에 있었다. 손목시계는 〈5초 후 사망 확률: 18%〉를 가리키고 있다.

폭풍우 후에 찾아오는 일시적인 고요인가?

그녀는 김을 본다. 그의 이마는 온통 피범벅이다.

손가락 끝으로 자신의 얼굴을 만져 본다. 그녀 자신도 피를 흘리고 있다.

샤를 드 베즐레는 움직이지 않는다.

카산드라는 자신이 숨을 쉬고 움직일 수 있다는 사실을 확인하지만, 몸을 일으키려고 할 때마다 찌르는 듯한 고통이 목덜미에 느껴진다.

비는 여전히 억수같이 쏟아지고 있는데, 자동차의 전조등은 꺼지지 않았고 하늘에는 생뚱맞게 보름달이 떠 있다.

갑자기 손전등을 든 사내가 불쑥 나타나더니, 허리를 바짝 굽혀 얼굴을 그녀의 얼굴에 바짝 들이댄다. 그러고는 괴이한 문장을 내뱉는다.

「보험사 제출용 사고 경위서 용지 갖고 있어요?」

카산드라는 그가 트럭 운전사임을 깨닫는다. 하지만 몸 상태가 어떤지 모르기 때문에 선뜻 말을 하지도 머리를 움직이지도 못한다. 마침내 다른 손전등 불빛들이 주위에 나타나기 시작한다. 소방관들이다. 그들은 압축 공기로 작동하는 펜치를 사용하여 철판을 절단하고, 부상자들을 찌그러진 차체에서 빼내 준다.

「사고 경위서는 어떻게 하죠?」 송아지를 운송하는 트럭 운전사가 되풀이한다.

「이 사람들 좀 가만히 놔둬요!」 소방관 하나가 벌컥 화를 낸다. 「이 사람들에게 더 심각한 문제가 있다는 게 안 보여요?」

「그렇긴 해요. 하지만 난 우리 사장한테 잔소리 듣기 싫어요. 조수석 앞 보관함을 뒤져서 이 차가 무슨 보험을 들었는지 좀 봐주실래요?」

마침내 세 승객이 구출되어 구급차에 실리고 있을 때 트윙고의 잔해는 불이 붙어 폭발해 버린다.

155.

다니엘이 날 기다리고 있어.

156.

진찰한 의사는 다행히도 그녀는 경미한 타박상밖에 입지 않았으며, 그녀의 젊은 친구 역시 큰 문제가 없다고 설명해 준다. 안전띠와 견고한 차체가 그들을 보호해 준 것이다. 반면 운전자는 머리에 큰 충격을 받았다고 한다. 그는 살아 있지만, 의사의 말로는 언제 의식을 되찾게 될지 알 수 없단다.

그들은 6인용 병실에 같이 누워 있다. 가장 멀리에 있는 침대 위에 걸린 소형 텔레비전에서는 신파조의 브라질 연속극이 방영되고 있다.

누군가가 문 안으로 머리를 삐죽 들이민다. 카산드라 카첸버그는 그를 알아본다.

「에…… 보험용 사고 경위서 쓰려고요.」 그들을 들이받은 송아지 운송 기사가 말한다. 「당신들 무슨 보험 들었어요?」

간호사 한 명이 그를 사정없이 밀어서 내쫓는다. 복도에서 투덜대는 소리가 들려오더니, 마침내 송아지 운전사는 무언가 위협의 말을 늘어놓으면서 멀어져 간다.

그녀와 나란히 누워 있는 김의 머리는 꼭 터번을 쓴 것처럼 붕대가 칭칭 둘려 커다랗게 부풀어 있다.

「미안해.」 그녀가 말한다.

「뭐가?」

「에스메랄다의 말이 맞는 것 같아. 난 액운을 몰고 와.」

「아냐, 난 이게 재미있어! 사실 대속에서는 삶이 슬슬 따분해지기 시작하고 있었거든. 그런데 너하고 다니니까 무언가 중요한 일들을 하고 있다는 기분이야.」

「후작, 널 내 개인적인 문제들에 끌어들여서 미안해. 적어도 너만큼은 아무런 잘못도 없는 사람이잖아. 그래서 더욱 미안해.」

「농담하고 있네. 사실은 나도 네게 거짓말했어. 난 이상주의적 아나키즘을 신봉하는 보트피플만은 아냐. 내가 프랑스에 도착해서 처음 들어간 난민 센터에는 중국인들이 있었어. 내가 생각하기에, 북한의 그 거지 같은 독재 체제는 중국의 지원 덕분에 지탱되는 거였거든. 난 그 중국 사람들이 왜 이곳에까지 오게 되었는지 알아보려 하지조차 않았어. 그냥 그들이 자고 있을 때 세 사람을 죽였지. 알다시피, 그렇게 페어플레이라고 할 수 있는 짓은 아니었어.」

그녀는 숨을 죽이고 듣고 있다.

「자, 그랬어. 한심한 이야기지만, 네가 나의 진정한 모습을 아는 게 더 나을 것 같아서. 넌 미래를 보게끔 조건 지어졌지. 난 중국인을 증오하게끔 조건 지어졌어. 하지만 내가 죽인 사람들은…… 죄가 있다면 그들 부모의 자식들이라는 것뿐이었어. 바로 이 때문에 나는 아이들로 하여금 그들이 알지도 못하는 다른 민족들을 증오하게끔 강요하는 자들에 맞서 싸우고 싶은 거야.」

사고에서 살아남은 두 생존자는 침중한 시선을 교환한다. 그들 주위에서는 기계들이 녹색의 미광을 발하고 있다. 화면에 나타나는 신호들과 규칙적으로 삐빅거리는 소리는 그들이 각종 의료 탐지기들에 의해 감시되고 있다는 사실을 상기시켜 준다.

「우리, 오감의 열림을 한번 해볼까?」 김이 속삭이듯 제안한다. 「자, 내가 시작할게. 난 기계들과 흰 벽들이 보여. 온몸이 쑤시고. 에테르 냄새가 느껴져. 옆 침대에서 사람들이 힘들게 숨 쉬는 소리가 들려.」

「난 점적 주사 바늘이 느껴져. 에어 펌프 소리가 들려. 시시한 연속극을 방영하는 텔레비전 소리도 들리고. 다리가 저리고, 두개골이 욱신욱신해. 몸 전체가 가렵고……. 아, 지금은 이거 하고 있을 정신이 아냐.」

잠시 침묵이 흐른다.

「안전띠를 매고 있었던 게 천만다행이었어. 트윙고의 차체도 충격에 잘 견뎌 냈고. 정말이지 큰일 날 뻔했어!」

「난 사고가 싫어.」 그녀가 말한다.

「난 병원이 싫어.」

「난 다치는 게 싫어.」

「난 이렇게 아무것도 안 하고 누워서 시간을 보내는 게 싫어.」

브라질 연속극의 종료 자막이 지나가자 요란한 광고 하나가 뜬 다음, 뉴스가 시작된다. 앵커는 다음의 순서로 소식을 알린다.

1. 급여 조정에 분노한 공무원들이 파업을 시작했습니다. 이에 따를 시위로 인해, 내일은 파리 전역에서 교통이 마비될 수 있습니다.

2. 올해의 미스 프랑스 선발 대회에서 사부아 출신의 아가씨가 영예의 왕관을 차지했습니다.

3. 아프가니스탄에서는 탈레반들이 거대한 불상들을 폭파하고 있습니다. 탈레반들은 이렇게 선언했습니다. 〈이 나라의 북부는 우리의 지배하에 있으며, 우리는 조상들의 율법을 회복시키려 한다. 우리는 음악을 듣거나 책을 읽거나 영화를 보는 행위를 모두에게 금지한다. 이 모든 것은 신자의 정신을 신으로부터 멀어지게 하는 퇴폐적인 행위들인 까닭이다. 마

찬가지로, 우리는 소녀들이 학교 가는 것을 금지하며, 이를 어길 시 사형에 처할 것이다. 남녀가 사랑하는 것도 금지된다. 남녀 간의 사랑은 우리를 신에 대한 사랑으로부터 멀어지게 하기 때문이다.〉

4. 프랑스 축구 대표팀이 룩셈부르크와의 친선 경기에서 1대 0으로 승리했습니다. 이로써 협회 내에서도 논란의 대상이 되고 있는 국가 대표팀 감독은 최소한 다음 경기까지는 감독 직에 남아 있을 수 있게 되었습니다.

5. 증시가 0.3% 소폭 상승함으로써 국제 금융 시장은 약간의 희망을 되찾고 있습니다. 이는 경제 위기가 끝났다는 신호일까요? 이에 대해 경제 전망가들은 곧 성장 추세가 다시 이어질 것이라며 매우 낙관적인 의견을 내놓고 있습니다.

6. 남미를 공식 방문 중인 교황의 연설이 논란을 빚고 있습니다. 교황은 특히 콘돔을 사용하는 사람들을 비난했습니다. 또 혼전 순결을 권고하기도 했습니다.

7. 또 다른 화물선이 브르타뉴 해안에 좌초하여 중유가 유출되고 있습니다. 방재선들이 현장에 급파되었지만 기름 막의 확산을 제대로 막지 못하고 있으며, 이미 수천 마리의 새들이 끈끈한 기름 막을 뒤집어썼습니다.

8. 자폐아 치료를 전문으로 하는 한 특수 학교에 화재가 발생했습니다. 최초의 분석 결과에 따르면 밤사이에 일어난 중앙 보일러 시설의 폭발이 화재 원인으로, 마루에 붙은 불이 강한 바람 탓으로 급속하게 번졌다고 합니다. 이 사건 후에 교육부 장관은 사립 교육 기관을 포함한 각급 학교에서 안전 점검을 더욱 강화할 것이라고 발표했습니다.

EFAP 공장 사건 때와 똑같아. 저들이 원하는 것은 진실이 아니야. 단지 책임을 희석하고, 눈먼 가축 떼를 안심시키려 할 뿐이지.

김은 카산드라 쪽으로 고개를 돌린다.

「자, 우리의 미래는 어떨 것 같아? 가까운 미래 말이야.」

「타박상이 좀 가라앉으면 경찰이 와서 우리 둘 다 미성년 자 수용 시설에 보내겠지.」

「그런 곳에 갇혀 있으면 정말 한심하겠군. 우리에겐 훨씬 더 야심찬 계획들이 있는 것 같은데 말이야. 자, 그럼 어떻게 하지, 공주?」

그녀는 대답 대신 확률 시계를 찾아서, 마치 무기를 두르듯 손목에 찬다. 〈5초 후 사망 확률: 32%〉.

50% 아래야. 즉, 몸에는 아무 이상 없다는 뜻이야.

그녀는 점적 주사 바늘을 휙 뽑아낸다.

157.

고대 카산드라의 영이여, 나의 정신을 밝혀 주소서. 당신은 트로이를 구하는 데에는 실패했어요. 하지만 그 실패를 통해 성공하려면 어떻게 했어야 하는지 알게 되지 않았나요.

당신의 동시대인들에게 미래에 대한 당신의 지식을 전해 주려면 어떻게 해야 옳았는지, 깨닫게 되지 않았나요.

158.

두 실루엣이 살그머니 움직이고 있다. 카산드라 카첸버그 와 김예빈은 탈의실에서 입을 옷을 찾아낸다. 새벽녘에 병원 을 빠져나온 두 사람은 건물 외부에 있는 직원 전용 주차장에 서 오토바이 한 대를 훔쳐 낸다.

그들은 다니엘 카첸버그의 아파트 건물 앞에 이른다. 1층 의 로비 인터폰을 누르지만 응답이 없다. 카산드라는 아무 집

버튼이나 누른 다음, 이렇게 말한다.

「나야.」

이 기묘한 〈열려라 참깨〉 소리가 떨어지자, 역시나 문은 스르르 열린다.

삶은 영원한 반복이야. 우리가 처음에 제대로 해결해 내지 못한 것은 나중에 다른 방식으로 다시 제시되곤 하지.

그녀는 미소를 짓는데, 다시 이런 생각이 든다.

그러고 보니 이 문장도 내가 이미 생각했던 거야. 사용한 단어까지 거의 같았지.

그들은 다니엘의 집 문 앞에 이르러 초인종을 누르지만 아무도 나오지 않는다. 주머니칼을 꺼내 도어록을 열려 시도해 보는데, 이번에는 문이 이중으로 잠겨 있다.

그때서야 카산드라는 문아래 틈으로 쪽지 하나가 삐죽 나와 있는 것을 발견한다. 주워서 읽어 본다. 〈……그녀는 문 아래에 있는 쪽지를 주워서 읽기 시작했다. 이번에도 지금 그녀가 무엇을 하고 있는지 알고 있노라고 주장하는 오빠의 메시지 가운데 하나였다. 그녀는 매 순간 자기가 할 행동을 모두 알아맞힐 수 있다고 자신하는 오빠가 참으로 오만하다고 생각했다. 아니면 그녀를 감시할 수 있는 어떤 수단을 갖추고 있는 것이거나……. 퍼뜩, 그녀의 머릿속에 한 가지 생각이 스쳤다. 《맞아, 시계! 혹시 이 시계는 내가 무얼 하는지 알아내기 위해 오빠가 만들어 낸 비밀 수단인 건 아닐까? 그래서 일부러 이것을 내게 준 것은 아닐…….》 하지만 이 쪽지에 적혀 있듯이, 그녀는 이 생각 또한 의심하기 시작했다.〉

카산드라가 흘깃 시계를 내려다보니 16%라는 평범한 숫자를 가리키고 있을 뿐이다.

도대체 오빠는 어떻게 내 행동을 이렇게나 세세히 파악할 수 있는 걸까? 나의 매 순간의 행동에 포함되는 그 모든 요소들을 단지 확률만을 사용해서 추론해 낼 수 있다니, 이건 정말 말도 안 되는 얘기잖아······.

그녀는 다시 쪽지를 읽는다.

〈······그녀는 문을 부수고 들어가 봤자 소용없다는 사실을 깨달았다. 그녀의 오빠는 아파트에 없었던 것이다. 그는 그녀가 잘 알고 있는 다른 장소에서 기다리고 있었다. 어쩌면 너무 뻔할 수 있는 장소였다. 그녀는 그저 이렇게 중얼거렸다. 에이, 그럴 리가······ 설마 거기에 있으려고······.〉

159.

아, 정말 짜증나네!

사디스트적인 부모에 짜증나는 오빠······

아, 정말로 왜들 이러는 거야!

뒷구멍에서 모든 걸 조작하려 드는 인간이야. 정신증 환자야. 다니엘은 섬뜩할 정도로 똑똑한 인간이야. 그리고 동생인 나로 하여금 내가 아무리 발버둥을 쳐도 자기보다는 항상 한 발 늦을 수밖에 없다는 사실을 의식하게 하려 하고 있지. 그는 모든 것을 예상했어. 그는 내가 생각하는 것을 알고 있어. 내가 무엇을 결정할지도 알고 있어. 또 내게 무슨 일이 일어나게 될지도 훤히 알고 있어.

샤를 드 베즐레가 시도했지만 성공하지 못한 것, 인간 모르모트들의 삶의 시나리오를 쓰는 것을 그는 나를 대상으로 실시간으로 행해 가고 있어. 그가 극한으로 끌어올린 확률적 계산들만을 사용하여, 조금도 힘들이지 않고.

난 이제 아무도 믿을 수가 없어. 이른바 나와 가장 가까운 사람들이라고 하는 가족들이 내가 파멸하게끔 일을 꾸몄고, 또 지금도 꾸미고 있는 중이야······.

그중에서도 최악은 다니엘일지도 몰라. 지금도 계속 저 짓을 하고 있으니. 그런데도 나는 대체 혈연의 정이 뭐라고 그에게 이끌리고 있어……. 좋아. 이제부턴 그와 나 사이의 경주야. 미래를 보는 경주. 누가 더 나은지는 두고 보면 알겠지.

160.

그는 타워 빌딩의 꼭대기에 등을 돌린 채로 서 있다. 세상에 검은 밤이 내려와 있다. 구름은 나지막이 깔려 있고, 너무도 높은 곳이라서 공기는 얼음처럼 차다. 그의 긴 머리칼이 바람에 휘날린다. 저녁 6시이고 사위는 어둑하다. 그는 몸을 돌리려 고조차 하지 않는다. 자신의 목소리가 들리는 곳에 그녀가 이르게 될 정확한 순간을 계산을 통해 다 알고 있는 사람처럼.

「안녕, 누이야. 네가 여기 찾아와 줘서 기뻐. 그리고 국립 도서관의 폭탄을 처리한 일에 대해서는 박수를 보내는 바야. 정말로 널 다시 보게 되었지. 난 네가 우리 가족의 일원이라는 게 자랑스럽다.」

그는 여전히 몸을 돌리지 않는다. 살을 후비듯 차디찬 보슬비가 떨어지지만 그는 개의치 않는 듯이 보인다. 저 밑의 자동차들은 덧없이 사라져 가는 불빛들의 행렬일 뿐이고, 거기서 이따금 날카로운 타이어 마찰음이 올라온다.

「네가 국립 도서관에서 사람들을 구하고 있을 때, 난 세계 역사에 관련된 확률들을 연구하고 있었어. 바로 여기, 이 높은 곳에서. 높이 올라갈수록 더 멀리 볼 수 있으니까. 그리고…….」

그는 말을 멈춘다. 그리고 시간이 정지된 듯한 침묵이 내려앉는다.

비는 다시 거세어진다. 그들 주위에는 다양한 전파 안테나를 떠받치고 있는 시멘트 탑들이 죽은 나무들처럼 높직이 솟아 있다. 발치에는 레일이 비에 젖어 번득이고 있다. 분절된 두 개의 긴 팔이 달린, 건물 외부 유리창을 닦는 곤돌라를 이동시키는 시설이다.

「……몇 시간 전, 내 작업실에서 수개월 전부터 쌓아 온 모든 정보들을 대조하고, 또 그것들을 내 미래 전망 방정식들에 대입하고 있을 때, 내 머릿속에는 최종적인 결론이 섬광처럼 떠올랐어. 난 마침내 모든 걸 깨달은 거야…….」

휘몰아친 돌풍에 비는 거세게 소용돌이친다. 비는 얼음같이 차갑고, 카산드라는 자신도 모르게 전율한다.

무슨 말을 하고 있는 거지? 왜 갑자기 말을 멈추지?

태어나서 처음으로, 그녀는 대화 상대의 침묵이 견딜 수 없게 느껴진다. 그녀의 고집스러운 침묵 앞에 다른 이들이 느껴 왔던 그 답답함을 비로소 알게 된 것이다.

「대체 뭘 깨달았는데?」 마침내 그녀가 참지 못하고 묻는다.

「우리는 대재앙을 향해 가고 있어.」

다시금 시간이 정지한다. 얼마 후 그가 다시 입을 연다.

「왜냐하면 인간들은 어리석고 자기 파괴적인 짐승들이기 때문이지.」

그는 잔인하면서도 슬픈 웃음을 조그맣게 터뜨린다.

「마야인들은 자신들의 문명이 끝에 다다랐음을 의식하게 되자, 자살을 해버렸어. 나 역시 오랜 연구 끝에 동일한 결론에 이르게 되었지. 지금 이 시대는 몽매주의에서 벗어나는 것이 아니라 훨씬 더 깊은 몽매주의로 회귀하고 있어. 내 확실히 말하건대, 내가 행한 관찰들과 계산들은 분명한 사실을 말해 주고 있어. 즉 최악의 사태가 우리를 기다리고 있으며, 아무 것도 그걸 막을 수 없다는 사실이지. 아무것도! 마야인들은 인류의 종말을 2012년이라고 예언했고, 이 예언은 그대로 이루어질 거야.」

다니엘은 다시 입을 다문다. 오지 않는 누군가의 신호를 기다리는 사람처럼. 그러고는 다시 말을 잇는다.

「세계는 2012년 12월 21일, 좀 더 정확히 말해서 유카탄 반도의 툴룸에 해가 뜨는 시각에 끝나. 별들과 행성들이 한 줄로 늘어서게 되는 순간으로, 2만 6천 년에 한 번밖에 오지 않는 때이기도 하지. 그때가 되면 도처에서 지진이 일어나게 되고, 그 뒤를 이어 긴 빙하기가 시작될 거야.」

한 줄기 번개가 하늘을 밝히자 빌딩이 전율하듯 흔들린다.

「내 생각으로는, 이 운명의 날에 앞서 오는 몇 해가 최악의 시간이 될 거야. 먼저 돼지 독감, 혹은 조류 독감, 혹은 광우병 같은 것이 발생할 거야. 돼지와 소와 닭들의 복수인 셈이지. 아이러니하지 않아? 그다음에는 도처에 테러가 일어나 자유 국가 수도들이 불에 타고 피로 물들어 독재 체제들, 특히 가장 광신적인 독재 체제들을 신바람 나게 해줄 거야. 적어도 현금의 지정학적 현실을 아직도 이해하지 못하는 사람들에게는, 진실을 분명히 깨닫는 기회가 되겠지. 말 그대로 〈명약관화〉하게 될 거야……..」

다시금 번개가 구름을 찢는다.

「그다음에는 공기와 물과 땅이 돌이킬 수 없이 오염될 거야. 그리고 대중의 바보화 확산…… 그 현상에 붙여 줄 수 있는 유일한 지적 표현은 이거야. 거짓들은 진실 행세를 하고 진실들은 거짓으로 여겨지게 되지. 그리고 진실의 옹호자들만이 주장에 대한 증거를 제시하라고 요구받게 될 거야. 그러고는 점차로 모든 것이 뒤집힐 거야. 선은 악이 되고, 악은 선이 되지. 그리하여 마침내 종말이 오는 거야. 최종 목표로서의 자기 파괴가, 모두가 인정하고 기다리는 종(種)의 광란의 로큰롤이 한바탕 벌어지게 되지.」

그는 발아래 검은 심연 위로 몸을 굽힌다.

「요즘 그렇게나 인기 있는 그 모든 공포 영화들은 인간들이 자신의 미래를 들여다보는 거울들이야. 그리고 사람들은 자신의 쇠락의 광경을 보면서 너무도 황홀해하고 있지.」

그는 어깨를 으쓱한다.

「우린 아무것도 할 수 없어. 그 어떤 구조 계획도 실패할 수밖에 없어. 우리의 문명은 이미 사형 선고를 받았기 때문이야. 열매가 완전히 익으면, 그다음에는 썩어 떨어질 수밖에 없는 것과 같은 이치지. 우리의 세계는 지금 썩어 가는 중이야. 살아남을 것은 오직 파리와 쥐와 시체 먹는 짐승들뿐이지. 우리의 비운을 함께할 마지막 동무들인 셈이야.」

「아니요!」김이 불쑥 나선다.「우린 행동할 수 있어요.」

장발의 청년은 이 새로운 대화 상대를 향해 천천히 몸을 돌린다.

「안녕하신가, 김예빈. 자네의 그 젊은 열정과 순진함이 듣는 이를 즐겁게 해주는 건 사실이야. 하지만 자네가 멋진 문장들을 좋아한다 하니, 한 문장 들려주고 싶네. 〈낙관주의자들은 정보가 부족한 사람들이다.〉」

힘없는 웃음이 불안스러운 이죽거림으로 변하는 가운데, 그는 이렇게 덧붙인다.

「그 문장이 모든 걸 요약하고 있어.」

이제 그들을 향해 몸을 돌렸기 때문에, 카산드라는 처음으로 다니엘의 모습을 자세히 살펴볼 수가 있다. 그는 더 이상 헝클어진 붓에 불과한 존재가 아니라, 여성적으로까지 느껴지는 섬세한 윤곽의 진짜 얼굴을 가지고 있다.

오빠는 나와 닮았어.

좀 더 짙긴 하지만 나처럼 커다란 회색 눈이고, 길고 검은 모발도 나와 비슷해. 광대뼈는 약간 더 나와 있고 입술은 좀 더 얇은데, 얼굴은 온통 흉터투성이야. 아마 그 트럭 사고 때

생긴 거겠지.

그러고 보니 아주 잘생긴 남자다.

「누이야, 날 그렇게 쳐다볼 것 없다. 난 네게 해줄 게 아무것도 없으니까. 내 생각은 잘못된 거였고, 결국 진실을 알게 되었지. 〈미래를 바꿀 수는 없다.〉」

다시금 가까운 곳에서 한 줄기 번개가 하늘을 산산이 조각낸다. 비는 한층 거세게 쏟아지면서 탐탐 북을 악착스레 괴롭히는 손들처럼 안테나용 시멘트 탑들을 두드린다.

「불쌍한 내 동생. 이건 우리의 잘못이 아니야. 우리 부모가 우릴 의도적으로 다르게 만들었고, 〈미래를 본다〉는 망상을 위해 우리를 조건 지어 놓았어. 이 광기는 우리의 것이 아니라, 그들의 것이었단 말이야. 그들은 우리의 의견을 묻지도 않았어. 진실을 투명하게 본다는 것은 하나의 저주이지. 보지 않는 편이 훨씬 나아……. 아, 그럴 수만 있다면 얼마나 좋을까! 마냥 행복하기만 한 바보 천치가 될 수 있다면, 아무것도 모른다면, 거짓들을 믿을 수 있다면, 늑대들과 함께 몰려다닐 수 있다면, 포식자들에게 살육을 계속하라고 격려해 줄 수 있다면, 아무 생각 없이 비탈길을 내리달을 수 있다면 얼마나 좋을까! 모든 것을 오염시키고, 폭군들에게는 변명거리를 찾아 주고, 희생자들에게서는 허물을 찾아내는 일은 또 얼마나 즐거울까!」

비바람은 그들을 거세게 후려치고, 여성적으로까지 느껴지는 오빠의 음성은 점점 더 알아듣기가 힘들어진다.

「누이야, 우리의 부모는 참 희한한 사람들이었어. 그들은 우리를 자폐아로 바꾸어 놓았고, 그다음엔 미래를 보는 기계들로 만들어 놓았지만, 정작 우리를 사랑해 주는 일은 잊어버렸지. 누이야, 너와 나는 굉장한 일들을 할 수 있지만 사랑할 줄은 몰라. 왜냐면 사랑을 받지 못했기 때문이야. 우리는 엄청난 예지 능력을 계발하기 위한 목적으로, 의도적 자폐증과 관련되어 행해진 굉장한 실험 23, 실험 24일 뿐이야.」

또다시 다니엘은 킬킬킬 그 슬픈 웃음을 작게 터뜨린다.

「바로 이 때문에 나는 집을 나왔어. 그들의 장난감이 되기 싫었거든. 내 운명을 스스로 이끌어 가고 싶었어. 그래서 지금까지 동생인 너도 보지 못한 채로 지내 왔던 거야. 그런데 누이야, 넌 혼자서 나보다도 훨씬 더 멀리 나아갔어. 내가 알기로, 너는 우리 부모의 죽음이라는 짐을 마음에 남겨 놓지 않으려고 네 어린 시절을 아예 잊어버렸을 거야. 하지만 언젠가는 기억의 하치장으로 돌아가서, 버렸던 자신의 조각들을 다시 찾아야 하는 법이지. 그렇게 하지 않았어?」

그의 눈빛은 더욱 날카로워진다.

「그래. 자신의 우뇌를 제어할 능력이 있다면, 그 정도 일쯤은 얼마든지 할 수 있지. 그렇지 않아? 우리의 마음에 들지 않는 어린 시절을 싹 지워 버리는 일 말이야……. 우리는 그 외에도 많은 일들을 할 수 있지. 예를 들어 우리의 탄생 이전으로 거슬러 올라갈 수도 있고 말이야. 그렇게 하지 않았어, 카산드라?」

그녀는 천천히 고개를 끄덕인다.

「좋아. 너의 카르마들을 봤겠지? 너의 공감 영역을 동물과 식물을 망라한 다른 형태의 생명체들에게까지 확장했고, 너의 근원을 보았고, 빅뱅에까지 거슬러 올라갔지. 그렇지 않아?」

「맞아.」

「따라서 지금 너는 나와 같이 되었어. 더 넓고, 더 민감하고, 더 높은 의식의 정신, 하지만 동시에 더 고통스럽기도 한 정신이 되었지. 엄마가 뭐라고 말했더라? 그래, 〈모든 과도한 것들은 부족한 무언가와 균형을 이룬다.〉」

「맞아.」

그녀는 이렇게 대꾸하면서 그에게 다가간다.

「안 돼! 다가오지 마, 누이야!」

〈누이〉…… 내게 새 이름이 생겼어!

「왜 내가 널 여기에 나오게 했는지 궁금하지? 난 너에게 빚이 있기 때문이야. 아니 그보다는 의무라고 해야 옳겠지. 네게 알려 주어야 할 의무.」

휘날리는 머리칼 뒤로 형형하게 빛나는 그의 두 눈이 보인다.

「난 너에 앞서 모든 걸 시도해 보았어. 난 지금, 네가 곧 발견하게 될 것들을 미리 얘기해 주고 있을 뿐이야. 우린 아무것도 구해 낼 수 없어. 우린 사람들에게 위험을 경고해 줄 수가 없다고. 왜냐면 그들은 알려고 하지 않기 때문이야. 그들은 너무…… 짐승처럼 어리석어!」

카산드라는 자신도 모르게, 좀 더 천천히 한 걸음을 더 내딛어 본다.

「〈사람들은 보지만, 주의 깊게 보지는 않는다. 사람들은 듣지만, 귀 기울여 듣지는 않는다. 사람들은 알지만, 진정으로 깨달은 것은 아니다.〉 우리의 경고가 사람들의 귀에 들어갈 가능성은 전혀 없어. 우리가 인류를 구할 가능성은 전혀 없다고. 네가 테러에 희생될 수도 있었던 사람들을 구해 낸 일, 그것은 바다에 떨어뜨리는 물 한 방울일 뿐이야.」

이번에는 김이 까치발을 하고 살금살금 다가간다.

「난 내 동종(同種)들의 원시성을 더 이상 참을 수가 없어. 어서 빨리 자기 파괴에 이르고 싶은 것인지, 즐거이 야만 상태로 들어가고 있는 이 세계를 더 이상 견딜 수가 없다고! 〈먼저 죽는 자들은 복이 있나니, 그만큼 고통을 덜 받을 것이기 때문이라.〉

우리 사이에 있는 거리를 더 좁혀 봐야 해. 그는 나와 같은 운명을 타고난 형제야. 우리는 피가 같고, 유전자가 같고, 살아온 역사도 거의 같아. 그를 설득할 수 있는 말들을 찾아봐야 해. 그래, 무엇보다도 그의 생각에 공감하는 모습을 보여줘야 해.

「맞아. 사람들은 타조 떼와도 같아. 위험이 오는 것을 보고는 그 힘든 진실들에 맞서기보다는 거짓들을 꾸며 내려 하는 타조들.」

「누이야, 아니야. 그건 좋은 비유가 아니야.」

「그들은 잘못된 방향으로 몰려가는 레밍 떼와 같지요.」 이번에는 김이 말한다.

「아, 네 친구가 더 정확하게 말하는군. 맞아. 그들에겐 두려움조치 없이. 오히려 자신의 죽음에 매혹되어 신이 나서 달려가고 있지. 그 무엇도 그들의 발길을 돌려놓을 수 없어. 특히 이성이나 생존 본능으로는 어림도 없지. 최후의 추락을 향해 달려가는 그들을 막을 수 있는 것은 아무것도 없다고. 기껏해야 속도를 약간 늦출 수 있을 뿐이야. 그들은 마조히즘에 취한 짐승 떼거든. 긴 행렬을 이뤄 나아가면서 자기 몸에 피가 나도록 채찍질을 해대는 이란 친구들을 봤어? 그들은 모두 황홀한 미소를 짓고 있지. 이들이 바로 인류의 미래를 예시하고 있어. 어느 날, 67억의 인간들은 똑같은 멍청하고도 행복한 미소를 머금고서 피가 튀도록 스스로를 채찍질하며 행렬을 이루어 멸종을 향해 나아갈 거라고.」

「오빠, 모든 사람이 그런 건 아니야.」

「아냐, 모두가 그래. 하나도 빠짐없이 다 마찬가지지. 그들은 이 사실을 모르고 있어. 아니면 모르는 척하고 있든지. 그들은 고통을 좋아해. 그들은 쇠퇴를, 살인을, 학살을, 그리고 죽음을 좋아해. 요즘 유행하는 색깔이 검정색이란 사실, 알고 있었어? 또 얼마 전부터 어디를 가나 볼 수 있는 무늬가 하나 있어. 바로 뼈다귀 두 개에 해골이 하나 올려진 그림이야. 그들은 알고 있어. 종의 무의식은 알고 있지. 이 최종적인 재앙, 그들은 이것을 받아들였어. 그리고 이것을 막기 위해 아무것도 하지 않아. 이제 그들은 이것을 갈망하고 있는 거라고. 그리고 이런 그들을 변화시키기 위해 사람들은 아무 일도 하지 않고 있고.」

「오빠가 편지에서 말했잖아. 체념보다 나쁜 단어는 없다고.」

「맞아, 내가 그렇게 말했지. 하지만 내가 잘못 생각했어. 바보들만이 의견을 바꾸지 않지. 나는 이 문장을 아주 좋아해. 〈결국 내가 틀렸고, 난 내가 틀렸다는 사실을 방금 의식하게 되었다.〉 너도 느꼈는지 모르겠지만, 텔레비전에서는 이런 말을 절대 들을 수 없지. 이 세상에 의견을 바꾸는 사람은 아무도 없어.」

「오빠 생각이 틀렸어! 그들을 구할 수 있어!」

그는 어깨를 으쓱하더니, 심연을 향해 몸을 반쯤 돌린다.

「아냐. 이번에는 그들은 더 이상 발길을 돌리지 않을 거야. 나는 인류의 역사가 어디로 가는지 봤어. 역사는 자신의 쇠락을 향해 노래 부르며 가고 있어. 〈타이타닉〉이란 영화에서처럼. 이 영화가 세계 최다 관객 기록을 세웠다는 사실이 의미심장하지 않아? 이 영화가 한 가지 특정한 사건을 통해 인류 전체의 역사를 이야기하고 있다는 걸 모든 사람이 느꼈던 거야. 우리는 빙산을 향해 전속력으로 항진하고 있어. 우리는 곧 침몰할 거야. 그리고 우리가 다른 것을 생각하지 못하게끔 갑판 위에서는 오케스트라가 신나는 음악을 연주하고 있지.」

다니엘 카첸버그는 다시금 슬픈 웃음을 조그맣게 터뜨린다. 비에 젖은 주위의 배경은 자욱한 안개에 삼켜지며 차츰 사라져 간다.

「미안해, 누이. 난 차라리 무지와 무의식에 갇혀 있었다면 훨씬 좋았을 것 같아. 안다는 것은 저주야. 알지만, 아는 것을 전달할 수 없는 것은 고통이야. 알지만, 아무것도 할 수 없는 것은 끔찍한 형벌이고. 누이야, 사랑해.」

그의 얼굴에 빗물이 줄줄 흘러내린다.

그는 호주머니에서 종이 한 장을 꺼내더니 왼손으로 구겨 버린다. 그러고는 오른손으로 회중시계 하나를 꺼내어 꽉 쥔 다음, 북서쪽을 향해 있는 옥상 모서리 쪽으로 성큼성큼 걸어 간다.

카산드라는 그를 붙잡으려 황급히 달려간다.

너무 늦었다. 그는 이미 뛰어내렸다.

그녀는 눈을 꼭 감아 버리면서 울부짖는다.

「안 돼!!! ……안 돼……」

161.

……안 돼! 그러면 안 돼!

나는 이 악몽에서 깨어나서 우리 오빠가 여전히 살아 있다 는 걸 알게 될 거야. 이곳이 아닌 어느 다른 장소에 살아 있다 는 걸. 그래서 어느 날 나는 오빠를 다시 찾아가고, 우리는 함 께 얘기를 나눌 거야.

우리는 서로에게 설명해 줄 거야. 우리 부모가 우리에게 무 엇을 했는지에 대해. 그들이 우리에게 행한 실험들에 대해.

우리는 왜 우리가 다른 사람들과 그토록 다른지 알게 될 거야. 좌뇌의 지배에서 해방된 우뇌, 우리를 훨씬 넓고 민감한 존재로 만들어 준 우뇌를 어떻게 갖게 되었는지, 비로소 알게 될 거야.

그래, 난 깨어날 거야.

그래, 방금 전에 본 것은 실제로 일어난 일이 아니야.

그리고…… 오빠는 몽파르나스 타워 꼭대기에서 떨어지고

도 살아남은 사람이야. 그는 결코 패배하지 않는 존재, 불멸의 존재야.

그는 이미 한 번 살아남았어. 이번에도 살아남을 거야.

162.

자욱한 안개 때문에 카산드라는 210미터 아래에서 벌어지는 일을 제대로 분간할 수가 없다. 그녀는 달려가 엘리베이터에 들어가고, 〈1층〉이라고 쓰인 버튼을 미친 듯이 눌러 댄다. 이윽고 엘리베이터는 내려가기 시작한다.

163.

오빠가 살아날 가능성은 극히 희박해. 하지만 전번에는 죽을 확률이 98%이고 생존 확률이 2%였는데도 살아남았어. 불행조차 100% 보장되는 것은 아니지.

몽파르나스 타워에서 처음 뛰어내리면서, 오빠는 가장 끔찍한 상황 가운데도 실낱같은 희망은 남아 있다는 사실을 증명했어. 그리고 때로는 그 미세한 희망만 있다면 그 무엇이라도 구해 낼 수 있다는 사실을.

오빠를 이런 식으로 잃을 수는 없어.

난 오빠에게 할 말이 너무도 많아. 오빠도 내게 해줄 얘기가 너무도 많고.

우리 둘 다 여기서 이렇게 멈출 수는 없는 일이야.

그래, 폴리스티렌을 실은 트럭이 빨간 신호를 무시하고 달려올 거야. 그리고 오빠의 몸이 땅에 닿기 직전, 정확히 그 지점에 멈춰 설 거야.

164.

한 층 한 층 지날 때마다 회중시계의 숫자는 계속 올라간다. 62%, 75%, 85%.

다니엘 카첸버그는 추락 중에 일어나는 모든 일들을 의식한다. 바람. 추위. 안개. 뺨과 목의 따끔거리는 느낌. 절대로 감지 않으려 부릅뜨고 있는 두 눈에서 솟구치는 소금기 어린 눈물.

추락 중에 속도로부터 눈을 보호하기 위해 안경을 썼어야 했는데…… 라는 생각도 든다.

두려움은 조금도 느껴지지 않는다. 그런 감정은 잊어버린 지 오래다. 그에게 남아 있는 건 지독한 공허감뿐이다.

그는 솔로몬 왕을 생각한다. 한 왕국을 세우고, 수백 명의 여인을 소유하고, 완벽한 신전을 세우고, 매우 발전된 훌륭한 사회를 건설한 후, 죽기 전에 〈헛되도다, 모든 것이 헛되도다!〉라고 외쳤다는 그 왕을.

다니엘은 이거야말로 냉철한 인간이 취해야 할 바람직한 태도라고 생각한다. 세계를 변화시키고, 그 과업이 완수되고 나면 자살해 버리는 것.

그는 시속 237킬로미터의 속도로 여행을 한다.

추락은 정확히 7.38초 동안 계속된다. 정상대로라면 6.54초 걸렸겠지만, 짙은 안개 탓으로, 또 레인코트가 펼쳐져 양력이 증가한 탓으로 비행이 백 분의 몇 초 정도 늘어난 것이다.

놀랍게도, 충격의 순간이 빨리 오지 않자 짜증까지 인다. 그의 마지막 생각은 이렇다. 〈자, 지금 죽음이 뭐 하고 있는 거야? 오는 거야, 마는 거야, 빌어먹을!〉

165.

「다니엘!」

젊은 수학 천재의 몸은 꼴사납게 해체되어 버린 꼭두각시처럼 아스팔트 위에 박살이 나 널브러져 있다. 그의 회중시계는 〈5초 후 사망 확률: 99%〉를 가리키고 있다.

끝까지 프로바빌리스는 어떤 뜻밖의 현상이 일어날 수 있다고 생각했던 것이다.

바로 그 1%의 불확실성을 고려했던 것이다.

그는 여전히 왼 주먹을 꼭 쥐고 있다. 카산드라는 충격과 슬픔을 억누르고 그 경직된 손가락들을 편다.

〈……그녀는 그의 꼭 쥔 주먹을 열고 구겨진 종이를 찾아내어 읽었다. 거기서 그녀는 오빠가 자기에게 던지는 마지막 조롱과도 같은 메시지를 발견했다. 그는《그녀는 이 메시지를 읽고 있었다》라고 써놓았던 것이다. 그러자 그녀의 머릿속에는, 오빠는 완전히 미친 사람인지도 모른다는 생각이 처음으로 떠올랐다. 하지만 이 섬뜩한 감정이 떠오름과 거의 동시에, 어떤 설명하기 힘든 경탄의 감정이 이어졌다. 그제야 그녀는 지금까지 감히 꺼내지 못했던 그 두려운 질문을 뇌까리게 되었다. 《만일 그의 생각이 옳은 거라면……?》〉

맑고 커다란 회색 눈의 소녀는 마치 불에 덴 듯, 손에서 화들짝 종이를 떨어뜨린다. 그리고 망연자실하여 다니엘의 주검 앞에서 움직일 줄을 모른다.

나의 오빠가 죽었어!

비는 한층 거세진다. 그녀의 두 눈은 어떤 반짝이는 막으로 덮여 거울로 변한다.

더 이상 아무 소리도 들리지 않는다.

더 이상 아무 냄새도 느껴지지 않는다.

더 이상 아무런 감각도 없다.

그녀가 처음 흘린 눈물은 비의 장막에 섞여 든다.

166.

왜 이렇게 했을까?

그는 이렇게 할 권리가 없었어!

이럴 권리가 없었다고.

167.

그녀는 흠뻑 젖은 몸으로 다니엘의 주검을 멍하니 응시하며 오랫동안 서 있다. 소방차들의 사이렌 소리가 가까워진다. 경찰관들이 달려와 몰려든 군중을 훑는다. 조금 전까지 그녀의 오빠였던 사람이 지금은 조직과 뼈와 피가 뒤범벅된 벌건 마그마에 불과하다.

김은 카산드라의 어깨를 살며시 잡아 시체에서 몇 걸음 떨어지게끔 돕는다. 그녀는 저항하지 않는다. 주위에 비명 소리, 뛰어오는 사람들의 발소리 들이 들린다. 인류가 그들의 일원이 시체로 화한 것을 볼 때 늘 그러했듯, 비와 안개 아래에서 분위기는 한바탕 들끓어 오른다.

마지막 핏자국이 닦이자, 차들은 다시 양방향으로 흐르고, 거리의 일상적인 활동들이 재개된다.

카산드라의 뺨 위로 빗물이 줄줄 흘러내린다. 벌써 경찰관 몇 명이 그들 쪽으로 걸어오고 있다.

「공주, 어쩔 수 없어. 도망가자고!」 파란 머리 가닥의 한국 청년이 다급하게 말한다.

하지만 그녀는 멍한 눈으로 움직일 줄을 모른다…….

다니엘이 정말로 죽었어.

경찰관들이 다가오고 있지만, 그녀는 여전히 움직이기를 거부한다. 한 줄기 은빛 눈물이 그녀의 뺨과 콧방울 사이의 고랑으로 끊이지 않고 흘러내린다. 그녀의 눈에 맺혔던 거울도 녹아 빗물에 섞여 든다.

마침내 김예빈은 그녀의 팔을 잡아당겨 따라오게 만든다.

「이이, 거기 좀 기다려!」 감색 제복을 입은 한 남자가 소리친다.

그 옆의 사내는 벌써 차에서 무전기 마이크를 꺼내 들고 빠르게 지껄여 댄다.

「공주, 저들이 우릴 알아봤어. 튀어야 해!」

그들이 뛰기 시작하자 경찰관들도 쫓아 달려온다. 김예빈은 눈에 보이는 첫 번째 탈것, 즉 누군가가 세워 둔 할리데이 비슨 팬텀에 올라탄다. 그는 시동을 거는 데 다소 어려움을 겪지만 결국 출력을 최대로 올리며 출발하는 데 성공하고, 카산드라는 그의 몸통에 꼭 달라붙는다.

168.

그는 죽었어.

오빠는 와이드앵글로 봤고, 나는 매크로렌즈로 봤어. 그는 넓고 멀리 봤던 반면, 나는 가까이서 보고, 파리 일대의 테러 기도라는 하나의 주제만을 집중해서 보고 있어. 하지만 이제는 그가 죽었기 때문에, 내가 그의 작업을 이어받아야 해. 즉 이제는 나도 시야를 넓혀서, 넓고 멀리 바라봐야 해.

파파다키스의 지하실에서 행한 명상은 내 안에도 그런 능력이 있음을 깨닫게 해주었어. 나는 인류의 중대한 현안들에 대해서도 직관을 얻을 수 있어.

내가 시도하기만 하면 되는 일이야.

169.

두 사람은 대속이 있는 북쪽으로 달리고 싶지만, 정년을 연장하려 하는 정부 시책에 반대하는 시위 행렬에 가로막힌다. 노조원들의 지휘를 받는 시민들의 긴 행렬은 〈우리의 미래를 가지고 흥정하지 말라〉, 〈일과 잠이 반복되는 삶. 이제는 지겹다〉, 〈은퇴 안 시켜 주면 죽음을 각오하라〉 같은 슬로건을 외치며 나아가고 있다. 또 그들은 현수막이나, 그들의 분노를 야기한 장관들을 희화화한 꼭두각시들을 매단 교수대를 흔들기도 한다.

자, 이것이 바로 가축 떼 같은 무리가 자신의 반감을 표출할 수 있다는 환상을 갖기 위해 선택할 수 있는 유일한 방법이야. 구호를 연호하며 A 지점에서 B 지점까지 간 다음, 거기서 하릴없이 해산하든지, 아니면 치안 병력과 싸우든지 하는 것⋯⋯.

오토바이 다루는 솜씨가 갈수록 늘고 있는 김예빈은 시위자들을 뚫거나 에돌아가 볼 생각도 해보지만, 군중은 너무 수가 많고 또 빽빽하다. 그는 짜증 어린 신음을 터뜨리고는 파리 외곽 순환 도로를 타기 위해 다시 남쪽으로 돌아간다. 하지만 그들을 추적하던 경찰차 한 대가 바짝 따라붙는다. 할리데이비슨이 차들 사이를 지그재그로 빠지고, 행인들과 트럭들을 스치고, 일방통행로를 거슬러 갈 때마다 카산드라의 확률 시계는 34%와 72% 사이에서 춤을 춘다. 그들이 순환 도로 진입로가 있는 포르트도를레앙에 가까이 왔을 때, 교차로 옆길에서 경찰차 한 대가 튀어나와 앞길을 막아 버린다.

왜 저렇게 악착스레 우리를 쫓아오는 걸까? 학교의 화재 때문에? 장관의 딸을 기어코 찾으려 하는 피에르-마리 펠리시에 때문인가? 아, 알겠어! 몽파르나스 빌딩 꼭대기의 감시 카메라를 통해 다니엘이 추락하기 전 내가 오빠와 함께 있었던 걸 본 거야. 내가 오빠를 밀었다고 생각하는 거야!

김은 남동쪽으로 방향을 틀면서 말한다.

「저들을 떨쳐 버리기 힘들 거야. 하지만 이 근방에서 우리를 구해 줄 수 있는 것을 하나 알고 있어.」

그들은 포르트드브랑시옹 광장에서 할리 데이비슨을 내버리고 철책 하나를 넘은 다음, 프티생튀르 철도[8] 길을 향해 뛰어간다. 다시 높다란 철책이 앞을 가로막지만, 누군가가 집게로 벌려 놓은 구멍들이 있어 그 틈으로 통과한다. 카산드라는 김의 인도를 받아 무성한 나무들로 가려져 있는 커다란 철로 터널 쪽으로 향한다.

거기서 그녀는 지금까지 그 존재조차 모르고 있었던 세계를 발견하게 된다. 평행하게 뻗은 두 줄의 철로 위에는 빈민 구호 기관들에서 나누어 준 텐트들이 울긋불긋한 커다란 버섯처럼 늘어서 있고, 그 아래에 수백 명의 노숙자들이 모여 있다. 어떤 이들은 부엌살림이 가득한 카트를 밀고 있고, 어떤 이들은 잡동사니들로 채워진 비닐봉지들을 들고 있다.

〈기적의 뒷골목〉[9]인가?

「이곳은 아무도 보려고도 알려고도 하지 않는 곳, 바로 파리의 경계선에 숨어 있는 노숙자들의 마을이야. 이곳에 흘러드는 사람은 갈수록 많아지고 있지. 이들은 노숙자 수용 시설

8 1852에서 1869년 사이에 건설된 파리의 내부 순환 철도. 이후 건설된 파리 지하철의 인기에 밀려 일반 승객용 노선은 1934년에 대부분 폐쇄되고, 화물용 노선도 1990년대 초에 완전히 사라졌다.

9 La Cour de Miracles. 중세 시대에 거지와 온갖 불구자들이 모이던 파리의 장소. 이곳에 있는 동안은 불구자들의 증세가 기적처럼 사라진다고 해서 이런 이름이 붙었다. 빅토르 위고의 『노트르담 드 파리』에서 언급되고 있다.

에 가려고 하지 않아. 너무 더럽고 너무 위험하며 범죄자들이 득실대거든. 그래서 이렇게 자기네들끼리 그럭저럭 살아가는 편을 택했어.」김예빈의 설명이다.

소녀는 충격이 채 가시지 않은 눈으로 그들을 바라본다.

그녀는 용도 폐기된 이 터널이 사람들에게 지붕이 되어 주고 일종의 평화 구역을 제공해 주고 있다는 사실을 깨닫는다. 여기 있으면 아무도 이들을 괴롭히지 않으리라.

선사 시대 헐거인들이 살던 동굴 같은 곳이군.

아닌 게 아니라 이들은 많은 현대인들이 잊어버린 일들을 하고 있다. 모두가 헐거인들처럼 바느질하고, 거처를 손수 짓고, 양식을 찾아내고, 물건들을 재활용하고, 불을 피우고, 쥐를 사냥할 줄 아는 것이다.

마약이나 술에 취하여 비틀거리고 있거나, 계속 잠만 자는 사람들도 눈에 띈다. 또 많은 사람이 개를 데리고 있다. 대부분이 입에서 연기를 뿜어 대고 있다. 나이 든 사람들은 담배를 피우고, 젊은 축들은 대마초를 피우는데, 그 냄새가 바람에 실려 와 그녀의 옷에 달라붙는다. 대부분은 수염이 덥수룩하다.

이 사람들이야말로 진짜 낙오자들이야. 음지에 숨어 있어 눈에 띄지 않는 사람들. 투표하지 않는 사람들. 불평하지 않는 사람들. 심지어는 시위도 하지 않는 사람들. 실업자조차도 못 되는 사람들. 그리고 통계에 포함되지 못하는 사람들. 이들에게는 최저 생계 보조금도, 퇴직금도 없어. 그저 하루하루가 어떻게 지나가기를 바라고 있을 뿐.

한국인은 주위를 살핀다.

「공주, 경찰들이 결국 우리를 찾아내고 말 거야. 여기 있어도 마찬가지야.」

「이 노숙자들이 그들을 막아 주리라는 게 네 생각이겠지?」

186

「아니. 이들은 우리에게 아무것도 해주지 않아. 이곳의 규칙도 〈자기 똥은 자기가 치운다〉야. 하지만 내게 다른 생각이 있어. 자, 날 따라와. 저번에 쥐들하고 사귀어 놓은 것이 전혀 쓸데없는 일만은 아니었음을 알게 될 거야.」

김예빈은 색이 바랜 녹색 파카를 입은 한 청년에게 다가가, 혹시 지도가 있느냐고 묻는다. 청년은 없다고 대답한다. 김은 그 옆의 다른 사람들에게도 같은 질문을 해보지만, 돌아오는 건 똑같이 퉁명스러운 대답뿐이다.

「저 부르주아 계집애는 누구야?」 깡마른 몸매에 키는 장대같이 크고, 배꼽까지 늘어진 수염을 기른 사내가 묻는다.

「우리 같은 애야. 그리고 얘에겐 어떤 능력이 있어.」

「무슨 능력?」 수염쟁이가 비웃듯이 묻는다. 「투명 인간이야? 슈퍼맨처럼 하늘을 날아다니나? 아니면 크로이소스 왕처럼 황금을 만들 줄 알아? 그렇다면 괜찮겠네.」

「미래를 볼 수 있어.」 김이 간단하게 대답한다.

수염쟁이는 짐짓 놀란 표정을 지어 보인다.

「오, 그래? 그런데 나도 미래가 뭔지 알아. 바로 이거!」

그러고는 장 속의 가스를 요란하게 터뜨린다.

「얘는 정말로 앞으로 일어날 일을 볼 줄 알아.」 김은 끄떡도 하지 않고 다시 간단하게 대꾸한다.

「어이, 친구들, 모두들 들었어? 이 계집애가 카드 점쟁이래!」

「아냐, 그건 정확한 표현이 아니야.」 한국 청년이 바로잡는다.

「오, 미안! 그럼 올바른 표현이 뭔데, 어휘 전문가 선생?」

「투시 능력자.」

이 말에 수염쟁이의 얼굴에 관심의 빛이 떠오른다.

「어이, 친구들, 이리 와서 좀 들어 봐! 여기에 되게 웃기는 젊은 애들이 있어! 남자애는 개그 학교 출신인데, 오늘 아침에 익살 광대를 하나 삶아 먹었나 봐!」

호기심이 동한 몇 사람이 다가온다. 그들은 그녀를 유심히 살펴본다. 그들 중에 하나가 몸을 긁자, 마치 신호가 떨어진 듯 모두가 맹렬히 긁어 대기 시작한다. 심지어는 김도, 그리고 뒤이어 카산드라까지 밭을 갈듯 피부를 파헤치고 싶은 욕구에 굴복하고 만다.

「근데 네 여친이 그렇게 재주가 많다면, 이런 곳에서 뭐 하고 있는 거야?」 얼굴에 피어싱 고리들이 주렁주렁 달린 젊은 여자가 묻는다. 「자기 미래는 우리 가운데 있을 거라는 계시라도 보셨나?」

김은 대담하게 우리의 진실을 밝혔다가 도리어 궁지에 몰리고 말았어. 진실이란 안전핀 뽑은 수류탄처럼 꼭 필요한 때만 사용해야 하며, 아무에게나 사용해서는 안 되는 법이야.

하지만 한국인은 계속 밀어붙이기로 마음먹는다.

「얘가 당신들에게로 온 것은 바로 여기서 세계가 변화하기 시작한다는 걸 알기 때문이야.」

그래…… 이곳에 세계의 거름이 있으니까.

김은 자신의 문장에 마침표라도 찍듯, 흙탕물 웅덩이에 요란하게 가래침을 뱉는다.

「그래, 너의 투시 능력자님은 정확히 뭐 하는 사람인데?」 수염쟁이가 묻는다.

「〈거지들의 예언자〉야.」 그는 존경 어린 음성으로 선언한다.

이 표현은 무리를 황홀하게 만든다.

「거지들의 예언자?」

「그래. 얘가 이 세상을 구원하게 될 거야.」 김은 엄숙히 단언한다.

그러자 수염쟁이가 한 눈을 찡긋하면서 한 걸음 다가온다.

「오, 그래? 그러면 얘가 어떻게 할 건데? 이 엿 같은 세상을 구원하려면 할 일이 제법 많을 텐데 말이야.」

둘러선 사람들이 킬킬댄다. 수염쟁이의 입에서 풀풀 풍기는 냄새는 역겹기 이를 데 없지만, 카산드라는 자신이 그 악취를 표정 하나 변함없이 견뎌 낼 수 있음을 발견한다.

「얘는 우리가 지금 어디로 가고 있는지를 모두에게 보여 줄 거고, 그러면 우린 우리가 어디로 가야 하는지를 깨닫게 될 거야.」

「이것 봐, 너희 둘! 너희가 어떤 지독한 걸 먹었는지 모르겠지만, 아무튼 뭔가 대단히 질이 좋은 것임이 분명해. 너희들 쓰는 약이 내 맘에 든다고! 자, 제발 부탁인데 내게 말해 줘, 그게 뭐야? 코로 흡입하는 거? 본드 같은 거? 아니면 정맥에 직접 꽂아 넣는 거? 아, 다크 에인절! 그거 맞아?」

「아니, 그것보다 훨씬 센 거야.」 김이 대답한다.

「아, 그 이름을 알고 싶다고! 어서 말해! 알고 싶어! 네 죽여주는 약 이름이 대체 뭐야?」

「미래의 환상.」

바로 이 순간 카산드라는 그녀 앞의 사내가 무언가를 깨달았음을 느낀다. 사내는 한층 더 큰 소리로 킬킬킬 웃어 대면서 포도주를 한 모금 마시더니만, 갑작스레 웃음을 뚝 멈춘다. 벌써 다른 노숙자들은 무언가 새로운 일이 일어나고 있음을 느끼고는 이쪽으로 몰려들고 있다.

「자, 이것들 봐. 난 여러분하고 더 많은 얘기를 나누고 싶지만, 우린 경찰에게 쫓기고 있는 몸이라서 지도 한 장이 필요해. 여러분이 도와주지 않으면 우린 끝장이야.」

수염쟁이는 잠시 갈퀴 같은 손가락으로 긴 수염을 묵묵히 빗질하더니, 이윽고 두 사람에게 양초 두 개와 라이터 한 개와 지도 한 장을 내준다. 그리고 그것들을 내밀면서 김의 귀에 대고 이렇게 속삭인다. 「이건 공짜야. 너희들이 날 한바탕 신나게 웃게 해줬거든. 일테면 멋진 공연의 대가인 셈이지.」

김은 즉시 카산드라의 손을 잡아 그녀를 이끈다.

「이것들은 다 뭐지?」 그녀가 묻는다.

「사라지기 위해 필요한 물건들. 왜냐면, 내가 너처럼 미래를 보는 재주는 없지만, 암튼 어디론가 빨리 숨어야 할 것 같은 기분이 들거든.」

그 말을 증명이라도 하듯 날카로운 호각 소리가 귓전을 울린다. 경찰들이 벌써 철망 친 울타리를 통과한 것이다.

아, 이건 영원히 끝나지 않는 건가?

두 사람은 후닥닥 도망치기 시작한다. 그러면서 흘끗 뒤를 돌아본 카산드라는 놀라운 광경을 목격한다. 그들의 작은 공연이 결실을 맺었는지, 노숙자들이 한데 모여 살아 있는 벽을 만들어 경찰관들의 전진을 늦춰 주고 있었다.

계속 달리면서 지도를 살피던 김은 마침내 땅바닥과 터널 벽이 만나는 한 지점을 가리킨다.

「여기야!」

그러고는 거기 있는 판판한 바윗돌을 옆쪽으로 밀어붙이니, 그 밑에 지름이 40센티미터 되는 구멍이 드러난다. 그들이 몸부림을 치다시피 구멍을 통과하여 밑바닥에 내려오자, 김은 판판한 바위를 잡아당겨 마치 문을 닫듯 구멍을 막아 버린다.

그들은 그렇게 땅 밑 어둠 속에서 귀만 쫑긋 세우고 움직이지 않는다.

170.

오빠가 죽었어.

그만이 비밀을 알려 줄 수 있었는데.

이제 난 어린 시절에 일어난 일을 영원히 알 수 없게 되었어.

꿈속에서 미래를 볼 수 있게끔 내 부모가 나의 뇌를 어떻게 바꾸어 놓았는지 영원히 알 수 없게 되었어.

171.

그들은 칠흑 같은 어둠 속에서 꼼짝하지 않고 기다린다.

어둠 속에 숨어 위험이 지나가기만을 기다리고 있는 이런 상황…… 이전의 삶들에서 이미 여러 번 체험해 봤어.

어디선가 졸졸 흐르는 물소리가 들려온다.

「여기가 어디야?」 그녀가 속삭인다.

김은 한 손으로 그녀의 입을 막는다. 위에서 사람들의 발소리가 들린다. 이어 개들이 짖는 소리도 들린다.

저들은 우리의 발자취와 냄새를 결국 찾아내고 말 거야.

「자, 이리 와!」

김은 라이터로 촛불에 불을 붙인다. 그런 다음 그들은 젖은 진흙 냄새가 가득한 비좁은 터널 속을 전진한다. 뒤에서 석판을 미는 소리가 나더니, 지하 통로 입구에서 개 짖는 소리가 뒤를 잇는다.

우릴 찾아냈어. 촛불의 빛 때문에 위치도 곧 들키고 말 거야.

김예빈은 그녀를 인도해 두 개의 터널이 교차하는 곳으로 가서 오른쪽으로 방향을 튼다. 그런 다음 왼쪽으로, 그리고 또다시 왼쪽으로 도니 여러 개의 터널이 모여드는 일종의 교차로에 이른다. 거기서 다시 한 번 왼쪽에 난 터널로 들어간다. 몹시 비좁긴 해도, 아직은 서서 걸어갈 만한 높이이다.

바닥에는 개울이 흐르고 있는데, 점점 깊어져 이제는 발목에까지 차 있다. 김은 걸음을 멈추고 귀를 기울인다. 아직 개 짖는 소리가 들리지만, 이제는 멀게 느껴지고 메아리에 변형되어 명확하지가 않다.

「개들은 이 물 때문에 우리의 냄새를 잃어버리게 될 거야.」

카산드라는 고개를 들어 앞을 바라본다. 몇 걸음 앞에서부터 바위를 아치형으로 깎아 만든 천장이 시작되는데, 그 높이가 1미터 50 정도로 낮아져 있어 나아가려면 몸을 바짝 구부려야 한다.

「여기가 어디지?」

「카타콤 안이야. 총 연장 120킬로미터에 달하는 지하 통로가 최소한 세 개의 층으로 펼쳐져 있지. 보다시피 파리의 땅밑은 그야말로 그뤼에르 치즈 속 같아. 그중에서도 파리의 남부, 포르트드브랑시옹 아래인 이 부근은 그물망이 가장 복잡하게 얽혀 있는 곳이야. 대속에 살기 전에 나는 가끔 이곳에 숨으러 들어오기도 했고, 파티를 벌이기도 했어.」

그는 지도를 들여다보고는 가야 할 방향을 가리킨다. 두 사람은 천장이 첨두홍예 형태로 깎여 있는 곳도 통과한다.

「이곳은 원래 파리의 주거용 건물이나 기념물을 짓는 데 쓰는 석회암을 채취하는 채석장이었어.」

그는 다시 지도를 코끝이 닿을 정도로 눈에 바짝 대고 들여다본다.

「지금부터 우리의 생명은 이 종이 한 장에 달렸어. 어떤 사람들은 이걸 잃어버려 목숨을 잃었지. 그 누구도 이 복잡한 터널들의 전체 구조를 다 기억할 수는 없는 노릇이니까.」

카산드라가 손목시계를 확인해 보니, 과연 〈5초 후 사망 확률: 38%〉가 나타나 있다. 그녀는 손목시계의 위성 추적 장치 발신기가 그녀의 현재 위치를 프로바빌리스에게 알려 준 것이라고 판단한다. 이를 통해 프로바빌리스는 지금 그녀가 카타콤에 내려갔다는 결론을 내리고, 카타콤 안에 들어가 있는 경우의 일반적인 위험도를 산정해 냈으리라.

그들은 최대한 빠르게 전진한다. 세 번째 교차로에 이르자 김은 지도를 보고 왼쪽 길을 택한다. 그 길로 얼마 동안 걷다 보니, 이곳이 톨비악 가임을 알려 주는 빛바랜 청동판이 나타난다.

「위에 있는 거리들이 모두 이처럼 지하에 표시되어 있어. 편리하지 않아?」

환기 장치가 없어서 공기는 차갑고도 무겁다. 그들은 벽면이 그래피티 낙서로 뒤덮여 있는 어느 동굴로 빠져나온다. 거기에는 맥주 깡통, 휴대용 촛대, 담배꽁초, 그리고 갖가지 색깔의 페인트 스프레이 등이 어지러이 널려 있다.

「이곳이 카타필[10]들의 소굴이야.」

카타필? 〈카타콤에서 사는 것을 좋아하는 사람들〉?

「그들과 마주칠 수도 있어. 지하 파티를 벌이러 내려오는 젊은 애들이 수없이 많지. 여기서 그들은 느긋하게 춤추고, 마약을 하고, 또…….」

섹스를 하겠지.

김은 지도를 들여다본다.

「내 계산이 정확하다면 지금 우리가 있는 곳은 카타콤 내에서도 이른바 〈비장스〉라는 구역이야. 알퐁스-도데 가와 〈셸리에〉 사이에 위치한 곳이지.」

다음 터널은 벽감이며 탁자, 층층단들이 있는 커다란 동굴로 이어진다. 거기서 김은 아치형의 한 입구로 향한다.

「여기부터가 가장 복잡한 구역 중의 하나야. 그들은 우리를 결코 찾아내지 못해. 이 안에서는 맘 푹 놔도 돼.」

두 젊은 노숙자는 오랫동안 걷는다. 그들은 양초 불빛에 의지해 걸으면서 알코브[11]를 여러 개 발견하는데, 그중 어떤

---

10 *cataphile*. 파리의 고대 지하도를 불법적으로 드나드는 도시 탐험가들.
11 서양 건축에서 벽의 한 부분을 파 들어가 그 안에 침대 등을 놓을 수 있게끔 해놓은 우묵한 공간.

것들 안은 조각상이나 야한 벽화로 장식되어 있다.

보이는 세계 아주 가까이에, 이런 또 하나의 세계가 감추어져 있었다니!

그들은 조각된 미니어처 성채로 장식되어 있는 어느 홀에 이른다. 천장의 구석 부분들에는 성당의 괴물 조각상들을 본뜬 가고일 석상들이 이 예상치 못한 풍경을 완성해 주고 있다.

「여기는 〈성(城)의 홀〉이야.」 김은 이렇게 말하면서 촛불로 먼지 방을 비춰 본 다음, 지도도 비춰 본다. 「우리 위치가 어딘지 알겠어.」

그들은 다시 계속 이어지는 터널들을 거쳐 상테 거리 아래에 위치한 〈용의 홀〉로 빠져나온다. 거기에는 아가리를 딱 벌린 파충류 괴물 형태의 무시무시한 조각상 하나가 그들을 기다리고 있다.

나는 여기서 무얼 하고 있는 걸까?

미래는 여기서 무얼 하고 있는 걸까?

그들은 〈몽수리 공원〉, 그다음에는 〈몽수리 배수지〉라는 지명이 새겨져 있는 교차로에 다다른다.

「저쪽은 메디치 지하 수로야. 파리 전역에 식수를 공급하기 위해 중세 때 만들어진 시설이지.」 김이 전문가처럼 설명해 준다.

왼쪽에는 〈알레지아 가〉와 〈당페르-로슈로〉가 새겨진 안내판 두 개가 보인다.

「이쪽은 제2차 세계 대전 당시, 이른바 〈루프트바페〉, 즉 독일 공군이 몽테뉴 고등학교 밑에다 지어 놓은 지하 벙커야. 그리고 이쪽은 1944년의 파리 해방을 준비했던 레지스탕스들의 은신처였지. 웃기는 것은 양측이 불과 2백여 미터밖에 떨어져 있지 않았다는 점인데, 독일군은 결코 그들을 찾아내지 못했어. 그러고 나서 이 은신처는 밀수꾼들에 의해 이용되었지. 68 학생 운동 때에는 시위자들이 달아나 시위 진압 경찰들의 장화 밑으로 돌아다닐 수 있게 해주었고.」

이때, 어디선가 개 짖는 소리가 들려온다. 김은 눈썹을 찌푸린다.

「이건 말도 안 돼! 그들이 우릴 찾아내어 다시 쫓아오고 있잖아? 그래. 얼마 전에 탐지기들을 설치해 놓은 게 틀림없어. 독일 벙커 쪽에 있는 것 같아. 자, 빨리 이쪽으로 와!」

그들은 아래로 한 층을 내려간다. 카산드라의 확률 시계는 14%를 가리킨다. 생존 가능성이 높아졌다는 얘기지만, 소녀의 얼굴은 무표정하다. 위험 수치가 내려간 것은 이제 너무 깊이 내려와 위성이 더 이상 추적 장치의 신호를 포착하지 못하기 때문임을 알기 때문이다. 그녀는 오빠가 했던 말을 떠올린다.

낙관주의자들은 정보가 부족한 사람들이야.

지하 통로들은 갈수록 깊어지고, 좁아지고, 쉽게 바스러진다. 그들은 한 층을 더 내려가고, 또 한 층을 내려간다. 주위의 배경이 바뀐다. 1.5미터이던 통로 높이는 1.2미터로 줄어든다. 졸졸거리던 실개울은 콸콸 흐르는 도랑으로 바뀌어 첨벙거리며 나아가야 한다.

「적어도 개들은 우리가 남긴 자취를 찾아내지 못할 거야.」 한국인은 언제나처럼 긍정적이다.

어느 지점에 이르니 통로가 병목처럼 줄어드는데, 하도 낮고 좁아서 두 사람은 새우처럼 허리를 꺾고 걷다가, 급기야는 네발로 기어서 통과해야만 한다.

내가 체험하고 있는 것은 일종의 소화 작용이야.

씹히고 해체되고 썩혀진 다음, 이른바 〈파리의 내장〉이라고 하는 이 소화관 속을 헤매고 있으니까.

이 질척대는 땅속은 내 진화의 다음 단계인 걸까.

그들은 걸음을 멈춘다.

바위 벽에 파인 한 알코브 속에 몸을 숨기니, 들리는 것이라곤 헐떡대는 스스로의 숨소리뿐이다. 개 짖는 소리는 전혀 들리지 않는다.

「저들은 죄 없는 사람들을 학살하는 테러리스트들을 찾으려 하기보다는, 널 찾아내어 학교로 돌려보내는 데 훨씬 많은 힘을 쏟고 있군.」 김이 중얼대듯 말한다.

「네 생각으로는 왜 그런 것 같아?」

「왜냐면 이 세상을 지배하는 단어 중의 하나는 바로 〈역설〉이기 때문이야. 경찰은 사회의 파괴자들은 도망가게 놔두면서, 무너져 가는 사회를 구하려고 애쓰는 사람들은 악착같이 체포하려고 들지. 또 너의 오빠는 〈체념〉이 가장 나쁜 말이라고 했으면서 자기는 자살해 버렸어. 그리고 대속의 사람들도 좀 보라고. 오를랑도는 알코올 중독에 거칠기 짝이 없는 왕년의 군바리지만, 내가 알고 있는 사람 중에서 가장 관대하고도 평화주의적인 친구야. 화기(火器)가 자기 특기인데도 포기했을 정도지. 하지만 내가 장담하는데, 좀 난폭해 보인다 싶은 친구가 나타나면 그 자리에서 박살을 내버릴 사람이기도 해. 또 페트나는 흑인이지만 인종주의자야. 그가 욕하는 것은 비단 이웃 부족들과 백인뿐만이 아니야. 그가 아시아인들에 대해 말하는 것을 한번 들으면, 넌 새파랗게 질려 버릴걸? 그는 특히 일본 사람들을 죽일 듯이 비난하는데, 그 이유는 아무도 몰라. 에스메랄다는 외모를 예쁘게 꾸미느라 몇 시간씩 보내지만, 그 어떤 남자도 접근하지 못하게 해. 푹 파인 네크라인 속의 젖가슴을 과시하고 다니면서, 어떤 남자가 유혹하려 해보면 단지 기겁만 하는 게 아니라, 심지어는 표독한 노처녀처럼 벌컥 화까지 내지. 그리고 공주, 넌 미래를 안다고 주장하지만, 이렇게……」

카산드라는 그가 말을 끝맺게 놔두지 않는다.

「그럼 후작, 넌? 너의 역설은 뭔데?」

「나? 내 역설은 바로 너야.」

지하 통로들은 점점 더 차갑고 축축해진다. 수면은 급격히 상승하여 김은 촛불을 눈높이까지 쳐들어 올려야만 한다.

「오를랑도가 옳았어. 때로는 뒤집은 속담이 더 진실에 가까워. 우리의 조상들을 틀렸어. 사람들은 노예 상태로 남아 있기 위해 자유의 이름으로 시위를 벌이곤 하지. 그들은 자기 조국과 종교의 이름으로 이웃을 죽이고 있어. 또 그들은 자신을 해방시켜 주고 자신의 눈을 열어 주는 사람들은 싫어하고, 사람들을 공포로 위압하고 그들의 정신을 거짓말로 가득 채워 주는 사람들을 숭배해.」

물은 이제 그들의 엉덩이까지 차오른다. 김은 그 귀중한 지도를 머리 위로 들어 올린다.

「원래대로라면 맨홀을 통해 밖으로 빠져나갈 수가 있는데, 대부분은 잠겨 있기 때문에, 어떤 것이 열려 있는지를 알아야 해. 그리고 바로 이 종이에만 그것이 적혀 있지.」

그들은 더욱 아래로 내려가는데, 이제는 통로 벽의 중간에까지 물이 차 있어 거의 헤엄치다시피 나아가지 않으면 안 된다. 카산드라는 확률 시계가 완전히 방수되는지 알지 못하기 때문에, 그것을 조그만 비닐봉지에 넣어 호주머니에 집어넣는다. 김예빈은 한 손으로는 지도를 물결 위로 쳐들고, 한 손으로는 촛불을 들고 있으려고 안간힘을 쓰지만, 일은 점점 쉽지 않아진다.

어두운 동굴 속에 점점 차오르는 물…… 나의 선사 시대 조상들도 이런 상황을 체험했었지.

그들 주위에는 찰랑거리는 소리를 내며 헤엄치는 쥐가 점점 더 많아진다. 설치류들은 인간 따위는 거들떠보지도 않는다. 다만 꼬리를 편모처럼 흔들어 방향을 잡아 가면서 네발을 앞뒤로 맹렬히 저어 댈 뿐이다.

첫 번째 양초가 끝까지 타버렸기 때문에, 그들은 벽 가운데 선반처럼 돌출해 있고 비교적 물기가 없는 턱 부분에 의지하여 두 번째 양초에 불을 붙인다. 하지만 바닥이 푹 꺼진 터널 한 모퉁이를 돌 때 갑작스레 밀려온 높은 물결 하나가 종이와 라이터와 양초를 흠뻑 적셔 버린다.

「안 돼!」

이제 그들은 완전한 어둠 속에 놓인다. 물이 턱까지 차오르는, 아무도 그들을 찾아와 주지 않을 지하의 미로에.

빛이 꺼지면 모든 게 끝이야.

김은 라이터를 다시 켜보려 하지만 허사다. 그는 읽을 수 없게 된 젖은 지도를 성난 동작으로 던져 버리고는, 소녀의 손을 잡고 아무 방향으로나 가보기 시작한다. 터널의 천장은 한층 낮아지고, 그들은 물을 마시지 않기 위해 입을 꼭 다물고 있지 않으면 안 된다.

이렇게 죽어서는 안 돼. 땅속에서 물에 빠져 죽을 수는 없다고.

오빠는 4원소 중 공기에 맞서 싸웠고, 트럭이 폭발할 때에는 불에 맞서 싸웠어.

나는 지금 물과 땅에 한꺼번에 맞서고 있어. 그래. 실험 24는 실험 23과 상보적인 관계니까.

완전한 어둠 속을 되는대로 더듬어 가다가, 그들은 우연히 완만한 경사를 이루어 위쪽으로 올라가는 통로를 발견한다. 물이 얕아진다. 곧 몸통까지, 곧 무릎까지밖에 오지 않는다.

「출구를 찾지 못할 경우 우린 얼마나 견딜 수 있지?」 그녀가 묻는다.

「물이 차올라 익사하는 일이 없고, 마른 장소를 찾아내어 잘 수만 있다면 사흘은 버틸 거야. 우리가 서로를 잡아먹는다면 5~6일도 가능하겠지.」

그렇지! 내가 멍청했어! 그런 가능성도 존재한다는 걸 잊고 있었다니⋯⋯.

이제 둘의 몸은 젖은 솜처럼 무겁다. 나아가는 속도는 점점 더 느려진다.

맞아, 이제야 이해하겠어! 우리가 여기 있는 것은 결코 우연이 아니야. 여기엔 하나의 의미가 있어. 그래, 김에게도 말해 주자. 그도 분명히 이해할 수 있어.

「⋯⋯난 이런 느낌이 들어. 우리가 이 컴컴한 통로들 속에서 헤매고 있는 것은 인류가 시간의 어두운 미로 속에서 길을 잃은 것과 똑같은 상황이라는 느낌⋯⋯. 지금 우리에게 일어나고 있는 일은 세계 전체에 일어나게 될 일을 예고하고 있어.」

「어떤 점에서?」

「쥐 떼. 차오르는 물. 꺼져 버린 불. 다가오는 암흑. 잃어버린 지도. 그리고 절망적으로 출구를 찾는 사람들.」

「우리가 겪는 일을 인류도 겪게 된다⋯⋯. 정말이지 인류가 걱정되는군!」

「하지만, 만일 우리가 우리를 위한 해결책을 찾아낸다면, 모든 사람들을 위한 해결책도 찾아낼 수 있을 거야.」

혹은 그 역도 성립하지⋯⋯ 라고 오를랑도는 말하겠지만.

그녀는 김에게 다가가 몸을 꼭 붙인다. 두 사람은 몸에 남아 있는 약간의 온기를 서로에게 전달하고자 꼭 껴안는다. 그러다가 그녀는 비닐봉지에서 손목시계를 꺼내어 버튼을 눌러 본다. 〈68%〉라는 숫자가 나타난다. 아주 희미한 빛이지만, 완전한 어둠 속에서 너무도 분명하다.

「맞아, 이게 바로 해결책이야!」 그녀는 외친다. 「우리는 지표

면과 충분히 가까워져 있기 때문에, 지금 위성이 추적 장치의 신호를 포착하고 있어. 자, 한번 움직이면서 확인해 보자고!」

아무 방향으로나 몇 걸음 움직여 보니 과연 숫자가 증가한다. 〈5초 후 사망 확률: 69%〉.

그러자 카산드라는 68%가 나타났던 지점으로 되돌아가 보자고 제안한다. 그렇게 한 다음, 반대 방향으로 걸어 보니 숫자는 66%로 다시 떨어진다.

프로바빌리스가 보기에, 지금 우리는 생존 가능성보다는 죽을 가능성이 더 높아. 하지만 점점 물이 차오르는 이 미로에서 우리가 몸을 움직이기만 하면 언제든지 숫자를 변경해 줄 준비가 되어 있어.

「죽을 확률이 여전히 50% 이상이군!」김이 탄식한다.

「걱정 마. 여기서 벗어날 수 있어. 왜냐면 방법을 찾아냈으니까.」

이제 나머지는 이 방법의 표현에 불과할 뿐이야. 페트나의 뱀과 같은 이치지. 자작이 뱀을 사용하는 계책을 찾아낸 순간, 이스미르는 이미 죽은 목숨이었어. 마찬가지로 확률 시계를 이용하여 출구를 찾아낸다는 아이디어를 찾아낸 순간, 우리는 벌써 구조된 거나 다름없어.

교차로가 나올 때마다 여러 갈래의 길들을 하나하나 시험해 보는 방법을 거듭한 끝에, 그들은 마침내 위험도가 49%인 통로를 찾아낸다.

됐어. 생존 가능성이 죽을 가능성 보다 높아졌어.

두 젊은 노숙자는 다시 몇 시간을 돌아다니면서 위험도가 40% 아래인 길을 찾아낸다. 그다음에 30% 대와 20% 대의 길들은 쉽게 발견된다. 그리고 마침내 〈5초 후 사망 확률: 16%〉가 표시되는 장소에 이른다. 한 가지 문제는 거기가 막다른 골목이라는 점이다.

「자, 해방의 순간이 가까워졌어!」 김이 밝게 외친다. 「이 벽 너머에 뭔가가 있을 거야.」

두 사람은 무른 흙벽을 맨손으로 파헤치기 시작한다.

「아마 정원이나 지하실 같은 것이 나오겠지. 그곳 주인에게 우리의 상황을 설명해 주면 돼.」

어느 정도 파니까, 사람 목소리 같은 소리들이 들린다. 이에 용기백배하여 온몸으로 흙벽을 밀어붙이듯 맹렬하게 파헤쳐 나가니, 갑자기 흙벽이 와르르 허물어서 내린다. 그리고 그들은 수백 개의 해골들과 비명을 지르는 사람들 한가운데 있게 된 자신을 발견한다.

172.

우리가 찾아낸 게 지옥문이었나?

173.

그들의 몸은 맹렬히 돌진하던 힘을 못 이겨 앞으로 고꾸라지고, 결국에는 아래에 수북이 쌓여 있는 인골 무더기 한가운데로 떨어져 버린다. 기분 나쁜 포르말린 냄새가 은은히 배어 있는 노란 뼈들이다.

가까스로 몸을 일으켜 보니 10여 명의 일본 관광객들이 겁에 질린 얼굴로 그들을 주시하고 있다. 어떤 이들은 비명을 질러 대고, 어떤 이들은 돌처럼 굳어 있다. 그 와중에도 세 사람은 반사적으로 사진기를 꺼내어 기관총을 갈기듯 플래시를 터뜨려 댄다.

카산드라와 김은 주위를 둘러보고는, 자신들이 떨어진 곳이 일반인에게 공개된 당페르-로슈로의 카타콤 안이라는 사

실을 깨닫는다. 그들 주위에는 수천의 인골이 배열되어 예술
작품을 이루었고, 그 사이사이에는 〈모든 순간은 우리를 괴
롭히고, 마지막 순간은 우리를 죽인다〉 따위의 글들이 새겨져
있다.

납골당이군.

한 여자 관광객은 결국 기절해 버리고, 다른 이들은 비명을
그치지 않는다. 하지만 진흙투성이의 젊은 노숙자 한 쌍은 벌
써 죽은 자들 틈에서 빠져나와 잽싸게 달아나고 있다. 그렇게
다시 땅 위로 올라온 그들에게, 들이쉬는 한 모금의 공기와
눈부신 빛은 세상에 다시 태어난 것 같은 느낌이 들게 한다.

이 공기.

이 빛.

이 탁 트인 공간.

내장에서 벗어난 곳.

땅속에서 벗어난 곳.

이렇게 우리는 죽은 자들의 왕국을 통과하여, 이전보다 훨
씬 강해진 몸으로 돌아왔어.

두 사람은 서로를 물끄러미 쳐다본다. 진흙은 그들의 옷뿐
만 아니라, 피부와 심지어는 머리칼까지 뒤덮고 있다.

그녀는 그를 신기한 듯 쳐다본다.

초콜릿 크림을 뒤집어쓴 꼴이네.

이렇게 생각하니 너무도 우습다. 카산드라 카첸버그는 처
음으로 미친 듯한 웃음을 터뜨린다. 웃음은 배 속에서부터 차
올라 목구멍을 시원하게 뚫고 터져 나온다. 정말이지 오랜만
에 맛보는 시원한 웃음이다. 그리고 이렇게 자신의 웃음소리
를 들으니 너무도 상쾌하다.

김예빈도 웃는다. 그녀보다도 격렬하게 웃는다. 그리고 이
처럼 함께 터뜨리는 미친 듯한 웃음 속에서, 그동안 쌓여 온

긴장이 모두 풀어져 내린다.

174.

우린 해냈어. 우리는 빠져나왔어. 최악의 상황에 있다 할지라도, 우린 빠져나올 수 있어.

175.

다시 내리기 시작한 비는 그들의 몸에 묻은 모태의 흔적들을 씻어 준다. 두 사람은 서로의 몸을 닦아 준다. 그러고 나서, 한층 거세지는 천둥소리를 들으며 가까운 지하철 입구를 향해 숨차게 달린다. 당페르-로슈로 역이다. 그들은 포르트도를레앙-포르트드클리냥쿠르 선을 타기 위해 통로를 지난다.

그런데 통로 모퉁이를 돌고 있는데 갑자기 세 명의 단속원이 길을 막고서 그들을 세운다.

「단속 중입니다. 전철 표 좀 보여 주시겠어요?」

아, 이런! 또 시작이야?

「우린 표가 없어요.」 한국인이 기진맥진한 음성으로 실토한다.

그들 중 대장으로 보이는 남자가 김을 물끄러미 바라보더니, 호주머니에서 뭔가를 꺼내어 주먹을 꼭 쥐어 숨긴다. 그러고는 손을 펴서 보여주는데, 바로 전철 표 두 장이다. 그는 한눈을 찡긋해 보인다.

「그래요, 요즘 모두들 살기가 몹시 힘들죠? 당신들 상황을 이해해요. 자, 이게 당신들을 일시적으로나마 곤경에서 벗어날 수 있게 해줄 거예요.」

두 젊은이는 어안이 벙벙해 한동안 아무 말도 못한다.

「뭐라고요?」김이 자기가 뭔가를 잘못 들은 것이라 믿으며 묻는다.

「행색을 보아하니 두 사람의 상황이 썩 좋을 것 같지는 않네요. 가뜩이나 없어서 어려울 텐데, 행정적 절차로 또 괴롭히고 싶지는 않아요.」

한순간 카산드라와 김은 지금 그가 농담하고 있는 거라고 생각한다.

「어…… 고맙습니다.」동양 청년은 지금 그가 자신을 놀리는 것은 아닌지 확인하려는 듯 눈을 찌푸리며 우물거린다.

하지만 단속원은 두 손가락을 모자챙에 갖다 대는 경례를 하면서 이렇게 대꾸한다.

「오, 우린 표가 공짜예요. 그러니 이따금 이렇게 서로를 도우면 좋은 일이죠. 그리고 오늘은 당신이 밑바닥에 있지만, 내일은 내가 그 처지가 될 수도 있는 일 아니겠어요.」

다른 역무원들도 고개를 주억거리며 공감을 표시한다.

「그렇게 뛰어갈 필요 없어요. 다음 차를 충분히 탈 수 있을 거예요. 뭔가 스트레스가 많아 보이는데, 좀 긴장을 풀고 살아요. 스트레스는 위장과 심장에 좋지 않답니다. 어쨌거나 가장 중요한 것은 건강이잖아요?」

놀라움을 안겨 준 사람들이 지나가자 두 젊은이는 다시 길을 가기 시작한다. 김이 속삭인다.

「정말이지, 직접 겪은 일이 아니었다면 절대로 믿지 못했을 거야.」

카산드라는 이렇게 대답해 주고 싶다.

완전히 희거나 완전히 검은 사람은 없어. 옷차림이나 직업으로 사람을 판단할 수는 없다고. 심지어는 경찰이나 부르주아들 중에도 아주 훌륭한 사람들이 있어. 또 가난한 사람들이나 노숙자들 중에도 개자식들은 있게 마련이지. 괜찮은 사람들은 어딜 가나 있는 법이야.

그들은 보통 승객들처럼 행동하려 해본다. 빈자리가 많은 객차를 골라 타서는 나란히 앉는다. 객차의 자동문들이 닫힌다. 치익 하는 소리가 난 다음, 굴러가는 기계는 그들을 수도의 남쪽에서 북쪽으로 실어 가기 시작한다.

드디어 눈을 감을 수 있게 된 카산드라는 정상적인 호흡에 몸을 맡긴다.

176.

내 삶의 모든 것들은, 조금씩 다른 모습들로, 끊임없이 다시 시작된다는 느낌이 또 들어.

난 쓰레기 하치장의 인형 무더기 속에서 빠져나왔듯이, 카타콤의 해골 무더기 속에서 빠져나왔어.

쥐 떼를 뚫고 달아났듯이, 사람들을 헤치고 달아났어.

이롱델 학교의 학생들에게 이해받지 못했듯이, 경찰관들에게 이해받지 못했어.

폭탄 테러도 조금씩 다른 양상으로 반복되고 있어. 한 번은 지하철 안의 남자였고, 또 한 번은 도서관의 여자였지.

전철 표 단속도 다시 일어났어. 단속원들이 반응이 상반되긴 했지만.

모든 게 순환하고 있어. 모든 게 〈프랙털〉적이야.

동일한 영화가 배경, 등장인물, 상황 등에 있어 약간의 차이점들을 보이며 내게 반복적으로 상영되고 있어. 하지만 결국에는 같은 영화지.

나의 전생들 역시 마찬가지야. 본질적으로는 유사하지만, 미묘한 차이점들 때문에 완전히 똑같지는 않은 무수한 삶들.

매번 나는 울면서 태어났어. 매번 나는 헐떡거리며 죽어

갔지.

매번 나는 희망을 가득 안고 성장했어. 하지만 매번 나는 내가 혼자임을, 아무도 날 이해해 줄 수 없음을 의식하게 되었지. 그러고는 좀 더 잘할 수 없었음에 약간의 실망감을 느끼며 죽어 갔어.

매번 난 내가 할 수 있는 최선을 다했지.

그리고 매번 나는 실패했어.

그녀는 숨을 깊이 들이마시면서 김의 티셔츠에서 본 윈스턴 처칠의 말을 떠올려 본다. 너무도 마음에 들었던 글귀였다.

〈성공한다는 것은 실패를 거듭하면서도 열정을 잃지 않는 것이다.〉

그래. 과거가 남긴 이런 짧은 문장들은 우리에게 도움이 될 수도 있어. 적어도 지금 이 문장은 포기하고 싶어 하는 내 마음을 다잡아 주잖아. 이런 문장들은 운명이라는 이름의 타이어가 찢길 때마다, 그것을 때워 다시 굴러갈 수 있게 해주는 고마운 조각들이야.

물론 그러기 위해서는 문장들에 그런 힘이 있음을 믿어야 하겠지.

처칠은 어느 순간 어떤 근본적인 진실을 만진 사람임에 틀림없어. 그는 무언가를 봤던 거야. 분명히.

그녀는 이 문장을 속으로 되뇌어 본다.

〈성공한다는 것은 실패를 거듭하면서도 열정을 잃지 않는 것이다.〉

그녀는 이 문장이 품고 있는 모든 약속, 희망, 역경을 극복하는 힘, 시련을 견뎌 내는 끈기를 의식하면서, 단어 하나하나를 음미하며 가슴에 새긴다.

177.

철망 울타리는 어서 오라는 듯 입을 헤벌리고 있다. 카산드라는 그 찢긴 틈으로 몸을 밀어 넣고, 김도 뒤를 따른다. 그들은 기어서 빽빽한 관목 가지들을 통과한 후 다시 일어서서 하치장을 바라본다.

때는 저녁 7시. 잿빛 하늘 아래 비는 그쳐 있다. 바람도 잠잠해졌다. 여우비가 이어지는 3월의 날씨 가운데 잠시 찾아든 마른하늘이다. 심지어는 햇빛까지 조금 나 있다. 그들이 선 위치에서 멀리 폐차 무더기들과 쓰레기 산들이 보인다. 카산드라의 눈은 뒷발로 일어서서 아가리를 쩍 벌리고 있는 공룡도 찾아낸다. 밑바닥이 떨어져 나간 그 지하철 객차 말이다.

폭탄 테러로 저리됐을지도 몰라.

또 거대한 잠자리 같은 헬리콥터 잔해의 모습도 눈에 들어온다.

두 사람은 허파 가득히 숨을 들이마시며, 그리운 집의 향기를 되찾는다.

내가 도시의 냄새보다 쓰레기 하치장의 악취를 더 좋아하게 될 줄이야!

그들은 엉겅퀴와 쐐기풀이 무성한 관목림을 헤치고 나아간다.

들개들은 나지막한 소리로 으르렁거리며 그들을 지켜보고 있다. 녀석들은 무리를 지어 다가오지만 감히 덤벼들지는 못한다.

녀석들은 일전의 우리 만남들을 기억하고 있어. 〈야생의 무리 정신〉에 각인되어 있는 거지.

두 젊은 노숙자는 쓰레기 벌판 한복판을 걷는다. 녹슨 폐차들을 차곡차곡 포개어 놓은 기둥들, 그리고 부서진 세탁기

나 텔레비전들의 무더기들 사이를 요리조리 빠져나간다.

여기에서 모든 것이 끝나고, 또 모든 것이 시작돼.

마침내 그들이 대속에 다다랐을 때, 머리에 파마 클립을 잔뜩 꽂은 에스메랄다 피콜리니는 그물 침대에 뒹굴면서 삼류 연예 잡지를 읽고 있다. 표지에는 〈베레니스 드 로캉쿠르와 티모테 필립송 결별〉이라는 제목이 적혀 있고, 이 비극의 중요성을 강조하려는 듯 큼지막한 느낌표가 찍혀 있다.

페트나 와데는 약초 화단에 물을 주느라 분주하게 움직이고 있다. 오를랑도 반 드 퓌트는 쥐의 발과 주둥이가 국물 위로 삐죽삐죽 솟아 있는 워터주이 냄비를 휘젓고 있다. 그는 사과같이 생긴 것을 와작 깨무는데, 냄새로 짐작하건대 큼직한 빨간 양파가 틀림없다.

두 젊은이는 한 마디 말도 없이 그대로 음식 앞으로 달려간다. 김은 꼬챙이에 꿰여 구워지고 있던 들개 고기 한 덩이를 칼로 잘라 내 허겁지겁 먹는다. 그러고는 숨도 안 쉬고 포도주 한 병을 비워 버린다.

카산드라는 배고픔에 생각할 겨를도 없이 워터주이 냄비에 공기를 직접 넣어 한 그릇 퍼낸다. 그리고 국물 속에 떠다니는 수상쩍은 형태들이 무엇인지 확인하려 하지도 않고 한 숟갈 푹 떠서 씹지도 않고 삼킨다.

「야, 꼬마들! 〈안녕하세요〉라고 한마디 해주면 입에 덧나냐?」에스메랄다가 쏘아붙인다.

김은 대답 대신 발효된 포도 냄새가 그윽한 트림을 요란하게 터뜨린다.

그들은 구강을 메우는 일이야말로 세상에서 가장 시급한 일이기라도 한 듯이 이제는 손가락을 동원하여 음식을 집어 먹는다.

샤를로트와는 음식 맛을 천천히 음미했지만, 지금 김과는

210

게걸스레 퍼먹고 있어. 그렇지만 어느 쪽이 낫다고 할 수는 없지.

어떤 음식이라도 굶주렸을 때 먹으면 세상에서 가장 맛있는 것이 되니까.

그러다 어느 순간, 탕에서 생선 지느러미 비슷하게 생긴 것이 올라온다.

「박쥐도 좀 넣었어.」마라부가 친절하게 알려준다. 「약간 쌉쌀한 버찌의 뒷맛 같은 맛이 나는데, 어떤 사람들은 아주 좋아하지.」

허기를 대충 달랜 두 10대는 더럽고 축축한 옷을 벗어던진다. 수건과 신문지를 둥글게 구긴 것으로 몸을 싹싹 문지른 뒤 깨끗하고 보송보송한 옷으로 갈아입는다.

「그동안 무슨 일이라도 있었어?」오를랑도는 화살의 균형이 잘 맞는지를 확인하면서 데면데면하게 묻는다.

「뭐, 그저 그렇지 뭐. 특별한 건 없어.」김은 다시 개고기를 게걸스레 뜯어 먹기 시작한다. 「여긴 뭐 새로운 일이라도 있었어?」

「여기에선 많은 일이 있었지. 어떤 건 아주 심각한 일이고.」

「뭔데?」

「우리 프로젝트의 상징인 작은 자두나무의 잎사귀가 떨어졌어. 아마 죽을 것 같아.」페트나 와데가 알려 준다.

「식물들이란 때로는 뿌리를 내리기도 하고, 또 때로는 뿌리를 못 내리기도 하는 법이야. 우리 나무가 시든 건 공해 때문이겠지.」오를랑도 반 드 퓌트가 철학자처럼 말한다.

「로토에서 돈을 잃었어.」에스메랄다 피콜리니가 가래침을 뱉으며 또 다른 불행을 알려 준다. 「요즘은 재수 없는 시기인가 봐.」

「아, 여러분들을 다시 보게 되니 정말 기분 좋네!」김이 분위기를 바꾸어 보려고 너스레를 떤다. 「밖은 전혀 이곳 같지 않아. 정말이지, 난 부르주아 놈들의 오만함이 갈수록 참을 수 없게 느껴져!」

카산드라는 다시 워터주이를 퍼먹는다. 박쥐 날개의 조각 하나가 어금니 사이에 끼자, 그 고무질의 막을 살며시 빼낸다.

뚱뚱한 바이킹은 그녀에게 미지근한 맥주 한 병을 내민다.

「어이, 이 이기주의자 남작아! 왜, 나한테는 안 권해? 쟤는 술 안 마시는 거 잘 알면서 왜 그래?」

「시끄러. 공작 부인. 애도 생각을 바꿀 수 있다고.」

「그냥 간단하게 이렇게 말해. 걔가 나보다 더 예쁘고 젊어서, 걔는 그렇게 애지중지하고 나는 푸대접한다고, 이 뚱보 돼지야! 그 꼬마는 우리에게 엿 같은 일이나 잔뜩 몰고 오고, 난 그 뒤치다꺼리하느라고 개고생을 하고 있는데도 말이야.」

「자, 또 시작하는군. 욕지거리, 어이없는 말들, 아무 이유 없는 공격. 브라보, 공작 부인! 젊은 애들한테 참 좋은 본 보여 주네. 당신이 어떤 인간인지 내가 한번 말해 볼까? 당신은 단지 공격적이고 인정머리 없는 할망구일 뿐이야!」

「뭐? 내가 공격적이라고? 정말 보자 보자 하니까!」

「그럼, 공격적이고말고! 당신은 끊임없이 내게 시비를 걸어 대잖아!」

에스메랄다는 벌써 포도주 병을 집어 들어 카트에 쳐서 깬 다음, 번들거리는 병 조각을 그에게 들이민다.

「내가 공격적이라고 다시 한 번 말해 봐. 그 배때기를 확 터뜨려 줄 테니까!」

「아, 진정해!」 페트나가 달랜다. 「아, 진정하라고!」

〈진정해〉? ……이것처럼 사람을 흥분시키는 말이 또 있을까? 또 하나의 역설이지. 화났는데 진정하라고 해서 진정한 사람은 지금까지 한 명도 못 봤어.

「들었냐, 이 망할 년아? 저 선생께서 너보고 입 닥치고, 또 사람들을 그만 좀 괴롭히라고 말씀하시잖아!」 오를랑도도 깨진 병 쪼가리를 하나 주워 들면서 소리친다.

그들은 잠시 망설이더니 결국 무기를 땅에다 내려놓는다. 하지만 그것은 서로 드잡이를 하기 위해서였다.

「썩은 대구 같은 놈아!」

「냄비 찌끼기 같은 년아!」

「어린애를 목 따 죽인 놈아!」

「어린 여자애들을 팔아먹은 년아!」

「네 마누라가 네 자식 못 보게 한다고 놀랄 것도 없어. 그 애한테 무슨 좋은 본을 보이겠냐고! 구역질 나는 술주정뱅이 뚱뚱보에, 돌아다니는 공해 물질일 뿐이지!」

말은 무기처럼 사람을 상처를 입히는 데 사용될 수 있어.

「그래 너 잘났다. 네가 은퇴해서 영화계는 대스타를 잃게 되었지, 아마?」

「함부로 말하지 마! 세상 모든 남자들이 내 발밑에 있었어!」

「맞아. 짧고 굵게 타오른 그 커리어의 절정에 있을 때만 해도 넌 아직 고래 사이즈는 아니어서, 문을 그럭저럭 지나다닐 수는 있었지.」

카산드라는 마치 연극을 관람하고 있는 듯한 기분이다.

「대단히 죄송하지만 남작, 한 마디만 더 지껄이면, 가늘고 긴 쇠대가리가 달린 망치로 당신 대갈통을 부숴 버리겠어!」

「내 권한에 벗어나는 언행은 삼가고 싶지만 공작 부인, 이래 봬도 내가 아직 천박한 마약쟁이 뚱돼지 갈보 따위한테 겁먹을 지경까지는 안 됐다는 걸 알려 주고 싶어!」

「뚱돼지? 어디 다시 한 번 말해 봐!」

「다시 해주지! 뚱돼지에 마약쟁이!」

「알코올 중독자가 나한테 설교하고 있을 처지는 아니잖

아? 병원이 자선원(慈善院)을 비웃는 격이지.」[12]

「혹은 그 반대일 수 있지. 맞아, 그 반대가 더 맞겠네.」

난 이 속담을 여러 번 들어 봤지만 무슨 뜻인지 전혀 모르겠어.

「자선원이 병원을 비웃어? 그건 아무 뜻도 없잖아! 당신의 반속담은 정말이지 형편없군!」

그러고 보니 깜빡하고 있었어. 이들은 오직 이런 식으로만 의사소통을 할 수 있을 뿐이야. 짖어 대는 개처럼. 이 무시무시해 보이는 욕설들 뒤에는 아주 평범한 말들이 있을 뿐이야. 이 욕설들 밑에다 자막을 붙이면 이런 식이 되겠지. 〈잘 지내, 자기? ─ 응, 괜찮아, 자기도 별일 없겠지?〉 결국 욕설도 하나의 언어일 뿐이야……. 어쨌든 이들을 좀 진정시켜 줘야겠군.

「우리 모두는 소립자 무더기들일 뿐이에요.」 카산드라는 간단하게 한마디 한다.

「좋아. 그렇다면 내 옆에 있는 이 뚱뚱한 소립자 무더기에게 말 좀 해줘. 만일 그 커다란 주둥이를 다물지 않으면 내가 〈손〉이라고 불리는 나의 혹 덩이를 그의 〈커다란 낯짝〉이라고 불리는 그 분자들의 벽을 뚫고 통과시킬 거라고 말이야!」

「난 당신이 왜 그렇게 날 모욕하는지 알지. 그건 나한테 키스하고 싶어서야.」 오를랑도가 대꾸한다.

그녀는 몸이 딱 굳어지더니, 이내 경멸스럽다는 듯 입을 삐죽 내민다.

「내가 당신한테 키스해? 방금 전에 마늘과 양파가 잔뜩 든

12 과거 서양의 병원*hôpital*은 빈민과 병자 등을 재워 주고, 먹여 주고, 치료해 주는 자선 기관으로서, 자선 구호 단체, 즉 자선원*charité*의 동의어라 할 수 있었다. 따라서 〈병원이 자선원을 비웃다〉라는 프랑스 속담은 우리말의 〈똥 묻은 개가 겨 묻은 개 나무란다〉와 비슷한 뜻의 속담이다.

그 워터주이를 먹은 그 주둥이에다가? 그런 꿈 꾸려면 먼저 표백액에 적신 솔로 위장부터 박박 닦아 놓아야 할걸!」

이제 허기를 충분히 달랜 김예빈이 마침내 입을 열어 느릿느릿 말한다.

「카산드라의 오빠가 죽었어.」

침묵이 감돈다. 갑자기, 하치장 저편에서 긴 비명 소리가 들려온다.

「저건 이스미르야.」페트나가 전문가로서 설명해 준다.

「사람은 자신의 운명을 피할 수 없는 법. 우리가 뱀을 풀어 놓았을 때 그의 미래는 이미 쓰인 셈이었어.」오를랑도가 설명을 보충한다.

「어쨌든 지구 상에서 못된 놈 하나가 없어졌으니, 수많은 처녀들이 좀 더 나은 삶을 얻게 되겠지.」페트나가 가래침을 뱉으며 고개를 끄덕인다. 「내 말뜻을 이해할랑가 모르겠지만.」

김은 카산드라 곁에 앉는다. 그는 아무 말도 없이 다만 그녀의 어깨를 주물러 따뜻하게 덥혀 준다.

「정말 피곤한 사람들이야. 자, 내 방으로 가자.」그가 속삭인다.

178.

오를랑도, 페트나, 에스메랄다.

난 이들을 사랑해.

그들은 나의 일부분이야. 내 몸 안에 흐르는 가공되지 않은 야성의 에너지가 그들 안에도 있어.

대지와 부패물과 원초적 부식토의 에너지가.

179.

전자 기기의 잡음이 방안에 가득하다. 김의 움막 안의 컴퓨터 화면들은 모두가 똑같은 사진을 보여 주고 있다. 긴 머리칼에 가려져 있는 다니엘 카첸버그의 천사 같은 얼굴이다.

〈포기한 예언자〉.

두 젊은이는 인터넷에 뜬 많은 기사들을 통해 카산드라의 죽은 오빠의 생애를 조금씩 발견한다. 일곱 살에 그는 체스 기사로서 탁월한 재능을 드러냈다. 그 자신이 〈연결되는 수(手)들의 확률 인식〉이라고 명명한 능력을 지녔던 덕분이었다. 이렇게 〈확률〉이라는 단어가 그의 삶에 등장한 것이다. 그는 확률적 수형도(樹形圖)에 관심을 갖게 되고, 열세 살 때에는 그가 사숙한 스승에 관한 논문을 한 편 쓴다. 바로 블레즈 파스칼의 충고에 따라 1657년에 최초의 〈확률 이론〉을 쓴 크리스티안 하위헌스가 그 스승이었다.

탁월한 천문학 저작들로 특히 유명한 이 네덜란드 학자는 주사위 던지기나 카드 뽑기 영역에서의 확률 계산에서 출발하여 하나의 새로운 성찰의 영역을 열게 되며, 이 성찰을 통해 우주 전체를 하나의 확률의 장(場)으로 규정짓게까지 된다.

어린 다니엘 카첸버그는 이론을 실행에 옮겨, 처음에는 체스계에서 활동하다가 곧 포커 판에 뛰어들어 열다섯 살의 나이에 큰돈을 모은다. 그리고 열여덟 살에는 카지노 게임에도 손을 대지만 의심스러운 승리들이 계속되자 결국 활동을 금지 당하게 된다.

그는 처음 체포되었을 때 이렇게 말한다. 〈나는 속임수를 쓰지 않았어요. 단지 확률을 생각했을 뿐이에요.〉 이런 일들을 통해 수학계에서 그의 명성이 높아지기 시작한다. 그가 대그룹 〈미래 보험사〉의 〈생명 보험부〉에 스카우트된 것은 바로 이 시기다. 여기서 그는 가능성의 나무 연구에 필요한 모든 것을 지원받게 되고, 미래에 대한 모든 종류의 가정들을 연구하고 테스트할 수 있는 최초의 연구소를 창설한다. 이렇게 하여 그는 역사상 처음으로 지진, 태풍, 해일, 각종 전염성 독감, 전쟁, 심지어는 시위 중의 생존 가능성까지 정확하게 산정해 내는데, 이 모든 것은 다른 수학자들이 혁명적인 것으로 여긴 그만의 알고리즘들 덕분이었다.

약관의 나이에 전위적인 이론들을 내놓은 다니엘 카첸버그는 일약 보험업계의 스타로 떠올랐다. 그런데 이렇듯 다양한 상황에서의 생존 확률에 대한 실험을 계속해 가던 그는 최초의 사고를 맞게 된다. 그의 모르모트 한 명이 사망한 것이다. 바로 고속도로 비상 주차대에서의 생존 가능 시간 확률에 대한 그의 계산이 맞는가를 확인하기 위해 현장에 서 있던 사람이 대형 트럭에 치인 사고였다.

그는 또 다른 모르모트에게 폭풍우 속에서 골프채를 들고 골프장에 있으라고 요구하여 두 번째 사고를 내고 만다. 사내는 17분 25초 만에 벼락에 맞아 즉사했다.

다니엘 카첸버그는 이에 대해 사과도 하지 않고, 포기도 하지 않았다. 대신 치명적 사고의 확률 계산을 위한 이후의 실험들에서는 자신이 직접 모르모트가 될 것이라고 발표했다.

이후, 그는 갖가지 위험한 상황들을 몸소 실험해 나갔다. 강물에 추락한 자동차, 창고의 화재, 목매달기 등등. 실험이 있을 때마다 조수 한 명이 대기하고 있다가 마지막 순간에 그를 구조해 주기로 되어 있었다.

이런 식으로 트럭에 탄 친구와 함께 몽파르나스 빌딩에서 뛰어내리는 실험도 했던 거였어.

하지만 민원이 잇따르자, 미래 보험사는 젊은 천재에게 실험실을 폐쇄하고, 대신 순전히 이론적인 계산만을 위한 사무실 하나로 만족할 것을 요구한다.

오빠가 몽파르나스 타워 옥상에 비밀 실험실을 만든 게 바로 이 무렵이었어. 가장 평범한 상황들, 또는 가장 위험한 상황들에서의 사망 확률 분석을 계속해 나가고 싶었던 거지. 그래서 상부의 허가도 받지 않고 이 실험들을 계속해 나갔어.

다니엘 카첸버그가 아버지의 미래 전망부에 합류한 것은 바로 이 무렵이었다. 거기서 그는 관심 영역을 더욱 확대하여 인류의 진화를 연구하게 된다. 그는 인류의 진화를, 현실의 전개에 맞춰 그에 적합하게 그가 계속 세밀하게 분석하고 다듬어 나가는 각종 확률들에 입각한 일련의 시나리오 형태로 모형화했다. 이러한 연구를 통해 그는 통제되지 못한 인구 증가와 지구 자원 낭비가 큰 위험을 초래할 수 있음을 발견하고, 이를 정치가들에게 경고하기에 이른다.

오빠는 나와 동일한 결론에 도달했었어.

하지만 정부는 그의 연구 결과들을 이용하지 않는다. 그것들이 지금의 정치적 현안들에 비추어 적절치 않다고 판단한 것이다.

김예빈은 다니엘의 화려한 경력에 깊은 인상을 받은 표정이다.

「야, 내가 이런 사람을 살아 있을 때 직접 만났다니! 정말 천재였어! 만일 계속 살아 있었으면 얼마나 대단한 일을……」

「……할 수 있었는데 아무것도 안 했지! 다른 사람들은 변명할 수 있지. 왜냐면 몰랐으니까. 하지만 오빠는 알고 있었기 때문에 아무런 변명거리가 없어.」

「공주, 하지만 그가 어떤 점에서는 진보를 가져온 게 사실이잖아?」

그래서? 무엇을 위해서였지? 생명 보험계의 몇몇 전문가들을 깜짝 놀래 주려고? 어떤 불쌍한 친구를 비상 주차대에 세워 놓으면 얼마 동안이나 살아 있을지 알고 싶은 병적인 호기심을 채우기 위해?

「이보라고, 후작, 그는 어떻게 하면 인류가 이 급박한 위기에서 벗어날 희망을 가질 수 있는지, 그 방법이나 곰곰이 생각해 보는 편이 나았다고.」

인류에겐 비상 주차대도 없단 말이야.

「말년에 가서는 그렇게 했었지. 그래서 우울증에 빠지긴 했지만.」

「불쌍한 약골 같으니! 그래, 그 위대한 천재 선생께서 인류에게 걱정거리가 좀 있는 걸 알게 되니까 덜컥 깊은 우울증에 걸려 버리셨다? 하지만 모든 게 잘되어 나간다면, 미래를 보려고 이토록 애를 써야 할 필요가 어디 있어? 문제가 심각하기 때문에 우리가 행동해야 하는 거 아니야?」

「너의 오빠는…….」

「오빠는 벌써 잊혔어. 오빠의 연구도 마찬가지고. 오빠의 생각과 작업에서 과연 무엇이 남게 될까?」

「하지만 공주, 그래도 그가 이룩한 것들이 있잖아?」

「아무것도 없어. 신문들과 대중들이 알지 못하는 한, 그는 존재하지 않았던 사람이나 마찬가지야.」

또 그는 죽었어. 자살했고 포기했지. 죽으면 지는 거라고. 그는 단지……

「……그는 단지 불쌍한 바보였을 뿐이야.」 그녀는 말을 잇는다. 「그에겐 도움이 필요했어.」

……그에겐 내가 필요했어.

「하지만 그는 오만하게도 모든 걸 자기 혼자서 해나갈 수 있다고 믿었어. 그리고 그럴 수 없다는 걸 알게 되니까, 내게 도움을 청하는 대신 모든 걸 포기해 버리는 길을 택한 거야.

참, 얼마나…… 등신 같은지!」 그녀는 자신도 모르게 목소리를 높인다.

「어원학적으로 등신이란 〈목발의 도움을 받지 않고 걸으려 하는 사람〉이지. 그렇지 않아, 공주?」

그녀는 대꾸하지 않는다. 자신의 전문 영역에서 오히려 한 방 먹자 기분이 나빠진 것이다.

하긴…… 알고만 있으면 뭐해? 그 앎을 다른 사람들에게 전달할 줄도 알아야 하지. 그러지 않으면 모두가 쓸모없는 지식일 뿐이야.

「화난 모양이네? 넌 네 오빠가 얼마나 대단한 사람인지 정말 모르는 거야?」

「잘난 척만 하는 사람이었어!」

「그는 신의 은총을 받은 사람이야. 계시를 본 사람이라고.」

「그는 희망을 잃어버렸어. 약해 빠진 인간이었지. 그렇게 뛰어난 지성과 의식을 지녔으면서 빌딩 아래 땅바닥에서 묵사발이 되어 죽어 버리다니, 얼마나 억울하고, 얼마나 한심한 일이야?」

「하지만 그가 전적으로 틀린 것만은 아니었잖아.」

「천만에. 나의 오빠 다니엘은 전적으로 틀렸어. 우린 사람들을 구할 수 있어. 우린 세상을 구할 수 있다고! 고대의 카산드라는 실패했어. 고대의 다니엘도 실패했어. 새로운 다니엘도 실패했어. 하지만 나는…… 나는 성공할 거야. 당신들 덕분으로. 사회에서 추방된 폐기물들, 찌꺼기들인 당신들 덕분으로 성공할 거야. 거름이 작은 자두나무를 구해 줄 것이기 때문에.」

「어이, 그게 웬 욕이야? 우리가 거름이라고?」

맑고 커다란 회색 눈의 소녀는 이 말에 대해선 대꾸조차 하지 않는다. 다만 힘주어 이렇게 말한다.

「그래. 우리는 다섯밖에 되지 않을지도 몰라. 하지만 우리는 눈먼 가축 떼가 가는 죽음의 행로를 바꿔 놓을 수 있어.」

「수가 너무 많아.」

「〈숫자가 많다고 해서 틀린 것이 옳은 것은 아니다.〉 이 문장이 네 티셔츠 중의 하나에 쓰여 있지 않았어?」

그녀는 몸을 일으킨다.

「이제 이 나라에서 미래를 걱정하는 사람은 우리밖에 없어. 우리의 비공식 미래 전망부를 발전시켜야 해. 너무나도 간단한 일이지. 그리고 난 후작을 믿겠어.」

김은 사진 속의 헝클어진 머리칼의 청년을 다시 한 번 들여다본다.

「만일 네 오빠 다니엘의 생각이 옳은 거라면?」

이런 말을 들으니 카산드라는 더 논박하고 싶은 생각도 없어진다.

사람들은 모두 두려움에 사로잡혀 있어. 심지어는 김까지도. 에스메랄다와 페트나와 오를랑도까지도. 모두가 체념하고 있어. 이들은 학교에서부터 두려움을 주입받으며 자랐기 때문에 무언가 용기 있고 위대한 행동들은 꿈도 꾸지 못하지. 심지어는 오빠 다니엘조차 이 두려움이라는 병에 걸려 결국 죽고 말았어.

「잘 자.」 그녀는 벌떡 일어서며 말한다.

카산드라는 김의 움막을 나와 인형들의 산으로 향한다.

그 산의 꼭대기까지 올라간 그녀는 발밑에 구르는 작은 플라스틱 몸들을 느끼며 하치장 여기저기에서 희미하게 빛나는 불빛들을 내려다본다. 가래침을 뱉어 보려고 하지만 잘되지가 않는다. 하지만 여러 차례 계속 시도한 끝에, 그 이름에 걸맞은 발사체 하나를 생산할 수 있게 되었다. 그러고는 자기 방으로 돌아와, 천둥이 다시 으르렁대기 시작하는 소리를 들으며 여러 겹의 시트 속을 파고든다.

180.

다니엘은 나와 같은 존재였어. 하지만 우린 장점이 서로 달랐지.

그에게 있었던 것은 과학적 능력이었고,

내게 있는 것은 여성적 직관이야.

그에게 지성이 있었다면,

내게는 용기가 있지.

그리고 의식. 내게는 오빠보다 훨씬 넓고 훨씬 깊은 의식이 있어.

내가 꾸는 꿈들은 마법의 비약(秘藥)처럼 내 정신을 크고도 강하게 키워 주고 있어.

꿈을 꿔감에 따라 그 꿈은 점점 향상되고 있어.

난 내가 다르다는 걸 알아. 하지만 오빠와 그의 희생 덕분에 난 내가 어디까지 갈 수 있는지를 알게 됐어.

오빠는 정말 바보였어. 왜 날 기다리지 않고, 왜 나와 같이 일하기를 받아들이지 않았던 거지? 둘이 합치면 우린 아주 강력했을 텐데.

우뇌의 능력을 한없이 표현할 수 있고, 시간과 공간을 무한히 꿰뚫어 볼 수 있는 두 존재, 그게 바로 우리 남매잖아.

……그런데 우리의 부모는 이런 놀라운 일들이 가능한 정신을 어떻게 우리에게 심어 줄 수 있었던 걸까?

도대체 어떤 방법을 사용한 걸까?

181.

카산드라는 꿈을 꾼다.

그녀는 다시금 미래의 법정에 있는 자신을 본다. 거기서 그녀는 자원을 낭비한 이기적 세대의 대표자로서 기소되어 있고, 군중은 〈사형시켜라!〉를 외쳐 대고 증인들이 늘어섰다. 이어 그녀의 정신은 공중에 떠올라 폐허가 된 재판정과 거대한 쓰레기 하치장과 다름없는 장소가 되어 버린 파리를 내려다본다. 공해로 누르스름하게 변한 공기 아래로 수백만의 더럽고 앙상한 인간들, 여기저기 몰려다니는 쥐 떼들, 그리고 정처 없이 떠도는 개들이 보인다. 그녀가 더 높이 올라가고 있는 것인지, 파리는 점점 후퇴하면서 조그맣게 줄어들고, 마침내는 행성 전체가 보이게 된다. 그 행성은 사과 모양의 투명한 유리 구체 속에 들어 있는데, 구체에는 긴 줄기가 붙어 있고, 그 줄기에는 투명한 잎사귀 하나가 붙어 있다.

거대한 사과의 잎사귀에는 이런 글귀가 적혀 있다. 〈1천 년 후의 미래가 될 확률: 78%〉.

그녀의 시야는 더욱 후퇴한다. 그녀는 한 세계가 들어 있는 이 유리 사과가 시간의 나무 열매 중 하나라는 사실을 깨닫는다. 이렇게 그녀는 꿈속에서 세 개념을 혼합한다.

1. 시간의 나무.

2. 가능한 미래들.

3. 장래에 대한 직관들.

여사제 카산드라가 가지 위에 서 있는 소녀에게 다가온다.

「78%, 지금으로서는 가장 개연성 있는 미래이지.」 흰 토가 차림의 여인이 고개를 끄덕이며 말한다. 「죽어 버린 세계의 진창 같은 표면에서 허우적대는 성난 아이들. 대책 없이 방기되어 조상들에게 분통을 터뜨리고 있는 아이들. 바로 미래 인류의 모습이야. 자기들의 즉각적인 쾌락을 만족시키기 위해 저들을 잊어버리고 내팽개쳐 버린 조상들이니, 저렇듯 원망하는 게 당연하지.」

「다른 가능한 미래들도 보여 주세요.」 소녀가 부탁한다.

두 여자는 시간의 나무의 푸른 가지들이 한눈에 들어오는 곳까지 날아올랐다가, 다른 투명한 사과들에 날아 내린다. 사과에는 저마다 지구와 비슷한 푸른 행성이 하나씩 들어 있다.

두 카산드라는 〈천년 후의 미래가 될 확률: 1.3%〉라고 쓰인 잎사귀가 달려 있는 한 세계-열매로 향한다.

「자, 가능성이 희박한 미래야.」 여사제가 설명한다. 「하지만 흥미로울 거야.」

그들은 유리벽으로 다가가 그대로 통과해 버린다. 그리고 땅을 외투처럼 덮고 있는 두꺼운 구름층을 가르고 내려와 파리의 상공을 선회한다. 위에서 내려다본 수도는 놀라울 정도로 차분하다. 에펠 탑은 담쟁이 잎으로 뒤덮여 있고, 그 살랑대는 녹색의 모피 위로는 흰색과 보라색 꽃들이 흩뿌려져 있다. 센 강에는 빨간 돛을 활짝 편 정크선들이 한가로이 떠다닌다.

공기는 가볍고, 도로는 자전거들만이 가끔씩 지나갈 뿐 막힘이 없다.

트로카데로 광장은 야생 동물들이 평화롭게 풀을 뜯는 거대한 공원으로 변해 있다. 다른 시공간에서 온 두 여자는 깊은 물이 찰랑대는 넓은 웅덩이 주위에 코끼리, 기린, 물소, 왜가리 같은 동물들이 모여 있는 것을 발견한다. 이 서로 다른 종들은 아무런 두려움 없이 공존하고 있는 듯이 보인다. 좀 더 멀리에는 사자와 치타들이 대로를 따라 늘어서 있는 조각상 위에서 낮잠을 즐기고 있다. 나뭇가지에는 열매들이 무겁게 늘어져 있으며, 하늘에는 새들이 큰 날개를 퍼덕이며 유유히 날고 있다.

두 카산드라가 땅으로 내려와 보니, 행인들은 노랑, 빨강, 파랑, 녹색, 분홍, 보라, 터키옥색 등의 산뜻한 색채의 헐렁한 목면 옷을 입고 있다. 검은 옷을 입은 사람은 전혀 눈에 띄지 않는다.

그들은 벤치에 앉아 있는 한 은발의 커플에게로 다가간다. 그러자 앉아 있던 여자는 너무도 자연스럽게 바구니에서 과일이며 야채 등을 꺼내어 두 사람에게 권한다. 받아서 맛을 보니, 그야말로 기막힌 맛이다.

「두 분은 여기서 무얼 하고 계시나요?」 젊은 카산드라가 묻는다.

「한 가지 확실한 것은 일하고 있지 않다는 사실이지요.」 은발의 여인이 웃으며 대답한다.

그러자 남자가 설명하기를, 이제 〈일〉이란 관념은 사라져 버렸고, 대신 〈각자의 특별한 재능의 표현〉이라는 개념이 그것을 대신하게 되었다고 말한다. 각자는 저마다의 리듬에 따라 자신이 진정으로 좋아하는 것을 한다는 것이다. 가족의 개념도 사라졌고, 〈따스한 감정으로 서로 이어지는 사람들〉이라는 개념으로 대체되었다고 한다. 또 치료의 개념은 예방의 원리로 대체되었다. 각자는 병에 걸리지 않게끔 사전에 조치를 하며, 따라서 아무도 해묵은 내적 불균형의 증상들을 치료해야 할 필요가 없게 된다. 이 두 백발의 커플도 알고 보니 나이가 3백 살이 넘었다고 한다. 하지만 너무도 정정해 보인다.

「우리는 운동과 춤과 유연체조 등으로 건강을 관리하고 있어요. 특히 호흡은 제대로 하고 있지요.」 여자는 이렇게 설명하고는 자신이 얼마나 숨을 깊게 들이쉬는지를 보여 준다.

「우리는 전보다 오래 살기 때문에 아이를 많이 낳을 필요가 없지요.」 노인이 특히 이 점을 강조한다.

「그리고 수가 많지 않기 때문에 아이들을 충분히 사랑하고 잘 보살펴 줄 시간이 있어요.」 그의 동반자가 여섯 살배기 아이와 놀아 주고 있는 한 커플을 가리키며 보충한다. 「요컨대 우리는 양보다는 질을 선호하지요.」

수사자 한 마리가 머리를 건들건들 흔들면서 지나가다가

늙은 여인에게 다가오자, 그녀는 마치 커다란 고양이에게 하듯 녀석의 갈기를 쓰다듬어 준다. 그런 다음 그녀는 어떤 채소를 꺼내어 맛나게 씹어 먹는다.

「우린 채식주의자라오.」노인이 말한다. 「그게 우리의 소화기를 훨씬 덜 피곤하게 만들지.」

「우린 학교에서 제대로 호흡하고 잠자는 법을 배워요.」그의 동반자가 이어 말한다. 「또 내부에서부터 우리 몸의 소리에 귀를 기울이는 법도 배우고요.」

「그런데 가난한 사람들이 보이지 않네요?」젊은 카산드라가 궁금해한다.

「가난한 사람이 존재하기 위해서는, 재산이라는 개념이 아직 남아 있어야 하겠지. 여기서는 그 무엇도 특정인에게 속해 있지 않아요. 각자는 무언가가 필요할 때 필요한 만큼 취할 뿐이지. 그 필요한 것을 찾아내지 못하면, 다른 사람들이 제공해 준다오. 단지 누군가를 돕는 즐거움을 느끼기 위해 그리하는 거지. 키부츠나 히피 공동체 비슷하다고 생각하면 될 거요. 여기엔 돈도, 잠긴 문도, 여권도, 신분증도 없다오. 다만 〈나의 자유는 타인의 불편이 시작되는 곳에서 멈춘다〉라는 규칙을 지키며 함께 살아가는 사람들이 있을 뿐.」

행글라이더를 타고 몽파르나스 빌딩 꼭대기에서 뛰어내린 한 남자가 그들에게서 멀지 않은 지점에 착륙한다. 카산드라의 눈이 휘둥그레진다.

「이제 몽파르나스 빌딩에는 행글라이더들을 위한 도약대가 마련되어 있지요.」늙은 여인이 알려 준다. 「이제 큰 빌딩들은 이런 용도로만 쓰여요. 인구가 적어서 그런 곳에까지 들어가 살 필요가 없거든요.」

황금빛 나비 한 마리가 팔랑팔랑 날아와 카산드라의 손가락에 내려앉는다.

「오, 아니에요!」 늙은 여인은 마치 텔레파시로 감지한 질문에 대답하듯이 말한다. 「신을 기쁘게 해주겠다고 군중 한가운데서 자폭하겠다는 말도 안 되는 생각을 가진 사람은 아무도 없어요. 코미디 영화에나 나온다면 또 모르겠지만.」

두 카산드라는 친절하게 대답해 준 커플에게 합창하듯 감사를 표한 후 이 가능한 미래를 좀 더 구경해 보기로 결정한다. 그녀들은 센 강의 강둑을 따라 산책한다. 꽃이 만발한 알렉상드르 3세 다리 아래에 이르자, 여사제는 천천히 토가를 벗는다. 마침내 알몸이 된 프리아모스의 딸은 우아한 동작으로 강물로 첨벙 뛰어든다. 카산드라가 서 있는 곳에서 보아도 강물은 너무도 맑고 투명하다. 강바닥에 있는 자갈이며 수초들이 선명하게 분간될 정도이다. 수면 아래에는 송어들과 연어들이 빽빽한 떼를 이루어 미끄러지듯 헤엄치고 있다.

여사제는 카산드라에게 짓궂게 물을 끼얹는다. 소녀는 잠시 망설이다가 마침내 옷을 벗는다. 꿈속에서도 알몸을 드러낸 것은 이번이 처음이다. 그녀는 물속에 뛰어 들어가 언니 곁으로 간다. 그네는 나란히 개구리헤엄을 치며 노트르담 성당으로 향한다.

카산드라는 주위에서 주황색과 푸른색이 섞인 날치들이 수면 위로 툭툭 튀어 오르는 것을 본다. 강둑 위에는 여자들이 말을 타고 지나가고 있다. 말에는 안장도 재갈도 채워져 있지 않다.

「우리가 몇 년에 있죠?」

「서기 3000년이야. 가능성이 78%인 서기 3000년의 첫 번째 버전은 이미 보았지. 여기는 또 다른 버전의 서기 3000년이야. 말하자면 〈평행 가지〉인 셈인데, 그 존재 확률은 네가 보았듯이 1.3%야.」

두 사람은 강물의 가벼운 물살에 잠시 몸을 내맡긴다.

「이 두 미래의 확률은 100% 확실한 것도 아니고, 제로도 아니야. 하루하루가 지나감에 따라 이 수치들은 변하게 되지. 우리의 행동 하나하나가 두 방향 중 하나에 힘을 실어 주게 된다는 뜻이야.」

그들은 함께 물에서 나온다. 몸을 닦을 수건이 없으므로 그냥 햇볕 아래 몸을 말린다. 여사제는 손을 뻗어 가까이에 있는 나무에 매달린 살구 하나를 딴다. 약간 벌레 먹긴 했지만 그녀는 조금도 개의치 않는다. 유기농 식품을 먹기 위한 최소한의 대가인 까닭이다. 인간만이 이런 자연 식품을 좋아하는 것은 아니지 않은가?

「이 미래가 마음에 드니? 사실, 이것은 지금 여기서 네가 상상해 낸 거야. 그리고 네가 이렇게 상상했기 때문에 존재할 수 있는 가능성을 얻게 된 거지.」

「무슨 말인지 모르겠어요.」

「어떤 괜찮은 미래가 존재하기 위해서는, 최소한 한 사람이 어느 순간 그것을 상상해야만 해. 우리가 있는 이 미래는…… 지금 네가 상상하고 있는 미래이지. 우리가 이 미래를 관찰하고 즐기면서 이곳에 더 오래 머물수록 이 미래의 존재 가능성은 커지게 돼. 이 꿈이 네 정신 속에 나타났다는 사실만으로도, 이 미래의 존재 확률은 벌써 1.3%에서 1.4%로 올라왔지. 관찰자는 자신이 관찰하는 것을 변화시키는 법이야. 심지어는 꿈속에서도.」

「그러면 이곳, 이 시공간에서 아기들은 더 이상 화를 내지 않나요?」 젊은 카산드라가 묻는다.

「뭐, 어쨌든 상관있겠어? 주위를 둘러보라고. 어차피 이곳엔 아기들은 별로 없고 팔팔한 노인네들만 잔뜩 있는데.」 고대의 카산드라가 농담한다.

「그럼 전쟁은요?」

「너무도 피곤한 일이지. 대부분의 사람들은 게을러졌어. 너도 보았듯이, 그들은 심지어 식물도 재배하려고 하지 않아. 여기서 나무는 모두 자유롭게 자라나고 있어. 그래도 굶주려 죽는 사람은 전혀 없지. 가난한 사람도, 인구 과잉도, 국가도, 소유도, 차별도, 종교도, 전쟁도 없어.」

「심심하지 않을까요?」

위대한 여사제는 미소를 짓는다.

「물론 심심하지! 그리고 네가 그렇게 생각하는 것도 당연해. 자연이 스스로 자라나는 모습과 석양이 지평선을 오색으로 물들이는 광경을 바라보고, 야생의 풀밭 위에서 뛰어놀고, 과학 실험들을 하고, 맑은 물에서 헤엄치는 것은 사람들에게 사기 치고, 폭력 조직들을 만들고, 마을을 불태워 버리고, 강간하고, 참호에 숨어서 기관총을 갈겨 대는 것보다는 짜릿함이 훨씬 덜하니까……」

기품 있는 큰 새 한 마리가 우아하게 방향을 틀면서 그들 가까이로 지나간다.

「하지만 어쩔 수 없지. 저들은 제념하고 있어. 저들의 치유할 수 없는 〈게으름증〉을 만족시키기 위해서는 대가를 치러야 하니까. 이런 권태쯤은 참아 내야만 하니까.」 그녀는 웃으면서 말한다.

젊은 카산드라는 한 무리의 벌거벗은 여자들이 헤엄을 치면서 웃고 물장구 치고 있는 것을 본다.

「난 이곳에 있고 싶어요.」 그녀는 분명하게 말한다.

「이 세계는 아직 존재하지 않아. 만일 이 세계가 언젠가 태어나기를 바란다면, 이 세계가 시간의 나무에 달린 다른 열매들보다 더 크게 자라날 수 있게끔 여건을 마련해 주는 것이 바로 너의 몫이야.」

이렇게 말하고 그녀는 다시 강물로 풍덩 뛰어든다.

젊은 카산드라 역시 그녀를 따라 다이빙하여…….

182.

그녀는 바닥에 굴러 떨어진다.

꿈에서 난폭하게 끌려 나온다. 그녀는 대속의 냄새나는 공기를 깊이 들이마신다. 이제 조금도 불편하지 않은 공기이다. 그런 다음 빗물을 저수조에 받아 여과하여 만들어 낸 식수 한 병으로 갈증을 푼다. 그런 다음 물로 입안을 헹궈 내고, 옷장, 다시 말해서 1미터 높이로 쌓아 놓은 옷 무더기 속에서 구멍과 얼룩이 가장 적은 의복을 골라 입는다.

바깥에 나와 보니 어제 그토록 침울하던 날씨는 조금 나아져 있다. 최소한 비는 오지 않는다. 그녀는 벌써 화톳불 주위에 모여 있는 사람들에게로 간다. 어디선가 풍겨 오는 오묘한 냄새로, 카산드라는 페트나가 지금 그들의 새 움막 위에 심은 조그만 자두나무를 살리려고 인간에게서 나온 거름을 얹어 주고 있다는 사실을 깨닫는다. 오를랑도는 맥주 한 병을 홀짝거리면서 전날 있었던 축구 경기의 하이라이트를 재방영하고 있는 텔레비전을 보고 있다. 에스메랄다는 해먹 위에 뒹굴면서 나온 지 몇 주는 지난 잡지를 뒤적이고 있다. 김은 보이지 않는다.

「어이, 공주! 너 이제는 스타가 다 됐더라?」 에스메랄다가 빈정댄다. 「오늘은 널 보려고 찾아온 방문객들까지 있어요. 그래서 〈대기실〉까지 하나 마련했을 정도야.」

그녀가 가리키는 손가락을 따라 눈을 돌려 보니, 약간 떨어진 곳에 카드 점쟁이 집시 노파가 휠체어에 앉아 있다. 그리고 좀 더 멀리에는 웬 남자 하나가 얼굴에 방독면을 뒤집어쓰고 큼직한 깡통 위에 앉아 있다.

카산드라로서는 마스크 뒤에 숨은 얼굴이 누구인지 전혀 짐작이 가지 않는다. 그녀는 일단 뜨거운 차를 한 잔 따라 마시고, 과자 한 줌과 약간의 뉴텔라 크림을 먹은 다음, 그라지엘라와의 면담에 임한다.

「안녕, 꼬마야.」

「공주예요.」 카산드라는 표현을 바로잡는다.

「오, 미안해. 네가 그렇게나 빨리 계급이 올라갔는지 몰랐구나.」 노파가 비꼬듯이 말한다. 「자, 좋아. 안녕, 공주! 오늘 너하고 얘기 좀 하고 싶어. 우리 단둘이서.」

「이분들은 한 식구라 아무것도 감출 게 없어요.」 카산드라가 대꾸한다.

노파는 이해하겠다는 듯 고개를 끄덕인다.

「그래, 좋을 대로 해. 네가 널 좀 과소평가했던 것 같아. 우리가 벌 수익의 분배 방식으로는 50대 50이 가장 좋을 듯해. 난 널 그냥 평범한 점성술사로 생각했었지. 그런데 가만히 생각해 보니 넌 일종의 〈타고난 카리스마〉를 지니고 있는 것 같아. 그래서 10% 정도는 조정할 가치가 있다고 판단했지. 자, 이제 됐다면, 일을 바로 시작해도 되겠어?」

맑고 커다란 회색 눈의 소녀는 대답하지 않는다. 오를랑도와 페트나는 호기심에 찬 얼굴로 슬금슬금 다가온다.

「아니, 넌 내가 이 사업에 얼마나 많은 것들을 투자하는지 잘 이해하지 못하는 것 같구나! 영업장소. 고객. 배경 장식. 각종 부대 용품. 의상. 수정구…… 그런데 네가 할 일은 아무 거나 얘기해 주고 돈 받는 것뿐이야. 다 현찰로. 세금도 없어.」

그런 건 관심 없어요.

그라지엘라는 얼굴을 찌푸리더니, 다시 이렇게 내뱉는다.

「오케이! 너 60%, 나 40%. 자, 즉시 사인하고, 여기에 대해선 더 이상 얘기하지 말자. 그리고 당장 오늘 오후부터 시작하는 거야. 솔직히 말하자면 너를 위해서 벌써 예약까지 몇 건 받아 놨어. 사실은 내게 고마워해야 해. 모두가 내 고객들이라고. 그들은 네가 누구인지 전혀 모르지만, 내가 너에 대해 말하는 것만 듣고 상담을 받으려 하고 있어.」

그런데 이 할머니는 왜 이토록 나를 원하는 걸까? 그녀의 부족에 쌔고 쌘 게 여자들인데. 게다가 모두가 한집안 사람들이어서 아무 문제 없이 일을 시킬 수 있을 텐데.

그녀는 자신이 공감력을 높여 자신에게 접근해 오는 존재들의 입장에 서볼 수 있는 능력이 있다는 사실을 상기한다. 그러자 갑자기, 이 집시 여인의 감춰진 역설이 그녀의 정신 속에 선명하게 띠오른다.

그녀 역시 그녀가 주장하는 것과는 정반대의 진실을 숨기고 있어. 그녀는 자기가 고객들에게 그들이 원하는 미래를 들려주어 달콤한 안도감을 안겨 주는 카드 점술가라고 주장했지. 또 미래를 진정으로 알고 싶어 하는 사람은 아무도 없으며, 점술이란 하나의 교묘한 속임수에 불과하다고 말했고. 하지만 사실은…… 그녀는 점술을 정말로 믿고 있어.

심지어는 내게 어떤 초능력이 있다고 확신하고 있지.

그녀의 직감은 곧 현실로 나타난다. 그녀가 거절하자, 집시 노파의 얼굴이 실망감으로 일그러진 것이다.

「……그럼 내가 30% 하고, 당신은 70%로 하죠.」 노파가 내뱉듯 말한다. 「더 아래로는 못 내려가요. 그리고 당신에게 수정구에다가 깨끗한 숙소도 제공해 주겠어요. 캠핑카 하나를 내주겠단 말이에요. 그 앞에다가는 당신 이름도 번듯하게 써주고요. 그 밑에는 빨간 페인트로 〈마침내 밝혀진 당신의 미래〉라는 글귀와 별들도 그려 넣을 거예요. 상담실을 장식할 거리도 주겠어요. 내게 천사상들과 점성술 관련 그림들이 좀 있으니까요.」

말투가 반말에서 존댓말로 바뀌었어. 거절을 통해 그녀의 존중을 얻어 낸 거야.

「싫어요.」

두 여자는 서로를 뚫어지게 쳐다본다.

이 집시 여인도 사물의 외관 속에 숨어 있는 것들을 보는 능력을 가지고 있어. 아주 민감한 사람이야. 이런 일을 선택한 것도 결코 우연이 아니지. 고도로 발달된 직관의 소유자니까. 그녀는 내가 어떤 사람인지, 그리고 내가 어떤 일을 할 수 있는지 잘 알고 있어.

「왜 그리 거절하죠?」

「지금은 안 돼요.」 카산드라가 대답한다. 「언젠가 기회가 있을지 모르겠지만.」

이 말에 집시 노파의 눈빛이 확 달라진다. 완전한 부정은 아닌 대답을 들으니 비로소 마음이 놓이는 모양이다.

「분명히 곧 받아들이게 될 거요.」 노파는 장담한다. 「이런 종류의 제안은 거절할 수 없는 거니까.」

그건 당신의 예언인가요?

집시 여인은 휴대 전화 번호가 적힌 명함을 건네준다.

「준비가 됐다고 생각되면 이 번호로 전화하면 돼.」

그녀는 다소 삐걱대긴 하지만 전천후 고무바퀴가 달려 있어 진흙탕과 쓰레기 밭 위를 아무 문제 없이 돌아다닐 수 있는 휠체어를 타고 다시 돌아간다.

다시 반말로 돌아왔군.

「자, 첫 번째 상담은 끝났고, 다음 고객분 오시라고 해!」 오를랑도가 쾌활하게 외친다.

김은 무얼 하고 있지? 왜 안 보이는 거지?

방독면을 쓴 남자가 주뼛주뼛하면서 다가오는데, 카산드라는 곧 그가 누구인지를 알아본다. 샤를 드 베즐레이다. 오를랑도는 그가 앉을 안락의자를 가리킨다.

사고에서 입은 부상에서 회복되어 우릴 찾아온 모양이야.

그는 인사도 하지 않고 대뜸 봉투를 하나 내미는데, 그 위에는 이렇게 적혀있다. 〈내가 사망한 다음 날 읽어 볼 것.〉

그녀는 봉투를 뜯어 읽기 시작한다.

「〈……샤를 드 베즐레는 우편물 가운데서 죽은 친구가 보낸 편지를 발견했다. 처음에 그는 이것이 누군가의 고약한 장난질이라고 생각했지만, 곧 엉뚱한 장난을 즐겼던 다니엘 생전의 행적을 기억하고는 봉투를 뜯어보았다. 그 안에는 고인의 필적으로 쓰인 쪽지가 한 장 들어 있었다. 그래서 그는 읽어 보고, 그 내용을 참작하여 자신이 앞으로 취할 방향을 정하기로 마음먹었다. 쪽지는 그에게 말하기를, 무슨 일이 있어도 카산드라를 찾아내어 그녀를 도와주어야 한다고 했다. 왜냐면 세계가 자기 파괴의 벼랑으로 굴러 떨어지지 않을 실낱같은 희망이, 더 구체적으로 말해서 1%의 가능성이 아직 남아 있는데, 이 1%의 가능성을 체현하고 있는 사람이 바로 이 소녀라는 것이었다. 샤를은 친구의 말에 따라 카산드라를 다시 접촉하기로 결심하기는 했지만, 어디를 가야 그녀를 찾을지 알 수 없었다. 그런데 이에 대한 대답은 다시 그 쪽지 안에 있었다. 카산드라의 확률 시계에는 프로바빌리스에 항시 연결되어 있는 위성 추적 장치가 들어 있었다. 따라서 신호가 전송되는 경로를 역추적하기만 하면 샤를 드 베즐레는 그녀가 사는 곳을 알 수 있을 터였다. 이제 그가 〈똑똑〉 두드리기만 하면, 그녀는 그녀의 아파트 문을 열어 줄 것이었다.〉」

「똑똑!」 노인은 방독면 속에서 콜록거리며 말한다.

그녀가 들여다보니 그의 빨갛게 충혈된 눈에서 눈물이 줄줄 흘러나오고 있다.

「그런데 문제는 다니엘은 아가씨가 사는 곳이 아파트가 아

니라 쓰레기 하치장이라는 사실을 예측하지 못했다는 점이에
요. 게다가 하치장 중에서도…….」

내가 있는 지점을 알아내어 여기까지 왔다가, 냄새가 하도
지독해서 다시 돌아가 방독면을 가져왔다는 얘기군…….

「……어떻게 이렇게 냄새가 고약한 곳이 있을 수 있죠?」 그
는 플라스틱 흡기 밸브 뒤에서 느릿느릿 말한다.

멸종 위기에 처한 종에게는 생존 전략의 하나일 뿐이죠.

「아이고 세상에! 이건 뭐…… 토해 놓은 음식물을 푹 씩힌
것 같아요. 냄새치고는 정말로 끔찍하네요! 정말 지독한 악
취예요!」

카산드라는 그에게 중앙의 화톳불 앞에 높인 자동차 좌석
에 앉으라고 권한다. 그는 공기 흡입구가 너무 좁은 듯, 방독
면 속에서 요란하게 숨을 쉰다.

이윽고 그는 몇 문장을 간신히 뱉어낸다.

「아실지 모르겠지만, 아가씨의 오빠는 나름의 방식으로 〈마
야 노래〉를 신봉했답니다. 하여 그는 미래를 한 편 쓴 것이고,
이제 그 미래를 실현하는 것은 우리의 몫이지요. 이 미래에 따
르면, 내가 아가씨를 도와서 이제는 사라진 선친과 오빠의 유
업을 잇기로 되어 있어요. 그래서 이렇게 찾아온 거지요.」

「마침 잘됐네요. 그렇지 않아도 우리는 이곳에다 비공식 미
래 전망부를 세웠어요.」

「왜 하필 폐기물로 가득한 이런 장소에 세웠죠?」

「쓰레기 하치장의 이점은, 이곳이 신성불가침 구역이란 점
이에요. 우리는 세계의 똥구멍 속에 있기 때문에 아무도 우리
에게 신경 쓰지 않지요.」

오를랑도와 에스메랄다가 경계하는 눈빛으로 다가온다.

「이분들은 누구죠?」

「난 대속 공화국의 대통령, 에스메랄다 공작 부인이에요.」

그녀가 자신을 소개한다.

「사냥부 장관, 오를랑도 남작이오.」

「보건부 장관, 페트나 자작이오.」 세네갈인도 가까이 오며 말한다.

「그런데 한 사람이 없네.」 오를랑도가 주위를 둘러본다. 「이 멍청한 녀석, 또 어디 갔지?」

「바로 비공식 미래 전망부에 있어.」

모두가 일어나서 지붕에 자두나무가 놓인 움막으로 향한다. 그 안에서 김예빈은 금이 간 모니터 여러 대를 마주하고 앉아 있다. 그를 에워싼 기계들은 웅웅 소리를 내며 열심히 돌아가고 있다.

「자, 이곳이 우리의 미래 전망부요. 후작은 이곳의 수호자이지.」

「안녕하쇼.」 김은 고개도 돌리지 않은 채 인사한다.

「어제 있었던 축구 경기 재방영해 줬는데 왜 보러 나오지 않았어?」 오를랑도가 슬며시 물어본다.

김은 자신의 티셔츠에 보인 문구를 보여 준다. 〈뇌를 끄고 싶을 때, 나는 텔레비전 앞으로 간다. 뇌를 켜고 싶을 때는 컴퓨터 앞으로 간다.〉

그러고는 부연한다.

「애플사 창업자 스티브 잡스의 말이야.」

오를랑도는 이번만큼은 감히 반속담을 꺼내지 못한다. 다만 투덜대듯 가볍게 항변하는 것으로 만족한다.

「그래도 준준결승전이었다고.」

아시아 청년은 더 대꾸하지 않고 프로젝터를 켠다. 그러자 그의 컴퓨터에서 출력된 영상이 거대한 스크린에 투사된다. 비공식 미래 전망부가 위치한 움막의 한쪽 벽 전체를 가리고 있는 흰 시트가 바로 스크린이다.

「자, 이것이 바로 가능성의 나무의 맛보기 판입니다. 누군가가 책을 통해 상상했던 것을, 내가 인터넷상에서 재구성해본 것이죠.」

가로 3미터, 세로 2미터 크기의 스크린에 파란 나무 한 그루가 나타난다. 굵은 가지들이 고슴도치 가시처럼 사방팔방으로 뻗어 있고, 그 가지들이 다시 중간 굵기의 가지들과 잔가지들로 뻗어 나간 거대한 나무다. 잎사귀들은 갖가지 질문들, 가정들, 〈그리고 만약〉들에 해당한다.

「이건 어떻게 작동되는 거죠?」 샤를 드 베즐레가 큰 관심을 보이며 묻는다.

「우선 우리 모두가 〈그리고 만약〉이라는 잎사귀들을 등록할 겁니다. 그리고 만약…… 전쟁이 일어난다면? 그리고 만약…… 새로운 경제 위기가 닥친다면? 그리고 만일 외계인들이 몰려온다면? 그리고 만일 토네이도의 발생 횟수가 증가한다면? 그리고 만일 새로운 형태의 치명적인 독감이 지구 전역에 유행한다면? ……이것들 외에도 머리에 떠오르는 모든 생각들을 다 추가할 겁니다. 그 생각이 불가능해 보이거나 황당무계한 것으로 보인다 할지라도 상관없어요. 그러면 나는 여러분이 내놓은 생각들, 다시 말해서 〈그리고 만약〉이라는 가정들을 단기적 가정, 중기적 가정, 장기적 가정으로 분류함으로써 시간상으로 정리합니다. 그런 다음에 나는 이 생각들을 서로 연결할 수 있는 방법을 찾아낼 겁니다. 〈그리고 만일 전쟁이 일어난다면, 이것은 미니스커트가 다시 유행하는 데에 어떤 영향을 미칠 것인가?〉〈그리고 만일 외계인들이 토네이도가 빈발하는 시기에 몰려온다면, 이런 기상 여건은 그들의 비행접시 착륙에 방해가 될 것인가?〉」

「음, 괜찮은데요!」 샤를 드 베즐레가 고개를 끄덕인다.

「지금까지는 이런 예측들이 각 분야별로 고립되어 이루어졌어요. 하지만 내 아이디어는 이것들을 모두 연결하겠다는 겁니다. 패션, 예술, 전쟁, 기상, 건강, 테크놀로지, 인구 문제, 환경 문제 등을 뒤섞는 거지요. 정보 통신 기술은 이러한 영역 간의 혼합을 시각화하는 데 도움을 줄 수 있습니다. 이런 식으로 해나가면 우리는 영화가 정치에, 기상 여건이 미니스커트의 유행에, 그리고 전쟁이 알레르기성 질환들에 어떤 영향을 미치는지 알 수 있게 될지도 모릅니다.」

「환상적이야!」 샤를 드 베즐레는 열광하여 외친다. 「지금 당신은 다니엘의 꿈을 실현하고 있어요!」

다니엘의 꿈? 다니엘의 〈예언prophètie〉이 더 정확한 표현 아닌가?

「내가 제안을 하나 할게요.」 카산드라가 끼어든다. 「지금부터 우리는 이 나무를 가꾸는 정원사가 되는 거예요. 우리 여섯이서 일종의 정원사 클럽을 이루는 거죠. 명칭은 〈예지자 visionnaires 클럽〉이 적당하겠네요. 그리고 우리가 할 일은 진리 추구가 아니라, 장차 일어나리라고 느껴지는 것들을 표현해 보는 거예요. 그냥 직관적으로 느껴지는 것들을요.」

샤를 드 베즐레는 완전히 홀린 듯한 표정이다. 김의 손가락이 능숙하게 키보드를 두드리는 동안, 그의 눈은 모니터들 사이를 정신없이 왕복한다.

「바로 그거야. 자, 여러분들은 미래를 어떻게 보죠?」 한국 청년이 묻는다. 「자, 남작 당신부터 시작하지.」

「나? 내가 미래를 어떻게 보느냐고? 난 점쟁이 소질은 없어.」

「하지만 당신도 예측의 능력을 지닌 한 인간이야. 굳이 특별한 재능이 있을 필요는 없다고. 그냥 단순하게 자기 의견을 얘기하면 돼요. 자, 남작, 당신은 세계가 어떤 식으로 진화해 가리라고 생각해? 당신은 낙관주의자야, 비관주의자야?」

「난 비관주의자야. 내 눈에 보이는 것은 미친 독재자들이

지배하는 국가들과 문명국가들 간에 터진 대규모의 핵전쟁이야. 여기서 승리자는 독재자들이 될 거야. 그들은 대량 살상 무기를 보유하고 있는 데다가, 아주 단순 무식한 메시지를 사용하니까. 그 후에는 〈매드 맥스〉의 세상이 와. 세계의 종말 이후에 남은 폐허와 생존자들 사이에서 전쟁 군주들이 공포를 퍼뜨리고 다니는 세상.」

베트나는 고개를 끄덕인다.

「좋아. 그것도 미래의 한 모습이 될 수 있겠군. 공작 부인은?」

「나도 비관적이야. 인구 과잉이 오리라고 봐. 도처에 사람들이 점점 더 많아지지. 결국 영화 〈소일렌트 그린〉 같은 세상이 될 거야. 거리에는 수백만의 군중이 시위를 벌이고, 결국엔 먹을 것도 없어지지. 마지막에는 늙은이들을 바비큐 맛 나는 가공 식품으로 만들어 먹어 치우게 될 거야. 쥐처럼 서로를 잡아먹는 거지.」

「그럼 자작, 당신은?」 김이 묻는다.

「비관적이야. 대도시들은 갈수록 오염될 거라고 봐. 공기는 호흡할 수 없게 되고, 물은 마실 수 없게 되겠지. 공장들을 가동하기 위해 더 많은 석유와 더 많은 석탄을 사용하고, 더 많은 숲과 거기 서식하는 야생 동물들을 파괴하게 될 거야. 자연은 패배할 거야. 그에 대한 대가로 인간은 우울해지고 병이 들겠지. 그리고 우울증을 이겨 내기 위해 인간이 할 수 있는 일이라곤 갈수록 난폭해져 가는 단체 스포츠 경기들을 관람하는 것뿐이야.」

「그럼 후작, 너는?」

「나? 나는 기계가 승리한 세계가 보여. 남작에게 미래는 〈매드 맥스〉였고, 공작 부인에게는 〈소일렌트 그린〉이었고, 자작에게는 〈롤러볼〉이겠지만, 내가 보는 미래는 〈매트릭스〉혹은 〈터미네이터〉야. 컴퓨터나 로봇들이 우릴 노예로 부리게 되겠지. 왜냐면 그것들은 우리가 스스로는 올바른 방향으로 나아갈 수 없는 존재라는 사실을 알아차리게 될 테니까. 그럼 공주, 너는 어떻게 생각해?」

「나? 나도 비관적이야. 내가 보는 것은 전 지구적 규모의 종교적이고도 전체주의적인 독재 체제야. 가장 광신적이고도 극렬한 종교가 다른 모든 종교와 모든 형태의 정치사상들을 삼켜 버리겠지. 그리고 이 종교는 스스로를 유지하기 위해 끊임없이 허황된 약속들을 늘어놓을 거야. 갈수록 근본주의와 폭력은 강화되고, 각종 금지법들은 더욱 많아지겠지. 이 맹목적인 경주 속에서 오늘의 극단주의자들이 내일에는 온건파로 여겨지게 될 거야. 여자들은 알 낳는 기계로 전락하여 집에 갇혀 교육과 소통의 권리를 박탈당하게 될 거고, 남자들은 육체적인 힘만 숭배하게 될 거야.」

「사실 난 그런 상황을 어떤 소설에서도, 어떤 영화에서도 본 적이 없어.」 페트나가 고개를 끄덕이며 말을 받는다. 「유감스러운 얘기지만, 심지어는 SF 소설 작가들마저도 이런 사실을 묘사하는 걸 두려워하는 것 같아. 왜냐면 그들은 적어도 종교인들만큼은 우리가 함부로 비꼬거나 농담할 수 없는 존재라는 사실을 알고 있기 때문이지.」

「그럼 샤를, 당신은요?」 파란 머리 가닥의 젊은이가 묻는다.

마스크를 쓴 그의 얼굴에서 보이는 것이라곤 충혈된 두 눈, 그리고 그를 원통형 부리가 달린 새처럼 보이게 하고 있는 여과통뿐이다.

「나요? 나도 비관주의자예요. 난 마야의 예언을 믿어요. 나는 2012년에는 태양계의 행성들이 일직선으로 늘어서서 지구의 축을 흔들어 놓을 거라고 생각해요. 그리되면 중력에 변화가 일어나 우리는 우주 공간으로 떠오르게 되겠죠. 아니면 우리 모두가 팝콘처럼 터져 버릴지도 몰라요. 종말이 도래할 거예요.」

김예빈은 대속의 시민들이 저마다 본 미래의 모습들을 가능성의 나무에다 기입한다. 그러자 가지들의 끝 부분에서 〈시나리오 1〉, 〈시나리오 2〉라는 번호가 붙은 텍스트들이 잎사귀의 형태로 불쑥불쑥 솟아 나온다. 그는 각 잎사귀 위에다 발상자의 이름과 날짜를 적어 넣는다. 심지어는 무언가를 암시하는 기호까지 붙여 놓는다. 마치 이 미래의 묘사도 저작권의 보호를 받을 수 있다는 듯이.

「좋아. 지금까지는 모두가 부정적인 전망만을 내놓았어. 아마도 텔레비전 뉴스가 매일 우리에게 쏟아 내는 부정적인 정보들이 낳은 결과겠지. 자, 이제는 모두가 긍정적인 전망을 한 가지씩 내놓아. 부정적인 것들 앞에 늘어놓아 보자고. 자, 남작, 당신이 만일 낙관주의자라면 어떤 세상을 보게 될 것 같아?」

「대규모 핵전쟁의 반대 항이라면 당연히 세계 평화와 지구 전체의 무장 해제가 되겠지. 그리고 폭군들과 광신적 독재자들은 하나도 남김없이 쫓아내야 할 거고. 만일 모두가 동일한 민주적 규칙을 준수하기를 진정으로 원한다면, 일종의 슈퍼 UN이 필요해. 다시 말해서 세계 도처의 폭력적 범죄 집단들의 부상을 저지하고, 인권 존중을 강제할 수 있는 국제적 의회이지. 그래. 세계 평화를 강제할 수 있는 실제적인 집행력을 지닌 〈현인들의 의회〉가 필요할 거야. 그리되면 그들은 조세 천국들을 폐쇄하고, 정치계를 윤리화하고, 세계 평화 유지를 위한 일종의 경찰을 창설하고, 사람들로 하여금 그들의 원초적 파괴 충동에도 불구하고 서로를 존중하게 만들 수 있을 거야.」

「공작 부인은?」 김이 묻는다.

「음, 인구 과잉의 반대는 전 지구적 차원에서의 출산 조절이 되겠지. 이를 위해서라도 남작이 제안한 각국의 현인들이 모인 의회는 좋은 아이디어라고 생각해. 발달한 의학 덕분에 유아 사망률이 훨씬 줄었다는 사실을 알게 되면, 사람들은 양보다는 질을 추구하게 될 거야. 각 가정에 아이가 한 명밖에 없겠지만, 출생 직후부터 올바르게 사랑받고, 양육되고, 교육받을 수 있는 자동적이고도 의무적인 권리를 누리게 될 거야. 소아 성애자 조직이나 아이를 성적으로 학대하는 부모는 더 이상 존재하지 않을 것이고, 태어나는 아이들은 모두가 부모의 사랑과 교육을 제대로 받고 그가 지닌 최상의 부분을 실현할 수 있게 될 거야. 나아가서, 이처럼 질을 위해 양을 포기하게 될 인류는 새로운 가족 규칙들을 수립할 수 있을 거야. 예를 들어 사람들은 서로를 사랑하는 경우에만 같이 지내게 되겠지. 의무에 의해서가 아니라 선택에 의해 짝을 이루는 거지.」

세상에! 나와 그렇게나 문제가 많았던 이 여자의 생각이 나와 같았다니……

왕년에 모델이자 여배우였던 이 여인은 빨간 머리 가닥을 쓸어 올린다.

「그것 말고 또 있어. 사람들은 영화를 보면서 많은 시간을 보내게 될 거야. 왜냐면 내가 생각하기에, 영화는 우리를 꿈꾸게 해주고, 우리를 똑똑하고 민감한 존재로 만들어 주니까. 그래. 나는 사람들이 전쟁을 벌이거나 다른 사람들을 쓸데없이 괴롭히는 대신에 하루에 최소한 영화 두 편을 감상하며 지내는 세상이 왔으면 좋겠어. 자, 이게 내 생각이야.」

「자작은?」

「세계 평화에 대한 남작의 생각과, 출산 조절과 사랑과 교육에 대한 아이들의 권리에 관한 공작 부인의 생각을 이어서 말해 보자면, 우리는 자연과 어떤 계약을 맺어야 할 것 같아. 오를랑도, 자네가 말한 그 각국 현인들의 의회에는 변호사들이 포함되었으면 좋겠어. 바로 동물의 변호사들이지. 또 숲의 변호사도 한 명쯤 있으면 좋겠고. 이 변호사들은 어떤 정치적 결정이 내려지기 전에 〈보완적인〉 시각들을 제시하게 될 거야. 예를 들어 동물상과 식물상을 지나치게 파괴할 위험이 있으면 댐 건설을 중단하도록 해야 해. 그 대신 모든 동물종과 식물종들에 대한 연구가 활발하게 진행될 거고, 어쩌면 이를 통해 동식물의 DNA에서 모든 질병에 대한 치료제를 얻어 낼 수도 있게 될 거야. 사실상 종 하나가 사라질 때마다 미래에 출현할 수 있는 어떤 질병에 대한 치료제 하나가 역시 사라진다고 확신해. 이렇게 인류는 자연을 하나의 굴복시켜야 할 적이 아니라, 우리를 도울 수 있는 같은 편으로 취급하게 될 거야. 내 말뜻을 이해할랑가 모르겠지만.」

「그럼 후작, 네가 보는 긍정적인 미래는?」

「아나키의 세상이야. 더 이상 경찰도 없고, 군인도 없어. 더 이상 사제도, 도덕도, 전문가도 없지. 각자는 자유롭지만, 자신의 행위에 대해 책임을 지며, 공공의 선만을 생각하지. 이 세상을 지배하는 것은 일종의 자연적 공민 정신으로써, 사람들은 다른 사람들을 쓸데없이 괴롭히러 들지도 않고, 남들보다 더 많은 물건이나 권력을 가지려고 하지도 않지. 더 이상 사장도, 노동자도, 주인도, 노예도, 지배자도, 피지배자도 존재하지 않는 세상이야. 하지만 거기에서도, 모든 일을 먼저 나서서 스스로 행하고, 다른 사람들이 대신 해주기만을 기다리지 않는 자세를 학교 때부터 아이들에게 가르쳐야 할 거야. 마법의 방정식은 〈자유는 책임을 수반한다〉이고 그 반대는 아니니까.」

「처음으로 이 멍청한 녀석의 말에 공감을 해보는군!」 오를랑도가 고개를 끄덕인다. 「사람들은 자유를 원한다고 말하지만, 막상 그것을 손에 쥐여 주면 사용하려고 하지 않지!」

바이킹은 자신의 결의를 표현하기 위해 가래침을 탁 뱉는다. 김은 표정이 조금도 변하지 않고 말을 잇는다.

「사람들은 테크놀로지를 보다 현명하게 사용하게 될 거야.
기계들은 모든 힘든 일들, 그리고 우리를 피곤하게 만들어 이
른 나이에 폭삭 늙게 만드는 모든 것들을 사라지게 하겠지.
덕분에 우리는 우리의 뜻에 따라 시간을 조절하여 우리가 진
정으로 좋아하는 일들에 전념할 수 있을 거야. 또 기계들은
우리가 공해와 맞서 싸울 수 있게끔 도와줄 거야. 나는 오직
과학만이 과학의 폐해로부터 우리를 구해 줄 수 있다고 생각
해. 또 기계들은 결국 그들의 존재와 그들의 삶에 대한 자의
식을 갖게 될 거라고 생각해. 따라서, 이건 아까 페트나가 내
놓은 생각에 이어질 수 있는 건데, 로봇들과 지능 있는 기계들
의 변호사도 두어야 한다는 게 내 제안이야. 이 기계들이 자
발적으로 우리를 위해 일해 주려면, 그 변호사와 협상이 필요
하지 않겠어?」

「샤를?」

「나는…… 그러니까…… 지금으로썬 보이는 게 하나도 없
네요. 난 그냥 넘어갈게요. 그렇지만…… 그래, 이런 생각은
어떨까요. 동물, 식물, 기계 들을 위한 변호사들 외에도, 현인
들의 의회에 지구 전체를 위한 변호사가 하나 있었으면 좋겠
어요. 사람들로 하여금 자신들이 〈가이아〉라는 이름의 이 살
아 있는 거대한 존재 위에 붙어 있는 기생충들이라는 사실을
의식하게 해주기 위함이죠. 그리고 지구의 종말이 너무 일찍
오는 것을 막기 위해 이 장소가, 즉 여러분의 〈비공식 미래 전
망부〉가 계속 발전해 나가서, 지구 전체와 관련된 결정을 내
려야 할 때는 반드시 의견을 물어야 하는 중요한 기구가 되었
으면 해요.」

이 생각은 모두의 마음에 들었고, 공감의 술렁임이 좌중을
훑고 지나간다.

「자, 그럼 카산드라, 당신은요?」샤를 드 베즐레가 묻는다.

「동물들과 식물들을 대변하는 변호사, 기계들과 로봇들을 대변하는 변호사, 그리고 지구를 대변하는 변호사 외에도, 난 아기들을 대변해 주는 변호사를 제안하고 싶어요. 다시 말해서 앞으로 오게 될 세대들의 변호사지요.」

「특이한 생각인걸.」페트나 와데는 자신도 모르게 내뱉는다.

「그 변호사는 우리의 아이들과 우리 아이들의 아이들을 대신하여 발언할 거예요. 우리는 이 변호사와의 협상을 통해 물과 공기의 오염도를 결정해야 할 거예요.」

김은 긍정적인 시나리오들은 파란색으로, 부정적인 시나리오들은 빨간색으로 기입한다. 그리고 그 중간에 중립적인 시나리오들을 넣을 흰색 칸들도 만든다. 모두가 돌아가면서 긍정적이지도, 부정적이지도 않은 세계 진화 시나리오들을 찾으려고 시도한다. 그들은 관광 산업, 영화, 인터넷, 우주 정복 등이 어떻게 발전해 갈 것인지를 예상해 본다.

이 흥미진진한 작업에 갑작스레 재미를 붙인 〈비공식 미래 전망부〉의 멤버들은 밥 먹는 일도 잊어버린 채 온종일 움막에서 나오지 않는다. 이렇게 그들은 수십 개의 가능한 미래를 만들어, 가능성의 나무의 높고 낮은 가지들에 정성껏 걸어 놓는다.

찾아낼수록 더 찾아보고 싶고, 갈수록 쉽게 느껴진다.

사실 이것은 우리 부모님이 발견해 낸 거야. 우리는 미래를 그려 보는 일을 포함하여, 모든 일에 뇌를 훈련시킬 수 있어. 시도해 보고, 또 꾸준히 연습하기만 하면 어떤 일이든 할 수 있어.

가능성의 나무의 번호 매겨진 잎사귀들은 금방금방 늘어난다.

오후 1시경, 마스크 속으로 땀이 차오자 더 이상 견딜 수 없게 된 샤를 드 베즐레는 드디어 방독면을 벗어 버린다. 그리고 몇 차례 토한 후에 사람들의 조언을 들어 가면서 하치장 공기에 적응하는 데 성공한다.

「시위 진압 경찰들은 최루 가스에 익숙해져서 그 냄새를 아무렇지도 않게 맡는다고 하잖소.」 오를랑도가 말한다.「그렇다면 대속의 이 특별한 공기에 익숙해지는 일은 훨씬 쉬운 일이지. 심지어는 오래 지내다 보면 향수를 불러일으키는 어떤 구수한 냄새까지 느낄 수 있게 될 거요……」

저녁 10시가 다 되었지만 한번 끓어오른 열기는 쉽게 수그러들 기미를 보이지 않는다. 그들은 〈그리고 만약〉으로 시작되는 잎사귀들을 가지마다 걸어 놓고, 새로운 생각이 나올 때마다 서로 말을 끊어 가며 그것에 이어지는 새로운 잎사귀들을 제안해 간다.

그 흥분된 분위기 속에서 카산드라 카첸버그만이 얼굴을 살짝 찌푸리고 있다.

183.

너무 쉬워. 이건 아니야.

무턱대고 〈그리고 만약〉을 쌓아 가기만 해서는…… 그 결과는 무수한 가정들의 어지러운 무더기일 뿐이야.

방향 없이 계속 아이디어만 내는 것은 그저 마약에 불과해.

아이디어들을 잔뜩 쌓아 놓고 있으면 자신이 뭔가를 하고 있다는 환상이 오니까.

아이디어들에 질서를 부여하는 어떤 방법, 메커니즘을 만들어야 해. 정리되지 못한 아이디어들은 제멋대로 가지를 뻗어 서로에게 방해가 될 뿐이야.

물론 자연은 그렇지 않아. 잎사귀들을 연결하고, 또 그 간격을 일정하게 벌려 놓지. 한쪽 잎사귀들이 자는 동안 다른 쪽 잎사귀들이 햇빛을 받도록 하기 위해서야. 잎사귀 사이의 공간은 어떤 엄밀한 계산에 의해 정해진다고, 어렸을 때 책에서 읽었던 것 같아.

그것은 황금 비율과 관계가 있었어. 맞아, 생각난다. 자연은 잎사귀들 사이의 간격을 황금 비율, 즉 $(1+\sqrt{5})/2$의 비율로 벌린다고 했어.

이제 우리는 우리의 나무에 어떤 자연적인 건축 구조를, 어떤 논리적인 조직을, 수액을 순환시킬 수 있는 어떤 방법을 찾아 줘야 해. 그러지 못한다면 이 나무는 죽은 잎사귀들의 혼돈스러운 무더기로 남게 될 뿐이야.

오빠의 정신이여, 이 새 도구의 이상적인 사용법을 찾아낼 수 있도록 우릴 도와줘요.

184.

「공주, 얼굴이 좀 이상하네?」 페트나가 말한다. 「무슨 문제라도 있어?」

카산드라는 대꾸하지 않는다. 그리고 잠시 망설이다가, 키보드 근처에 놓인 럼주 병을 집어 든다. 그녀는 거의 넘칠 정도로 잔을 가득 채워서는, 눈을 감고 얼굴을 찡그리면서 한입에 털어 넣는다.

그녀는 다시 한 잔을 따르고 또 한 잔을 따른다. 이어 트림을 하면서 떠오를 듯 말 듯 한 생각을 명확히 해보고자 머리를 부르르 흔든다. 그렇게 네 번째 잔까지 마셔 봤지만 효과가 없자, 결국에는 병나발을 분다.

「안 돼, 공주! 전번 일을 기억하라고!」 오를랑도가 병을 빼앗으려고 하면서 소리친다.

하지만 이미 카산드라가 마지막 한 방울까지 끝내 버린 후이다. 병은 손에서 미끄러져 그녀의 발밑에서 산산조각이 난다. 오를랑도는 낮게 투덜대면서 다시 자리에 앉는다.

우리의 뇌를 열어야 해. 우리는 단지 지적이기만 한 정신적 프로세스 속에 갇혀 있어. 항상 똑같은 생각 속에 빙빙 돌고 있지. 이런 태도는 순진할 따름이고, 아무 결과에도 이르지 못해. 나의 사고 기계에 독을 주입하여 약간 흐트러뜨릴 필요가 있어. 좌뇌의 지배력을 느슨하게 해야 해.

그녀는 럼주 다음에 맥주를 마시고, 그 다음에는 포도주를 팩 꼭지에다 입을 대고 쭉쭉 빨아 마신다. 또다시 트림을 한다. 그러자 쏙배가 뒤집히듯 정신이 핑글 도는 게 느껴진다.

알코올에 의한 도취, 서양식의 주술인 셈이지. 하지만 효과는 분명히 있을 거야.

현기증이 느껴지기 시작한다. 오빠의 유령이 나타나 뭐라고 속삭이는 것 같은 느낌이 든다.

「……다니엘!」

오빠가 보여. 내 정신이 해방되자 오빠가 나타났어.

그녀는 눈꺼풀을 내린다.

이렇게 하니까 더 잘 보이네.

취기에 요동치던 카산드라의 몸이 차분해진다. 그리고 두 눈을 감은 채로 깊게 호흡한다.

185.

다니엘 카첸버그는 얼굴의 반을 가린 머리칼을 쓸어 올린다. 두 눈은 열에 들떠 있다.

「누이, 안녕.」

「안녕, 오빠. 난 오빠의 생각을 실현하고 있는 중이야.」

「고맙다. 알고 있었어. 그래서 널 만나지 않고는 죽을 수 없었지. 널 봤기 때문에 떠날 수 있었어.」

「우리는 미래에 대한 슬라이드 필름은 많이 갖고 있어. 하지만 이것들이 영화가 되지 않아.」 그녀가 안타깝게 고백한다.

「프로젝트의 규모를 감안해 보면, 그렇게 쉽게 이루어졌으면 오히려 이상한 일 아니겠어? 그래, 네가 생각했던 게 뭐야? 저 다섯 사람을 데리고서 앞으로 올 시간 전체를 통제할 수 있기를 바랐어?」

「어떤 방법이 필요해. 하지만 난 올바른 방법을 찾아내지 못했어.」

「물론 그렇겠지. 하지만 내가 도와줄 거다. 나 역시 너의 세포들의 깊은 곳에 존재하고 있으니까. 누이야, 다른 이들도 부를까?」

「다른 이들?」

「여러 종류가 있지. 1) 트로이의 카산드라. 2) 너의 생물학적 조상들. 3) 너의 전생의 카르마들. 4) 동물들과 자연의 영.」

자신의 영혼 속에 이처럼 많은 자원이 숨어 있다는 사실이 그녀를 놀라게 한다.

「나는 3번을 고를래. 내 전생의 카르마들.」

그러자 러시아 의사, 사무라이, 파르티아 궁수, 페니키아의 여자 과일 장수, 승려들, 농부들, 수렵과 채집 생활을 하던 선사 시대의 사람들이 모두 나타난다.

다니엘은 그들을 주위에 빙 둘러서게 하고는 말한다.

「여러분! 까마득한 옛날부터 우리 모두에게는 똑같은 고민이 있었습니다. 바로 낭떠러지를 향해 치닫는 인간 떼를 구원할 빛의 길을 찾는 거였죠. 여러분의 마지막 환생인 카산드라는 지금 성공을 눈앞에 두고 있습니다. 그녀는 수많은 조력자들을 찾아냈고, 행동의 자유를 얻었고, 의욕도 충만할 뿐만 아니라, 그녀의 생각을 세상에 이어 줄 수 있는 놀라운 도구인 인터넷까지 갖고 있습니다. 그녀의 형제인 나 다니엘과 이전의 환생들인 여러분은 그녀를 도와야 합니다. 목적지에 이렇게 가까이 왔는데 여기서 좌초할 수는 없는 노릇입니다. 여기서 좌초한다면 이 일을 해낼 수 있는 또 다른 존재가 태어날 때까지 기다려야 합니다. 하지만 그 새 아이가 그의 온전한 의식에 도달하게 되는 때는 이미 늦은 시간이 될지도 모릅니다. 지금 인류는 최후의 기로에 서 있습니다. 몇 달, 혹은 몇 주 안에 모든 게 결판 날 수 있습니다. 아니 며칠 후일지도 모르죠. 빨리 행동해야 합니다.」

「잠깐, 당신은 누구지?」 카산드라가 묻는다. 「정말로 내 오빠의 유령이 맞아?」

「아니야, 누이야. 난 더 이상 존재하지 않는단다. 난〈한 이상적인 형제의 추억〉일 뿐이야. 나를 이렇게 존재하게 하는 것은 바로 너 자신이야. 전에 네가 네게 영감을 주었던 트로이의 카산드라를 존재하게 했듯이 말이다. 우릴 여기 있게 해 주는 것은 바로 너야. 너의 특별한 정신과, 이런 것이 가능하다고 믿을 수 있는 너의 능력 덕분이지. 이 모든 것은 너일 뿐이야. 항상, 그리고 어디에서나 단지 너일 뿐이야.」

그녀 꿈속의 다니엘 카첸버그는 이런 사실을 알려 주게 되어 약간은 유감이긴 하지만, 동시에 몹시 기쁘다는 표정이다.

「그럼, 저들 역시 존재하지 않는 거야?」

「저들은 네 정신 속에 실제적으로 존재할 뿐만 아니라, 엄청난 중요성을 갖고 있기도 하지.」

「그렇다면 저들은 결국 나의 광기의 반영에 불과하다는 얘기야?」 그녀가 낙담하여 되묻는다.

「아니, 저들은 실제로 존재했어. 넌 절대 헛것을 보고 있는 게 아니야. 넌 단지 너의 기억을 통하여 죽은 자들을 부활

시켰을 따름이야.」

「무슨 말인지 모르겠어.」

「왜 넌 항상 너의 분석적인 좌뇌로만 생각하지? 시인(詩人)인 우뇌는 이 개념을 이해할 수 있어. 너의 정신이 우릴 살게 하는 거야. 그리고 우린 그 대가로 너를 도와주지.」

「그의 말이 맞아.」 이번에는 트로이의 카산드라가 불쑥 나타나며 동을 단다. 「네가 우릴 생각하는 순간부터 우리는 존재하게 된단다.」

「자, 누이야, 더 이상 이해하려 하지 마. 더 이상 모든 것을 설명하려고 하지 말라고. 우리를 이용해. 그냥 단순하게. 그럼 알게 되겠지만, 우린 네게 많은 걸 해줄 수 있단다.」

그러자 전생의 환생들은 기절해 있는 소녀에게 저마다 얘기를 해준다. 논의를 주도하여 이 토론회에 최대한의 효율성을 부여하는 이는 물론 젊은 수학자이다.

186.

카산드라 카첸버그는 눈을 번쩍 뜨면서 외친다.

「우리는 길을 거꾸로 갔던 거야!」

「오, 잠자는 숲속의 미녀가 돌아오셨군!」 에스메랄다가 빈정댄다.

「지금 공주가 뭐라고 했어?」

「〈길을 거꾸로 갔다〉라고 말한 것 같은데?」 페트나가 말한다. 「무슨 말을 하려는 건지 당최 알 수가 없네.」

마라부가 물이 담긴 유리잔을 내밀자, 그녀는 단숨에 들이켠다. 술을 잔뜩 마신 후라서 목구멍이 바짝 말라 있고 이마는 지끈지끈하다. 하지만 그녀는 건드리면 터질 듯한 에너지가 온몸에 가득함을 느낀다.

「왜 진작에 그 생각을 못했지? 그래, 반대로 해야 했어. 현재에서 출발해서 미래의 잎사귀들로 나아가는 대신에, 난 여러분에게 다른 방법을 제안하고 싶어요. 우선 열매들을, 다시 말해서 우리가 보기에 이상적이라고 생각되는 먼 미래들을 먼저 설정해 놔요. 그러고 나서 그것들에 도달하기 위해 취해야 할, 혹은 새로 만들어야 할 길이 무언가를 생각해 보는 거예요.」

「뭣이라?」

「각자 돌아가면서 이상적인 사회를 하나씩 만들어 봐요. 그런 다음 그것을 목표로 삼아서, 거기에 이르기 위해서는 어떤 중간 단계들을 만들어 가야 하는지 함께 생각해 보자고요. 뭐랄까, 〈역신(逆進) 미래학〉이라고 표현해 볼 수 있을까요? 어쨌든 뭔가 새로운 단어가 필요하겠죠.」

나로 인해 사전이 새 단어를 하나 얻게 되는 거지.

「절묘한데!」 김이 고개를 끄덕인다. 「얘 말이 맞아. 〈이상적인 먼 미래를 상상하고, 그다음에 거기에 도달할 수 있는 중간 단계들을 발견해 나간다.〉 기막힌 생각이야! 브라보, 공주!」

그리하여 그들은 먹고 마셔 가면서 가능한 낙원의 비전들을 한 사람씩 돌아가며 묘사해 본다.

김예빈은 모든 사람이 항상 다른 사람들에게 접속되어 있는 세상을 상상해 본다. 요컨대 개미의 세계와 비슷한 세계란다.

에스메랄다도 김이 말한 개미의 세계에 영감을 받은 모양이다. 그녀가 상상한 세계는 사랑에 있어서 소유의 개념이라고는 조금도 존재하지 않고, 모두가 자유로운 관계를 누리는 사회다.

「사람들은 더 이상 〈내 아내〉, 〈내 남편〉, 〈내 애인〉, 〈내 아이들〉 혹은 〈내 부모〉 같은 말을 사용하지 않아. 〈내 직원들〉, 〈내 선거인들〉 같은 말은 더더욱 쓰지 않지. 내가 바라는 미래는 누구도 누구에게 속하지 않고, 누구도 누군가를 사랑해

254

야 할 의무가 없는 그런 세상이야. 거기서는 사랑의 개념이 의무적이지도, 계약적이지도 않지. 사람들은 자유롭게 서로에게 접근하고, 또 자유롭게 헤어지게 될 거야.」

모두가 공감을 표시한다.

샤를 드 베즐레는 미래에 대한 두려움이 없는, 아니 두려움 자체가 존재하지 않는 세계를 꿈꾼다.

「거기서 사람들은 장차 무슨 일이 일어나게 될지 다 알고 있어요. 그래서 현재의 순간을 충일하게 누리기만 할 뿐이에요. 순수한 즐거움을 느끼면서 말이죠.」

「또 당신이 좋아하는 〈마야의 노래〉 얘기인가요?」

「물론이죠. 나의 이상적인 미래 세계는 사람들이 미래에 대한 불안감에서 해방되어 즉각적인 쾌락들을 추구하는 일로만 시간을 보내고, 또 그런 쾌락들의 가치를 온전히 이해할 수 있게끔 교육을 받고 자라나는 그런 세상이에요.」

샤를 드 베즐레는 열띤 목소리로 계속 말한다.

「거기서는 원하는 모든 정보를 곧바로 얻을 수 있어요. 어떤 짝하고 같이 살아야 하는지 알 수 있어요. 어떤 식업을 가져야 하는지도 알 수 있어요. 또 이상적인 삶을 위해서는 어떤 장소를 택해야 하는지도 알 수 있지요. 그래서 우리는 모든 축적과 권력의 욕구에서 벗어날 거고, 모든 것과 완전한 조화를 이루며 살 거예요.」

「흠, 처음 들어 보는 개념들이지만 마음에 드는데?」 오를 랑도 반 드 퓌트가 고개를 끄덕인다. 「맞아. 항상 〈더 많이, 더 많이〉를 원하게 만드는 물질적인 불안감에서 벗어나야 해. 성장을 포기해야 해. 인구 성장만이 아니라, 경제적 성장도 포기하고 대신 조화를 이뤄야 해.」

「자연, 동물, 지구, 로봇, 그리고 다른 인간들과 조화를 이뤄야지.」 페트나 와데가 덧붙인다.

「자기 자신과도 조화를 이뤄야죠.」 카산드라가 보충하여 매듭짓는다.

「바로 그거야, 공주. 자, 그럼 너의 이상적 미래는 어떤 모습이지?」

소녀는 잠시 동안 곰곰이 생각해 본다.

「거기서는 사람들이 아무런 스트레스도 받지 않고 1,300살까지 살아요. 아까 김은 사람들이 예를 들어 뇌에 컴퓨터를 심어 모두가 접속된다는 식으로 얘기했었죠. 하지만 내가 보는 미래는 그 이상이에요. 거기서는 모든 사람이 자신의 생각을 제어하여 그 누구와도, 그 무엇과도, 그 어디와도 공감을 나눌 수 있는 능력이 있어요. 단지 인간들과만이 아니라, 모든 것과요. 이것이 의미하는 것은 단순한 물질적인 변화가 아니에요. 이것은 우리 안에 숨어 있는 더 깊은 무언가를 되찾는 것을 의미하죠. 〈더 깊은 무언가〉, 이걸 어떻게 표현해야 좋을까…….」

〈신생아의 순수한 의식?〉

〈하나의 뇌와 하나의 몸을 뛰어넘는 능력?〉

〈피부라는 거죽 속에 갇혀 있는 정신?〉

「……내가 부모님 덕분으로 나도 모르게 얻게 된 그 작은 것, 즉 〈확장된 의식〉 혹은 〈무한한 의식〉이라고 이름 붙일 수 있는 그것이죠. 이제 우리는 동물들과 지구, 혹은 다음의 세대들과 더 이상 협상할 필요가 없어요. 왜냐면 우리와 이 모든 것들은 구별할 수 없는 하나이기 때문이죠.」

긴 침묵이 뒤따른다.

「또 미래의 아이들을 교육할 때는, 나 자신이 실험해 본 그 것과 비슷한 무언가가 행해질 거예요. 바로 좌뇌의 지배에서 우뇌를 해방시키는 거죠.」

이번에는 침묵이 한없이 이어진다.

드디어 에스메랄다가 입을 열어, 지금 모두의 머릿속에 들어 있는 생각을 표현한다.

「자, 지금까지 너무 흥분해서 열을 내다 보니, 좀 지나치게 멀리 나간 감이 있네. 이제는 다시 사바세계로 내려와야 하지 않을까. 나는 어떤가 하면, 얼마나 난리를 쳤던지 좀 머리가 아프고 배도 슬슬 고파 오기 시작해.」

「내가 가서 워터주이 좀 데울게!」 오를랑도가 제안한다. 「그런데 샤를 씨, 혹시나 해서 묻는 건데, 오늘 밤에 여기서 주무시겠소?」

「나쁠 것 없죠! 그렇게 말해 주시니 고맙습니다. 다른 나라에 휴가 온 기분까지 드는걸요.」

「악취의 나라?」

「아뇨, 몽상가들의 나라.」

「자, 그러시다면 날 따라오시오. 우리 마을에서 어떻게 자는지 가르쳐 드릴 테니. 깡통 창고에 침낭을 마련해 주겠소.」

사람들은 모두 각자의 움막으로 들어가지만, 맑고 커다란 회색 눈의 소녀는 비공식 미래 전망부가 있는 움막으로 돌아온다.

그러고는 스크린 위에 구체화되어 있는 가능성의 나무를 물끄러미 쳐다본다.

자, 이렇게 내 꿈이 현실이 되었어.

그녀는 미래의 시나리오들이 담긴 잎사귀들을 하나하나 관찰한다. 어떤 가능한 미래들은 약간 비현실적으로 보이지만, 어차피 그런 것들은 나무가 성장함에 따라 차츰 여과될 것이다. 좋지 않은 시나리오들은 저절로 떨어져 내리리라. 빛을 받지 못하는 잎사귀들이 그러하듯이.

〈그리고 만약 우리가 등에 날개를 이식하여 새들처럼 날아다니게 된다면?〉

〈그리고 만약 대양의 밑바닥에다 도시들을 건설하게 된 다면?〉

〈그리고 만약 남자들이 사라져 버려 지구에 여자들만 남게 된다면?〉

〈그리고 만약 전 인류가 하나의 종교로 개종하여 1년 열두 달 기도만 하고 산다면?〉

〈그리고 만약 어떤 끔찍한 질병이, 어떤 바이러스가, 어떤 독감에 인류 전체가 쓰러지고 인간이 10여 명만 남게 된다면?〉

카산드라 카첸버그는 어렸을 때 정신없이 읽어 치운 수많은 SF 소설들을 떠올린다. 그 모든 것들이 미래 전망이라는 이 특별한 정신 활동에 그녀의 뇌를 준비시켜 주었을 것이다. 이런 일이 재미가 있을 뿐 아니라 깊은 보람도 느껴진다. 자신의 정신이 특별히 이런 활동을 위해 설계되었다는 느낌마저 든다.

그녀는 가능성의 나무를 관찰한다.

나무는 벌써 〈그리고 만약〉이 담긴 1백여 개의 잎사귀와 〈도달해야 할 이상적인 미래〉가 담긴 10여 개의 열매로 옷 입혀져 있다.

187.

저들이 꿈꾼 이상적인 미래는 내가 어젯밤에 꿈꾸었던 미래와 아주 비슷해. 야생 동물들, 장수하는 사람들, 깨끗한 공기…… 그래, 저들은 나와 연결되어 있어. 우리 모두는 하나로 연결되어 있는 거야.

비공식 미래 전망부는 나의 생각이 융합 모드로 기능하고 있는 다른 다섯 사람에게로 확장하는 것을 가능케 해주고 있어. 김은 이런 상태를 개미 세계에 비교했지. 혹은 이런 비유가 더 정확할 수도. 즉, 우린 하나로 연결되어 있는 컴퓨터들이야. 동일한 문제들을 약간 다르면서도 상호 보완적인 방식으로 분석하여 전체적으로는 유사한 결과들에 이르는 컴퓨터들.

188.

카산드라는 얼굴을 찡그린다.

그녀는 아랫배를 움켜쥔다. 배가 몹시 아프다. 그녀는 잠시 망설이다가 다리 사이를 만져 본 다음 손가락을 살핀다. 피가 묻어 있다.

오, 안 돼! 지금은 안 돼!

맑고 커다란 회색 눈의 소녀는 빨갛게 물든 자신의 손을 들여다본다. 의심의 여지가 없다. 그녀에게 〈그것〉이 찾아온 것이다. 열일곱 살의 나이에. 자기에겐 영영 찾아오지 않으리라 믿고 있었는데.

그녀는 정상대로라면 열세 살경에 생리를 시작했어야 했다는 사실을 잘 알고 있다. 하지만 테러와 양친의 참혹한 죽음은 그녀 몸의 기능을 갑자기 정지시켜 놓은 것 같았다. 게다가 이후의 그녀의 삶은 너무도 특별했다. 항상 그녀를 괴롭히는 알 수 없는 불안감, 다른 기숙생들의 적의, 그리고 의지할 사람 하나 없는 고독한 처지…… 이런 상황 속에서 그녀의 배는 보다 나은 날을 기다리며 동면에 들어갔었다.

신문에서 읽은 어느 기사가 떠오른다. 전시에는 여성들의 생리가 멎는 일이 종종 생긴다고 했다. 지금은 생명을 출산하기에 좋은 때가 아님을 그들의 몸이 잘 알고 있는 것처럼 말이다. 그런데 오늘, 비공식 미래 전망부의 이 특별한 모임 때문이었는지, 그녀 내부의 무언가가 비로소 풀려 버린 모양이다.

난 더 이상 전시 체제가 아니란 말인가?

이미 그녀의 몸은 그녀에게 입을 열어 생각을 표현하고, 먹는 것을 허가해 주었다. 그리고 지금은 다른 이들처럼 한 여자가 되는 것을 허락해 주고 있는 것이다.

늦긴 했지만, 영원히 없는 것 보다야 낫겠지.

그녀는 에스메랄다의 움막으로 가 문을 두드린다. 소녀가 설명을 대신하여 피 묻은 손가락을 보여 주자, 여인은 곧바로 이해한다.

왕년의 여배우는 손전등 하나를 들고 나와서는, 화장품 상자며 파우더 병 등속이 잔뜩 쌓여 있는 나지막한 언덕으로 그녀를 데려간다.

「이것들은 가격표나 보존 상태 등에 문제가 있어서 대형 매장에서 거부당한 제품들이야. 자, 좋아하는 브랜드로 마음껏 가져다 써.」

「이런 것에 대해선 난 아무것도 몰라요…….」

「그럼 가장 높은 가격이 붙어 있는 걸 고르면 돼.」

잠시 후 그들은 에스메랄다의 움막으로 돌아온다. 여인은 하얀 끈이 달려 있는 탐폰을 어떻게 사용하는지 설명해 준다.

「자, 공주. 너도 이젠 한 여자가 된 거야!」 그녀는 엄숙하게 선언한다.

여자가 되는 게 이런 거라면, 참 고통스러운 거네.

난소에서 무슨 혁명이라도 일어나고 있는 느낌이야.

정말로 끔찍해. 공장 전체가 움직이기 시작하고 있어. 사방에서 꽉꽉 잡아당기는 듯한 이 느낌. 그리고 이 많은 피. 이러다 죽는 건 아닐까? 출혈이 멎지 않을 수도 있잖아?

그녀가 몹시 힘들어하자 에스메랄다는 술 한 잔을 가져다 준다. 〈아마레토〉라고, 이달리아에서 특별히 수입해 오는 아몬드 술이란다.

「자, 마셔 봐. 아까 마신 것까지 합치면 양이 꽤 되겠지만. 어쨌든 이건 진짜 아마레토야. 집시들이 내게 가져다주는 거지.」

카산드라는 그 강렬한 향의 음료를 받아 든다. 배 속은 이미 불덩이 같은데, 이제는 식도에까지 잉걸불 조각이 들어오는 기분이다.

「한 잔 더 주세요, 공작 부인.」

그녀가 내게 반말을 쓰더라도, 난 이제 존댓말을 써야겠어.

「아니, 아몬드 술로 취할 생각이냐? 차라리 포도주나 맥주가 낫지 않겠어? 아마레토는 뒤끝이 별로 안 좋아.」

카산드라는 달콤한 술을 다 마셔 버리고는, 얼굴을 잔뜩 찡그리면서 배를 주무른다.

「쥐 한 마리가 배 속을 갉아 먹는 느낌이에요.」

「너무 엄살 부리지 마. 나도 다 겪어 봐서 아는데, 그렇게까지 끔찍한 건 아니잖아. 그리고 넌 지금 겨우 시작했을 뿐이라고. 그리고 우리끼리 얘기인데, 난 그게 오래전에 끝났지만, 그것에 대해 향수마저 느끼고 있어.」

아야야, 너무 지독한 고통이야! 어쩌면 늦게 와서 그런지도…… 그런데 에스메랄다는 〈지금 겨우 시작했을 뿐〉이라고? 도대체 무슨 말이지?

「당신은 이게 처음 왔을 때 어땠어요? 그러니까…… 달거리 말이에요.」

「몹시 아팠어. 하지만 하고 나니까 안도감이 느껴지더군. 나한테 오지 않으면 어떡하나 하고 몹시 겁을 내고 있었거든. 너, 아니? 이것은 이런 식으로 배출되는 여자의 폐기물이란다. 수정되지 못한 우리의 알들이지.」

카산드라는 잠시 망설이다가, 아까부터 입안에서 맴돌고 있던 질문을 내놓는다.

「처음 섹스할 때는 어땠나요?」

「똑같았어. 아팠지만, 하고 나서는 안도감을 느꼈지. 그리고 아마 내가 아기를 낳았어도 마찬가지의 감정을 느꼈을 거야. 이것들은 여성의 몸이 거쳐야 하는 세 가지 중요한 사건이니까.」

「저, 공작 부인…… 그러니까…… 처음 섹스를 할 때 어땠는지 좀 더 얘기해 줄 수 있겠어요?」

「뭐, 원한다면 해주지.」

에스메랄다는 묘한 미소를 머금고서 그녀를 쳐다본다.

「난 열여섯 살이었고, 그 친구도 열여섯 살이었지. 둘 다 첫 경험이었어. 우린 그걸 자연에서 했어. 그는 나를 풀밭에 눕히고는 온몸으로 깔아뭉갰지. 문제는 그 풀 밑, 내가 누운 바로 아래에 붉은 개미의 집이 있었다는 사실이야. 하지만 그가 너무 흥분해 있어서 감히 장소를 옮기자는 말도 못 꺼냈어. 그래서 난 이중으로 고통스러웠지.」

「뚫릴 때 아팠나요?」

「난 처녀막이 두꺼웠어. 그는 충차로 성문을 부수는 병사처럼 그 안을 사정없이 쳐댔어. 그렇게 끊임없이 다시 밀려 들어오는데, 어휴, 그 기분이란…….」

「됐어요. 고마워요, 공작 부인.」 카산드라가 다시 술을 한 모금 들이키며 말을 끊는다.

「공주도 꽤 발전했네! 이제는 알코올 중독자처럼 마시네. 아까도 네가 가래침 뱉는 걸 봤는데 초보자치고는 제법 괜찮았어. 이제는 담배 피우고, 욕하고, 방귀 뀌는 법만 조금 더 배우면 우리 무리와 잘 어울릴 수 있을 거야.」

에스메랄다는 그녀의 이마를 부드럽게 쓰다듬어 주면서 말을 잇는다.

「네 덕분에 아주 괜찮은 하루를 보냈어. 참 오랜만이야. 내가 이렇게…….」

……놀아 본 지도?

「어떤 계획에 열중해 본 지도. 우리는 무엇이든 계획이 있는 한 젊은 것 같아. 넌 비공식 미래 전망부라는 정말 말도 안 되는 아이디어로 대속 주민 모두에게 하나의 멋진 공사장을 선사한 거야.」

그녀는 그녀의 쪽머리를 정리하고 십자가를 푹 파인 네크라인 속의 깊은 계곡 안에 다시 갈무리해 넣는다.

「공주, 내가 널 너무 과소평가했던 것 같아.」

카산드라는 너무 아파서 대답조차 할 수 없지만, 대신 고개를 끄덕인다.

「넌 여기서 뭔가 굉장한 일을 해냈어…… 넌…… 어떻게 말해야 좋을까…… 너도 속담을 뒤집는 오를랑도의 원칙을 알고 있겠지만…….」

그녀는 적당한 표현을 찾는다.

「그래. 넌 나로 하여금 이런 생각을 하게 했어……〈자기 똥은 자기가 치운다〉, 이 말도 물론 맞는 말이긴 하지만…… 그 반대가 더 옳다는 거. 자, 이게 내가 하고 싶은 말이었어.」

그리고 그녀는 위엄을 유지하기 위해 가래침을 퉤 뱉는다.

카산드라는 많이 고통스러운지 얼굴을 더욱 찡그린다.

에스메랄다는 감기약 돌리프란 몇 봉지를 내민다. 몸을 반으로 꺾고 웅크린 카산드라는 약을 받아 정신없이 삼킨다.

「그래. 넌 여기서 많은 것을 바꿔 놓았어. 난 그 남자들의 그런 모습을 한 번도 본 적이 없어. 네가 여기 오고 나서…… 그들은…… 어떻게 말해야 좋을까…… 그래,〈회춘〉한 것 같아. 아까 오를랑도가 나한테 뭐라고 속닥댔는지 알아?〈내가 면도하면 어떨까?〉상상이 가? 수염 없는 오를랑도의 모습!」

에스메랄다는 풋 하고 웃음을 터뜨린다.

「페트나는 이제 운동을 좀 하고 싶대. 그러더니 어디서 자전거를 한 대 주워 와가지고는 지금 납땜해서 수리하는 중이야.」

「그리고 김에 대해서 말하자면, 내가 보기에 녀석은 너의 매력에 전혀 무감각한 것 같지는 않아. 하기야 둘 다 이팔청춘, 나이도 같으니까…….」

너무 아파. 그 많은 시련들을 극복하고 여기까지 왔는데, 이렇게 내 몸한테 뒤통수를 맞다니…… 정말로 한심하네!

카산드라는 아마레토 한 잔을 입안에 털어 넣는다.

한편 에스메랄다는 속에 담아 두었던 말을 다 쏟아 내기로 작정한 듯하다.

「그리고 네 과거 문제가 남았는데…… 흐음…… 그런데 말이야, 재미있는 사실이 하나 있어. 어떤 사람의 약점을 알아내려면 그의 전문 분야가 무언지를 보면 된다는군. 정신과 의사들은 대부분 약간 맛이 간 사람들이래. 미용사들은 대머리이고, 우두머리들은 열등감 콤플렉스에 시달리는 경우가 많지. 심지어 나는 꽃가루 알레르기가 있는 화원 주인을 하나 알고 있어. 그 불쌍한 여자는 항상 새빨간 눈을 하고 있지.」

에스메랄다는 느닷없이 카산드라의 손바닥을 잡는다.

「그리고 공주, 넌 말이야…… 넌 미래에 대해 유별나게 관심이 많은 사람은 자신의 과거와 어떤 문제가 있다는 사실에 대한 생생한 증거지!」

이렇게 말하면서 카산드라의 손금을 자세히 들여다본다.

「쯧쯧쯧…… 이럴 줄 알았어. 너의 행운선. 자, 여길 한번 보라고. 아주 짧아. 넌 정말 액운을 타고 났어. 그리고 생명선은 여기 있는데, 이것도 중간에서 갑자기 멈춰 버렸어.」

189.

이날 밤, 카산드라 카첸버그는 커다란 침대 위에서 인형들을 꼭 끌어안고 자고 있다.

그녀 뇌의 스크린에는 아무것도 나타나지 않는다. 그녀는 아무것도 하지 않는다. 그냥 기다리기만 한다.

오랜 시간이 흐른 것 같다.

고대의 카산드라는 오지 않는다.

아기들도 이제는 그녀를 조용히 놔둔다.

오빠도, 부모도, 제빵사 아가씨도, 케이크들도 나타나지 않는다.

그녀는 움직이지 않고 기다린다. 그녀는 혼자 있다. 어디인지 모를 곳에서 지금이 미래인지, 현재인지, 과거인지 모르는 채 덩그러니 놓여 있다.

그녀는 몸을 눕히고 꿈을 꾸는데, 그 꿈속에서 그녀는 자고 있다.

이러한 상황은 자신이 두 개의 거울 사이에 있고, 그 두 거울이 잠들어 있는 카산드라의 이미지를 무한히 반복하고 있는 듯한 느낌을 준다.

벽과 바닥에는 색깔조차 없다. 그것도 단지 거울일 뿐이다.

이 텅 빈 세계가 시간 속에서 점점 더 넓게 퍼져 간다.

그리고 그녀는 자신이 꿈을 꾸는 꿈을 꾼다.

또 자신이 꿈을 꾸는 꿈을 꾸는 꿈을 꾼다. 끝없는 미장아빔.[13] 무한한 시간 속에 계속되는.

그녀는 마침내 꿈속에서 깨어나는 꿈을 꾼다. 그리고 꿈의 꿈속에서 깨어난다. 그리고 현실 속에서 정말로 깨어난다.

190.

이제는 분명히 알아내야 해.

13 *mise en abyme*. 한 작품 안에 또 하나의 작품을 집어넣는 예술적 기법. 액자 구조.

191.

새벽 4시 44분. 밤은 아직 그의 일을 끝내지 못했다. 멀리서 몽유병 걸린 개들이 짖어 대는 소리가 간간이 들릴 뿐 하치장은 깊은 정적에 싸여 있다.

카산드라 카첸버그는 대숲의 움막들 사이를 이리저리 거닌다.

그녀는 에스메랄다가 알려 준 행운선을 달빛에 비추어 본다. 갑자기 결연한 동작으로 땅바닥에서 깨진 병 조각 하나를 집어 든다. 그러고는 그 예리한 날로 손바닥을 길게 째어 생명선을 늘인다.

미래는 돌에 새겨져 있지 않아. 우리는 의지만으로도 미래를 다시 쓸 수 있어.

그녀는 내친김에 행운선도 길게 늘여 놓는다.

우리는 언제나 선택할 수 있다고.

이제 그녀의 손에는 두 개의 가지가 뻗어 있는 자주색 나무 한 그루가 그려져 있다.

나는 피 흘리는 게 두렵지 않아. 내 몸의 온전함이 깨어져도 두렵지 않아.

하지만 살이 찢기는 아픔에 얼굴이 찡그려지는 것은 어쩔 수 없다. 그녀는 피가 그려 내는 무늬를 응시한다.

이 고통이 내 배 속의 고통을 잊게 해줄 거야.

그녀는 시뻘겋게 벌어진 두 상처에 본능적으로 럼주를 조금 붓는다. 그 고통이 얼마나 심한지 숨이 턱 막힐 정도이다. 그러고는 흰 천 조각을 물병의 물에 적셔 손을 칭칭 동여맨다.

앞으로 이어질 내 삶을 결정하는 것은 나 자신이야. 아무도 나 대신에 내 미래를 쓸 수 없어. 아무도. 심지어는 나의 유전자 코드도, 내가 받은 교육도, 혹은 하늘에 새겨져 있다는 어떤 마야의 운명도.

카산드라 카첸버그는 오를랑도 반 드 퓌트의 움막에 가본다. 그는 침대 대용으로 쓰는 자루들 사이에 몸을 묻고 코를 골고 있다. 다음에는 오이 조각들로 얼굴을 덮은 에스메랄다, 침대 위쪽에 박제한 박쥐를 올려놓은 페트나 와데의 움막에도 가본다. 샤를 드 베즐레는 상표가 붙어 있지 않은 깡통 무더기 한가운데서 몸을 둥글게 웅크리고 잠들어 있다. 그녀의 발길이 결국 이른 곳은 김예빈의 움막이다. 그는 마치 어둠을 두려워하는 아이처럼 주위의 컴퓨터 모니터들을 모두 밝혀 놓은 채, 조그만 간이침대에 누워 잠들어 있다. 그녀는 감은 눈 아래로 알 수 없는 모험들을 체험하며 꼼짝하지 않고 누워 있는 그를 내려다본다.

그가 미소를 짓는다. 그녀는 그가 이처럼 조금이나마 더 행복해진 것은 자신 덕분이기를 바란다.

남자들을 보다 푸근하고 차분하게 만들어 줄 수 있는 것이야말로 여성의 위대한 힘이지.

그녀는 한 모니터 앞으로 향한다.

자판을 두드리기 시작한다. 그 소리가 한국인의 잠을 방해하는 것 같지는 않다. 그녀는 검색창에다 〈세계 통계〉라고 친다.

미래를 보기 위해서는 먼저 출발점을 정확하게 규정해 놓아야 해. 오빠는 숫자를 좋아했어. 이제는 나도 그것을 사용할 줄 알아야겠지.

그녀는 종이에다 흥미롭게 느껴지는 통계 수치들의 목록을 작성한다.

금일 지구의 인구	6,876,935,514
연간 출생자	69,722,868
연간 사망자	30,464,083

연간 자동차 생산량	26,027,959
연간 판매된 컴퓨터	143,232,741
인터넷 접속 가능자	1,631,405,146
연간 파괴된 숲의 면적(헥타르)	5,639,917
연간 사막화된 면적(헥타르)	7,423,022
산업체가 자연에 쏟아부은 유독 물질(톤)	4,903,933
올해 배출된 이산화탄소(톤)	11,181,914,254
연간 멸종된 동물 종	492

자, 이것이 오빠의 작업 방식이었어. 막연한 추측에 머무는 것이 아니라 정확한 수치들을 내고 또 그것들을 보여 주었지. 그리고 이것이 그렇게 해서 드러난 오늘날의 참혹한 현실이야.

목록을 보고 있자니, 인구 증가와 경제 성장 속도를 늦추든지 아니면 완전히 멈추게 하지 않으면 안 된다는 확신이 그 어느 때보다도 강해진다.

그녀는 종이를 공처럼 구겨 김의 쓰레기통에 집어던진다.

다시금 배의 통증이 느껴진다. 또 익숙하지 않은 탐폰도 거북하기 이를 데 없지만 함부로 뺄 수는 없는 노릇이라서 답답하기만 하다.

왜 이렇게 아픈 걸까?

나침내 그녀는 만족스러운 대답을 찾아낸다.

지금 배는 내게 이렇게 말하고 있어. 자기는 아기를 낳을 준비가 되어 있는데 수정되지 못해서 불행하다고. 그래서 나를 이렇게 벌주고 있어. 내 몸은 내가 섹스를 하도록 자극하고 있는 거야…….

그녀는 김예빈을 쳐다본다.

저 애하고?

젊은이는 무슨 꿈을 꾸고 있는지, 계속 미소를 지으면서 몸을 뒤척인다.

잘생겼어. 몸도 매력적이고. 입도 참 예쁘고, 손도 잘생겼어.

기숙사에서 여자애들이 저들끼리 속닥거리곤 했지. 남자의 손가락 형태를 보면 성기 형태를 유추해 낼 수 있다고.

그녀는 미소를 짓는다.

하지만 그의 손을 좀 더 가까이서 살펴볼 용기는 나지 않는다.

어쩌면 나에 대한 꿈을 꾸고 있을지도 몰라. 그래서 흥분하고 있을지도 모르지. 어쩌면 자기와 섹스를 하는 나를 상상하고 있는지도 몰라. 또 어쩌면 내가 섹시한 옷을 입고 자기를 애무해 주고 키스해 주는 모습을 보고 있는지도 모르지.

이런 생각을 하니 놀랍게도 몸과 마음이 한결 가라앉는 걸 느낀다.

그래, 그는 분명히 내 꿈을 꾸고 있어. 그는 내가 굉장한 사람이란 걸 깨달았고, 이 세상 그 누구보다도 나를 갈망하고 있어. 나를 알고 난 이후로 여자에 대한 그의 관점은 완전히 바뀌었지.

처음에는 나를 몹시 싫어했지만 지금은 표현은 안 해도 나를 열렬히 좋아하고 있어. 나를 기쁘게 해주기 위해서라면 무슨 일이라도 할 준비가 되어 있지. 하지만 너무 쉽게 내 마음을 보여 줘서는 안 돼. 그의 갈망이 최고조에 이를 때까지 나를 갈망하도록 만들어야 해. 그리고 구애는 정중한 예를 갖춰서 정식으로 해줬으면 좋겠어. 나는 처음에는 짐짓 충격을 받은 척하면서 싫다고 대답할 거야. 싫다고 말하는 것은 우리 여자들의 역할이니까. 그렇게 하지 않으면 우린 쉬운 여자로 여겨지고, 남자들은 우리를 높이 평가하지 않게 되지. 이건 내 깊은 속에서 알고 있는 사실이야. 내 전생의 카르마였던 모든 여자들이 내게 그렇게 말해 주고 있어. 또 역시 나의 카르마였던 모든 남자들도 과연 그렇다고 확인해 주고 있고. 약간은 불여우처럼 굴어야 해. 남자들은 그걸 좋아하니까. 내가 거절해도 그는 계속 대시해 올 거야. 그럼 난 이렇게 말하는 거야. 우리 그냥 친구로 남고, 더 이상은 관계를 발전시키지 말자…… 그가 정말로 나를 좋아하는지 확인하기 위해서지. 그런 다음에는 그에게 이유 없이 못되게 구는 거야. 약속 시간에 늦게 나가거나, 어처구니없는 비난을 해대는 거야. 이 모든 것들에도 불구하고 여전히 나를 좋아하는지를 확인하기 위해서지. 그다음에는 기다리게 하는 거야. 그는 핼쑥해져 가지고 나를 엄청나게 갈망하면서 힘든 시간을 가져야 한다고. 조금은 말이야.

카산드라는 또다시 온몸에 쩌르르 퍼지는 경련성의 통증에 몸을 바짝 오그린다.

한 여자가 되면서, 내 몸은 농업의 주기와도 같은 주기의 시스템으로 들어가고 있어. 수확을 하기 위해서는 씨앗을 심어야 하는 법이지. 지금으로부터 1만 1,400년 전 요르단 강 분지에서 신석기 혁명이 일어났다고 하는데, 그 주체는 당연히 여자였을 거야. 따라서 미래학을 발명한 것도 여자였던 셈이지.

카산드라는 아랫입술을 꼭 깨문다.

아, 제길! 정말로 섹스가 하고 싶어졌어! 이 달거리 때문이겠지만, 나의 호르몬 체계가 다 깨어나 버렸어. 피부가 훨씬 민감해졌어. 젖가슴의 끝부분이 딱딱해지는 것도 느껴지고.

이게 모두 얘 탓이야.

그녀는 김 위로 몸을 굽힌다. 그의 얼굴은 방의 어스름 속에서 맑게 빛나고 있다.

얘가 조루증이 아니었으면 좋겠는데. 젊은 사람들은 너무 감정이 예민해서 오래 지속할 줄을 모른다던데. 내 쾌락 곡선이 막 올라가기 시작하는 참에 상대의 쾌락 곡선이 뚝 그쳐 버리면 참…….

그녀는 고개를 설레설레 흔든다.

게다가 내게 너무 위압감을 느낀 나머지 발기하지도 못하면 어떡하지? 페트나에게 부탁해서 비아그라 대용으로 쓴다는 그의 마법의 비약을 준비해 놓아야 할 거야. 난 김에게 이렇게 말하는 거야. 〈자기, 편하게 앉아 있어. 내가 마실 것 좀 가져다줄게.〉 그리고는 그걸 가져다주는 거지. 그리고 농담을 하나 들려주어 분위기를 부드럽게 해줄 거야. 어떤 수민달팽이와 암민달팽이가…… 아니야, 민달팽이 말고, 두 기린의 이야기가 좋겠어.

그녀는 자신의 머리칼을 어루만진다.

섹스를 끝내고 나서, 이 애가 이제는 모든 걸 다 얻었고, 내가 자기에게 속하게 되었다고 믿는 일이 있어서는 안 돼. 난 자유로운 여자라는 사실을 분명히 알려 줘야 할 거야.

그래. 에스메랄다의 말이 정말 옳아. 남자들은 언제나 소유하는 것만을 생각하지. 〈내 아내〉, 〈내 개〉, 〈내 재산〉 등등. 그리고 사람들이나 물건들이 결정적으로 자기 것이 되었다고 생각하면 새로운 먹잇감을 정복하러 떠나 버리지.

소녀는 잠시 생각에 잠긴다.

또 내가 하룻저녁 상대로만 좋을 뿐, 그다음에는 잊어버리고 마는 그런 종류의 여자로 여겨져서도 안 돼. 어떻게 해야 그걸 피할 수 있지?

그녀는 곰곰이 생각해 본다.

해답은 하나뿐이야. 같이 자고 난 후에도 더욱 도도해지는 거지. 그가 내 발밑에 기면서 애원하게 만들어야 해. 그렇게 되면 최소한 나를 차버릴 생각은 감히 품지 못하게 되겠지. 나한테 반지를 가져오게 만들어야 해.

그녀는 반지와 반지 낀 자신의 손가락을 눈앞에 그려 본다.

그러고 나서는 무엇보다도 그가 너무 찰거머리같이 달라붙지 않는 것이 중요해. 항상 붙어 있으려고 하는 남자는 금방 싫증이 날 테니까.

그녀는 눈을 감는다.

그리고 우린 다시 한 번 사랑을 나눌 거야. 물론 두 번째 할 때는 첫 번째보다 훨씬 낫겠지. 하지만 세 번째는 안 돼. 그게 습관이 되면 안 되니까. 어쨌든 사랑을 나누고 나서 난 〈자기, 행복해?〉 같은 상냥한 말을 한마디쯤 던져 줄 거야. 그러고 나면 그는 내 방을 떠나 줘야 해. 처음부터 나란히 누워서 자고 싶지는 않으니까.

그러고는…… 우리의 관계를 제대로 관리해 나갈 거야. 나와 함께 살기 위해 준수해야 할 대법칙들을 알려 주겠어. 방에서 방귀 뀌지 말 것. 가래침 뱉지 말 것. 담배 피우지 말 것. 술 마시지 말 것. 그리고 나와 같이 잘 때에는 밤새도록 얌전히 붙어 있어야지 일어나서 컴퓨터 하러 간다든지 해서는 안돼. 불면증이 있다 해도 마찬가지야.

그녀는 미소를 짓는다.

하지만 난 마음을 다해 그를 사랑해 줄 거야.

일자리도 하나 갖겠어. 최악의 경우에는 그라지엘라가 제안하는 점쟁이 일도 할 수 있어. 안도감을 얻기 원하는 멍청한 사람들에게 시시껄렁한 미래를 들려주는 거지.

그렇게 낮에는 일하고 사랑하다가, 밤이 되면 세계를 구하는 일을 할 거야. 아무도 모르게. 만화에 나오는 슈퍼 영웅들처럼.

그다음에 우리는 아이 셋을 가질 거야.

그녀의 미소가 갑자기 사라져 버린다.

그리고 만약 그가 싫증을 낸다면? 결국 나를 지겨워하게 된다면?

그리고 만약 나를 밤낮으로 보다가 나의 가치를 더 이상 보지 못하게 된다면? 임신하여 몸이 흉하게 일그러져 더 이상 매력을 못 느끼게 된다면?

내게서 갖가지 결점들만을 보게 된다면?

그리고 만약 나보다 어린, 그리고 나로서는 역겨워서 차마 하지 못하는 성적 행위들을 해주는 계집애하고 바람이 난다면?

난 그런 꼴은 절대 참아 넘기지 못해. 할 수 없지! 우선은 그와의 모든 관계를 포기하는 편이 낫겠어. 나보다 훨씬 불여우일 게 뻔한 못된 년하고 바람이 날 위험이 없다는 보장이 있기 전에는.

다시금 배가 심하게 아파 오고, 카산드라는 돌리프란 약봉지를 찾으러 자기 움막으로 돌아온다.

아, 나쁜 놈! 난 자기를 위해 그 모든 것들을 다 해주려고 했는데! 뇌는 없고 달랑 성기 하나 달린 것밖에 없는 그 인간에게 나의 고귀한 마음을 내주려고 했는데! 어떻게 그토록 순수하고도 아름다웠을 수 있는 우리의 관계를 그렇게 몽땅 망쳐 버릴 수 있는 거냐고!

맑고 커다란 회색 눈의 소녀는 천개가 달린 침대에 올라가 인형들을 끌어안고 다시 눕는다. 하지만 크게 뜬 눈으로 위를 덮은 방수포를 노려볼 뿐, 잠을 이루지 못한다.

192.

김에게는 있지도 않은 장점들을 나 혼자 상상하고 나 혼자 붙여 줬어. 결국 남자들이란 아주 실망스러운 존재들이야. 모두가 비겁하고 이기적이지. 모두가 다 똑같아.

193.

이날 아침, 정적이 무겁게 깔려 있다. 수탉도, 여우도, 자명종도 울지 않는다. 몇 가닥의 햇살만이 커튼을 뚫고 그녀의 움막 안으로 들어오고 있을 뿐이다.

밤을 꼬박 샌 카산드라는 가장 일찍 나와서 불을 피우고, 아침으로 먹을 차와 과자와 뉴텔라 크림을 준비한다. 그녀는 뜨거운 차로 가득한 잔을 세차게 휘젓는다. 김예빈이 어슬렁거리며 다가오자, 그녀는 저쪽으로 가버린다.

「좋은 아침, 공주! 그런데 손이 왜 그래? 어디 다쳤어?」

그녀는 보란 듯이 휙 등을 돌려 버린다.

게다가, 아무 잘못도 없는 듯이 순진한 척하고 있어!

「자, 말해 봐, 공주. 무슨 걱정거리라도 있어?」

……걱정거리? 너의 그 위선이 걱정거리야!

그녀는 발딱 일어나 자기 움막 꼭대기로 올라가서, 거기에 걸터앉아 아침 식사를 계속한다.

「쟤가 왜 저러지? 난 아무 짓도 안 했는데?」 깜짝 놀란 청년은 방금 일어나 눈을 비비며 광장으로 나오는 사람들을 붙잡으며 하소연을 한다.

에스메랄다는 김의 귀에다 대고 속삭인다.

「걱정할 것 없어. 그녀는 엄청나게 늦게 그녀의 그걸 하고 있을 뿐이야.」

「그녀의 그거라니?」

「왜, 이런 표현 있잖아. 〈영국 놈들이 쳐들어왔다.〉」[14]

「무슨 말인지 모르겠어.」

14 1815년 나폴레옹이 워털루에서 패전한 이후 프랑스에 상륙하여 1820년까지 프랑스를 점령하고 있던 영국군은 빨간 제복을 입고 있었다. 그때부터 프랑스 민중은 이들과 여성의 월경을 연결시키게 되었다고 한다.

오를랑도가 김을 도와주려고 해본다.

「〈그녀의 개양귀비꽃〉, 〈그녀의 거시기〉, 〈그녀의 몽트루즈의 친척들〉, 〈그녀의 케첩 주간〉, 〈그녀의 곰돌이〉, 〈그녀의 미키〉 등등 여러 가지 표현들이 있잖아?」

「난 아직도 무슨 말하고 있는지 전혀 모르겠어, 공작 부인.」

「좋아, 쉽게 말해 주지. 저애가 이제 여자가 되었어. 하여튼 남자들이란 모든 걸 다 설명해 줘야 한다니까! 여성 심리에 대해선 정말로 아무 것도 몰라.」

「저 애가 생리를 하고 있다는 말이었군. 은어들이 짜증나는 점이 뭔지 알아? 아무짝에도 쓸데없는 은유들을 늘어놓아서 무슨 말을 하는지 전혀 알아들을 수가 없다고.」

에스메랄다는 코웃음을 친다. 여자의 심리에 대해 너무도 무지한 남자들이 한심하기 이를 데 없다는 표정으로.

「어쨌든 그것 때문에 날 미워한단 말이야?」

「놔둬. 지나갈 거니까.」

카산드라는 얼굴이 고통으로 일그러지려는 것을 가까스로 참으면서 아래에 있는 사람들을 내려다본다. 샤를 드 베즐레는 결국 방독면 없이 지내기로 결정한 모양이다. 그가 오를랑도와 페트나에게 마야 노래의 원리에 대해 자세히 설명해 주는 소리가 들린다.

별자리 운세 전문가였던 사내는, 누군가의 정신 속에 미래에 대한 계획이 존재하고 있기 때문에 세계는 그 계획을 실현하기 위해 조직되는 것이라고 말한다. 이 이론을 이미 알고 있는 카산드라이지만, 이 순간에는 다른 식으로 이해하게 된다.

나도 미래에다 나 자신을 투사하는 정신의 메커니즘을 때때로 멈춰 줘야 하는 것이 아닐까?

그녀는 김을 멀리서 관찰해 본다.

그래도 귀여운 구석이 있는 애야. 난 저 애를 용서할 수 있

을 것 같아.

얼마 후 아직 오전이 지나지 않은 시간에 그들은 샤를 드 베즐레를 위해 새 움막을 짓는다.

폐차 넉 대가 수직으로 박힌다. 그 위에 방수포를 바짝 당겨 지붕으로 삼는다. 세탁기들을 벽돌 대신 쌓아 올리고, 그 벽 가운데 구멍 두 개를 낸다. 하나는 문이고 하나는 창문이다.

카산드라는 전직 미래 전망부 공무원이 이 작은 노숙자 마을 가운데 훌륭하게 편입된 것을 본다.

그렇다면 저 사람이 이곳에서 썼어야 할 과오는 과연 무엇일까?

김예빈은 더 이상 그녀에게 말을 걸려 하지 않고 자기 움막에 처박혀 일을 하고 있다. 오를랑도가 사냥을 함께 가자고 제안해 오자 그녀는 기꺼이 받아들인다.

「공주, 내가 널 구해 준 일은 절대 후회되지 않아.」 바이킹의 풍모를 지닌 사내가 말한다.

알고 있어요. 내가 이 마을에다 약간의 활기를 불어넣은 게 사실이잖아요. 안 그랬으면 여긴 우중충한 경로당 같았을 텐데. 그건 전에도 들은 얘기예요.

손바닥을 저며 오는 아픔을 억누르고, 그녀는 활을 당겨 화살을 한 대 날린다. 커다란 쥐 한 마리가 화살에 완전히 관통된다.

자, 한 마리.

「간밤에 네가 다가오는 소리를 들었어. 난 잠이 얕게 드는 편이거든. 넌 많이 자지 못한 것 같은데? 그리고 그 손의 상처는 뭐지?」

「약간 긁혔을 뿐이에요.」

그녀는 거의 같은 크기의 두 번째 쥐를 관통시켜, 아직 파르르 떨고 있는 녀석의 몸뚱이를 허리띠에 매단다.

「이곳 대속은 원대한 계획들을 추진해 나가기 위한 완벽한 기지인 것 같아요.」

오를랑도는 그냥 어깨를 한 번 으쓱해 보인다.

「젊었을 때 난 여행을 해야 한다고 생각했어. 엘도라도를 찾아 헤맸지. 난 내가 꿈꾸는 나라가 어딘가에 존재한다고 믿었어. 나의 이국취미를 만족시켜 줄 문화를 지닌 나라가. 나는 호주를 생각했지. 그러고는 아프리카와 아시아를 생각했어. 그렇게 단지 여행을 해야 한다는 막연한 마음으로 여행을 했어. 넌 상상도 하지 못할 그런 곳들을 돌아다녔지. 하지만 이제 난 깨달았어. 어딜 가나 다 똑같다는 사실을. 경치, 나라 이름, 언어, 의복, 그리고 정부가 조금씩 다르긴 하지만 결국 큰 차이는 없었어.」

그는 요란한 소리를 내며 가래침을 뱉는다.

「그래. 가장 살기 좋은 장소는 바로 여기인 것 같아. 그리고 최고의 시대는 바로 지금이지. 가장 멋진 사람들은 바로 대속의 사람들이고. 그리고 말이야, 우리 대속이 다른 곳보다 훨씬 덜 오염됐다고 난 확신하고 있어. 그럼! 외곽 순환 도로 근처의 아파트들보다도, 아니 차들로 꽉꽉 막히는 대로들 틈에 끼여 있는 시내의 예쁜 집들보다도 여기가 훨씬 깨끗하지! 더구나 여기에선 일의 노예가 되어야 할 필요도 없어.」

그래서 모든 것을 마음껏 성찰할 수가 있죠.

바로 그 순간, 어디선가 동물 울음소리가 들린다. 카산드라는 몸을 돌린다.

「음양아!」 그녀는 놀람과 기쁨이 섞인 탄성을 터뜨린다. 여우는 한 쓰레기 산 위에 앉아 꼼짝하지 않고서 두 사람을 내려다보고 있다.

알바니아인들이 죽인 것은 다른 여우였어. 그들은 여우가 우리의 마스코트인 것은 알았지만, 근방에 여러 마리가 있다는 건 몰랐지. 〈일〉이라는 못된 단어에 반응하는 것은 오직 음양이 뿐이야.

그런데 가만히 보니 녀석은 혼자가 아니다. 암컷 한 마리가 녀석에게 다가오고 있다. 녀석보다 약간 작은 몸집이다.

멋진 한 쌍이야! 그래서 요즘 보이지 않았던 거로군. 음양이는 사랑에 빠져 있었어.

카산드라는 조심조심 다가가 본다. 암컷은 겁먹은 모습을 보이지만, 음양이는 꼼짝 않고 앉아서 그녀가 쓰다듬어 주어도 가만히 있는다.

그래. 동물들과도 특별한 관계를 맺을 수 있는 거였어. 물론 모든 동물과 가능한 건 아니지. 가장 용감한 동물들, 개척 정신이 있는 동물들만이 그럴 수 있어. 더 이상 두려움에 휘둘리지 않는 동물들만이.

이렇게 여우와 재회하니, 어둡기만 했던 그녀 삶의 한 부분이 갑자기 환하게 트이는 듯한 느낌이 든다. 음양이 털의 부드러운 감촉이 그녀 안에 뭔지 모를 든든한 힘을 불어넣어 주어, 복부의 통증을 잊게 한다. 그녀는 허리띠에서 쥐 한 마리를 풀어내 여우에게 내민다. 여우는 이 선물을 입으로 받아든다. 그러고는 어디론가 사라지더니 얼마 지나지 않아서 선물을 하나 가지고 돌아온다. 어떤 고양이의 주검이다. 카산드라는 죽은 동물의 목설이를 살펴보다가, 메달에 새겨진 〈리버티 벨〉이라는 이름을 발견한다.

그렇다면 피에르-마리 펠리시에 형사의 암고양이가 또다시 집을 나와 여기까지 흘러와서 죽은 거였어. 운명이란 첫 번째 시도에서 길을 찾지 못하면 또다시 시도하는 법이지. 결국 샤를 드 베즐레의 생각이 맞는지도 몰라. 적어도 대자연만큼은 우리 각자에 대해 정확한 계획들을 가지고 있으니까. 사건들을 어딘가에 써놓은 거지.

당장에는 아무 일도 안 일어난 것처럼 보일지 몰라도, 그건 잠시 연기된 경기일 뿐이야. 일어날 일은 반드시 일어나고야 말아.

「멋진 고양이군! 고맙다, 음양아. 고기는 오늘 저녁에 먹기로 하지. 털가죽으로는 벙어리장갑을 만들겠어.」 바이킹이 흐뭇한 표정으로 말한다.

이 반려 동물이 고기 스튜가 되어 있는 모습이 카산드라의 눈앞에 떠오르지만, 이번에는 웬일인지 그렇게 역겹게 느껴지지 않는다.

이것은 음양이의 선물이야. 어쩌면 언젠가는 다른 동물들도 이렇게 찾아올 수도 있겠지. 무언가를 훔쳐 내기 위함이 아니라, 우리와 물물 교환을 하기 위해. 그리되면 우리는 그들과 더 이상 약육강식이나 의존의 관계가 아닌, 교환의 관계를 맺게 될 거야.

여우 커플은 마지막으로 한 번 더 울고는 후다닥 달려가 버린다.

「바야흐로 봄이로군!」 오를랑도가 말한다. 「자연이 권리를 되찾는 계절, 호르몬이 부르는 계절이야.」

카산드라는 두 멋진 동물이 쓰레기 산들 사이로 난 오솔길을 깡충거리며 달려가는 모습을 바라본다. 그녀는 잠시 녀석들의 처지를 부러워한다. 그러고는 경솔하게도 인간들에게 접근한 쥐 한 마리를 향해 화살 한 발을 날린다.

그날의 나머지 시간은 대속의 여느 날과 다름없이 흘러간다. 사람들은 평소에 각자가 하는 일에 종사한다. 즉 사냥, 물건 주워 오기, 요리, 청소 등 자기가 보기에 공동체의 행복을 위해 필요하다고 여겨지는 일들을 알아서 행하는 것이다. 김만은 미래 전망부 움막에 틀어박혀 있는데, 무슨 일을 하는지

점심 먹으러 나오지도 않는다.

샤를 드 베즐레의 예절 바른 행동거지가 마음에 든 에스메랄다는 이렇게 묻는다.

「당신은 진짜 백작인가요?」

「네, 문장(紋章)도 있어요.」 별자리 운세 전문가는 자못 겸손하게 대답한다. 「백조 한 마리, 검을 든 팔, 풍차 하나가 그려져 있지요.」

「그리고 당신의 조상은 정말로 미래를 보는 성당 기사였나요?」

「그분은 서기 1000년에 천 년 후인 서기 2000년에 있을 일들을 보게 되셨지요. 그리고 무엇보다도 그렇게 본 것을 분명하게 밝힐 배짱이 있으셨답니다. 물론 저도 서기 2000년인 지금, 서기 3000년의 모습을 보게 된다면 참 좋겠어요. 그리되면 천 년마다 우리 베즐레 가문 사람이 예언을 하나씩 세상에 제시해 주는 셈이 될 테니까요.」

페트나는 샤를 드 베즐레의 생각이 너무도 마음에 드는 모양이다.

「우린 벌써 서기 3000년의 모습을 보기 시작했다고.」 아프리카인은 마을 중앙의 불구덩이 위에 꼬챙이에 꿰어 올린 리버티 벨을 돌리면서 말한다.

「미래에 대한 우리의 비전을 조금 더 섬세하게 다듬을 필요가 있지 않을까?」 에스메랄다가 제안한다. 「예를 들어 역사적 대사건들만이 아니라 일상생활에 대해서도 생각해 봐야지. 여러분 생각으로는 미래에는 무엇을 먹게 될 것 같아?」

「해초요.」 카산드라가 대답한다.

「곤충도 먹겠지.」 페트나가 보충한다.

「두부.」 샤를 드 베즐레도 제안해 본다. 「혹은 비슷한 종류의 다른 제품요.」

「인구 과잉이 심해지거나 전쟁이 일어나면 사람도 먹게 되겠지.」에스메랄다가 불쑥 내뱉는다. 「식인 행위는 인류에 큰 위기가 닥칠 때마다 발생했던 현상이니까.」

하지만 그녀는 더 이상의 언급을 피하려고 주제를 바꾼다.

「그리고 의복은? 여러분은 어떻게 보지?」

「몸을 페인트 보호막으로 덮어 주는 일종의 스프레이 페인트를 사용하는 거야.」페트나가 제안한다.

「만일 모두가 일종의 투명 막으로 덮인 도시, 혹은 온도가 조절되는 건물 안에서 살게 된다면 알몸으로 지낼 수도 있겠지.」

이렇게 오후의 나머지 시간은 서로가 앞을 다투어 미래에 대한 생각들을 내놓는 열띤 분위기 속에서 흘러간다. 이것은 백일몽처럼 정신 능력을 향상시켜 주는 일종의 두뇌 운동이 된다. 하나의 질문이 던져지면, 대답이 소나기처럼 쏟아진다.

「내 생각으로는 빈민굴이 점점 더 많아질 것 같아.」

「맞아. 하지만 지금까지 우리가 알았던 빈민굴과는 다른 종류가 되겠지. 내가 상상하기로는, 사람들은 공해나 질병 등이 무서워서 밀폐된 컨테이너 같은 것 속에 숨어 살게 될 것 같아. 그 컨테이너들은 피라미드 형태로 쌓이는 거야. 각자의 집에 틀어박혀 사는 삶의 궁극적인 형태인 셈이지. 각 집 내부에 있는 컴퓨터들을 통해서만 네트워크적 의사소통과 생활을 하게 될 거고.」

「난 인간들이 돌연변이를 일으켜서 카산드라처럼 새로운 능력들을 계발하게 되리라고 생각해. 그들은 지극히 예민하여 사물을 직감으로 파악하게 될 것 같아.」오를랑도가 말한다.

「맞아요. 카산드라는 미래 인간의 원형인지도 몰라요.」샤를 드 베즐레가 고개를 끄덕인다. 「이는 그녀의 부모님이 바랐던 바이기도 하죠.」

……내 의견도 묻지 않고 그랬지.

「미래에는 모든 사람이 텔레파시 능력을 갖게 되겠지.」

「그리고 귀를 움직일 수 있게 될 거야.」

「대체 귀를 움직여서 좋은 점이 뭐야?」

「남들이 보기엔 쓸모없는 일인지 모르지만, 난 그런 사람을 보면 항상 신기했단 말이야. 적어도 내겐 너무도 멋진 일이라고.」에스메랄다가 항변한다.

「미래에는 사람들이 완벽한 극저온 보존 기술을 개발해 낼 것 같아. 주로 중병이 걸린 사람들이 이용하게 되겠지. 의학이 발달된 몇 세기 후에 다시 깨어나 병을 고치기 위해서. 그런데…….」

카산드라가 중간에 말을 끊는다.

「하지만 미래에 깨어나 보면 깜짝 놀랄 일이 기다리고 있을 거예요. 후손들에게 심판받게 될 테니까요.」

「왜? 그것도 네가 본 미래의 모습 가운데 하나야?」

맑고 커다란 회색 눈의 소녀는 잠시 뜸을 들인 후 이렇게 대답한다.

「그들은 한 세대의 대표자로서 보고를 해야 할 거예요. 모든 것을 구할 수 있었건만, 이기심 혹은 무신경으로 세상이 나쁜 방향으로 흘러가도록 방치한 세대의 대표자로서 말이에요.」

「그게 우리인가?」

「네, 우리죠. 지금 우리 종은 역사적 기로에 이르렀어요. 현재 살아 있는 사람의 수는 67억인데, 이는 지금까지 죽은 사람들의 수와 같아요.」

「무슨 말인지 잘 모르겠는데?」

「지금으로부터 3백만 년 전, 수만 명의 작은 무리에 불과했던 인류 최초의 종족에서부터 시작해서 지금까지 이어 온 모든 세대들, 다시 말해서 지금까지 죽은 모든 사람의 수를 합치면 약 67억이 돼요. 이는 현 인구와 거의 비슷한 숫자이죠.」

「지금은 지구촌에서 무슨 일이 일어나는지 다 알 수 있는 세상이야. 즉, 우리는 무엇이 문제인지 잘 알고 있지. 따라서 만일 우리가 실패한다면, 아이들과 손자들이 우리에게 책임을 묻는 게 당연하겠지.」

침울해진 그들은 포도주 병을 돌린다. 모두가 병나발을 분다.

마지막으로 오를랑도는 미래의 무기에 대해 생각해 볼 것을 제안한다. 페트나는 미래의 의학에 대해, 에스메랄다는 미래의 영화에 대해 생각해 보자고 한다.

194.

미래를 본다는 것은 근육 운동과도 비슷해.

운동을 할수록 필요한 근육이 관리가 되지.

또 근육을 관리할수록 그걸 사용하는 것도 쉬워지고.

지금 우리가 하고 있는 일은 일종의 단체 운동이라고도 할 수 있겠지.

하지만 미래를 보는 일은 하나의 마약이기도 해. 너 멀리 볼수록 오히려 더 선명하게 보이고, 그래서 한층 더 멀리 보고 싶어지는 마약.

난 〈미래 상상〉이라는 마약에 중독되고 싶지는 않아. 지금 내 몸이 날 이렇게 아프게 하는 데에는 어떤 이유가 있는 게 아닐까? 그것은 나를 나의 현재로, 물질적 현실 가운데로 다시 데려오기 위해서가 아닐까?

195.

붕대를 풀어낸다. 그녀의 손바닥에 파인 두 개의 선, 즉 행운선과 생명선은 약간 고름이 남아 있긴 하지만 아물기 시작하고 있다. 이로써 그녀의 살 속에 새로운 프로그램이 영원히 새겨지게 된 것이다.

카산드라는 왼손으로 파란 머리 가닥의 한국 소년의 방문을 두드린다. 대답이 없지만 소녀는 안으로 들어간다.

「후작, 무슨 기분 나쁜 일이라도 있어?」 그녀는 아무것도 모르는 양 능청을 떤다.

그는 자판을 앞으로 밀고는, 물결치는 검은 머리를 길게 늘어뜨린 소녀에게로 몸을 반쯤 돌린다. 모니터를 얼마나 오랫동안 들여다보고 있었는지 눈이 새빨갛게 충혈되어 있다.

「그래. 네가 원망스러워. 넌 우리에게 어떤 꿈을 제시했지. 그러나 그 꿈은 도달할 수 없는 꿈이야. 지금까지 누구도 도달하지 못했고, 또 앞으로도 영원히 도달할 수 없어.」

그녀는 그의 어깨를 잡아 자기 쪽으로 돌려 자신을 똑바로 보게 한다. 그는 눈을 내리깐다.

「무슨 일이야?」

그는 대답 대신에 고갯짓으로 모니터 화면을 가리킨다. 거기에는 각종 통계 자료를 보여 주는 창이 떠 있다. 또 다른 창에는 대화 프로그램이 하나 떠 있다. 카산드라는 그가 그들의 생각을 어떤 게시판에 올려 비공식 미래 전망부를 지원해 줄 사람들을 모으고 있었다는 사실을 알아챈다.

그녀는 게시판의 내용을 읽어 본다.

어떤 네티즌들은 제한 없이 자식을 낳는 것은 모든 인간의 첫째 권리라고 잘라 말하고 있다. 또 어떤 이들은 세계 전체를 관리하는 정부는 필연적으로 부패한 정부, 파시스트적인 정부가 될 수밖에 없으며, 그 어떤 경우가 됐든 현실을 뒤바꿀 힘은 갖지 못할 거라고 말한다. 그리고 많은 이들은 각국의 주권 존중은 지구 전체의 윤리화보다도 더 중요한 아니냐고 핏대를 세운다. 그들은 획일화의 위험을 무릅쓰느니, 차라

286

리 지역 독재자들이 남아 있는 편이 낫다고 말한다. 어떤 네티즌들은 미래를 예측하려 드는 것은 신흥 종교나 구루, 혹은 어떤 극히 수상쩍은 〈계시받은 자〉들의 행태에 불과하다고 단언한다.

「인터넷 열두 페이지에 걸쳐 약 260여 명에 달하는 사람들이 글을 올렸는데, 이들이 어렵사리 게시판을 찾은 목적은 단 하나, 우리의 기를 꺾어 놓거나 무참히 깔아뭉개기 위해서였어. 단 세 명만이 우리의 〈기상천외한〉 프로젝트를 한번 살 발전시켜 보라는 격려의 말을 남겼는데, 그마저 다른 사람들의 비웃음이 두려웠던지 자기들이 우리 프로젝트에 찬동하는 것은 절대 아니라고 강조했어. 그런데도 군중은 이 셋에게 아낌없이 모욕을 퍼부어 주더군.」

「그래서 놀랐어?」

「완전히 거꾸로 된 세상이야. 저들은 장님들인데, 우리가 보라고 제안하면, 이 장애 상태는 자기들이 원하는 것이니 좀 존중해 줄 수 없느냐고 악을 써대지.」

「적어도 그 이유는 내가 말해 줄 수 있어. 〈장님들의 나라에서 애꾸눈이는 절대 환영받지 못한다.〉」

「그리고 이 눈먼 무리는 열광하면서 낭떠러지를 향해 나아가고 있어. 그들의 추락을 막으려는 시도는 엄하게 금지하면서. 자기네에게는 자기 파괴의 신성한 자유가 있다고 주장하면서. 〈나는 장님이다! 이게 나의 신앙이다!〉라고 그들은 목이 터져라 합창을 하지.」

그들은 최소한 미래의 세대에게 보고할 필요는 없겠군.

이렇게 아무 일도 하지 않고 있으면, 미래의 세대가 존재조차 못할 테니까.

「이 일이 쉬우리라고 말한 사람은 아무도 없어.」

「하지만 공주, 단지 그것만이 아니야.」

김은 또 다른 파일을 연다.

「나는 지금 세상에서 문제가 되는 것들이 무엇인지 간략하게나마 정리해 보려고 했어. 그것들을 고칠 방법이 있을지 한번 생각해 보려고. 그런데 마치 판도라의 상자를 열어 버린 것 같았어. 세상의 모든 시커먼 얼룩이 내 얼굴에 튀어 오른 거야.」

그는 여러 통신사에서 나온 단신들을 보여 준다.

〈스포츠 소식입니다. 한 축구 경기가 끔찍한 살육극으로 변했습니다. 독일 팀과 영국 팀 간의 시합이 열린 경기장에 관중들이 경찰의 눈을 피해 도끼며 창 같은 무기들을 반입했습니다. 겁에 질린 군중은 몸을 피하려다가 오히려 선수 보호용 철책에 막혀 압사해 버렸습니다. 엄청난 압력에 눌린 1백여 명의 희생자는 철책에 짓눌려 말 그대로 고기 반죽이 되어 버렸습니다.〉

〈해외 소식입니다. 소말리아에서 세 남자에게 강간당한 아홉 살 먹은 여아가 결국 간통죄로 유죄 판결을 받게 되었습니다. 그녀는 한 축구 경기장에서 하프 타임 때 투석형에 처해졌습니다. 첫 번째의 돌팔매질이 있은 뒤 아이의 상태를 확인한 간호사는 심장이 아직 뛰고 있다고 알렸습니다. 이에 군중은 아이를 구덩이로 끌고 가 목숨을 끊었습니다. 이 광경에 더 이상 참지 못한 아홉 살 먹은 사내아이가 그 아이를 구하려 했지만, 그 역시 경찰에 의해 사살되었습니다.〉

자, 보라고. 네가 악몽에서 본 세계가 이미 여기에 있어. 하지만 사람들은 모두가 꼼짝도 안하고 있지.」

「이것들은 일화들일 뿐이잖아.」

「그리고 짐바브웨에서는 콜레라 때문에 사망자가 벌써 1만 2천 명이 넘었는데, 무가베 대통령은 모든 외국 원조를 막고 있어. 이것도 일화야? 그리고 티베트는? 그리고 북한은? 난 거기서 상상도 못할 참혹한 것들을 보았어. 이것도 일화야?」

「그만해! 대체 왜 그래?」

「잠깐. 마지막을 위해 가장 기막힌 것을 남겨 놨어. 〈한 무리의 공격적인 노숙자들이 파리 국립 도서관에서 공포의 대상이 되고 있습니다. 파리 시장은 이 위험인물들의 체포는 치안력의 최우선 목표라고 발표했습니다.〉 이건 벌써 두 번이나 나온 뉴스야.」

다시금 에스메랄다, 오를랑도, 페트나, 김, 카산드라의 얼굴이 화면에 나타나고, 그 옆에 지명 수배문과 경찰 전화번호도 함께 적혀 있다.

「이 개자식들은 아무 일도 안 할 뿐 아니라, 오히려 우리를 못 잡아먹어서 안달이지!」

장님들은 애꾸들의 눈 하나마저 터뜨려 버리려 하지.

「그래서 말하게 싶은 게 뭐야?」

순간, 김의 얼굴이 딴사람으로 바뀐다. 그녀가 첫날 보았던 그 섬뜩한 눈빛이 다시 번득이고 있다.

「그런데 만일 네 오빠의 생각이 옳았다면? 저들은 너무 한심한 바보여서, 저들을 구할 수 있는 방법은 전혀 없어. 그들은 매일 텔레비전으로 그들 자신의 형편없는 짓거리들을 전해 듣고 있지만, 그것을 늦추기 위해서는 아무 일도 하지 지. 그들은 자신들의 야만성에 매혹되어 있고, 자신들의 자기 파괴적 행위들을 하나의 재미난 구경거리로 취급하고 있어. 그 오락의 이름이 바로 〈시사 뉴스〉지. 너도 보았을 거야. 그 시체들의 영상들을. 신바람 난 독재자들의 모습들과, 자신의 이웃을 죽이라고 연호하는 광기에 휩싸인 군중의 이미지들을. 그들은 파괴에 목말라 있어. 그리고 이러한 이미지들이 충격적일수록 시청률은 더 올라가지. 이러한데 어떻게 폭력이 없는 미래가 만들어지기를 바라는 거야? 자, 이제 포기하자. 그 모든 것들에서 멀리 떨어진 이곳 하치장은 꽤 괜찮은 곳이잖아? 우린 여기서 아무 걱정 없고, 너무도 편안해. 결국 〈자기 똥은 자기가 치운다〉가 우리의 표어야. 그렇게 나쁘지 않은 표어라고.」

「에스메랄다는 그 반대 표어가 더……」

「에스메랄다도 지금 자기 정신이 아니야. 우리 모두처럼 너의 매력에 푹 빠져 있지. 하지만 현실이란 게 있어. 바로 너의 오빠 다니엘이 본 현실이야. 절벽을 향해 달려가는 레밍 떼가 현실이지. 그들 모두가 뒈져 버리는 게 바로 현실이야. 제임스 본드 영화의 멋진 제목 하나가 떠오르는군. 〈나만 살고, 다 뒈지게 놔두자〉.[15] 그래, 내 티셔츠에다 붙일 표어로 괜찮겠어. 난 더 이상 세계와 상관하고 싶지 않아. 난 더 이상 저들과 상관하고 싶지 않아. 이 세상에 대해 조금 체험하고 뭔가를 조금 알게 된 열일곱 살 소년으로서 난 그저 내 개인적인 쾌락만을 생각하고 싶을 따름이야.」

이렇게 말하고 그는 맥주를 꿀꺽꿀꺽 오랫동안 들이켠 후에 알루미늄 캔을 구겨서 땅바닥에 집어던진다.

「미안해, 후작. 난 결코 포기하지 않을 거야. 나의 오빠는 나중에 자기 말을 부인하긴 했지만, 이렇게 말했어. 〈가장 나쁜 단어는 체념이다.〉 난 체념하지 않아. 우린 사람들을 구할 수 있어!」

「하지만 공주, 네가 누구인지 알아? 넌 어린애일 뿐이야. 너의 가장 큰 결점을 말해 줄까? 그건 오만이야. 세계를 구하기를 원하는 것은 과대망상증일 뿐이라고. 네 자신이 민감하다고 생각해? 넌 편집증 환자야. 다른 사람들의 문제가 너와

15 007 시리즈의 제8탄인, 가이 해밀턴 감독의 「죽느냐 사느냐」(1973)를 말하는 것으로, 원제는 〈Live and Let Die〉이다.

관계가 있다고 생각해? 너, 기억하지. 네가 미치면 너에게 알려 달라고 내게 부탁했던 거. 그래, 지금 너에게 말해 줄게. 넌 미쳤어.」

아냐! 얘가 잘못 생각하고 있는 거야.

「난 미치지 않았어! 정말 그렇다면, 왜 더 일찍 말하지 않았어?」

그래, 더 일찍 말해 주었겠지.

「그건 단지 네가 나름 섹시했기 때문이었어. 난 널 꼬이고 싶었기 때문에 말도 안 되는 헛소리를 지껄이는 널 따라다닌 거야. 하지만 네 오빠의 죽음이 내 눈을 뜨게 해주었어. 네가 페트나의 장수의 영약을 마셨을 때를 기억해? 쾅 하고 얻어 맞는 듯한 느낌…… 정신이 번쩍 들더군. 나는 꽉 막힌 내 두 개골 가운데 냉철함의 문을 하나 열게 되었고, 비로소 네가 미쳤다는 사실을 보게 된 거야. 처음엔 몸을 긁고, 다음엔 혼잣말을 하다가, 그다음에는 미치지. 자, 지금 넌 그 단계에 와 있다고! 그래, 셋부쿠로 할래, 하라키리로 할래? 하나를 골라.」

「내가 솔직히 말해 볼까? 포기하는 것은 비겁함보다도 더 나쁜 거야. 그건…… 그건…… 게으름이야!」

「게으름? 그래, 열심히 해봐야 무슨 소용이 있지? 왜 그 바보들을 위해 우리가 그토록 고생해야 하는 거냐고? 그들은 우리에게 고맙다는 말 한 마디 안 할 뿐 아니라, 우리의 면상에다 대고 가래침을 뱉을 인간들이야. 자, 왜 저들을 도와야 하는지 내게 설명해 봐.」

「왜냐면…….」

왜냐면 이 모든 한심한 바보들과 이 모든 개자식들이 바로 우리 자신의 연장이기 때문이라고.

카산드라는 이 말을 할까 말까 망설이다가, 그가 이해하지 못하리라 생각하고는 그냥 가버린다.

196.

난 그가 싫어.

도대체 자기가 뭐라고 생각하는 거지? 김은 으스댈 줄이나 아는 어린 수탉일 뿐이야.

우리 오빠같이 행동하면 자기도 그와 같아질 수 있다고 착각하는 건가?

하지만 다니엘은 천재였다고!

김은 평범한 녀석일 뿐이야. 평범한 두뇌를 가지고 있고, 평범한 어린 시절을 거친.

하지만 내게는 한계가 없어.

그는 이 사실을 알고 있고, 그래서 두려운 거야.

김은 날 짜증 나게 해. 아, 정말로 짜증 나! 충분히 이해할 만한 사람이잖아? 필요한 모든 정보를 가지고 있어서, 지금 우리가 하는 일이 얼마나 중요한지를 충분히 알 만한 인간이!

김까지 저렇게 포기해 버리면, 모든 게 힘들어져.

난 그렇게 희망을 걸었건만, 이제 보니 다른 사람들과 조금도 다를 바 없는 인간이었어.

할 수 없지. 그가 섹스를 하자고 하면 안 된다고 말하겠어.

기다렸다가 다른 남자를 만나는 게 좋겠어. 진짜 남자를.

197.

이날 밤 카산드라 카첸버그는 자신이 다시금 고대의 트로이에 있는 꿈을 꾼다. 여사제의 손에는 여전히 『카산드라 카첸버그의 모험』이 들려 있지만, 평소와는 달리 카산드라에 대한 경탄의 빛이 얼굴에 가득하다.

「오, 카첸버그 양, 괜찮았어! 정말로 괜찮았어! 넌 두 건의 테러를 저지했고, 미래에 대한 관측소로 발전할 수 있는 전 지구적 차원의 정보화 프로젝트를 발족시켰어. 난 네가 자랑스럽다.」

그녀는 책을 옆에 내려놓고 몸을 일으킨다.

「자, 이게 어떤 결과를 가져오게 될지, 가서 한번 보자.」

흰 토가 차림의 여인은 소녀를 신전 밖으로 인도하여 정원으로 데리고 간다. 철망 울타리 너머에는 여전히 수많은 아기들이 매달려 있는데, 웬일인지 소리도 지르지 않고 화난 것처럼 보이지도 않는다. 다만 눈을 뚱그렇게 뜨고서 두 여자를 주의 깊게 쳐다보고 있을 뿐이다.

「새로운 세대들이 이제 진정된 것같이 보이는구나. 아기들은 네게 모든 희망을 걸고 있어. 네 덕분에 비상구의 윤곽이 어렴풋하게나마 그려지고 있기 때문이지. 자, 네게 보여 줄 게 또 하나 있어.」

그들은 정원을 가로질러 거대한 시간의 푸른 나무가 우뚝서 있는 언덕으로 향한다. 그들이 다가가자 문이 저절로 열리며 나무 내부로 들어갈 수 있게 해준다. 그들은 나무둥치 속으로 깊이 들어간 다음, 위쪽으로 향한다. 미로처럼 꼬불꼬불 이어진 복도들을 따라가니 아래 부분의 가지들에 이른다.

두 여자는 앞으로 이어질 날들에 해당하는 가까운 미래들을 지나서 몇 주, 몇 달, 몇 년, 그리고 몇십 년 후의 보다 먼 미래들로 전진한다. 여사제는 푸른 목재로 이루어진 미로 속의 지리를 훤히 꿰고 있는 듯 거침없이 나아간다.

그들이 향하고 있는 가지의 끝에는 커다란 열매 하나가 투명한 구체 속에서 심장처럼 팔딱대고 있다.

그것은 하늘이 시커멓게 오염되어 있는 세계이다. 멀리서 무언가가 터지는 폭발음들이 희미하게 울려 온다. 검은 옷차림 일색에 침울한 눈빛의 주민들은 머리를 푹 숙인 채 지하철

속으로 몰려 들어가고, 거리는 짙은 매연을 뿜어 대는 자동차들로 꽉꽉 막혀 있다.

토가 차림의 여인이 그녀를 데리고 간 곳에는 거대한 우주선 같은 것이 우뚝 서 있는데, 그 위에는 〈새로운 노아의 방주〉라고 쓰여 있다. 몽파르나스 빌딩보다도 훨씬 더 높은 그 우주선은 금방이라도 하늘을 찢으며 치솟을 것만 같다. 그 옆에는 트럭들이 줄 지어 도착하면서 각종 동물이 든 우리들이며, 물고기들이 든 유연한 수족관들을 내려놓는다.

「성경에 따르면, 치유에 그들은 144명이었고, 마지막에 144명이 돼. 모든 것이 실패로 돌아갔을 때, 아기들을 구할 수 있는 이 최후의 해결책이 남아 있지.」

젊은 카산드라가 좀 더 자세히 살펴보니, 과연 인부들이 동물 다음에 수정란들을 우주선에 싣고 있다. 수정란은 투명한 시험관 속에 들어 있고, 시험관은 의학용 대형 특수장들에 나란히 꽂혀 있다.

「위기에서 벗어날 수 있는 1%의 가능성이군요.」 카산드라가 중얼댄다.

「그래. 어느 순간에고 마지막 가능성이라는 해결책이 남아 있는 법이지. 믿는 사람이 단 한 명이라도 있으면 그 가능성은 존재하게 돼.」

수많은 탑승객들이 우주선에 오르고 있다.

「144명이 아닌 14만 4천 명의 우주인들이 2천 년 동안 계속될 여행을 하게 될 거야. 그리고 인류는 태양이 아닌 다른 별 주위를 도는, 지구와 비슷한 어느 행성에서 다시 태어나게 되지.」

「아, 굉장해요!」

두 여자는 서로 손을 잡고 새처럼 날아올라 구름 위에서 이 미래의 세계를 내려다본다. 다시 여사제가 덧붙인다.

「이 일에 어떤 의미가 숨어 있는지 알고 싶겠지? 자, 나무로 돌아가자.」

두 여자는 이번에는 가까운 미래의 가지들 쪽으로 내려가 현재의 둥치에 이른 다음, 과거가 묻혀 있는 뿌리 쪽으로 깊이 내려간다.

「과거는 고정되어 있어.」 고대의 카산드라가 설명한다. 「우리가 방문할 수는 있지만 변경할 수는 없지.」

그들은 중세풍 복장을 한 사람들이 보이는 어떤 세계를 한동안 지난다. 또 고대를 넘어 선사 시대도 엇갈려 지난 다음, 짙푸른 색의 복도들이 이어지는 미로를 따라 더욱 깊은 곳으로 내려간다. 여사제는 한 뿌리줄기 안으로 들어가자고 제안하고, 거기서 두 여자는 공룡들이며 어마어마하게 커다란 잎사귀를 단 식물들을 발견한다. 하늘에는 익룡들이 날고 있고, 구름같이 몰려다니는 곤충들의 웽웽거리는 소리에 귀가 멍할 정도다.

「자, 잘 보고 있어 봐. 아주 흥미로운 일이 일어날 테니.」

두 여자는 바다를 향해 있는 바위 위에 앉아 기다린다. 갑자기 하늘 한쪽에서 운석과 흡사한 둥근 불덩이가 하나 나타난다. 그 불덩이는 아슬아슬하게 바다와 만나지 못하고, 융기한 해안에 거세게 처박힌다. 주변의 동물들이 황급히 달아난다. 이윽고 다시 고요가 찾아오자, 시커멓게 얼룩진 우주복을 입은 한 남자와 여자가 구체에서 기어 나온다.

「저들은 누구죠?」 젊은 카산드라가 호기심 어린 표정으로 묻는다.

「우주선에 뭐라고 쓰여 있는지 봐.」

시커먼 그을음에 덮여 명확하지는 않지만, 카산드라는 우주선 표면에 〈파피용〉이라는 스텐실 글자가 찍혀 있는 것을 본다. 또 그 옆에는 하늘을 배경으로 파란 나비 한 마리가 은

빛으로 반짝이는 별 세 개와 함께 그려진 로고도 붙어 있다.

「이게 무슨 일인지 모르겠네요. 이 이름은 내가 어렸을 때 읽었던, 약간은 순진한 어떤 공상 과학 소설의 제목이에요.」

「자, 보다시피 그건 공상 과학이 아니었어.」

「하지만 그 소설을 읽을 때 나는 이것이 미래에 일어날 일이라고 생각했는데요.」

「아니야. 미래는 〈새로운 노아의 방주〉야. 과거는 이 〈파피용〉이고. 옛날에 우리 지구에다 씨를 퍼뜨린 것은 다른 행성에서 날아온 한 쌍의 남녀였어. 〈인류〉라는 이름의 실험이 대참사로 끝나 버린 또 다른 행성에서 날아온 바로 저 사람들.」

「그런데 SF 소설 작가가 어떻게 그 사실을 알았을까요?」

「그는 몰랐어. 그는 자기가 그저 독자들을 재미나게 해줄 수 있는 〈현대적인 옛날이야기〉를 하나 들려주고 있다고 믿었지. 그에게 있어서 그것은 하나의 웃기는 거짓부렁, 혹은 하나의 마술에 불과했어. 사람들로 하여금 이것이 미래의 일이라고 믿게 했다가 마지막에 가서 사실은 과거의 일이었음을 밝혀 주는 재미난 이야기. 그는 자신의 이야기가 과거에 실제로 일어난 사실이었는지 몰랐어. 자신도 모르는 사이에 어떤 진실을 말하게 되는 것, 이게 바로 예술의 아이러니지.」

「독자들 중에 그 사실을 알아차린 사람은 없었나요?」

「이선 너무도 엄청난 진실이라서 그 누구라도 상상조차 할 수 없는 일이지. 하지만 성경에는 이 사실이 기록되어 있어. 처음에 그들은 144명이었고, 마지막에 그들은 144명이 되리라…… 저 두 남녀는 12명의 아이를 가질 거야. 다시 그 12명은 각기 12명씩을 또 낳아, 12 곱하기 12 해서 모두 144명이 되지. 그리고 그들의 후손들은 이 사실에 대한 기억을 왜곡하여 이 우주여행과 이 서툴렀던 착륙을 하나의 신화로, 그다음에는 하나의 종교로 변형해 가게 될 거야.」

「그렇다면 인간은 원숭이로부터 내려온 것이 아니었나요?」소녀가 묻는다.

「물론 원숭이에서 나왔어. 첫 번째 행성의 첫 번째 인류는 약간 더 진화한 영장류를 선조로 해서 출현한 거야. 다만 그 일이 우리 지구에서 일어나지 않았을 뿐이야. 맞아. 다윈의 생각은 전적으로 옳았어. 또한 성경 역시 전적으로 틀린 건 아니고…… 성경은 그 실제의 의미가 잊혀 버린 사건을 일련의 은유들을 통해 이야기하고 있을 뿐이야.」

「그럼 공룡들은 어떻게 된 거죠?」

「저 두 인간이 여기에 도착하자마자 변종 독감을 퍼뜨렸어. 최초의 스페인 정복자들이 아메리카 원주민들에게 전염병들을 가져다주었듯이. 이 〈파피용〉의 두 탐험가는 고의는 아니었지만 지구의 이전 주인들을 멸종시키고, 현재의 인류를 창조한 거야.」

「믿기지 않는 얘기네요!」

두 여자는 달랑 둘이서 바위 사이를 거닐고 있는 남자와 여자를 관찰한다. 그들은 기껏해야 열여섯이나 열일곱 살 정도로 보인다.

「카산드라, 저들이 너의 조상이야. 다른 행성에서 온 인간들이지.」

「그렇다면 우리는 항상 똑같은 실험을 다시 시작하고 있다는 말이군요. 하나의 인류를 창조하고, 그것이 성장하여 행성 전체를 정복하는 것을 보고, 또 그것이 쇠퇴하여 스스로를 갈가리 찢다가 마침내는 마지막 희망이 담긴 우주선을 보내어 다른 곳에서 실험을 계속하는 과정을 되풀이하고 있는 거군요.」

「그런 과정이 몇 번이나 일어났는지 안다면 아마 넌 까무러칠걸?」

「몇 번이죠?」

「수백 번. 아니 수천 번이야.」

「그렇다면 우리가 아무리 애를 써도 결국에는 그 〈새로운 노아의 방주〉가 있는 미래에 이르게 된다는 뜻인가요?」

「난 지금까지는 그렇게 생각했어. 하지만 네가 이 모든 것에 변화를 가져왔지…….」

「내가요?」

「혹시 SF 소설 『파피용』에 쓰인 이 문장을 기억해? 〈한 방울의 물이 대양을 넘쳐흐르게 한다.〉 카산드라, 네가 바로 이 한 방울의 물이야. 〈비공식 미래 전망부〉라는 너의 아이디어 덕분에 예고된 비극에 이르는 레일의 방향이 틀어지기 시작했어. 이제 그 아기들의 법정이 있는 암울한 미래가 올 확률은 78%에서 76%로 내려왔어. 그리고 우리가 센 강에서 멱을 감을 수 있는 조화로운 미래의 가능성은 1.4%에서 1.5%로 올라왔고.」

「난 갓 열일곱 살이에요. 신분증도 돈도 없이 쓰레기 하치장에서 노숙자들과 함께 살고 있는 처량한 신세죠. 그뿐인가요? 경찰에게 쫓기고 있고, 지금은 배까지 아파요.」

「넌 지구 전체에 퍼져 있는 인터넷에 그 누구의 통제도 받지 않고 자유롭게 들어갈 수 있어. 오늘날에는 이것만 있으면 하나의 혁명 *révolution*을 성공시킬 수 있어. 아니 더 정확히는 〈진화 *évolution*〉라고 해야겠지.」

「난 아무것도 할 수 없어요.」

「아까도 말했지만, 넌 테러를 두 건이나 저지했다고.」

「참 대단한 일을 했네요! 그래서 나한테 돌아온 것은 고작…….」

「희생됐을 수도 있었던 사람들의 영혼들은 자기들이 너에게 어떤 빚을 지고 있는지 잘 알고 있어. 그래서 너에게 고마워하고 있지. 넌 모를지라도 그 영혼들은 널 응원하고 또 도

302

와주고 있어.」

「난 그런 뜬구름 잡는 얘기는 믿지 않아요.」

「심지어 그 영혼들은 믿지 않는 사람들에게까지 영향력을 미치지.」

두 카산드라는 파피용호의 긴 우주여행 끝에 살아남은 두 남녀를 다시 관찰한다. 그들은 말다툼을 하고 있다.

「왜 저렇게 옥신각신 싸우고 있죠?」

「여자가 섹스를 하려고 하지 않기 때문이야.」

「전 우주에 살아남은 인간이라곤 저 둘밖에 없는데도요?」

「그녀는 자기가 〈쉬운 여자〉로 보이기 싫은 거야.」

카산드라는 힘이 쭉 빠진다.

「그래도 결국에는 서로 사랑하게 되겠죠? 반드시 그래야만 하잖아요.」

「아니. 인류는 다른 방식으로 태어나게 될 거야. 아담의 갈비뼈 기억나?」

「왜 이렇게 모든 게 복잡하기만 하죠?」

「어쩌면 어떤 내기 같은 재미를 위해서겠지. 만일 모든 게 간단하다면, 우리는 잃을 게 하나도 없고 판마다 승리하게 되겠지. 그러면 놀람도 긴장감도 없어. 심지어는 자신이 행복하다는 사실조차 느끼지 못하게 돼. 왜냐면 불행을 겪어 보지 못했으니까.」

「그런데 당신은 누구죠?」 새로운 카산드라가 옛적의 카산드라에게 불쑥 묻는다.

「너의 무의식.」

「그렇다면 어떻게 내가 이런 것들을 아는 거죠?」

「너의 무의식은 모든 걸 알고 있어. 단지 네가 평소에 생각하지 않거나 잊고 있을 따름이지. 그런데 꿈에서는 너는 네가 이미 알고 있는 것들을 다시 떠올릴 수 있어.」

「그렇다면 김에게도 이렇게 많은 것을 알고 있는 무의식이 있다는 건가요?」

「사람들은 자신의 무의식을 꿈속에서 저마다 선택하는 어떤 인물로 형상화하지. 김의 경우는 어린 시절에 오감 수행법을 가르쳐 주었다는 할아버지가 그의 무의식일 수 있어. 또 〈스타워즈〉에 나오는 요다나 『피노키오』의 귀뚜라미 제미니도 그런 인물이라 할 수 있겠지……. 넌 필리프 파파다키스 덕분에 나를 찾게 되었어. 그가 나의 전설을 들려주었을 때 넌 내가 현실의 존재라고 믿었고 그래서 난 존재하게 된 거지. 너의 눈에만 말이야.」

「하지만 당신은 정말로 존재했잖아요?」

「그래. 난 정말로 트로이에 살았어. 하지만 나에게 실제로 일어난 일은 이야기와는 다르지. 네가 아는 이야기는 호메로스를 통해 전해진 그리스 침략자들의 버전일 뿐이야. 그것은 객관적인 게 아니야. 『오디세이아』는 승자들이 쓴 정치적 선전에 불과해.」

카산드라는 잠시 망설이다가 묻는다.

「그런데 어떻게 우리가 이처럼 유익한 대화들을 나눌 수 있게 된 거죠?」

「너의 어머니와 실험 24 덕분이야. 사실은 모든 사람이 자신의 무의식과 대화를 나누지만, 잠에서 깨어나면서 까맣게 잊어버리지. 넌 너의 좌뇌의 폭정에서 벗어나 있기 때문에 이 꿈을 황당무계하다고 생각하지 않고 있는 그대로 받아들일 수 있어. 성난 아기들, 후손들의 법정, 전생의 카르마들의 행렬, 시간의 나무, 파피용호, 그리고 물론 나의 존재까지. 그래서 넌 아침에 이 모든 것들을 생생하게 기억하게 돼. 다른 사람들도 우리만큼 유익한 정보로 가득한 대화들을 나누지만 아침이 되면 허망하게 잊어버리지. 몇 가지 기억이 넝마 조각처럼 남기는 하지만 그마저 의미 없는 헛소리로 치부되어 쫓겨나 버려. 기껏해야 엉뚱하게 해석되어 그 깊은 의미는 가려지고 말지.」

「그렇다면 모든 꿈들이 우리가 대화하는 이 꿈만큼이나 유익할 수 있단 말인가요?」

「물론이지. 자유로운 정신에게는.」

그녀는 일어나 소녀의 손을 잡는다.

「자, 이제 넌 중대한 질문에 대답해야 해. 넌 하나의 사명을 위해서 태어났어. 자, 이제 그 사명을 받아들이겠니?」

198.

한밤중에 울부짖는 소리가 울려 퍼진다. 겁에 질린 까마귀들이 날개를 요란하게 퍼덕이면서 날아오른다. 대속의 주민들 모두가 카산드라의 움막으로 달려온다. 소녀는 충격에 휩싸여 있다. 그녀는 입은 거의 열지 않고 입술만 달싹이면서 정신없이 말한다.

「보여요…… 보여요……

푸른 나무가 보여요. 가장 굵은 가지는 아주 굵어요. 거기에 잎사귀가 하나 달려 있어요…….」

카산드라는 얼굴을 찡그리기 시작한다.

「무슨 일이야?」

「페…… 페스트.」

「페스트라니?」

「그건 평범한 폭탄이 아니에요. 그건 폭발하지 않아요. 대신 독을 퍼뜨려요. 페스트예요.」

「세균 공격이군!」 오를랑도가 놀라 외친다. 「지금 공주는 전염병을 퍼뜨리는 폭탄을 얘기하고 있는 게 분명해.」

그의 말을 확인이라도 해주듯 소녀는 헐떡이면서 계속 말한다.

「그 괴물체가 독을 퍼뜨리는 게 보여요. 쥐들이 그걸 먹어요. 녀석들이 페스트를 옮겨요. 이 모든 일들은…… 어떤 폐쇄된 장소에서 일어나요. 거기엔 아무도 없어요. 물만 잔뜩 있어요. 물로 가득 찬 수조들이에요. 한 남자가 수조 안으로 들어가 폭탄 하나를 붙여 놓아요. 페스트를 퍼뜨릴 녹색 물질이 들어 있는 폭탄이에요.」 카산드라는 여전히 눈을 부릅뜬 채 말한다. 「뭐를 봉해 퍼뜨려요.」

「어느 날, 몇 시, 어디야?」 페트나가 차근차근하게 묻는다.

카산드라는 눈썹을 찌푸린다.

「수조들이에요. 대형 풀장 같은 엄청나게 큰 수조들이에요. 시간은 모르겠어요……. 검은 옷을 입은 남자가 나아와요. 커다란 손목시계를 차고 있네요. 문자판이 보여요. 밤 11시예요. 날짜도 보이네요. 3월 31일이에요.」

「31일? 바로 내일이잖아?」

「잠깐, 잠깐. 우리 좀 진정합시다.」 에스메랄다가 사람들의 말을 막으며 나선다. 「지금 대체 무슨 말들을 하고 있냐고? 페스트는 더 이상 존재하지 않잖아! 페스트도 콜레라도 나병도 이제는 없어. 난 의사는 아니지만, 이제는 각종 백신들과 항생세들이 발명되었기 때문에 이런 전염병들은 근절된 걸로 알고 있어. 적어도 이번에는 공주가 완전히 착각한 것 같아.」

페트나가 가래침을 탁 뱉는다.

「그러나 내가 아는 바로는, 지금 콜레라가 짐바브웨를 휩쓸고 있는데 그 무엇으로도 막지 못하고 있어. 사망자만 해도 벌써 1만 2천 명이나 된다잖아.」

오를랑도도 거든다.

「맞아. 이 전염병들이 사라졌다고 여겨지고 있기 때문에,

오히려 방비도 전혀 없는 상태가 됐다고.」

「걱정할 것 있어? 페스트 잡는 약만 부지런히 제조해 내면 간단히 끝나는 일인데.」에스메랄다가 맞받는다.

오를랑도는 현대 세균 무기들에 대한 지식을 떠올리며 생각해 본다.

「하지만 놈들이 보다 저항력이 강한 새로운 페스트 균주를 만들어 냈다면 얘기가 다르지. 요즘의 신종 독감들 같은.」

카산드라는 계속 되뇌고 있다.

「그들은 현대 세계를 무너뜨리기 위해 페스트를 사용할 거예요. 페스트와 쥐. 옛날처럼.」

김은 생각에 잠겨 웅얼댄다.

「흠…… 세상을 중세로 되돌리기 원하는 작자들이 가져오는 중세의 질병이라…….」

「그렇다면 쥐를 박멸해 버리면 되잖아.」에스메랄다가 다시 한 번 간단한 해결책을 내놓는다.

「웃기고 있네! 파리에만도 파리 인구의 두 배나 되는 쥐가 서식하고 있고, 녀석들은 그 어떤 독에도 적응되어 있어. 모든 것을 견뎌 낼 수 있게 되어 있단 말이야.」오를랑도도 다시 반박한다.

「남작 말이 맞아. 파리 전체가 쥐로 이루어진 매트리스 위에 누워 있는 형국이지. 녀석들이 어떤 전염병을 옮기기 시작하면 그 무엇으로도 막을 수 없게 돼.」김이 침울하게 결론짓는다.

199.

두 번 이상 일어나는 모든 현상은 하나의 일상이 되어 버리지. 테러를 저지하는 것은 이제 우리에겐 익숙한 일이 되어 버렸어. 우리는 그저 불이 나면 달려가는 소방관일 뿐이야.

차이점이 있다면, 우린 그들과는 달리 제복도 없고, 이런 임무를 명하는 사람도 없다는 사실뿐. 또 나중에 받을 보상도, 봉급도 없어.

우리가 받는 보답은 단 하나야. 우리가 자기들을 위해 나섰다는 사실조차 모르는 사람들의 목숨을 구했다는 기쁨, 단지 그것 하나뿐이지.

우리를 본다면 코를 틀어쥐고 피하거나, 우리가 어디에 갇히는 걸 보아야 속이 시원할 그런 사람들을 위해 아무도 시키지 않는 이 짓을 하고 있는 거야.

200.

이튿날, 한국 청년은 아침 일찍부터 인터넷을 통해 파리 외곽에 위치한 상수도 배수지들의 위치를 조사하고 있다. 그는 카산드라가 문제의 장소를 찾아낼 수 있게끔 배수지의 사진들을 보여 준다.

그중 한 군데가 어렴풋하게나마 그녀의 꿈과 일치한다. 오를랑도는 그곳이 어디인지를 알려 준다.

「몽수리야. 파리의 남부 배수지가 있는 곳이지.」

저녁 8시, 왕년의 외인부대원의 지휘에 따라 모두들 필요한 장비들로 꽉꽉 채운 배낭을 하나씩 준비한다. 지하철의 감시 카메라를 피하기 위해, 그들은 이번에는 〈럭셔리 사륜마차〉라고 명명한 이동 수단을 선택한다. 하지만 이 화려한 이름 뒤에 숨은 것은 차축까지 뻘겋게 녹이 슨 1960년대의 빨간색 고물 차 푸조 404 브레이크이다. 금방이라도 주저앉을 듯 낡은 차인데 타이어만큼은 네 짝 다 새것이다. 오를랑도가 닳아 빠진 접촉면에 고무로 덧대어 만든 재활용 타이어이긴 하지만. 또 페트나가 기화기와 머플러를 조정하여 이 고물 기계를 경주용 자동차로 둔갑시켜 놓았다. 경찰에게 쫓기게 되는 만일의 경우에 대비해서이다.

샤를 드 베즐레는 몸이 불편하여 마을에 남기로 했다. 창자가 온통 뒤집힐 듯 아프다는 것인데, 아마 전날 집어삼킨 음식 탓이 아닌가 한다. 그는 그들에게 휴대 전화 하나를 빌려주면서, 자신이 인터넷을 통해 발견할 수 있는 모든 정보를 전해 주겠다고 약속한다.

대속인들은 〈럭셔리 사륜마차〉의 지붕에다 김이 어디서 주워 온 잠수복들이 든 거대한 트렁크를 붙들어 맨다. 공기가 거의 새지 않는 방독면이 든 가방도 하나 올린다. 또 고약한 상황에 대비하여 석궁과 화살을 넣은 스포츠 가방도 추가한다. 거기에다가 허기질 경우를 대비하여 준비한 구운 개고기 샌드위치 한 바구니도 잊지 않는다.

그들은 이 모든 짐짝 위에 방수포를 덮고 줄을 당겨 고정한 뒤, 빨간 푸조 404의 비좁은 공간 안오로 서로를 밀치며 들어간다.

「에이그. 당신의 〈럭셔리 사륜마차〉는 뭔가 좀 촌스러운 것 같아.」 에스메랄다가 차 내부를 둘러보며 혀를 찬다.

「아, 물론 이게 신형이 아닌 것은 확실해. 자, 모두들 뭐라도 단단히 붙잡고 있으라고. 여기엔 에어백도 에어컨도 없고, 안전띠는 어디론가 사라져 버렸으니까. 그리고 GPS는 이거야.」 오를랑도는 껌으로 붙여 놓은 항해용 나침반을 가리킨다.

닫히기를 거부하는 문 한 짝은 접착테이프로 고정해 놓는다.

이제 오를랑도가 시동을 걸어야 하는 운명의 시간이 온다. 모터는 아무런 반응도 보이지 않는다. 그는 나가서 보닛을 열고 배터리 단자들을 다시 조여 본다. 그러자 계기판에는 불이 들어오는데, 엔진에서는 여전히 아무 소리도 없다.

페트나는 시동 크랭크를 꺼내 와 앞 범퍼 중앙에 이 용도를 위해 뚫어 놓은 구멍에 끼우고, 모터를 작동시켜 보려고 애를 쓴다. 마침내 부릉 하는 소리가 터지고 요란한 폭발음들이 이어지더니 시커먼 연기가 새어 나와 모두를 콜록거리게 하고, 전방을 금방 뿌옇게 만든다. 머플러에서는 검은 연기 기둥이 뿜어져 나온다. 주변의 파리들이 일제히 도망간다.

배웅 나왔던 샤를 드 베즐레도 모든 게 폭발해 버릴지도 모른다는 두려움에 멀찌감치 달아나면서 꽥 소리친다.

「당신네 고물 차가 출퇴근 시간의 자동차들만큼이나 환경을 오염시키고 있는 마당에, 그렇게 지구를 구하겠다고 설쳐 봤자 무슨 소용이야!」

「어, 됐다고! 목적은 수단을 정당화하는 거야!」 오를랑도가 투덜대듯 대꾸한다. 「자, 우리 예쁜이, 어디 좀 굴러가 봐!」

왕년의 외인부대원은 한동안 변속 레버를 거칠게 다루며 망가지지 않은 기어 홈을 찾은 끝에, 결국 고문당하는 강철이 발하는 애절한 마찰음과 함께 기어를 제1단에 넣는 데에 성공한다. 그리고 핸드 브레이크를 풀자 럭셔리한 사륜마차는 마침내 움직이기 시작한다.

「미래를 생각한다는 사람들이 이런 선사 시대 고물이나 사용하고 있다니!」 김이 낄낄댄다.

그들은 하치장의 좁은 오솔길을 천천히 달려서, 그들 못지않게 시커먼 매연을 뿜어 대며 매일의 폐기물들을 토해 내고 있는 쓰레기 트럭들이 있는 북쪽 입구에 이른다. 대로로 빠져나오자 오를랑도는 승객들의 격려 속에 기어를 2단으로 올리고, 격려는 곧바로 갈채로 바뀐다.

저녁 9시, 그들은 파리 시 교통의 흐름 속으로 용감히 뛰어든다. 카산드라는 바닥에 벌어진 구멍을 통해 아스팔트 노면

이 발밑을 휙휙 지나가는 것을 본다. 이에 페트나는, 자기 고향에서 사용하는 일종의 미니버스인 〈덤불 택시〉는 주로 푸조404가 많은데, 모두가 이런 식의 구멍이 열려 있어 차를 더럽히지 않고 침을 뱉을 수 있다고 설명해 준다. 그리고 시범을 보여 주려는 듯, 잘 겨냥한 다음 커다란 침 한 덩이를 발사하여 노면 위에 빈대떡이 되게 한다.

그렇게 도로를 달리는 럭셔리 사륜마차의 시커먼 연기는 그들이 걸어 다닐 때 발하는 악취에 못지않은 비난 어린 반응들을 낳는다.

성난 경적 소리가 사방에서 들려오자, 오를랑도는 차에 불을 켜지 않아 그런가 보다 생각하고는 한쪽밖에 들어오지 않는 전조등을 켠다. 그나마 성한 전조등이 운전석 쪽이라 천만다행이다. 차가 바르베스-로슈슈아르 전철역 부근에서 빨간불에 걸려 서자, 뒷좌석의 스펀지에서 쥐 한 마리가 바닥의 구멍을 통해 쪼르르 도망쳐 나가고, 온 식솔이 녀석의 뒤를 따른다. 이들의 행동이 이 상황에서 매우 적절했다고 판단한 바퀴 여러 마리도 그들을 따라 한다.

신호등이 녹색으로 바뀌었는데, 시동이 갑자기 꺼져 버린다. 벌써 한 무리의 행인들이 차 주위에 모여든다. 아마도 구식 자동차 수집가들인 듯한 그들은 스타트 모터가 계속 헛바퀴를 돌아 진땀을 흘리고 있는 오를랑도에게 충고를 하기 시작한다. 그러고 있는데 계기판에는 배터리가 바닥이라는 표시가 뜬다.

「이런! 시동 크랭크를 마을에다 두고 왔네.」 세네갈인이 자기 이마를 탁 치면서 한탄한다.

그러자 에스메랄다, 카산드라, 김, 페트나는 모두 차에서 내려 기어를 2단으로 걸고 시동이 걸리게끔 차를 뒤에서 밀기 시작한다. 그들 주위에는 더욱 많은 사람들이 모여드는데, 그 수는 차 꽁무니에서 검은 연기가 뿜어져 나왔을 때 정점에 달한다. 마침내 럭셔리 사륜마차는 구경꾼들의 박수갈채를 받으며 부르르 몸을 떨며 달리기 시작한다. 하지만 오를랑도는한 번 더 엔진이 꺼지면 다시 시동을 걸 수 없다는 두려움에, 사람들을 태우려 차를 세우지 못한다. 대속인들은 열린 차문 옆을 맹렬히 달리다가, 요란한 폭발음과 연기를 발하며 달리는 기계에 한 명 한 명 뛰어오른다. 그래도 에스메랄다는 맨 먼저 올라타게 해주는 기사도 정신은 발휘하면서.

「이젠 빨간불이 들어와도 상관 안 해.」 오를랑도가 선언한다. 「그 수밖에 없거든. 좀 더 천천히 달리긴 하겠지만, 차를 세울 수는 없어.」

하여 그들은 여러 차례 신호등을 무시하고 교차로를 지나고, 그때마다 파란불만 보고서 함부로 차를 출발시킨 잘못을 범한 사람들의 고함 소리와 경적 소리가 쏟아진다.

「결국, 빨간불이란 것도 하나의 관습에 불과한 것 아니겠어?」 오를랑도가 음험하게 말한다.

「말하자면 하나의 제안일 뿐이야.」 페트나는 한술 더 뜬다.

「저들은 사고를 수없이 내는 시스템을 너무 맹신하고 있지.」 에스메랄다도 맞장구친다. 「저들은 중요한 사실을 잊고 있어. 운전자들 가운데에는 알코올 중독자나 마약 중독자들이 섞여 있고, 때로는 휴대 전화에 정신이 팔려 있거나 마누라하고 악을 쓰며 싸우기도 한다는 사실을 말이야.」

「더 간단하게는 근시인 경우도 있지.」

「자살하려고 작정한 사람들도 있고.」

「저들이 카산드라의 마법 시계만 가지고 있었어도, 자기들이 얼마나 맹신에 빠져 있으며 지금의 실제 상황은 파란불이 아니라는 사실을 알게 될 텐데.」 김도 고개를 끄덕이며 말한다.

아닌 게 아니라 카산드라는 그녀의 확률 시계를 들여다보고 있는데, 위험도는 이따금 38% 혹은 41%까지만 올라올 뿐이다. 심지어는 버스 한 대가 경적을 울리며 지나가면서 오른쪽 백미러를 떼어 버렸을 때에도 50%를 넘지 않는다.

「남작, 남이 운전하는 거 가지고 왈가왈부하고 싶지는 않지만, 차선에 너무 바짝 붙이는 거 아냐?」에스메랄다가 참다못해 말한다.

「어이, 당신이 그렇게 잘하면 나 대신 운전대를 잡으라고. 내가 전에 몰고 다녔던 게 뭔지 알아? 탱크였어! 이렇게 가벼운 기계를 운전할 때는 부족한 점이 몇 가지 있는 게 당연한 일 아니겠어? 자, 그러니 내가 익숙한 탱크와는 달리 차체가 너무 얇아 헷갈리고 있다고 생각하면 돼. 그리고 내가 이처럼 자동차 운전이 서투른 데에는 그럴 만한 이유가 있었어.」

「아, 그래? 그게 뭔지 좀 말해 주겠어, 남작?」

「사실 난 면허증을 따지 못했어. 단지 운이 없었을 뿐이지. 면허 시험에서 여섯 번을 떨어졌어. 난 정직한 인간이기 때문에 면허 시험관에게 100유로를 뇌물로 바치는 것을 번번이 거부했어. 그 때문에 지금 이 꼴이 된 거라고.」

「음, 하지만 참으로 잘한 일이네.」페트나가 칭찬해 준다.

「그런데 그런 실력으로 군대에서 탱크 모는 데는 문제가 없었어?」김이 놀라며 묻는다.

「전혀. 왜냐면 탱크는 후진할 필요도, 차간 거리를 유지할 필요도, 우측 차선 우선권을 신경 쓸 일도, 깜빡이 넣어야 할 필요도 없으니까. 그냥 전진하면서 중간에 뭐가 걸리면 무조건 뭉개 버리면 돼. 거치적거리는 게 너무 크면, 위의 포탑에 앉은 친구가 포탄 한 발을 날려 보내 배경을 깨끗하게 정리해 주지.」

「기똥차네! 이렇게 설명을 들으니 이제 당신의 운전 방식을 좀 더 이해할 수 있을 것 같아.」

「그게 우리 차에 부족한 점이야……」 페트나는 꿈꾸는 표정으로 말한다. 「대포 하나와 포탄을 갖춘 포탑……. 마을에 돌아가면 그걸 만들어야겠어. 진짜로 완전한 푸조 404를 만드는 거야.」

오를랑도는 시가를 한 대 피워 물어 사륜마차의 내부를 한층 더 뿌옇게 만든다.

「어쨌든 여기에 면허증 가진 사람 있어?」

아무도 대답이 없다. 그러자 오를랑도는 제법 거침없는 동작으로 백미러들을 조정하는 시늉을 한다. 그러다가 문짝에 붙어 있어야 할 백미러가 떨어져 손에 남는다. 갑자기 기분이 잡친 그는 그걸 냅다 보도에다 던져 버리고는 이렇게 소리친다.

「자, 모두들 입 닥치고 날 믿으라고!」

자전거 한 대가 그들을 추월하더니, 약 올리듯 바로 앞에 붙어서 종을 울려 댄다.

「이런, 좀 더 빨리 달릴 수는 없어?」

「난 지금 기어를 2단으로 놓고 시속 40킬로미터로 달리고 있어. 만일 여기서 더 속도를 높여 가다가 신호등이나 길을 건너는 보행자를 만나게 되면 시동이 다시 꺼질 수밖에 없고 여러분은 다시 내려 차를 밀어야 해.」

「속담에도 있잖아. 〈빨리 하는 것과 서두르는 걸 혼동해서는 안 된다.〉 빨리 달리면서도 얼마든지 조심해서 갈 수 있는 일 아닌가?」 김의 버릇이 또 튀어나온다.

「그 반대일 수도 있지. 〈빨리 할 때 반드시 서두르게 된다.〉」 오를랑도는 그의 원칙에 따라 또다시 맞받아친다.

그들은 거무스름한 연기 구름에 둘러싸여 파리 시를 북에서 남으로 가로지른다. 앵발리드에서 그들은 비둘기 한 마리를 치는데, 새는 차체에 달라붙었다가 무언가에 쭉 빨리는 소리와 함께 사라져 버린다. 당페르-로슈로에 이르러서는 타이어 하나가 터져 버린다. 하지만 그들은 굴하지 않고 수백 미터를 더 전진하여 페르-코랑탱 가에 이르는데, 거기서 이상한 소리가 수차례 들리더니 마침내 모터에 불이 붙어 버린다. 차는 거리 한복판에 멈춰 서면서 끔찍한 교통 체증을 초래하고, 사방에서 성난 경적이 터져 나온다.

「좋아. 사륜마차 주차 장소로는 이곳이 적당할 것 같군.」 오를랑도는 그래도 체면을 살려 보려고 이렇게 제안한다. 「이런 동네에서 차를 도둑맞을 염려는 없을 테니까.」

「불이 연료통에 옮겨 붙을지도 모를 일이니 빨리 차에서 떨어지는 편이 낫겠어.」 보다 신중한 페트나가 경고한다.

그들은 방수포를 걷어 내고 가방들을 열어 꼭 필요하다고 생각되는 물건 몇 가지를 챙겨 들고는 잽싸게 내뺀다. 오를랑도는 방독면 여러 개를 줄줄이 팔에 꿰어 들고 달린다. 에스메랄다가 설명한다.

「페스트를 제대로 막지 못했을 경우, 이 방독면이 바이러스로부터 조금이나마 보호해 주겠지, 안 그래?」

김도 미심쩍은 표정을 지으면서도 고개를 끄덕인다.

「뭐, 꼭 그렇다고는 할 수 없지만, 다른 게 아무것도 없으니까.」

그들이 1백 미터쯤 떨어진 곳에 왔을 때 큰 폭발음이 들리더니 검은 구름이 솟아오른다.

「자, 이제 사륜마차에 시동이 걸리는 일은 더 이상 없겠군.」 페트나가 말한다.

「테러 하나를 막겠다고 우리가 또 다른 테러 하나를 일으킨 것이 아니기를 바랄 뿐이야.」 에스메랄다가 철학자처럼 말한다.

「어쨌든 우리는 새로운 개념을 하나 발명한 셈이야. 바로 일회용 자동차라는 개념이지. 하나의 도정을 위해 만들어지고, 일단 목적지에 도착하고 나면 스스로를 파괴해 버리는 자동차.」

긴 외투와 잡다한 물건들로 빵빵하게 채운 배낭을 맨 노숙
자들의 행렬은 몽수리 공원을 향해 나아간다. 그들을 멀리서
본 사람들은 고향에서 멀리 떨어진 곳에서 헤매고 있는 사부
아 지방[16]의 등산가 그룹이라고 생각할 수도 있으리라. 그들
은 통브-이수아르 가를 따라 올라와, 마침내 파리 최대의 상
수원인 몽수리 배수지 앞에 다다른다. 외관상으로는 윗부분
이 편평한 조그만 언덕과도 비슷해 보이는 그곳은 감시 카메
라를 비롯한 각종 보안 시스템으로 둘러싸여 있어서, 이곳이
전략적으로 극히 중요한 장소라는 사실을 증명하고 있다. 감
시탑들과 전류가 흐르는 담장들이 그곳을 요새처럼 방어하고
있다.

「이거야 원! 여긴 감옥보다 더 튼튼하게 방비되고 있구먼!
내 말뜻을 이해할랑가 모르겠지만.」

「빨리 서둘러야겠어.」에스메랄다는 이렇게 말하고는, 지
금이 벌써 저녁 10시 27분이고, 대재앙의 시간까지는 불과
20분밖에 남지 않았다는 사실을 알려 준다.

「특히 놈들이 벌써 도착했기 때문에 더욱 서둘러야겠지.」
김은 주차되어 있는 메르세데스 벤츠 한 대를 가리키며 말한
다. 전에 국립 도서관에서 보았던, 녹색과 주황색이 섞인 외교
관용의 번호판이 붙은 바로 그 검은 자동차이다.

201.

이들이 바로 나의 슈퍼 영웅들이야.

물론 슈퍼맨, 배트맨, 캣우먼과는 많이 다르지. 〈인류의 구

---

16 프랑스의 남동부, 이탈리아와 접경한 지역으로, 대부분이 알프스 산
맥의 산지로 이루어져 있다.

원자〉의 통상적인 기준과는 거리가 먼 사람들이야.

늙은 사팔뜨기 뚜쟁이 어멈.

자동차 하나 제대로 운전 못하는 뚱보 외인부대원.

고향 사바나에서 멀리 떨어져 유랑하고 있는 아프리카 주술사.

경찰에 쫓기는 불법 체류자 신세인 17세 한국인.

여기에다가 병약하여 제대로 거동조차 못해서 쓰레기 하치장에서 우릴 기다리고 있는 늙은 점성술사까지.

나는 또 어떻고. 자신의 어린 시절조차 기억 못하는 10대 소녀⋯⋯.

너무나도 보잘것없는 존재들.

그런데 이런 우리가 지금 저 전문적인 테러리스트들과 맞서 싸우려 하고 있어.

아니, 최대한 많은 사람을 죽일 궁리만 하고 있고, 거기다 외교관 면책 특권까지 휘두르는 저 거대한 세력과 투쟁할 사람은 다만 우리뿐이야.

이런 일이 있게 될 거라고 누가 말했더라면, 난 단 1조도 믿지 않았겠지⋯⋯.

하지만 이제 나는 왜 내가 이 일을 계속해야 하는지를 알고 있어.

그건 부모님의 유업을 이어 가기 위해서야.

또 오빠의 생각이 틀렸음을 증명하기 위해서이기도 해.

그래. 우린 인류를 구할 수 있어. 인류는 그럴 자격이 있어. 내가 성공한다면, 우린 더 이상 노아의 방주를 타고 도망갈 필요가 없게 되는 거야.

202.

술 냄새 풍기는 한 무리의 산책객들이 멀어져 가자, 대속의 다섯 주민은 배수지를 보호하기 위해 축조한 가파른 경사지를 기어오른다. 그런 다음 한 사람이 깍지 낀 손을 받쳐 주면, 그 손을 딛고 올라가는 방식으로 재빨리 담장을 넘는다. 담장을 넘으니 또 다시 튼튼한 철책이 가로막고 있다. 오를랑도는 가방에서 절단 펜치를 꺼내어 철망을 자르기 시작하는데, 그것은 예상보다 훨씬 더 튼튼하다.

「후작, 쇠톱 좀 건네줘!」 왕년의 외인부대원이 지시한다.

김은 군소리 없이 지시에 따른다. 오를랑도가 힘이 다하자, 이번에는 페트나가 교대해서 금속을 자른다.

카산드라는 불안한 표정으로 그들 위에 설치되어 있는 감시 카메라들을 가리킨다. 김은 그녀를 안심시켜 준다.

「걱정 마. 여긴 프랑스 중앙은행이 아니야. 시립 배수지가 공격받으리라고 누가 꿈이라도 꾸겠어? 지금쯤 통제 모니터 앞은 꽤나 한산할 게 뻔해.」

「그렇다면 저 카메라들은 왜 설치해 놨지?」 에스메랄다가 묻는다.

「억제 수단이야, 공작 부인. 사소한 문제들이 생기고 나서야 녹화된 필름을 다시 돌려 보는 정도지.」

「그럼 결국 우릴 보게 될 것 아냐?」 에스메랄다가 불안해 하며 되묻는다.

「일이 순조롭게 이루어지면 이미 우린 이미 먼 곳에 가 있겠지. 대속의 악취로 보호되는 아주 안전한 곳에.」

「하기야 일이 순조롭게 이루어지지 않으면, 우리에 대해 신경 쓸 사람도 없게 되겠지.」 에스메랄다가 결론을 내린다.

카산드라는 몸서리를 친다.

페스트가 휩쓰는 파리. 그것도 기존의 모든 치료법에 저항력이 있는 바이러스로 인한 전염병. 그런 미래는 상상하고 싶지도 않아…….

마침내 철책을 통과하니 잘 관리된 녹색의 멋진 잔디밭이 드넓게 펼쳐져 있다. 축구장 몇 개를 합쳐 놓은 크기의 광활한 평지가 경사지 윗부분에 펼쳐져 있는 것인데, 사실 이것은 그 밑에 있는 배수지를 덮고 있는 거대한 지붕에 불과하다. 인터넷으로 이곳의 도면을 찾아낸 김의 인도에 따라, 그들은 정교하게 장식된 지붕이 올려진 한 고풍스런 건물의 자물쇠를 부수고 안으로 들어간다. 콜베르 시대에 건축된 석조 계단을 따라 내려간다. 건물 전체에서는 질산나트륨 냄새가 난다. 계단 아래에 이르자 일련의 복도들이 이어지고, 그것들을 따라 계속 가다 보니 위쪽에 커다란 유리창들이 나 있는 거대한 수조들이 나타난다.

「마치 성당 안에 만들어진 풀장들 같군!」눈이 휘둥그레진 오를랑도 반 드 퓌트가 자신도 모르게 중얼거린다.

천장에 난 유리창들을 통해서는 달빛이 흘러들고 있고, 그 달빛을 받아 수면은 터키옥색과 은빛으로 물들어 있다. 그들은 너무나도 투명한 물이 보여 주는 신비로운 광경 앞에서 잠시 발걸음을 멈춘다. 바로 이때 배수지의 경비 책임자가 들이닥친다.

「어이, 당신들! 여기서 뭘 하고 있는 거요? 거기 멈춰요!」

「저런 사람은 파업도 안 하나?」에스메랄다 피콜리니가 웅얼댄다.

경비원은 다가오면서 옆구리에 매달린 권총집을 더듬는데, 안타깝게도 비어 있다. 무기는 문진 대용으로 책상 위에 올려놓고 온 것이다. 그 모습을 본 대속 주민들은 지체 없이 도망쳐 석조 복도들을 달리기 시작한다. 그들의 발소리가 포석 위를 울린다.

그야말로 미궁이다. 돌로 된 복도들을 달리니 또 수조들이 있고, 또 다른 복도들을 통과하니 더 큰 규모의 또 다른 수조들이 나타난다. 경비원은 포기하지 않았다. 그는 무기를 찾아와서는, 어렵지 않게 침입자들을 다시 쫓아온다.

「이번에는 꼼짝하지 마요! 움직이면 쏠 거니까. 자, 모두들 손들라고!」

다섯 대속인은 어떻게 대응해야 할지 알 수 없어 그냥 꼼짝 않고 있을 뿐이다. 경비원은 무슨 함정이라도 있을지 몰라 두려워하는 기색으로 천천히 다가온다. 이때 그의 등 뒤에서 재빠르게 움직이는 누군가의 발소리가 들린다. 어떤 그림자가 한 수조를 따라 지나가고 있다.

「당신도 스톱! 멈춰요! 명령이오!」

경비원이 총을 겨누자 사내는 두 손을 쳐든다.

「당신들 이 시간에 여기서 뭣들 하고 있는 거요? 그리고 그 괴상한 옷차림들은 대체 뭐요?」

아무도 대답하지 않는다. 경비원은 선택해야 한다. 이 다섯 노숙자들을 잡을 것이냐, 아니면 스포츠 재킷 차림의 남자를 잡을 것이냐.

「저 사람을 잡아요!」 에스메랄다가 말한다. 「저 놈은 테러리스트예요.」

바로 그 말이 경비원의 결단을 도와준다. 색깔은 요란하기이를 데 없지만, 걸레 같은 넝마를 걸친 뚱뚱한 여자의 말을 믿을 수는 없지 않은가? 그는 운동복 차림의 남자는 도망치게 놔두고 노숙자들에게로 다가온다.

「여기는 허가 없이 들어오는 게 금지되어 있소! 당신들을 체포해야겠소!」

그는 소매로 이마의 땀을 닦는다.

「여보쇼! 지금 당신은 엉뚱한 사람을 붙잡고 화내고 있어!」페트나가 빽 소리친다.

경비원이 충분히 가까운 거리에 이르자, 세네갈인은 손에 한줌 쥐고 있던 자극성 있는 가루를 혹하고 불어 날린다. 경비원이 눈을 비비자, 오를랑도가 번개같이 달려들어 무기를 빼앗고 그를 제압한다. 그런 다음 경비원의 허리띠와 넥타이, 그리고 페트나가 호주머니에서 찾아낸 노끈 몇 가닥을 사용해 결박해 놓는다.

김이 운동복 차림의 사내가 도망친 방향으로 뒤쫓아 가려 하자, 카산드라가 그의 팔을 잡는다.

「그자는 벌써 폭탄을 설치했고, 지금은 시간이 없어. 빨리 찾아내 뇌관을 해체해야 해.」

그들은 달려서 굵직한 기둥들이 박혀 있는 거대한 석조 수조에 도착한다. 완벽한 에메랄드 색의 물은 황갈색의 벽과 신비한 대비를 이루고 있다.

「폭탄은 분명히 어느 수조의 밑바닥에 숨겨 놓았을 거야.」 카산드라가 말한다.

그들은 옷을 입은 채로 수조 안으로 들어간다. 그렇게 엉덩이 높이까지 올라오는 물속을 걸어 수원(水源)이 있는 쪽으로 거슬러 올라간다. 앞에서 폭포수 떨어지는 듯한 소리가 들려와 살펴보니, 한 수문을 통해 물이 수조로 쏟아져 들어오고 있다.

그런데 수면 아래에 어떤 형체들이 휙휙 지나가는 것이 보인다.

송어야!

김은 인터넷을 통해 여과 센터에 관련된 소개 자료를 보고 온 터여서, 왜 이곳에 물고기가 있는지를 알고 있다. 그의 설명에 따르면, 이 송어들은 물에 유독 물질이 섞여 있는지를 알

수 있게 해준다는 것이다. 예를 들어 물이 중금속에 오염되었을 경우, 화학적 탐지기는 아무것도 감지하지 못하지만 송어는 이에 아주 민감하기 때문에 죽어 버린다고 한다.

「페스트균이 이 물고기들도 죽일까?」

「아니. 확산돼도 포유류에게만 영향을 미쳐.」

「지금이 몇 시지?」에스메랄다가 묻는다.

「10시 55분.」

「그런데 넌 그게 몇 시에 터진다고 했지? 11시?」

「대략 그래요.」소녀가 대답한다.

「어쨌든 세균 폭탄은 폭발은 안 해. 단지 온 도시가 마시게 될 물에 유독 물질을 쏟아 낼 뿐이지.」

「그렇다면 왜 그걸 직접 물에다 쏟아 버리지 않았을까?」에스메랄다가 논리적인 질문을 던진다.

「그럼 자신이 감염될 위험이 있어. 오늘 온 이 자는 자살 테러단은 아니야. 그보다는 폭탄을 제대로 설치해 놓기 위해 특별히 행차하신, 놈들의 생물학자 중 하나라고 봐야겠지. 그가 여기서 뒈지고 싶겠어?」

에스메랄다는 계속 나아가며 물속에 잠겨 있는 기둥들의 밑 부분을 일일이 비춰 본다. 여기에는 헤엄치는 송어가 한 마리도 눈에 띄지 않는다. 하지만 수면 바로 밑에서 미끄러지듯 재빠르게 움직이고 있는 어떤 형체들이 보인다.

「쥐야!」김이 그 정체를 알려 준다.

잠시 후, 그들은 족히 백 마리는 되어 보이는 쥐 떼에 둘러싸인다.

「쥐들아, 우린 너희의 적이 아니야! 우리는 서로를 도와서 폭탄을 찾아내야 해! 그러지 못하면 너희에게나 우리에게나 끔찍한 일이 일어나게 돼!」카산드라가 마치 연설을 하듯 외친다.

쥐 한 마리가 그녀의 말에 귀를 기울이듯이 수면 위로 고개를 뻐죽 내민다. 소녀가 팔을 쭉 내밀자, 쥐는 잠시 망설이더니 그녀의 손바닥에 기어오른다. 세네갈인은 행여 쥐들이 잘못 알아 들을까 봐 염려가 되는지, 과도할 정도로 또박또박 발음하며 이렇게 말한다.

「쥐들아, 내 말을 잘 들어 보거라. 너희들은 이 여과 센터에 대해 잘 알고 있지? 우리를 도와주거라. 그게 우리 두 종 모두에게 좋은 일이니라.」

그 쥐는 관심의 기색을 나타낸다.

「공주, 정말로 녀석이 폭탄 있는 곳을 알고 있다고 믿는 거야?」 김이 어이가 없는 듯 묻는다.

바로 그때 쥐가 펄쩍 뛰어 페트나의 코를 물어뜯고, 불쌍한 노인은 비명을 지른다. 그게 신호다. 쥐들은 그들을 향해 일제히 다가온다.

인간들은 수조 속에서 최대한 빨리 나아가 보려 애를 쓰지만, 물에 젖어 무거워진 옷 때문에 쉽지가 않다. 조그만 앞니들이 그들의 살 속으로 파고들겠다고 부딪쳐 오자 김은 쌍절곤을, 그리고 오를랑도는 석궁을 꺼내 든다. 그들은 가장 가까운 곳에 있는 쥐들을 죽인다. 그러자 다른 녀석들은 찍찍거리며 도망쳐 버린다.

「자, 우리가 테러리스트의 입장이 되어 생각해 보자고요.」 에스메랄다가 제안한다.

「괜찮은 생각이야. 자, 우리가 만일 놈이라면?」

「놈이라면 가장 광범위하고 가장 빠른 속도로 확산될 수 있는 구역에 감염 물질을 쏟고 싶겠지.」

이 말에 그들은 거의 합창을 하듯 대답한다.

「중앙 대수조!」

그들은 부리나케 그곳으로 달려가, 폭탄을 찾기 시작한다.

「배출구 부근을 살펴보지!」페트나가 외친다.

과연 그곳의 수면 바로 아래에 무언가가 어른거린다. 모두
두 개로, 어떤 녹색의 액체로 채워진 튜브들이 들어 있는 투
명한 상자 하나와, 숫자를 표시하는 시계에 연결된 전자 기폭
시스템이다. 그리고 시계의 숫자는 계속 줄어들고 있다. 38,
37, 36, 35……

카산드라는 너무도 기가 막혀 부릅뜬 눈으로 잠시 폭탄만
뚫어지게 응시한다.

페스트! 세계를 퇴보시키기 위한 중세의 무기…… 테러리
스트들은 내일이 또 다른 〈어제〉가 되기를 바라고 있어. 그들
에게 있어서 이상적인 미래란 칼에 의한 문제 해결, 노예제로
의 복귀, 텔레비전을 대체할 구경거리인 신체적 형벌들, 그리
고 테크놀로지의 포기를 의미하겠지. 그런데 이런 목적을 이
루기 위해 과학의 용병들에게 첨단 기술을 사들이다니!

카산드라는 자신의 손목시계가 〈5초 후 사망 확률: 15%〉
를 가리키고 있는 것을 본다.

프로바빌리스는 위험을 인지하지 못했어. 테러리스트들은
다니엘이 생각하지 못한 위험물을 발명해 낸 거야.

갑자기 손목시계의 수치가 변화한다. 죽을 확률이 19%로
올라간다. 소녀는 천장에 감시 카메라 하나가 달려 있는 것을
발견한다. 그녀는 자신이 오빠의 작품을 과소평가했음을 깨
닫는다. 프로바빌리스는 지금 무슨 일이 일어나고 있는지를
이해해 가는 동시에, 자신의 임무에 충실하게 위험을 알려 주
고 있는 것이다.

오를랑도 반 드 퓌트는 극도로 조심해 가면서 그 복잡한
물체를 집어 든다.

「아, 이런 건 정말 처음 보네!」

27, 26, 25…… 세균 폭탄의 타이머는 계속해서 숫자를 줄

여 나가고, 그에 반비례하여 카산드라의 손목시계의 숫자는 규칙적으로 증가해 간다.

〈5초 후 사망 확률: 35%〉.

그들은 투명한 상자와 전자 기폭 장치를 물 밖으로 꺼낸다. 폭탄 계수기가 20을 지나자, 확률 시계의 문자판 역시 50%를 넘어선다.

이제 우리는 죽을 위험에 처해 있어.

김은 손전등으로 물체를 비춘다. 안전유리 벽 뒤에는 녹색 액체가 담긴 세 개의 튜브가 하나의 분사 노즐에 연결되어 있다.

오를랑도는 그 끔찍한 폭탄을 손끝으로 간신히 들고 있다. 에스메랄다는 손목시계를 들여다본다. 저녁 11시 3분이다. 시계의 계수기는 여전히 줄어들고 있다. 17, 16, 15.

「이 저주받을 투명 상자에서 대체 무엇이 나올까? 가스? 액체? 세균?」에스메랄다가 얼굴이 새하얘져 묻는다.

오를랑도는 대체 어떻게 해야 할지 알 수 없어 망연자실해 있다. 그저 손전등으로 비춰 가며 세균 폭탄을 샅샅이 살펴보고만 있을 뿐이다. 마침내 그가 내뱉는다.

「이건 보통 것들보다 훨씬 복잡한 폭탄이야. 콩알만 한 온도 조절 장치가 하나 있고, 그 위에는 펌프 몇 개와 나로서는 처음 보는 어떤 괴상한 게 하나 붙어 있어.」

외인부대원의 이마에 땀방울이 반짝인다.

「미안해, 공작 부인. 나로서는 이 빌어먹을 물건을 어떻게 해체해야 할지 모르겠어. 내가 무슨 바보 같은 짓이라도 했다가는 차라리 안 건드린 것보다 훨씬 고약한 일이 생길 것 같아.」

페트나는 침을 꿀꺽 삼킨다. 이제 손목시계는 〈5초 후 사망 확률: 85%〉를 표시한다.

카운트다운은 거의 막바지에 다다랐다. 8, 7, 6……

「뭐라도 좀 해 봐!」에스메랄다가 바들바들 떨면서 울부짖는다.

⟨5초 후 사망 확률: 91%⟩.

그들에게 1초 1초가 이렇게 길게 느껴진 적은 한 번도 없었다.

3, 2, 1……

타이머가 0을 가리켰을 때, 조그만 다이오드 전구 세 개가 동시에 켜지면서 깜빡거리기 시작한다. 펌프 하나가 작동을 시작하자, 단번에 세 개의 튜브로부터 녹색 액체가 빠져나와 하나의 관 속에서 뒤섞이면서 노즐 쪽으로 흘러간다.

카산드라의 손목시계는 이렇게 알린다. ⟨5초 후 사망 확률: 94%⟩.

그녀는 두 눈을 감아 버린다.

203.

나의 생물학적 조상들이여. 나의 전생의 조상들이여. 여러분 모두는 지금의 나처럼 페스트와 맞선 적이 있었겠지요.

사실 우리는 큰 전염병들을 겪지 않은 최초의 세대일 뿐이 에요.

여러분 가운데는 이런 종류의 뜻하지 않은 재앙들 때문에 속절없이 죽어 가야 했던 사람들이 얼마나 많았겠어요?

하지만 여러분은 죽기 직전에 이 재앙에 저항할 수 있는 어 떤 방법을 깨달았을 거예요. 분명히 그랬을 거예요. 왜냐하면 마지막 순간에 우리는 모든 것을 깨닫는 법이니까요. 이미 늦 은 때일지라도.

여러분은 내 피 속에 살아 있어요. 여러분은 내 세포핵 속 에 살아 있어요. 여러분 모두가 내 안에 살아 있어요. 제발 나 를 도와주세요!

204.

모든 것은 슬로 모션처럼 진행된다. 투명한 상자에서부터 액체가 막 뿜어져 나오려 할 때, 페트나가 비호처럼 몸을 날린다. 그 역시 그의 부족만큼이나 오래된 어떤 상식이 주는 영감을 통해 이런 위급한 순간에 어떻게 대응해야 할지를 퍼뜩 깨달은 것이다. 그는 고무 재질의 노즐 끝을 엄지손가락으로 꾹 눌러 녹색 액체가 흘러나오려 하는 것을 막아 버린다.

「내가 독을 막았어! 하지만…… 하지만…… 그게 내 엄지에 묻어 버렸어!」

「정상대로라면,」 오를랑도가 말한다. 「노즐에는 구멍 말고는 새는 데가 없어. 그리고 당신 엄지는 상당히 두껍고. 따라서 당신이 움직이지만 않으면 페스트균은 퍼지지 않아.」

「그 손가락에 살짝 긁힌 데라도 없어야 할 텐데.」 김이 얼굴을 잔뜩 찌푸린다. 「그렇지 않으면 끝장이야.」

테리 길리엄의 영화 「12 몽키즈」와도 비슷한 상황이야. 한 사람의 감염이 종 전체의 종말을 의미하게 될지도 모르는 상황.

카산드라가 다시 손목시계를 들여다보니 〈5초 후 사망 확률: 45%〉를 표시하고 있다.

휴! 다시 50% 아래로 내려왔어.

그들은 배수지에서 나와 길거리를 걷는다. 오를랑도는 사람들의 의심을 불러일으키지 않으려고 페트나의 손을 자신의 재킷으로 덮는다. 그러고는 이렇게 말한다.

「자, 이제 어떻게 한다? 난 전자 계통은 좀 알지만 생물학은 전혀 몰라.」

「아, 더 이상 못 견디겠어.」 아프리카 마라부는 뭐라고 중얼중얼 기도하면서 말한다.

「엄지손가락만큼은 절대로 움직이지 말라고!」 에스메랄다가 엄포를 놓는다.

「그게 그러니까……」 페트나가 애원하듯이 대답한다. 「내가…… 쥐가 나기 시작하고 있어……」

그러자 오를랑도는 뭔가 극단적인 조치를 취해야 할 시간이 왔음을 깨닫고는 날이 시퍼런 특공대용 단검을 뽑아 든다.

「어……」 페트나의 눈이 둥그레진다. 「자네 무슨 생각을 하고 있는 거지, 남작?」

「지금 인류의 운명이 걸려 있는데 그 조그만 손가락 한 마디가 뭐가 그리 중요한가? 설마 자신이 그 정도까지 이기주의자라고 내게 말하지는 않겠지, 자작? 그럼 난 몹시 실망할 거야.」

「그게 그러니까…… 그래! 이 쥐는 내가 극복해 낼 수 있을 것 같아.」 세네갈인은 갑자기 의연해진 모습으로 말한다.

이때 에스메랄다가 자신이 이 상황을 해결하기로 마음먹는다. 그녀는 밤늦게까지 여는 식료품점에 일행을 데려가, 마지막 쌈짓돈을 털어 조그만 대야 하나와 위스키 10여 병, 표백액 여러 통을 산다. 그런 다음 모두에게 인근의 몽수리 공원으로 가자고 제안한다.

인적 끊긴 공원의 조그만 호숫가에 이르자, 빨간 쪽머리의 여인은 대야를 풀밭 위에 놓는다. 페트나는 오를랑도의 도움을 받아 가며 노즐 구멍이 여전히 자신의 엄지로 막혀 있는 폭탄을 조심해서 대야 속에 내려놓는다. 그리고 에스메랄다는 그 위에다 위스키를 쏟아붓는다.

「어떻게 하려고 그래?」 세네갈인이 불안하게 묻는다.

「이탈리아에 있을 때 우리 어머니는 항상 말씀하셨어. 세균은 독한 술에 견디지 못한다고.」

그녀가 조니 워커 한 병을 대야에 부은 다음, 다시 두 번째 병을 부으려 하자 오를랑도가 그녀를 팔을 잡는다.

「한 병이면 충분할 것 같은데.」

에스메랄다는 어깨를 으쓱한다.

「하긴. 우리 아버지는 이렇게 말씀하시곤 하셨지. 〈표백액은 모든 것을 소독해 주느니라.〉」

이렇게 말한 에스메랄다는 다시 표백액 몇 통을 들이붓는다. 이제 페트나의 엄지는 약간의 위스키와 엄청난 양의 표백액 속에 잠겨 있다. 에스메랄다는 만전을 기하기 위해 약간의 위스키를 더 첨가한다.

「아그그, 쓰려!」 세네갈인이 오만상을 찌푸리며 고통을 호소한다.

「시끄러, 엄살쟁이 같으니! 내 귀에는 세균들이 죽어 가는 소리가 들린다고!」

모두가 가져온 커다란 방독면을 뒤집어쓴다. 오를랑도는 페트나가 착용하는 것을 도와주고는, 자신의 것도 빈틈이 나지 않게끔 제대로 맞춘다. 그런 다음 신호가 떨어지자 세네갈인은 잽싸게 엄지를 뺀다. 그가 그 손을 맹렬히 흔들어 대고 있을 때, 녹색의 액체가 폭탄에서 뿜어져 나와 위스키와 표백액에 섞여 든다.

모두가 둘러서서 부글부글 끓기 시작하는 그 거무스름한 혼합액을 관찰한다.

「에잇! 페스트균들이 이런 독한 대접을 받으리라곤 전혀 예상 못 했을 거야.」 에스메랄다가 진저리를 치며 내뱉는다.

그들은 대야 위에 몸을 굽히고 기다린다. 만일 일이 틀어지게 되면 어떻게 그들 다섯이서 세균전을 막아야 할지 막막하기만 한 심정으로. 그리고 얼마간의 시간이 흐른 후에 모두가 방독면을 벗는다.

안전유리 속의 기계 장치는 튜브 속 내용물을 남김없이 배출했다. 이제 치명적인 액체는 위스키와 표백액에 완전히 혼합쳐되었다. 카산드라는 본능적으로 손목시계를 들여다본다.
〈5초 후 사망 확률: 16%〉. 하지만 공원 내에 감시 카메라가
하나도 없는 것을 본 그녀는 이 숫자에는 아무런 의미도 없음
을 깨닫는다.

　가장 먼저 미소를 지은 이는 아까는 죽을 듯한 고뇌에 사
로잡혀 있던 페트나이다. 그의 희고도 큼직한 치아는 어스름
속에 환하게 빛난다. 이어 그는 엄지를 위스키와 표백액 혼합
액에 여러 차례 담근다. 혹시 자신의 표피에 남았을지도 모르
는 마지막 세균 몇 마리를 죽여 버리고 싶은 듯이.

　오를랑도는 전자 기폭 장치를 흔들어 보이고는 그것이 전
리품이나 되는 양 목에 목걸이처럼 두른다.

　「우린 다시 해냈어.」 카산드라가 안도의 한숨을 내쉬며 중
얼거린다.

　그러자 페트나가 돌멩이 하나를 집어 들더니, 몽수리 공원
호숫가에 있는 바위에다가 이렇게 새긴다. 〈3월 31일, 카산드
라, 에스메랄다, 페트나, 김, 오를랑도가 세계를 구했노라.〉

　하지만 김예빈은 보다 정확한 진실을 위해 이렇게 덧붙인다.

　「그리고…… 세상 사람들은 조금도 신경 쓰지 않았느니라.」

　그들은 서로를 포옹한다. 어떤 생명력 넘치는 에너지의 흐
름이 그들을 하나로 묶는다.

　「너무노 놀라고 가슴 졸이고 했더니 이젠 녹초가 돼버렸
어.」 에스메랄다가 한숨을 내쉰다. 「힘이 없어서 걸을 엄두가
안 나. 힘이 날 때까지 여기서 잠시 쉬었다 가자고.」

　「그녀는 새 위스키 병 하나를 집어 들어 지체 없이 뚜껑을
돌려 따서는 병나발을 분다. 그런 다음 트림을 하고는 병을
다른 사람들에게 건넨다.

　「우리는 더 이상 스컹크가 아니야. 우리는 꾀와 신속함을
무기로 사냥하는 동물들이야. 우리는…… 그래, 여우들이야.

우리의 마스코트 음양이 같은.」

「세상에 질병이 퍼지는 것을 막아 주는 여우들을 위해 건배! 이 매력적인 동물들이 광견병 전파의 주범이라는 터무니없는 누명을 써야 했다니! 하지만 우리는 그들의 이름으로 페스트를 막을 수 있다는 사실을 증명했어.」

「여우들을 위하여!」

그들은 엄숙하게 술을 들이켠다.

「가득 채운 이 술 한 잔이면, 이 근방에 세균은 한 마리도 살아남지 못할 거야.」

오를랑도 반 드 퓌트는 자신의 목걸이를 만지작거린다.

「난 이걸 전리품으로 간직하고 싶어. 벌써 두 개가 있지. 지하철과 도서관에서 한 개씩 가져왔으니까. 이것은 내 컬렉션을 채워 줄 거야.」

위스키가 다시 한 순배 돈다. 처음에는 입술 끝으로 홀짝거리던 카산드라도 점점 더 즐겁게 마신다. 처음에는 쓰게만 느껴지던 몇 잔을 넘기고 나니, 마침내 알코올이 배 속을 뜨겁게 덥혀 주기 시작한다. 그리고 불 공 같은 것이 가슴을 타고 올라온다. 그녀는 기계적으로 손목시계를 내려다본다. 〈5초 후 사망 확률: 18%〉.

내 심장이 알코올에 반응을 보이기 시작하는 모양이야. 하지만 50%까지는 아직 한참 남았어. 더 마셔도 될 것 같아.

그리고 마시고 싶어.

소녀는 병에 남은 것을 모두 마셔 버린 뒤, 또 다른 병에 손을 뻗는다. 마실수록 더 마시고 싶어진다.

「야, 공주. 그런 모습 보기 좋다!」 김이 말한다. 「자, 마시라고! 한 잔 더!」

그녀는 마시고 트림한 다음, 커다란 웃음을 터뜨린다.

「아빠! 엄마! 다니엘! 내 말 듣고 있어요? 난 과업을 계속해 나가고 있어요! 난 계속하고 있다고요! 우린 아직 지지 않았어요! 난 아직 포기하지 않았다고요!」

그녀는 딸꾹질을 한 번 하고는 몸을 비틀거리면서 또박또박 말한다.

「세상에나! 우리 노숙자들이 세계를 구했어! 전 세계를! 우리 다섯이서!」

「우리가 세계를 구했다!」 모두가 일제히 소리친다.

카산드라는 두 눈을 감고 춤을 추기 시작한다. 그러더니 다시 눈을 크게 뜨고는 에스메랄다의 턱을 잡는다.

「자, 공작 부인, 보라고요! 남작, 보라고요! 자작, 보라고요! 후작, 보라고! 세계는 우리 거예요! 미래는 쓰여 있지 않아요. 오늘 우리는 센 강에 날치들이 노는 멋진 미래를 향해 한 발을 더 내디뎠어요. 오늘 몽수리에서의 우리의 행동으로 인해, 이 미래의 확률은 1.5%에서 2%로 올라갔을 게 분명해요. 우리 오빠는 이 2%의 가능성을 믿고 210미터 높이에서 뛰어내렸어요! 그리고 지금 추락하고 있는 우리 인류 역시 살아남을 수 있어요! 종말에서 2% 남은 곳에서, 우리를 중세로 되돌리려던 세력은 시간의 나무에서 몇 개의 가지만큼 밀려난 거예요!」

다른 사람들은 눈썹을 찌푸린다.

「쟤가 도대체 무슨 말을 하고 있대? 뭐, 〈날치들〉?」

「난 쟤가 무슨 말하고 있는지 하나도 이해 못 하겠지만, 아무튼 공주 만세!」 오를랑도가 벌떡 일어서서 위스키 병을 번쩍 치켜들면서 외친다.

그들은 공주를 하늘 높이 헹가래를 쳐주고는, 그들 외에는 아무도 없는 드넓은 공원에서 즉흥적인 지그 춤[17]을 춘다. 그

17 아일랜드 민속춤의 하나. 상체는 똑바로 세우고, 손은 허리에 얹은 채, 발끝과 발뒤축만 땅에 닿게끔 하여 끊임없이 두 발을 경쾌하게 놀린다. 후에 탭 댄스로 발전하게 된다.

리고 함께 노래 부르기 시작한다.

「공주는 이제 우리 편이다아아! 그녀는 우리처럼 위스키를 마셨다아아! 그녀는 주정뱅이다아아! 그녀의 불콰한 얼굴을 보면 알 수 있는 일이다아아!」

소녀도 그들과 함께 노래한다.

「나는 주정뱅이다아아!」

그러면서 그녀는 약간 비틀거리면서 오를랑도 쪽으로 다가간다.

「여러…… 여러분은 단지 나의 동지들만이 아니에요. 여러분은 내 가족이에요. 남작, 당신은 첫날 내 생명을 구해 줬어요. 난 절대 잊지 못할 거예요. 당신은 나의…… 아버지예요.」

그리고 다음에는 페트나에게로 간다.

「자작, 당신은 내게 술을 가르쳐 줬어요. 당신은 나의 삼촌이에요.」

그다음에는 에스메랄다에게로 간다. 「공작 부인, 당신은 내게 달거리를 관리하는 법을 가르쳐 줬어요. 내게 있어서 당신은 어머니예요.」

그녀는 비틀거리면서 빨간 머리 여인을 오랫동안 포옹하고, 여인의 사팔뜨기 눈에는 따스한 애정이 가득 차오른다. 그녀는 여인의 귀에 대고 속삭인다.

「그런데 말이죠, 그게 너무 아파요. 여자가 되는 게 이런 거라고 미리 말해 주었더라면, 난 남자가 되는 편을 택했을 거예요. 무엇보다도 서서 오줌 눌 수 있잖아요.」

그러자 여인은 이렇게 속삭여 준다.

「맞아. 하지만 우리 여자들은 오르가슴을 여러 번 맛볼 수 있단다.」

「그게 뭐죠?」

「알게 될 거야. 그것은 많은 것들을 견딜 수 있게 해주지.」

그다음에 카산드라는 김에게로 향한다.

「그리고 너, 후작. 넌…….」

「난?」

「그러니까 넌 나의…….」

「너의?」

「그러니까 넌 나의 새 형제야. 자, 김, 넌 나의 형제야. 그것
도 오빠!」

그들은 서로를 마주 본다. 이제 그들의 얼굴은 불과 몇 센
티미터에 밀어져 있지 않다.

바로 이때 페트나가 그들의 국가를 부르기 시작한다.

그들은 일제히 합창한다.

우리 집 뒤에
뭐가 있는지 알아요?
우리 집 뒤에
뭐가 있는지 알아요?
숲이 하나 있어요.
숲 중에서도 가장 예쁜 숲.
우리 집 뒤에 작은 숲이 있지요.
트라론라레르, 트랄라론라론라.

그리고 이 숲 속에
뭐가 있는지 알아요?
그리고 이 숲 속에
뭐가 있는지 알아요?
군화 한 짝이 있어요.
군화 중에서도 가장 예쁜 군화 한 짝.
우리 집 뒤에 작은 숲이 있지요.

트라론라레르, 트랄라론라론라.

「어이! 잠 좀 자자고!」 멀리서 누군가가 창문을 왈칵 열어 젖히면서 소리친다.

이 말에 수염쟁이 바이킹이 즉각 반응을 보인다.

「에잇, 부르주아들 엿이나 먹어라! 우린 너희들을 구해 주었어. 그러니 이제는 우리를 좀 가만히 내버려 두라고!」

그 즉시, 공원 주변의 아파트들에서 창문 닫는 소리들이 들려온다.

「바로 그거야, 이 타조 떼들아! 그렇게 가서 숨어 버려! 너희들은 다 비겁한 놈들이야!」 이번에는 김이 소리 지른다.

다시금 또 다른 덧창들이 쾅쾅 닫힌다.

「좋아. 우리 여기 남아 있는다! 단지 저 인간들을 엿 먹이기 위해서라도!」 외인부대원은 몸도 제대로 가누지 못하면서 선언한다.

그들은 다시 마시기 시작한다. 그리고 휘청거리는 다리로 더 이상 서 있을 수 없게 되자 하나둘 신선한 풀 위에 드러눕는다.

그리고 옆구리를 서로 마주 대고 웅크린 채 잠이 든다. 김은 아무 생각 없이 카산드라에게 기어가 그녀에게 몸을 바짝 붙인다. 그녀는 한 손을 그의 어깨 위에 올리고, 그렇게 그들은 선잠에 빠져든다. 쉬쉬 소리를 내며 흔들리고 있는 몽수리 공원의 큰 나무들의 보호 아래에서.

205.

위대한 여사제는 그녀의 책 『카산드라 카첸버그의 모험』을 내려놓고 찬찬히 말한다.

「김예빈 후작. 당신은 여기 있는 카산드라 공주를 아내로 맞기를 원하십니까?」

잠시 침묵이 흐른 후, 김의 확신에 찬 목소리가 씩씩하게 울린다.

「네, 원합니다!」

「카산드라 카첸버그 공주. 당신은 김예빈 후작을 남편으로 맞기를 원하십니까?」

「네, 원합니다…….」

그러자 토가 차림의 여인이 선언한다.

「그렇다면 난 여기 있는 두 사람을 남편과 아내로 선언합니다. 이제 두 사람은 기쁜 일과 슬픈 일을 함께하며 살아갈 것입니다. ……사랑의 부재가 두 사람을 나눠 놓을 때까지.」

주위의 군중이 박수갈채를 보낸다. 수천 명의 조상들, 그리고 그들에 이어 올 수백 명의 아이들도 모두 턱시도에 실크 드레스를 차려입고 있다. 에스메랄다 피콜리니, 페트나 와데, 오를랑도 반 드 퓌트, 샤를 드 베즐레는 맨 앞줄에 서 있다. 그들은 차례로 나아와 증인 서류에 서명을 하고, 그 참에 신혼 부부를 포옹해 준다.

카산드라와 김은 비처럼 쏟아지는 축하의 쌀을 맞으면서 두 사람만의 보금자리로 향한다. 그것은 대속의 가장자리에 지어진 10미터 높이의 거대한 움막으로, 꽃을 가득 채우고 수놓은 커튼을 드리운 커다란 발코니까지 달려 있는 집이다. 그 아래의 작은 정원에는 재활용한 재료로 만든 분수대 하나가 노래하고 있다.

사슴, 토끼, 여우들이 그 물을 마시러 모여드는데, 카산드라는 그 가운데 음양이 부부도 있는 것을 본다. 거기에서 얼마 떨어지지 않은 곳에는 미끄럼틀이 있는 커다란 풀장이 손님들을 맞고 있고, 그 옆에는 탁구대도 하나 있다.

카산드라는 남편을 흠모의 눈빛으로 바라본다. 연보라색 레이스로 된 가슴 장식에, 역시 연보라색 연미복 차림을 한 김이 오늘따라 너무도 멋지다. 그녀 자신은 진줏빛이 감도는 흰색 드레스를 입고 있는데, 뒤로 길게 끌리는 드레스 자락 주위에는 어디선가 날아온 벌새들이 나비처럼 팔랑댄다.

에스메랄다는 잔마다 샴페인을 따라 놓는다. 그녀는 한 잔을 비우고 트림을 한다. 페트냐는 가래침을 뱉는다. 오를랑도는 방귀를 뀐다. 그러자 모두가 갈채를 보낸다. 이어 한 무리의 집시들이 도착하고, 기타와 바이올린들이 한바탕 신명을 내기 시작한다. 아이들 모두가 쌍쌍이 춤을 추기 시작한다.

제빵사 샤를로트가 손뼉을 친다. 그러자 비둘기 네 마리가 날아와 그들 주위에 내려앉는다. 그러고는 부리로 보자기의 네 귀퉁이를 하나씩 물고 다가오는데 거기에는 케이크가 가득 담겨 있다.

「참된 것은 오직 이것들뿐이야.」 볼이 빨갛게 물들어 있는 제빵사가 말한다.

다시금 갈채가 쏟아진다.

카산드라는 자신의 저서인 『카산드라의 모험』을 그녀에게 내밀면서 이렇게 화답한다.

「책은 정신의 케이크예요.」

이때 인형들의 산 위에 검은 실루엣들이 나타난다. 그들은 아가리를 사납게 벌린 커다란 개들을 목줄로 매어 끌고 있다.

알바니아인들이다.

예상치 못했던 그들의 모습에 사람들은 잠시 공황 상태에 빠지기도 하지만, 알바니아인들은 미소를 짓고는 춤판에 끼어든다. 그러자 카산드라의 시각에 변화가 일어난다. 그녀 주위에 있는 모든 존재들의 흉골 정도의 높이에서 작은 빛이 보이는 것이다. 바로 그들의 생명의 불똥이다. 남쪽에서는 들개들이 도착하더니 음악의 리듬에 맞추어 꼬리를 흔들어 대기 시작한다. 다음에는 쥐들의 차례이다. 이 결혼식에 참석한 모든 살아 있는 존재의 생명의 불똥들은 따스하게 데워져서, 집시 리듬에 맞춰 환하게 빛나고 율동하기 시작한다.

휠체어를 타고 온 그라지엘라는 한 악사에게서 바이올린을 빼앗아서는 몹시 감동적인 독주를 시작한다. 카산드라는 김의 손을 꼭 잡는다. 그들의 두 불똥은 불꽃처럼 빛나다가 두 사람의 가슴께에서 하나로 융합한다. 순간, 어떤 빛나는 파동 같은 것이 그들 주위에 꽃처럼 활짝 피어오르더니, 각 생명체의 불똥을 어루만지면서 주변의 배경 전체를 조금씩 조금씩 영롱한 자개 빛으로 물들여 간다.

206.

카산드라는 허파에 타는 듯한 통증을 느낀다. 그다음에는 위장이 뒤틀려 온다. 결국 심한 구역질이 몸을 뒤흔들고, 여러 차례에 걸쳐 배 속에 든 것을 모조리 토해 낸다. 그 격렬한 토악질은 도저히 멈출 수가 없다.

내 속이 깨끗이 씻기고 있어.

주위를 둘러보니 낯선 노숙자들만 보인다. 긴 수염, 술에 전 얼굴, 회색빛의 더러운 터럭들, 그리고 부스럼, 흉터, 종기들로 뒤덮인 피부.

이들은 우리가 아닌데…….

「어이, 이 더러운 계집애야. 어디 다른 데 가서 토할 수 없어?」 긴 수염에 말총머리를 한 노숙자가 소리 지른다.

「어이, 이 계집애 좀 여기서 끌어내요! 먹은 걸 게워 내고 있다고요!」 매춘부같이 보이는 한 여자가 악을 쓴다.

「어휴, 이 지독한 냄새! 이건 뭐, 걸어 다니는 병균 덩어리

340

로군!」

「상통은 부르주아같이 보이는 계집애가 어떻게 우리보다
도 더 지저분하냐!」 앞의 여자보다 한층 상스럽게 생긴 또 다
른 젊은 여자도 빠지지 않는다.

노숙자들이 나를 보고 얼굴을 찡그리게 될 줄이야…….

「여기가 어디죠?」 카산드라는 손등으로 입을 문지르면서
묻는다.

한 털보가 팻말을 하나 가리킨다. 〈술 깨는 방〉.[18] 그녀는 장
소를 휙 둘러본다. 리놀륨 바닥이 깔린 커다란 방인데, 대부분
노숙자 아니면 창녀로 보이는 30여 명의 사람들이 우글대고
있다.

그녀는 또다시 발밑에다 음식물을 게워 낸 후, 자신이 어떻
게 이곳에 오게 되었는지를 기억해 보려고 한다.

이런! 너무 많이 마셨어. 술에 떡이 되어서 아무 데나 쓰러
져 잠든 거지. 그걸 경찰들이 아침에 발견해서, 아직 자고 있
는 날 여기에 데려온 거야. 그런데 다른 사람들은 어디 있지?

맑고 커다란 회색 눈의 소녀는 자신의 손목을 살펴본다.
〈5초 후 사망 확률: 19%〉.

큰 위험은 없어. 어제 들어온 알코올을 몸이 빼내려 애쓰고
있는 중일 뿐. 더 이상 술을 마셔서는 안 되겠어. 나와는 전혀
안 맞아.

사내 하나가 그녀에게 다가온다. 펑크스타일의 옷차림에
이마엔 〈미래는 없다〉라는 글을 문신으로 새기고, 빡빡머리
의 가운데만 닭 볏처럼 남긴 머리칼은 형광빛 감도는 초록색
으로 물들였다.

「어이, 꼬마! 너 예쁜데?」

18 술에 취해 공공 질서를 어지럽힌 사람들을 술이 깰 때까지 구금하기
위해 파출소에 마련된 유치장의 일종.

카산드라는 손가락들을 꼬부려 두 손을 발톱이 솟은 짐승 발로 바꾼다. 펑크족은 조롱의 뜻으로 얼굴을 괴상하게 찡그려 보이고는 더 가까이 다가온다. 그러자 방 안에 있었지만 그녀가 지금까지 보지 못했던 깡마른 수염쟁이 하나가 사내를 막고 선다.

「어이, 가만히 놔둬. 보통 사람이 아니야. 거지들의 예언자라고.」

「거지들의 예언자? 거…… 역질 나는 예언자겠지.」 펑크스타일의 사내가 되받는다.

다른 사람들은 낄낄거린다. 펑크가 이어 말한다.

「그런데 당신은 저 애를 왜 그렇게 부르는데?」

「이 애에겐 놀라운 능력이 있어. 미래를 볼 줄 안다고.」

곳곳에서 웃음이 터진다. 카산드라는 자신이 뭔가를 해야 할 필요가 있음을 느낀다. 그녀는 눈을 감고, 한 손을 활짝 펼쳐 펑크족에게 쭉 내민 다음, 공포에 질린 목소리로 또박또박 얘기한다.

「일주일 후, 금요일 저녁 11시 35분, 노란 네온 간판이 있는 어느 선술집 앞에서 너는 어떤 남자 셋과 싸울 거고, 배에 칼침을 한 방 맞을 거야.」

그 즉시 〈미래는 없다〉 문신의 사내의 얼굴에서 조롱하는 기색이 싹 사라져 버린다.

「하지만…… 하지만…… 네가 그걸 어떻게 알 수 있는데?」 그는 완전히 풀려 버린 얼굴로 묻는다.

난 아무것도 몰라. 하지만 사람들에게 뭔가 끔찍한 일을 예고하면, 그들은 그걸 믿는다는 사실은 알고 있지. 만일 누군가에게 큰 유산을 받게 될 거라고 예언하면 그 사람은 의심해. 반대로 불행을 예고하면 그건 확실한 것처럼 느껴지지. 난 단지 모든 사람에게 존재하는 자연적인 비관주의와 강박증이라는 버튼을 눌렀을 뿐이야.

「구조대는 너무 늦게 도착할 거야. 칼침은 과다 출혈을 초래할 거야. 넌 사망할 거야.」

「당장 내게서 그 말을 거둬들여! 안 그러면…….」

그가 소녀의 멱살을 잡으려고 하는데, 깡마른 수염쟁이가 가로막는다. 초록색 닭 볏의 사내는 그를 방 한쪽 구석에다 집어던진다.

「이 마녀야, 내게서 그 예언을 거둬들여, 안 그러면 죽여 버리겠어!」

그라지엘라 말이 맞았어. 누군가에게 괜찮은 미래를 말해 주면, 그 사람은 무슨 수를 써서라도 그 미래가 도래하도록 해놓지. 하지만 그녀가 모르는 사실이 있었어. 그것은 부정적인 예언에 대해서도 같은 일이 일어난다는 점이야. 따라서 미래에 대해 말하는 것은 하나의 파괴적인 무기가 될 수도 있어. 이 친구가 바로 그 증거지.

「내게서 그 저주를 거둬들이란 말이야!」

결국 깡마른 수염쟁이와 펑크족은 서로의 멱살을 붙잡고, 이 싸움은 감방 전체로 확산된다. 카산드라는 한쪽에 피해 서서 초록색 닭볏의 사내가 바닥에 나뒹굴고, 그 위를 세 공격자가 짓누르는 광경을 바라본다.

이때 문이 열린다. 감색 제복을 입은 여자 하나가 머리를 쑥 들이밀고 신경질적인 음성으로 묻는다.

「여기, 무슨 일이죠?」

노숙자 하나가 마지못해 대답한다.

「저 계집애가 윌리엄에게 예언했어요. 그가 배에 칼침 한 방을 맞게 될 거라고요.」

여자 경찰은 어깨를 으쓱하고는 카산드라더러 자기를 따라오라고 신호한다. 문 뒤로 펑크족이 똑같은 말을 계속 외쳐

대고 있는 소리가 들린다.

「내게서 그 저주를 거둬들이란 말이야!」

여자 경찰은 그녀를 위생실 쪽으로 인도한다. 거기서 그녀는 샤워 물에 씻기고, 말처럼 긁겅이질되고, 이와 벼룩을 제거해 준다는 일종의 활석 가루를 뒤집어쓴다. 그런 다음 회색 바지 한 벌과 누렇게 바랜 흰색 셔츠 한 벌을 지급받은 후, 〈펠리시에 수사관〉이라는 명판이 붙어 있는 사무실로 인도된다.

그녀는 남자 이름과 여자 이름으로 이루어진 이중의 이름을 지닌 사내를 알아본다.

「안녕하세요, 카산드라 양!」 형사가 그녀를 맞이한다.

「내 친구들은 어디 있죠?」

「당신 친구들? 그 비대한 알코올 중독자와 늙은 창녀와 아프리카 주술사와 머리를 파랗게 물들인 젊은 마약 중독자를 말하는 건가요? 내가 알기로 그들은 오늘 아침 당신을 버려두고 간 것 같은데.」

그럴 리가 없어. 그들은 그럴 사람들이 아니야.

「더 정확히 말하자면, 경찰들이 오자 그들은 후다닥 달아나 버렸는데, 당신은 깨어나지 않았어요. 우린 당신이 혼수상태에 빠져 있다고 생각했어요. 일종의 알코올 혼수상태 말이에요.」

왜 그들은 도망가면서 나를 데려가지 않았지? 아마 그럴 상황이 아니었을 거야. 그렇지 않았다면 당연히 날 데려갔겠지. 난 그들 가족의 일원이잖아. 그들의 나라, 그들의 부족에 속해 있잖아. 우린 다 같은 여우들이잖아.

그들은 날 내팽개치지 않았을 거야. 오를랑도가 그랬을 리가 없어. 페트나나 에스메랄다였어도 그러진 못해.

김이라면 더더욱! 난……

「……난 집에 가고 싶어요.」

「나는 개인의 자유를 지지해요. 그러나 — 네, 여기에 〈그러나〉가 있어요 — 자유가 안전과 양립할 수 없는 경우가 왕왕 있지요. 어떤 일이 있었느냐 하면 말이죠, 내 고양이 리버티 벨이 또 다시 도망쳤답니다. 아직껏 녀석은 돌아오지 않았고, 난 녀석이 자동차에 치였을지 모른다고 생각하고 있어요.」

맞아요. 당신 생각대로 녀석이 돌아올 확률은 극히 작아요.

「난 우리 집에 돌아가고 싶어요.」 카산드라는 고집스레 반복한다.

「당신에겐 〈우리 집〉이 없어요.」

「있어요.」

「대체 어딜 가겠다는 거죠? 당신은 당신이 있던 기숙사를 불 질러 없애 버렸어요. 그리고 몸은 얼마나 더러운지 심지어는 다른 노숙자들마저 가까이 하려 하지 않아요. 아니, 지금 도대체 무얼 하겠다는 거죠?」

왜 사람들을 이해시키기 위해 똑같은 말을 되풀이해야 하는 걸까?

「난 우리 집에 돌아가고 싶다고요.」

「그래요, 알아요. 당신은 세상을 구해야 해요. 당신은 미래의 테러들을 알아내야 해요. 그렇죠?」

그래요.

「쯧쯧…… 이런 말을 듣게 되다니 정말로 안타깝네요. 내 생각을 말해 볼까요? 만일 내가 여기서 당신을 풀어 주어 당신 친구들에게로 돌아가게 한다면, 2년 후에 당신은 해마다 가출하는 3,250명의 소녀들과 똑같은 신세가 되고 말아요. 우리는 그들이 대부분 어떻게 끝나게 되는지 잘 알고 있어요. 마약 중독자 또는 창녀가 되죠. 아니면 죽든지.」

이 사람은 모르고 있어. 그에게는 이해할 능력이 없어. 그는 단 하나의 독법으로 세상과 사람들을 읽을 뿐이야. 그에게 테러란 받아들일 수 있는 해악이지. 세상에서 마약과 매춘에 빠지는 것은 소녀들뿐이고. 또 자유는 죽음을 가져오지……. 내가 도저히 말릴 수 없는 사람이야……. 하지만 포기해서는 안 돼. 우리 사이의 공감을 가능하게 해줄 어떤 통로를 찾아 봐야 해.

「형사님. 형사님도 추락할 수 있어요.」

「그것도 당신이 본 미래 중의 하나인가요? 음…… 하긴 어떤 노숙자들은 당신을 거지들의 예언자라는 별명으로 부르기도 하더군요.」

「아뇨. 이건 단순히 하나의 확률이에요. 요즘 뉴스 안 들었나요? 금융 위기, 정부 예산 축소, 공무원 인원 감축.」

형사는 두둑이 튀어나오기 시작하는 똥배 위에 두 손을 느긋이 깍지 껴 올려놓는다.

자기와는 직접적인 관계가 없다고 생각하고 있어.

「누구든 어느 날 갑자기 추락할 수 있어요.」 그녀는 다시 한 번 시도한다. 「발을 헛딛는 암벽 등반가처럼요.」

「하지만 추락에 대비해 하켄을 박으면서 올라가니까.」

「그렇게 생각하세요? 하켄이 차례로 빠져 버리는 일도 종종 일어나요. 먼저 실직이 오고, 그다음에는 제반 권리들을 잃게 되죠. 네, 처음에는 가족이 잘 버티겠죠. 하지만 어떤 여자가 자기 밥벌이도 못하는 남자 옆에 남아 있으려 할까요? 그리고 어떤 판사가 사회가 내친 남자에게 아이들을 맡기려 할까요? 언뜻 보기에 추락이 일어날 가능성이 별로 없어 보이지만, 사실 그것은 누구에게나 닥칠 수 있는 일이에요. 전에 테러에 대해선 뭐라고 말씀하셨죠? 아, 그래요. 〈그건 누군가에게 떨어지는 벼락과도 같다. 단지 재수가 없어서 당하게 되는, 우연한 사고일 뿐이다.〉 그리고 이렇게 덧붙이셨죠. 〈우리는 징징대는 희생자들을 싫어한다.〉 ……하지만 당신 자신이 어느 날 아침, 간밤에 퍼마신 술로 텁텁해진 입으로, 욕실도, 치약도, 샤워실도, 아침 식사도 없는 곳에서 깨어나게 된다면 그 기분이 과연 어떨까요? 벤치 위에서 잠을 자고, 지하철에서 구걸을 하고, 쓰레기통을 뒤지게 되었을 때의 심정은 또 어떨까요? 또 그렇게 전락을 거듭하여, 결국에는 당신이 무슨 전염병에 걸리기나 한 듯이 사람들이 당신에게서 시선마저 거두게 되었을 때 당신이 과연 어떤 얼굴을 할지 한번 보고 싶군요.」

그는 대답하지 않는다. 다만 반쯤 뜬 눈으로 그녀의 말을 듣고 있을 뿐이다.

「한 가지 알려 드릴게요. 전락은 세 단계에 걸쳐 일어나요. 처음에는 견딜 수 없이 가려워서 몸을 긁게 되지요. 두 번째 단계에는 혼잣말을 하게 되고요. 그리고 세 번째 단계가 오면 미쳐 버려요. 완전히 미쳐 버리죠. 대부분의 노숙자들이 결국엔 미쳐 버리고 말아요. 당신은 이 사실을 알고 계셨나요?」

그녀는 그 맑고 커다란 회색 눈을 더욱 크게 뜨면서 비통함마저 느껴지는 어조로 외치다시피 하고 있다.

「〈비참함〉이라는 이름의 이 병을 예방할 백신은 존재하지 않아요. 당신은 이런 종류의 사고에 대해 스스로 안전하다고 생각하시나요?」

「그래요.」 경찰관이 대답한다. 「그런 일은 내게는 절대 일어날 수 없어요.」

「하지만 장관의 딸인 나도 그걸 겪고 있잖아요.」

「그건 당신이 원했기 때문이죠. 이롱델 학교에 남아 있었다면, 보호받으면서 정상적인 삶을 살고 있을 거예요.」

그녀는 이런 종류의 삶의 가능성에 대해서는 고려해 볼 필요조차 못 느낀다. 대신 자신의 저주를 더욱 확실한 것으로 만들기 위해 이렇게 반복한다.

「언젠가는 형사님 역시 노숙자가 될 거예요. 그리고 내가 말한 모든 것을 기억하게 될 거예요. 안전한 사람은 아무도 없어요. 엄청나게 거대한 존재들도 붕괴되고 말았죠.」

……흙으로 만들어진 발을 가진 거인들.

그는 그녀의 말을 주의 깊게 듣고 난 뒤, 이렇게 대답한다.

「네 말을 듣고 있으려니, 〈안티-카산드라〉도 하나 필요하겠다는 생각이 드는군. 지금 넌 테러들이나 나의 전략 같은, 앞으로 일어날 나쁜 일들만 보고 있어. 그러니 앞으로 일어날 좋은 일들을 예고해 주는 사람도 하나 필요하겠지. 내가 보고받은 바로는, 넌 펑크족에게 그가 칼침을 맞을 거라고 예언했다고 하더군. 그리고 내게는 노숙자가 된다고 예언하고 있고. 자, 그러니 이제는 내 차례야. 내가 네게 해주고 싶은 예언은…… 그래, 정상적인 세계로 복귀하라는 거지.」

이젠 반말이군. 어쨌든 난 그런 미래는 원치 않아. 정상적으로 산다고? 충분히 겪어 봐서 두 번 다시 시작하고 싶지 않아.

「그런데 그 복귀가 즉시 이루어지지는 않을 거야. 유감스런 일이지만, 몽파르나스 빌딩 꼭대기의 감시 카메라에 따르면 넌 너의 오빠를 살해한 걸로 되어 있거든. 그를 옥상 아래로 밀어 버렸지.」

빌어먹을! 남자와 여자가 탑에서 떨어지는 그림이 있는 에스메랄다의 카드. 이제 이해하겠어. 다니엘이 먼저 추락하고, 나 역시 이렇게 추락한다는 뜻이었어.

「그리고 이롱델 학교의 화재 사건도 있었지. 거기서도 널 범인으로 지목하는 증인들이 있어. 그래. 난 네 말대로 어느 날 노숙자가 될지도 모르지. 하지만 넌 내가 예언한 대로 행복하고도 정상적인 처녀로 되돌아가기 전에 우선 감방을 거쳐야 해. 리버티 벨에게도 그렇게 해주었어야 옳았어. 그럼 녀석이 아직 살아 있을 텐데 말이야. 이건 지금으로서는 네게 일어날 수 있는 최선의 일이야.」

「얼마나 있게 되죠?」

「살인죄에다가 방화죄. 미성년자니까 소년 교정원에 가게 되겠지.」

교정원? 정말로 더러운 표현이군! 다시 말해서 거기는 내가 세상 사람들처럼 되게끔 우뇌에 대한 좌뇌의 지배를 회복시키는 장소라는 뜻이야.

「아마 4년이 될 거야. 출소하면 스물한 살이 되겠지. 많아야 스물두 살이야.」

자, 이렇게 모든 게 끝나 버렸어. 4년 동안 김을 못 보게 되었어. 그는 날 기다리지 않을 거야. 그렇게 참을성 있는 남자같이 보이지는 않았어.

「하지만 협상은 가능해. 예를 들어 네 공범들이 어디 있는지를 알려 준다면.」

그녀는 대답하지 않는다. 다만 입을 굳게 다물고 그를 똑바로 쳐다보기만 한다.

「교정원은 일반 교도소만큼 힘들지는 않아. 그렇긴 해도 이롱델 학교보다는 탈출하기가 훨씬 어려운 곳이지.」

그녀는 여전히 아무런 반응도 보이지 않는다.

「좋아. 어쨌든 난 너를 돕기 위해 최선을 다하겠어. 면회도 가고, 물심양면으로 도와주겠어.」

그녀는 그의 눈을 깊숙이 들여다본다.

「왜 나를 도와주려 하는 거죠, 형사님? 리버티 벨 때문인가요?」

「아니. 내 큰아들 마르크-앙투안 때문이야. 그 애도 너처럼 자폐아였어. 넌 자폐증을 가진 아이와 같이 산다는 것이 어떤 건지 아니? 어쩌면 너의 부모님도 겪으셨겠지만, 그 지옥이 어떤 건지 알고 있어?」

그의 얼굴에 별안간 활기가 돈다.

「내 아들 마르크-앙투안은 태어나면서부터 울기 시작했어. 보통 아이들은 그다음에는 미소 짓는 것을 배우게 되지. 그런데 그 애는 엄마가 안아 주지 않으면 울음을 멈추지 않았어. 차를 타고 장거리 여행을 할 때에도 엄마는 그 애 손을 놓을 수가 없었어. 그 애는 엄마와의 지속적인 접촉을 필요로 했고, 다른 사람이 만지면 불에 덴 듯 기겁을 했지.」

그게 그렇게까지 심한 거였나…….

「마르크-앙투안은 아이큐가 144였어. 평균보다는 훨씬 위였지. 하지만 학교엔 갈 수가 없었어. 그게 바로 비극이었지. 그 애에게나 우리에게나. 그 애는 심지어 거리에서 다른 사람과 몸을 스치는 것조차 견디지를 못했어. 결국 그 애는 자기방에 틀어박히게 되었지. 의사는 초과민성 정신증이라고 진단하더군. 웃기는 얘기였지.」

그도 우리와 같은 종류의 사람이야.

「그 애가 가장 좋아하는 것은 〈스타워즈〉 시리즈였어. 입만 열면 그 여섯 편의 영화 이야기뿐이었지. 그 애는 그 시리즈의 모든 것을 알고 있었어. 다스 베이더의 우주선의 속도, 루크 스카이워커의 공중 부양 스쿠터, 광선 검의 위력. 또 타투인을 비롯한, 시리즈에 나오는 행성들을 다 꿰고 있었어. 한마디로 아무 쓸모없는 지식을 무서울 정도로 정확하게 알고 있었지. 우린 그 애에게 통신 학습으로 영어를 가르쳐 보려 했어. 그 애는 거부했지. 하지만 자막이 있는 영어판 〈스타워즈〉를 보여 주었더니, 단 3주 만에 영어를 배워 버리더군. 결국 나보다도 영어를 더 잘하게 되었지. 그리고 카첸버그 양의 어머니께서…….」

나의 어머니?

「……양의 어머니께서 우리 애를 치료해 주셨지. 그래서 내가 마음의 빚을 지고 있는 거야.」

「왜 당신의 아들에 대해서는 과거형 시제로 말씀하시죠?
그는 죽었나요?」

「어머니께서 기적을 이루셨어. 그분이 내 아들을 구해 주셨
지. 바로 그 때문에 난 그분의 딸을 구하려는 거야. 본인이 원
하지 않는다 해도.」

그녀는 이 마지막 문장은 못들은 척 넘겨 버리고 질문을 계
속한다.

「아들은 어떻게 됐나요?」

「그 애는 스타워즈 상품을 판매하는 상점을 열었어. 중요
한 것은 그 애가 출입하는 고객들을 견뎌 낼 수 있게 되었다
는 점이지. 심지어는 손님들과 악수를 나누기도 해. 굉장하지
않아? 그리고 이것은 치료의 시작일 뿐이야. 마르크-앙투안
은 올해 서른두 살인데, 난 언젠가 그 애가 어떤 여성과 몸이
닿아도 문제가 없기를 바라고 있어.」

「난 당신의 아들이 아니에요.」

「하지만 넌 그와 같은 부류니까. 길들기를 거부하는 야생
동물들과도 같지. 예를 들면…….」

……여우.

「……말. 이 네발 동물은 상대가 자신에게 선의를 갖고 있
는지, 악의를 갖고 있는 지 인지할 능력이 없어. 그들은 다만
상대의 두려움과 흥분만을 감지할 뿐이지. 우리는 그들이 어
떤 반응을 보일지 알지 못해. 그들은 아무 이유 없이 뒷발로
일어나 몸부림을 치곤 하지. 하지만 경주에서 승리하는 것은
항상 이런 말들이야.」

이때 전화벨이 울린다. 피에르-마리 펠리시에 형사는 수화
기를 집어 든다. 그는 고개를 끄덕이며 누군가의 말을 듣는다.

알았다. 저 사람을 닮은 배우가 누구인지 떠올랐어. 「다크
시티」의 윌리엄 하트.

펠리시에는 불안한 어조로 여러 번 〈네〉라고 대답한다. 그러더니 카산드라를 쳐다보면서 〈네, 맞습니다〉라고 덧붙인다. 그는 약간 더듬거리면서 〈하지만…… 제 생각으로는……〉, 심지어는 〈그런데, 문제는……〉 같은 말을 우물거리다가, 〈전 그 책임을 질 수 없습니다〉, 〈그렇다면 서명이 있는 서신 한 통이 필요합니다〉라고 말한다. 결국 〈물론입니다〉를 몇 번 반복한 후, 〈고맙습니다〉라고 말하고는 당황한 기색이 역력한 얼굴로 수화기를 내려놓는다.

그는 한숨을 내쉬면서 그녀를 쳐다본다. 그의 뒤쪽에서 기계 하나가 찌직거린다. 그는 몸을 돌려 팩스에서 아직 미지근한 종이를 뽑아낸 다음, 이렇게 내뱉는다.

「자, 여기 너의 석방 허가서가 나왔어.」

피에르-마리 펠리시에는 그녀에게 종이를 내민다. 거기에는 미래 전망부의 샤를 드 베즐레의 서명이 포함되어 있다.

그들은 나를 버리지 않았어.

형사는 잠시 머뭇거리다가, 불현듯 어떤 의혹에 사로잡힌다. 그는 어딘가에 전화 한 통을 걸더니 얼굴에 승리의 빛을 가득 담고서 돌아온다.

「이런, 내가 넘어갈 뻔했잖아! 장관이라는 네 친구는 얼마 전부터 실업자라는데?」

그는 팩스에서 나온 종이를 홱 집어 들더니 갈가리 찢어 버린다. 그러고는 인터폰의 버튼을 누른다.

「이 친구를 다시 감방으로 데려가.」

207.

그들은 거기에 가 있고, 나를 생각하고 있어. 샤를이 나를 구하려고 시도했지만, 꼼짝없이 붙잡혀 버렸어.

4년.

김도, 오를랑도도, 에스메랄다도, 페트나도 없는 4년.

행동할 수 있는 *가능성*이라곤 조금도 없는 4년.

물론 거기서도 테러를 예측할 수는 있겠지. 하지만 대화 상대라고는 부자들이 무더기로 죽는다는 말에 오히려 박수를 칠 수감자들뿐이야.

난 애써 봤어.

그들도 애써 봤지.

그리고 우린 실패했어.

하지만 적어도 우린 뭔가를 시도해 봤어.

208.

카산드라는 〈술 깨는 방〉으로 돌아온다. 녹색 닭 볏의 펑크족은 상처받은 동물처럼 구석에 웅크리고 누워 있다. 수염쟁이가 카산드라에게 오더니 귀에 대고 속삭인다.

「저들은 더 이상 널 귀찮게 굴지 않을 거야. 그들은 네가 성말 예언자라는 걸 깨달았어.」 그는 만족한 어조로 알려 준다.

매춘부 인상의 여자가 그녀 앞으로 나아온다.

「미래를 볼 줄 알면, 내 미래도 좀 말해 줄 수 있겠어? 내가 출소하면 내 애인이 아직 날 기다리고 있을까?」

「난 내 아이들을 다시 볼 수 있을지 알고 싶어.」 바짝 마른 젊은 여자도 소리친다.

「나도 봐줘! 내 동료들이 꿔간 돈을 다시 받을 수 있을까?」

껑다리 수염쟁이가 가운데를 막고 선다.

「예언자님께서는 나를 통해 신청하는 사람에게만 상담을 해주실 거야. 한 번에 한 사람씩. 다른 사람들은 순서를 기다려.」

영성(靈性) 주위에 권력이 어떻게 태어나게 되는지를 잘 보여 주는군.

벌써 사람들은 점술 상담 신청을 하려고 줄을 서고 있다. 카산드라는 어찌 대응해야 할지 몰라 잠시 당황한다. 하지만 곧바로 그라지엘라 노파의 충고가 머리에 떠오른다. 〈그들이 성공한다는 프로그램을 심어 줘. 그럼 그들은 성공하게 돼.〉

그녀 말이 맞아. 난 저들이 정해진 길을 가게끔 프로그래밍 할 수 있어. 왜냐면 저들은 자신의 삶을 이끄는 것은 바로 자기 자신, 오직 자기 자신이라는 사실을 전혀 모르고 있기 때문이지. 성공을 예언하는 것. 그것은 어떤 운전자에게 당신이 핸들만 잡고 있으면 자동차가 똑바로 갈 거라고, 혹은 방향을 바꾸게 될 거라고 말해 주는 거나 같아. 그런데 놀라운 일은 이렇게 해서 자동차가 복종하면, 사람들은 자신이 자동차를 운전하기만 하면 된다는 사실을 의식하기는커녕, 저들의 기도나 어떤 신비한 힘이 이 〈기적〉을 이루었다고 믿어 버린다는 점이야.

나이 든 여인이 첫 번째로 다가온다. 그녀는 자기 명함을 읽어 달라고 내밀듯 왼 손바닥을 내민다. 카산드라는 고개를 숙이고 잔뜩 집중한 표정을 지으며 손바닥을 살핀다.

「음…… 보인다…… 보인다…….」

이러면서 맑고 커다란 회색 눈의 소녀는 지그시 눈을 감는네, 사실 보이는 것은 불그스름한 눈꺼풀뿐이다. 그녀는 자신이 사람들 개개의 운명은 볼 수 없다는 사실을 잘 알고 있다. 단지 테러와 인류 전체의 미래의 큰 선들만을 볼 수 있을 뿐이다.

불쌍한 아줌마. 난 당신 손바닥에서 아무것도 읽어 낼 수 없답니다.

「갑자기 돈이 굴러 들어오는 게 보인다.」 그녀는 과감하게 질러 본다.

「정말?」

「어떤 남자가 당신을 멀리서 도와주고 있어.」

「세바스티앙! 그건 세바스티앙이야! 이 아가씨 말이 맞아. 이 예언자님은 그를 보았어. 분명히 그야. 나한테 그런 사람이 있으리라는 걸 알 리가 없는데 보았어. 신통력으로 본 거야!」

술 깨는 방에 우글거리는 노숙자들, 창녀들의 무리가 술렁거린다.

「그녀는 능력을 지녔어! 진짜 능력이야!」 그들은 이 말을 계속 반복한다.

순진하고도 미혹되기 잘하는 정신들을 속인다는 것은 얼마나 쉬운 일인지! 내가 만일 중세에 태어났더라면, 이런 식으로 종교 하나를 만들 수 있었을 거야. 사람들이 듣고 싶어하는 것을 말해 주기만 하면 돼. 물론 겁을 주는 것도 잊어서는 안 되겠고. 즉 천국과 지옥을 번갈아 보여 주는 거지. 넌 죽게 돼, 넌 보호를 받고 있어, 넌 돈이 생기게 돼. 네 안에 사탄이 들어 있어……. 너무도 쉬운 일이야. 그리고 진위를 증명할 그 어떤 방법도 존재하지 않기 때문에, 예언은 확실한 것이 되어 버리지.

녹색 볏의 펑크족은 한쪽 구석에서 힘없이 웅크리고 앉아 있다. 자신의 암울한 운명에 체념해 버린 듯한 모습이다.

다음 주 금요일 밤 11시 25분, 그는 거리에서 칼을 든 사람들과 싸움을 벌이는 상황을 무슨 수를 써서라도 만들게 될 거야. 단지 내 말이 맞는가를 확인하기 위해서라도. 자, 그는 이렇게 조작되고 있어. 어원학적으로 이 〈조작하다manipuler〉라는 말은 이탈리아어 〈manipulare〉에서 왔지. 농부들이 사용했던 표현인데, 왼손에 든 낫으로 이삭들, 즉 모가지들을 잘라 버리기 위해 오른손으로 밀 줄기 한 다발을 움켜쥐는 것을 의미했다고 하지.

벌써 또 다른 여자 하나가 상담을 받으러 다가온다.

「나는? 나의 사미는 아직도 날 사랑해?」

「그는 당신을 생각하고 있어. 당신을 기다리고 있어.」

「그가 날 속이지 않았을까? 그는 약간 플레이보이 기질이 있거든. 그는 너무 잘생겼어!」

카산드라는 그녀의 손바닥을 펴고는 손금을 관찰하는 시늉을 한다.

「당신들은 세 아이를 갖게 되겠군.」 그녀는 고개를 끄덕이며 말한다.「그 셋 중 하나는 큰 병원의 의사 선생님이 될 거야.」

여자의 얼굴에는 미심쩍어하는 표정이 떠오른다.

이런! 내가 너무 오버했어. 예언도 세상의 다른 것들과 마찬가지야. 농도를 적당히 맞춰야 효과가 있지.

「잠깐. 내가 착각했어. 그는 교사가 될 거야. 초등학교 선생님.」

「내게는 초등학교 선생님들이야말로 현대의 영웅들이야. 고마워요, 예언자님.」

「그냥 카산드라라고 불러 줘.」

「고마워요, 카산드라 예언자님.」

자, 이로써 내 칭호가 또 한 번 바뀌었군.

실험 24, 꼬마, 그리고 공주였다가, 이제는 예언자라.

몰려든 사람들의 미래를 하나하나 드러내 주다 보니, 이 직업에 필요한 반사적인 행동들이 저절로 습득된다. 고객의 삶을 짐작케 해주는 징표를 찾기 위해 옷차림, 머리 모양, 손의 생김새 등을 관찰할 것. 이에 따른 시나리오 하나를 재빨리 지어 낸 다음, 수긍 혹은 의혹 등을 표시하는 그들의 반응에 따라 시나리오를 조정해 나갈 것.

밀폐된 공간에서 상담이 이어지고 있으므로, 앞 고객의 흡족해하는 모습은 다음 고객으로 하여금 최대한 경청하게 만든다. 카산드라는 그라지엘라가 충고해 준 대로 좋은 소식만을 예고해 준다. 오직 녹색 닭 볏의 펑크족만이 다가오지 못하고 있다. 얼굴에 침처럼 뱉어진 저주를 씻어 낼 엄두도 못내고 그저 웅크리고 있을 뿐이다.

이렇게 온종일 손님들을 받은 카산드라는 마침내 피로를 느낀다. 그녀가 자고 싶어 하자, 거기 있는 모든 이들은 입고 있던 옷을 벗어 매트리스와 베개를 마련해 준다.

세상의 점쟁이들은 모두 이렇게 시작했겠어.

수염쟁이는 그녀를 보호하기 위해 그녀의 발치에 자리를 잡는다.

209.

카산드라 카첸버그는 꿈을 꾼다. 그녀는 파리의 거리를 거닐다가 누군가와 마주친다. 그녀가 〈좋은 날이에요!〉[19] 하고 인사하자, 그 즉시 우중충했던 하늘이 밝아지고, 햇빛이 구름 사이를 뚫고 나온다.

그녀는 한 제과점에 들어가 샤를로트를 보게 된다. 인사를 대신하여 〈당신, 오늘 정말 아름답네요!〉라고 외치자, 그 즉시 샤를로트는 날씬해진다. 머리칼이 길어지고, 가슴은 부풀어 오르고, 살결은 훨씬 고와진다.

꿈속에서 카산드라는 깜짝 놀란다.

내가 말하는 그대로 이루어지네?

그녀의 능력이 뒤집힌다. 미래를 보는 게 아니라, 미래를…… 창조한다. 이제 그녀의 말 한마디 한마디는 엄청난 중요성을 지니게 된다. 그녀는 에스메랄다에게 이렇게 말한다.

---

19 프랑스어로 낮에 하는 인사말 〈봉주르*Bonjour*〉를 문자 그대로 해석하면 〈좋은 날〉이 된다.

〈당신은 로토에 당첨될 거예요〉. 그러면 에스메랄다는 1등 로토 복권을 들고 있다. 그녀가 페트나에게 〈당신은 의학 박사 학위를 받을 거예요〉라고 말하면, 그는 쏟아지는 심사 위원들의 칭찬 속에서 학위를 받는다. 오를랑도는 젊어진다. 김은 신분증을 얻게 된다. 하지만 이상하게도, 각자의 소원이 이루어질 때마다 사람들은 그녀에게 적대적인 태도를 보인다. 에스메랄다는 부자가 되자 더 이상 그녀와 말하려 들지 않는다. 페트나는 의술을 발휘하겠다고 병원으로 떠나서는 대속에 돌아올 줄을 모른다. 오를랑도는 겁멋쟁이가 된다. 김은 점잔만 빼는 인간이 된다.

이제 그녀는 한 마디 한 마디를 신중하게 생각한 후에 내뱉지 않으면 안 된다. 심지어는 예의상 사용하는 평범한 표현들까지 심각한 문제를 초래한다. 누군가에게 맛있게 먹으라는 뜻으로 〈좋은 식욕!〉이라고 말하면, 그 사람은 배고파 식욕이 넘치다 못해 굶주리게 된다. 또 누군가를 살짝 밀치게 되어 실례했다는 뜻으로 〈용서해 주세요!〉라고 말하면, 당사자는 용서한다는 내용의 공식 문서를 쓰고 엄숙히 서명까지 한다.[20]

경이롭기만 하던 최초의 시간이 지나고, 이제 그녀는 끔찍한 번민에 사로잡힌다. 그녀는 자신이 주위에서 일어나는 모든 일들, 또 거기서 파생되는 모든 결과들의 근원이라는 생각에 죄책감을 느낀다.

그녀는 〈세상이 내 꿈속처럼만 되기를!〉이라고 말하고⋯⋯

---

20 〈맛있게 드세요〉, 〈실례했어요〉라는 의미의 관용적인 프랑스어 표현 〈*bon appetit*〉와 〈*excusez-moi*〉를 문자 그대로 해석하면 〈좋은 식욕〉과 〈용서해 주세요〉가 된다.

210.

……잠에서 깨어난다.

감색 제복의 여자 경찰이 그녀를 데리러 온다.

여자 경찰은 그녀를 파란색, 흰색, 빨간색 줄이 그어진 자동차[21] 쪽으로 데려간다. 그녀가 감방을 나올 때 노숙자들과 매춘부들은 모두가 그녀에게 공손하게 인사를 올리고 감사의 뜻을 표한다. 〈미래는 없다〉 문신의 펑크족만이 구석에서 창백한 얼굴로 이를 딱딱 마주치며 벌벌 떨고 있다.

「예언자님, 우린 당신을 영원히 잊지 않겠소.」 지금까지 그녀의 흥행 매니저 역할을 했던 수염쟁이가 엄숙하게 선언한다.

경찰차가 출발한다. 여자 경찰은 뒷좌석, 카산드라 옆에 자리 잡고 앉았다.

「당신이 무슨 초능력을 지녔다고 하던데? 손금 볼 줄 알아요?」

무슨 일인들 못하겠어. 당신을 내 맘대로 휘두를 수만 있다면.

「별자리 운세를 더 잘 봐요.」 카산드라는 이번에는 다른 것을 한번 실험해 보고 싶어서 이렇게 대답한다.

「내 그럴 줄 알았지! 난 천칭자리의 기운이 강한 쌍둥이자리예요.」 제복의 여인이 자랑스럽게 알려 준다.

「쌍둥이자리라. 이중적인 인격이군요. 그리고 천칭자리. 결정을 쉽게 내리지 못하는 성격이에요. 흥미로운 혼합이네요.」

당신의 반쪽은 정신 분열증 환자고, 아마 다른 반쪽 역시도……

「요즘 난 직업을 바꿔 볼까 하고 망설이고 있어요.」 경찰관이 용감하게 고백한다. 「근무 시간 때문이죠. 나하고는 전혀

---

21 청색, 백색, 적색은 프랑스 국기 색깔로, 프랑스 경찰차를 뜻한다.

맞지 않아요.」

「무슨 일을 하고 싶은데요?」

「난 항상 과학과 첨단 기술을 좋아해 왔어요. 레이저와 관련된 일을 하고 싶어요.」

「광학 쪽인가요?」

「아뇨, 털 쪽요. 정확히 말해서 레이저 제모죠. 다리, 겨드랑이, 그리고 거기. 그리고 이 일이 잘되면, 보다 야심적인 무언가로 진출해 볼 생각이죠.」

「아?」

「생화학 쪽이죠.」

「보톡스?」

「아니, 그걸 어떻게 알아맞혔죠? 정말이지 당신은 초능력이 있네요! 요즘은 피부과 전문의 자격증 없이도 주사로 보톡스를 놓아 주는 모양이에요. 그거 하면 돈을 얼마나 많이 버는지 알아요?」

「흠, 괜찮은 선택 같아 보이네요. 당신의 현재 천궁도에 비추어 하는 말이에요. 천칭의 기운이 강한 쌍둥이에게 하는 말이죠.」

「하지만 경찰에 남아 있고 싶기도 해요. 특히 긴 휴가 때문에. 또 나는 제복도 좋아하죠.」

「그러면 경찰에 남아 있어야 해요.」

「또 사기업에서 일하는 게 겁나기도 해요. 해고당할 위험이 있잖아요. 하지만 여성들을 위한 레이저와 보톡스가 미래라는 점도 생각하지 않을 수 없네요.」

그건 확실해.

「이거 용한 분 앞에서 외람되긴 하지만, 내가 보는 미래는 이래요. 지금 이 세상에서 확실한 건 아무 것도 없어요. 단 하나, 여성이 자신들의 털과 주름살에 부여하는 중요성이 점점 더 커져 가리라는 사실 외에는요.」

미래에 대해 상당히 독특한 비전을 지닌 사람이 또 하나 나왔군.

「사실 미용사가 되고 싶은 생각도 있어요. 머리도 아주 중요한 거죠. 하지만 미용 일을 하려면 필요한 교육을 받아야 하고, 자격증도 여러 가지가 필요해요. 시간이 많이 걸리겠죠. 이에 비하면 레이저는 훨씬 쉽죠.」

좋아. 그럼 사람 성가시게 하지 말고, 당신 하고 싶은 대로 하면 되잖아.

「그치만 또 경찰로 남고 싶기도 해요. 내 친구들이 다 여기 있으니까요.」

천칭 기운이 강한 쌍둥이들을 특별히 혐오하는 성향이 내 안에 짙게 형성되기 시작하고 있어.

「내 생각으론 말이죠, 당신은 말씀하신 일들 중에서 아무 것도 하게 되지 않을 것 같아요. 경찰도, 레이저도, 보톡스도, 미용도 아니어요. 내가 보는 당신의 미래는 무언지 아세요?」

「말씀해 보세요.」

「실례지만 이름이 뭐죠?」

「프뤼당스.」[22]

「자, 이 이름이 당신의 장래 직업을 알려 주고 있어요. 도로 교통안전 분야예요. 당신은 경찰에 남게 돼요. 하지만 교통사고 예방 업무를 전문으로 하게 되죠. 이 분야에는 과속 탐지기라는 첨단 기술이 있고, 혈중 알코올 농도를 측정할 때에는 화학이 사용돼요.」

「그렇게 생각해요? 야, 정말로 멋지다! 아닌 게 아니라 난 항상 교통사고에 대해 어떤 열정을 느끼고 있었다고요. 정말

---

22 프랑스어 단어 〈*prudence*〉의 뜻은 〈조심〉, 〈신중함〉이다.

놀랍지 않아요? 심지어는 팀원들과 함께 사고로 찌그러진 자동차들을 치우러 출동할 때에도, 정확히 왜인지는 설명하기 힘들지만, 이게 내 일이라는 느낌을 받곤 하지요. 당신, 정말로 대단해요! 아, 그런데 내가 레이저 따위로 시간을 허비하려 하고 있었다니!」

카산드라는 다시 그녀의 손을 잡고 들여다본다.

「교통안전 분야, 거기서 당신은 당신의 운명적인 사랑을 만나게 돼요. 머리칼은 밤색, 눈은 녹색인 키 큰 남자죠. 당신과 같은 직업일 거예요. 두 분은 베지네에 조그만 단독 주택을 사게 되죠. 그리고 두 사람은⋯⋯.」

카산드라는 갑자기 돌처럼 굳어지며 말을 중단한다.

「⋯⋯그리고 우리는요?」 경찰관이 그녀의 입만 바라보며 안타깝게 재촉한다.

경찰관의 손을 잡으면서 카산드라는 부지중에 자신의 소매를 걷어 올린 것이다. 그런데 손목시계가 〈5초 후 사망 확률: 52%〉를 가리키고 있는 게 아닌가!

카산드라의 낯빛이 창백해진다.

이제 손목시계 문자판은 55%로 올라간다.

「무슨 문제라도?」 경찰관이 묻는다.

「지금 우린 위험에 처해 있어요.」

「당신이 말하는 위험이라면⋯⋯ 오존층에 난 구멍? 공해? 금융 위기?」

「아뇨. 지금부터 몇 초 후에 무언가 심각한 일이 일어나요. 지금, 이곳에서요.」

경찰차는 여전히 달리고 있고, 카산드라는 불안한 눈으로 사방을 둘러보지만, 특별한 것은 전혀 눈에 띄지 않는다.

지금 뭔가 문제가 있어.

그녀는 본능적으로 〈오감의 열림〉 상태로 들어간다. 그녀는 여기저기를 둘러본다. 가까운 곳부터 먼 곳까지 살펴본다. 그녀는 모든 냄새들을 맡아 본다. 또 모든 소리들을 들어 본다. 소리들 뒤에 숨어 있는 소리들까지 들어 본다.

손목시계의 문자판은 〈5초 후 사망 확률: 63%〉를 표시한다.

프뤼당스는 그녀의 행동을 도무지 이해하지 못하겠다는 듯 어리둥절한 표정을 짓는다.

그녀는 먼 미래에 운명적인 사랑을 만나게 되리라는 말은 철석같이 믿으면서, 우리가 몇 초 후에 죽을 수도 있다는 말은 믿지 않아.

〈5초 후 사망 확률: 78%〉.

뭔가가 일어날 거야. 빌어먹을, 도대체 그게 뭐냐고! 프로바빌리스는 보고 있지만, 그 위험이 어디에서 오는지는 알려 주지 못하고 있어.

〈81%〉.

카산드라는 차문 손잡이를 꼭 붙잡고, 두 발로는 앞좌석을 밀며 몸을 버틴다. 바로 그 순간, 커다란 자동차 한 대가 경찰차의 오른쪽 측면에 세차게 부딪쳐 온다. 귀가 멍멍해지는 충격과 함께 프뤼당스의 머리통이 그녀의 턱을 강타하고, 카산드라는 그대로 의식을 잃는다.

211.

이제는 정말 피곤해.

이대로 그냥 죽어 버리면 안 될까? 단지 조금 쉬기 위해서라도.

그 후에 새롭게 다시 태어나는 거야.

결국 죽음이란 어떤 의미에서는 컴퓨터를 재부팅하는 것과도 같아. 모든 것을 제로로 돌려놓은 다음, 처음부터 다시 시

작하는 거지.

문제는 제로에서부터 다시 출발하게 되면, 지금까지 쌓아 온 정보들을 몽땅 잃게 된다는 사실이야.

이 삶에서 난 모든 전생들을 기억할 수 있었고, 또 그것들을 믿을 수도 있었지. 하지만 만일 다음 생에서 합리적 무신 론자로 태어난다면 난 모든 걸 잃어버리게 돼.

이번 삶에서 난 운이 좋았던 거야. 나의 부모가 〈실험 24〉 라는 방법을 찾아내어, 모든 걸 잊게 하는 천사의 키스에서 벗어날 수 있게 해주었으니까. 하지만 이러한 일이 또다시 일어날 가능성은 극히 희박해. 아니, 거의 제로라고 할 수 있지.

그래. 죽는 것은 좋은 해결책이 아니야.

뭔가 다른 해결책을 찾아내야 해!

212.

카산드라는 뒤틀린 철판들 사이에서 자신을 끄집어내는 팔들을 느낀다. 또 누군가의 화난 목소리도 어렴풋하게 들린다.

「어휴, 저 한심한 인간! 무슨 그런 멍청한 소리를 하고 있어? 내가 그냥 살짝 부딪치기만 하라고 분명히 말했지? 그런데 당신은 완전히 박아 버렸어. 이 애를 죽일 수도 있었다고, 이 전차 같은 인간아!」

「브레이크 때문이었어, 공작 부인. 다른 것들과 마찬가지로 브레이크도 그다지 시원치 않았단 말이야.」 안개처럼 흐릿한 의식 속에서도 또 다른 음성이 대답하는 것이 들린다.

총성이 울린다.

「제기랄, 조심해! 여자 짭새가 무기를 들고 있어!」

「어서 내빼자고, 남작! 빨리 밟아!」

그들 주위로 총알이 슝슝 지나가면서 유리창을 박살 낸다.

누군가가 날카롭게 고함치는 소리가 들린다. 김은 그녀의 머리를 바짝 숙이게 하여 자신의 몸으로 감싸 보호해 준다. 총성이 몇 번 더 울리지만, 그 소리는 점차 멀어져 간다. 소녀는 간헐적으로 눈꺼풀을 깜박여 보지만, 아직 완전히 뜨지는 못한다.

「됐어! 공주가 의식이 돌아왔어!」 이렇게 알리는 페트나의 어조에서 그녀에 대한 경의가 느껴진다.

「조심해! 오토바이 경찰들이 따라오고 있어!」

「걱정 마, 모두 예상한 바야. 남작의 새 〈대속카〉는 제임스 본드의 차보다 낫다고.」

세네갈인은 자신이 조제한 분말이 든 종이 공들에 불을 붙여 차창 밖으로 내던진다. 김은 기름을 채운 작은 병 하나를 던진다. 에스메랄다는 봉지에 가득한 압정들을 쏟아 낸다.

카산드라는 자신이 다시금 어떤 차 안에 있다는 사실을 의식한다. 푸조 404보다는 신형이라 할 수 있는 시트로엥 승합차다. 바닥에 구멍이 전혀 없다.

벌써 오를랑도는 급커브로 유턴하여 대로를 역주행한다. 그러고는 지그재그로 달리며 정면으로 돌진해 오는 자동차들을 아슬아슬하게 피한다.

「승객 여러분, 좌석 벨트를 모두 꺼 주시고 담배를 꽉 물어 주시기 바랍니다. 이제 우리는 난기류 지역을 통과할 것입니다.」 오를랑도가 외친다.

카산드라는 몸에 기운이 하나도 없음을 느낀다. 더 이상 스스로의 생명조차 통제할 수 없는, 너무도 무기력한 느낌이다. 그래서 손목시계를 보니, 놀랍게도 〈5초 후 사망 확률: 37%〉로 내려와 있다.

213.

내가 제대로 들은 걸까?

공작 부인, 남작, 후작……

그들이 나를 구하러 왔어. 그래. 그들은 날 버리지 않았어.

이제 취할 수 있는 최선의 태도는 더 이상 이해하려 들지 않는 거야. 흐름에 몸을 맡기는 거야.

어쩔 수 없어. 더 나은 해결책을 찾지 못한다면, 살아야지. 내 몫의 시공간 속에서 살고 움직여야지.

자, 이제 죽을 확률이 50% 아래로 내려왔으니 된 거야. 이제는 모든 긴장을 풀자고.

214.

차는 계속해서 달리고, 사람들의 대화 소리가 이미지와 음향들의 안개 속에서 토막토막 들려온다.

「……다른 것은 찾아낼 수 없을걸, 남작.」

「그렇게 생각해? 〈호기심은 형편없는 결점이다.〉 이것도 반속담이 더 옳아. 〈호기심은 위대한 장점이다.〉 자, 할 말 있어?」

「나도 하나 말해 보지.」 페트나가 나선다. 「〈대궐 같은 남의 집보다는 오막살이라도 우리 집이 낫다.〉 틀렸어. 〈대궐 같은 우리 집이 오막살이 같은 남의 집보다 낫다.〉」

「〈빚을 갚는 자는 부자가 된다.〉 이것도 틀렸지. 〈빚을 갚는 자는 가난해진다.〉」

「나도 한 가지 있어.」 에스메랄다도 끼어든다. 「〈인생의 모든 것은 우리가 받아 마땅한 것이다.〉 틀렸어. 〈인생에서 우리가 받아 마땅한 것은 별로 없다.〉」

「그래. 속담들이란 주로 포기하고 체념하라고 우리에게 권고하지.」 오를랑도 반 드 퓌트가 고개를 끄덕이며 결론짓는다.

또 반속담 놀이를 하고 있어! 내가 잘못 생각한 거야. 이들은 은퇴한 노인네들이 아니라 아이들이었어. 지금 이곳은 아이들이 레크리에이션을 즐기는 학교 운동장이고.

시트로엥 승합차는 마침내 시쓰장의 북쪽 입구에 이른다. 그곳은 매머드 떼처럼 울면서 천천히 나아가고 있는 커다란 쓰레기 트럭들로 꽉 막혀 있다.

참 놀라운 일이야! 이제는 대속에서 오랫동안 떨어져 있으면 향수 같은 것마저 느껴지니…….

승합차는 쓰레기 산들 사이를 요리조리 빠진 다음 샹젤리제 대로를 따라가서는 페트나의 움막 앞에 멈춰 선다. 김예빈은 카산드라를 안아 들고 움막 안으로 들어가 등받이가 없는 긴 의자에 누인다. 페트나가 그녀의 상태를 살펴본다.

「괜찮아. 대수롭지 않은 타박상이 몇 군데 있을 뿐이야.」 세네갈인이 결론을 내린다. 「약간 충격을 입었을 뿐이야. 탕약을 좀 끓여 줘야겠군.」

하지만 에스메랄다는 오를랑도가 핸들 앞에 널브러져 있는 것을 보고는 그에게로 다가간다. 그의 작업복 바지 앞부분이 끈적끈적한 피 얼룩으로 덮여 있다.

「남작이 배에 총알을 한 발 맞았어. 모두들 와서 나 좀 도와줘! 너무 무거워서 나 혼자 옮길 수가 없어.」

샤를 드 베즐레가 달려간다. 그가 김의 도움을 받아 왕년의 외인부대원을 페트나의 움막으로 옮기자, 페트나는 부상자를 탁자 위에 눕히라고 손짓을 한다.

「아, 쪽팔려…….」 오를랑도는 얼굴을 찡그리며 투덜거린다. 「칼라슈니코프 총알들을 피하며 30년을 보낸 내가, 반쯤 죽은 여자 경찰 총에 쓰러지다니! 이렇게 죽을 수는 없는 일이야. 내가 구경 6밀리미터 총에 갈 수는 없다고! 자작, 어떻게 좀 해봐!」

그 순간, 카산드라는 그에게 손목시계를 채워 주면 그가 살아날 가능성을 알 수 있지 않을까 하는 생각을 해보지만, 곧바로 손목시계는 자신만을 위해 프로그래밍되었다는 사실을 상기한다. 그녀는 오를랑도의 손을 잡고, 그와의 접속을 시도해 본다. 자신의 손가락들을 안테나처럼 사용하여 그의 체내의 신호들을 감지해 보려는 것이다. 과연 무언가가 느껴진다. 상처를 통해 피가 계속 흘러나오면서, 그의 에너지가 약해지고 있다.

「걱정 마, 공주.」 오를랑도는 얼굴을 찡그리며 말한다. 「내가 엄살을 좀 떨고 있긴 하지만, 내 배에는 방탄조끼 뺨치는 지방 덩어리 살 주름들이 켜켜이 둘려 있단 말씀이야. 콜레스테롤이 방탄 섬유보다 훨씬 낫지.」

페트나는 에스메랄다에게 물을 끓이고, 그 물에 가위와 핀셋 등을 넣어 소독하라고 나지막이 지시한다. 샤를 드 베즐레는 카산드라의 머리맡에 앉는다.

「괜찮아요, 카산드라?」

「날 어떻게 찾아냈죠?」

「난 어디에서든 프로바빌리스 프로그램에 접속할 수 있어요. 그래서 당신이 있는 곳을 언제든 알아낼 수 있죠. 김은 경찰 전산 시스템에 접속했어요. 그래서 당신이 언제 어떤 자동차로 출발하는지 알아냈죠. 유일한 난점은 경찰차를 접수할 타이밍을 포착하는 일이었죠.」

「우린 이번에는 모험을 하고 싶지 않았어.」 김이 살균되고 있는 수술 도구들을 지켜보면서 설명을 계속한다. 「그래서 새 차를 한 대 훔치기로 결정했지. 한창 〈돌격 앞으로〉를 하고 있는데 차 시동이 꺼져 버리면 좀 우습잖아?」

페트나는 외인부대원에게 럼주 한 병을 내민다. 오를랑도는 쿨컥 쿨컥 쿨컥 단 세 모금으로 병을 비운다.

「그런데 대체 어떤 살 주름 아래에 있는 거야?」 아프리카 주술사가 약간 불안한 어조로 묻는다.

「아, 이건 그냥 참고가 될까 해서 말인데, 첫 번째 살 주름 아래엔 그의 성기가 있어.」 에스메랄다가 뭘 좀 아는 사람처럼 알려 준다.

이렇게 말하고 그녀는 두 손으로 두툼한 지방 주름 하나를 들어 올린다. 그러자 모두의 눈 아래에, 그의 씨주머니임에 분명한 두 개의 결절종 같은 것에 둘러싸여 있는 불룩한 돌기가 드러난다. 이어 그녀가 두 번째 살 주름을 옆으로 벌리자, 이번에는 성기와 크기 차이가 거의 없는 참외 배꼽이 솟아 있다. 그런데 카산드라의 눈에 이상한 것이 눈에 띈다. 배꼽 바로 위에 문신이 하나 있는 것이다. 두 발톱으로 뱀 한 마리를 움켜잡은 독수리를 묘사한 문신이다.

세상에, 말도 안 돼! 이 상징은……

신체 이 부위에 있는 이 그림에 대해 말한 사람은……

오를랑도가 샤를로트의 아버지였어!

에스메랄다는 또 다른 살 주름을 들어 올린다. 마침내 그들은 상처를 발견한다. 더 이상 살 주름으로 눌리지 않자 상처에서는 피가 콸콸 쏟아져 나온다. 페트냐는 그 위를 손전등으로 비추며 우표 수집가용 확대경으로 들여다본다.

「그런데 자작, 혹시 수술해 본 적 있어?」 에스메랄다가 불안스레 묻는다.

「아니. 하지만 남작도 운전 면허증이 있어서 카산드라를 구하러 간 것은 아니잖아. 난 이 사람을 구하기 위해 7년 동안 의학 공부를 하면서 기다릴 생각은 없어. 당신이 알고 싶은 게 그거라면 말이야.」

「그렇다면 어떻게 할 건데?」

「나는 이래 봬도 윌로프의 주술사야. 또 백인들의 마술이라면 미국 영화들을 통해 많이 봤고. 그 정도면 구조대원 자격증을 대체할 수 있지 않겠어?」

「〈쇠를 두드리다 보면 대장장이가 되는 법이다.〉」김예빈이 참지 못하고 또 한마디 던진다.

「그 반대일 수도 있고……」오를랑도는 얼굴을 찡그리며 한숨을 내쉰다.

페트나는 병에 조금 남은 럼주로 상처 주위를 씻는다. 그런 다음 아직 뜨끈뜨끈한 가위를 상처에 쑤셔 넣어 뒤지기 시작한다. 오를랑도는 터져 나오는 비명을 참느라고 이를 악문다.

카산드라는 그의 고통을 감지한다. 그런데 핏물이 부글부글 솟아 나오는 상처를 보고 있자니 엉뚱한 생각이 떠오른다.

우리는 비명을 지르고 피를 흘리는 것들에 대해서만 공감을 느끼는 경향이 있어. 하지만 만일 우리가 껍질을 깔 때 굴들이 울부짖는다면? 그 위에다 레몬 즙을 뿌릴 때 녀석들이 신음한다면? 살을 깨물 때 시뻘건 피가 튀어 오른다면? 그래도 우린 그것들을 산 채로 씹어 삼킬 수 있을까?

모두의 눈은 세네갈식 수술에 못 박혀 있다.

「고통을 느끼지 않기 위해 어떻게 하고 있어?」에스메랄다가 묻는다.

「수술에 대해 생각을 안 하려고 애쓰지. 그러니까 제발 생각 좀 안 하게 해달라고! 오케이, 공작 부인?」

오를랑도의 얼굴은 일그러지고, 이마에 송글송글 맺힌 땀방울들은 눈으로 흘러 들어간다. 페트나는 불안스럽기 짝이 없는 동작으로 총알을 찾아 상처 속을 뒤적거린다.

「보여요?」샤를 드 베즐레가 묻는다.

「아, 조용히들 좀 해요!」김이 역정을 낸다.

「괜찮다면 내가 한번 해볼게.」에스메랄다가 제안한다. 「어렸을 때 만성절 날 갈레트 빵에서 누에콩 찾아내는 놀이에는 내가 선수였어.」

하지만 월로프 주술사는 자기 책임을 다른 사람에게 넘길 의향은 전혀 없다. 그는 도구를 바꿔 본다. 제모용 족집게, 드라이버, 손톱 다듬는 줄 등을 차례로 써본다. 그 역시 땀을 뻘뻘 흘리고, 김은 손수건으로 그의 이마를 톡톡 두드려 준다. 노랗고 빨간 층들이 켜켜이 보이는 것이 꼭 라자냐 형태와 비슷해져 가고 있는 활짝 열린 상처에 땀방울이 떨어지면 낭패니까.

마침내 페트나는 승리에 빛나는 얼굴로, 제모용 족집게 끝에 물려 있는 동그란 납덩이를 높이 쳐든다.

「잡아냈어!」 그는 발사체를 모두에게 보여 주며 외친다.

그는 그것을 요구르트 병 속에다 딸그닥 떨어뜨린다.

그런 다음 쐐기풀 잎사귀 여러 장을 상처 위에다 꽉 눌러서 붙여 놓는다. 물론 그에 앞서 환부에 마요네즈를 한 겹 두툼하게 발라 놓는 걸 잊지 않는다. 에스메랄다가 상처를 붕대로 덮으려 하자, 페트나는 종이 한 장과 볼펜을 가져오라고 지시한다. 그는 종이에 무언가를 쓰더니 쐐기풀 잎사귀와 마요네즈로 버무려진 환부 사이에다 끼워 넣는다.

「자작, 그게 뭐야?」

「부적 역할을 할 마법의 주문. 이래 놓으면 상처가 훨씬 빨리 아물지. 내 말뜻을 이해할랑가 모르겠지만.」

아뇨. 난 전혀 이해가 안 돼요……

「기절해 버렸어.」 에스메랄다가 알려 준다.

모두가 살펴보니, 과연 오를랑도는 미동도 하지 않는다.

「심장은 아직 뛰고 있어요.」 그의 손목을 놓지 않고 있던 카산드라가 알린다.

소녀는 모두에게 떠나 달라고 부탁하고는, 그의 손을 꼭 잡고서 곁에 눕는다.

215.

내가 그가 되어, 고통을 나눈다.

내가 그가 되어, 내 생명의 에너지를 전한다.

이렇게 해야 한다는 걸 항상 알고 있었어. 그래, 이게 바로 〈공감〉의 진정한 의미였어. 다른 사람의 고통을 느끼고 또 치료해 주기 위해. 그 사람의 고통 안으로 들어가는 것.

이제 우리는 단일한 유기체나 마찬가지야. 그의 약한 몸은 내 몸에 합쳐졌고, 난 그에게 내 힘을 전해 줄 수 있어.

나는 나의 지각 능력과 에너지 교환 작용을 증강할 수 있어. 내 영혼의 밑바닥을 파헤쳐, 내가 치료할 줄 알았던 그 모든 순간을 찾아야 해.

어쨌거나 나도 어느 전생에선 의사였잖아.

216.

카산드라는 지난번 삶의 자신이었던 그 의사로 되돌아가려 해본다. 마침내 그녀는 그 의사의 몸에 흐르던 에너지를 되찾고, 이로 말미암아 치유 능력을 회복하는 데 성공한다. 하지만 이것만으로는 충분치 않다. 하여 그녀는 더 옛날의 전생들을 찾아간다. 다른 식으로 치료했던 다른 자신을 찾아보기 위해서다.

그녀는 깊은 기억 속에서 선사 시대 샤먼의 경험을 발견한다. 기이한 방법으로 에너지를 전달하여 병을 치료할 줄 알았던 사람이었다. 손목시계는 그녀의 심장 박동이 느려지는 것을 감지하고 〈5초 후 사망 확률: 18%〉를 가리킨다. 이어 그 수치는 〈25%〉, 〈31%〉로 계속 올라간다. 하지만 카산드라는 개의치 않는다. 그녀는 치료에는 대가가 따른다는 사실을 잘 알고 있다.

이렇게 오랫동안 에너지 교환을 행한 끝에, 그녀는 마침내 힘이 소진되어 두 눈이 저절로 감겨 버린다.

217.

난 그가 살아나길 원해.
난 그걸 원해.
그는 날 구해 주었고, 이젠 내가 그를 구해 줄 차례야.

218.

그녀는 바이킹의 손을 놓지 않은 채 잠이 든다. 다른 사람들은 주위에 둘러서서 묵묵히 그들을 내려다본다.

219.

「자, 날 따라와요.」
「잠깐. 그 말은 원래 내가 해야 하는 말이잖아! 네가 아니란 말이야.」

여사제는 언짢은 기색으로 책을 탁 덮는다. 카산드라는 그녀의 토가 자락을 당겨 프리아모스 왕의 궁전으로 데리고 간다. 돌고래들을 묘사한 모자이크화들로 꾸며진 홀에서, 왕과 헤카베 왕비, 그리고 트로이의 여러 고관들이 황금 갑주 차림의 한 그리스인과 무언가를 논의하고 있다.

「무슨 일인가?」 프리아모스 왕이 두 카산드라를 돌아보며 묻는다. 「여자들이여, 지금은 우리를 방해할 때가 아니야. 드디어 우리의 적들은 전쟁을 포기했고, 강화의 의미로 이 말 형상의 거상을 선사하겠다고 제의하고 있어. 우리가 승리한 거야.」

그리스인을 살펴보니 낯익은 얼굴이다. 곱슬곱슬한 수염을 기르고 고대의 군복을 입기는 했지만 다름 아닌 필리프 파파다키스이다. 그는 이렇게 설명하고 있다.

「말은 모두가 좋아하는 동물입니다. 귀국의 백성들이 이 멋진 마상(馬像)을 보고 있노라면 말들의 경주를 보고 싶은 마음이 들게 되겠죠. 그러면 여러분은 경마 대회를 개최하고 입장권을 팔면 됩니다. 그뿐이 아니죠. 내기도 할 수 있습니다. 순위권에 든 말들의 조합을 맞히는 사람이 돈을 받는 거죠. 좀 더 구체적으로 말하자면, 돈을 거는 사람 수는 엄청나게 많은 반면, 극소수의 사람들만이 약간의 돈을 벌게 됩니다. 그리고 그들이 내기에 낸 돈 대부분은 궁정의 재정을 불리게 되죠.」

「이런 종류의 경주를 하려면 말 몇 마리가 필요하겠소?」 트로이 왕이 관심 있는 표정으로 묻는다.

「약 스무 마리 정도로, 그 이상은 필요 없습니다. 내기에서 이기려면 1, 2, 3등 말을 순서대로 맞혀야 하죠. 이것을 〈티에르세〉라고 부르면 될 겁니다.」

그러자 이런 방면으로는 머리 회전이 빠른 헤카베 왕비가 나선다.

「그렇다면 말이에요, 착순으로 3등까지가 아니라, 4등까지를 맞히는 내기도 가능하겠네요? 이름은 〈카르테〉라고 하면 되겠고요. 또 5등까지 맞히는 건 〈캥테〉라고 하면 될까요?」[23]

「자, 내 아들 파리스야. 넌 이에 대해 어떻게 생각하느냐?」

23 티에르세tiercé, 카르테quarté, 캥테quinté는 여기서 설명된 방식으로 상금을 획득하는 프랑스의 마권 종류이다.

금실 자수가 놓인 튜닉을 입은 청년 하나가 나타난다. 용모가 다니엘 카첸버그와 놀라우리만큼 흡사한 그는 홀을 가로질러 왕 앞에 나아온다. 그의 샌들이 모자이크 바닥과 부딪히는 소리가 홀을 울린다.

「거대한 마상이 드리운 그늘에서 돈을 걸고 벌이는 말들의 경주라고요? 뭐, 나쁠 것도 없겠죠. 모든 사람이 돈을 딸 거라고 믿겠지만, 모든 사람이 잃게 될 겁니다. 돈을 딸 수 있는 가능성을 의미 있는 정도로까지 높이기 위해서는 돈을 많이 걸어야 하지요. 다시 말해서 한 번에 금화 9천 냥 이상을 걸어야 해요. 그렇게 하면 돈을 딸 가능성은 4분의 3이 됩니다. 하지만 그 정도 액수를 걸려는 사람은 아무도 없지요. 그게 바로 이 게임의 교묘한 점이지요.」

「안 돼요! 그만해요!」 젊은 카산드라가 그의 말을 자른다. 「이 거상을 받아들여서는 절대로 안 돼요!」

「이방의 처녀여, 왜 그렇지?」

「왜냐면 전 여러분의 미래를 보기 때문이죠. 사실 전 여러분의 미래에서 왔답니다. 따라서 전 알고 있어요. 만일 여러분이 이 말을 받아들이면, 이 속에 숨은 병사들에 의해 멸망할 거라는 사실을요. 그들은 이 도성의 성문들을 열어 적군들을 들어오게 할 겁니다.」

프리아모스 부부와 신하들의 얼굴에 경악의 빛이 떠오른다.

「그렇다면 내 딸의 생각은 어떠한고?」 왕이 여사제에게 묻는다.

「소녀는 그리스인들과 그들의 선물이 두렵사옵니다.」

「그렇다면 파리스, 너의 생각은?」

다니엘 얼굴을 한 청년은 이렇게 대답한다.

「누이는 우리가 역사의 자연적인 흐름을 돌려놓고, 세계를 구할 수 있다고 믿고 있습니다. 하지만 그건 잘못된 생각입니다. 대재앙을 향한 질주는 역사 진화의 자연적인 방향이니까요.」

프리아모스 왕은 헤카베 왕비의 귀에 대고 뭐라고 속삭인다. 그들은 서로 의견 일치를 보지 못하는 기색이다. 그러자 젊은 카산드라가 나무 한 그루가 심긴 화분을 꺼낸다. 그녀는 푸르스름한 가지들에 매달려 있는 열매들 가운데서 무언가를 찾더니, 이윽고 투명한 사과 하나를 따 낸다. 사과는 그녀의 손바닥 위에서 점점 커져서, 그들은 마침내 그 안에서 트로이가 불타는 광경을 보게 된다. 그 즉시 분노한 왕은 그리스인 필리프 파파다키스의 항변은 들으려 하지도 않고 그를 당장 밖으로 쫓아내라고 명한다.

「고마워.」위대한 여사제가 말한다. 「네 생각이 옳았어. 설명하는 것보다는 직접 보여 주는 편이 훨씬 나아.」

이제 젊은 카산드라는 하늘로 날아올라 도성 위를 활공한다.

시간은 가속되어 흘러가고, 그녀가 내려다보는 가운데 트로이 시는 항구 도시로서, 또 상업의 중심지로서 중요한 도시로 발전해 간다.

시간의 흐름은 한층 가속된다. 트로이가 흑해 지역을 그리스인들의 공격으로부터 보호해 준 덕분으로 아마존 왕국은 살아남게 된다. 그리하여 서기 2000년, 트로이는 멋진 현대 도시가 되어 있고, 아마존의 수도 콜키스 역시 마찬가지이다. 이 도시의 국제공항은 중앙 유럽 전체로 통하는 관광 거점이 되어 있다. 그리고 아마존의 영향이 뚜렷한 문화를 간직해 온 콜키스는 여성이 행정부에서 주도권을 쥔 세계 유일의 국가이다.

이 도시의 중심부에는 10미터 높이의 청동상이 우뚝 서 있다. 바로 고대의 여사제 카산드라로, 무언가를 거부하는 몸짓 가운데 영원히 굳어져 있는 그녀의 발치에는 한 그루의 분재도 재현되어 있다. 기단의 석판에는 이런 글이 새겨져 있다. 〈부왕에게 위험을 경고하여, 거짓 선물을 사용하여 도성에 침입하려 했던 그리스인들을 막은 카산드라.〉

다니엘-파리스가 소녀 옆에 불쑥 나타나더니, 그녀와 속도를 맞추어 함께 활공한다. 둘의 얼굴은 닿을 듯 가까워진다.

「누이, 넌 한 전투에서 승리했지만, 그렇다고 해서 전쟁을 이긴 건 아냐.」

「난 굳어진 문장들은 좋아하지 않아. 이 경우에도 반속담이 더 옳을 것 같아. 즉, 우리는 이 전투에서 승리했기 때문에 전쟁도 이기게 될 거야.」

「우리는 최악의 적과 싸우고 있어. 바로 인간의 어리석음이지. 정말이지 그들의 어리석음엔 한계가 없어.」

「인간은 절대 어리석지 않아.」 카산드라는 콜키스의 상공을 활공하며 반박한다. 「사람들은 단지 두려워하고 있을 뿐이야.」

「그들은 맹목적이고도 자살적인 짐승 떼이지.」 다니엘-파리스가 다시 맞받는다.

「그들은 단지 겁이 많을 뿐이야.」 카산드라가 정정한다.

「우린 더 이상 그들을 도울 수 없어. 그들은 보지만 주의 깊게 보지는 않아. 듣지만 귀 기울여 듣지 않고. 알지만 깨닫지는 못하지.」

「그러니까 그들이 이해할 수 있는 말들을 찾아내야지! 그들이 이해하게끔 우리가 모든 방법을 찾아내야 한다고! 적절한 예와 은유와 전설과 예술 작품들을 만들어 내야지! 그들은 결코 형편없는 학생들이 아니야. 오히려 우리가 형편없는 선생들이지.」

다니엘 카첸버그는 누이 옆에 바짝 붙어, 그녀와 똑같은 궤도를 그리며 활공하고 있다. 그러다가 그녀에게 왼 주먹을 불

쑥 내밀어 펼치는데, 그 안에 메시지가 감춰져 있었다. 내용인
즉…….

220.

「빌어먹을, 너무 아파! 아으으!」

오를랑도 반 드 퓌트는 벌떡 일어난다. 그 서슬에 그의 손
을 놓지 않고 있던 카산드라도 소스라치듯 잠에서 깨어난다.
그러자 곧바로 다른 사람들이 달려온다.

페트나 와데는 새 붕대로 외인부대원의 배 둘레를 감아 준
다. 김예빈은 탁자 하나, 의자 몇 개, 그리고 접시 등등을 가져
와 처음으로 〈부르주아식으로〉 식사를 해보자고 제안한다.

모두가 식탁 주위에 둘러앉고, 각자의 접시 양옆에 놓인 포
크며 나이프 등을 약간의 경계의 빛을 담은 눈으로 내려다본
다. 워터주이 냄비가 모락모락 김을 내며 받침대 위에 놓인
다. 심지어는 색깔도 다채로운 종이 냅킨까지 올려져 있다. 페
트나는 자기 앞에 놓인 냅킨을 들어 요란하게 코를 풀어서는
발밑에다 던진다.

카산드라는 자신이 이전보다 훨씬 더 많은 것을 감지하게
되었음을 인식한다.

무언가가 일어났어. 어떤 메커니즘이 풀린 거야. 내 안에서
어떤 문이 열렸어.

오를랑도의 고통을 나눈 일이 자신의 감지 능력을 증가시
키는 결과를 가져온 것은 아닐까 하고 생각해 본다.

탁자의 목재를 만지면, 그 목재를 낳은 나무가 느껴진다.
포크를 쥐면 포크의 재료가 된 광물이 나온 산이 느껴진다.
입고 있는 재킷을 쓰다듬어 보면 양털을 공급해 준 양이 느껴
진다. 또한 그 두툼한 털옷이 벗겨졌을 때 짐승이 느꼈을 추

위도 생생히 느껴진다.

눈을 내려 신발의 가죽을 보고 있으려니 가죽을 벗겨 낸 소의 모습이 눈앞에 떠오른다.

이 모든 모험들은 나의 인식의 수준을 높여 주었어. 하지만 동시에 난 더 취약해지기도 했지. 왜냐면 모든 것을 훨씬 강하게 느끼게 될 테니까. 좋은 것뿐 아니라 나쁜 것들까지.

확률 시계는 17%를 가리키고 있다.

오빠도 같은 경험을 했을 거야. 감각들은 수십 배로 예민해지고, 사고는 더 멀리 보고 더 빨리 움직이게 되었겠지. 삶을 중단해 버리고 싶을 정도로……. 정말이지 확장된 의식을 감당해 내기 위해선 충분히 준비되어 있지 않으면 안 돼.

「결국 우리 모두는 각자가 원하는 것을 얻게 되었어.」 김이 결산을 해본다. 「자작은 자기가 정말로 의사로서의 능력이 있는지 알고 싶어 했어. 그리고 이제는 알게 되었지. 위험에 처한 한 생명을 구해 주었으니까. 카산드라는 테러를 저지하고 싶어 했고, 그렇게 할 수 있었어. 공작 부인은 유명해지기를 원했는데, 정말로 유명해졌지.」

「뭐라고? 지금 무슨 말을 하고 있는 거야?」 당사자가 묻는다.

「신문도 안 봤어?」 김이 되묻는다.

그는 일어나서는 노트북을 들고 온다.

「자, 이게 오늘 아침 톱기사야.」

〈충격 르포르타주〉라는 잡지 사이트의 금일 페이지에는 커다란 사진 하나가 떠 있고, 그 아래에는 다음과 같은 굵은 제목이 적혀 있다.

〈여성 노숙자가 장관의 딸 납치. 도서관에서 핸드백을 훔치도록 강요〉.

사진에는 카산드라의 등 돌린 모습이 보이는데, 그녀는 얼굴이 훤히 드러난 에스메랄다에게 핸드백을 건네주고 있다.

「이 사진은 도서관 안에 난리가 났을 때 열람객 중 누군가가 찍었을 거야. 요즘은 무슨 짓을 해도 사진이 찍히는 세상이지. 어딜 가나 휴대폰에 내장된 카메라로 사진을 찍어 통신사에 넘기려는 사람들이 넘쳐 나니까.」

「아무튼 굉장한데!」에스메랄다가 말한다. 「내가 제일 좋아하는 잡지의 표지에 뜨게 되다니! 다들 알겠지만, 가수 줄리아 와츠의 결혼식도 손톱만 한 꼭지 기사로 실렸을 뿐이야. 근데 여기에서는 나밖에 안 보이네.」

「그래서 기분이 어때?」

「글쎄…… 이젠 별 감흥이 없어.」

그녀는 틀어 올린 머리에서 빠져나온 머리칼 몇 가닥을 정돈하여 다시 갈무리한다.

「우린 다만 태어나고, 울고, 먹고, 웃고, 잠자고, 섹스하고, 고통받고, 죽을 뿐이야. 그 나머지는 모두 〈소소할〉 뿐이지.」

페트나는 마시고 있던 커피를 캑 하고 뱉어낸다.

「뭐, 뭐시라, 공작 부인? 당신은 유명 인사가 되겠다고 몇 년 동안 우리를 못살게 굴어 왔어. 그런데 이제 정말로 유명해지니까, 뭐? 이 모든 게 〈소소할〉 뿐이라고? 허허, 할 말이 없네!」

그들은 다시 워터주이로 돌아와, 이 아래로 오독오독 바스러지는 조그만 쥐 뼈들을 말없이 씹는다.

「그럼 후작은? 네가 원하던 것은 어떻게 이루어졌는데?」 다시 페트나가 묻는다.

김은 카산드라를 흘깃 쳐다본 뒤 샤를 드 베즐레를 가리킨다.

「비공식 미래 전망부 덕분에 난 지구 상에 진정한 무정부주의를 실현할 방법을 발견하게 되었어. 나의 표어 〈신도 주인도 없다〉는 샤를 덕분으로 실현될 수 있는 방법을 얻게 된 거야. 난 중요한 사실을 깨닫게 되었어. 그것은 모든 형태의 정부를 없애 버리기 위해서는 우선 세계의 모든 정부들을 하나의 통일 정부로 묶어야 한다는 점이야. 즉, 〈제(諸)민족 평의회〉라고 부를 수 있는 것으로서, 지금의 UN과는 달리 진정한 효율성을 지닌 기구이지. 독자적인 경찰과 군대를 갖춘 이 세계 정부만이 장차 모든 것을 구하기 위한 우리의 해결책이 될 수 있을 거야. 이런 기구가 아니라면 어떻게 다음과 같은 복잡한 문제들을 풀어 갈 수 있겠어?

1. 공해 억제
2. 금융 시장의 윤리 확립
3. 과대망상적 독재자 추방
4. 부의 재분배
5. 인구 증가 억제

또 이 제민족 평의회에 동물, 식물, 기계, 지구, 그리고 다음 세대들 등을 대변하는 변호사들을 두어야 한다는 여러분의 생각도 참으로 유익했어. 그래, 난 이 모든 모험들을 통해 이 행성의 정치적 진화의 올바른 방향이 무엇인지를 보게 된 거야. 그것은 권력의 집중을 통해 권력의 소멸에 이르는 거였지. 비록 이 말이 역설적으로 들리긴 하겠지만.」

샤를 드 베즐레는 냄비에 직접 숟가락을 넣어 스튜를 떠먹는다.

「기막힌 요리네요. 이게 대체 뭐죠?」

「워터주이예요. 재료는…….」

「토끼죠.」에스메랄다가 말을 잘라 받는다.

「오, 정말 맛있어요……. 내가 바랐던 것은 단 하나였어요. 아가씨의 부친께서 창설하신 이 연약한 미래 전망부가 존속하는 거였죠. 그런데 그것이 이곳에 있으니 그 어느 때보다도 힘찬 존재감이 느껴지네요. 그리고 기존의 다른 기관들과 달리, 이 부는 대통령의 교체에도, 공적 자금에도 좌우되지 않아요. 다시 말해서 우리는 완전히 자유롭고도 독립적인 예지자들인 거예요.」

「그럼 카산드라, 넌?」 아프리카 주술사가 묻는다.

내 소원? 난 단지 내가 누군지를 알고 싶을 뿐이야.

그녀는 슬며시 화제를 돌린다.

「……남작님. 난 당신의 딸이 어디 있는지 알 것 같아요.」

당사자는 난데없이 격렬한 기침 발작을 일으킨다.

「지, 지금 뭐라고 했지, 공주?」 겨우 진정한 그가 되묻는다.

그는 내 말을 분명히 알아들었지만 이 놀라운 소식을 받아들일 준비는 안 되어 있어.

그런 그의 모습을 바라보고 있노라니, 마치 자신이 그의 속에 들어가 있는 듯 그의 강렬한 감정들이 생생하게 느껴진다.

그런데 난 왜 샤를로트가 그의 딸이라고 믿는 걸까? 어떻게 5백만이 넘는 사람들이 모여 있는 파리 같은 대도시에서 그런 우연의 일치가 있을 수 있을까?

경찰관의 집을 나갔다는 그 고양이가 여기에 흘러 들어온 그 녀석이었다는 것까지는 그렇다 쳐도, 내게 케이크를 준 그 제빵사가 오를랑도의 딸일 가능성은…… 다니엘식으로 생각하자면 그런 확률은 극도로 희박하다고 봐야 하겠지.

그렇긴 해도…….

〈영혼의 가족〉 이론이란 게 있어. 우리는 전생에서 이미 마주쳤던 이들, 혹은 아직 풀어야 할 문제들이 있는 이들을 현생에서 다시 만나게 된다고 하지. 이들이 바로 영혼의 가족들로, 자신도 모르게 서로를 되찾으려 하고, 서로에게 이끌린다고 해. 그런데 이 영혼들 각각은 또 저마다의 가족에 연결되어 있어서, 다른 가족들 사이에도 인연의 끈이 이어질 수 있다고 하지. 따라서 파리에 5백만 명이 바글거리고 있다 해도, 내가 우선적으로 마주치게 될 사람들은 따로 있어. 바로 전생에서 인연을 맺기 시작한 사람들이지.

「아뇨, 아무것도 아니에요. 당신의 상처를 한 바늘 꿰매 줄 필요가 있겠다고 말했어요. 상처가 더 빨리 아물도록요.」

「아냐, 그냥 놔둬도 괜찮아!」 세네갈 주술사가 소리 지른다. 「그보다는 가서 좀 먹자고. 남작은 무엇보다도 원기를 회복하는 게 중요해.」

이때, 카산드라의 가슴이 쿵 하고 내려앉는다. 무심코 확률 시계를 들여다봤는데, 문자판이 갑자기 변하며 〈5초 후 사망 확률: 57%〉를 표시한 것이다.

221.

뭔가가 느껴져. 어딘가에 있는 누군가가 우리가 무슨 일을 하고 있는지 이해하기 시작했어. 그리고 이 누군가는 우리의 행동을 저지하기 위해 지금 자신의 힘을 발휘하고 있는 중이야.

이것은 물리학 법칙이지. 〈작용은 반작용을 낳는다.〉

사실 지금까지의 일은 거의 기적에 가까웠어. 세상에서 멀리 떨어져 그 누구의 방해도 받지 않고 우리의 꿈을 마음껏 꽃 피울 수 있었으니까. 그들은 지금까지는 우리를 가만히 놔뒀지. 왜냐면 우리가 무엇을 하는지, 그리고 왜 그렇게 하는지 아는 사람이 아무도 없었으니까.

이제는 상황이 바뀌고 있다는 게 느껴져.

평소 같지 않아. 어떤 새로운 적이 출현했어.

난 알아. 그게 느껴져.

전투를 벌여야 할 시간이 온 거야.

222.

멀리서 몇 번의 총성이 들려온다. 그런 다음 폭발음이 여러 차례 이어진다.

「소리가 동쪽에서 오고 있어. 알바니아 애들이 있는 곳이야.」 페트나가 알린다.

「이건 로켓 추진 수류탄인데?」 전문가인 오를랑도가 귀를 기울이며 말한다.

전반만큼이나 요란한 폭발음들이 다시 이어진다.

「수류탄이야.」

이번에는 자동 화기를 갈겨 대는 소리다.

「초현대식 소총들이야. 모델이 뭔지는 잘 모르겠는데, 소리로 판단컨대 잘빠진 무기임에 틀림없어. 내 생각으로는 체코제, 혹은 영국제 같기도 하고. 아무튼 미제나 러시아제는 아니야.」

총성이 더 요란해지자 그들은 우르르 움막 밖으로 몰려 나간다. 동쪽을 보니 검은 연기 기둥이 하늘로 치솟고 있다.

「빌어먹을, 대체 저게 뭐람?」 에스메랄다가 불안한 음성으로 내뱉는다. 「우리가 감당키엔 덩치가 너무 큰 뭔가가 있어.」

「그래. 예감이 아주 안 좋아.」 김예빈도 불안한 얼굴이 되어 있다.

카산드라의 손목시계는 〈5초 후 사망 확률: 59%〉를 가리킨다.

「저게 뭐일 것 같아, 짭새?」

「아냐. 경찰에겐 저런 종류의 무기가 없어.」

「두 라이벌 파벌 간의 전쟁이 아닐까?」 페트나 와데가 추측해 본다. 「뭐, 내 말뜻을 이해할랑가 모르겠지만.」

이제 그들의 귀에는 으르렁거리고, 맹렬하게 짖는 소리들이 들려온다.

「알바니아 애들이 투견들을 풀어 놓았어. 다시 말해서 문제는 하치장 주민들이 아니란 뜻이야. 어떤 방문객들이 있어.」

짖는 소리들이 점점 격렬해지는가 싶더니, 콩 볶는 듯한 기관 단총 소리가 정적을 찢는다. 그 맹렬하던 짖는 소리들은 단말마의 긴 울음소리들로 바뀐다.

「놈들은 개들을 한 마리 한 마리 제거해 가고 있어.」

마지막 깨갱 소리가 멀리서 들려오더니, 모든 소리가 멈춘다.

「개들을 모두 다 죽여 버렸구먼!」 페트나가 놀라며 말한다. 「싸움을 위해 특별히 훈련된 맹견들을. 믿을 수 없는 일이군.」

긴 정적이 뒤를 잇는다. 그리고 누군가가 울부짖는 소리가 갑자기 그 정적을 깨버린다.

「놈들이 알바니아 애들을 고문하고 있어.」 김이 하얗게 질린 목소리로 중얼거린다.

「이건 경찰이 아니야.」 에스메랄다가 고개를 설레설레 흔든다. 「아냐, 경찰은 절대로 아니야.」

또 다른 비명 소리들이 들려오더니, 그다음에는 보나 굵직한 어떤 목소리가 알아들을 수 없는 저주의 말들을 고래고래 퍼붓는다.

「이스미르의 오른팔 구란이야.」 페트나가 알려 준다. 「이스미르가 죽고 난 후 구란이 대신 대장으로 있었던 모양이군.」

다시 한 번 총성이 울리더니, 모든 소리가 멈춰 버린다.

페트나는 자기 움막으로 돌아가, 일어나겠다고 고집을 부리는 오를랑도를 달랜다. 다른 이들은 김의 움막으로 간다. 김은 모든 모니터를 한 번에 켠 다음, 자판을 두드린다. 감시카메라들이 포착한 영상들이 모니터 화면에 흑백으로 나타난다. 껍데기만 남은 폐차 사이로 재빨리 움직이는 실루엣들이 분간된다.

「전투복을 입고 무장한 사내들이야. 프로처럼 보이는군.」 한국인이 말한다. 「30명쯤 될 것 같아. 현대식 방독면을 착용하고 있고…… 이쪽으로 오고 있어.」

그가 자판을 두드려 몇 가지를 조정하자, 감시 카메라 한 대가 줌 기능을 작동하기 시작한다. 그렇게 북쪽 입구를 확대해 보니 녹색과 주황색이 섞인 외교관 번호판의 메르세데스 벤츠가 여섯 대 서 있다. 그 승용차들은 V자 형태로 늘어서서, 혹시 있을지도 모를 원군에 대비하여 입구를 봉쇄하고 있다.

「의심의 여지가 없어. 저들은 그 미국인 놈들이야.」 에스메랄다가 내뱉는다.

「그것도 떼거리로 몰려왔어.」 파란 머리 가닥의 청년은 전투복 차림의 실루엣들이 이동하는 모습을 보여 주고 있는 다른 감시 카메라 화면들을 훑어보면서 부연한다. 「빌어먹을! 놈들이 우리에게 진짜배기 특공대를 파견한 거라고!」

「그런데 우리가 있는 곳을 어떻게 알아냈지?」 에스메랄다가 불쑥 질문한다. 「우리 가운데 분명히 배신자가 있어!」

모든 시선은 가장 늦게 합류한 샤를 드 베즐레 쪽으로 향한다.

「미안하지만 아녜요! 맹세코 난 아니라고요! 난 저들을 몰라요.」

그러사 에스메랄다는 카산드라를 지목한다.

「그렇다면 공주, 너겠군. 어쨌든 네가 오기 전에는 여기에 아무 문제도 없었잖아?」

결국 난 단 한 사람의 신뢰도 얻어 낼 수 없어.

난 저들의 일원으로 받아들여지기에는 저들과는 너무도 다르니까.

저들은 내가 미래를 예측해 내면 감탄하며 바라보기도 하지만, 근본적으로는 나를 자기들과는 다른 이상한 짐승이라도 되는 듯 생각하고 있어.

난 저들에게 영원히 이방인으로 남게 되겠지. 저들은 날 사랑하지 않아.

오빠가 말하려고 했던 게 바로 이거였는지도 모르지. 저들은 진정한 공감이나 신뢰의 능력은 없고, 다만 두려움과 시샘 속에 살아가기 때문에 결코 성공할 수 없어.

이 의심에 종지부를 찍은 것은 오를랑도이다. 그는 페트나의 부축을 받으며 움막 입구에 나타난다. 복부에는 피 얼룩이 선명한 붕대가 칭칭 둘려 있다.

「기폭 장치였어!」 그는 얼굴을 찌푸리며 힘겹게 말한다. 「틀림없어! 이 빌어먹을 기폭 장치가 우리의 존재를 알린 거야! 우리가 폭탄을 자꾸 해체해 버리니까, 놈들은 그 안에다 위치 추적 장치를 집어넣은 게 분명해.」

그들은 우리의 약점을 찌른 거야. 바로 오만이었지. 폭탄을 제거하여 세계를 구했으면, 어떻게 해서라도 그 승리의 흔적들을 지워 버려야만 했어. 하지만 우리는 전리품을 간직하려 했고, 이제 그 실수의 대가를 비싸게 치르게 되겠지.

한국 청년은 화면들을 지켜보고 있다.

「그들은 곧장 우리 쪽으로 오고 있지는 않아. 다시 말해서 그들은 목표물이 시쓰장 내에 있는 것은 알지만, 위치 추적 장치가 충분히 정확하지 못해 우릴 쉽게 찾아내지 못하고 있다는 뜻이지.」

「알바니아 애들이 가장 눈에 잘 띄었고, 또 가장 견고한 구조물들을 지니고 있으니까, 그들이라고 생각한 모양이군.」 페트나가 중얼거린다.

에스메랄다는 당장에 기폭 장치를 낚아채더니, 마치 전갈을 잡듯 발뒤꿈치로 으깬 다음 화염 속에 던져 버린다. 장치의 외장이 녹아내리기 시작한다. 그런데 갑자기 그녀는 물을 끼얹어 부랴부랴 불을 꺼버린다. 연기가 이곳 위치를 노출시킬 수 있다는 데에 생각이 미친 것이다. 「그들이 다가오고 있어!」 감시 카메라들이 보내오는 영상을 주시하던 김이 다급하게 알린다.

카산드라 역시 손목시계에서 눈을 떼지 않고 있다. 지금 그것은 〈5초 후 사망 확률: 63%〉를 가리키고 있다.

「어쩌면 알바니아 애들이 우리가 있는 곳을 알려 줬을지도 몰라.」 에스메랄다가 억측해 본다.

「알바니아 애들은 우리가 폭탄을 제거한 사실을 모르고 있어.」 페트나가 대꾸한다.

〈5초 후 사망 확률: 69%〉.

통제 화면 속 특공대는 신속하게 전진해 오고 있다. 오를랑도는 탁자에 기대어 서서 무기를 보관해 놓은 곳을 알려 준다. 모두가 신속히 무장을 한다. 카산드라는 활을 선택한다. 김은 막대가 강철로 된 쌍절곤을 잡는다. 샤를 드 베즐레는 마셰티[24]를 들더니 능숙하게 손끝으로 휙휙 돌려 보인다. 에스메랄다는 표창을 있는 대로 집어 든다. 페트나는 각종 분말을 채운 작은 자루들을 차곡차곡 쌓아 올린다. 그것들은 열리지 않게끔 튼튼히 꿰매어져 있고, 기폭 장치인 듯한 심지가 하나씩 달려 있다. 오를랑도는 기계식 석궁 하나, 이보다 작으면서 ㄱ의 솥뚜껑 같은 손안에 꼭 들어오는 또 다른 석궁 하나, 그리고 날카롭게 갈아 놓은 금속 화살로 빼곡한 화살집으로 무장한다.

모든 감시 카메라들은 이동하는 실루엣들을 쫓고 있다. 김은 헌 신문 한 귀퉁이에 대충 그린 지도 위에 그들의 진행 방향을 그려 보고 있다.

---

24 밀림을 전진할 때 방해가 되는 수풀을 자르는 크고 넓적한 칼.

73%.

프로바빌리스도 김의 감시 카메라들을 통해 이 상황을 지켜보고 있어. 정말이지 이 네트워크는 도처에 깔려 있군.

「특공대의 척후들은 아직 샹젤리제 길을 발견하지 못했어. 폐타이어 산이 그들의 시야에서 대속을 가려 주고 있고.」한국인이 계속 화면을 주시하며 상황을 알린다.

「공작 부인, 아까 불을 끄기를 정말 잘했어.」페트나가 속삭인다.

괴한들의 군대는 그들을 살짝 스치듯이 지나쳐서 서쪽으로 나아간다. 그들은 부채꼴 대형으로 산개하여 전진하면서, 적이 숨어 있을지도 모르는 폐차 껍데기들을 눈으로 하나하나 살핀다. 하지만 그렇게 나아감에 따라 그들은 점점 더 힘들어하는 기색을 보인다. 그들이 탐험하고 있는 이 장소가 그들로서는 듣도 보도 못한 기이한 영역인 탓이다.

특공대의 후위까지 그들을 발견하지 못하고 지나치자 확률 시계는 49%를 가리킨다. 모두가 일제히 내쉬는 한숨 소리가 움막 안에 퍼진다.

갑자기 몇 발의 총성과 그에 이어 개들이 맹렬히 짖어 대는 소리가 시쓰장에 내려앉은 기이한 정적을 흔들어 놓는다.

「자, 저건 남쪽의 들개 떼야.」오를랑도가 뿌듯한 표정으로 말한다. 「저 약아빠진 녀석들이 놈들 애를 좀 먹일 거야.」

기뻐해야 할 일이다. 하지만 알 수 없는 불길한 예감에 카산드라의 얼굴이 어두워진다.

「빌어먹을! 놈들이 계속 서쪽으로 가고 있어.」에스메랄다가 말한다.

「알바니아 애들이 불어 버린 거야. 그들은 테러리스트들과 맞서 싸울 집단이 있다면, 그건 집시들뿐이라고 생각했던 모양이야!」

김은 감시 카메라들이 보여 주는 영상 위에 구글 어스가 포착한 하치장의 이미지 하나를 겹쳐 놓아 본다.

「남작, 당신 말이 맞아. 그들은 집시 캠프를 향해 똑바로 나아가고 있어. 그들의 캠프는 아주 찾기가 쉽지. 항상 마을 중앙에 큰불을 피워 놓으니까. 콘크리트 판으로 지은 집들을 공격한 놈들이 논리적으로 생각할 수 있는 다음 목표물은 플라스틱 트레일러들이겠지.」

세 아기 돼지 이야기에서처럼? 근데 여기서는 모든 게 뒤집혀 있어. 일테면 반(反)동화인 셈이야. 가장 먼저 파괴되는 것은 가장 눈에 띄는 이들, 다시 말해서 가장 튼튼한 집을 가진 이들이고, 그다음에는 캠핑카를 가진 이들, 마지막이 움막을 가진 이들이지. 흉악한 늑대를 두려워해야 할 사람은 과연 누구일까?

「그라지엘라에게 알려 줘야 해.」 에스메랄다가 걱정이 가득한 얼굴로 말한다.

「너무 위험해, 공작 부인.」 페트나가 대꾸한다. 「어차피 거기 가봐야 이미 늦었을 거야.」

「내가 가겠어.」 오를랑도가 상처 부위에 느껴지는 고통에 얼굴을 찡그리며 나선다.

「안 돼! 이미 너무 늦었어.」 페트나가 잘라 말한다. 「그리고 자네 상태가 어떤지 알기나 해? 제대로 걷지도 못하는 주제에. 자, 우리의 표어를 받아들이자고. 〈자기 똥은 자기가 치운다!〉」

외인부대원은 잠시 망설이지만, 자기 혼자로는 어찌해 볼 수 없다는 사실을 깨닫게 된다. 중무장한 전문 킬러들의 군대에 혼자 맞서 집시 고철 장수들을 구할 가능성은 전혀 없는 것이다.

「잠깐만요!」 카산드라가 외친다. 「샤를 드 베즐레 씨에게 휴대 전화가 있고, 내게는 그라지엘라의 전화번호가 있어요. 그들에게 알려 줄 수 있어요.」

그녀는 휴대 전화를 건네받아 다급한 손길로 번호를 누른다. 그리고 연결되지 않고 발신음만 허망하게 울릴 때마다 이를 악문다. 마침내 누군가가 전화를 받자마자 그녀는 말한다.

「저 카산드라예요. 지금 당장…….」

「아, 드디어 나하고 일하기로 결정했단 말이지? 난 네 몫을 올려 줄 용의가…….」

소녀는 노파의 말을 끊는다.

「그라지엘라, 몸을 피해야 해요! 지금 당장! 그러지 않으면 모두 다 죽어요.」

「그것도 예언이냐? 세상의 종말이 곧 온다는 건 나도 잘 알고 있지. 하지만 말이야…….」

「입 닥쳐, 이 멍청이야! 내 말 잘 들으라고, 이 어리석고 멍청한 인간아! 지금 한 무리의 킬러들이 당신들 쪽으로 몰려가고 있어. 그들은 지금 하치장에 있고, 몇 초 후면 당신들을 덮칠 거야. 빨리 움직여야 한다고! 빨리!」

「그게 대체 무슨…….」

통화는 콩 볶는 듯한 기관단총 소리에 중단된다. 그 소리는 멀리서 공기를 타고 들려오기도 하고, 그라지엘라가 켠 채로 놔둔 휴대 전화의 마이크를 통해 중계되기도 한다. 대속인들로서는 습격 장면을 생중계로 지켜보고 있는 셈이다. 그것은 꽤 오랫동안 계속된다.

「집시들이 알바니아 애들보다는 잘 버티고 있어.」 오를랑도는 전문가처럼 말하며 고개를 끄덕인다.

이윽고 총성이 멈추더니, 다시금 고문당하는 사람들의 비명 소리가 들려온다.

카산드라에게 문득 어떤 생각이 떠오른다.

「남쪽 철망 울타리에 구멍이 하나 나 있어요! 거기를 통해 도망가면 돼요!」

김은 묵묵히 어딘가를 줌 기능으로 확대하여 보여 준다. 자세히 살펴보니 남쪽 구역이고, 거기엔 검정 메르세데스들이 죽 늘어서 있다. 김은 다시 말없이, 서쪽, 북쪽, 동쪽의 출구들을 커버하는 카메라들을 작동시켜 그곳의 상황을 보여 준다. 다른 메르세데스들이 보닛을 하치장 쪽으로 향한 채 흑상어 무리처럼 늘어서 있다. 그리고 각 차량 안에는 어두운 실루엣들이 보인다. 분명 후위로 남아 있는 자들이리라.

「세상에, 많이도 몰려왔네!」 에스메랄다가 한숨을 내쉰다.

「저래 봬도 자기 나라에서는 공무원들이야. 국가는 살인자를 고용하는 데는 예산을 아끼는 법이 없지.」

그들은 화면에서 눈을 떼지 않은 채, 현재의 상황을 최대한으로 빨리 생각해 본다. 모니터에 비치는 흑백 영상들은, 마치 지금 먼 나라에서 오는 르포 뉴스를 시청하고 있는 듯한 느낌을 준다. 즉 지금 자신들이 안전한 상황에 있는 것 같은 착각을 안겨 주는 것이다. 하지만 카산드라는 미래가 어느덧 코앞에 와 있다는 사실을 알고 있다. 그리고 그것은 점점 더 가까이 다가오고 있다.

「나도 이게 우리 스타일이 아니란 건 알지만, 이젠 경찰을 부르는 수밖에 없을 것 같아.」 에스메랄다가 제안한다. 「우리 나라의 폭력 공무원들을 저들의 폭력 공무원들하고 붙여 놓는 거지. 전화번호가 17 아니면 18일 거야. 아냐, 18번은 소방서였지.」

「그래서 경찰에게 뭐라고 말할 건데?」

샤를 드 베즐레의 전화기의 스피커에서 어떤 여자의 감미로운 목소리가 흘러나온다. 〈귀하는 시경 중앙 본부에 접속하셨습니다. 지금 모든 회선이 통화 중이오니, 전화를 끊지 말고 잠시 기다려 주시기 바랍니다.〉 이어 어떤 유쾌한 멜로디가 울려 퍼진다. 비발디의 『사계』중의 「봄」이다. 고문당하는 집시들의 울부짖음, 비발디의 음악, 그리고 끝없이 반복되는 육감적인 여자 목소리……. 이 이질적인 음향들 간의 생뚱맞은 혼합은 뭔가 괴이하기 짝이 없는 효과를 자아낸다.

그들은 누군가가 전화를 받기만을 고대하며 초조하게 기다린다. 하지만 들려오는 음향 중에 변화가 있었다면, 그것은 갑자기 기관 단총이 요란하게 따르륵대면서 울부짖는 소리가 뚝 그쳐 버렸다는 사실 뿐이다. 그 즉시 오를랑도는 휴대전화를 꺼버리면서 이렇게 말한다.

「놈들이 몇 분이면 여기 도착할 거야.」

맑고 커다란 회색 눈의 소녀는 손목시계를 들여다본다. 〈5초 후 사망 확률: 55%〉.

223.

이번에는 정말로 가망이 없는 것 같아.
벗어날 길이 전혀 보이지 않아.

224.

연기와 먼지가 하치장을 뿌옇게 뒤덮는다. 까마귀 몇 마리가 쥐 한 마리의 주검을 서로 차지하겠다고 깍깍대며 다툰다.

반들거리는 딱지로 몸을 감싼 바퀴벌레 한 무리가 쓰레기 더미를 향해 원정을 떠나고 있다. 올챙이가 우글거리는 웅덩이 위에서는 모기들이 광란의 춤을 추고 있다. 라일락의 어린 줄기 몇 개는 쐐기풀 사이를 헤치고 빛을 향해 천천히 올라오고 있다. 그보다 더 느린 속도로 뻘건 녹이, 30년 보장으로 부식 방지 처리가 된 어느 폐차 껍데기를 공격해 들어가고 있다.

군화들이 저벅저벅 땅을 울리고, 웅덩이의 물이 사방에 튀긴다. 검은 옷의 사내들은 하치장의 쓰레기 더미들 사이의 복도 같은 공간들을 구보로 이동한다. 그들 뒤에 남겨진 집시 캠프에서는 연기 구름과 허연 재만이 피어오르고 있다.

갑자기 장엄한 음악이 하치장 전체에 울려 퍼진다.

베르디의 「레퀴엠」……

특공대의 사내들은 돌처럼 굳어진다. 그런 다음 잠시 머뭇거리면서 서로의 얼굴을 쳐다본다. 하지만 특별히 불안해하는 기색은 아니다. 오히려 금관 악기들과 현악기들이 떠받치는 수백의 목소리가 함께 노래하는 그 장엄하면서 전투적인 음악은 그들의 피를 끓게 하는 듯하다.

「레퀴엠」에 이끌린 그들은 켜켜이 쌓인 폐차들로 이루어진 양 옆의 벽이 점점 좁아지는 한 병목 구역으로 접어든다. 그렇게 그들이 한 줄로 나아가고 있을 때, 갑자기 벽의 한 부분이 우르릉 소리와 함께 그들 위로 허물어져 내린다. 그 육중한 금속 뼈다귀들에 깔려 세 사람이 목숨을 잃고 두 사람이 부상을 입는다.

병목 구역을 가득 채운 먼지의 안개 속에서, 사내들은 폐차 더미 위를 요리조리 빠지며 달아나고 있는 실루엣들을 향해 신경질적으로 총을 갈긴다. 그런 다음 짓뭉개진 동료들을 구조하려 해보지만 그것은 시늉으로 그칠 뿐, 곧바로 인원을 무리로 나눠서는 함정을 파놓은 자들을 추격하기 시작한다.

이제 더 이상 베르디의 합창곡이 그들을 인도하지 않는다. 오히려 그 음악이 방해를 하고 있다. 음악의 발원지가 남쪽으로 완전히 옮아가 버렸기 때문이다. 그들은 중간 중간 속도를 늦추기도 하고, 한 쓰레기 언덕 위에서 다른 언덕 위의 동료를 불러 서로 신호하기도 한다. 두 무리는 동일한 속도로 전진하지 않는다. 오른쪽 무리는 플라스틱이 흥건하게 녹아내린 늪지대를 조심스러운 걸음으로 나아간다. 왼쪽 무리는 키 큰 뼈다귀를 연상시키는 기중기들이 삐죽삐죽 서 있는 지역에서 좀 더 신속하게 나아간다. 그들이 이 무거운 금속 구조물 중 하나의 아래를 지나가고 있을 때 커다란 자루 하나가 열리면서 그들 위에 온갖 오물을 쏟아붓는다. 뒤이어 기중기가 그들 위로 와르르 무너져 내린다.

요란한 소음 속에서 다친 사람들이 비명을 지른다.

다시금 특공대 사내들은 아직 서 있는 기중기들 쪽으로 총을 갈겨 대지만, 이 기습의 장본인들은 이미 어디론가 사라져 버린 뒤이다. 베르디의 「레퀴엠」 합창곡은 음량이 최대한으로 높여져 도망가는 이들이 내는 소리를 덮어 주고 있다.

군인 복장의 사내들은 다시 한 무리로 합쳐져 음악이 들려오는 방향으로 발걸음을 재촉한다. 그렇게 달리면서 다시금 또 다른 병목 형태의 골목으로 들어서는데, 이번에는 판지와 찢어진 신문 등으로 뒤덮인 바닥이 발밑에서 쑥 내려앉는다. 앞장 서 달리던 두 사람은 구덩이로 굴러 떨어지는데, 그 밑바닥에는 독이 발라져 있는 날카로운 철판들이 삐죽삐죽 기다리고 있다.

때마침 베르디의 합창곡은 한층 격렬해지면서, 그 음울하고도 고통으로 쥐어짜는 듯한 최종부 〈디에스 이라이〉로 접어들어 그들의 긴장감은 극도에 달한다.

음악의 발원지에 이른 그들이 발견한 것은 자동차 배터리에 연결된 하이파이 미니 오디오 하나와 거대한 검정 스피커 몇 개다. 그리고 이 모든 것은 손수레에 실려 있다. 특공대의 우두머리는 다가가 음향 기기를 살펴본다. 그런 다음 허리띠의 권총집에서 천천히 권총을 빼내어 미니 오디오에 대고 한 방에 끝내 버린다. 목소리와 현악기와 금관악기들은 입을 뚝 닫아 버리고, 까마귀의 조롱하는 듯한 깍깍 소리만이 이따금 울리는 무거운 정적이 내려온다.

그렇게 기이한 배경 속에서 전진을 거듭한 끝에, 그들은 마침내 재로 가득한 불구덩이가 한복판에 있는 둥그스름한 공터를 발견하게 된다. 자동차에서 뜯어낸 좌석, 삐걱거리는 탁자, 의자, 접시들은 이곳에 어떤 무리가 살고 있었음을 알려 준다. 순간, 지금까지 맡았던 것보다도 훨씬 역겨운 냄새가 방독면 필터를 통해 느껴진다. 그들은 곧 그 냄새의 근원을 발견한다. 거무스름하게 그은 냄비 밑바닥에 잡다한 재료들이 뒤섞여 있다. 개의 두개골과 뼈, 쥐의 꼬리들, 박쥐의 날개들, 당근, 생크림, 그리고 달걀과 파.

한 움막의 지붕 위에 높이 솟아 있는 잠망경은 그들로 하여금 자신들의 움직임이 멀리서부터 관찰되고 있었다는 사실을 깨닫게 한다. 전투복 차림의 사내들은 걸리는 대로 발로 차고, 가구의 서랍들을 열고, 그 내용물을 바닥에 쏟아부으면서 모든 것을 철저히 파괴한다. 약 15분 후 테러리스트의 우두머리는 지하철 테러와 도서관 테러 때 사용한 기폭 장치들이 장대 위에 걸려 있는 것을 발견한다. 그는 옷깃에 걸린 마이크에 대고 아주 빠른 속도로 뭐라고 지껄인다. 그런데 갑자기, 한 병사가 뭔가를 찾아냈노라고 급하게 신호를 한다. 모두가 달려가 보니, 지하 통로의 입구인 듯한 강철 뚜껑이 하나 있다. 그 주위에는 생긴 지 얼마 안 된 듯한 자취들이 어지러이 남아 있다.

뚜껑을 폭파시켜 날려 버리자, 그 아래에 지름이 1미터 남짓한 터널이 나타난다. 그들은 먼저 구멍에다 대고 총질을 수십 발 한 다음, 한 명 한 명 조심스럽게 내려가기 시작한다. 통로는 협착한 데다가 준비해 온 손전등이 없었으므로, 손으로 더듬어 가면서 한 줄로 기는 수밖에 별도리가 없다. 앞장 선이는 휴대 전화를 켜서 앞쪽으로 희미한 빛을 비출 수 있을 뿐이다.

그렇게 20여 미터를 나아갔을 때, 맨 앞의 세 사람이 화살에 꿰뚫려 버린다. 그들은 황급히 입구 쪽으로 후퇴한다. 그들 중 하나가 수류탄을 던지자고 제안하는 것을 우두머리가 말린다. 잘못하다가는 터널이 자기들 위로 무너져 내릴 수 있음을 지적하면서.

다른 방법을 사용하기로 결정한다. 그들은 연막 수류탄 몇 알을 까서 던진다.

225.

우린 여우를 우리의 상징으로 삼기로 했지. 그랬더니만 녀석들처럼 굴속에서 연기를 쏘이는 신세가 되고 마는군. 좋아. 이 동물의 운명을 끝까지 따라가 보겠어.

226.

연기는 눈과 기관지를 말할 수 없이 따갑게 만든다. 대속인들은 얼굴을 젖은 손수건으로 가린다. 부근에 돌아다니던 쥐 몇 마리는 당장에 줄행랑을 놓아 버린다.

「아, 이런! 남작, 제2안으로 준비해 놓은 거 없어?」심하게 콜록대던 페트나는 이렇게 속삭이고는 또다시 콜록댄다.

「몇 가지 해결책이 남아 있기는 해. 첫째, 항복한다.」

「그리고 한바탕 신나게 고문받고 난 후에 살해된다?」페트나가 이어 말한다. 「이 해결책, 난 반댈세.」

「그럼 두 번째 해결책으로, 우리 스스로 목숨을 끊어 놈들에게 우릴 죽이는 기쁨을 빼앗는다.」오를랑도는 아픈 복부를

손으로 꾹 누른 채로, 간신히 호흡을 이어 가면서 덧붙인다.

또 하나의 연막 수류탄이 그들에게까지 굴러 온다. 그들은 점점 더 거세게 콜록대고 침을 뱉어 댄다. 카산드라의 손목시계는 심장 박동의 변화를 감지하고는 〈5초 후 사망 확률: 73%〉를 표시한다.

「죄송해요. 이렇게 여러분을 이 안에까지 끌고 들어와서요.」 그녀가 웅얼거린다.

그런데 페트나가 부부 통옷 속에서 무언가를 꺼낸다. 까만 가루를 채운 여성용 스타킹으로. 이것을 터널 천장에 나 있는 한 구멍에다 깊숙이 밀어 넣는다. 그 사제 수류탄이 폭발하자 틈새가 하나 열리고, 모두가 땅 위로 빠져나갈 수 있게 된다.

김은 구멍 밖으로 몸을 끌어올리면서 소리친다.

「빨리! 이쪽으로!」

전투복 차림의 사내들은 벌써 그들 뒤에 이르러 있었다. 페트나는 밖으로 나오자마자 부식성 액체가 가득한 통 하나를 굴려 와 틈새 위에 엎어 놓고는 뚜껑을 열어 버린다. 그 즉시 고통에 찬 비명 소리들이 진동하고, 기관 단총 갈기는 소리가 뒤를 잇는다.

「놈들은 반대쪽 구멍으로 나올 거야. 자, 빨리 움직이자고!」 세네갈인이 외친다.

그들은 그들만이 알고 있는 복잡한 길들로 요리조리 빠져 가며 북쪽으로 내달린다. 쫓아오는 특공대는 오물들 아래 감춰진 덫들을 피하기 위해 훨씬 느리게 전진하지 않으면 안 된다. 오를랑도는 동료들의 걸음을 늦추지 않으려고 고통을 이겨 내느라 안간힘을 쓰지만, 얼굴은 밀랍처럼 창백해져 있다.

드디어 초현대식 폐기물 처리 공장이 그들 앞에 모습을 드러낸다.

그들은 한국인의 스위스 만능 칼 덕분으로 소각장 입구를 걸어 잠근 커다란 자물쇠를 여는 데 성공한다. 건물 내부로 뛰어 들어간 대속인들은 이 장소를 훤하게 꿰고 있는 듯한 청년의 뒤를 따른다.

카산드라가 다시 손목시계를 내려다보니, 5초 후에 사망할 확률이 48%로 되어 있다. 50%라는 경계선 아래로 내려와 조금 마음이 놓이기는 하지만, 완전히 안심이 되지는 않는다.

그들은 발자국을 따라와서 결국 우릴 찾아내고 말 거야.

하지만 김예빈은 어떤 계획을 생각해 둔 모양으로, 거침없이 사람들을 몰로크의 중앙 통제실로 인도한다. 그들은 벽면을 가득 채운 통제 화면들이 까맣게 꺼져 있는 커다란 방에 들어선다. 김은 중앙 스위치를 올린 다음, 시설 재가동에 필요한 절차를 밟아 나간다. 그러자 시스템의 모든 표시등에 불이 들어온다. 처음에는 빨간색, 그다음에 호박색, 그다음에 녹색 표시등의 순으로.

공장은 쿵쾅쿵쾅 요란한 금속음을 내며 다시금 돌아가기 시작한다.

「후작, 자네 계획이 뭐지?」

「우리에게 친숙한 땅에서 싸워야 해. 우리에게 유리한 곳, 그리고 우리 편이 있는 곳에서.」

「우리 편?」

「강철 거인. 바로 몰로크지. 우린 이 공장이 가장 잘하는 일을 하도록 해줄 거야. 바로 폐기물들을 처리하는 일이지.」

김이 또 다른 통제 화면들을 켜자, 검은 옷을 입은 사내들이 조심스럽게 로비로 침투해 들어오는 모습이 보인다. 처음보다 훨씬 수가 줄어 있고, 훨씬 더 긴장된 표정으로 조심조심 나아오고 있다. 그들이 모두 들어오자 김은 건물 조명을 전부 꺼버린다.

하지만 대속인들은 적외선 카메라 덕분으로 검은 옷 사내들이 이동하는 모습을 지켜볼 수 있다. 그들은 전혀 알지 못하는 건물 안을 휴대 전화의 미광에 의지하여 엉금엉금 기듯이 나아간다.

카산드라는 더 망설이지 않는다. 활과 화살이 가득한 화살집을 가슴에 꼭 끼고서 적들과 맞서기 위해 달려 나간다. 그렇게 중앙 복도의 끝에 이르니, 휴대 전화를 쭉 내밀고 옆모습을 보이면서 걸어가고 있는 한 사내가 보인다. 카산드라는 시위를 당긴다.

완벽한 과녁이군.

그녀는 쿠푸 왕 피라미드 앞에서 일어난 폭탄 테러 때 보았던 그 모든 장면들을 다시 생각한다. 분해된 몸들, 모래 위에 흩어진 팔다리들. 마치 섬뜩한 퍼즐 놀이를 하듯 아이가 다시 맞추던 부모. 그때 사용한 육체의 조각들은 어쩌면 그 부모님의 것이 아니었는지도 모른다.

바로 이때, 끊어졌던 전선을 쥐가 건드리기라도 해서 우연히 다시 이어진 것일까. 총알에 관통된 하이파이 미니 오디오가 다시 작동하기 시작한다. 쓰레기 언덕들 한가운데서 베르디의 「레퀴엠」이 장엄하게 다시금 울려 퍼진다. 더 이상 하나의 성가(聖歌)로서가 아니라, 하나의 복수의 약속으로서.

카산드라는 겨냥하여 활시위를 놓는다.

화살은 사내의 목을 정확히 꿰뚫는다. 그는 푸르르 몸을 한 번 요동하더니 끽소리도 못하고 허물어지듯 쓰러진다. 그의 휴대 전화는 약간 떨어진 곳으로 굴러간다.

한 놈.

벌써 카산드라는 호흡을 완벽하게 제어하면서 위치를 옮긴다. 그러는 동시에 시위에 화살을 먹이고, 검은 전투복 차림의 또 다른 사내를 사선(射線)에 올려놓는다.

화살은 힘차게 날아간다. 화살은 이마에 적중해 두개골을 완전히 관통하지만, 이자는 절명하기 전에 비명을 발한다.

폭풍우 같은 기관 단총 소리가 복도를 가득 채운다. 카산드라는 여우처럼 날쌔게 몸을 날려 발사 위치를 바꾼다. 이 장면을 멀리서 지켜보고 있는 김은 적절한 순간에 조명과 레일과 기중기와 바퀴들을 작동시켜 특공대원들을 교란시켜 소녀를 유리하게 해준다.

그녀는 또 다른 과녁을 겨냥한다. 화살은 조용히 공기를 가르며 날아가 나사처럼 회전하며 살 속에 박힌다. 베르디의 음악이 여전히 울리고 있다. 오를랑도 역시 공격을 개시한다. 하지만 부상을 입은 몸이라 재빨리 움직이지 못한다. 따라서 활보다 사거리가 먼 석궁을 들고 있음에도 그다지 큰 활약을 펼치지는 못한다. 반면 에스메랄다가 던지는 표창은 아주 정확하게 목표물에 적중한다.

그들은 이 조용한 무기들이 화기들보다 훨씬 효율적이라는 사실을 알게 된다. 급격하게 변하며 눈을 부시게 하는 조명 탓으로, 테러리스트들은 자기들이 20여 명의 적과 상대하고 있다는 착각을 한다.

확률 시계는 고감도 감시 카메라들 덕분으로 공장 안에서도 완벽하게 작동한다. 카산드라는 한 번 공격을 할 때마다 자신의 생존 가능성을 확인해 볼 수 있다.

그래서 손목시계가 〈5초 후 사망 확률: 59%〉를 가리키는 것을 보고는 어느 공격을 포기해 버린다. 과연, 가만히 생각해 보니 도리어 자신이 위험해질 수도 있는 공격이었다.

하지만 그녀는 결코 공격을 멈추지 않는다. 몰로크의 내장, 다시 말해서 소각장의 복잡한 미로 속에서 벌써 위치를 옮긴 그녀는 또 다른 먹잇감을 찾아낸다. 그런데 탱 하고 시위 놓는 소리를 들은 사내가 몸을 홱 돌린다. 그 바람에 화살은 심장에 적중하지 못하고 어깨에 박힌다. 거친 신음을 발한 사내는 즉시 그녀에게 총을 겨누려 하는데, 그만 무기가 손에서 미끄러져 떨어진다. 그러자 사내는 여전히 화살이 박힌 상태로 단검을 뽑아 들고는 괴성을 지르며 그녀에게 돌진한다. 미친 듯한 분노에 눈을 희번덕거리면서.

단검의 날이 화살집의 가죽끈을 스치자 화살집이 발밑으로 떨어져 내린다. 벌써 흑의의 전사는 어스름 속에서 두 번째의 공격을 준비하고 있다. 카산드라의 감각 기관은 사물의 움직임을 빠른 속도로 감지할 수 있는 상태로 들어간다. 그래서 새사 공석해 늘어오는 상대의 움직임이 마치 슬로모션처럼 보인다. 그녀는 몸을 뒤로 젖혀 얼굴 위로 쉭 하고 지나가는 단검을 피하는 동시에, 한 걸음을 옆으로 빼면서 상대의 가드 아래로 파고 들어간다. 화살을 집어들 겨를조차 없는 그녀는 상대의 방독면을 벗긴 다음, 있는 손톱을 모두 세워 얼굴을 깊이 긁어 버린다.

그는 눈을 뜰 수 없을 정도로 흘러내리는 피를 머리를 흔들어 털어 버린 다음, 또다시 그녀에게 몸을 던진다. 이번에는 몸이 부딪히고 그녀가 바닥에 나동그라진다. 용병은 팔등으로 그녀의 두 손목을 양쪽으로 벌리면서 그녀의 목을 조르려고 한다.

그 얼굴을 보니, 그에게는 그 어떤 동정이나 자비의 여지도 보이지 않는다.

자기와 비슷하지 않은 것은 모조리 파괴해 버리도록 교육받은 인간. 쥐들과 조금도 다르지 않은 인간.

사내는 그녀의 목을 조른 손에 힘을 가하면서 일그러진 승리의 미소를 짓는다. 카산드라는 열일곱 살 소녀의 몸으로는 고강도의 훈련으로 단련된 사내의 근육 덩어리 몸을 이겨 낼 수 없음을 잘 알고 있다. 그녀는 미친 듯이 기억의 가장 깊은 곳을 뒤지면서, 이 상황에 가장 적합한 추억을 찾아내려 애쓴다.

난 여우였어.

이 생각이 떠오름과 동시에, 지금까지 느껴 보지 못했던 어떤 새로운 감정이 그녀의 내부에 솟아오른다.

맹렬한 분노.

짧은 찰나에 자신이 무례한 대접을 받았던 모든 순간들이 눈앞을 스쳐 간다. 몸을 만지며 지분거리던 교장. 자신을 갈기갈기 찢어발기려고 했던 들개들. 배수지의 수조 속에서 물어뜯으려 했던 쥐들. 그녀를 내팽개친 오빠. 그녀를 실험실의 모르모트로 취급했던 부모.

이 모든 것들에 대해 그녀는 어떻게 대응해 왔던가? 그것은 도피요, 이해요, 동정이었다.

나의 동정은 여기까지야!

그녀의 분노는 아드레날린을 솟구치게 하여, 혈관의 피를 급류처럼 콸콸 흐르게 한다. 그녀는 성난 맹수처럼 윗입술을 걷어 올린다. 두 송곳니는 길게 뻗치고, 콧구멍은 약간의 공기라도 더 흡입하고자 최대한으로 벌어진다. 용병이 그녀 위로 몸을 굽히자, 그녀는 있는 힘을 다하여 그의 목울대를 물어뜯는다. 그녀의 입안에서 피가 튀고, 송곳니와 앞니들 사이에서 연골은 과자처럼 바스러진다.

난 더 이상 화내는 것이 두렵지 않아. 이렇듯 미친 듯 분노하는 것이 두렵지 않아. 지금껏 항상 억눌러만 왔던 이 쓰디쓴 에너지, 이젠 이것을 받아들이겠어. 적어도 지금 이 순간만큼은 내 최고의 우군이니까!

그녀의 입을 가득 채우는 그 짭짤한 맛은 거의 유쾌하기까지 한 전율을 일으킨다. 병사의 손아귀 힘이 약간 풀리자, 카산드라는 그의 어깨에 박힌 화살을 움켜쥐고 맹렬하게 잡아당기면서, 노출된 그의 목에 또다시 이빨을 박는다. 사내는 크게 몸서리를 치고는, 목이 걸레가 된 상태로 털썩 쓰러져 버린다.

카산드라는 몸을 빼내어 화살집을 집으려 달려가지만, 저쪽에서 다른 사내들이 다가오는 것을 보고는 포기한다. 이제 여우의 반사적인 행동만이 그녀를 이 위기에서 벗어나게 해줄 수 있는 것이다.

그녀는 환기통 구멍에 숨어 있다가 아래를 지나가는 또 다른 사내의 등 뒤로 뛰어내린다. 또다시 이빨과 발톱은 그의 숨을 끊어 놓는다. 이 원초적인 무기의 사용은 그녀에게 확실한 이점을 안겨 준다. 속절없이 당한 특공대원은, 이토록 가냘픈 맨손의 소녀가 이렇게까지 위험하리라고는 상상조차 못했으리라.

이제 네놈!

프로바빌리스는 그녀가 새로이 획득한 킬러로서의 능력을 입력해 놓은 듯하다. 사망 확률이 45% 이상으로 올라가는 경우가 극히 드물어진 것을 보면.

중앙 통제실에서 얼마 떨어지지 않은 곳에서, 누군가가 불쑥 그녀 앞에 나타난다. 그녀는 즉시 몸을 바짝 웅크리며 뛰어오를 자세를 취하는데, 가만히 보니 상대는 다름 아닌 김이다. 그는 강철 막대의 쌍절곤을 뽑아 든다. 그러고는 달려드는 한 사내를 정확한 동작으로 타격하고는, 발로 그의 옆구리를 내질러 작업을 마무리한다.

그런데 갑자기 누군가의 목소리가 건물 전체에 쩌렁쩌렁 울린다.

「모두 항복해! 아니면 이 여자를 죽여 버리겠어!」

테러리스트들에게 붙잡혀 있는 에스메랄다의 모습이 눈에 들어온다. 그녀의 팔은 등 뒤로 꺾여 있고, 가슴 사이의 깊은 계곡에는 테러리스트의 우두머리가 권총을 희롱하듯 쑤셔 넣고 있다. 그 통에 그녀의 상체를 감싼 의복은 난폭하게 찢어진다.

227.

됐어. 적어도 한 가지는 말할 수 있게 되었군. 우린 이 야수들의 행동을 늦춰 보려고 노력은 했노라고. 이젠 더 이상 힘이 없어.

이젠 우리를 교대해 줄 다른 영웅들을 *기다려야 할 거야.*

228.

검은 옷의 사내들은 쓰레기 처리 시스템을 다시 가동한다.

대속인들은 가느다란 가죽 끈으로 결박되어, 레일 위를 굴러가는 커다란 폐기물 통 속에 던져진다. 테러리스트들의 우두머리는 분쇄기로 향하는 이 열차가 가장 느린 속도로 움직이도록 조정해 놓는다. 물론 그들로 하여금 최대한으로 오랫동안 고통을 느끼게 하려는 배려이리라.

카산드라는 이제 그들이 가정 폐기물들과 똑같은 운명을 겪게 되리라는 사실을 깨닫는다. 이제 그들은

1. 분쇄되고
2. 압착되고
3. 금속 성분은 자석으로 추출된 다음
4. 소각될 것이다.

소녀의 머릿속에 한 가지 상념이 스쳐 간다.

이제 어떤 수사관이 우리 시체의 부스러기 하나라도 찾아낼 가능성은 전혀 없어. 제아무리 노련한 전문가라 할지라도 불가능하지.

정말이지, 이 초현대식 산업용 소각기는 흔적을 안 남기는 범죄를 위한 이상적인 기계야.

그들 위에 붙어 있는 감시 카메라들은 여전히 작동하고 있

다. 5초 후에 사망할 확률은 63%까지 올라와 있다. 그들은 죽을힘을 다하여 몸부림쳐 보지만 단단한 결박은 꼼짝도 안 한다. 오히려 소각기행 열차는 삐거덕거리며 속도를 높이고, 그에 따라 병사들의 웃음소리만 커져 간다.

결국 저 테러리스트들은 잘못된 교육을 받은 사람들일 뿐이야. 곰곰이 생각해 보면, 모든 사람은 적어도 권리에 있어서는 자유롭고 평등하게 태어나며, 동일한 유전자적 자본을 공유하고 있어. 그래서 피부색을 막론한 어떤 민족, 어떤 문화에서도 너그러운 사람들이 있고, 또 이기적인 사람들도 있게 마련이지. 하지만 이렇게 똑같이 태어난 후에는 서로 다른 교육을 받게 돼. 어떤 사람들은 병사가 되게끔 교육받고 훈련되는 거야. 그들은 프로파간다를 통해 복종하고, 죽이고, 자신의 의견을 감추는 법을 배우게 되지. 반면 어떤 이들은 개인적인 견해를 획득하는 능력, 창의적인 능력을 키워 주는 교육을 받게 돼. 원료 자체는 비슷하지만 부모들이 문제인 거야. 대사관에서 온 저 친구들, 저 테러리스트들은 가난한 사람들이 아니야. 얼굴이 못생긴 것도 아니고, 자라나면서 특별히 불행한 일을 겪은 적도 없어. 하지만 저들은 의식이 열리는 체험을 해 보지 못한 사람들이야. 그래서 자기와 다른 사람은 용납하지 못하고, 그런 사람들을 없애 버리기 위해 살인을 하는 거지. 왜냐면 그렇게 조건 지어진 사람들이니까.

그들은 깊이 생각하지 않아. 페트나의 뱀처럼 증오와 죽음만을 생각하게끔 조건 지어졌으니까. 그들을 이러한 조건으로부터 풀어 주는 것은 거의 불가능한 일이야.

하지만 그들을 미워해서는 안 돼. 다만 가엾게 생각해야 할 뿐.

우리 종은 진화 중에 있어. 선구자들은 수도 얼마 되지 않을뿐더러, 자신이 어디로 향하고 있는지, 지금 무엇과 싸워야 하는지 분명히 모르고 있어. 그저 어둠 속에서 서투르게 길을 찾고 있을 뿐이지. 그들은 항상 의혹에 빠져 있지. 반면, 종의 기층을 이루는 반동주의자들은 가장 저급한 본능들을 조장하면서 인류를 아래로 끌어당기고 있어. 자신이 하는 일에 대해 확신에 차 있고, 따라서 지극히 효율적인 힘을 발휘하는 무리이지.

분쇄기행 열차의 속도가 약간 늦춰진다. 하지만 5초 후에 사망할 확률은 68%로 오히려 높아진다. 에스메랄다는 발버둥을 치고, 그녀의 무르팍에 배를 한 방 맞은 오를랑도의 얼굴은 고통으로 일그러진다.

어쨌든, 어렸을 때 부모님이 나의 뇌를 어떻게 바꾸어 놓았는지 모르는 채로 죽게 되었어. 실험 24가 무엇이었는지, 영영 알 수 없게 되었네. 유감이야.

「그런데 말이지…… 난 아직 섹스도 못 해보았는데 이렇게 죽게 되었어. 그게 어떤 건지 좀 말해 주겠어?」소녀는 그녀와 엇갈린 방향으로 누워 있는 김의 귀에 대고 속삭인다.

「그거라니?」

「몸과 몸의 관능적 융합.」

「지금 이 장소, 이 순간에 그걸 꼭 말해야 한다고 생각해?」

「응.」

폐기물 통의 다른 쪽 구석에 처박혀 있는 오를랑도, 에스메랄다, 샤를, 페트나는 두 사람의 대화를 못 들은 척한다. 김은 적당한 표현이 생각나지 않는지 우물쭈물한다. 거기에다 열차까지 덜커덩거리니 더욱 당황하는 기색이다.

「우리가 〈오감의 열림〉 했을 때 생각나?」

「그것과 같은 거야?」

「아니. 바로 그것과는 전혀 다르다는 말을 하려던 거였어. 뭐랄까, 그건 어떤 새로운 감각 같은 거야. 짠 음식만 먹어 본 사람에게 어떻게 단맛을 묘사할 수 있겠어? 혹은 장님에게 빛이 어떤지 어떻게 묘사할 수 있겠어? 귀머거리에게 교향곡이 무엇인지 어떻게 설명하겠느냐고?」

「그럼 설명해 줄 수 없단 말이야?」

「시도는 해보겠지만 잘 안 될 것 같아. 너 아주 배고팠을 때 케이크를 먹어 본 일이 있겠지? 그때 느꼈던 쾌감을 기억해?」

「응.」

샤를로트와 함께 먹었지.

「음 …… 아니만 그것도 아니야.」

그는 입을 다문다. 그러는 중에도 손목시계의 수치는 재깍재깍 계속 올라가고 있다. 이제 문자판은 81%를 표시한다.

「사실은 내가 거짓말했어.」 마침내 소년이 고백한다. 「난 여자 친구와 자본 적이 한 번도 없어. 성관계는 딱 한 번 해봤을 뿐이야. 어떤 창녀하고.」

「그래, 그게 어땠냐고.」

「정말 알고 싶어?」

「응.」

「그저 그랬지, 뭐. 너무 주눅이 들어서 그게 제대로 서지도 않았거든.」

그는 침을 꿀꺽 삼킨다.

「어떤 의미에선 나도 농정이라고 할 수 있겠지. 첫 섹스는 감정을 가지고 하는 편이 나을 것 같아.」

「그 난리들을 쳐대더니 결론이 고작 그거냐?」 에스메랄다가 킬킬댄다. 「쟤들, 처녀에다 동정이래. 열일곱 살이나 돼가지고서! 둘 다 말이야.」

컨베이어 위의 폐기물 통은 계속해서 천천히 나아가고 있다.

「좋아, 얘기하지! 난 당신이 끔찍이 싫었어. 당신을 죽이고 싶었어. 하지만 난 당신을 구해 주었지. 그리고 당신은 또다

414

시 나를 짜증 나게 만들었어……. 하지만 이젠 모든 게 끝난 것 같으니, 당신을 사랑한다고 말해야겠군. 자, 키스해 줘.」

모두가 잠시 어리벙벙한 얼굴이 된다.

이 말을 한 사람은 다름 아닌 페트나 와데였다.

그가 에스메랄다 위로 몸을 굽히자, 그녀는 아무 말 없이 그의 입술의 접촉을 받아들인다. 키스는 오랫동안 계속된다.

「공작 부인, 이거 알아? 난 항상 말없이 당신을 사랑하고 있었어.」 세네갈인이 고백한다. 「하지만 당신에게 어울리는 사람은 오를랑도라고 생각했지. 당신은 흑인과 늙은이는 좋아하지 않는다고. 그런데 난 그 둘 다 해당되었거든. 내 말뜻을 이해할랑가 모르겠지만…….」

「도대체 말도 안 되는 소릴 하고 있네! 너무 겁이 나서 말을 하지는 못했지만, 나도 항상 당신에게 사랑을 느끼고 있었다고요, 자작.」

「감동적이군.」 얼굴이 점점 더 창백해지고 있는 오를랑도가 고개를 끄덕인다.

「조금 늦긴 했지.」 김이 아쉬워한다.

「항상 그래. 우리가 마침내 이해했을 때는 벌써 늦어 버리지. 이게 바로 인류의 문제야. 우리는 늙어 버리고, 육체가 시들어 버리고 나서야 비로소 한 여인과 함께 사는 법을 깨닫게 되지.」 오를랑도는 얼굴을 찡그리며 말을 잇는다.

카산드라는 불안해한다. 이제 그들이 죽을 확률은 91%로 올라와 있다. 테러리스트들마저도 게임이 끝났다고 생각하고는, 자신들을 기다리고 있는 자동차에 오르려 건물을 나서는 중이다.

「걱정 마. 그건 하나의 예측에 불과하니까.」 김은 그녀를 안심시키려 한다. 「이 시계는 여러 가지 가능성들을 사변(思辨)해 보는 기계일 뿐이라고. 네가 어원학을 좋아하니까 하는 말인데, 이 〈사변spéculation〉이라는 단어의 뜻이 뭔지 알아?」

그녀는 고개를 젓는다.

「내가 널 위해 인터넷으로 찾아보았어.」

그는 기억에 의지하여 인용해 본다.

「이 말은 〈스페쿨루스speculus〉에서 왔어. 라틴어로 〈거울〉이라는 뜻이지. 따라서 미래에 대해서 사변한다는 것은 〈거울을 들여다본다〉는 뜻이야.」

거울.

김의 말이 맞아. 훌륭하군.

아, 바로 그거야! 거울이 모든 것의 열쇠였어! 세계는 거울을 통해 축소되기도 하고, 확장되기도 하지.

전에 텔레비전에서 아이들과 거울에 대한 다큐멘터리를 본 일이 있어. 아이들을 과자가 있는 폐쇄된 방에서 기다리게 해 놓으면, 그들은 과자를 훔친다고 하지. 하지만 그 방에 거울이 있으면 네 아이 중 세 아이는…… 과자에 손을 대지 않는다고 했어.

거울은 우리로 하여금 자신의 행위를 의식하게 해주는 도구야.

「고마워, 후작!」

김은 눈을 감고는, 천천히 입술을 그녀의 입술에 접근시킨다. 그런데 갑자기 에스메랄다가 소리친다.

「이것 봐!」

그러고는 확률 시계를 가리킨다. 사망 확률이 55%로 뚝 떨어져 있다.

하지만 열차는 계속 나아가고 있다.

53%.

그들은 육중한 철문들 저편에서 분쇄기들이 그르렁대며 돌아가는 소리를 듣는다.

416

지금 무언가가 우릴 구해 주고 있어. 하지만 무엇이, 그리고 어떻게 우리를 구해 주는지는 전혀 알 수가 없어.

바로 이때 여우 한 마리가 불쑥 나타나 그들 뒤의 레일을 따라 달려와서는, 열차 위에 폴짝 뛰어오른다.

「음양이야! 놈들은 녀석을 죽이지 않았어!」

쯧쯧. 프로바빌리스가 착각했군. 그것은 우릴 구해 줄 수 있는 어떤 외부 존재가 도착했다고 분석했겠지. 하지만 정작 온 것은 여우였어. 프로바빌리스는 들어온 게 무엇인지 제대로 구별하지 못했어.

짐승은 그들을 결박한 끈을 잘근잘근 물어 보지만, 특수한 가죽끈은 녀석의 송곳니로 끊기에는 너무도 질기다.

착한 녀석! 우리가 도움이 필요하다는 걸 느꼈구나. 하긴, 우리의 정신들에 연결되어 있으니까. 그래서 자기 암컷도 내버려 두고 우릴 구하려 달려왔어.

그런데 이상한 일이다. 여우가 그들을 풀어 주지 못하고 있는데도, 확률 시계의 수치는 계속 조금씩 내려가고 있다.

51%.

뭔가 우리에게 유리한 일이 일어나고 있어. 하지만 대체 뭐냐고!

손목시계의 수치가 위험선 50% 아래로 내려갔을 때에도 열차는 계속 분쇄기를 향해 나아가고 있다.

우리가 구조되는 것이 우리가 전혀 모르는 어떤 것에 달려 있음을 느끼는 이 불안감이라니! 나는 정체를 파악할 수 없는 임박한 위험이 주는 공포를 체험한 적이 있었어.

그런데 지금은 그때와는 정반대의 불안감이야. 미지의 무언가에 의해 구조받는 것.

〈5초 후 사망 확률: 48%.〉

카산드라는 눈을 감아 버린다.

229.

대체 어떤 신이 이렇듯 나를 가지고 끊임없이 장난치는 걸까? 나를 위기에서 꺼내 주었다가는 다시 낭떠러지 아래로 떨어뜨리고, 그랬는가 하면 또다시 마지막 순간에 구해 주기를 반복하면서…….

햄스터를 가지고 놀듯 우리를 가지고 장난치는 꼬마 신이겠지. 한 번은 미로에 집어넣어 희롱하고, 또 한 번은 분쇄기에 집어넣고 깔깔대는 장난꾸러기 꼬마 신.

하지만 난 이 공연이 너무도 피곤해. 나도 이젠 파업을 벌일 거야.

이젠 다만 자고 싶을 뿐이야. 다만 세계 가운데 희석되어 버리고 싶어. 나 자신의 껍데기를 깨고 산산이 흩어져 버리고 싶어.

그렇게 카산드라 카첸버그의 영혼이라는 굴레에서 벗어나 버리면, 나의 무한한 차원을 되찾게 되겠지.

230.

폐기물 통 열차는 계속 굴러간다.

그들이 분쇄기에 이르는 마지막 구간에 접어들었을 때, 철로 위에서 한 남자가 불쑥 나타난다. 그는 금속 침목 하나를 레일 위로 넘어뜨려 바퀴에 걸리게 한다. 그 충격에 열차는 하마터면 탈선할 정도로 심하게 흔들린다.

이어 구원자는 한 명 한 명 그들이 감옥에서 탈출하도록 돕는다. 얼굴에 방독면을 뒤집어쓰고 있지만 아까의 특공대는 아니다. 군복도 입지 않았고, 무기도 들고 있지 않다. 대신 말끔한 양복 차림이고, 하치장의 진흙에 더럽혀진 멋들어진 구두를 신고 있다.

「고마워요. 그런데 누구시죠?」 그가 주머니칼로 결박한 끈을 잘라 주자, 에스메랄다가 묻는다.

「경찰에서 왔소?」 페트나가 경계하는 표정으로 묻는다.

그는 대답 대신 방독면을 벗어 보인다.

아니, 저 사람!

「안녕, 카산드라? 안녕, 김? 놈들은 모두 떠났을 거예요. 우리 여기서 나가는 게 어때요?」

그는 제대로 걷지 못하는 오를랑도를 부축해 주는 예의 바른 모습까지 보여 준다. 바깥으로 나오자, 하치장의 강렬한 냄새가 그들을 구해 준 남자에게 세차게 몰아친다. 그는 견뎌 보려고 몇 번 침을 삼키다가, 결국에는 다시 방독면을 쓰고 만다.

「그런데 당신은 뉘시오?」 오를랑도가 고통으로 얼굴을 찡그리며 묻는다. 상처의 출혈이 다시 시작되고 있었다.

「내 최악의 적이에요.」 카산드라가 설명한다. 「저 사람을 피해 도망쳐 나와서 여러분에게까지 오게 된 거죠.」

「그래요. 그녀 말이 맞습니다. 난 이롱델 학교 교장입니다.」 방독면의 남자는 간단히 이렇게 대꾸한다.

「어떻게 우리 있는 곳을 알고 찾아왔소?」 어느덧 에스메랄다 옆에 가 있는 페트나가 묻는다.

「어떤 분이 내게 전화했어요.」

샤를 드 베즐레가 끼어든다.

「〈어떤 분〉이란 바로 나예요. 여러분이 테러리스트들과 싸우고 있을 때 내가 이분께 전화를 걸어 상황을 설명했죠.」

파파다키스가 설명을 계속한다.

「펠리시에 형사를 부를까 하고 망설였어요. 하지만 당분간은 여러분의 은밀한 신분을 유지해 드리는 게 좋겠다고 생각했죠. 또 여러 가지 자질구레한 설명으로 시간을 허비하고 싶지도 않았고요. 그래서 총포사에 들러 방독면만 준비해서는 곧장 달려왔죠. 거기에선 별것을 다 판답니다. 그리고 킬러들이 떠나가기를 기다렸다가 행동을 개시한 거예요.」

그들은 다시 상처가 벌어져 버린 오를랑도를 차례로 부축해 가며 대속으로 돌아온다.

「학교에 화재가 일어난 다음 난 양을 무척 미워했어요.」 그는 공무원 특유의 느릿느릿하면서도 단조로운 음성으로 말한다. 「그때만 해도 양을 감옥에 처넣어 이 세상에서 깨끗이 지워 버리리라 하는 마음뿐이었죠. 그러고 나서는 곰곰이 생각해 봤지요.

난 명색이 학교 교장이라는 사람이었어요. 내가 가르치는 학생들과 싸워서는 안 되는 사람이었죠.」

아니, 완전히 변했네? 삶의 태도와 사고방식을 바꿨어. 그래. 이렇게 꽉 막힌 사람도 변화할 수 있는 거구나.

「특히나 그 학생이 학생들 중에서 가장 뛰어난 재능의 소유자일 경우에는 더욱 그렇죠. 말의 경우도 마찬가지예요. 최고의 말은 가장 야성적이고 가장 훈련시키기 힘들어요. 난 양을 길들이려 해보았지만 실패했죠. 그 결과, 양은 예외적이고도 독특한 존재, 그러면서도 인류의 나머지에게 너무나도 유용한 존재로 남게 됐지요. 오직 나만이 그 사실을 알고 있어요. 심지어는 양 자신보다도 내가 더 잘 알고 있답니다. 하여난 내 자존심과 원한을 꾹 누르고, 양을 돕기로 결심했어요. 그래서 양이 큰 위험에 빠졌다는 소식을 듣게 되었을 때, 조금의 망설임도 없이 도우러 달려온 거지요.」

그들이 대속에 다가감에 따라, 마을 부근에서 치솟고 있는 세 번째의 연기 기둥이 더욱 분명하게 보인다.

베르디의 「레퀴엠」은 계속 반복되며 연주되고 있다. 현장에 도착해 보니 마을이 검붉은 화염에 휩싸여 있다. 테러리스트들은 자신들의 한 행동의 흔적을 모두 지워 버리고 싶었던 것이다. 하치장의 끔찍한 냄새에 플라스틱 타는 악취가 더해지고 있다.

트로이가 불타고 있군. 고대의 카산드라 역시 이런 광경을 목격했겠지. 물론 규모는 달랐겠지만.

제일 먼저 소감을 밝힌 사람은 페트나 와데이다. 그는 극도로 간단하게 이렇게 내뱉는다.

「난 화재가 싫어.」

「난 테러리스트들이 싫어.」에스메랄다가 덧붙인다.「정말이지 옹졸하고도 치사한 사고방식을 가진 친구들이야.」

김도 한마디 한다.

「난 놈들을 보낸 나라의 지도자들이 싫어.」

「난 불이 싫어.」오를랑도의 결론이다.

필리프 파파다키스는 순간적으로 복수의 본능이 발동했는지, 방독면 속에서 자신도 모르게 이렇게 중얼거린다.

「불로 산 자 불로 망하리라.」

「이곳 사람들은 속담을 안 좋아해요.」김이 즉시 대꾸한다. 「속담의 반대가 더 잘 맞는다고 생각하죠.」

「맞아.」오를랑도가 맞장구친다.「우린 속담이 싫다고.」

「하지만 우릴 구해 주러 오는 사람들은 좋아해요.」카산드라가 곧바로 정정한다.

그들은 돌아가면서 가래침을 뱉는다.

「자, 이제 다시 건설하는 일만 남았어!」외인부대원이 외친다.

「전보다 더 멋지게 지어야지.」페트나가 부연한다.

「마침 잘됐네. 난 더 큰 침대가 필요하게 될 것 같거든.」에스메랄다가 미리 말해 둔다.

김예빈은 짙은 회색 연기가 피어오르고 있는 자신의 움막을 바라본다.

「다행스럽게도 난 우리의 모든 데이터를 무료 웹하드 사이트에 저장해 놨어. 내 패스워드만 있으면 모두 다 찾아올 수 있지.」

페트나 와데는 자신의 장죽을 주워 들고는 아직 불에 타고 있는 의자 다리 한 개를 집어 들어 불을 붙인다.

「아무렴! 우리 대속인들을 그렇게 쉽게 막을 수는 없다고!」

「우리의 생각들이 네티즌들에게 두려움이나 경계심을 불러일으켰다면, 그건 우리의 사이트가 제대로 꾸며지지 않았기 때문이었다. 자, 우리가 이 가능성의 나무를 다시 태어나게 하자고! 그럼 미래는 더 이상 이전과 같지 않을 거야.」

「맞아. 나도 재미난 생각들을 올려놓을 수 있는 이 사이트가 맘에 들어.」 페트나 와데가 고개를 끄덕인다.

「난 이 마을을 다시 건설했으면 좋겠어.」 에스메랄다가 말한다. 「난 이곳이 맘에 들거든.」

「난 말이야, 인류를 구하는 일이 맘에 들어.」 오를랑도가 확신에 찬 어조로 말한다. 「우리가 하는 기동 타격대 일도 맘에 들고.」

카산드라는 불타는 마을을 물끄러미 바라보면서 땅바닥에 앉는다. 그러고는 아까부터 담고 있던 생각을 내놓고야 만다.

「……사실 난 이제 확신이 없어. 어쩌면 우리 오빠가 옳았는지도…… 사람들은 너무 어리석기 때문에 더 이상 구할 수 없는 상태라는 생각이 들어.」

「그래서 어떻게 하겠다는 거야? 포기하겠다고?」 킴이 반문한다.

「아니, 단지 더 이상 미래는 생각하지 않고 싶을 뿐이야. 이제는 현재를 살고 싶어. 순간순간을 더 강렬하게 살고 싶어.」

「음…… 허나 현재에는 골치 아픈 일들이 좀 있지…….」

화재를 진압할 물이 없으므로, 그들은 멀찌감치 떨어져 앉아 불이 저절로 꺼지기만을 기다린다.

이제 난 알고 싶어. 그래. 그것의 정확한 실체가 무엇이었는지, 이제는 알아야 해.

「……실험 24가 뭐죠?」 소녀가 불쑥 묻는다.

이롱델 학교 교장은 그녀를 흠칫 쳐다보더니, 고개를 숙이면서 끄덕거린다.

「아 카산드라…… 카산드라…… 카산드라…… 맞아, 우리는 양의 이름에 대해 여러 번 얘기했었죠. 하지만 양을 특징 짓는 두 번째 딱지에 대한 얘기는 잊어버리고 있었군요…… 양의 이름 말이에요.」

「카첸버그?」

「맞아요, 카첸버그. 독일어에서 온 이 말은 말 그대로 〈고양이의 산〉을 의미하죠. 따라서 이제 우리는 이 모든 일 뒤에 숨어 있는 커다란 수고양이에 대해 얘기할 거예요. 다시 말해서…….」

「우리 아버지?」

「아니. 다른 사람.」

「누구죠?」

「그의 형이에요. 즉, 양의 삼촌인 이지도르 카첸버그죠. 양의 어머니에게 몇 마디 주워들은 바에 의하면, 그는 과학 전문 기자 일을 하다가 자유사상가가 된 분이었대요. 좀 유별난 사람이었다고 하죠. 그는 파리 근교의 한 급수탑에 틀어박혀 살았대요. 그의 거처는 돌고래들이 가득한 풀장 한가운데 있었다고 해요. 이 모든 걸 생각해 낸 사람은 바로 그예요.」

이번에야말로 진실에 다가가고 있는 느낌이야. 자, 이제 몇 초 후면 드디어 알게 되는 거야…….

하지만 교장은 그렇게 서두르지 않는다.

「아, 생각의 힘이란! 처음에는 아무것도 없죠. 그런데 두 개의 뉴런 사이에 연결이 일어나면, 갑자기 일련의 개념들이 창조되어 나와요. 뉴런들 사이에 미세한 전류들이 순환하면 하나의 생각이 출현하는 거예요. 그리고 이 생각은 기억되고, 단백질의 형태로 물질화되죠. 각각의 생각은 물질이 되는 거죠. 그렇게 이지도르 카첸버그의 생각은 그의 뇌 속에서 하나의 단백질이 되었어요.」

「어떤 생각이었죠? 그는 무얼 했죠?」 카산드라가 재촉하듯 묻는다.

「그는 그 문제에 대해 동생과 상의했어요. 그리고 그들의 프로젝트는 하나의 완전한 인간의 형태로 구현됐지요. 이 생각의 체현이 누구냐고요?」

「뭐라고요?」

「바로 당신이죠.」

나?

에스메랄다와 페트나는 서로 손을 잡고 불타는 그들의 움막들을 응시하고 있다. 다른 사람들은 방독면 때문에 원통형의 코를 달고 있는 것처럼 보이는 파파다키스의 코맹맹이 소리에 귀를 기울이고 있다.

「이지도르 카첸버그의 생각은 대단히 독창적인 것이었어요. 그 뿌리는 카발라의 한 개념이라고 할 수 있지요. 이에 의하면, 태어날 아이는 모든 걸 알고 있다고 해요. 하지만 이 지식은 그가 살아가는 데 방해가 될 수 있기 때문에, 신이 보낸 천사가 아기가 태어나기 직전에 와서 모든 기억을 잊어버리게 만든대요. 이때 천사의 손가락이 남긴 자국은 모든 인간의 코 밑에 남게 된다고 하고요.」

그래, 나도 알고 있어. 대체 무슨 말을 하려는 거지? 왜 좀 더 빨리 말하지 않는 거냐고. 너무 견디기 힘들어.

「이 은유는 또 다른 은유를 숨기고 있다……. 이것이 바로 이지도르 카첸버그의 생각이었어요. 그의 이론에 따르면, 모든 것을 잊게 만드는 것은 바로…… 말[言]이에요. 아이가 첫 단어를 발음하게 되는 그 순간, 그 아이는 자신의 생각을 감옥 속에, 다시 말해서 언어의 틀 속에 가두기 시작한다는 거예요.」

김은 깊은 흥미를 느끼며 몸을 곧추세운다.

「13세기에 프리드리히 2세라는 왕이 있었어요. 사그마치 아홉 개 언어를 구사할 줄 알았다는 이 군주는 인간의 〈자연 언어〉가 무언지 알아내고 싶었어요. 그래서 한 탁아소에 여섯 명의 아기를 맡기고는, 유모들에게 그들을 먹이고, 재우고, 씻어 주되, 아기들 앞에서 말은 한 마디도 하지 말라고 엄명했어요. 외부의 영향이 없는 환경에서 그들이 어떤 언어를 선택하게 될지 보고 싶었던 거죠. 왕은 아이들이 라틴어나 그리스어나 히브리어를 하게 되리라고 생각했대요. 그의 생각으로는 이 세 가지만이 유일한 본질적 언어였기 때문이죠. 하지만 여섯 아기는 아무 말도 하지 않았을 뿐 아니라, 시름시름 앓다가 모두 어린 나이에 죽고 말았어요.」

「의사소통은 생존에 있어서 필수 불가결하다는 사실을 잘 보여 주는 이야기네요.」 샤를 드 베즐레가 지적한다.

에스메랄다는 불길이 약해지는 것을 보고는 수건 한 장을 구해 와 자기 움막의 불꽃을 두드려 끈다. 그녀는 무어라도 구해 보겠다고 안으로 들어가, 아직 델 듯이 뜨겁고, 반쯤 녹아 버린 머리빗 몇 개와 장신구들을 주워 들고 나온다.

「그게 실험 24였나요?」 카산드라가 묻는다.

필리프 파파다키스가 방독면 속에서 헛기침을 하자 안경알이 김으로 흐려진다. 그의 눈은 뿌연 유리 뒤에 감춰진다.

「카첸버그 양의 삼촌 이지도르와 양의 어머니는 독일 왕

프리드리히 2세가 행한 이 실험에 대해 많은 얘기를 나눴어요. 이때 이지도르는 대략 이런 내용의 말을 했을 거예요. 〈독은 적당히 사용하면 약이 될 수 있다.〉」

페트나는 공감한다는 듯 고개를 주억인다.

「그게 대체 무슨 엿 같은 얘기죠?」 갑자기 그녀는 그를 밀치며 나아간다. 「그들이 내게 무슨 짓을 한 거냐고요!」

맑고 커다란 회색 눈의 소녀는 필리프 파파다키스의 멱살을 틀어잡는다. 그는 옷깃을 움켜쥔 소녀의 손을 풀어 보려고 하지만 요지부동이다. 그는 머리를 흔들며 손아귀에서 벗어나려고 애쓰다가 마침내 고백하고 만다.

「그들은 양에게서 언어를 박탈했어요.」

카산드라는 털썩, 두 손을 무릎 위로 떨어뜨린다.

「양의 오빠에게는 일곱 살 때까지. 그리고 양에게는 아홉 살 때까지. 그렇게 두 사람은…… 〈순수〉했어요. 언어에 의해 더럽혀지지 않은 깨끗한 상태였지요.」

폭군 같은 좌뇌의 지배를 받지 않았단 말이지.

카산드라의 머릿속에 어머니의 방에서 읽은 문장들이 어렴풋이 떠오른다.

「전에도 말한 바 있지만, 아기는 생후 아홉 달이 될 때까지 자신과 세계의 나머지 부분을 구별하지 못해요. 그러고는 〈아기의 애도〉가 와요. 모든 것이 뒤집히는 순간이죠. 지금까지 자신이었다고 믿었던, 하지만 사실은 다른 무언가였음이 밝혀진 어떤 실체가 어디론가 가버리면, 아이는 그 실체가 영영 안 돌아오지 않을까 하는 두려움에 사로잡혀요. 마치 자신의 팔이 떨어져 나가는 듯한 느낌이죠. 아이는 그 실체가 돌아오는 때를 자신이 결정할 수 없다는 사실을 알아차리게 돼요. 그러고 나서, 아이는 전에는 자신이었지만 더 이상 자기 자신이 아니게 된 이 실체에다 이름을 붙이게 되죠.」

엄마.

「바로 〈엄마〉예요. 이렇게 이름 붙여진 순간부터, 그 실체는 이방인이 돼요. 자, 여기에서 정신의 최초의 닫힘이 시작되는 거예요. 그 사랑의 에너지, 그 냄새, 그 향기, 그 경이로운 부드러움이 단지 이것으로 환원되어 버립니다. 자신과는 다른 어떤 존재, 하나의⋯⋯ 〈엄마〉로 말이죠. 〈엄마〉⋯⋯ 이 글자와 이 음향은 〈어머니〉라는 그 방대한 현상을 묘사하기에는 턱없이 부족한 것이지요. 그러고 나서 또 다른 실루엣에 〈아빠〉라는 이름표가 붙여져요. 또 그러고 나서 거울 속에 어떤 그림자가 나타나면서 세계는 다시 한 번 축소되지요.

「〈나〉가 출현한다는 말이군요.」

그래. 그것도 알고 있어. 〈나〉는 하나의 제한된 의식이야. 어느 날 난 알게 되지. 나는 전부가 아니고, 〈나〉에 불과하다는 사실을. 그럴 때 나의 생각은 더 이상 무한하지 않고, 〈나의 두개골〉이라고 하는 동굴 속에 머물게 돼. 〈나의 몸〉이라고 하는 불투명한 가죽으로 둘러싸인 공간에 갇히게 되지.

「나는 다른 사람들과 다르다. 나는 유한하다. 나는 공격을 받을 수 있다. 나는 나를 위협하는 세계에 대해 방어한다⋯⋯. 자, 이런 식으로 정신의 제한이 시작되는 거예요.」

필리프 파파다키스는 설명을 이어 나간다.

「〈엄마〉, 〈아빠〉, 〈나〉가 나타난 후에도, 세계는 말들에 의해 표시되고 정리됨에 따라 계속 축소되어 나가요. 이것이 바로 양의 삼촌의, 그리고 나중에는 양의 어머니의 위대한 발견이었지요. 인간은 말들로써 세계를 통제하고자 했어요. 하지만 결과적으로는 세계를 의미 없는 껍데기로 만들었을 뿐이죠. 말들은 그것들이 재현하는 대상 자체보다 큰 중요성을 지니게 됐어요. 하지만 이는 현실을 부정하는 거였어요. 〈호랑이〉라는 말은 물지 않아요. 〈무게〉라는 말은 무겁지 않죠.

〈태양〉이라는 말은 빛나지 않고요.」

교장을 쳐다보는 카산드라의 시선은 완전히 바뀌어 있다. 그는 더 이상 적이 아니라 엄청난 비밀을 밝혀 주는 사람이 되어 있다.

「말 덕분에 인간들은 권력을 갖게 됐어요. 말 덕분에 인간들은 영토를 정할 수 있었죠. 또 그들은 동물을 분류했어요. 성경에는 하느님이 동물들을 하나하나 아담 앞으로 데려가, 그가 그것들의 이름을 짓도록 했다는 내용이 있지요. 그리고 이렇게 이름을 지어 주었기 때문에 동물들은 그에게 복종하게 되었고요.」

카산드라는 이 정보들을 소화해 가면서, 숨을 최대한 깊게 쉬려고 애쓴다. 이롱델 학교 교장은 덧붙인다.

「〈노멘 에스트 오멘〉, 다시 말해서 〈명명하는 것은 자기 것으로 만드는 것이다.〉 자, 이것이 수 세대의 곤충학자들이 간직해 온 비밀이지요. 그들은 나비의 심장에 이름표를 꽂아 놓고는, 그 복잡한 라틴어 단어들로 그것들을 구별하는 거예요. 〈이 부서지기 쉬운 아름다움은 나비가 아니라,《모나르쿠스 아드반티스 심플렉스》이다.〉

나도 마찬가지야. 난 살아 있고 생각하는 한 존재가 아니라, 〈카산드라 카첸버그, 17세, 52킬로그램, 미래 전망부 장관의 딸, 그리고 가출하고, 자신의 학교를 고의적으로 파괴하고, 자신의 오빠를 살해한 혐의로 경찰에 수배되어 있는 고아 자폐증 환자〉에 불과해. 이 모든 말들이 나를 규정하고, 나를 가두고, 나를 축소시키고 있어.

나의 어머니는 바로 이 점을 깨달았기 때문에, 나를 그 질곡에서 해방시켜 주려 했던 거였어.

「자, 이제 양이 언어 없이 살았던 그때가 생각나나요? 태어나서 아홉 살 때까지······.」

그래. 내 정신의 한구석에 숨어 있던 사진첩의 희미한 이미지들이 보이기 시작해. 구름, 동물들, 식물들, 나의 부모…… 이 모든 것들이 〈나〉였어. 우주가 나였어.

내가 어떤 꽃을 만지면, 내 손가락은 길게 늘어나서 그 꽃이 되어 버렸지.

구름을 바라보면, 구름도 눈을 돌려 나를 보았고, 난 그들의 높이에서 세상을 내려다보았지.

난 소나기였어. 그래, 난 전류로 충만한 눈부신 번개였지.

난 비였어. 흙과 나무들을 때리는 무수한 물방울이었어.

난 강이었어. 내가 굴리던 돌덩이들과 자갈들, 그리고 나를 힘차게 헤치며 나아가던 송어들이 느껴져.

난 흐르는 물결에 춤을 추던 수초였어.

난 나무였어. 그래, 물을 찾던 뿌리들, 태양빛을 흠뻑 들이마시던 잎사귀들이 느껴져. 또 나는 나뭇가지 사이에 거미줄을 치던 거미였어. 조그만 나뭇가지를 물어 나르던 개미였어. 나는 진드기였고, 세균이었고, 미생물이었어.

나는 모든 차원 가운데, 모든 심연 속에 존재했었어. 난 선사 시대까지 거슬러 올라가며 나의 모든 전생들을 기억했었지. 그리고 이제 난 이 의식을 한층 더 확장할 수 있음을 알게 되었어.

예전에, 말에 의해 한정되기 전에는 나는 모든 것이었어.

나는 전능했지. 왜냐면 우주의 탄생의 추억을 가슴속에 간직하고 있었으니까. 난 빅뱅이었고, 거기서 나온 모든 형태의 물질들과 생명체들이었으니까.

내게는 아무런 한계가 없었어.

「하지만 이지도르 카첸버그도 지적했듯이, 언어의 부재는 치명적인 독이 될 수도 있는 일이었어요. 그래서 양의 부모는 세 가지 것으로 이러한 결여를 보상해 주고자 했죠. 바로 음악과 자연, 그리고…… 그들의 사랑이었어요. 양은 아이들이 필요로 하는 모든 것을 누렸지요…… 언어만을 제외하고는.」

뱀의 독을 우유로 희석한 거였어.

김예빈은 방금 들은 말이 담고 있는 의미를 충분히 이해하지 못한다. 하지만 진실을 알고 있는 카산드라의 몸에는 전율이 인다.

「내가 아홉 살이 되었을 때 무슨 일이 일어났죠?」

「그들은 양에게 말하기를 가르쳤어요. 각 단어는 양의 귀에 엄청난 무게를 지니고 다가왔죠.」

내가 사전을 그토록 좋아하는 이유가 바로 이것이었어. 또 그래서 난 삭 단어의 기원과 깊은 의미를 알고 싶어 하지. 그것들의 뿌리를. 그것은 바로 나 자신의 뿌리이기도 하니까.

「양의 뇌는 하나의 단어를 이루는 글자들의 결합을 보물처럼 받아들였어요.」

오랫동안 사막을 헤매어, 타는 듯이 목이 마른 어떤 사람이 물을 한 방울 한 방울 받아들이듯이. 그 한 방울 한 방울은 놀라운 맛으로 다가오게 되지.

「〈엄마〉, 〈아빠〉, 〈나〉 다음에, 그들은 양에게 물건과 동물과 식물의 이름들을 알려 주었어요. 그리고 나중에는 추상적인 개념들도 가르쳐 주었죠. 이 모든 것들은 양의 뇌 속에 차곡차곡 정리되어 갔어요. 순서대로. 천천히. 확실하게. 그리고 깊숙이.」

그래, 기억난다. 각 단어는 저마다 귀중한 보석이었어. 각각의 단어는 하나의 보석함에 담겨 장식장 선반 위에 놓였지. 그렇게 나의 기억 속에서 주제별로 분류되어 체계적으로 정리되어 나간 거야.

감정을 위한 단어들.

행동을 위한 단어들.

사고를 위한 단어들.

「양의 뇌는 이미 자유를 체험한 상태였어요. 그래서 좌뇌는 우뇌를 쉽게 억누를 수 없었죠. 그 결과 양의 정신은 정상인에 비해 훨씬 더 민감하고 예리했으며, 또 상상력이 넘쳐 났어요. 양은 완벽한 예술가였죠. 왜냐하면 양의 정신은 9년 동안 단지 열려 있었을 뿐만 아니라, 타인들과 자연과 우주 등 모든 것에 연결되어 있었으니까요. 그런데 여기서 양의 아버지가 개입하게 돼요.」

나의 아버지?

「이때도 양의 삼촌이 뒤에 숨어 있었죠. 양의 아버지만큼이나 미래학에 열정이 강했고, 양의 어머니를 그에게 소개시켜 주기도 한 이지도르 카첸버그 말이에요. 두 형제는 함께 가능성의 나무에 대해 논의했어요. 사실, 가능성의 나무라는 개념을 창안해 낸 사람도 다름 아닌 이지도르 카첸버그이죠.」

그래 맞아, 생각난다! 그가 바로 저자였어.『가능성의 나무』를 쓴 사람은 작가 이지도르 카첸버그였어.

「양의 아버지와 삼촌이 생각하기에, 지금 이 세상이 가장 필요로 하는 것은 예지자들이었어요. 이지도르는 우리 문명이 갈수록 맹목적이 되어 간다고 느끼고 있었지요. 단지 현재와 눈앞의 미래에만 코를 처박고 있을 뿐, 그 너머의 미래에 대해선 장님이나 다름없다고요.」

「흠, 틀린 생각은 아니네.」 김이 파란 머리 가닥을 쓸어 올리며 턱을 끄덕인다.

「그는 개탄하곤 했어요. 정치가들은 미래를 바꾸는 일을 포기해 버렸다고요. 종교인들, 철학자들, 그리고 과학자들은 미래를 감히 입 밖에 꺼내지도 못한다고요. 예측이 틀리면 어쩌나, 사람들이 이상한 눈으로 보면 어쩌나 하는 두려움에 사로잡혀 있다고요. 그래서 미래라는 개념 자체가 사라지기 시작하고 있는 듯이 보인다고요. 두 사람은 양의 어머니와도 토론을 벌였고, 결국 그녀를 설득하는 데 성공했어요. 아직 때 묻지 않았고, 극도로 민감한 두 아이의 뇌를 사용하여 이 시대에 꼭 필요한 사람들을 키워 내기로 한 거죠. 즉……」

「점성술사들?」 김이 말해 본다.

「아뇨, 예지자들이죠!」 필리프 파파다키스가 바로잡는다.

「흠, 그럴싸하군! 하지만 점쟁이 능력은 배워서 얻어지는 게 아니잖아요?」

「모든 것이 습득될 수 있어요.」 샤를 드 베즐레가 끼어든다. 「모든 것이 조건화를 통해 만들어질 수 있죠. 심지어는 생쥐도 가르치면 셈할 줄 알게 되고, 식물도 로큰롤 음악을 좋아하게 된다고요. 그런데 왜 인간을 훈련시켜 미래를 보게 만들 수 없겠어요?」

「그들은 어떤 방법으로 나의 뇌가 미래를 향하게끔 해놓을 수 있었죠?」

「책과 영화를 통해서요. 이 특별한 정신적 양식의 선택을 통하여 양을 조건 지을 수 있었지요.」

카산드라는 SF 책들로만 꽉 차 있던 오빠의 방을 떠올린다.

「미래 예측 작업이 이루어지는 하나의 거대한 실험실이라고 할 수 있는 이 특수한 문학은 양의 뇌에게 미래에 대해 성찰하는 훈련을 시켜 수었죠.」

그래, 생각난다. 끊임없이 내 안으로 유입되던 그 이미지들…… 그 모든 인위적인 세계들…….

그렇게 나는 프랭크 허버트의 〈듄〉을 보았어. 아이작 아시모프의 〈파운데이션〉의 우주 함대를, 댄 시먼스의 〈히페리온〉 행성을, 오슨 스콧 카드의 〈우주 식민지〉를 보았어.

또 〈스타트렉〉의 우주선 안에서 살기도 했었지.

나는 올더스 헉슬리의 〈멋진 신세계〉를 체험했고, 조지 오웰의 〈1984년〉의 세계를 접하고 겁에 질리기도 했었어.

필립 K. 딕의 『유빅』에 나오는 평행 우주들, 그리고 영화 「블레이드 러너」에 나오는 그 미래풍의 도시, 로스앤젤레스도 기억나.

먼 미래를 보는 나의 능력은 바로 여기에서 나온 거였어. 난 어린 시절 내내 이 세계에 푹 빠져서 지냈지. 그래서 이 다양한 미래의 모습들이 내 기억의 일부가 되었던 거야.

「다니엘에게는 7년의 침묵이었어요. 그리고 당신, 카산드라 양에게는 9년의 침묵이었고요. 두 사람은 용수철이었죠. 높이 튕겨 오르게 하려고 꾹 눌러 놓은 용수철.」

미래학을 위해…….

「하지만 양의 부모가 미처 예상치 못한 점이 있었어요. 이런 비정상적인 능력을 얻기 위해서는 그만큼의 대가를 지불해야 한다는 사실이었지요. 〈모든 과도한 것들은 부족한 무언가와 균형을 이룬다.〉 그렇다면 양에게 있어서 〈부족한 무언가〉는 무엇이었을까요? 자, 그걸 어떻게 표현할 수 있을까…… 〈예민하다?〉 아니, 이 표현으로는 충분치 않아요. 〈극도로 예민하다〉 혹은 〈껍질 벗겨진 생살처럼 예민하다〉? 아니, 아직 충분치 않아요. 〈편집광?〉 아니에요, 이것도. 거의 가까워지기는 했지만.」

「〈정신증〉이겠죠.」 카산드라 자신이 정답을 내놓는다.

그는 고개를 끄덕인다.

「맞아요. 그게 딱 맞는 말이에요. 일곱 살 때부터 양의 오빠는 극도의 열광 상태에 들어갔다가는 깊은 낙담 상태에 떨어지곤 하는 양상을 보였어요. SF 책들을 가져다주면 달려들어서 정신없이 읽지만, 누가 말이라도 걸라치면 퉁명스럽고도 상대를 경멸하는 태도를 보이곤 했지요. 그는 아무것도 견뎌 내지 못했어요. 별일도 아닌 것을 가지고 맹렬히 화를 내고, 누가 자기를 조금이라도 건드리는 것을 참지 못했지요. 항상 짜증을 내고, 항상 분통을 터뜨렸어요. 부모에게는 항상 반항했고요. 이러한 과도한 환희, 혹은 분노의 발작이 지나가면 의기소침해져서 깊은 우울감에 빠지곤 했지요. 그러다가는 금방 또 수학 공식들, 특히 확률의 법칙들을 만들어 내곤 했지요. 한마디로 그는 참을성이라곤 조금도 없었어요.」

불쌍한 다니엘! 그런 삶은 오빠가 선택한 게 아니야. 사람들은 그의 의견을 묻지도 않았다고.

「열세 살 때 그는 가출했어요. 경찰은 14개월 만에 그를 찾아냈죠. 바짝 여위어 극도로 쇠약해져 있는 상태였어요. 그는 어딘가에 있는 지하실에 숨어 거의 나오지 않고 지냈다고 해요. 양의 부모는 그에게는 특수 시설이 필요하겠다고 생각하고는, 양의 어머니가 세운 학교에다 집어넣었어요.」

「크레아스. 자폐증 영재 아동 연구소.」 김이 부연한다.

「그는 열세 살 때부터 열일곱 살 때까지 거기 머물렀어요. 그리고는 확률 수학자로서의 재능이 세상에 알려져 금융계의 관심을 끌게 되었죠. 결국 한 보험 회사가 고액의 연봉으로 그를 고용하게 되었고요.」

「거기서 오빠는 프로바빌리스를 발명했죠.」

카산드라는 13%라는 평온한 수치를 보여 주고 있는 자신의 손목시계를 내려다본다.

「모든 것이 순조로웠지요. 적어도…….」

「……몽파르나스 타워 빌딩 꼭대기에서 뛰어내리는 실험을 하기 전에는. 멍청하게도.」

「맞아요. 세 명이 사망하고, 다섯 명이 다쳤어요.」

지나친 실험이었지.

「그는 이번에도 구차하게 해명하려 하지 않고, 그냥 도망가 버리고 말았어요.」

「그러고는 우리 아버지의 미래 전망부에 편입되었죠.」

「왜냐면 그게 흔들리는 그를 붙잡아 줄 수 있는 유일한 방법이었으니까요. 하지만 당시 미래 전망부는 영향력이 많이 줄어들어 있었어요. 그러니 대단한 의욕을 갖기가 힘들었겠죠. 또 다니엘은 나름대로 미래를 예측한다고 자부하는 전문가들이나 국립 행정 학교 학생들을 만나게 되면 그들을 형편없이 비웃었어요. 양의 오빠는 다른 사람들을 끔찍이도 경멸하고 있었지요. 가끔 나와 대화를 나눌 때면, 자기는 〈동시대인들의 용기 부족〉과 〈느려 터진 생각〉에 소름이 끼친다고 말하곤 했답니다.」

카산드라는 땀에 젖은 검은 머리를 쓸어 올리면서 말한다.

「그러고는 자살해 버렸죠.」

「그게 정신증 환자들의 가장 큰 문제예요. 그들은 아무것도 견뎌 내지 못하죠. 껍질 벗겨진 살처럼 예민한 사람들이라서 세상 속에서 끊임없이 상처를 받아요. 그래서 많은 사람들이 고통을 끝내기 위해 극단적인 해결책을 택하는 경향이 있죠.」

카산드라는 마침내 불이 꺼진 자신의 움막을 물끄러미 쳐다본다. 하지만 그 안에 있는 인형들을 구하고 싶은 마음은 들지 않는다.

「그리고 나는요?」 그녀가 묻는다.

「양은 다니엘이 열세 살 되었을 때 태어났어요. 그가 기숙생으로 이롱델 학교에 들어갔을 때는 생후 몇 개월 된 핏덩이였지요.」

오빠가 그토록 낯설게 느껴졌던 것은 이 때문이었어.

「양의 부모는 다니엘이 일종의 〈엉성한 첫 번째 스케치〉라고 생각하고 있었어요. 그들은 그가 그다지 성공적이지 못한 사례라는 점을 의식하고 있었죠. 그들은 양을 불안하게 하고 싶지 않았고, 그래서 양에게 그에 대해 얘기하지 않았어요.」

오, 왜 그런 짓을!

「그리고 양의 실험은 더욱 야심찬 것이었어요. 9년간의 침묵. 따라서 한층 더 자유롭고, 한층 더 예민하고, 한층 더 강력해진 뇌.」

필리프 파파다키스는 말 대가리가 새겨진 반지를 만지작거린다. 그러더니 자신도 모르게 소녀에게 다시 반말을 사용하기 시작한다.

「네 아버지는 이 모든 일들을 내게 상세히 얘기해 주곤 하셨지. 넌 잘 모르겠지만, 우리는 아주 가까운 사이였거든. 그래, 그 시기에 대해서는 내가 잘 얘기해 줄 수 있지. 언어를 알기 전, 너는 항상 즐거움 속에 거했어. 넌 야성적이고도 자유로운 순수한 존재였지……. 그리고 9년이 지나고 나서, 이 모든 것은 끝이 났단다.」

난 낙원을 떠났어.

「너는 처음으로 단어들을 듣게 되었고, 사람들은 네게 그 뜻을 설명해 주었지. 그런데 말이야, 이때부터 너는 전제적인 어린 왕의 모습을 드러내기 시작했어. 너는 — 이렇게 말해서 미안하지만 — 거만하고, 변덕스럽고, 동정심이라고는 눈곱만큼도 없는 아이였어. 넌 네 부모에게 명령을 내리고, 그들을 위협했지. 말의 위력을 이해하게 된 너는 그것을 사람들을 괴롭히기 위한 무기로 사용했던 거야.」

「말의 힘이 어디까지인가, 그 한계를 탐험해 보고 싶었던 거겠죠.」 김이 다른 식으로 해석해 본다.

「맞아. 일종의 테러를 통해서였지. 넌 끊임없이 네 부모에게 겁을 주었어. 한번은 네 아버지가 내게 이렇게 한탄하더군. 〈저 애는 버릇없는 아이 중에서도 최악의 아이라네!〉」

내가? 버릇없는 아이 중에서도 최악의 아이라고!

「심지어는 이렇게 덧붙이더군. 〈때로는 난 자문하기도 하네. 나의 실험이 괴물을 하나 낳은 것은 아닌가 하고.〉」

「내가 어떤 식으로 부모님께 겁을 주었죠?」 그녀가 나지막한 목소리로 묻는다.

「무엇보다도 넌 음식을 이용했어. 어느 날 넌 어떤 고기 요리를 먹는 걸 거부했어. 그들은 네가 쇠고기를 싫어하나 보다, 라고만 생각했지. 그런데 넌 더 이상 아무것도 먹으려 하지 않았어. 네 부모는 걱정했지. 이때 넌 그들이 이처럼 불안해하는 모습을 감지하고는 이것을 이용하기로 마음먹은 거야. 네가 안먹을수록 부모는 더 당황했고, 그럴수록 네게 더 매달렸지.」

그리고 내가 덜 먹을수록, 드물게 내 입으로 들어오는 음식들은 내게 더 큰 황홀함을 안겨 주었어. 말의 절약은 말을 강하고 아름답고 위대하게 만들지. 음식의 절제는 미각적 감각들을 강렬하게 만들고.

「넌 여위어 갔어. 정말로 바짝 말라 있었지. 네 부모는 어떻게 해야 네게 음식을 먹일 수 있을지 알 수 없어 애만 태웠어.」

필리프 파파다키스는 그녀를 똑바로 쳐다보며 말을 잇는다.

「가출한 아들과 거식증 걸린 딸. 자, 이게 실험 23과 24의 결과였어.」

아이들의 뇌를 가지고 장난을 쳐놓고 아무 일 없기를 바랐나? 오빠와 나는 아무것도 요구하지 않았다고.

「넌 네 부모가 폭발 직전에 이르면 그때서야 조금 먹기 시작했어. 적어도 다음 발작이 있기 전까지는. 그런 식으로 넌 역할을 완전히 바꿔 놓았어. 음식 먹는 방식을 통해 부모에게 벌을 주거나 보상을 해주거나 했던 거지. 그리고 그들은 널 점점 더 사랑하게 되었지. 그들은 네가 죽을지도 모른다는 생각에 너무도 겁에 질려 있었거든.」

그리고 내가 이렇게 특이하게 된 것에 대해 당연히 책임감을 느꼈겠지.

「그들이 더 너를 사랑할수록, 넌 더욱 권위적인 아이가 되어 갔어. SF책을 읽거나, 자연 속을 헤매거나, 혼자만의 비밀스러운 생각 속에 빠지며 나날을 보냈지. 그리고 점심과 저녁 식사 시간은 네 부모를 길들이는 시간이었어. 넌 그들에 대한 너의 권력을 발견해 가고 있었지. 아, 넌 잔인했어! 정말로 잔인했어!」

이제 그때의 일들이 어렴풋이 떠오르는 것 같아.

「하지만 이런 폭군과도 같은 너를 진정시켜 주는 것이 하나 있었어. 딱 하나 있었지. 바로 오페라 음악이었어. 넌 서정적인 노래들의 전문가가 되었어. 작곡가, 가수, 그 연주자들의 숱 해석들을 줄줄 꿰게 되었지. 그러다 어느 날 넌 베르디의 「나부코」가 피라미드 앞에서 공연된다는 말을 듣게 되었고, 그때부터 거길 가겠다고 우겨 댔어. 네 부모는 그다지 오페라를 좋아하지 않았어. 여행은 더더욱 좋아하지 않았지. 바쁜 사람들이라 둘이 함께 시간을 내기가 힘들었거든. 하지만 이번에도 넌 네 방식으로 그들에게 압력을 가했어. 그들이 백기를 들 때까지 밥을 먹지 않았지. 이집트에서 베르디를 듣는 것, 그게 너의 마지막 변덕이었어.」

그녀는 눈을 감아 버린다.

빌어먹을! 부모님은 나 때문에 돌아가신 거였어!

갑자기, 태어나서 열세 살 때까지의 삶이 기억에 되돌아온다. 집에서 있었던 일들. 달걀귀신처럼 매끈하기만 하던 꿈속의 얼굴들은 눈과 코, 그리고 미소를 회복한다.

아빠. 엄마. 〈옛날의 나〉.

그녀에게 아홉 살 때의 자신의 모습이 다시 보인다. 그때 들었던 최초의 단어들이 다시 들린다.

그녀는 근심이 가득한 시선들 앞에서, 접시에 담긴 음식에 손도 대지 않은 채 앉아 있다.

난 부모님을 손아귀에 쥐고 있었어.

그녀는 철조망에 둘러싸인 빌라 안에 있는 자신의 모습을 본다.

또 부근의 자연을 거니는 극도로 예민한 감수성을 지닌 소녀의 모습도 보인다.

나는 세계의 여왕이었고, 부모님은 나의 노예들이었어. 이 시기에 나의 뇌는 많은 것을 할 수 있었지. 난 세계에 휘둘리지 않았고, 오히려 그것을 이끌었어.

그녀 내부의 사진첩에 보다 선명한 이미지들이 들어온다.

그녀는 음악을 듣고 있는 자신의 모습을 본다.

그녀는 베르디의 오페라를 지목한다.

그녀는 출국 심사대를 통과해 이집트행 비행기에 탑승한다.

그녀는 착륙할 때의 광경들을, 그들을 호텔로 싣고 가는 택시를, 연주회에 입고 갈 세련된 옷들을 본다.

쿠푸 왕의 피라미드가 나타난다.

모든 청중이 착석한다. 오케스트라 지휘자가 인사를 하고서 음악가들에 몸을 돌리자, 비극을 예고하는 듯한 「나부코」의 웅장하고도 무시무시한 음악이 시작된다.

트럼펫 소리가 울려 퍼진다.

합창단이 노래한다.

비극은 이 음악 가운데서 이미 예고되고 있었어. 하지만 맹목과 이기주의에 사로잡힌 나는 징표인 이것을 단순한 예술 작품으로만 보고 있었지. 복수의 여신과도 같은 이 무시무시한 음악은 내게 임박한 죽음을 경고하고 있었는데.

그녀의 얼굴이 일그러진다.

그리고 그녀는 갑작스레 찾아왔던 기억 상실증의 이유를 깨닫는다.

부모님을 사고 장소로 데려갔다는 죄책감이었어.

그런 무거운 죄책감을 견딜 수 없었기에, 난 그 순간 이전에 일어났던 모든 것을 잊어버리는 길을 택한 거야.

이렇게 미래 쪽으로 향해진 그녀의 뇌는, 이제 부모를 위해 복수한답시고 그녀의 가족을 죽인 것, 즉 테러에만 온통 집중되었던 것이다.

자, 이제 퍼즐의 모든 조각이 제자리에 맞춰졌어.

카산드라는 호흡이 점점 더 격해지다가 급기야는 헐떡이기 시작한다. 그녀의 몸은 다시금 기억을 관리할 능력을 되찾는다. 그녀는 내장을 비틀고, 자신의 존재 전체를 까뒤집는 듯한 격렬한 구토증에 사로잡힌다. 마치 지금까지 끽소리 못하고 억눌려 있었던 그 더러운 과거가 갑자기 깨어나는 것처럼.

부모님의 죽음은 내 책임이었어. 부모님은 나의 변덕 때문에 돌아가셨어. 피라미드 앞에서 공연되는 오페라를 보겠다는 내 제멋대로의 욕구 때문에.

그녀는 털썩 무릎을 꿇고는 내장 속의 모든 것을 쏟아 낸다. 하치장은 이러한 일을 위해서는 이상적인 장소처럼 보인다. 그녀가 지금까지 축적해 왔고 그녀 안에 싣고 다녔던 모든 것을 이제는 밖으로 몰아내야만 했다. 하지만 그것이 이토록 고통스러우리라고는 생각 못 했다.

「난 괴물이야.」 그녀는 토하는 중간 중간에 되풀이한다. 「넌 괴물이야.」

「아냐.」 김이 말한다. 「넌 우리와 똑같은 사람이야. 좋은 면도 있고 나쁜 면도 있는 한 인간이지. 넌 네 부모가 너와 네 오빠를 대상으로 시도한 일에 책임이 없어. 불을 가지고 장난치기로 결정한 것은 바로 네 부모들이야. 그리고 그 불에 타버린 거지.」

그녀는 아직도 온몸을 찢는 듯한 욕지기를 느낀다. 필리프 파파다키스는 이런 그녀를 측은하게 내려다본다.

「넌 자신이 누구인지를 알고 싶어 했지. 자, 이제는 알게 되었어.」

난 괴물이야. 난 살 자격이 없어.

모든 사람이 저마다의 대속을 얻을 수 있어도, 나만은 아니야.

왜냐면 나의 죄는 도저히 용서받을 수 없는 것이기 때문에.

「괜찮아, 공주?」 김예빈은 약간 불안해하며 묻는다.

그녀는 눈을 감고 숨을 깊이 들이마신다. 그녀의 정신에서 하나의 단어가 솟아 나온다. 그녀는 아무런 생각 없이 그 단어를 뱉어 낸다.

「용서……」

「뭐라고?」

이것은 내 안에 존재하는 이 모든 갈등들을 가라앉힐 수 있는 유일한 단어야. 용서. 나는 내 의향은 묻지도 않고 과학 실험을 한답시고 날 보통 사람들과는 다른 존재로 만들어 버린 나의 부모를 용서해. 난 날 내팽개친 나의 오빠를 용서해. 난 내 부모를 살해당하게 될 장소로 끌고 간 나 자신을 용서해……. 자, 이게 내게 부족한 말이었고, 이게 내가 해야 할 말이었어. 이제 모든 매듭이 풀렸어. 용서, 수천 번의 용서.

그들 주위에 피어오르는 연기는 얽혔던 실타래가 풀리듯 풀어지면서 허공중에 나무 모양을 만들어 낸다.

필리프 파파다키스는 방독면을 벗고 악취를 견뎌 보려고 한다. 마침내 숨을 쉴 수 있게 되자, 그는 이제 또박또박 말한다.

「카산드라, 네게 줄 선물이 있어.」

231.

잠들고 싶어.

피곤해. 너무나도 피곤해.

내가 여우였을 때처럼 겨울잠을 자고 싶어.

석 달 동안을, 아늑한 굴속에서 꼼짝하지 않고, 지난 한 해를 소화시키면서.

내가 뿌린 모든 악을 스스로 용서하기 위해 필요한 석 달 동안을.

232.

그것은 빨간 리본을 맨 꾸러미다.

난 그리스인들과 그들의 선물이 두려워.

소녀는 망설이다가 결국 선물을 받아 들고는 천천히 매듭을 푼다. 그리고 포장지를 걷어 내고 판지 상자를 열어 본다.

상자 안에는 손목시계가 하나 들어 있다. 그녀의 확률 시계와 매우 흡사한 형태다.

「이것 역시 특별한 시계야. 아주, 아주 특별한 시계지.」

카산드라는 물건을 요모조모 자세히 살펴본다.

필리프 파파다키스는 고개를 끄덕인다.

「이 시계는 너무도 귀중한 정보를 제공해 주지……. 이것을 보고 있는 그 순간의 정확한 시각을 말이야.」

소녀는 문자판을 들여다본다. 12시 12분. 몇 초 후에 닥쳐 올 죽음의 위험 따위는 알려 주지도 않는, 그저 너무도 평범한 한 시각이다.

「사실은 카산드라야, 널 알게 된 이후로 내겐 항상 이런 느낌이 있었어. 넌 흘러가는 시간[25]을 제대로 의식하지 못한다는…….」

---

25 파파다키스는 〈시간의 경과〉라는 의미보다 〈지금 지나가고 있는 당장의 시간〉, 즉 미래나 과거가 아닌 〈현재의 시간〉이라는 의미로 이 말을 쓰고 있다.

내가 흘러가는 시간을 제대로 의식하지 못한다고!?

그녀는 두 눈을 꼭 감는다. 그러자 자신이 열차에 실려 몰로크의 분쇄기를 향해 나아가던 장면, 그리고 활과 화살을 가지고 싸움을 벌이던 장면이 빠르게 눈앞을 스쳐간다. 그런데 시간에 대한 지각(知覺)의 방향이 갑자기 역전되면서, 화살들이 적들의 살에서 뽑혀 나와 그녀의 손가락 사이로, 그리고 또 그녀의 화살집 속으로 되돌아간다. 그녀의 눈에는 이제 모든 것이 거꾸로 보인다.

카타콤 안에서의 장면도 같은 운명을 겪는다. 그녀가 흐트러뜨린 당페르-로슈로의 해골들은 그녀가 지하 통로들을 뒷걸음쳐 지나감에 따라 자그르륵 소리를 내며 다시 쌓이고 정리된다.

그녀가 오빠를 봤던 그 순간도 다시 떠오른다. 그는 제멋대로 해체된 꼭두각시였다가, 다시 조립되어 위로 치솟는다. 머리는 땅을 향하고 두 발은 위쪽에서 버둥거리면서 몽파르나스 타워 꼭대기 쪽으로 빨려 올라가는 것이다.

영화는 계속해서 거꾸로 돌아간다. 지금까지 거쳐 온 장면들이 하나하나 되살아난다.

그녀가 꿈꾼 생태학적인 파리의 모습. 센 강에는 주황색과 청색이 섞인 날치들이 뒤로 헤엄치고 있고, 거기서 그녀는 알몸으로 멱을 감고 있다.

그녀가 음양이에게 구조되어 인형의 산에서 빠져나오는 광경.

그녀의 움막이 지어지던 광경. 쌓였던 재료들이 하나하나 뒤쪽으로 날아가고, 마침내는 기둥으로 박은 네 자동차도 땅에서 뽑혀 나간다.

그녀가 사나운 개들과 조우했던 광경. 그녀를 둘러싼 개들은 모두가 뒷걸음 쳐 멀어져 간다. 또 그녀는 철망 울타리에 난 좁은 틈으로 뒷걸음쳐 빠져나가 장 조레스 대로에 다시 선다.

그녀가 뒷걸음으로 달림에 따라 경찰차가 후진하여 멀어져 가는 광경. 빗방울들이 땅에서 빠져나와 먹구름을 향해 치솟고 있다.

카산드라는 이롱델 학교에서 도망쳐 나오는 자신의 모습을 다시 본다. 또 자신이 EFAP공장의 폭발을 예고하던 밤도 다시 보인다.

……그런데 내가 흘러가는 시간을 의식하지 못한다고!!!?

그녀는 루푸 와의 피라미드 앞에서 일어나는 끔찍한 대량을 다시 본다. 몸들이 재구성되고, 거대한 폭발의 화염은 조그만 폭탄으로 줄어들어 어떤 가방 속에 다시 파묻힌다. 베르디의 음악이 그녀의 귀에 들리기 시작한다. 물론 음악은 거꾸로 연주되고 있다.

카산드라 카첸버그는 부모의 빌라를 다시 본다. 그녀는 아홉 살 때의 자신의 모습을 가만히 내려다본다. 물건들과 인간들이 이름을 획득하던 바로 그 순간을 말이다. 그 이름들은 하나하나 다시 떨어져 나오고, 그렇게 이름표를 벗어 버린 사물들은 색채와 부피와 음향과 노래와 냄새의 형태로 존재하기 시작한다.

마침내는 〈엄마〉라고 이름 붙여진 존재가 사랑받는 한 이름 없는 실체가 된다. 또 거울들 속에 나타나던 그 존재가 갑자기 낯설게 느껴진다.

그녀는 자신의 탄생을 다시 본다. 그녀는 어머니의 질로 뒷걸음쳐 돌아가고, 그 아늑한 안식처에 깊이 들어가 몸을 웅크린다…….

그녀는 자신의 크기가 줄어들어 하나의 분홍빛 세포가 되는 것을 본다. 이어 그녀는 상트페테르부르크의 한 침대에 누워 있는 남자가 된 자신을 발견한다. 이 임종을 앞둔 병자에서, 그녀는 원기 왕성한 장년이 된다. 그리고 다시 청년이 되고, 소년이 되고, 아기가 된다. 또다시 누군가의 질로 되돌아가고, 또다시 단순한 세포의 상태로 퇴행한다.

그녀는 거쳐 온 모든 전생들을 본다. 일본의 사무라이, 파르티아의 궁수, 페니키아의 어느 시장에서 야채를 팔던 여인. 그녀는 선사 시대 사람들로, 또 포유류, 물고기, 혹은 조그만 짚신벌레로서의 다른 삶들로 거슬러 올라간다.

……흘러가는 시간을 의식하지 못한다고!!!!!?

그녀는 새로워진 눈을 크게 뜨고는 주위를 둘러본다.

순간, 이상한 느낌이 든다. 세계가 꿈틀대고 있는 듯한 느낌이다. 그것은 아주 기이한, 거의 불쾌하게까지 느껴지는 감각이다. 지금 그녀 앞의 남자가 있던 곳에 이름표 하나가 펄럭이고 있다. 〈필리프 파파다키스, 학교 교장, 은발, 푸른 눈, 말 대가리가 새겨진 반지〉

한국인이 있던 곳에는 또 다른 이름표가 펄럭인다. 〈김예빈, 17세 청년, 파란 머리 가닥〉 그녀의 발치에는 〈음양, 여우, 수컷〉이라는 이름표가 있고, 그리고 좀 더 멀리에는 〈제103683번 쥐〉 같은 이름표들이 재빨리 이동하고 있다. 그녀의 앞쪽에는 커다란 이름표 하나가 보인다. 〈휘발유로 덮여 타오르고 있는 쓰레기 더미들〉 그리고 그 위에는 〈악취 풍기는 연기〉.

사람과 사물이 이름으로 대체되었어! 내가 양쪽을 넘나들 수 있는 거야! 그 모든 모험 덕분으로, 나의 의식이 이 능력을 얻게 된 거야.

난 사물과 사람을 그 이름들로부터 분리할 수 있게 되었어!

얼마나 놀라운 능력인지!

나는 더 이상 〈나〉에 불과한 존재가 아니야.

김은 더 이상 〈김〉에 불과한 존재가 아니야.

이 세계는 더 이상 그것을 지시하는 말들에 갇혀 있지 않아. 마치 세계가 새로운 깊이를 드러내고 있는 것 같아.

세계를 가두고, 재단하고, 정리하고, 제한하는 그 모든 말들 너머의 새로운 공간을.

나는 너무도 소중한 새로운 지각 능력을 획득한 거야. 그런데 필리프 파파다키스는 뭐라고 말했지? 내가 흘러가는 시간에 대한 의식이 없다고?

내가 흘러가는 시간을 의식하지 못한다고? 천만에, 나는 그보다 훨씬 더 많은 것을 의식하고 있어!

그러자 지금까지 쌓여 왔던 그 모든 압력이 한꺼번에 풀어져 버리는 것이 느껴진다.

그녀는 웃음을 터뜨린다. 엄청난 웃음이다. 미친 듯한 웃음, 주위에 있는 모든 이들이 불안하게 느낄 정도로 괴상한 웃음이다. 그녀는 고개를 숙여 두 손으로 얼굴을 가린다. 자신의 긴 검은 머리칼이 손등을 어루만지듯 스쳐 오는 것이 느껴진다.

이 해방의 순간에 그녀가 느끼는 것, 그것은 어떤 새로운 감동이다.

그녀는 분노를 경험했기에, 이제 기쁨이 무엇인지를 알 수 있다.

그녀는 살아 있는 것이 행복하다.

친구들과 같이 있는 것이 행복하다.

어린 시절 그녀에게 일어났던 일을 마침내 알게 되어 행복하다.

인류를 구할 수 있는 그녀만의 계획을 하나 가지고 있어 행복하다.

공중에서 펄럭이고 있는 이름표들이 그 실체가 생생히 느껴지는 진짜 사람들과 진짜 물건들로 대체된다는 것이 행복하다.

이젠 아무 문제 없어. 난 이 놀라운 세계에 다시 돌아왔어.
삶은 아름다워.

그녀의 혈관을 급류처럼 흐르던 분노의 아드레날린은 어
느덧 사라져 버렸다. 대신 엔도르핀이 폭포수처럼 콸콸 쏟아
지며 그녀의 뇌를 무수한 불꽃으로 반짝이게 한다.

다른 이들은 불안한 눈으로 그녀를 지켜본다. 그녀가 잿더
미로 화한 대속을 향해 얼굴을 들어 올렸을 때, 그녀의 두 눈
은 눈물로 부드럽게 감싸여 있다. 더 이상 슬픔의 눈물이 아
니라, 순수한 희열에서 솟구치는 눈물이다.

그리고 이 촉촉한 빛은 그 안에 세계가 비치는 하나의 거울
을 이룬다.

233.

자, 이제는 무슨 일이 일어날까?

234.

소년과 소녀가 철제문을 넘어선다. 그는 천천히 걸어가 몽
파르나스 타워 꼭대기 옥상의 가장자리에 선다. 발밑으로
210미터의 아찔한 허공. 검은 밤이다. 별들이 깜빡이고 있고,
높은 곳이라 차가운 돌풍이 윙윙 소리를 내며 몰아치고 있다.
카산드라는 아래로 몸을 굽힌다. 저 아래 어둠 너머에는, 빛
을 발하는 곤충들같이 보이는 자동차들이 대오를 이뤄 조급
하게 나아가고 있다.

오싹, 현기증이 인다.

손목시계 문자판은 〈5초 후 사망 확률: 63%〉를 보여 준다.

식은땀이 이마를 타고 내려와 등 쪽으로 주르륵 흘러 들어간다. 그리고는 아무 말도 없이 눈을 꼭 감고서 귀만 쫑긋 세운 채 오랫동안 서 있는다.

「공주, 왜 여기로 오자고 한 거지?」 그녀의 동반자가 약간 불안해진 어조로 묻는다.

「여기서 우리 오빠가 죽었어.」

「그래서 순례를 하러 온 거야?」

그녀는 주위를 찬찬히 둘러본다.

문득, 무언가가 눈에 들어온다. 조그만 종이쪽지 하나가 강철 케이블에 끈으로 매여 있다.

〈……이때 끈으로 케이블에 매여 바람에 파닥이고 있는 조그만 쪽지 하나가 그녀의 눈길을 끌었다. 카산드라는 오빠의 필적을 알아보고는, 바로 그 순간 자신이 하고 있는 행동을 이야기하고 있는 쪽지 글을 읽었다. 그녀는 생각하기를…….〉

「……다니엘 오빠는 내게 무슨 일이 일어날지 예측하고 있었어. 그리고 모든 게 이렇게 이루어지기를 원하고 있었지. 마치 마야의 노래들에서처럼.」

파란 머리 가닥의 한국인은 대꾸하지 않는다.

「오빠는 나와 같았어. 오빠의 뇌는 자유로웠지만 다른 인간들의 세계에는 적합하지 않았지. 겁쟁이 노예가 되게끔 조건 지어진 뇌를 지닌 사람들의 세계에는.」

김은 쪽지의 내용을 읽어 보고는, 어깨를 으쓱하면서 그녀에게 돌려준다.

「혹시 이걸 쓴 사람은 샤를 드 베즐레가…….」

「아냐. 오빠가 여기에다 놓았어.」

번개들이 검은 하늘에 은빛 섞인 푸르스름한 나무를 그린다. 다시금 빗줄기가 비스듬히 떨어진다. 하지만 두 젊은 대속인은 개의치 않는다.

「후작, 내가 전에 말했었지. 만일 내가 미쳐 간다는 느낌이 들면 난 차라리 죽는 편을 택하겠다고. 지금이 그때라고 생각하지 않아?」

카산드라는 그의 손을 꼭 잡고는 아찔한 허공 위에 몸을 굽힌다.

「그만해, 공주! 위험하다고!」

평범한 시계가 정확히 자정을 가리킨다. 그리고 다른 시계는 66%를 알려주고 있다.

「우리, 〈오감의 열림〉 해볼까? 지금, 여기서 내게 느껴지는 것은…….」

이렇게 말하면서 그녀는 눈을 감는다.

눈을 감았는데도 아직 네 모습이 보여.

이 문장은 그녀를 미소 짓게 만든다.

혹시 사랑한다는 것은 함께 같은 방향을 바라보는 것이라기보다, 눈을 감고서도 계속 서로를 보게 되는 것이 아닐까?

「그래, 뭐가 느껴지지?」 김이 웅얼대듯 말한다.

「……비 냄새. 천둥이 으르렁대는 소리. 바닥을 때리는 빗방울들.」

이때 청년은 호주머니에 손을 넣어 음악 플레이어를 켠다. 그 즉시 그녀의 귀에는 합창단과 금관 악기들과 북들이 연주하는, 힘이 넘쳐흐르는 낯익은 멜로디가 들려온다.

「……베르디의 〈레퀴엠〉이 들려.」

이어 그녀는 눈을 뜨는 턱짓으로 아래를 가리킨다. 발아래 거리에는 희고 붉은 빛의 점들이 빽빽한 가축 떼를 이루어 나아가고 있다.

「……나는 문명이 보여. 바글대는 인간들이, 소음과 빛을 발하면서, 연기를 뿜어 대면서 사방으로 부산스레 움직이고 있는 인간들이 보여. 하지만 그것만이 아니야. 내게는 훨씬 더 많은 것들이 보여.」

　이 세계는 다양한 정보들이 넘쳐 나는 너무도 풍요로운 곳
이야! 숫자, 글자, 단어, 감정, 문장, 욕설, 속담, 반속담, 시, 책,
영화, 음악, 오페라, 마리아 칼라스, 베르디, 과자, 뉴텔라, 케
이크, 레몬 타르트, 그 모든 나무와 풀, 쥐, 여우, 아찔한 공간
들, 폭군들, 성자들, 천사들, 악마들, 페트나 와데, 에스메랄
다 피콜리니, 오를랑도 반 드 퓌트, 샤를 드 베즐레, 도널드 서
덜랜드, 로드 스타이거, 메릴 스트립, 성룡, 모건 프리먼, 제니
퍼 코넬리, 찰턴 헤스턴, 윌리엄 허트, 리비아 독재자들, 프랑
스 대통령들, 검은 옷의 테러리스트 특공대, 경찰관들, 그리스
신화, 카산드라, 알베르트 아인슈타인, 집시들, 알바니아인들,
개, 고양이, 죽은 자들, 산 자들, 인형들, 신생아들…… 대체 나
의 부모는 나를 얼마 동안이나 이 세계에서 떨어뜨려 놓았기
에, 얼마나 오랫동안 이 모든 것들을 박탈하고 굶주리게 했기
에, 나는 세계의 이런 미세한 뉘앙스들까지 음미할 수 있게 된
것일까? 이 모든 자극의 향연, 색채와 냄새, 음향, 접촉, 이야
기, 꿈들의 향연은 나의 뇌 속에서 항상 벌어지고 있는 잔치야.
　나는 살아 있어! 나는 살아 있고, 의식은 너무도 깊고도 광
대하게 열려 있어! 그리고 나는 놀라운 것들과 불안스러운 것
들을 모두 포함한 이 세계를 사랑해. 바로 그렇기 때문에 나
는 이 세계를 이해할 수 있고, 또 어쩌면 변화시킬 수도 있어.
그래. 세계를 변화시키기 위해서는 먼저 이 세계를, 그 모든
사소한 것들과 그 모든 모순까지 사랑해야 해.
　그녀는 여전히 눈을 감은 채 크게 호흡을 한다. 「레퀴엠」은
하염없이 흐르고 비는 끝없이 박자를 맞춘다.
　파란 머리 가닥의 청년은 그녀의 긴 침묵에 불안해한다.
　「그래, 뭐가 보이는데?」
　「미래의 모든 가능성들을 새싹으로 틔우면서 자라나는 시

간의 나무……. 난 내가 분자들을 담고 있는 하나의 자루로 느껴져. 그리고 이 〈나〉라는 자루는 지구라고 불리는 보다 큰 자루에 포함되어 있고, 또 이 지구라는 자루는 우주라고 불리는 한층 더 큰 자루에 포함되어 있는 게 느껴지고…… 또 내 안에 있는 자루들도 느껴져. 세포들. 분자들. 원자들. 쿼크들.」

「또 뭐가 있지?」

「네 손이 느껴져. 네가 두려워하는 게 느껴져. 여기서 뛰어내리면, 우리는 아주 강렬한, 정말이지 아주 강렬한 현재를 살겠지. 너무도 강렬해서 그 몇 초 동안은 모든 과거와 모든 미래를 잊어버릴 거야. 단 몇 초 동안이나마 현재를 강렬하게 의식할 수 있는 거지. 내 계산이 맞는다면, 낙하 시간은 정확히 6.54초 동안 지속될 거야. 바람과 비에 따라서 백 분의 몇 초 정도는 달라질 수 있겠지만.」

김예빈은 체념하고 그녀의 행동을 지켜보기만 한다. 카산드라는 좀 더 몸을 앞으로 기울이지만, 그는 붙잡지 않는다. 그녀는 타로의 아르카나 16 카드, 즉 두 실루엣이 함께 추락하고 있는 〈탑〉 카드를 다시 생각해 본다.

「……그래, 아니야.」 그녀는 결정한다.

「무슨 일이야? 왜 뛰어내리지 않는 거지?」

「넌 미래를 어떤 모습으로 보지?」

「너와 같이 있는 모습으로.」

맑고 커다란 회색 눈의 소녀는 손목시계가 〈5초 후 사망 확률: 09%〉를 표시하는 것을 본다.

하하, 신기록이야. 행복감의 신기록.

「내가 말했던 것 생각나? 너와 나는 모순 어법이라고 했었잖아. 우리 둘은 서로 아무런 관계 없는 두 독립체였지. 그런데 생각해 보니, 이제 우리는 다른 것이 된 것 같아. 바로 동의어들이지. 서로 다른 단어로 같은 것을 말하고 싶어 하는 두

실체. 너는 김이고 나는 카산드라야. 하지만 우리는 같은 것을 의미하지.」

소녀는 입술을 김 가까이 가져간다. 그리고 그의 입에 키스를 한다. 수많은 시간을 통과하여 퍼져 나가는 것처럼 느껴지는 강렬한 키스다. 그리고 이 순간, 그녀는 생각한다.

235.

〈우리는 미래를 볼 수 있는가?〉라는 질문에 대한 대답은 아마도 〈볼 수 없다〉일 거야.

하지만 지금 우리가 미래를 만들겠다면, 그걸 막는 사람은 아무도 없어.

우리는 모든 것을 예측할 수 있다. 미래를 포함
해서.

> ── 김예빈

장님들의 나라에서 애꾸눈이들은 그들이 할 수
있는 것을 한다.

> ── 오를랑도 반 드 퓌트

노인이 죽기 직전, 천사는 그의 이마에 손가락
을 대고는 이렇게 말한다. 〈이 지나간 삶을 잘
기억해 두세요. 다음번 삶을 위한 교훈이 될 수
있게끔.〉

> ── 카산드라 카첸버그

작가의 말

이 책은 내가 실제로 체험한 여러 가지 사건들에서 영감을 얻었다. 나는 열여덟 살 때 미국에서 본의 아니게 노숙자 생활을 해야 했다. 친구 에릭 르드로와 내가 뉴욕에서 가진 돈을 모두 강탈당한 후의 일이었다. 우리는 일자리를 찾아봤지만 허사였다(음식으로 유명한 브르타뉴 지방 출신인 그 친구와 나는 현지의 프랑스 레스토랑들에서 웨이터 일자리를 구했으면 했지만, 영주권이 없어서 계속 고발당하고 도망쳐야만 했다). 결국 호주머니에 든 수십 달러로 두 달을 버텨야만 했다. 역 벤치에 누워 자기도 했고, 문은 제대로 닫히지 않고 방에는 바퀴벌레들이 득실대는 등 상태가 좀 수상한 YMCA 센터들의 신세를 지기도 했다. 덕분에 우리는 미국 동부 해안에서 서부 해안까지 횡단하려던 계획을 접어야만 했다.

두 번째 체험은 1997년 〈올빼미 협회〉(아니면 〈부엉이 협회〉였는지, 기억이 정확하지 않다) 덕분으로 파리에서 갖게 된 어느 강연회였다. 거기서 나는 여러 노숙자들과 토론을 했다. 대화는 쉽지 않았고, 이때 나는 우리 사이에 얼마나 깊은 골이 놓여 있는지를 절실히 느꼈다. 〈생일 축하해 주기〉 행사에 대해 들은 것도 그 자리에 있던 그 협회 회장에게서였다.

노숙자들이 자기 자신의 시간을 찾을 수 있도록 그가 발명했다는 거였다.

또 나는 과학 기자로 일하던 시절, 폐기물 재활용에 대해서, 그리고 하치장에 사는 공동체들에 대해서 여러 차례 취재한 바 있다. 또 각종 재앙이 일어날 수학적 확률에 대해서 조사하기도 했다.

2003년, 나는 〈카타필(카타콤 애호가)〉 10여 명과 함께 파리 남부에 있는 카타콤을 방문했다(정말로 위험한 곳이니 가지 말 것을 충고한다). 우리는 포르트 브랑시옹 부근의 한 비밀스러운 장소에서 출발하여, 하루 종일 진흙탕 속을 철벅거리며 걸었다. 우리 머리 몇 미터 위에는 사람들이 정상적으로 살고 있는데, 우리는 손전등에 의지하여 때로는 네발로 기며 수 킬로미터에 달하는 지하 터널을 나아가야 했다. 밖에는 비가 억수같이 내렸고, 우리가 이동하는 터널 속의 물은 계속 차올랐다. 물이 턱에까지 올라오는 곳들도 있었다. 우리는 지도에 표시된 유일한 출구를 찾아내는 데 상당히 애를 먹었으며(사람들이 거기로 들어가는 것을 막기 위해 경찰이 뚜껑을 모두 용접해 놓았다), 시간이 지남에 따라 어떤 이들은 결국 꺼져 버릴 손전등만 지니고 지하에 갇혀 버릴 수도 있다는 생각에 공황감에 사로잡히기도 했다.

세계의 구원을 시도하지 않았다는 죄로 아기들에게 심판받는 카산드라의 재판은 나 자신이 2008년 12월 21일에 실제로 꾼 꿈에서 영감을 받은 것이다. 나는 극저온 냉동되었다가, 내가 능력 밖이라고 생각해서 구하려 들지 않았던 세계의 미래에 다시 깨어났다. 거기서 나는 피고가 되어 아이들의 재판을 받아야만 했다.

마지막으로 〈가능성의 나무〉 협회는 실제로 존재하니, 2001년부터 웹상에 존재하는 www.arbredespossibles.com 사이트가 바로 그것이다. 지금까지 이 사이트에는 180만 명이 호기심으로 방문했고, 그중 8,500여 명이 남긴 시나리오들은 가능성의 나무의 잎사귀들로 변형되어, 단기, 중기, 장기로 분류되어 배치되고 또 연결되었다. 실뱅 팀시트가 이 나무의 사이버 지킴이 겸 정원사를 맡고 있다. 우리의 자손들은 2000년대 초반에 사람들이 상상했던 것들을 보면서 킥킥 웃기도 하리라.

P.S. 우연의 일치일까? 2009년 6월 23일 화요일, 즉 내가 이 소설의 마지막 마침표를 찍은 순간과 거의 같은 시간에, 한 30대 남자가 몽파르나스 타워 안전 요원들에게 자신이 기자라고 속여 2.5미터 높이의 철제문을 통과했다.
그리고 아찔한 허공에 몸을 던졌다.

이 소설을 쓰면서 들은 음악은 다음과 같다.
주세페 베르디의 오페라 「나부코」
주세페 베르디의 「레퀴엠」
볼프강 아마데우스 모차르트의 「레퀴엠」
베토벤의 「전원 교향곡」
안토니오 비발디의 「만돌린과 피콜로 플루트를 위한 콘체르토」
구스타브 홀스트의 「행성」
ACDC의 「Black in Black」
아이언 메이든의 「Somewhere in Time」

감사의 말

질 말랑송, 보리스 시륄니크, 조나탕 베르베르, 제롬 마르샹, 세바스티앙 테스케와 아멜리 테스케(ESRA 사이트의), 실뱅 팀시트, 오로르 베르나르, 사라 오부르, 파트릭 보웬, 프레데릭 살드망, 장프랑수아 프레보.

모두 내게 영감을 던지는 이야기를 해주고, 이 소설을 스케치 단계에서 읽고, 개선을 위한 조언들을 해준 고마운 친구들이다. 또, 아주 간단히, 나로 하여금 이 이야기를 낭독하게 하여 반응을 볼 수 있게 해준 친구들도 있다.

이 책의 발행인 리샤르 뒤쿠세와, 교정을 도와주신 렌 실베르, 장클로드 뒤냐크, 뮈게트 미엘비비앙, 프랑수아즈 샤파넬에게도 감사를 드린다.

옮긴이 **임호경** 서울대학교 불어교육과와 동 대학원 불어불문학과를 졸업했다. 파리 제8대학에서 마르셀 프루스트의 소설에 대한 연구로 문학 박사 학위를 취득했으며 현재 전문 번역가로 활동하고 있다. 옮긴 책으로는 베르나르 베르베르의 『신』(5, 6권), 앙투안 갈랑의 『천일야화』, 알랭 플레셰르의 『도끼와 바이올린』, 로렌스 베누티의 『번역의 윤리』, 롤랑 르 몰레의 『조르조 바사리』, 다니엘 살바토레 시페르의 『움베르토 에코 평전』, 에마누엘 부라생의 『중세의 기사들』, 뱅상 포마레드의 『들라크루아』, 세르주 티스롱의 『작은 물건들의 신화』, 조르주 샤르파크의 『신비의 사기꾼들』 등이 있다.

그린이 **홍작가** 일러스트레이터, 만화가. 애니메이션 「마리 이야기」의 원화를 담당했고, 위메이드 엔터테인먼트 등 게임 회사에서 캐릭터 디자이너로 일하면서 포털 사이트 다음에 「도로시 밴드」를 연재하며 본격적인 만화가의 길로 들어섰다. 2007년 단행본으로 출간된 『도로시 밴드』(전3권)는 2009년 프랑스어판으로 소개되기도 하였다. 그 밖에 단편집 『고양이 장례식』이 있다.

카산드라의 거울 2

발행일	2010년 11월 25일 초판 1쇄
	2010년 12월 9일 초판 15쇄

지은이	베르나르 베르베르
옮긴이	임호경
그린이	홍작가
발행인	홍지웅
발행처	주식회사 열린책들

경기도 파주시 교하읍 문발리 499-3 파주출판도시
전화 031-955-4000 팩스 031-955-4004
www.openbooks.co.kr

이 도서의 국립중앙도서관 출판시도서목록(CIP)은 e-CIP 홈페이지(http://www.nl.go.kr/ecip)에서 이용하실 수 있습니다. (CIP제어번호 : CIP2010004070)